옥루몽 3

한국
고전
문학
전집

028

# 옥루몽 3

남영로 지음 | 장효현 옮김

문학동네

일러두기 _6
주요 등장인물 _7

# 옥루몽 3

제26회  노균이 예악을 말하여 나라를 그르치고
          연왕이 충성된 분노로 상소를 올리더라 _13

제27회  천자가 의봉정에서 음악을 듣고
          난성후가 황교점에서 독약에 중독되더라 _30

제28회  연왕이 초료 더미에서 화재를 당하고
          난성후가 운남 객점에서 자객을 사로잡더라 _45

제29회  노균이 망선대에서 도사를 맞이하고
          천자가 태청궁에서 서왕모를 만나더라 _58

제30회  천자가 태산에 올라 봉선하고
          선랑이 행궁에 들어가 거문고를 타더라 _78

제31회  오랑캐 기병이 광령성으로 몰려들고
          오랑캐 병사가 산화암을 소란스럽게 하더라 _99

제32회  선랑이 기이한 계책을 써 오랑캐를 속이고
        양태야가 대의를 떨쳐 군사를 일으키더라 _109

제33회  노균이 항복 문서를 바쳐 나라를 배반하고
        흉노가 철기를 몰아 변경을 침범하더라 _119

제34회  명나라 천자가 몸을 빼어 서주로 들어가고
        동초 장군이 의리를 떨쳐 선우와 싸우더라 _137

제35회  연왕이 격문을 보내어 남쪽 병사들을 모으고
        선우가 군대를 후퇴하여 진인을 격동시키더라 _145

제36회  홍표요가 몰래 굉천포를 묻고
        양원수는 좌현왕의 죄를 들추어 세더라 _165

제37회  청운도사가 옛 골짜기로 돌아가고
        야율선우가 동쪽 성으로 달아나더라 _178

제38회  진왕이 몰래 산동성을 빼앗고
        천자가 몸소 북흉노를 정벌하더라 _194

제39회  양원수가 하란산에서 승전을 아뢰고
        오랑캐 왕들이 선우대에서 천자를 뵙더라 _206


원문 옥루몽 3 _219

1. 적문서관積文書館에서 1924년에 간행된 한문언토漢文諺吐 활자본을 저본으로 했다. 적문서관본은 가장 널리 읽힌 이본일 뿐 아니라 『활자본고전소설전집』(아세아문화사, 1977) 제6권에 영인되어 대부분의 연구자에게 대본 역할을 했다.

2. 원문은 적문서관본 그대로 한문언토의 형태로 수록했다. 내용에 어긋나게 언토가 달린 곳을 몇 군데 손질했으나, 따로 밝히지는 않았다.

3. 현대어역본은 원문에 충실하게 번역하는 것을 원칙으로 하고, 그 어투는 고전의 맛이 느껴질 수 있도록 했다.

4. 주석은 내용을 이해하는 데 꼭 필요하다고 여겨지는 경우에는 현대어역본에 달았으나, 그 외에는 원문에 달아주었다. 주석은 해당 표제어가 처음 나오는 부분에 한 번 다는 것을 원칙으로 하되, 뒤에 다른 문맥에서 나온 경우에는 이해를 돕고자 한 번 더 달아주었다.

5. 교감은 원문에 교감주 형태로 달았다. 활자본의 조판 과정에서 자형字形의 유사함 혹은 단순한 누락이나 착오로 빚어진 오식誤植은 교감주를 따로 달지 않고 바로잡았다. 1918년에 간행된 한문언토 활자본인 덕흥서림본德興書林本은 상대적으로 오식이 적은 이본이기에 주요 교감 대상으로 삼았다. 적문서관본과 덕흥서림본에 모두 오류나 누락이 있는 경우, 1912년에 간행된 국문활자본인 신문관본新文館本을 주요 교감 대상으로 삼았다. 신문관본은 『옥루몽』 한문본 원본을 국역한 계통을 잇는 중요한 선본善本이다.

【 주요 등장인물 】

### 양창곡楊昌曲

천상계 문창성군文昌星君의 화신. 처사 양현楊賢과 부인 허씨 슬하에서 자라, 다섯 여인과 차례로 인연을 맺고 출장입상하는 영웅적 인물이다. 파란만장한 생애 가운데 여러 벼슬을 맡으면서 다양한 호칭으로 불린다. 과거에 급제해 한림학사가 되어 '양한림'으로, 유배에서 풀려난 후 예부시랑에 이어 병부시랑이 되어 '양시랑'으로, 남만을 토벌하러 나설 때는 병부상서 겸 정남대원수征南大元帥가 되어 '양원수'로, 홍도국 정벌에 나설 때는 대도독大都督이 되어 '양도독'으로, 전쟁에서 승리를 거둔 후에는 우승상 겸 연왕燕王에 봉해져 '양승상'과 '연왕'으로 불린다.

### 강남홍江南紅

천상계 홍란성紅鸞星의 화신. 본래 성은 사씨謝氏. 3세에 변란 속에서 부모와 헤어져 기녀가 되었고, 가무와 문장에 모두 뛰어나 항주 제일의 기녀로 꼽힌다. 압강정 잔치에서 양창곡과 만나 인연을 맺는다. 소주 자사 황여옥의 핍박을 받다가 전당호에 투신하는데, 살아남아 남방 탈탈국에서 표류하여 백운도사를 만나며 그에게서 무예와 도술을 배우고 부용검을 물려받아 천하무적의 여성 영웅이 된다. 백운도사의 지시에 따라 홍혼탈紅渾脫이라는 이름으로 남만 왕 나탁을 돕다가 투항하여 양창곡과 재회한다. 이후 양창곡의 공로를 대부분 이루어준다. 우사마에 제수되어 '홍사마'로 불리고, 이어 병부시랑 겸 정남부원수에 제수되어 '홍원수'로 불리고, 전쟁에서 승리한 후에는 병부상서 겸 난성후鸞城侯에 봉해진다. 흉노 침략 시에는 표요장군嫖姚將軍에 제수되어 '홍표요'로 불린다. 그녀의 소생으로 양창곡의 첫째 아들인 양장성이 전쟁에서 공을 세워 진왕秦王에 봉해진 뒤에는 '진국태미秦國太嬪'의 칭호를 받는다.

### 벽성선碧城仙

천상계 제천선녀諸天仙女의 화신. 본래 성은 가씨賈氏. 태어난 지 며칠 만에 병란으로 부모를 잃고 기녀가 되지만, 뛰어난 음악적 재능을 지니며 한사코 요조숙녀다운 지조를 지킨다. 양창곡이 강주에 유배되었을 때 인연을 맺어 그에게 옥통소를 가르쳐준다. 양창곡의 두번째 소실로 들어간 후 황부인의 질투로 모진 시련을 겪지만, 천자에게 음악

주요 등장인물 | 7

으로 풍간하여 어사대부御史大夫에 제수되고, 태후와 복장을 바꿔 입고 흉노에 대신 끌려가 태후를 구한다. 양창곡이 연왕에 봉해지자 '숙인淑人'에 봉해져 '선숙인'으로 불린다. 나중에 자개봉 대승사의 보조국사普照國師가 그녀의 아버지로 밝혀진다. 그녀의 소생으로 넷째 아들인 양기성은 빼어난 외모를 지닌 풍류남자로, 설중매와 빙빙과의 결연 과정이 흥미롭게 펼쳐진다.

### 일지련一枝蓮

천상계 도화성桃花星의 화신. 남방 축융왕의 딸로, 쌍창을 쓰는 무예에 뛰어나 명나라 군대와 대적하다가 투항하고, 강남홍을 따라 중국으로 들어와 나중에 양창곡의 세번째 소실이 된다. 흉노 침략 시에 공로를 세워 표기장군驃騎將軍에 제수되어 '연표기'로 불리고, 숙인에 봉해져 '연숙인'으로 불린다. 그녀의 소생으로 셋째 아들인 양인성은 도학군자로, 스승 손선생의 학통을 이어받아 '신암愼庵선생'으로 불린다.

### 윤소저

천상계 제방옥녀帝傍玉女의 화신. 항주 자사 윤형문과 소부인 슬하에서 자란 요조숙녀로, 강남홍이 천거하여 양창곡의 첫째 부인이 된다. 양창곡이 연왕에 봉해져 '연국상원부인'이 된다. 그녀의 소생으로 둘째 아들인 양경성은 어진 행정을 펼쳐 강서태수江西太守, 호부상서戶部尙書, 참지정사參知政事에 잇따라 제수된다.

### 황소저

천상계 천요성天妖星의 화신. 승상 황의병과 위부인의 딸. 황의병이 천자에게 간청해 양창곡의 둘째 부인이 된 후 벽성선을 질투해 집요하게 해치려 하지만, 이후 개과천선한다. 양창곡이 연왕에 봉해져 '연국하원부인'이 된다. 그녀의 소생으로 다섯째 아들인 양석성이 천자의 딸 숙완공주와 결혼한다.

### 양현楊賢 · 허부인許夫人

양창곡의 어버이. 여남汝南 옥련봉玉蓮峰 자락에 살다가, 양현의 나이 40세에 옥련봉의 관음보살 석상에 발원하고 양창곡을 낳는다. 양창곡이 과거에 급제해 한림학사가 되자 양현은 예부원외랑禮部員外郞 벼슬을 제수받아 '양원외'로 불린다. 양창곡이 연왕에 봉해지고 나서 양현은 '연국태야燕國太爺' 즉 '양태야'로 불리고, 허부인은 '태미太黴'로 불린다.

### 윤형문尹衡文 · 소부인蘇夫人

윤소저의 어버이. 윤형문은 어진 인품을 지녀 항주 자사 시절 딸 윤소저를 강남홍과 지기로 맺어준다. 병부상서兵部尚書에 이어 우승상에 제수된다. 흉노의 침략을 받았을 때 양현과 함께 의병을 일으켜 태후로부터 삼군도제독三軍都提督에 제수되며 이후 '각로閣老'로 불린다.

### 황의병黃義炳 · 위부인衛夫人 · 황여옥黃汝玉

황의병은 승상 벼슬에 있지만 소인배다. 천자에게 아첨해 딸 황소저를 양창곡에게 억지로 시집보낸다.
위부인은 어머니 마씨馬氏가 태후의 외종사촌인 것만 믿고 교만 방자하게 굴며, 딸 황소저가 벽성선을 모해하는 것을 부추긴다. 태후의 명으로 추자동楸子洞에 유폐되었을 때 꿈에 마씨가 나타나 위부인의 오장육부를 꺼내 씻고 뼈를 갈아 독을 빼낸 후 개과천선한다.
황여옥은 황소저의 오빠로, 소주 자사로 있을 때 강남홍에게 흑심을 품고 핍박하지만, 강남홍이 투신하자 잘못을 뉘우치고 정사에 힘써 예부시랑이 된다.

### 연옥蓮玉 · 손삼랑孫三娘

연옥은 강남홍의 신실한 여종이다. 강남홍이 전당호에 투신한 후 연옥은 그녀가 죽은 줄로만 아는데, 오갈 데 없는 연옥을 윤소저가 한동안 거두어준다. 나중에 연옥은 동초 장군의 소실이 된다.
손삼랑은 연옥의 이모로, 자맥질에 능해 수중야차水中夜叉라는 별명을 가져 '손야차孫夜叉'로 불린다. 전당호 물속에 몸을 숨기고 있다가 투신한 강남홍을 구하고, 함께 남방 탈탈국을 표류해 백운도사 문하에서 무예를 익혀 강남홍의 부장副將으로 활약한다.

### 소유경蘇裕卿 · 뇌천풍雷天風

소유경은 윤형문의 처조카로, 방천극方天戟을 잘 쓴다. 우사마右司馬 벼슬을 해 '소사마'로 불리다가 남방을 평정한 공로로 형부상서刑部尚書 어사대부御史大夫가 되어 '소상서' '소어사'로 불린다. 노균의 전횡에 대하여 간하다가 남방으로 유배되는데, 흉노가 침략해오자 군사를 모아 달려와 천자를 구한다. 흉노와의 전쟁에 이긴 공로로 여음후汝陰侯에 봉해지고, 양창곡의 둘째 아들 양경성을 사위로 맞이한다.

뇌천풍은 벽력부霹靂斧를 잘 쓴다. 남방을 평정한 공로로 상장군上將軍에 제수된다. 노균의 전횡에 대하여 간하다가 돈황敦煌으로 유배되지만, 이후 풀려나 흉노와 싸우던 중역적 노균을 도끼로 두 동강 내서 죽인다. 흉노와의 전쟁에 이긴 공로로 관내후關內侯에 봉해진다.

### 동초董超 · 마달馬達

양창곡이 남방 원정 중에 발탁한 장수. 남방을 평정한 공로로 각각 좌익장군, 우익장군에 제수된다. 양창곡이 운남에 유배되었을 때 벼슬을 버리고 은밀히 양창곡을 뒤따르며 돕는다. 흉노가 침략해왔을 때 양창곡의 상소문을 가지고 천자를 찾아가, 동초는 흉노의 대군을 막고 마달은 천자를 피신시킨다. 죽음을 무릅쓰며 흉노의 대군에 맞서 싸운 공로로 동초는 표기장군驃騎將軍에, 마달은 전전장군殿前將軍에 제수된다. 흉노와의 전쟁에 이긴 공로로 각각 관동후關東侯, 관서후關西侯에 봉해지고, 동초는 강남홍의 여종 연옥을, 마달은 벽성선의 여종 소청을 소실로 맞이한다.

### 노균盧均

노균의 벼슬은 참지정사參知政事로, 탁당濁黨의 영수이자 나라를 어지럽히는 간신이다. 아기 연주에 재능이 있는 동홍을 끌어들여 천자를 미혹시키고, 자기 누이동생을 동홍에게 시집보낸다. 양창곡이 천자에게 극간하다가 운남으로 유배되자, 하인과 자객을 연달아 보내 양창곡을 살해하려 한다. 천자에게 봉선封禪과 구선求仙을 권유하고, 청운도사를 끌어들여 도술로 천자를 미혹시켜 자신전태학사紫辰殿太學士에 제수된다. 흉노가 침략하자 투항해 좌현왕左賢王이 되어 명나라를 배반하는데, 전쟁중에 뇌천풍에게 몸이 두 동강 나서 죽는다.

### 나탁哪咤 · 축융왕祝融王

나탁은 중국에 대항해 반란을 일으킨 남만 왕이다. 백운도사에게 도움을 청해 강남홍이 남만에 합세하지만, 강남홍이 양창곡을 알아보고 투항하자 축융왕을 찾아가 도움을 청한다. 그러나 축융왕도 딸 일지련과 함께 투항한다. 양창곡과 강남홍은 나탁의 요새를 차례로 정복하고, 강남홍의 신비한 검술로 끝내 나탁을 굴복시킨다. 홍도국 왕 발해의 반란이 잇따라 일어나자 양창곡의 군대는 이를 진압하고 축융왕이 홍도국을 다스리게 해준다.

옥루몽 3

# 노균이 예악을 말하여 나라를 그르치고
# 연왕이 충성된 분노로 상소를 올리더라

### 제26회

천자가 참지정사 노균의 말을 듣고 기쁘지 않으시더니, 이튿날 조회를 마치매 조용히 연왕을 불러 보시고 묻기를,

"들건대 근래 조정에 청당과 탁당의 당론이 있다 하니, 이것이 무슨 말인고?"

연왕이 아뢰길,

"「홍범」에 이르길, '왕도王道는 평탄해, 치우치지 않고 당을 짓지 않는다' 하니, 당론은 임금께서 논하실 바가 아니옵니다. 신이 비록 불충하오나 어찌 붕당朋黨을 만들어 권력을 다투리이까? 이는 사사로운 논의가 생겨나 그렇게 지칭함에 불과하니, 바라건대 폐하께서는 다만 선한 일에 힘쓰는 자를 등용하시고 충성되지 않은 자를 내쳐 멀리하시어, 옳고 그름을 나누는 것에 마음 두지 마소서."

천자가 기뻐 웃으며 연왕의 손을 잡으시고,

"내가 이미 그대의 충성스러운 마음을 아노니 어찌 그대에게 당론이 있음을 의심하리오마는, 우연히 날카로운 논의를 들으매 내가 총애하는

신하를 탁당이라 지칭한다 하니, 이것이 어찌 아름다운 말이리오?"

연왕이 엎드려 아뢰길,

"이 말이 폐하께 이른 것은 나라의 복이 아니옵니다. 폐하를 격동시켜 당론에 힘을 싣고자 하는 일이니, 엎드려 바라건대 폐하께서는 그 사람을 멀리하소서."

천자가 낙심한 기색이 있더니 다시 말하길,

"내가 그대의 마음을 알고 그대가 내 마음을 아나니, 이제부터는 임금과 신하 사이에 서로 틈이 없게 하라."

연왕이 머리를 조아리고 집으로 돌아와 근심하는 기색이 있으니, 난성후가 조용히 묻기를,

"상공께서 날마다 괴로워하시니, 감히 묻건대 조정에 무슨 일이 있나이까?"

연왕이 탄식하며,

"어제 황상께서 조정의 당론을 물으시고 '임금과 신하 사이에 서로 틈이 없게 하라' 명하시니, 더는 아뢸 바가 없었으나, 이는 분명 참소가 성행해 나의 높은 벼슬과 큰 권력을 시기함이라. 이 어찌 신하 된 자가 들을 말이리오? 내가 천자의 뜻에 순종해 충언을 아끼면 이는 임금을 저버림이요, 만약 바른말로 온 힘을 다해 간언해 속마음을 숨기지 않으면 이는 도리어 참소하는 자의 입을 도와 예측할 수 없는 일을 일으키게 되리니, 지금 내 처지가 진퇴양난이라. 또 동홍의 교활함과 노균의 간악함으로 조정의 근본을 어지럽히고도 남거늘, 내가 대신의 반열에 있어 언관言官과는 다른지라, 은밀한 일을 경솔하게 말하기 어려우니 자연히 괴로워함이라."

난성후가 말하길,

"조정의 큰일은 진실로 아녀자가 말할 바가 아니오나, 지금 상공께서는 지위와 명망이 두루 높으시니 곧 공손히 스스로 물러날 때인지라. 엎

드려 바라건대 말씀과 모습을 완전히 감추소서."

연왕이 고개를 끄덕이더라.

한편 천자가 총명하시어 정무를 돌보는 겨를에 오히려 한가한 틈이 있는지라, 늘 경연經筵을 마치고 나면 시강侍講하는 여러 신하와 더불어 동홍의 거문고 연주를 들으매 노균도 곁에서 모시고 있더라. 천자가 크게 기뻐하며 노균에게 이르길,

"옛적의 성스러운 임금들께서는 정무를 돌보는 겨를에 무엇을 하며 시간을 보냈는고?"

노균이 대답하길,

"정무가 대단히 번거로운데 마음으로 마주해야 하기에, 심성心性 공부로 시간을 보냈나이다."

천자가 말하길,

"무엇을 심성이라 하는고?"

노균이 대답하길,

"드넓은 세상에 수많은 백성의 괴로움과 즐거움과 근심이 임금께 달려 있으니, 임금께서 귀와 눈으로 그들을 살피고 손과 발로 그들을 꺼내주려 한다면, 요·순의 성스러움과 탕왕·무왕의 어짊으로도 행할 수 없음이라. 이런 까닭에 옛말에 이르길 '제후는 단정하고 천자는 엄숙하다' 했고, 또 '귀머거리가 아니고 바보가 아니면, 집안 가장 노릇 하기 어렵다' 했나이다. 한집안의 가장이 되어도 진실로 세세한 일을 살피는 것이 어렵거든, 하물며 천자께서는 아득히 먼 몸으로 온 백성에게 임해 마음으로 교화를 행하시나니, 무릇 마음은 항상 살아 움직여, 정체되어 우울한 기운이 없어야 온갖 정무를 두루 살필 수 있는 까닭에, 옛적의 성스러운 임금들께서는 먼저 마음心을 바르게 하여 본성性을 살아 움직이게 했나이다."

천자가 또 묻기를,

"내가 덕이 없는데 천자의 자리에 있어 비단옷을 입고 맛있는 음식을 먹으며 이런 음악을 들으나, 늘 갓난아이 같은 백성의 굶주림과 추위를 생각하면 몹시 두려워 그 즐거움을 알지 못하니, 어찌하면 좋으리오?"

노균이 대답하길,

"옛날과 지금이 같지 않고 풍속은 수시로 변하나이다. 흙으로 쌓은 섬돌 세 층에 잡초도 깎지 않은 초라한 전각이 이제는 높고 넓은 집과 아홉 겹으로 둘러싸인 궁궐로 변모했으나 오히려 부족하다고 하나이다. 나무를 얽어 집을 짓고 나무 열매를 먹으며 즐거워하던 백성을 이제는 예악형정禮樂刑政과 의관문물衣冠文物로 다스리나 오히려 교화하기 어렵나이다. 무릇 천하를 다스리는 도리는 복잡한 것이 아님이라. 신이 듣건대 '힘을 쓰는 사람은 공로가 적고 마음을 쓰는 사람은 공로가 크며, 덕으로 다스리기는 쉽고 법으로 다스리기는 어렵다' 하오니, 엎드려 바라건대 폐하께서는 덕을 닦아 천지의 화평한 기운을 불러일으키시고 넓은 마음으로 막힘이 없게 하소서."

천자가 말하길,

"그런즉 넓은 마음으로 화평한 기운을 불러일으키는 도리는 무엇인고?"

노균이 말하길,

"옛적의 성스러운 임금들께서 예악을 만들어 천하를 다스리셨나이다. 예는 땅을 본받고 악은 하늘을 본받아 온 백성을 교화하나니, 그 감응이 매우 빨라 그림자가 형체를 따르듯, 메아리가 소리에 응하듯 하나이다. 한漢·당唐 이후로 예악이 무너져 교화를 이루지 못하고, 다만 법령과 형정으로 다스림의 도를 논하니, 이는 요·순의 도道로 임금을 보필하지 못하고 도리어 오패1)의 기술로 임금을 속임이니이다. 연왕 양창곡이 처음 과거에 급제했을 때도 패도霸道를 말하기에 제가 일찍이 논박한 바 있거늘, 이는 모두 후세의 신하 된 자들이 그 임금을 업신

여겨, 당우삼대[2]를 기약하지 않고 오직 제齊나라 환공[3]과 진晉나라 문공[4]의 사업을 바라기만 할 뿐이라. 폐하께서 즉위하신 뒤로 지혜와 덕이 널리 알려지고 문무文武가 거룩해, 오늘날 변방이 무사하고 백성이 안락하니, 늙은이는 한껏 먹고 배를 두드리며 격양가를 부르고, 젊은이는 춤을 추며 강구요[5]로 화답하나이다. 폐하께서는 깊은 궁궐에 홀로 계시어 유한한 정신을 무한히 사용하시니, 좌우의 신하는 모두 그 어려움만을 말하고, 법령과 절차에 구애되어 심성을 넓히실 수 없으니, 화평한 기운을 어찌 불러일으키리이까? 신은 생각건대, 이때에 예악을 일으켜 위로 천지를 본받고 아래로 인심에 응해 태평성대를 칭송한다면, 자연히 화평

---

1) 오패(五霸): 중국 춘추시대 다섯 사람의 패자(霸者). 즉 제(齊)나라 환공(桓公), 진(晉)나라 문공(文公), 진(秦)나라 목공(穆公), 송(宋)나라 양공(襄公), 초(楚)나라 장왕(莊王)을 일컫는다. 어떤 이는 송나라 양공을 제외하고 오(吳)나라 왕 합려(闔閭)를 오패로 보고, 어떤 이는 진나라 목공과 송나라 양공을 제외하고 오나라 왕 합려와 월(越)나라 왕 구천(句踐)을 오패로 보기도 한다.

2) 당우삼대(唐虞三代): 당우는 중국 고대에 태평성대를 이룬 두 제왕인 요임금과 순임금을 가리킨다. 요임금은 천자가 되어 도(陶)에 도읍을 세웠다가 나중에 당(唐)으로 옮겨가 살았기에 도당씨(陶唐氏)라 일컫는다. 순임금은 조상이 우(虞)에서 일어났기에 유우씨(有虞氏)라 일컫는다. 삼대(三代)는 하(夏)·상(商)·주(周) 왕조를 가리킨다. 요·순 시대와 하·상·주 삼대는 덕화로 왕도 정치가 실현된 이상적인 태평성대로 일컬어진다.

3) 환공(桓公, BC 716~643): 중국 춘추시대 제나라 15대 군주. 춘추오패의 한 사람. 양공(襄公)의 동생으로, 거(莒)로 달아났다 양공이 피살되자 귀국해 즉위했다. 관중(管仲)을 재상에 등용해 개혁을 통한 부국강병을 시도했다. 존왕양이(尊王攘夷, 왕실은 높이고 오랑캐는 물리침)를 명분으로 삼아 북쪽으로 융적(戎狄)을 정벌하고 남쪽으로 강대국 초나라를 억눌러 중원에서 첫번째 패주(霸主)가 되었다. 그러나 만년에 관중이 죽고 소인(小人)을 등용해 내란이 이어졌고, 내란 중에 굶어죽었다.

4) 문공(文公, BC 697?~628): 중국 춘추시대 진(晉)나라 22대 군주. 춘추오패의 한 사람. 헌공(獻公)의 서자(庶子)로, 이름은 중이(重耳). 헌공이 여비(驪妃)를 사랑해 그 소생을 후계자로 삼고자 태자를 죽이고 중이를 추방했다. 중이는 적(狄)으로 도망해 국외에서 19년을 지내며 어진 신하들의 보좌를 받아 풍부한 경륜을 체득했다. 진(秦)나라 목공(穆公)의 도움으로 진(晉)나라로 돌아와 62세에 즉위했다. 어진 신하를 등용해 국력을 강화했으며, BC 632년 성복(城濮)전투에서 남방 초나라 대군을 격파하고 중원 제후들을 굴복시켜 춘추시대 두번째 패주가 되었다.

5) 강구요(康衢謠): 중국 고대 요임금이 천하를 다스린 지 50년이 되었을 때, 천하가 잘 다스려지고 있는지 확인하고자 평민 차림으로 나섰는데, 큰 거리(康衢)에서 아이들이 부르는 노래를 들을 수 있었다. "우리 뭇 백성을 살게 하여주심은, 그분의 지극한 덕 아님이 없네. 아무것도 모르고 걱정없이, 임금이 정한 대로 살아간다네(立我烝民, 莫非爾極. 不識不知, 順帝之則)."

한 기운을 불러일으켜 상서로운 복록이 날마다 창성해져, 나라의 복은 기약하지 않아도 면면히 이어질 것이고, 이 말세에 당우삼대를 다시 보리이다."

아아! 소인이 임금을 설득할 때 반드시 말을 달콤하게 하고 천자의 얼굴빛을 살펴 뜻을 받드는지라. 이때 천자의 춘추가 한창이어서 음악을 좋아하거늘, 노균이 이미 그것을 엿보아 아는 까닭에 태평성대를 칭송하며 예악을 말하니, 어찌 천자가 기꺼이 받아들이지 않으리오? 천자가 웃으시며,

"내가 덕이 없는데 어찌 예악을 갑작스럽게 말하리오? 그러나 그대의 말을 들으니 깨달은 바가 있도다. 내가 근래 아무런 까닭 없이 기력이 쇠약해, 여러 정무를 감당하매 정신이 자연히 나태해지고, 경연經筵 자리에 참석하매 자연히 지루해져, 정신을 차릴 수 없는지라. 음악으로 매번 마음을 풀고자 하노니, 누가 나를 위해 음악을 주관하는 관리가 될 수 있으리오?"

노균이 대답하길,

"동홍은 음률에 재능이 뛰어나 이원梨園 직책을 맡기에 충분하니, 다른 사람을 특별히 구할 필요가 없으리이다."

천자가 크게 기뻐해 이튿날 동홍을 자신전학사紫宸殿學士 겸 협률도위協律都尉로 삼으시고 날마다 후원에서 음악으로 소일하시나, 이는 궁궐 안에서 이루어지는 일이라 조정에서는 아는 사람이 없더라. 하루는 노균이 조용히 동홍에게 이르길,

"천자께서 그대를 음악을 관장하는 관리로 삼으셨으니, 마땅히 그 직책에 힘쓸지라. 근래 들을 만한 이원 음악이 별로 없거늘, 그대는 어찌 악기를 수리하고 악공을 널리 구해 천자의 뜻을 저버리지 않을 것을 생각하지 않는가?"

동홍이 말하길,

"황상께서 궁궐 안에서 음악을 듣고자 하시어 조정 밖에서 이를 아는 사람이 없나이다. 만약 이처럼 확대하면 분명 간언하는 자가 있으리니, 아마도 황상의 본뜻이 아닐까 하나이다."

노균이 정색하며,

"제왕의 정무는 반드시 광명정대해야 하니, 어찌 사람 말에 목을 움츠리고 꼬리를 사려 도리어 겁을 내는가? 예악의 정비 역시 성스러운 군주의 정무라. 누가 감히 간언하리오? 그대는 다만 직분을 다해 천자의 은혜에 보답할 것을 생각하라."

동홍이 공손히 대답하고 즉시 민간에 명령을 내려 음률에 능한 자를 널리 구할 때 재능이 일등인 자에게는 일등의 벼슬을 내리고, 재능이 이등인 자에게는 이등의 벼슬을 내린다 하더라. 소문이 자연히 낭자해 벼슬을 탐하는 자들은 자기 아들이나 사위, 동생이나 조카라도 총명과 재능이 있으면 반드시 음악을 가르쳐 은근히 추천하니, 천자가 그 처소가 비좁은 것을 근심해 후원에 정자 수백 칸을 새로 짓고 이름을 '의봉정儀鳳亭'이라 하더라. 노균과 동홍 두 간신이 천자를 모시고 매일 밤 의봉정에서 음악을 연주해 천자를 기쁘게 하더라.

어사대부 소유경이 이 사실을 듣고 상소해 온 힘을 다해 간언하되 천자가 듣지 않으시거늘, 소유경이 다시 간관 두세 명과 더불어 표문을 두세 차례 올리니, 그 말이 매우 준엄하고 격렬하더라. 천자가 크게 노해 즉시 관직을 삭탈하라 명하고 한응문韓應文으로 어사대부를 삼으니, 한응문은 탁당이요 노균과 가까운 사람이더라. 이에 즉시 상소를 올려 소유경을 탄핵하니, 이로부터 탁당이 한꺼번에 일어나 힘을 합해 소유경을 공격하더라. 연왕이 윤형문 각로를 뵙고,

"조정의 일이 이처럼 해괴하니, 신하로서 어찌 그냥 보고 있으리이까? 장인께서 간언하지 않으신다면, 이 사위가 간언하려 하나이다."

윤각로가 탄식하며,

"내가 어찌 이것을 모르리오마는, 황상께서 총명하시므로 소유경 어사의 충언이 천자의 뜻을 되돌리길 바랐으되 바로잡기 어려운지라. 사위의 말이 이러하니, 내가 마땅히 상소를 올려 온 힘을 다해 간언하리라."

그날로 상소를 올리니 그 상소는 이러하더라.

"신이 든건대, 옛적의 성스러운 임금들께서는 다스림이 이루어지고 제도가 마련되고 나서야 비로소 음악을 만드셨으니, 요임금의 〈대장大章〉과 순임금의 〈소소簫韶〉가 이러하나이다. 폐하께서 즉위한 지 여러 해가 되었으나, 교화가 온 지역에 미치지 못하고 형정이 백성에게 베풀어지지 못했는데, 온갖 음악을 즐기며 소일하시니, 신성하고 지혜로운 폐하께서 음악의 기예에 미혹되지 않으실 것을 신이 분명 아오나, 천하의 백성이 새로운 천자께서 즉위하시고 나서 백성을 구제하는 선정을 베풀지 않고 방탕하게 음악만 일삼으신다 생각해, 모두 골치를 앓고 눈살을 찌푸리며 서로 이야기하리니, 폐하께서 처음 정무를 보시는 즈음에 실망의 탄식이 적지 않을지라. 신이 대신의 반열에 있으면서 폐하를 보좌하는 직분을 미처 다하지 못했거늘, 마땅히 왕법으로 다스리시고 즉시 음악을 끊으시어, 천하의 사람들로 하여금 성인聖人께서 행하시는 바가 수많은 평범한 이보다 뛰어남을 알게 하소서."

이때 천자가 의봉정에서 음악을 듣고 계시다가 이 상소를 보고 불쾌하여,

"내가 한때의 마음을 푸는 것에 불과하거늘, 대신의 논박이 너무 심하지 않은가?"

노균이 곁에서 아뢰길,

"옛적에 제齊나라 왕이 음악을 좋아했는데, 맹자孟子가 '왕께서 음악을 매우 좋아하니, 제나라는 거의 다스려진 것이라' 하고, 또 '오늘의 음악이 옛날의 음악과 같다' 했나이다. 맹자는 나이가 많고 덕행이 뛰어나

빈사賓師 지위를 겸했으되 임금께 이처럼 충직하고 완곡하게 아뢰었거늘, 윤형문은 원로대신으로 나라의 큰 권력을 잡고 있으면서 폐하의 춘추가 많지 않음을 가볍게 보아 임금께 아뢰는 말에 조금도 경외심이 없으니, 어찌 이것이 대신에게 바라는 바이리이까? 어사대부 소유경은 윤형문의 처조카라. 그가 관직이 삭탈된 데에 원망을 품고 상소의 말투가 이처럼 분격하니, 주된 뜻이 오로지 청당을 돕는 데 있음이로소이다."

천자가 분노해 비답批答을 내리시길,

"내가 한때의 마음을 푸는 것에 그대의 심려가 너무 지나치니, 이는 내 나이가 어리고 덕이 없어 신뢰를 얻지 못했기 때문이로다."

윤형문이 거북한 비답을 받고 금오부金吾府에서 명을 기다리는데, 노균이 한응문 등 간관을 선동해 탄핵이 한꺼번에 일어나니 그 대략은 이러하더라.

"폐하께서 온갖 정무를 돌보시는 겨를에 예악을 숭상하시니, 비록 천하의 백성에게 이를 듣게 하더라도, 진실로 남을 해하려는 마음을 품은 자가 아니라면 다른 말이 없겠거든, 하물며 깊은 궁궐 안에서 한때 마음을 푸시는 것이 밖에 들리지 않을 것이거늘, 좌승상 윤형문이 장황하게 나열해 마치 종묘사직의 흥망이 아침저녁에 달려 있는 듯이 말하여 천하의 백성에게 들리지 않을까 걱정하니, 신들은 그 뜻을 알지 못하겠나이다. 만약 그 상소가 충성과 사랑에서 나온 것일진대, 어찌 넌지시 간언해 화평한 기운을 다하지 않고, 감히 위협과 공포의 말로 임금을 제압하려는 의도를 드러내나이까? 이는 다름아니라 그 계책이 당론을 편드는 데에서 나와 조정의 체통이 서지 않으니, 엎드려 바라건대 폐하께서는 좌승상 윤형문에게 실정에 맞게 죄를 주어 당파를 옹호하는 풍조를 징계하고 임금을 업신여기는 버릇을 고쳐주소서."

천자가 보기를 마치매 비답하시길,

"그대들의 간언이 너무 지나치니, 이는 대신의 본뜻이 아니로다."

노균이 연달아 간관 한응문과 우세충于世忠을 부추겨 윤형문과 소유경을 논박하는 상소가 계속 이어지더라. 이때 탁당이 대각臺閣에 포진해 기세가 등등하되 천자가 끝내 비답을 내리지 않으시니, 노균이 조용히 아뢰길,

"대간臺諫은 조정의 귀와 눈인지라. 공론이 이처럼 분분하니, 잠시 윤형문의 관직을 삭탈하고 소유경을 멀리 유배 보내 공론을 진정하심이 좋을까 하나이다."

천자가 한참 생각하다가 윤허하시니, 조정의 관리가 모두 낙담하고 기운이 꺾여 감히 다시 간언하는 자가 없더라. 이때 연왕은 가벼운 병을 얻어 며칠 조회에 참석하지 못하더라. 이날 모든 관리가 대루원待漏院에 모여 합문閤門이 열리길 기다리는데, 참지정사 노균이 늦게 이르러 대루원 안에 자리를 잡고 앉으매, 조정의 관리가 한꺼번에 몸을 일으켜 문안 인사하되, 노균이 권세를 믿고 교만해 일절 응답하지 않더라. 황의병 각로가 앞으로 나아가,

"참지정사 같은 노련함으로 오늘날 조정이 이 무슨 흉한 모습이오? 이 몸이 천자의 은혜를 두텁게 입어 대신의 반열에 있으니, 마땅히 온 힘을 다해 나라와 더불어 기쁨과 슬픔을 함께해야 하거늘, 붕당을 이루어 풍파를 일으키는 일은 결코 하지 말아야 할 것이오. 이 몸이 비록 변변치 못하나 마땅히 청당을 제압하리니, 참지정사는 탁당을 제어해 서로 공격하는 단서를 없게 하오."

노균이 비웃으며,

"오늘날 조정에 황상의 신하 아닌 사람이 없으니, 어찌 서로 다른 명목이 있으리오? 내가 탁당이 무엇인지 모르거늘 어찌 제어할 수 있으리오? 다만 임금의 악행을 드러내고 자기의 선행을 주장하는 자는 이른바 나라를 어지럽히는 신하라. 먼저 이 무리를 제거한 뒤에야 당론이 자연히 사라질 것이오"

하고 한응문과 우세충을 돌아보며 정색하고 소리를 질러,

"그대들이 대간에 있으면서 임금을 거역한 신하를 성토하지 못할까 봐 두려워해야 하거늘 이제 쥐구멍의 쥐처럼 기색을 관망하니, 이것이 어찌 도리이리오?"

좌우에서 노균의 기색을 보고 감히 의견을 말하는 자가 없더라. 예부 시랑 황여옥이 분노를 이기지 못해 반열에 나와 직간하려 하니, 황의병이 크게 놀라,

"네가 노균의 행동을 보라. 그 분노를 건드린다면 네 아비의 뼈를 고향에 묻기 어려우리니, 모름지기 망령된 말을 하지 말라."

황여옥이 어찌할 수 없어 울분을 참고 집으로 돌아와 연왕을 문병할 새 노균의 일을 말하니, 연왕이 몸을 일으켜,

"노균은 간악한 사람이라. 어찌 그 거동을 보길 기다린 뒤에야 본색을 알리오? 황상의 밝은 총명으로 잠시 뜬구름에 가려 해와 달이 어두워졌으니, 내가 상소해 간언하리이다."

좌우에 명해 조복朝服을 가져오라 하거늘, 황여옥이 만류하여,

"각하의 병이 아직 낫지 않았으니, 궁궐에 들어가지 말고 집에서 표문을 올리는 것이 무방할까 하나이다."

연왕이 탄식하길,

"오늘 일이 비록 작은 듯해도 나라의 흥망이 오로지 여기에 달려 있거늘, 신하 된 자가 어찌 집에 머물러 상소하리오?"

즉시 조복을 입고 어버이 앞에 나아가 무릎 꿇고 아뢰길,

"제가 불효하여 옥련봉 아래 거친 밭 몇 이랑을 몸소 갈아 부모님께 소박한 음식을 공양하지 못하고, 어린 나이에 과거에 급제해 나라에 몸을 맡겼나이다. 그런고로 예전에는 강남에 유배되고 나중에는 남방을 평정하느라 하루도 슬하에서 부모님을 즐겁게 해드리는 재롱을 부리지 못했는데, 이제 또 황상의 지나친 거동을 보고는 간언하지 않을 수 없나

이다. 한 번 간언해 듣지 않으시면 두 번 세 번 간언하다가 변방의 유배나 도끼의 형벌을 피할 수 없으리니, 이는 모두 제가 불효한 탓이로소이다."

양태야楊太爺가 대답하길,

"대신의 지위가 어찌 간관과 다름이 없겠는가?"

연왕이 말하길,

"오늘 조정의 해괴한 일에 간언하는 관리가 한 명도 없었다 하는데, 대신의 지위로 논한다면 한번 간언해 천자의 뜻을 되돌리지 못하면 관직을 그만두고 떠나는 것이 사람의 도리이오나, 저는 특별히 천자의 은혜를 입었으니 평범한 문장으로 한번 말하는 것에 그칠 수 없을까 하나이다."

양태야가 탄식하길,

"내가 늘그막에 너를 낳아 애지중지 기를 때 일곱 살에 학문을 닦고 열 살에 임금 섬기는 도리를 가르쳤으니, 한갓 소망은 성스러운 임금을 만나 입신양명하는 것이요, 내 몸이 너에게서 공양 받기를 구함이 아니었도다. 이제 네가 옛사람에게 부끄러움 없이 마음을 먹으니, 이는 진실로 더없이 큰 효도라. 늙은 아비는 섭섭함이 없노라."

허부인이 눈물을 머금고,

"네가 남방을 평정하고 돌아와 사방이 무사하기에 슬하에서 백년 영광을 누리고자 하였는데, 이제 또 조정에 일이 있으니 내가 매우 즐겁지 않음이라."

연왕이 기운을 가라앉히고 기쁜 기색으로 부드러운 목소리로 아뢰길,

"제가 비록 불초하나 올바른 가르침을 잘 받들어 큰 죄를 범하지 않으리니, 엎드려 바라건대 온전히 마음을 놓으소서."

몸을 일으켜 침소 문을 나서는데, 윤부인·난성후·손야차가 기운이 꺾여 문밖에 서 있더라. 연왕이 돌아보지 않고 엄정한 얼굴빛으로 곧바로

대루원으로 들어가니, 때는 벌써 오시午時가 되었더라. 즉시 대루원 관리를 명해 상소를 받아쓰게 하여 올리니 그 상소는 이러하더라.

"우승상 신 양창곡은 삼가 목욕재계하고, 문무를 겸비한 성스러운 황제 폐하께서 들어주시기를 바라며 상소하나이다. 엎드려 생각하건대, 임금께서 천하를 다스림에 말 한 마디와 행동 하나도 경솔히 하지 못하는 것은, 진실로 종묘사직의 중대함과 천하 백성의 괴로움과 즐거움이 이에 달려 있는 까닭이라. 이런 까닭에 옛적의 어진 임금은 진선의 깃발과 비방의 나무[6]를 세워 말과 글을 널리 채록하고 현인을 가려 등용하며, 가까이에 신하의 잠언과 역사책을 두어, 일거일동을 삼가고 그릇되거나 편벽된 것을 배척했나이다. 아름다운 여색과 맛좋은 음식을 누구인들 좋아하지 않으리오마는, 성인께서 포백布帛의 무늬를 이야기하고 대갱[7]의 맛을 일컬으신 것은, 진실로 눈과 귀가 좋아하는 바를 따르고 마음과 뜻이 즐기는 바를 추구해서는 안 된다는 것이옵니다. 민간의 백성이 천금의 재산을 갖고 있고 많은 자손을 두었더라도 오히려 평생 삼가며 하고자 하는 바를 다 하지 못하거늘, 하물며 만승의 임금께서 부유하기로는 천하를 가졌고 자식으로는 만백성을 두었으니 어떠하리오? 바른 말은 귀에 거슬리고 아첨의 말은 뜻에 맞으며, 듣기 좋은 말은 위태롭고 입에 쓴 약은 병에 이로우니, 어찌 한때의 즐거움을 취해 천년

6) 진선(進善)의 깃발과 비방(誹謗)의 나무: 모두 잘못된 정치를 바로잡고 훌륭한 정치를 하고자 간언을 들으려 만든 것이다. '진선의 깃발'은 사방으로 잘 통하는 길에 세워놓은 깃발로, 좋은 말을 올리고 싶은 사람으로 하여금 그 밑에서 말을 하게 했고, '비방의 나무'는 다리 가에 세워놓은 나무판자로 잘못된 정치에 대해 그곳에 쓰게 했다. 『사기』「효문본기孝文本紀」주(註)에서는, 이는 모두 요임금이 세운 것이라 했다. 『회남자淮南子』「주술훈主術訓」에서는 "옛날 천자가 정치에 대해서 들을 경우 (…) 요임금은 감간의 북(敢諫之鼓)을 설치해 과오가 있으면 이것을 치게 했고, 순임금은 비방의 나무(誹謗之木)를 세워놓고 여기에 선과 불선을 쓰도록 했다"라 했다.
7) 대갱(大羹): 제사에 쓰던 순 고깃국. 소·돼지·양고기 등을 삶아서 얻는데, 소금이나 양념을 전혀 섞지 않았다.

역사에 남을 오점을 돌아보지 않으시나이까?

엎드려 생각하건대, 황제 폐하께서는 문무를 겸비하시어, 즉위 초에 지혜와 덕이 높고 뛰어나 조정과 재야에서 태평성대의 정치를 크게 우러러 바랐나이다. 폐하의 일거일동에 백성이 귀기울이고, 한마디 말과 침묵에 천하가 목을 길게 빼고 '우리 천자께서 새로 즉위하셨으니 장차 혜택이 있으리라' 말해, 마치 목마른 자가 물을 생각하고 갓난아기가 어머니를 생각하는 것과 같으니, 이는 인지상정이라. 이제 폐하께서 그들의 소망에 충분히 부응하지는 못하더라도, 어찌 그들로 하여금 실망하게 하여 간절한 소망을 저버리려 하시나이까?

폐하께서 음악을 좋아하시니, 신이 청컨대 음악에 대해 말씀하겠나이다. 『악기樂記』에 이르길, '큰 음악은 천지와 더불어 조화로움을 함께함이라' 했고, 또 '소리 없는 음악이 날마다 사방에서 들림이라' 했나이다. 임금께서 덕을 닦고 정사에 힘쓰며 교화를 널리 베풀어 백성이 안락하고 천하가 태평한즉, 늙은이는 격양가로 화답하고 젊은이는 강구요를 불러, 민간의 조화로운 기운이 천지에 가득하면 사람들과 더불어 즐기는 풍류 아닌 게 없으니, 금석사죽포토혁목金石絲竹匏土革木은 그 소리에 응할 따름이라. 이것이 이른바 성스러운 임금의 음악이거늘, 후세의 임금들은 덕을 닦지 않고 정사를 게을리해, 민간에서는 눈살을 찌푸리는 탄식의 소리가 낭자하되, 궁중에서는 음탕한 음악이 날마다 요란했나이다. 당 현종의 이원梨園 음악과 진陳 후주[8]의 〈옥수후정화玉樹後庭花〉는 마음과 귀를 즐겁게 하기는 하나 그 즐거움이 끝내 새롭지 않으니, 전쟁이 연달아 일어나 나라가 망하게 되었나이다. 신이 안타깝게 여기는 것은,

---

8) 후주(後主, 553~604): 중국 남북조시대 진(陳)나라 마지막 임금. 선제(宣帝)의 맏아들로, 재위할 때 궁실을 크게 짓고 종일 잔치를 열면서 정치는 등한시했다. 염사(艶詞)를 짓고 새로운 음률을 입혀 〈옥수후정화玉樹後庭花〉와 〈임춘락臨春樂〉 등의 곡을 지었다. 수(隋)나라 문제(文帝)의 대군이 남하했을 때도 술 마시고 시 짓는 일을 멈추지 않다가 나라가 멸망했다.

진 후주와 당 현종이 바야흐로 그 음악을 들을 때 좌우의 신하가 반드시 임금의 덕을 보필해야 할진대, 그 즐거움에 영합해 어떤 이는 '천하에 아무 일이 없다' 하고, 어떤 이는 '한때의 마음을 푸는 것은 큰 덕에 해롭지 않다' 하고, 어떤 이는 '옛적의 성스러운 임금도 오히려 음악을 좋아했다' 하여, 어리석은 사람은 춤을 추며 영원히 즐겁기를 기약하고, 간사한 사람은 입으로는 옳다 하지만 마음속으로는 그릇된 것을 알면서도 임금의 뜻에 맞추다가, 마외의 변란9)과 경양의 재앙10)을 당해서는 임금이 자초한 것이라고 허물을 돌리고 자신은 자취를 감추어 처자식을 보호하기만 생각하였나이다. 아아! 당 현종과 진 후주가 이 지경에 이르러 비록 지난 일을 후회하고 직언을 생각하나 이미 돌이킬 수 없음이라.

그런 까닭에 진선의 깃발과 비방의 나무를 세운 것은 미리 그 직언을 듣고자 함이요, 가까이에 신하의 잠언과 역사책을 둔 것은 후회가 없게 하려 함이라. 신은 엎드려 생각하건대, 폐하의 지혜로 어찌 이 지경에 이르리오마는, 요·순의 태평성대에도 고요·기·후직·설의 충언과 좋은 계책이 그치지 않았고, 탕왕·무왕의 성스러움으로도 이윤·부열, 주공·소공의 도움과 올바른 일깨움이 그치지 않았나이다. 항상 나라의 존망이 경각에 달려 있는 듯이 하거늘, 이는 미연에 방지하고 제어함이니, 오랜 세월이 지나도 멸망하지 않은 까닭이니이다.

신이 듣건대, 폐하께서 이제 후원에 토목공사를 벌이고 민간에서 노래와 춤에 재능 있는 이들을 선발해 들여, 번잡한 정무를 돌아보지 않고

---

9) 마외(馬嵬)의 변란: 안록산의 난을 당해 당나라 현종과 양귀비가 피란을 가다 마외역(馬嵬驛)에서 호위 병사들에게 양귀비가 피살된 변란. 마외는 지금의 섬서성(陝西省) 흥평현(興平縣).

10) 경양(景陽)의 재앙: 중국 남북조시대 진(陳)나라 마지막 임금인 후주(後主)가 환락에 빠져 지내다가 수나라 문제의 침략을 당해 궁궐의 경양전(景陽殿) 우물 아래에 귀비(貴妃)들과 함께 숨어 있다가 붙잡힌 사건.

한때의 마음 푸는 것을 빙자해 날마다 음악만 일삼으시니, 신은 알지 못하겠나이다. 누가 폐하를 위해 이 계획을 아뢰었나이까? 선한 사람이 음란한 풍류와 여색을 멀리하는 까닭은 마음에 품은 뜻이 방탕해지기 때문이라. 무릇 마음이 외물外物에 유혹되는 것은 물이 서서히 스며들어 젖는 것과 같거늘, 폐하께서 오늘 마음을 푸시는 것이 내일은 전례가 되고, 내일 전례가 되면 모레는 그것을 일삼으시리니, 이를 미루어본다면, 오늘의 음악이 내일 무료해지면 새로운 음악을 생각하지 않을 수 없고, 내일 새로운 음악을 생각하시면 그 다음날은 음란한 풍류와 여색이 차례로 다가오리니, 신은 이원의 갈고[11]와 〈옥수후정화〉가 머지않아 폐하 앞에 이르리라 생각하나이다. 생각이 이에 이르니, 저도 모르게 모골이 송연해지고 간담이 서늘해져, 차라리 구중궁궐 천자의 섬돌에 머리를 부수어 아무것도 모르고자 하나이다.

폐하께서 한때의 마음을 풀고자 한다면, 잘못을 고치는 도리에 무슨 어려움이 있어 언관에게 죄를 주고 대신을 쫓아내어 조정으로 하여금 입을 막고 기운을 잃게 하시나이까? 친구 사이라도 사람은 누구나 직언과 권선을 어렵게 여기나니, 오늘 폐하의 신하 된 자들의 생사와 화복禍福이 폐하께 달려 있거늘, 어찌 폐하께서 듣기 싫어하는 말로 폐하의 귀를 거슬리게 해 엄한 질책을 자초하리이까? 이는 다름아니라 나라가 편안하면 제 몸이 편안하고 나라가 위태로우면 제 몸이 위태롭기에, 각각 간절한 소견을 말하는 것이니, 폐하의 일월같이 밝은 총명으로 어찌 이를 살피지 못하시리오마는, 눈앞의 즐거움만 보고, 앞으로 다가올 이익과 손해를 생각하지 못해 이처럼 잘못 살피신 것이로소이다. 미친 사람

---

11) 갈고(羯鼓): 양쪽 마구리를 말가죽으로 맨, 장구 비슷한 서역의 타악기. 당 현종은 본디 음률을 잘 아는데다 갈고를 특히 좋아했는데, 2월 어느 날 밤비가 막 갠 아침에 내정(內庭)의 버들개지와 살구꽃이 막 터져나오려는 것을 보고 친히 〈춘호광春好光〉 한 곡조를 지어 갈고를 연주하고 나니, 버들개지와 살구꽃이 다 터져나왔다 한다.

이 하는 말도 성인聖人께서는 택하시거늘, 폐하께서 조정의 언로를 막으시니 장차 어떻게 천하와 후세에 사죄하려 하시나이까?

신은 본디 여남汝南의 곤궁한 선비로, 폐하의 망극한 은덕을 입어 관직이 대신의 반열에 이르고 지극한 부귀를 누리었나이다. 개와 말 같은 천한 존재도 오히려 주인을 사랑하고, 돼지와 물고기 같은 어리석은 존재도 신의를 알거든, 신이 비록 불초하나 개와 말, 돼지와 물고기 같은 마음이 없으리이까? 임금께서 내려주시는 봉록을 받고 임금께서 내려주신 옷을 입는 특별한 은덕을 받았는데, 오늘날 덕망을 잃으신 행동과 나라가 망할 조짐을 보면서, 변방의 유배와 도끼의 형벌 당하는 것을 두려워해 수수방관한다면, 도리어 개와 말, 돼지와 물고기에게 부끄러우리이다.

엎드려 바라건대, 폐하께서는 계책을 아뢴 자를 관사官司에 맡겨 머리를 베어 일벌백계하시고, 이원의 악공과 후원에 새로 지은 정자를 없애소서."

천자가 상소를 보시고 어떤 비답을 내렸는가? 다음 회를 보라.

# 천자가 의봉정에서 음악을 듣고
# 난성후가 황교점에서 독약에 중독되더라
### 제27회

천자가 의봉정에서 음악을 들으시다가 연왕의 상소를 보고 불쾌해 노균을 돌아보시며,

"내가 덕이 부족하나, 어찌 당 현종이나 진 후주처럼 나라를 망하게 한 잘못이 있으리오?"

노균이 고개를 들어 대답하길,

"이것이 이른바 당론이니, 소유경의 망령됨과 윤형문의 위협과 양창곡의 핍박이 위장과 창자가 서로 이어진 것처럼, 한 사람이 부르고 다른 사람이 화답함이라. 폐하께서 이런 허물이 있다 하더라도, 저들이 어찌 감히 이처럼 부풀리는 것이리이까? 그 기세의 위협이 장차 우리 임금을 핍박해 구덩이 속으로 밀어넣으려 함이로소이다. 신이 늙은 나이에 분에 넘치는 천자의 은총을 입어 탁당으로 지목됨을 감수하오니, 오늘 신의 말이 공정하지 않은 듯 보일 수 있으나, 양창곡은 나이 어린 대신으로 병권을 잡고 출장입상해 방자하며, 또 윤형문은 그의 장인이요 소유경은 지난날 그를 따르던 장수라. 이제 그 관직이 삭탈되는 것을 보고

당파를 감싸고 도는 뜻으로 임금을 위협하니, 만약 이 버릇을 징계하지 않으면 조정에 분명 임금과 신하의 분별이 없어지리이다."

천자가 대답하지 않으시고 한림학사에게 명해 연왕의 상소를 다시 가져오라 하시더니 엄한 얼굴에 우렁찬 음성으로 책상을 치며,

"자기는 고요·기, 이윤·주공을 자처하면서 나는 당 현종과 진 후주에 비유하니, 이것이 어찌 신하의 말투인가?"

다시 언성을 높여,

"이원 제자들은 앞으로 나와 음악을 연주하라. 내가 장차 밤새도록 즐기리라."

동홍이 단판檀板을 안고 앞으로 나오거늘, 노균이 간언하길,

"폐하께서 어찌 죄 없는 동홍을 죽이려 하시나이까? 오늘의 조정은 폐하의 조정이 아니옵니다. 양창곡의 권세가 온 나라를 기울게 하여 임금을 아래로 보거늘, 양창곡이 간언하는 난세의 음악을 동홍으로 하여금 연주하게 하신다면, 이는 양창곡의 뜻을 거스름이라. 폐하께서 어찌 한漢나라의 도적 조조¹⁾가 동승²⁾을 죽인 것을 생각하지 않으시나이까? 신이 또 듣건대 폐하께서 지난번 동홍에게 연왕을 뵈러 가라 하실 때, 연왕이 크게 노해 '네가 장차 머리를 보존하지 못하리라' 했다 하니, 이는 다름아니라 근래 조정에서 사람을 등용하는 것은 연왕이 모르는 바가 없었으나, 동홍이 홀로 천자의 은혜를 입어 연왕의 손에서 등용되지 않음을 분통하게 여겨 그를 죽이려는 마음을 이미 먹은 것이라. 이제 또

---

1) 조조(曹操, 155~220): 후한(後漢) 말기의 정치가. 자는 맹덕(孟德). 황건적(黃巾賊) 토벌에 공을 세워 헌제(獻帝)를 옹립하고 권력을 쥐었다. 승상의 지위에 오른 뒤 남정(南征)에 나서 형주(荊州)를 공격했으나 손권(孫權)·유비(劉備)의 연합군과 적벽(赤壁)에서 싸워 대패했다. 216년 스스로 위왕(魏王)이 되어 황제와 같은 권력을 행사했다.
2) 동승(董承, ?~200): 후한 말기 헌제의 장인. 헌제는 조조에 의해 옹립되었으나 실권이 없었다. 헌제가 동승에게 199년 의대조(衣帶詔, 임금이 옷에 써내린 명령)를 내렸고, 동승은 다른 신하들과 합력해 조조를 죽이려다가 일이 발각되어 가족이 모두 죽임을 당했다.

다시 그 뜻을 거슬러 당돌하게 음악을 연주한다면, 동홍이 목숨을 보존해 대궐 문을 나가기 어려우리이다."

천자가 더욱 노해 음악 연주를 재촉하시니, 이원 제자들이 일시에 질탕하게 음악을 연주하더라. 이때 연왕이 상소를 올리고 대루원에서 명을 기다리는데, 비답은 전혀 내려오지 않고 음악 소리가 궁궐을 진동하거늘, 스스로 성의가 부족해 천자의 마음을 되돌리지 못한 것으로 알고 다시 표문을 올리나, 천자가 보지 않고 내치며 하교하시길,

"다시 양창곡의 상소를 받들어 들이는 자가 있다면 목을 베리라."

대루원의 관리가 상소를 받들고 다시 나와 그 까닭을 아뢰니, 연왕이 분연히 몸을 일으켜,

"내가 이대로 물러나면, 황상의 밝은 덕을 누가 깨우칠 수 있으리오?"

하고 곧바로 합문闔門으로 들어가더라. 이때 노균이 이미 대궐 앞을 지키는 군사에게 명해 후원 문을 막아 연왕이 들어오지 못하게 하거늘, 연왕이 돌아보지 않고 곧바로 들어가며,

"내가 비록 번쾌3)의 충성심은 없으나, 어찌 대궐 문을 열어젖히고 곧바로 들어가4) 황상의 실덕失德을 간언하지 않으리오?"

마침내 의봉정 아래에 이르니, 좌우의 호위 군사와 하인들이 도리어 반기는 기색이 있어 몸을 굽혀 길을 피해주더라. 연왕이 전각의 섬돌에 오르니 문득 어사대부 한응문이 길을 막으며,

"황상께서 승상은 들이지 말라 하셨나이다."

---

3) 번쾌(樊噲, BC 242~BC 189): 한(漢)나라 개국공신. 유방(劉邦)과 함께 농민 봉기를 일으키고 초한(楚漢) 전쟁에 참가해 공을 세웠다. 홍문(鴻門)의 모임에서 유방이 항우(項羽)에게 모살될 위기에 처했을 때 극적으로 유방을 구해냈다. 유방이 고조(高祖)로 즉위한 뒤 상국(相國)이 되었고, 그뒤 여러 반란을 평정해 무양후(舞陽侯)에 봉해졌다.
4) 대궐 문을~곧바로 들어가: 유방이 영포(英布)의 난 진압에서 중상을 입어 문을 닫고 신하들을 만나주지 않자, 번쾌가 대궐 문을 열어젖히고 곧바로 들어가니(排闥直入), 그제야 다른 대신들이 따라 들어가 알현할 수 있었다는 일화가 전한다.

연왕이 정색하며,

"그대가 홀로 황상의 신하가 되지 않으려 하는가?"

하고 봉황 같은 두 눈에 광채가 번쩍여 기색이 자못 엄숙하니, 한응문이 기가 질려 물러나거늘, 연왕이 뜰 앞에 엎드려 아뢰길,

"폐하의 허물이 어찌 이에 이르셨나이까? 신이 몇 년 전 선비의 몸으로 외람되이 은덕을 입어 폐하를 자신전에서 뵈었을 때, 온화한 얼굴에 간곡한 음성으로 하교하시길 '내가 이제 즉위해 천하를 다스리는 도리를 알지 못하거늘, 그대는 나의 대들보요 주춧돌이라. 부족한 나를 보필하라' 하신 정성스러운 명령이 어제의 일 같나이다. 어찌 오늘 의봉정에서 임금과 신하의 뜻이 통하지 않아 알현이 어려울 줄 알았으리이까?"

말을 마치매 눈물이 붉은 도포의 소매를 적시니, 좌우에서 보는 이들이 그의 충성에 감탄해 눈물을 머금지 않는 이가 없더라. 천자가 진노하여,

"그대가 비록 후직·설, 주공·소공 같은 충성이 있으나, 진 후주와 당 현종 같은 이 망국의 임금에게 무슨 소용이 있으리오?"

연왕이 말하길,

"폐하께서 어찌 한때의 분노로 신하를 누르려 하시나이까? 순임금 같은 성인도 고요皐陶가 경계해 '단주5)같이 오만하지 마소서'라 했고, 한 고조 유방 같은 영웅호걸에게도 주창6)이 얼굴을 맞대고 꾸짖어 '걸왕·

---

5) 단주(丹朱): 요임금의 아들. 단수(丹水)에 봉해졌기에 단주라 했다. 오만하고 어질지 못해 요임금이 아들 단주에게 임금의 자리를 물려주지 않고 순(舜)에게 물려주었다. 『서경』「우서虞書」「익직益稷」에 보면, 우(禹)가 순임금에게 경계하길, "단주같이 오만하지 마소서. 그는 오로지 태만하게 노는 것만 좋아하고, 오만하고 포악한 짓을 저질렀나이다(無若丹朱傲, 惟慢遊是好, 傲虐是作)" 했다.

6) 주창(周昌): 한(漢)나라 개국공신. 고조(高祖) 유방(劉邦)을 따라 출전해 군공을 세우고 분음후(汾陰侯)에 봉해졌다. 강직한 성품인데 말을 몹시 더듬었다. 고조가 여후(呂后)의 소생인 태자 영(盈)을 폐위하고 척부인(戚夫人)의 소생인 여의(如意)를 태자로 세우려 하자, 어사대부로 있던 주창은 말을 더듬으면서도 그 부당함을 강력히 간했다. 주창이 일찍이 아뢰려 들어갔는

주왕[7] 같은 폭군이라' 했나이다. 신이 비록 고요·주창같이 충직하지는 않으나, 폐하께서 어찌 순임금과 한 고조처럼 신하의 간언을 물 흐르듯 따르는 성스러운 덕을 생각하지 않으시나이까?"

천자가 더욱 대노하여,

"내가 당 현종과 진 후주처럼 한 일이 무엇인가?"

연왕이 대답하길,

"폐하께서 덕을 닦으시면 요·순, 우왕·탕왕같이 될 것이요, 덕을 닦지 않으시면 당 현종이나 진 후주같이 되리니, 마음 쓰기에 달려 있을 따름이라. 신이 비록 불충해 폐하를 당 현종과 진 후주에 비유했으나, 폐하께 요·순, 우왕·탕왕의 덕이 있다면, 듣는 이들이 모두 요·순, 우왕·탕왕이라 할 것이요, 신이 비록 아첨하며 폐하를 요·순, 우왕·탕왕에 비유하더라도, 폐하께 당 현종과 진 후주의 허물이 있다면, 듣는 이들이 모두 당 현종과 진 후주라 하리이다. 바라건대 폐하께서는 다만 덕을 닦는 것을 중히 여기시고 신하들의 칭찬에 기뻐하지 마소서."

천자가 듣기를 마치매 좌불안석하여 책상을 밀치고 어탑(御榻)으로 옮겨 앉으시어,

"근래 조정에 임금과 신하의 분별이 없고, 각각 당파를 나누어 나를 탁당이라 하여 이처럼 배척하는가?"

---

데 고조가 척부인을 끌어안고 있는 모습을 보고 되돌아 나오자, 고조가 달려와 주창의 목 위에 올라타고 "나는 어떠한 군주냐?" 물으니, 주창이 "폐하는 걸왕·주왕 같은 군주입니다(陛下卽桀紂之主也)"라 했다. 고조가 이 말을 듣고 웃었으나, 이후로 주창을 더욱 조심하게 되었다고 한다. 『사기』 「장승상열전(張丞相列傳)」에 나오는 이야기다.

7) 주왕(紂王): 중국 고대 상(商)나라의 마지막 왕. 군사적 재능이 있어 많은 전쟁에서 승리를 거두었으나, 향락을 좋아하고 애첩 달기(妲己)에게 빠져 나라를 망하게 하였다. 술로 가득 채운 연못(酒池)의 나무에 고기를 매달아놓고(肉林) 달기와 함께 배를 타고 노닐며 고기를 따 먹었다고 한다. 간언하는 신하들에게, 기름을 발라 숯불 위에 걸쳐놓은 구리기둥 위를 걷게 하는 포락지형(炮烙之刑)을 내려 미끄러져 타 죽는 모습을 구경하며 즐거워했다고 한다. 주(周)나라 무왕(武王)에 의해 멸망했다.

연왕이 머리를 조아리며,

"폐하께서 매번 민망한 하교로 신하를 누르려 하시나, 천하에 신하 된 자가 어찌 임금과 당파를 나누어 권세를 다투리이까? 이는 반드시 간신의 참언을 곧이들으심이라. 바라건대 상방참마검[8]을 빌려 간신의 머리를 베어 천지의 큰 윤리를 밝힐까 하나이다."

천자가 손으로 어탑을 치며 대노하여,

"간신이 누구인가?"

연왕이 일어났다가 엎드려 아뢰길,

"신이 비록 불초하나 대신의 반열에 있사오니, 폐하께서 저를 예로써 대우해야 하거늘 어찌 이처럼 핍박하시나이까? 참지정사 노균은 폐하의 간신이라. 두 임금에게 등용되는 은덕을 입어 연로한 나이에 지위가 높거늘, 무슨 바라는 것이 있어 아첨으로 예악을 빙자해 임금을 농락하고, 당론을 떠들어 감히 폐하로 하여금 은연중에 탁당의 우두머리가 되게 하여 조정을 일망타진하고자 하니, 폐하께서 만약 노균의 머리를 베지 않으시면, 천하의 선비들이 폐하의 조정에 서는 것을 부끄러워하리이다."

말을 마치매 연왕의 기색이 당당해 노균을 흘겨보니, 이때 노균이 전각 위에서 천자를 모시고 있다가 이 광경을 보매, 소인의 쓸개가 비록 크기가 말⁴만 하나 어찌 두렵지 않으리오? 등에 땀이 흐르는 채로 전각에서 내려와 머리를 조아리며 죄를 청하거늘, 천자가 대노하여,

"그대가 이처럼 협박하니 장차 어찌하려는가?"

---

8) 상방참마검(尙方斬馬劍): 상방은 황실을 위해 도검병기(刀劍兵器)와 진복기완(珍服奇玩)을 제조하는 부서. 참마검은 말을 벨 정도의 예리한 칼. 『한서』 「주운전朱雲傳」에, 전한 때 관리 주운(朱雲)이 언관이 아니었음에도, 권력을 남용하는 태부(太傅) 장우(張禹)를 간신으로 지목해 탄핵하면서 상방에 보관하던 참마검을 하사받아 참수(斬首)할 것을 성제(成帝)에게 간언한 고사가 있다.

우레 같은 천자의 음성이 의봉정을 흔들매, 곁에 있던 신하들이 몸을 벌벌 떨고 서로 돌아보며 연왕에게 장차 큰 재앙이 닥칠까 두려워하더라. 연왕이 조용한 말투와 온화한 태도로 다시 엎드려 아뢰길,

　　"신이 어찌 감히 임금을 핍박하리이까? 이것이 이른바 '부모님께 허물이 있거든 울면서 그 뒤를 따른다' 함이라. 신이 듣건대, 아버지에게 간쟁하는 아들이 있으면 그는 불의를 저지르지 않고, 선비에게 간쟁하는 친구가 있으면 그는 명성을 잃지 않는다 하나이다. 보잘것없는 사내도 이러하거든, 하물며 이제 폐하께서는 만승의 임금으로 간쟁하는 신하 하나 없이 의봉정 위에 외로이 앉아 계시니, 신이 차마 물러갈 수 없나이다. 신도 다 같은 본성을 부여받고 태어난지라 어찌 살기를 좋아하고 죽기를 싫어하지 않으리이까? 그러나 만약 천자의 뜻을 되돌리지 못하고 사사로운 정을 돌아보아 헛되이 대궐 문을 나간다면, 문을 지키는 병사가 분명 웃으며 '불충하도다. 연왕이여! 머리부터 발끝까지 성스러운 은혜를 입었거늘 자기 몸을 아끼어 임금의 허물을 보길, 월越나라 사람이 척박한 진秦나라 땅을 예사로 보듯 하도다' 하고, 길을 지나가면 사람들이 모두 저를 지목하며 '우리 성스러운 천자께 작은 허물이 있거늘, 조정의 관리 가운데 한 사람도 임금께 직언해 깨닫게 하는 자가 없으니, 만약 큰일이 나면 우리 임금께서 장차 누구를 믿으리오?' 하리이다. 집에 돌아가면 부모님께서 분명 임금께 불충하는 것을 꾸짖고 가문의 명성이 추락한 것을 탄식할 것이고, 조정에 나오면 선비들이 이를 부끄러이 여겨 이익을 얻을까 잃을까 하며 근심한다고 침 뱉어 욕하리니, 신은 장차 이 세상에서 용납되기 어려운 죄인이 될지라. 폐하께서 어찌 신으로 하여금 하루아침에 곤궁해 돌아갈 곳 없는 사람으로 만드시나이까? 이제 만약 일월같이 밝은 총명으로 의봉정을 허물고 이원을 없애며, 다시 정신을 가다듬어 정치에 힘쓰고 간신을 축출하시면, 천하의 백성이 모두 기뻐하며 '어질도다. 우리 임금이여! 일월이 뜬구름을 헤치고 나오

니 광채가 더욱 밝도다. 어질도다. 연왕이여! 성스러운 은혜를 입고 성스러운 임금을 저버리지 않았도다' 하리이다. 이는 폐하께서 잠깐 뜻을 돌리셔서 성스러운 덕이 천하에 진동하고, 신같이 불충한 자도 성스러운 은혜를 입어 어진 재상이 될 수 있음이라. 신이 폐하께 이것을 바라지 않고 무엇을 바라리이까?"

말을 할 때마다 눈물이 떨어지거늘, 천자가 분노해 대답하지 않고 스스로 의봉정 후문으로 걸어 환궁하시니, 곁에 있던 신하들이 당황해 천자의 뒤를 따르더라. 연왕이 어찌할 수 없어 몸을 일으켜 대루원으로 나오니, 천자가 친필로 전지傳旨하길,

"나는 나라를 망하게 할 임금이라. 내 허물이 많아지면 연왕의 충성이 더욱 드러나리니, 우승상 양창곡을 운남雲南으로 유배하라."

좌우에서 아뢰길,

"대신을 유배하는 법이 관직을 삭탈한 뒤에 방축하나이다."

천자가 진노하여,

"나라를 망하게 할 임금이 어찌 국법을 알리오? 오늘 유배를 보내되, 어사대부 한응문으로 하여금 데려가게 하라."

갑자기 전각 아래에서 한 사람이 소리 높여,

"연왕은 충신이라. 폐하께서 어찌 충신을 용납하지 않으시나이까?"

사람들이 보니 곧 상장군 뇌천풍이라. 천자가 대노하여,

"하찮은 무인이 어찌 감히 무례하게 말하는가? 즉시 대궐 문밖으로 축출하라."

전전어사殿前御史가 뇌천풍을 끌어내려 할 때 뇌천풍이 자신전 난간을 부여잡고 소리질러,

"연왕은 나라의 대들보라. 폐하께서 천하를 다스리고자 하시면서 도리어 대들보와 같은 신하를 내쫓으시니, 어찌 망극하지 않으리이까?"

천자가 더욱 진노해 앞에 놓인 쇠 여의如意를 집어들어 던지며 "늙은

장수의 머리를 빨리 베어 바치라" 하시니 쇠 여의가 뇌천풍의 이마에 떨어져 피가 얼굴에 가득 흐르더라. 뇌천풍이 외쳐,

"신이 비록 뼈가 가루가 되고 몸이 부서지더라도 폐하를 위해 연왕을 구하고 죽으리이다. 나라에 충성하고 임금을 사랑하는 연왕의 마음은 천지신명이 밝게 비추거늘, 만약 젊은 나이에 기질이 약한데 운남 같은 험한 곳으로 쫓겨간다면 목숨을 보존하기 어려우리니, 바라건대 유배지를 가까운 곳으로 바꿔주소서. 폐하께서 한때의 분노로 어진 신하를 죽이시면 오래지 않아 반드시 후회하시리이다."

천자가 더욱 노해 좌우에 명하여 빨리 목을 베라 하시니, 전전어사가 천자의 진노를 보고 여러 사람이 뇌천풍을 끌어내니 난간이 부러지더라. 뇌천풍이 대성통곡하며,

"신이 화살과 돌, 바람과 먼지 가득한 전쟁터에서 보존한 목숨으로, 연왕을 위해 죽는 것은 참으로 여한이 없나이다. 폐하께서 연왕을 살려주시고 신의 머리를 베신다면, 지하의 외로운 혼이 되더라도 진실로 달가울까 하나이다."

전전어사가 뇌천풍을 대궐 문밖으로 끌어낼 때 천자의 진노가 조금 풀려 뇌천풍을 용서하라 하고 연왕의 출발을 재촉하더라. 날이 이미 저물었는지라 연왕이 무거운 견책을 받고 잠시 집으로 돌아와 어버이에게 하직 인사를 드리는데, 참담한 기색과 당황스러운 거동을 어찌 말로 다할 수 있으리오? 억지로 온화한 얼굴로 어버이에게 꿇어앉아 아뢰길,

"황상의 일월같이 밝은 총명으로 반드시 오래지 않아 후회하시리니, 청컨대 잠시 교외로 나가시어 집안사람들을 데리고 한가롭게 지내심이 좋을까 하나이다."

양태야가 말하길,

"나도 그렇게 생각하나, 마땅한 곳이 없도다."

연왕이 대답하길,

"윤각로께 마침 교외에 별장이 있어, 산수가 자못 아름답고 저택이 좁지 않으니, 엎드려 바라건대 상의해보소서."

양태야가 고개를 끄덕이거늘, 연왕이 물러나와 윤부인과 작별하고 난성후를 찾아가니, 난성후가 벌써 화장을 지우고 청의靑衣를 입고 나와 굳세게 서 있더라. 연왕이 그 뜻을 알고,

"오늘은 낭자 역시 벼슬에 매인 몸이라. 어찌 이처럼 유배객을 따르고자 하는가?"

난성후가 결연히 대답하길,

"운남은 험한 땅이고, 또 간악한 사람이 독을 품으면 헤아리기 어렵나이다. 들건대 '삼종지도三從之道는 무겁고 몸은 가볍다' 하니, 어찌 편안히 앉아 상공께서 홀로 위험한 땅에 들어가시는 것을 보리이까? 이제 비록 엄한 견책을 받고 길을 떠나시는데 반드시 하인 한 명을 거느려 따르게 하시리니, 바라건대 제 간절한 마음을 받아주소서. 만약 이 일로 조정에 죄를 얻는다 해도 저는 부끄럽지 않나이다."

연왕이 만류할 수 없음을 알고 길을 재촉해 하인 한 명과 남종 다섯 명과 함께 작은 수레를 몰아 출발하더라. 한응문 어사는 일찍이 난성후와 면식이 없는지라, 자주 쳐다보며 도리어 하인의 용모가 비범함을 의아해하더라.

노균이 연왕에게 품은 원한이 뼈에 사무쳤는데, 이미 만리 밖으로 쫓아내어 눈앞의 근심은 덜었으나, '이 사람이 세상에 존재하는데 내가 어찌 베개를 높이 하고 잠을 편안히 자리오?' 하고, 심복 남종에게 한응문 일행을 따라가 이리이리하라 시키고, 다시 집에서 부리는 하인 대여섯 명과 자객 한 명을 보내어 중도에 형세를 살펴보아 계책을 도모하라 하니, 그 흉악하고 비밀스러운 계책을 참으로 헤아리기 어렵더라.

한편 좌익장군 동초와 우익장군 마달이, 연왕이 멀리 유배 가는 것을 보고 분개해 탄식하길,

"우리 두 사람이 연왕의 두터운 은덕을 입어 함께 부귀를 누렸거늘, 이제 환란이 있다고 연왕을 저버리면 의리가 아니다. 이제 연왕께서 만리 먼 곳으로 심복 하나 없이 가시니, 우리가 마땅히 장군의 인수印綬를 풀고 연왕을 좇아 생사를 함께하리라."

그리고 한꺼번에 병을 핑계해 사직하니, 노균이 일찍이 두 장수의 풍채와 인품을 아껴 문하에 가까이 두고자 하거늘 즉시 불러 보고 좋은 말로 위로하여,

"장군들이 연왕 문하임을 내가 이미 아노니, 이제 연왕을 우러르던 정성으로 나를 따른다면 벼슬이 어찌 좌익장군·우익장군에 그치리오?"

마달이 대답하길,

"저는 무인이라. 비록 일찍이 글을 읽지 못했으나 신의를 자못 아노니, 어찌 차마 세력 잃은 옛 주인과 등지고 세력 얻은 새 주인을 따르리이까?"

말을 마치매 기색이 편안하지 않거늘, 노균이 몹시 못마땅해 시무룩이 대답하지 않더라. 동초가 다시 말하길,

"저는 본디 소주蘇州 사람이라. 고향에 돌아가지 못한 지 벌써 여러 해가 되었으니, 잠시 벼슬을 그만두고 돌아가 어버이의 묘소를 돌보고, 오래된 묘소의 백양나무 아래 자손을 낳아 아쉬운 마음을 풀고 나서 다시 문하에 나와 오늘의 환대를 잊지 않으리이다."

노균이 미소하며, 두 사람이 자신을 따르지 않을 것을 알고 그들의 관직을 거두더라. 동초와 마달이 흔쾌히 필마단창으로 남쪽을 향해 연왕의 뒤를 따라 말고삐를 나란히 하고 갈 새, 동초가 마달을 꾸짖어,

"일을 꾀하려는 사람은 마땅히 치욕을 견뎌야 하거늘 도리어 거친 주먹질을 하고자 하니, 간특한 노균이 한번 노하면 우리도 타향의 유배객이 될지라. 어찌 연왕을 좇아 환란을 서로 구할 수 있으리오?"

마달이 웃으며,

"대장부가 불쾌한 말을 들으면 죽더라도 피하지 않는 것이라. 어찌 달콤한 말로 간악한 사람을 달래리오?"

두 사람이 박장대소하며 가더라. 동초가 또 말하길,

"이제 연왕을 좇아 그 일행에 들어가면 연왕이 분명 즐거워하지 않으시리니, 멀리서 따라가며 뜻밖의 변고를 살핌이 좋을까 하노라."

하고 숲과 들을 지날 때면 꿩과 토끼를 잡으며 말을 달려, 사냥하는 소년으로 변장해 앞서거니 뒤서거니 하며 가더라.

한편 한웅문 어사가 노균의 간특한 말을 믿어 며칠 동안 연왕의 행색을 두루 살피더니 대엿새 뒤에는 자연히 마음이 해이해지더라. 연왕의 행차가 이르니 객점 사람들이 놀라 묻기를,

"이 상공께서 지난해 도원수로 출전하실 때 기율이 엄정해 길을 지나면서 민폐가 조금도 없었기에, 이제까지 덕을 칭송해 고금에 없는 일이라 하더니, 지금 무슨 죄로 이 길을 가시나이까?"

그리고 앞다투어 술과 음식을 바치며 전별의 뜻으로 금품을 드리거늘, 연왕이 일일이 물리치더라. 사람들이 다시 한어사에게 바치고 혹 눈물을 흘리며,

"저희는 길가에서 살아가는 인생이라. 예로부터 전해오는 말에 '출전하는 군대가 한번 지나가면 길에 가시덤불이 가득 생긴다' 하는데, 오직 우리 양원수께서 행군하실 때는 마을 백성이 말발굽소리만 듣고 술 한 잔도 바치지 않았나이다. 길가의 사람들이 모두 '조정이 이런 상공을 등용하면 백성이 편안히 살리라' 하더니, 지금 무슨 죄로 이 길을 가시나이까?"

한어사가 말문이 막히고 귀가 멍멍해 생각하되,

'내가 일찍이 연왕이 나이 어린 대신으로 문무를 겸비했다고 들었으나, 어찌 이러한 명망과 덕화가 있을 줄 알았으리오?'

자연히 감복해 객점에 들어갈 때마다 자주 연왕의 처소에 가서 얘기

를 나누더라. 연왕이 흔쾌히 대접해 마음을 논하기도 하고 글에 대해 얘기도 하거늘, 번화한 기상은 봄바람이 자리를 가득 메우는 듯하고, 풍부한 학문은 바다가 끝없이 이어지는 듯하더라. 한어사가 말마다 자기 잘못을 깨닫고 일마다 복종해 탄식하길,

"반평생을 헛되이 보내어 군자를 보지 못하다가 오늘에야 비로소 봄이라."

하고 도리어 연왕의 행차를 더욱 보호하더라.

한편 난성후가 열협熱俠의 풍모와 충의忠義의 마음으로, 구차한 행색을 돌아보지 않고 하인으로 변장해 남편의 뒤를 따르면서, 낮에는 몸소 일거일동과 음식을 받들고, 밤에는 몸소 잠자리와 의복을 담당해, 연왕이 물 한 모금 마시고 발걸음 옮기는 데에도 그림자처럼 따라다녀 잠시도 떨어지지 않더라.

이때 연왕이 집을 떠난 지 이미 한 달이 되었더라. 가을바람이 불어오고, 하늘 끝의 돌아가는 기러기는 서글프게 울며, 말머리에 누런 잎이 어지러이 날리거늘, 적인걸이 구름을 바라보던 마음[9]과 두보가 북두성에 의지하던 정성[10]으로, 아침부터 저녁까지 슬픈 마음을 진정하기 어렵더라. 날이 저물어 객점을 찾아 들어가니, 이곳은 황성으로부터 사천여 리 떨어진 곳이요, 이름은 황교점荒郊店이라. 서남쪽은 교지交趾 방면이고 동남쪽은 운남雲南 지경이더라. 연왕이 행장을 정돈하고 밤을 지낼 새,

---

9) 적인걸(狄人傑)이 구름을 바라보던 마음: 당나라 고종(高宗) 때 명신 적인걸(630~700)은, 고종이 죽고 측천무후(則天武后)가 즉위해 국호를 주(周)로 바꾼 뒤 691년에 재상이 되어 정치를 쇄신해 '무주(武周)의 치(治)'를 이끌었다. 적인걸이 모함을 받아 투옥되었다가 병주(幷州)에 좌천되었을 때, 그의 부모는 하양(河陽)의 별장에 머물고 있었다. 적인걸이 태항산(太行山)에 올라 흰구름이 떠 있는 것을 보며 "저 구름 아래에 부모님이 계실 것이다"라고 한 고사가 있다.
10) 두보(杜甫)가 북두성에 의지하던 정성: 당나라 시인 두보가 55세에 기주(夔州)로 이주해 요양하며 지낼 때 지은 「추흥팔수秋興八首」의 둘째 수에서 "기주 외로운 성에 저녁 해 기울면, 늘 북두성에 의지해 장안을 바라보네(夔府孤城落日斜, 每依北斗望京華)"라 하여 망향의 한을 노래했다. 시에서 '기부(夔府)'라 한 것은 640년에 기주에 도독부(都督府)가 설치되었기 때문이다.

깜빡이는 등불에 뒤척이며 잠을 이루지 못하거늘, 난성후가 앞으로 나아가 묻기를,

"상공께서 잠을 이루지 못하시니, 몸이 불편하시나이까?"

연왕이 말하길,

"그러한 것이 아니라. 황상과 부모님을 이별하고서 몸은 외로운 나그네가 되고 계절은 어느덧 바뀌니, 마음이 자연히 편안하지 못함이로다."

난성후가 행장에서 술을 꺼내어 화려한 말로 나그네의 회포를 위로하니, 연왕이 술 몇 잔을 마시고 나서 "이 무렵에는 황성의 물고기와 게가 안주거리로 좋지" 하니 난성후가 대답하길,

"제가 조금 전에 보니, 객점 밖에 물고기를 파는 사람이 있었으니 물어보리이다."

그리고 객점 사람으로 하여금 나가 살펴보게 하니, 과연 물고기 몇 마리를 사오더라. 난성후가 크게 기뻐해 부엌에 들어가 국을 끓일 때 손으로 나무를 꺾고 입으로 불을 붙이며 바삐 솥을 씻거늘, 연왕이 이를 보고 탄식하길,

'나는 불효하고 불충해 유배객이 되었으나, 저 사람은 죄 없이 고초가 심하도다.'

남종에게 일을 맡기고 방으로 들어오라 하니, 난성후가 말하길,

"이미 밤이 깊고 인적이 드무니 별다른 염려가 없을지라."

하며 남종에게 불을 때라 하고 난성후는 잠시 방안으로 들어와 연왕을 모시고 담소하다가 다시 부엌으로 가 국그릇을 받들고 들어와 음식이 식기를 기다리는데, 연왕이 술에 취해 수저를 들어 맛보려 하니, 난성후가 만류하여,

"밭갈이는 마땅히 종에게 묻고, 베짜기는 마땅히 계집종에게 묻는 것이라. 음식의 간을 맛보는 것은 아녀자의 일이니, 제가 마땅히 먼저 맛보리이다."

그릇을 당겨 한번 마시더니 갑자기 그릇을 땅에 던지고 소리질러,

"상공께서는 이 국을 마시지 마소서."

온몸이 파래지고 피를 토하며 혼절하거늘, 어떠한 까닭인지 알지 못하겠도다. 다음 회를 보라.

# 연왕이 초료 더미에서 화재를 당하고
# 난성후가 운남 객점에서 자객을 사로잡더라

제28회

연왕이 뜻밖의 변을 당해 급히 행장 안에서 해독약을 꺼내 난성후에게 삼키게 하고 동정을 살피는데, 한어사가 소식을 듣고 크게 놀라 허둥지둥 달려오더라.

"하인이 독약에 중독되었다 하거늘, 이것이 어찌된 일이옵니까?"

연왕이 말하길,

"나도 알 수 없도다. 그러나 분명 나를 해치려다가 하인이 뜻밖의 재앙을 당함이로다."

한어사가 말하길,

"각하는 덕망이 우레 같으시거늘, 이곳에 어찌 해치려는 사람이 있으리오? 반드시 실마리가 있음이라."

그리고 자기가 거느리고 온 남종을 일일이 부르는데, 그 가운데 한 사람이 사라졌더라. 한어사가 대노해 좌우에 호령하되, 연왕의 남종들과 힘을 합쳐 잡아오라 하며 연왕에게 아뢰길,

"제가 이제부터 각하의 문하가 되리이다. 어찌 속마음을 숨기리이까?

제가 출발할 때 참지정사 노균이 남종 한 사람을 보내며 데려가달라고 부탁하기에 부득이 허락했으나 그 까닭을 알지 못했는데, 오늘 일이 가장 수상함이라. 그 남종이 어찌 아무런 이유 없이 도망할 리 있으리이까? 빨리 체포하는 것이 좋을까 하나이다."

한편 동초·마달이 연왕 일행을 따라 멀리서 올 때 산천의 경치를 구경하기도 하고 산에서 사냥도 하더라. 하루는 사슴 한 마리가 앞길을 가로질러 달리매 두 장수가 창을 들고 말을 달려 쫓으니 그 사슴이 고개를 넘어가거늘, 두 장수가 말을 달려 고개를 넘으니 골짜기는 깊고 숲은 우거져, 십여 리 아득한 산골짜기에 사슴은 간 곳이 없고 한 노인이 바위 위에 앉아 졸고 있더라. 두 장수가 외쳐,

"노인께서 도망가는 사슴을 보지 못했나이까?"

노인이 돌아보고 미소하며 대답하지 않거늘, 마달이 대노해 창을 휘두르며 앞으로 나아가 노인을 꾸짖더라.

"어떤 늙은이가 귀먹은 척하며 물어도 대답하지 않는가?"

노인이 웃으며,

"그대들은 잠시 사슴 쫓는 것을 멈추고 급히 사람 목숨을 구하라."

두 장수가 비로소 그가 비범한 인물임을 알고 일제히 창을 던지고 앞을 향해 예를 갖추고 가르침을 청하여,

"조금 전 말씀은 과연 누구를 가리키는 것이옵니까?"

노인이 이에 단약 한 개를 꺼내 주며,

"그대들이 이 단약을 가지고 고개를 넘어 남쪽으로 몇 리를 가면 거의 다 죽게 된 사람을 자연히 만나 그 목숨을 구하리라."

말을 마치매 갑자기 보이지 않거늘, 두 장수가 서로 돌아보며 놀라다가 이윽고 단약을 가지고 노인이 알려준 대로 산을 넘어 남쪽으로 가더라. 밤이 이미 깊어 큰길을 따라 몇 리를 가니, 한 사내가 멍하니 오다가 갑자기 두 장수를 보고 놀라 얼굴을 가리고 길을 돌아 달아나거늘, 두

장수가 서로 돌아보며,

"저 사내의 기색이 수상하니, 우리가 따라가 붙잡아 그가 가는 곳을 자세히 캐물으리라."

말을 채찍질해 따라가 사로잡으니, 남종 차림을 하고 있더라. 두 장수가 묻기를,

"너는 어떤 사람이기에 밤이 깊은 뒤에 혼자 다니며, 어째서 우리를 보고 놀라 달아나는가?"

사내가 허둥지둥 대답하길,

"저는 본디 황성에 사는 남종으로, 급한 일이 있어 남방으로 갔다가 이제 돌아가는 길에, 인적 없는 곳에서 갑자기 장군을 만나매 자연히 겁이 나 도망친 것이로소이다."

두 장수가 또 묻기를,

"그런즉 너는 어느 집 남종이며, 무슨 일로 남방 어디에 갔던 것인가?"

사내가 주저하며 말을 하지 못하거늘, 두 사람이 생각하되,

'우리가 연왕을 위해 간악한 사람을 엄중히 살필지라. 이 사내의 행동이 자못 의아하니 쉽게 놓아주지 못하리라.'

말에서 내려 반나절을 따져 묻다가 짐짓 다투는 척하니, 사내가 더욱 조급해하며,

"저는 갈 길이 바쁘오니, 두 분께서는 길 가는 행인으로 하여금 까닭 없이 지체하게 하지 마소서."

손을 뿌리치고 달아나려 하거늘, 마달이 빙그레 웃으며 더욱 단단히 붙잡고,

"우리는 사냥을 하는 소년들이라. 듣건대 이 산속에 근래 여우의 정령이 밤이면 산을 내려와 행인을 해친다 하거늘 분명 남종으로 모습을 바꾼 것일지라. 마땅히 꽁꽁 묶어 객점으로 데려가 사냥개로 하여금 네가

참인지 거짓인지 시험하리라."

그리고 말고삐를 끊어 사내를 묶으려는데, 갑자기 남쪽에서 불빛이 솟아 하늘을 찌르며 남종 예닐곱 명이 길에 가득히 오더라. 사내가 애걸하여,

"엎드려 바라건대 장군께서는 이 남은 목숨을 살려주소서. 저는 저기 오는 자들과 일찍이 원한이 있어 만약 잡히면 죽으리니, 빨리 놓아주소서."

그 입에서 애걸하는 소리가 끊이지 않더니, 말을 마치기도 전에 남종 대여섯이 이미 앞에 이르렀더라. 두 장수가 불빛 속에서 보고 크게 놀라,

"너희는 연왕을 모시고 운남으로 갔던 남종 아닌가?"

남종들도 놀라,

"두 장군께서 어찌 이곳에 이르셨나이까?"

그리고 황교점에서 낭패당한 일을 이야기하니, 동초·마달이 크게 놀라 묶어놓은 사내를 가리키며 그 모습을 보게 하니, 모든 남종이 불을 들어 비추고 외쳐,

"과연 이 간악한 놈이니, 소홀히 하여 놓치지 말라."

더욱 단단히 묶어 두 장수와 더불어 황교점으로 올 새, 연왕의 남종이 몰래 두 장군의 귀에 대고,

"난성후께서 하인으로 변장해 길을 오다가 객점 안에서 중독되어 살아날 가망이 없나이다."

두 장수가 아연실색해 서로 돌아보며,

"조금 전의 노인은 과연 이인異人이라. 우리가 이미 단약을 갖고 있으니 마땅히 먼저 가 급히 구하리라."

말을 채찍질해 황교점에 이르더라. 이때 연왕이 만리 객지에서 평생 총애하고 뜻과 기상이 서로 합하던 홍랑이 자기를 대신해 횡사하게 되

니, 대장부의 철석간장으로도 참혹한 마음을 진정할 수 없어 하늘을 우러러 탄식하길,

"괴이하도다, 조물주가 사람을 시기함이여! 내가 우연히 홍랑과 만나 끝없는 풍파와 무궁한 환란을 겪고, 끊어진 인연을 교묘하게 다시 이어, 몇 년 동안 바람 먼지 가득한 전쟁터에서 고초를 함께하였으니, 이제는 검은 머리가 파뿌리 되도록 부귀를 함께하길 기약했는데, 어찌 젊은 나이에 이런 참혹한 일을 당해 제 목숨대로 살지 못한 원혼이 될 줄 알았으리오?"

연왕이 다시 이불을 걷고 그 몸을 만져보니, 옥 같은 모습과 꽃 같은 얼굴이 이미 차가운 재 같고, 빼어난 기상과 총명한 자질이 갑자기 사라져 온기가 끊어진 지 이미 오래더라. 다시 탄식하길,

"끝났도다, 애석하도다! 내가 차마 너를 이곳에 버리고 가겠는가? 청산에 옥을 묻고 푸른 물에 구슬을 버리는 것은 예로부터 애석한 바라. 하늘이 내 손과 발을 자르고 내 지기를 빼앗으시니, 이를 모르는 사람은 내 아련한 정의 뿌리를 운우의 풍정을 생각함이라고 말하려니와, 아는 사람은 분명 '백아가 거문고로 높은 산과 흐르는 물을 표현하되, 세상에 이를 알아주는 종자기가 없음을 한탄함이라'고 말하리로다."

두 줄기 눈물이 흘러 소매를 적시더라. 갑자기 다급하게 문 두드리는 소리가 들리더니 두 소년이 허둥지둥 들어오거늘, 연왕이 보니 곧 동초와 마달이더라. 앞으로 나아와 문안 인사를 마치매 연왕이 놀라 묻기를,

"장군들이 어찌 이곳에 이르렀는고?"

두 장수가 좌우에 다른 사람이 없는 것을 보고 대답하길,

"저희가 견마의 정성을 본받고자 하오나, 감히 묻자오니 홍원수의 병환이 어떠하옵니까?"

연왕이 두 눈에 눈물이 고인 채로,

"그대들도 몇 년 동안 바람 먼지 가득한 전쟁터에서 함께 고생한 친

구라. 어찌 섭섭하지 않으리오? 하룻밤 서리에 갑자기 꽃이 떨어졌으니 더는 할말이 없으나, 그대들은 다만 장례를 도와 옛정을 저버리지 말라."

동초가 즉시 소매 속에서 단약을 꺼내어 받들어 드리고, 노인이 단약을 주던 일을 아뢰니, 연왕이 반신반의해 즉시 단약을 물에 개어 입에 넣어주더라. 반나절이 지나지 않아 난성후가 붉은 물을 토하고 길게 숨을 쉬며 돌아눕거늘, 연왕이 크게 기뻐 두 장수를 돌아보며,

"난성후가 오늘 다시 살아난 것은 두 장군 덕분이라. 비록 그러하나 나는 오늘 죄인의 행색이고, 장군들은 지난날 나를 좇아 섬긴지라. 만약 함께 간다면 도리어 참소하는 사람의 구설수를 더하리니, 장군들에게 재앙이 될 뿐 아니라, 유배객의 삼가야 할 도리를 거스름이로다."

두 장수가 몸을 굽히고 대답하길,

"저희가 어찌 각하의 뜻을 모르리이까? 이제 홍원수께서 다행히 살아나셨으니, 저희는 마땅히 이 자리에서 하직 인사를 드리고 남방 산천을 두루 다니며 불편한 마음을 풀고자 하나이다."

연왕이 한참 생각하다가 웃으며,

"내가 장군들의 뜻을 알거니와, 생사는 하늘이 정한 운수라. 장군들은 너무 염려하지 말고 빨리 돌아가라."

두 장수가 명을 받들어 떠나더라. 이윽고 모든 남종이 사내를 붙잡아 오니, 연왕이 얼굴빛을 엄정히 하여 묻기를,

"네가 나에게 원한이 없거늘, 어째서 아무 까닭 없이 독을 풀어 해치려 했는가?"

사내가 처음에는 변명을 하다가 마침내 실토하길,

"저는 참지정사 노균의 하인으로, 주인의 명을 받들어 독약을 가지고 한어사의 행차를 따라와 상공을 해치려 온갖 수단을 꾀했으나, 상공의 하인이 조금도 자리를 떠나지 않고 음식을 몸소 만든 까닭에 감히 손을

쓰지 못했나이다. 마침 그 하인이 방으로 들어가고 불을 때던 남종이 잠들었기에 감히 독약을 시험했으니, 만 번 죽어도 아쉬울 것이 없나이다."

연왕이 미소하고 사내를 즉시 한어사에게 보내 처리하도록 하니, 한어사가 본 고을로 압송해 감옥에 가두고 조정의 명을 기다리게 하더라.

이때 난성후가 단약을 복용하고 나서 정신이 점차 맑아지고 몸의 기력이 예전과 같이 되었더라. 연왕이 난성후에게, 동초와 마달이 우연히 노인을 만나 단약을 받아온 일을 말해주니, 난성후가 한편으로 기뻐하고 한편으로 슬퍼하며 탄식하길,

"이는 분명 저의 사부인 백운도사라."

서쪽 하늘을 향해 두 번 절하여 사례하고 슬퍼하며 눈물을 머금더라. 이튿날 연왕이 길을 떠나 십여 일 만에 계림桂林 경계에 이르니, 이곳은 황성에서 육천 리 떨어진 곳이라. 산천에 초목이 없고 인가가 드물어 혹 백여 리를 가도 객점이 없더라. 한 객점을 찾아가 그곳에서 묵으니 이름이 초료점草料店이라. 전후좌우에 시초柴草가 산처럼 쌓여 있거늘, 주인을 불러 그 까닭을 물으니 대답하길,

"이곳은 시초가 매우 귀하고, 또 남쪽 오랑캐와 접경 지역이라. 갑자기 전쟁이 일어나면 객점 사람과 마을 사람들이 대군에 초료를 댈 것을 걱정해, 매년 가을에서 겨울로 넘어가는 때에 미리 준비해 이처럼 곳곳에 쌓아둠이라."

이날 밤 난성후가 조용히 연왕에게 아뢰길,

"이곳에서 혹 간악한 사람이 불을 지르는 변고가 있을 듯하니, 방심할 수 없나이다."

남종 일행에게 단단히 타일러 행장과 수레를 풀지 말고 단속해 기다리라 하고, 난성후가 몸소 객점 앞뒤를 두루 다니며 지형을 살피니, 객점 뒤에 흙산이 있어 비록 높지 않으나 초목이 자라지 않는 벌거숭이산

이더라. 난성후가 크게 기뻐하며 객실로 돌아와 연왕을 모시고 의관을 풀지 않은 채 앉아 있더니, 밤이 사오경에 이르매 객점 사람들이 각기 돌아가 잠들어 온갖 소리가 조용하거늘, 난성후가 연왕에게 아뢰길,

"지금이 곧 위태로운 때이니, 잠시 객점 뒤에 있는 흙산으로 올라가 재앙을 피하소서."

연왕이 웃으며,

"난성후가 괜히 겁내는 것이 아닌가?"

대답하길,

"비록 허실虛實을 헤아리기 어려우나, 염려하지 않을 수 없나이다."

그리고 남종 몇 명으로 하여금 몰래 행장을 옮겨 흙산에 오르게 하더라.

한편 난성후가 연왕을 모시고 흙산을 걸어오르되, 객점 사람들은 아직 알지 못하더라. 이윽고 객점 동쪽 시초 더미에서 불길이 일어나 순식간에 사방으로 불빛이 하늘을 찌를 듯하여, 유성처럼 빠르게 불이 번지니, 객점 사람들이 바야흐로 크게 놀라 불길을 잡으려 하나 어찌할 수 없고, 한어사도 탄식하다가 미처 의관을 갖추지 못하고 불길을 무릅쓰고 엎어지고 자빠지며 흙산을 오르더라. 이때 동남풍이 크게 불어 불길과 바람이 맹렬하니, 위아래 객점이 머리카락 한 올 타듯 불에 타매, 연왕 일행은 이미 흙산에 올라 재앙을 면했으나, 한어사의 수레와 말과 남종 몇몇은 빠져나오지 못하더라. 한어사가 그제야 연왕이 있는 곳을 알고 찾아와 묻기를,

"각하께서 어떻게 미리 아셨나이까?"

연왕이 웃으며,

"내가 어찌 미리 알 수 있으리오? 다만 생사는 하늘에 달려 있으니, 사람의 힘으로 억지로 할 바가 아님이라."

말이 끝나기도 전에 고함소리가 산 아래에서 요란하더니, 사내 십여 명이 각각 짧은 무기를 들고 외쳐,

"우리는 녹림객이라. 맞서기가 두려운 사람은 갖고 있는 재물을 빨리 내놓으라."

하고 크게 외치며 흙산을 오르더라. 난성후가 급히 쌍검을 휘둘러 사내들을 잡으려 하는데, 마침 두 소년이 창을 휘두르며 말을 몰아 불빛 속을 헤치고 들어와 호되게 꾸짖더라.

"간악한 놈들아, 감히 당돌하게 굴지 말고 목을 내밀어 내 창을 받으라! 너희가 이미 대군의 초료 더미에 불을 질러 하늘에 닿을 큰 죄를 짓고도 아무 까닭 없이 나그네를 해치려느냐?"

사내 몇 명을 찔러 쓰러뜨리니, 모든 사내가 한꺼번에 달아나거늘, 두 소년이 좌충우돌해 한바탕 무찌르고 외쳐,

"우리는 사냥하는 소년이라. 마침 도적이 불을 지르는 것을 보고 구하러 왔다가 이제 돌아가노라."

하며 남쪽을 향해 말을 달려가더라. 이들은 특별한 사람이 아니라 곧 동초와 마달이니, 이 두 사람이 다시 연왕을 따라오다가 멀리서 초료 더미에 일어난 불을 보고 급히 구하고 돌아감이더라. 연왕과 난성후는 이미 짐작했으나, 한어사는 놀라면서도 기뻐하다가 반나절 뒤에 비로소 정신을 차리고 자기 남종을 점검하며 행장을 수습해보니, 남종 두 명과 말과 수레는 이미 재가 되었더라. 모두가 놀라 객점으로 돌아가고자 하나, 불길이 아직 꺼지지 않았고 객점 사람 중에 죽은 자 역시 무수하더라. 한어사가 바로 모든 남종에게 호령해 창에 찔린 사내들을 끌어오라 하니, 사내 두 명이 중상을 입었으나 아직 죽지 않은지라. 한어사가 대노하여,

"너는 어떤 강도이기에 태평시대에 아무 까닭 없이 불을 질러 나그네를 위협하느냐?"

사내가 머리를 숙이고 대답하지 않더라. 한어사가 더욱 노하여 좌우에 명해 고문을 가하니, 사내가 비로소 아뢰길,

"저희는 곧 참지정사 노균이 보낸 사람이라. 참지정사께서 사람을 세무리로 나눠 보내어 연왕을 해치려 했으니, 첫번째는 한어사를 따라온 남종이요, 두번째는 저희 십여 명이라. 형세를 보다가 불을 지르되, 만약 실패하거든 녹림객으로 변장해 연왕을 살해하고 돌아오면 천금을 상으로 준다 했기에, 저희가 재물을 탐하여 죽을죄를 범했나이다. 바라건대 이 자리에서 빨리 죽고자 하나이다."

한어사가 한참 동안 말이 없다가 다시 묻기를,

"이미 그러하다면, 세번째 간악한 놈은 어디로 갔느냐?"

사내가 대답하길,

"세번째는 자객이라. 자못 비밀스러운 까닭에, 그를 보냈다는 것만 들었고 그가 있는 곳은 모르나이다."

한어사가 말하길,

"너희는 우리 일행을 겁박한 죄를 지었을 뿐 아니라 대군의 초료 더미를 불태웠으니 살기 어려우리라."

본 고을에 분부해 사내를 감옥에 가두어 조정의 명을 기다리게 하고, 본 고을에 부탁해 말과 수레를 준비하더라.

이때 위아래 객점이 모두 불에 타 거처할 곳이 없더라. 연왕과 한어사가 산 위에서 밤을 지새우고, 이튿날 길을 떠나 예니레 뒤에 비로소 운남 지방에 이르러 한 객점을 정하고 그곳에서 밤을 지낼 새, 달빛은 밝고 날씨는 선선하니 남방의 팔월이 중국의 육칠월 기후 같더라. 연왕이 창문을 열고 달빛을 바라보며 무료하게 앉아 있는데, 대나무 숲에서는 두견새의 '불여귀' 울음소리[1]가 들리고, 바위 절벽에서는 원숭이의 창

---

1) 두견새의 '불여귀(不如歸)' 울음소리: 불여귀는 '돌아감만 못하다'는 뜻. 중국 전국시대 촉(蜀)나라 왕 두우(杜宇)는 제호(帝號)가 망제(望帝)로, 그가 신임해 등용한 신하 별령(鱉靈)이 도리어 그를 타국으로 쫓아내 왕위에 올랐다. 망제는 신세를 한탄하며 종일 울다가 지쳐 죽었는데, 그의 넋이 두견새가 되어 밤마다 '불여귀'를 부르짖으며 목에서 피가 나도록 울었다 한다.

자 끊어지는 울음소리[2]가 들리더라. 연왕이 잠을 이루지 못하고 난성후와 손을 잡고 달빛 아래에서 배회하는데, 담장 가장자리에서 갑자기 찬바람이 일어나며 마른 잎이 날려 떨어지더라. 난성후가 크게 놀라 부용검을 뽑아들고 연왕을 모시어 서 있는데, 잠시 뒤에 갑자기 한 사내가 담을 넘어와 나는 듯이 연왕에게 달려들거늘, 난성후가 다급하게 쌍검을 휘둘러 사내를 막으니, 사내가 서릿발 같은 칼을 들어 연왕을 버리고 난성후에게 달려들더라. 달 아래 마치 눈이 날리는 듯 칼빛이 어우러지며 반나절 동안 싸운 끝에 사내가 마침내 땅에 거꾸러지며 탄식하길,

"내가 일찍이 검술로 횡행해 천하에 대적할 사람이 없었는데 이러한 검술은 오늘 처음 보도다. 이는 분명 하늘이 나를 죽임이로다."

연왕이 노하여 꾸짖기를,

"너는 어떠한 놈이기에 누구를 위해 나그네를 해치려 하느냐?"

이때 한어사 일행과 연왕의 남종들이 일제히 모여 등불이 휘황하거늘, 사내가 불빛 속에서 연왕을 언뜻 보고 묻기를,

"상공께서 예닐곱 해 전에 과거를 보러 가실 때 소주를 지나가지 않으셨나이까?"

연왕이 말하길,

"네가 어찌 그것을 아느냐?"

사내가 탄식하길,

"제가 눈이 있으되 영웅군자를 알아보지 못하고 죽을죄를 다시 범했나이다. 상공께서 혹 소주 길에서 만난 녹림객을 기억하시나이까?"

연왕이 그제야 깨닫고 놀라며,

---

2) 원숭이의 창자 끊어지는 울음소리: 동진(東晉)의 환온(桓溫, 312~373)이 촉(蜀)을 정벌하려고 배 여러 척에 병사를 싣고 양자강 삼협(三峽)을 지나는 도중 한 병사가 원숭이 새끼를 붙잡아 싣고 가자, 그 어미가 울부짖으며 강변으로 백여 리를 따라오다가 배에 뛰어들어 죽었다. 죽은 원숭이의 배를 갈라 보니, 창자가 마디마디 끊어져 있었다고 한다.

"네가 지난날의 도적으로 아직까지 옛 버릇을 고치지 못하고 다시 자객 일을 하니, 비록 지난날 안면이 있으나 죄를 용서할 수 없도다."

사내가 길게 탄식하길,

"상공의 넓은 도량으로 용서를 받더라도 이미 칼에 중상을 입어 다시 온전한 사람이 되기 어렵나이다. 다만 한스러운 바는 참지정사 노균의 천금을 탐내어 군자를 죽일 뻔했으니, 살아서는 눈 없는 도적이 되고 죽어서는 의리 없는 자객이 됨이라. 다시 누구를 원망하리이까?"

말을 마치매 칼을 들어 스스로 목숨을 끊거늘, 연왕이 도리어 측은히 여겨 객점 주인에게 돈 몇 냥을 주어 땅에 묻게 하고, 한어사에게 지난날 소주에서 도적 만났던 일을 말하니, 한어사와 주위 사람들이 모두 탄복하더라. 다시 대엿새 지나 운남 유배지에 이르니, 운남 지부知府가 나와 연왕을 뵙고 관부에 거처를 정하고자 하거늘, 연왕이 사양하며 "내가 죄인의 몸으로 어찌 감히 관부에서 지내리오?" 하고 성밖으로 나가 민가 몇 칸을 얻어 지내더라. 며칠 뒤에 한어사가 작별을 아뢸 때 몹시 서운하여,

"제가 훗날 문하에 나아가 오늘 다 배우지 못한 문장과 도덕을 다시 배우려니와, 이제 돌아가 황상께 결과를 보고하고 나서 즉시 표문을 올려 길에서 겪고 본 일을 대략 아뢰고, 노균이 나라를 그르친 죄를 규탄하리이다."

연왕이 크게 놀라,

"안 될 일이로다. 그대가 나와 더불어 여러 달 동행했으니 그 말이 공정할 수 없어 도리어 소인들의 구실이 될까 두렵도다."

한어사가 수긍하고 눈물을 흘리며 아뢰길,

"바라건대 각하께서는 나라를 위해 존귀한 몸을 보중하소서. 황상의 일월같이 밝은 총명과 바다같이 넓은 도량으로 머지않아 후회하시리이다."

연왕 역시 섭섭해하며,

"나의 불충으로 이같이 그대에게 수고를 끼쳤으니, 다만 먼길에 몸을 보중하길 바라며, 다행히 죽지 않으면 다시 서로 만날 날이 있으리라."

한어사가 차마 발걸음을 떼지 못하거늘 하인과 남종들과 일일이 작별하고 출발하더라. 연왕도 남종 한 명을 본가로 보내어 무사히 유배지에 도착했음을 전하더라.

한편 노균이 연왕을 쫓아낸 뒤에 권세가 날로 더해, 문객과 집안사람들이 조정을 차지하고, 사돈과 친척들이 벼슬길에 드날려, 밖으로는 교묘하게 조정을 억누르고 안으로는 아첨하여 임금을 속이니, 천자가 더욱 신임해 조정의 크고 작은 일이 모두 노균의 손아귀에 들어가더라. 노균이 흡족해 의기양양하여 조금도 거리낌이 없으나, 오직 충직한 연왕을 두려워해 운남에서의 소식을 고대하더라. 하루는 두번째 무리로 보낸 하인들이 돌아와 낭패한 소식을 다 아뢰니, 노균이 대노하여 그들을 엄히 다스리고서 다시 생각하되,

'내가 천자의 총애를 잃지 않은 채 조정의 권력을 혼자서 잡고 있으니, 연왕이 비록 고요·기·후직·설이나 용방龍逄·비간比干의 충성이 있더라도 끝내 남방 객귀 신세를 면하지 못하리라.'

그리고 한 계교를 생각해 동홍을 부르니, 노균이 다시 어떠한 계교를 내는 것인가? 다음 회를 보라.

# 노균이 망선대에서 도사를 맞이하고
# 천자가 태청궁에서 서왕모를 만나더라

제29회

예로부터 소인이 나라를 그르침에 그 근원을 따라가보면, 이득을 얻고자 근심하고 또 이득을 잃을까 근심하는 마음에 불과함이라. 임금을 차츰차츰 미혹해 마침내 망국에 이르니, 이미 나라를 그르쳤거늘 어찌 오래도록 부귀를 누리리오? 이때 노균이 동홍을 청하여 좌우를 물리치고 동홍의 손을 잡고 길게 탄식하며,

"내가 학사와 조용히 마주할 날이 오래지 않으리니, 어찌 한심하지 않으리오?"

동홍이 놀라 묻기를,

"무슨 말씀이니이까?"

노균이 다시 탄식하며,

"내가 연왕과 함께 존재할 수 없음은 학사가 아는 바라. 이제 황상께서 연왕을 다시 등용하려 하니, 내가 어찌 가만히 앉아서 온 집안이 죽임 당하는 재앙을 겪으리오? 차라리 벼슬을 그만두고 고향으로 돌아가 선영先塋 아래에 뼈를 묻으리라."

동홍이 위로하여,

"제가 근래 밤낮으로 황상을 곁에서 모시어 황상께서 저를 아들처럼 총애하시니, 어찌 그 뜻을 모르리이까? 각하를 향한 대우가 융숭하시고 아직 연왕을 불러들이려는 뜻이 없으시니, 각하께서는 근심하지 마소서."

노균이 웃으며,

"학사는 소년이라. 아직 세상일을 두루 겪지 못했으니 어찌 그러한 낌새를 알리오? 속담에 이르길 '늙은 말이 길을 안다' 하거늘, 내가 조정에 들어선 지 사십여 년에 이미 벼슬길의 풍파를 한없이 겪어 길흉화복의 득실을 목격하고 백발이 성성해졌으니, 어찌 앞날의 고락을 헤아리지 못하리오? 무릇 임금이 신하를 총애하는 것이, 비유컨대 남자가 첩을 총애하는 것과 같아 옛것을 싫어하고 새것을 좋아하나니, 그대 역시 본디 미천한 출신으로서 음악으로 임금을 섬기니, 이것이 어찌 아름다운 여인이 노래와 춤과 미색으로 남자의 총애를 받는 것과 다르리오? 황상께서 인애(仁愛)로 그대를 발탁해 몇 달 사이에 벼슬이 이처럼 혁혁하나, 조정의 시기와 군자의 배척이 바야흐로 때를 기다리고 있으니, 만약 하루아침에 새 사람이 쇠하여 아름다운 얼굴의 빛이 바래고 노래와 춤이 지루해지면, 시기하는 참소와 배척하는 말이 어찌 그대를 용서할 리 있으리오? 내가 그대와 처남·매부의 관계를 맺어 한몸처럼 고락을 함께한지라. 그대가 편안하면 나도 편안하고, 그대가 위태로우면 나도 위태로우리니, 어찌 그대를 위해 깊이 염려하지 않으리오?"

동홍이 일어나 두 번 절하며,

"각하께서 저를 이같이 사랑하시니 제가 마땅히 죽어서도 은혜를 갚으려니와, 앞으로 더욱 조심해 조정의 미움을 사지 않으면 황상의 일월 같이 밝은 총명으로 어찌 이에 이르리이까?"

노균이 웃으며,

"그대의 말이 비록 충직하나 도리어 시대의 추세를 모름이로다. 맹호가 함정에 빠졌다가 탈출해 나오면 더욱 많은 사람을 해치나니, 연왕은 사람 가운데 맹호라. 오늘날 연왕이 멀리 유배 간 것은 진실로 그대와 내가 꾸민 일이거늘, 그대가 더욱 삼가 조정의 미움을 사지 않는다 하나, 이미 연왕에게 지은 죄는 어찌하려는가?"

동홍이 머리를 숙이고 한참 묵묵히 있다가,

"제가 부족해 살길을 알지 못하오니, 각하께서는 밝히 가르쳐주소서. 끓는 물이나 타는 불에 들어간다 해도 오직 명을 따르리이다."

노균이 크게 기뻐해 이 밤에 동홍과 더불어 후원의 어두운 방에 들어가 비밀스럽게 수작하더라. 아아! 소인의 마음 씀이여! 반석과 태산보다 단단한 수백 년 종묘사직을 하루아침에 뒤집어 위험에 빠뜨리니, 어찌 임금 된 자가 살펴 경계할 바가 아니리오? 이때 천자가 참지정사 노균과 협률도위 동홍과 더불어 밤마다 의봉정에서 음악을 들으시더라. 천자의 탄신일을 맞아 태후가 연못에서 방생을 하고 감옥의 죄수들을 풀어주고 나서 천자에게 말하길,

"연왕 양창곡이 조정에서 간언할 때 비록 그 말투가 과격했으나, 본심을 논한다면 참된 충성심에서 나온 것이라. 이제 먼 곳에 유배되어 충분히 속죄했으니, 오늘 용서하여 불러들이심이 좋을까 하나이다."

천자가 웃으며,

"소자가 어찌 양창곡의 참된 충성심을 모르리이까? 다만 출장입상하여 나이 어린 대신으로 명망과 권위가 너무 무겁기에 그 날카로운 기운을 꺾고자 함이나, 유배지에 도착했다는 회보가 아직 오지 않았고 또 몇 달 사이에 이처럼 사면하는 것은 불가하오니, 장차 이 말씀을 좇아 수용하리이다."

태후가 기뻐하지 않으시며,

"폐하께서 비록 양창곡을 극진히 돌본다고 하시나, 어찌 성스러운 덕

에 흠이 되지 않으리이까?"

천자가 아침부터 저녁까지 뭇 신하의 하례賀禮를 받고 평상복 차림으로 편전에 앉아 있는데, 이윽고 밝은 달이 동쪽 하늘에 떠오르고 반짝이는 별과 은하수가 맑고 소슬하여 비록 한겨울의 날씨이나 맑게 갠 가을 같더라. 이에 참지정사 노균과 협률도위 동홍을 불러 의봉정에서 밤새 잔치를 베풀 새, 종친과 가까운 신하들, 비빈과 궁첩宮妾에게 명해 잔치에 참여하게 하고, 이원 제자들에게 음악을 연주하게 하고, 궁녀 여러 명에게 예상우의무霓裳羽衣舞를 추게 하시거늘, 아름다운 피리 소리는 높은 하늘에 이르고, 현란한 의상은 달빛 아래 나부끼더라. 술잔이 여러 번 돌매, 천자의 얼굴이 고운 빛을 띠어 몸소 거문고를 당겨 몇 곡을 연주하시니 좌우에서 일제히 만세를 부르더라. 천자가 흔쾌히 웃으며 동홍을 돌아보시고 앞에 놓인 생황을 내리시며,

"그대가 왕자진[1]의 옛 곡조를 불어, 인간세상의 더러움을 씻도록 하라."

동홍이 엎드려 받아 맑고 은은하게 한 곡조를 연주하니, 천자가 미소하시며,

"이 소리가 맑으면서 애절하고 끊어질 듯 이어져 처절하도다. 옛 시에 '오랑캐의 피리가 어찌 〈절양류〉를 원망하리오?'[2] 했으니, 이는 〈양

---

1) 왕자진(王子晉): 왕자교(王子喬) 혹은 왕교(王喬)로도 불린다. 주(周)나라 영왕(靈王)의 태자로, 직간하다가 서인(庶人)으로 강등되었다. 생황을 잘 불어 봉황 소리를 본떠 〈봉황곡鳳凰曲〉을 지었으며, 이수(伊水)와 낙수(洛水) 일대를 떠돌다가 부구공(浮丘公)을 만나 숭산(嵩山)에 올라 선학(仙學)을 배운 지 30년이 지나 구씨산(緱氏山)에서 흰 학을 타고 신선이 되어 사라졌다고 한다.
2) 오랑캐의 피리가~〈절양류折楊柳〉를 원망하리오?: 당나라 시인 왕지환(王之渙)이 지은 〈양주사涼州詞〉의 한 구절. "황하의 먼 상류 흰구름에 닿을 듯하고, 한 조각 외로운 양주성(涼州城)은 만 길 높은 산에 있도다. 오랑캐의 피리가 어찌 〈절양류〉를 원망하리오? 봄바람은 옥문관을 넘지 못하는데(黃河遠上白雲間, 一片孤城萬仞山, 羌笛何須怨楊柳, 春風不度玉門關)." 양주는 감숙성(甘肅省)의 옛 지명으로, 국경의 변방이다. 〈절양류〉는 이별의 노래로, 한(漢)나라 때 사람을 전송할 때 장안 동쪽 패교(霸橋)라는 다리에서 버들을 꺾어주는 풍속이 있었다고 한다. 옥

류곡楊柳曲)이라. 다만 음조가 평범해 세속에 가까우니, 다른 곡을 연주하라."

동홍이 즉시 율려律呂를 바꾸어 다시 한 곡조를 연주하니, 천자가 칭찬하시어,

"이 소리가 맑고 화락하여 멀리 울리도다. 옛 시에 '이모는 피리를 들고 궁궐 담 곁에서'3)라 했으니, 이는 〈양주곡〉4)이라. 이 곡이 쓸쓸하여 온화하지 않으니, 또다른 곡을 연주하라."

동홍이 이에 율려를 조절해 정성正聲을 낮추고 신성新聲을 높여 다시 한 곡을 연주하니, 천자가 한참 듣다가 기뻐 웃으시고 손으로 책상을 치며,

"풍류의 즐거움이 어찌 이에 이르리오? 내가 마음을 빼앗기고 정신이 아득해져 몸을 어디에 두어야 할지 모르겠도다. 이것이 어찌 진 후주의 〈옥수후정화〉가 아니리오?"

동홍이 미소하고 중성中聲으로 바꾸어 또 한 곡을 연주하니, 천자가 기뻐하며 좌우를 돌아보시어,

"유쾌하고 유쾌하도다, 이 곡이여! 양귀비를 데리고 침향정에 올라

---

문관을 넘으면 봄빛이 엷어 버들이 없는 곳이 나오는데, 이곳 오랑캐들이 어찌 피리로 〈절양류〉를 부는지 모를 일이라는 것이다.
3) 이모(李謨)는 피리를~ 담 곁에서: 당나라 시인 원진(元稹, 779~831)의 장시 「연창궁사連昌宮辭」의 한 구절로, 궁궐에서 들려오는 양주곡(梁州曲)·구자악(龜玆樂) 등의 음악을 이모가 궁궐 담 곁에서 듣고 훔쳐 베낀다는 내용이다. "어느덧 대편 양주곡이 다 연주되고, 여러가지 구자악이 연이어 울리네. 이모는 피리를 들고 궁궐 담 곁에서, 새로 작곡한 몇 가지 곡조를 훔쳐 베끼네(遙巡大徧梁州徹 色色龜玆轟綠續. 李謨擫笛傍宮墻, 偸得新翻數般曲)." 이모는 당나라 현종 때 피리를 잘 불던 사람이다. 현종이 정월 보름에 몰래 등불놀이를 나갔다가, 전날 밤 자신이 지은 곡을 이모가 누각 위에서 피리로 부는 것을 듣고 깜짝 놀라 잡아들여 물으니, 전날 밤 천진교(天津橋) 위를 거닐다가 궁중에서 나는 음악소리를 듣고 다리 기둥에 손톱으로 악보를 기록한 것이라고 했다.
4) 〈양주곡梁州曲〉: 당나라 때 교방곡(敎坊曲)이었다가 나중에 소령(小令)으로 바뀐 악곡으로, 〈양주곡(凉州曲)〉으로 불리다가 송나라에 와서 〈양주곡梁州曲〉으로 바뀌었다. 당나라 덕종(德宗) 때 악공 강곤륜(康崑崙)이 비파 연주에 맞게 고쳐 옥신전(玉宸殿)에서 연주해 이를 〈옥신궁조玉宸宮調〉라 했다. 『고려사高麗史』 「악지樂志」에 수록된, 송(宋)의 사악(詞樂)으로 유입된 고려시대 악곡인 〈백보장百寶粧〉에, 한 미인이 비파로 〈양주곡〉을 타는 장면이 묘사되어 있다.

화노5)의 비파와 염노6)의 맑은 노래로 질탕하게 노니, 이는 이삼랑7)의 풍류가 지나쳐 이원의 갈고로 온갖 꽃이 피길 재촉하던 〈갈고최화곡羯鼓催花曲〉이라. 후세 사람들이 비록 이삼랑에게 죄를 씌워 방탕함을 질책했으나, 천하의 부귀와 만승萬乘의 존귀함이 있는데 어찌 일생을 구속해 마음의 욕구와 이목의 즐거움을 뜻대로 하지 못하리오? 내가 오늘 비빈과 궁첩을 데리고 의봉정에 올라 협률도위 동홍의 연주를 들으니, 어찌 이삼랑의 호방함에 양보하리오? 나이 어린 천자가 풍류를 즐기는 허물을 그대들은 용서하라."

말을 마치매 궁녀들에게 술을 더 가져오라 명하여 서너 잔을 마시고 나니 얼굴에 홍조가 아홉 굽이 선계仙界의 복숭앗빛을 띠더라. 신하와 비빈과 궁첩이 차례로 술잔을 받들어 연달아 만세를 부르니, 동홍이 다시 생황을 들어 율려를 바꾸어 한 곡을 연주하더라. 그 소리가 처량하게 날아오르다가 쓸쓸하고 강개해, 서늘한 바람이 자리 위에서 일어나고 점점이 물이 떨어지는 물시계가 새벽빛을 재촉해 별과 달은 참담하고 바람과 이슬은 처량하거늘, 자리의 모든 사람이 부지불식간에 서글퍼하더라. 천자가 급히 손을 흔들어 연주를 그치게 하고 묵묵히 달을 향해 망연자실하더니 노균을 돌아보며,

"그대가 이 곡을 아는가? 해는 서쪽으로 지고 물은 동쪽으로 흘러가니, 부귀와 향락이 한 조각 뜬구름이라. 어찌 한나라 무제8)의 〈북산조北

---

5) 화노(華奴): 화노(花奴)를 가리키는 것으로 보인다. 당나라 현종 때 여남왕(汝南王) 이진(李璡)이 갈고를 잘 쳤는데, 이진의 어릴 적 이름이 화노(花奴)였다. 이에 후일 갈고를 화노고(花奴鼓)라 했다.
6) 염노(閻奴): 염노(念奴)를 가리키는 것으로 보인다. 염노는 당나라 현종 때 장안의 기녀로, 노래를 잘하기로 이름이 높았다. 그의 이름을 따서 〈염노교念奴嬌〉라는 사곡(詞曲)이 생겼다.
7) 이삼랑(李三郎): 당나라 현종의 어릴 때 이름. 현종의 본명은 이융기(李隆基)로, 예종(睿宗)의 셋째 아들이기에 이렇게 불렸다.
8) 무제(武帝, BC 156~BC 87): 전한(前漢)의 제7대 황제 유철(劉徹). 동중서(董仲舒)의 현량대책(賢良對策)을 받아들여 유학을 관학(官學)으로 했으며, 문신 관료 중심의 국가 기틀을 마련했

山調〉가 아니리오? 옛사람이 말하길 '흥이 다하면 슬픔이 오고, 영광이 지극하면 슬픔이 생겨난다' 하더니, 바로 오늘밤의 회포를 일컬음이라. 아아! 아침에 푸른 실 같던 머리털이 저녁에 눈처럼 하얘지거늘, 청춘의 고운 얼굴이 모두 일장춘몽이라. 천하의 부귀와 만승의 존귀함이 장차 무슨 소용이 있으리오? 그대는 옛 책을 널리 읽어 이전 시대의 흥망에 대해 많이 알고 있으리니, 어떠한 도道로써 천하를 변화시켜 저 아름다운 세상에서 오래도록 살아, 즐거움은 있고 슬픔은 없으며 삶은 있고 죽음은 없이 천지와 더불어 늙어갈 수 있으리오?"

노균이 아뢰길,

"신이 듣건대, 삼황9)은 자연에 맡겨 나라를 일만 팔천 년 다스렸고, 오제10)는 예악을 제정해 위로는 천지신명을 감동시키고 아래로는 상서복록祥瑞福祿을 받았나이다. 황제黃帝는 백 년 동안 제위帝位에 있으면서 백십 세를 살았고, 소호少昊는 구십 년 동안 제위에 있으면서 백사십 세를 살았고, 전욱顓頊은 팔십 년 동안 제위에 있으면서 구십팔 세를 살았고, 제곡帝嚳은 칠십 년 동안 제위에 있으면서 백오십 세를 살았고, 요임금은 구십팔 년 동안 제위에 있으면서 백십팔 세를 살았고, 순임금은 오십 년 동안 제위에 있으면서 백십 세를 살았고, 주나라 목왕은 백 년 동안 제위에 있으면서 백칠십 세를 살았나이다. 신이 옛 자취에 어두워 명백히 알지는 못하나, 아름다운 세상에서 오래 살며 즐거움은 있고 슬픔은 없이 천지와 더불어 늙어가는 도를 어찌 알지 못하리이까?"

---

다. 중앙집권화와 영토 확장을 이루어 중앙아시아를 통한 동서 교섭이 활발했으며, 문학을 아끼고 악부(樂府)를 세워 시가를 짓게 하는 등 문화가 융성했다. 그러나 봉선(封禪)을 행하고 신선을 구하는 한편 토목공사를 크게 벌여 요역(徭役)이 무거워지는 폐단이 있었다.

9) 삼황(三皇): 중국 고대 전설상의 세 임금. 여러 가지 설이 있는데, 대체로 수인씨(燧人氏)·복희씨(伏羲氏)·신농씨(神農氏)를 가리킨다. 수인씨는 불을 발명하고 음식을 익혀 먹는 법을 알게 했으며, 복희씨는 사냥 기술을 창안했고, 신농씨는 농경을 발명했다고 한다.

10) 오제(五帝): 중국 고대 전설상의 다섯 임금. 황제(黃帝)·전욱(顓頊)·제곡(帝嚳)·요(堯)·순(舜)을 가리키기도 하고, 소호(少昊)·전욱·제곡·요·순을 가리키기도 한다.

천자가 웃으며,

"생각건대, 교산喬山에 황제黃帝의 묘가 있고, 진시황과 한 무제의 뛰어 남으로도 여산驪山과 무릉茂陵에 가을철 풀이 쓸쓸하거늘, 예로부터 분명 불로장생의 술법은 없으리로다."

노균이 말하길,

"진시황과 한 무제는 오직 정벌을 일삼고 오로지 형정刑政에 힘써 평생 물욕에서 벗어나지 못했으니, 어찌 불로장생의 술법을 얻을 수 있으리이까? 황제는 정치와 제도를 이루고 나서 공동산崆峒山에서 이레 동안 목욕재계하고 광성자廣成子를 만나 대낮에 하늘로 날아올라가매 교산에 황제의 활과 칼을 묻어 장례 지냈다 하더이다. 이제 폐하께서 즉위한 이래 덕으로 교화하시니, 위로 하늘의 도에 합하고 아래로 인심을 얻어, 기후가 순조롭고 백성의 삶이 안락하니, 마땅히 공덕을 기려 천지에 아뢰고 태산에 봉선封禪해 불로장생의 술법을 구하신다면, 정호鼎湖의 날아오르는 용을 타고, 요지瑤池의 팔준마八駿馬를 몰 수 있거늘, 연문羨門·안기생安期生의 술법과 봉래산蓬萊山·영주산瀛洲山의 불사약을 어찌 앉아서 얻지 못하리이까?"

천자가 크게 기뻐하시어 노균을 자신전紫宸殿 태학사太學士 겸 흠천관欽天館 지례관知禮官에 제수하고, 봉선 절차와 구선求仙 행위를 강론하라 하시니, 노균이 이에 옛날의 예禮를 아는 선비와 도술에 능한 방사方士들을 불러들이니, 연燕·제齊 사이에 살던 괴상하고 허황된 무리들이 노균의 문하에 구름처럼 모여들더라. 노균이 이에 자금성 안에 천여 칸의 큰 집을 지어 이름을 '태청궁太淸宮'이라 하니, 천자가 친필로 쓴 편액을 내리시고 다시 노균을 태청궁 태학사에 제수하시거늘, 그 굉장한 제도와 화려한 누각은 한漢나라의 도관道觀인 비렴관蜚廉觀과 계관桂觀보다 더 낫더라. 이들 무리 가운데 한 방사가 노균에게 이르길,

"황상께서 바야흐로 삼황과 오제의 옛 예법을 행하고 연문과 안기생

이 남긴 발자취를 따르고자 하시니, 이는 천고의 성대한 일이라. 마땅히 속세 바깥의 도사를 청해 먼저 하늘에 제사를 올리고 수복壽福을 비는 것이 옳을까 하나이다."

노균이 크게 기뻐하며,

"나도 이러한 뜻이 있으나 근래 도술이 뛰어난 도사가 없도다. 그대가 혹시 속세 밖에서 노닐면서 들은 바가 있거든 추천하여 청하라."

방사가 크게 기뻐하며,

"넓고 큰 세상에 어찌 도술이 뛰어난 도사가 없으리이까? 남방에 한 도사가 있으니, 도호道號는 청운도사青雲道士라. 도술에 정통하고 재능이 뛰어나 사방을 구름처럼 노닐며 다니니, 만약 청하고자 할진대 정성을 다해 그가 있는 곳을 찾아가 예로써 맞이하면 아마도 올까 하나이다."

노균이 말하길,

"내가 천자의 뜻을 받들어 나라를 위해 수복壽福과 상서祥瑞를 빌고자 하거늘 어찌 태만할 수 있으리오?"

이에 이레 동안 목욕재계하고 예물을 갖추어 방사 몇 명을 보낼 때 방사들이 다시 아뢰길,

"청운도사께서 자못 신통해 천하를 굽어보시니, 각하께서는 한결같은 정성스러운 마음으로 목욕재계하고 기다리소서."

노균이 기뻐하며 약속하더라.

한편 청운이 백운도사를 모시고 총황령叢篁嶺 백운동白雲洞에 있을 때, 홍랑은 하산하고 백운도사가 장차 서천西川으로 돌아갈 새, 청운에게 이르길,

"너를 보건대 아직 공부를 마치지 않아 나와 함께 가기 어려운지라. 잠시 이곳에 머물러 도를 더 닦으라."

백운도사가 또 말하길,

"네가 본디 마음이 좁은데 작은 재주가 꽤 있으니, 실로 내가 근심하

는 바라. 삼가 잡술을 믿고 인간 세상에 나아가지 말라."

청운이 두 번 절해 명을 받고 사부와 이별한 뒤에 백운동을 지키고 있는데, 하루는 문득 생각하되,

'내가 일생 산문 밖으로 나가지 못해 배운 도술을 시험해볼 곳이 없거늘 잠시 사방으로 돌아다니며 견문을 넓히리라.'

마침내 멀리 서쪽 나라에서 노닐고, 동쪽으로 약목若木을 끌어 잡고 관상산觀桑山에 올라 부상扶桑을 멀리 바라보고, 북쪽으로 현상문玄象門에 올라 반목蟠木을 굽어보더라. 이에 길게 탄식하길,

"천지가 넓고 크다 하나 내 손바닥에 불과하거늘, 어찌 평생을 구속해 겁낼 바 있으리오?"

그리고 북방 여러 나라를 두루 다니며 스스로 청운도사라 하고, 혹 화복을 말해 길흉을 점치고 혹 도술을 시험해 재능을 자랑하니, 북방 여러 나라에 명성이 자자하더라. 청운이 웃으며,

"북쪽 오랑캐 가운데 더불어 말할 만한 재능 있는 자가 없도다."

다시 중원을 바라보고 웃으며,

"저곳이 하늘과 땅의 문명의 기운을 가장 많이 받았으니, 분명 재능 있는 자들이 그 가운데서 배출되리라."

하고 몰래 걸인으로 변신해 황성으로 들어와 풍속을 살피며 비범한 사람을 만나고자 하는데, 노균이 마침 권력을 잡아 연왕을 쫓아내 소인이 조정에 가득하더라. 청운이 한번 웃고 생각하되,

'일찍이 들으니 천하의 아홉 주州에서 중원이 으뜸이라 하거늘 이렇게 요란하여 지혜로운 자가 적으니, 내가 심심풀이로 술법을 드러내보리라.'

청운이 다시 방사로 변신해 여러 방사 가운데 섞여 태청궁으로 들어가더라. 이때 노균이 한창 목욕재계하고 방사들과 더불어 청운을 맞이하는 일을 상의하고 있거늘, 청운이 웃고 즉시 성밖으로 나가 돌아다니

면서 방사들이 불러주기를 기다리더라. 며칠 뒤 과연 방사 몇 명이 수레와 말과 예물을 갖추어 남쪽으로 가거늘, 청운이 며칠 동안 몰래 그 뒤를 따라가는데, 하루는 방사들이 상의하길,

"우리가 일찍이 청운의 명성을 들었으나 얼굴은 모르니, 어떻게 그 거처를 찾으리오?"

한 방사가 말하길,

"일찍이 들으니 청운이 잡술만 좋아하고 뛰어난 도술이 없다 하니, 굳이 청운을 찾을 필요가 있으리오? 마땅히 길가 도관을 수색해 한 도사를 만나거든 청운도사라고 이름을 붙여 데려가리라."

다른 방사가 듣고는 박장대소하며 "묘하도다, 이 계교여! 이미 이러할진대 예물은 우리가 마땅히 반씩 나누리라" 하고 의기양양하여 가더라.

청운이 미소하고 다시 걸인으로 변신해 몰래 그 뒤를 따르며 진언을 외우니, 방사들이 수레와 말을 급히 몰아 반나절 동안 앞으로 가되 몇 걸음도 나아가지 못하고 그대로 그곳에 서 있더라. 이에 크게 놀라 뒤를 돌아보니, 한 걸인이 한쪽 다리를 절며 따라오다가 웃으며,

"그대들이 아직 수레 모는 법을 깨우치지 못했도다. 내가 마땅히 그대들을 위해 수레를 몰아가리라."

하고 말을 채찍질해 앞으로 나아가거늘, 방사들이 따라가나 점점 뒤처져 따라갈 수 없더라. 말을 채찍질해 같이 가고자 하나, 걸인은 돌아보지 않고 비웃으며 천천히 가되 이미 몇 리를 앞서더니 점점 간 곳을 모르겠더라. 방사들이 크게 놀라 가슴을 치며 외쳐,

"저 걸인은 잠시 수레를 멈추라. 우리가 천자의 명을 받들어 이제 청운도사를 맞이하러 가니 어찌 바쁘지 않겠는가?"

말이 끝나기도 전에 걸인이 문득 등뒤에서 웃으며,

"그대들의 수레가 여기 있으니 가져가라."

방사들이 크게 놀라 돌아보니, 걸인이 뒤에서 수레를 몰고 오더라. 방

사들이 비로소 그가 비범한 사람임을 알고 땅에 엎드려 아뢰길,

"선생께서는 분명 속세의 사람이 아닐지라. 존귀한 도호道號를 듣고자 하나이다."

걸인이 빙그레 웃고서 갑자기 한줄기 맑은 바람으로 변해 공중에 앉아 웃으며,

"너희는 부질없이 남방으로 가지 말고 돌아가서 기다리라. 아무 날 아무 시에 청운도사가 마땅히 태청궁에 이르리라."

말을 마치매 갑자기 보이지 않거늘, 방사들이 더욱 크게 놀라 비로소 그 걸인이 청운이었음을 알고, 태청궁으로 돌아가 노균을 뵙고 길에서 청운도사 만난 일을 아뢰니, 노균이 크게 기뻐해 태청궁 북쪽에 여러 층의 누대를 쌓고 이름을 망선대望仙臺라 하더라. 아무 날이 되매, 향기로운 꽃과 뜨거운 차를 준비하고, 천자가 몸소 태청궁에 이르시어 도사를 기다릴 새, 이날 밤 삼경에 하늘빛은 깨끗하고 별과 달은 밝고도 맑은데, 한줄기 푸른 기운이 남방에서 망선대로 이어지더라. 방사가 모두 아뢰길,

"도사께서 장차 강림하시고자 하여 푸른 하늘에 무지개다리를 만드신 것이옵니다."

이윽고 한바탕 맑은 바람에 향기로운 연기가 불어오더니, 과연 한 도사가 채색구름을 타고 하늘에서 망선대로 내려오거늘 푸른 눈썹과 흰 얼굴에 빼어난 기상과 깨끗한 자질이 과연 속세의 인물과 다르더라. 도관道冠을 쓰고 도의道衣를 입은 채 손에 긴 옥주玉麈를 들고 손님과 주인의 예로써 천자께 알현하니, 천자가 공손히 대답하길,

"나는 티끌세상에 머물고 선생은 속세 밖에서 노니시니, 어찌 이런 만남을 기약했으리오?"

도사가 웃으며,

"저는 뜬구름 같은 자취라. 오늘 폐하께서 정성스러운 마음으로 불러

주신 것에 감격해 왔거니와, 폐하께서 천하의 부귀와 만승의 존귀함으로, 청정하고 담박한 도를 구하심은 어떠한 까닭이옵니까?"

천자가 한숨을 쉬며,

"풀잎에 맺힌 이슬처럼 덧없는 인생의 뜬구름 같은 부귀를 어찌 말할 수 있으리오? 바라건대 선생의 신비한 도술에 힘입어 십주十洲 삼산三山의 신령한 약을 구하고 옥경청도玉京淸道의 빛을 찾아, 황제黃帝와 주나라 목왕의 옛일을 본받고자 함이라."

청운도사가 고개를 들어 천자의 얼굴을 자세히 보고 웃으며,

"폐하께서는 평범한 사람이 아니라. 천상계의 존귀한 신선으로 잠시 인간 세상에 내려오셨나이다. 지극한 도를 깨우치고자 하신다면, 제가 마땅히 날을 택해 설법하고 여러 선관에게 청해, 수명을 연장하는 방법을 전하리이다."

천자가 크게 기뻐하시어 태청궁에서 청운도사를 공양하게 하고 즉시 환궁하시더라. 청운도사가 노균에게 이르길,

"성스러운 천자께서 만세를 누릴 계책을 구하시어 주나라 목왕과 서왕모의 옛일을 본받고자 하시는데, 천상계 신선은 티끌세상에 내려오는 것을 좋아하지 않나이다. 태청궁 건물이 자못 좁아 손님을 접대하기 어려우니, 마땅히 수백 척尺 높이의 화려한 누각을 지어 티끌 한 점도 날아들지 않게 해야 참 신선이 내려오시리이다."

노균이 그 말을 옳게 여겨 다시 누각을 짓는데, 백옥 난간과 유리 기와에 수정 주렴은 산호 고리에 걸려 있고, 교창交窓과 복도에 붉고 푸른 빛이 영롱하며, 기이한 화초를 비단에 새겨, 비록 한겨울이라도 완연히 삼월 봄바람에 온갖 꽃이 피어난 듯하더라. 청운도사가 이에 좋은 날을 택해 도량道場을 베풀 때 천자가 태청궁에 이르시니, 청운도사가 모든 방사와 더불어 천자께 '태청궁교주도군황제太淸宮敎主道君皇帝'라는 존호를 올리고 궁중에서 사흘 동안 목욕재계를 마치매, 천자가 몸소 도량에 이

르시더라. 천자는 머리에 통천관<sup>通天冠</sup>을 쓰고 몸에 강사포<sup>絳紗袍</sup>를 입고 손에는 옥홀<sup>玉笏</sup>을 들고 동쪽을 향해 첫번째 자리에 앉으시고, 청운도사는 도관을 쓰고 하의<sup>荷衣</sup>를 입고 긴 옥주를 들고 동쪽을 향해 두번째 자리에 앉고, 방사는 모두 우의<sup>羽衣</sup>를 입고, 참지정사 노균과 협률도위 동홍은 관리 몇 명과 더불어 좌우에서 모시고 있더라. 이날 황혼에 청운도사가 몸을 일으켜 북쪽을 향해 하늘에 축원하고, 모든 방사와 더불어 한참 엎드려 있다가 다시 자리에 나아가 천자에게 아뢰길,

"오늘밤 옥황상제께서 영소보전<sup>靈宵寶殿</sup>에서 잔치를 베푸실 때 선관과 선녀가 모두 잔치 자리에 가고, 요지의 서왕모와 적송자<sup>赤松子</sup>·안기생만 사경 삼점에 속세에 내려왔다가 오점에 돌아가시리니, 박산로<sup>博山爐</sup>에 강진향<sup>降眞香</sup>을 태우며 기다리소서."

천자가 노균을 돌아보며 이르길, 누각 위아래 여덟 방위에 큰 향로를 배치하고 향을 피우라 하시니, 몽롱한 향 연기가 태청궁에 서리어, 구름과 안개가 하늘에 가득한 듯하더라. 이윽고 북두성이 동쪽으로 돌고 물시계가 벌써 사경을 알리더니, 갑자기 푸른 새 한 쌍이 서쪽에서 훨훨 날아와 태청궁 난간머리에 앉더라. 청운도사가 천자에게 아뢰길,

"서왕모께서 내려오시나이다."

말이 끝나기도 전에 신선의 음악소리가 하늘에서 은은히 들리더니, 선녀 두 명이 푸른 난새를 타고 칠보로 장식한 머리에 예상<sup>霓裳</sup>을 입고, 쟁그랑쟁그랑 패옥 소리가 푸른 구름 사이로 맑게 울리다가, 곧바로 누각 아래 이르러 난새를 멈추고 누각 위로 올라오더라. 천자가 몸을 일으켜 맞이하고자 하시니, 선녀가 낭랑하게 웃으며,

"저희는 서왕모의 시녀 쌍성<sup>11)</sup>과 비경<sup>12)</sup>으로서 먼저 왔나이다. 명나라

---

11) 쌍성(雙成): 서왕모의 시녀인 동쌍성(董雙城)을 가리킨다. 서왕모가 전한(前漢) 무제(武帝)의 궁중에서 연회를 베풀 때 그녀에게 명해 운화(雲和)의 피리 음악을 연주하게 했다 한다.

천자께서는 옥체를 스스로 보중하소서. 낭랑께서 이 뒤에 오시나이다."

천자가 멀리 바라보시니, 상서로운 기운이 영롱하고 채색구름이 뭉게뭉게 이는 가운데, 한 선녀가 봉관鳳冠과 월패月佩 차림으로 오운거五雲車를 타고, 앞뒤 좌우로 보석 부채와 구름 깃발이 쌍쌍이 호위하고, 시녀 십여 명이 난새와 봉황을 타고 하늘을 덮으며 이르거늘, 광채가 휘황하고 기이한 향기가 코를 찌르더라. 청운도사가 방사를 모두 이끌고 바삐 내려가 맞이하여 앞길을 인도해 누각 위에 오르니, 천자가 길게 읍하고 서쪽을 향해 두번째 자리에 앉으시더라. 시녀 십여 명이 차례로 모시어 서 있거늘, 천자가 고개를 들어 서왕모를 보니, 엄숙한 태도와 아름다운 얼굴이 꽃 같고 달 같으며, 검은 머리칼은 봄 구름이 짙어진 듯하고, 별 같은 눈동자는 가을 물결이 잠시 고인 듯 자못 아름답더라. 천자가 흔쾌히 묻기를,

"서왕모께서 일찍이 주나라 목왕을 만나 〈백운요〉로 화답하신 지 이미 일천여 년이 지났거늘, 달 같은 태도와 꽃 같은 얼굴이 아직 쇠하지 않으셨으니, 비로소 옥경과 요대의 즐거움을 알겠나이다."

서왕모가 낭랑히 웃으며,

"저의 집 반도蟠桃 복숭아나무 아래 팔준마가 뜯어먹던 풀의 싹이 자라지 않았는데, 인간 세상의 세월이 이미 일천여 년이 지났다 하오니, 어찌 한심하지 않으리이까?"

천자가 듣고 더욱 놀라시는데, 갑자기 한 소년은 사슴을 타고 한 노인은 약 광주리를 들고 바람에 나부끼듯 누각에 오르더라. 서왕모가 미소하고 천자에게 아뢰길,

"저 소년은 제 이웃집 아이 안기생이고, 저 노인은 태산 아래에서 약

<hr />

12) 비경(飛瓊): 서왕모의 시녀인 허비경(許飛瓊)을 가리킨다. 서왕모가 전한 무제의 궁중에서 연회를 베풀 때 그녀에게 명해 진령(震靈)의 피리 음악을 연주하게 했다 한다.

을 캐던 적송자라. 오늘밤 청했기에 왔나이다."

천자가 공경해 예를 마치매 세번째 자리에 앉게 하시니, 서왕모가 안기생과 적송자를 돌아보며 이르길,

"그대들이 이미 명나라 천자의 높은 뜻에 감동하여 왔거늘, 장차 어떤 물건으로 간절한 정을 표하려는가?"

안기생이 미소하고 소매 속에서 붉은 열매를 꺼내어 천자에게 바치며,

"이 열매는 화조火棗라. 한번 맛을 보면 평생 배고픔 없이 오백 년을 살 수 있으니, 인간 세상의 희귀한 열매로소이다."

적송자가 웃으며,

"저는 산속 늙은이로, 오직 소나무를 베고 자며 솔잎으로 배를 채워 평생 병 없이 한몸이 건강하오니, 제 나이가 이제 일만 오천 살이라. 여분의 솔잎이 광주리에 있나이다."

하고 푸른 솔잎을 바치거늘, 서왕모가 웃으며,

"제가 손수 심은 반도蟠桃 복숭아나무 십여 그루가 후원에 있는데, 근래 경망한 아이 동방삭13)이 반도 한 개를 훔쳐가 다섯 개만 남은 까닭에 가져왔나이다. 비록 진짜 반도는 아니나, 세상 사람이 한번 맛보면 오천 년은 살 수 있나이다."

그리고 쌍성雙成에게 명해 가져오라 하니, 쌍성이 마노瑪瑙 쟁반에 반도 다섯 개를 담아 받들어 바치더라. 천자가 몸소 받아 앞에 두고 몸을 굽혀 묻기를,

---

13) 동방삭(東方朔, BC 154~BC 93): 전한(前漢) 무제(武帝) 때의 문인. 장안에 들어와 스스로 천거해 금마문대조(金馬門待詔)에 오르고, 나중에 태중대부(太中大夫)를 지냈다. 해학과 말재주로 이름이 났으며, 사부(辭賦)를 지어 무제의 사치를 경계하는 등 간언을 잘했다. 일설에 따르면 서왕모의 복숭아를 훔쳐먹어 장수했기에 '삼천갑자동방삭(三千甲子東方朔)'이라고 불렸다 한다.

"예로부터 신선의 술법을 믿는 사람이 많았으나, 정말로 장생불사長生
不死한 자는 몇 명이나 있나이까?"

서왕모가 웃으며,

"신선의 등급에 세 등급이 있으니, 상선上仙은 힘쓰지 않아도 될 수 있
고, 중선中仙은 혹 인연이 있으면 될 수 있고, 하선下仙은 때때로 공부해서
이루는 것이외다."

천자가 또 묻기를,

"한 무제와 진시황은 일생 신선이 되려고 힘썼으나 어찌 이루지 못했
나이까?"

서왕모가 안기생을 돌아보며,

"진시황과 한 무제는 어떠한 사람인가?"

안기생이 대답하길,

"진시황은 여정14)이고, 한 무제는 유철劉徹이옵니다."

서왕모가 미소하며,

"이들은 모두 평범한 사람이라. 어찌 더불어 신선의 도를 말할 수 있
으리오? 연燕나라와 제齊나라 땅의 괴이한 도사들을 불러모으고 금동선
인의 승로반을 만들어15) 신선이 되기를 바라다가 분수의 가을바람에
지나간 일을 후회했으니16) 유철은 가히 영웅이라 하겠거니와, 죄 없는

---

14) 여정(呂政): 진시황의 멸칭(蔑稱). 성명이 원래 영정(嬴政)이나, 실제로는 여불위(呂不韋)의
아들이라는 설이 있기에 여정으로 비하해 부른 것이다. 여불위가 자초(子楚)에게 자기 아들을
임신한 미인을 바쳐 진시황이 출생했고, 진시황이 즉위한 뒤에도 여불위가 그 여인과 계속 사
통(私通)했다는 기록이 『사기』 「여불위열전呂不韋列傳」에 나온다.

15) 금동선인(金銅仙人)의 승로반(承露盤)을 만들어: 전한의 무제가 장생(長生)하기 위해, 장안
건장궁(建章宮) 안에 금동으로 선인을 만들어 세우고 그 손바닥에 승로반을 놓아 감로(甘露)를
받아 마셨다 한다.

16) 분수(汾水)의 가을바람에~일을 후회했으니: 전한의 무제가 하동(河東)에 행차하여 후토신
(后土神)에게 제사지내고 분하(汾河)를 건너면서 가을바람을 만나 〈추풍사秋風辭〉를 지었는데,
지난날 신선을 구하려고 애쓴 것을 후회하고 인생의 허무함을 탄식하는 애조(哀調)를 띠고 있
다. "가을바람 이니 흰구름 날리고, 초목이 누렇게 시드니 기러기는 남녘으로 날도다. 난초는

74

동녀童女 오백 명을 바다 가운데서 표류하다 죽게 하고 여산驪山에 무덤을 만들어 백성의 힘을 허비하고 스스로 만 년 동안 살 계책을 생각했으니 만고에 어리석은 자는 진시황인 여정이로다."

천자가 의아해하시며,

"일찍이 듣건대 서왕모께서 한 무제를 따라 승화전承華殿에 강림하시어 반도 일곱 개를 바쳤다 하더니, 과연 그러하옵니까?"

서왕모가 크게 웃으며,

"이는 모두 방사들이 속인 것이라. 정말로 반도를 얻었다면, 어찌 무릉茂陵의 가을바람이 있으리오?"

천자가 웃으며,

"그렇다면 나 같은 사람도 신선술을 얻을 수 있나이까?"

서왕모가 몸을 굽혀 대답하길,

"폐하는 티끌세상의 인물이 아니다. 천상계 선관으로 인간 세상으로 귀양 오신 것이니, 훗날 분명 옥경청도의 상선이 되리이다."

천자가 흔쾌히 웃고 좌우에 명해 차를 올리라 하시니, 신선이 모두 입에 대지 않고, 이에 시녀들에게 음악을 연주하게 하니, 선녀가 모두 〈운문雲門〉의 거문고, 〈자운곡〉[17]의 퉁소, 왕자진의 생황을 연주하며, 〈예상곡〉을 노래하고 우의무를 추니, 푸른 소매는 잇따라 나붓거려 맑은

빼어나고 국화는 향기로운데, 선녀들을 생각하매 잊을 수가 없도다. 두 층 다락배 띄워 분하를 건너노라니, 강 가운데에 가로 걸쳐 흰 물결이 솟구치는구나. 피리와 북 소리 울리며 뱃노래 부르니, 환락이 지극하매 오히려 슬픈 정이 많더라. 젊은 날이 얼마 동안인가? 이내 늙는 것을 어이하리오(秋風起兮白雲飛, 草木黃落兮雁南歸. 蘭有秀兮菊有芳, 懷佳人兮不能忘. 泛樓船兮濟汾河, 橫中流兮揚素波. 簫鼓鳴兮發棹歌, 歡樂極兮哀情多, 少壯幾時兮奈老何)."

17) 〈자운곡紫雲曲〉: 당나라 현종이 섭법희(葉法喜)라는 승려와 월궁에서 노니는데 음악소리가 들려왔다. 현종이 곡명을 물으니 〈자운곡〉이라 했다. 음률에 밝은 현종은 이 곡을 기억했다가 〈예상우의곡霓裳羽衣曲〉을 지었다. 노주(潞州) 성을 지날 때 성곽을 굽어보니 청초한 달빛이 그림 같았다. 이에 섭법희가 현종에게 연주를 청했는데, 옥피리가 마침 현종의 침전에 있었다. 이에 섭법희가 도술을 부려 잠깐 사이에 옥피리를 가져와 연주했다 한다. 『고금사문유취古今事文類聚』, 권11, 「월궁주악月宮奏樂」에 나오는 이야기다.

바람에 흩날리고, 음악소리는 질탕해 푸른 하늘에 맑게 울려퍼지거늘, 천자가 우화등선羽化登仙하는 듯해 그 즐거움을 이기지 못하시더라. 이윽고 상서로운 기운이 높이 일어나며 오경 삼점을 알리니, 서왕모가 적송자와 안기생을 돌아보며,

"내일 이른 아침에 옥황상제께서 몸소 옥하전玉霞殿을 여시고 뭇 신선의 조하朝賀를 받으시는 날이라. 여기 오래 머물지 못할지라."

하고 돌아갈 재촉하거늘, 천자가 여러 차례 만류하시되 끝내 듣지 않고 바람에 나부끼듯 누각에서 내려오매, 맑은 바람이 일어나며 채색 구름이 걷혀 간 곳이 없고, 하늘에서 신선의 음악소리와 만세 부르는 소리만 들리더라. 천자가 하늘을 향해 사례하고 망연자실하시더니, 이로부터 신선술을 더욱 믿어 정무를 돌보지 않고 매일 태청궁에 이르러 방사들과 더불어 신선술을 강론하시더라. 청운도사를 황사태청진인皇師太清眞人에 제수하고 문무백관의 절을 앉아서 받게 하니, 이때 조정의 기강이 해이해져, 식견 있는 자들은 몰래 걱정하고 길게 탄식하며 연왕을 생각하고, 식견 없는 자들은 그 풍조에 미혹되어 각자 신선의 도를 얻을 생각을 하더라. 자연히 민심이 흉흉하고 나라의 예산이 고갈되어, 벼슬을 팔고 세금을 올려도 날로 부족해져 태청궁에서 날마다 쓰는 비용을 계속 충당할 길이 없더라. 노균이 가만히 생각하되,

'내가 득실을 근심하고 권위를 탐해 이런 일을 만들어, 천자께서는 자못 나를 신임하시나 민심이 복종하지 않으니, 시비와 원망을 어떻게 처리하리오?'

다시 계책을 생각해내고 태청진인을 보고 말하길,

"천하에 깨우치기 어려운 자들이 백성이라. 이제 황상께서 높은 도를 듣고자 하시어 선생을 예로써 맞이했거늘, 무지한 무리가 선생의 법술을 모르고 모두 믿지 않으며 비방하길, '우리 황제께서 허황한 도사를 믿는다' 하니, 이는 나라의 근심이요 선생의 치욕이라. 바라건대 선생은

신령한 도술로써 인간의 길흉화복을 판단해, 의심하는 자들로 하여금 입을 막고 마음으로 복종케 하소서."

태청진인이 웃으며,

"이는 어렵지 않으니, 제가 마땅히 천문지리와 의약복서醫藥卜筮로써 명백한 도를 보여주어, 천하의 백성으로 하여금 흉한 일을 피하고 길한 일에 나아가게 하여 전화위복이 되게 하리이다."

노균이 크게 기뻐해 자금성 안팎에 일제히 방문榜文을 붙이니, 그 방문의 내용이 어떠한가? 다음 회를 보라.

# 천자가 태산에 올라 봉선하고
# 선랑이 행궁에 들어가 거문고를 타더라

제30회

노균이 자금성 안팎 곳곳에 방문<sup>榜文</sup>을 게시하니 그 방문은 이러하
더라.

"하늘이 나라를 도우시고 천하 백성을 위하시어 태청진인으로 하여
금 인간 세상에 강림하게 하시니, 백성 가운데 수복을 구하고 재앙을
피해 길흉화복을 판단하고자 하는 사람이 있거든 태청궁으로 와서 태
청진인께 정성을 다해 공양할지라."

이때 자금성 안팎의 백성들이 그 방문을 보고 모두 의심을 품어 찾아
오는 사람이 없거늘, 노균이 먼저 자기 처첩을 보내 복록을 빌게 하니,
조정의 모든 관리가 그를 따라 즉시 처첩을 태청궁으로 보내 예물을 후
하게 하여 복록을 기원하니, 소문이 해괴하더라. 이때 소유경은 멀리 남
해에 유배되고, 윤형문 각로는 관직이 삭탈되어 가족을 데리고 고향으
로 돌아가니, 조정에서 벼슬하는 사람 중에 노균 문하 아닌 자가 없더
라. 상장군 뇌천풍이 우울하고 즐겁지 않아 역시 벼슬을 그만두고 물러
나려 하되 천자가 허락하지 않으시더라. 뇌천풍이 부득이 힘써 벼슬살

이하다가 이 광경을 보고 하늘을 우러러 탄식하며,

"아득한 푸른 하늘이여! 우리 명나라를 돕지 않음이로다. 충신은 쫓겨나고 간신이 조정에 가득한데, 내가 나이 일흔에 나라의 은혜를 후하게 입고 어찌 차마 나라 망하는 꼴을 앉아서 보기만 하리오?"

이에 도끼를 들고 대궐로 들어가 땅에 엎드려 통곡하며,

"우리 태조 황제께서 나라를 세우시어 수백 년을 이어오다가 이제 간신들의 손에 망하게 되었거늘, 폐하께서 전혀 깨닫지 못하시니, 신은 바라건대 이 도끼로 요사스러운 도사와 간신의 머리를 베어 천하에 사죄하리이다."

천자가 대노하여,

"보잘것없는 무인이 이처럼 무례하니, 마땅히 군율을 시행할지라."

이때 노균이 전각에서 천자를 모시고 있다가 노하여 꾸짖기를,

"늙은 장수가 연왕을 위함인가? 나라를 위함인가? 어찌 감히 이렇게 방자하고 무례한가?"

뇌천풍이 대노해 흰 머리카락이 솟구쳐오르고 성난 눈이 찢어질 듯하여,

"노균아! 네가 천자의 총애를 탐해 어진 사람을 모해하고 요사스러운 술법과 흉악한 계교로 조정을 어지럽히는구나. 종묘사직이 위태로워져 나라가 망하면 너는 장차 어디로 가려느냐?"

노균이 흙빛이 된 얼굴로 엎드려 아뢰길,

"뇌천풍은 연왕의 심복이라. 연왕만 알고 임금을 몰라 이같이 무례하게 구니 용서하지 못할지라. 청컨대 관직을 삭탈하고 멀리 유배하소서."

천자가 허락하시어 즉시 뇌천풍을 유배해 북방 돈황敦煌 땅의 군대에 편입시키라 하시니, 뇌천풍이 눈물을 흘리며 천자에게 하직 인사를 하며,

"제가 불충해 간신을 빨리 베지 못하고 임금을 간신의 손에 남겨두어 안위를 알지 못한 채 멀리 떠나거늘, 훗날 저승에서 무슨 면목으로 선제

先帝를 뵈오리이까?"

천자가 더욱 노해 빨리 출발하라고 재촉하시니, 뇌천풍이 쫓겨나면서 서글피 남쪽 하늘을 향해 탄식하며,

"저는 늙은지라 간신의 머리를 베는 것과 연왕이 조정으로 돌아오는 것을 보지 못하고 장차 북방의 외로운 혼이 되리니, 어찌 여한이 없으리오?"

하고 필마단기로 돈황을 향해 가더라.

한편 노균이 뇌천풍을 쫓아낸 뒤로 기세가 더욱 등등해 조정을 뒤흔드나, 다만 민심이 복종하지 않는 것을 근심해 태청진인에게 말하길,

"근래 어리석은 백성들이 선생을 비방해 시비가 분분하니, 청컨대 선생은 신통한 도술을 드러내어 비방하는 자들을 제압해주소서."

태청진인이 웃으며,

"이 일은 어렵지 않음이라."

즉시 진언을 외우고 풀잎을 뜯어 하늘을 향해 어지러이 던지니, 하나하나 무수한 귀졸이 되어 성 안팎의 집집마다 날아들어 조정을 비방하는 사람들을 일일이 잡아오니, 사람들이 모두 몹시 두려워 입을 막고 감히 더 말하는 자가 없더라. 노균이 몹시 기뻐하며 문객과 집안사람들로 하여금 널리 기이한 물건과 상서祥瑞를 구해 오게 하니, 자사와 수령들이 모두 그 낌새를 알고 앞다투어 상서를 말해, 봉황이 내려오고 기린이 노닐고 황하가 맑아지는 표적表跡이 날마다 한 묶음씩 이르더라. 노균이 관리를 모두 거느려 천자에게 축하를 올리며 표문을 올려 아뢰길,

"하늘이 상서로운 징조를 내리고 성스러운 덕을 표창하시니, 폐하께서 마땅히 명산에 봉선封禪하시어, 옥을 땅에 묻고 천지신명께 제사지내소서. 명당에서 목욕재계하고 바닷가를 돌아보시어, 신선을 맞이하고 수복을 구하시어 옥황상제의 은혜에 보답하소서."

천자가 크게 기뻐하시어 길일을 택해 태산에 봉선하실 새, 종실과 대

신과 문무백관으로 하여금 도읍에 머물러 나라를 살펴라 하고, 천자가 노균과 동홍, 내시 십여 명, 문무 관료 백여 명, 전전갑사殿前甲士 이천 명, 우림군羽林軍 일만 기를 거느리고 태청진인과 모든 방사와 더불어 출발하시매 수레와 짐이 백여 리에 이어지고, 이르는 고을마다 병사와 말을 징발해 맞이하도록 하더라. 때는 봄이거늘, 백성들이 쟁기를 놓고 삼태기와 삽을 들고서 밭이랑을 없애 도로를 닦으며, 닭과 개를 잡아 군사들에게 먹이고 소와 말을 빼앗겨 천자의 수레를 운반하게 하니, 자연히 민심이 소란스러워 원망과 비방이 사방에서 일어나더라. 노魯나라 땅을 지날 때 천자가 몸소 태뢰[1]로 공자묘孔子廟에 제사를 올리고, 공자의 고향인 궐리闕里를 지나다가 거문고 타며 시 읊는 소리[2]를 듣고는 탄식하시어 노균을 돌아보며,

"내가 듣건대, 성인聖人은 후대의 영원한 스승이라. 공자의 정령이 있다면 이번 내 행차를 보고 무어라 하시리오?"

노균이 말하길,

"봉선은 선왕들께서 하신 일이라. 황제黃帝와 요·순도 행하셨으니, 성인께서도 희생양을 바쳐 곡삭[3] 지내는 것을 사랑하셨거늘, 어찌 오늘의 봉선을 기뻐하지 않으시리이까?"

천자가 미소하시더라. 태산에 올라 단을 쌓아 하늘에 제사지내고, 덕

---

1) 태뢰(太牢): 나라에서 제사를 지낼 때, 소·양·돼지를 아울러 바치는 것. 나중에는 소만 바치게 되었다.
2) 거문고 타며 시 읊는 소리: 공자가 일찍이 제자인 자유(子游)가 다스리는 무성(武城) 고을에 이르렀을 때, 자유가 시서예악(詩書禮樂)으로 그곳 백성을 교화시킨 결과 온 고을에 거문고 타며 시 읊는 소리(絃誦之聲)가 들렸다. 공자가 빙그레 웃으며 농담하길, "닭을 잡는 데 어찌 소 잡는 칼을 쓸 필요가 있겠는가(割雞焉用牛刀)"라고 한 고사가 『논어』 「양화陽貨」에 나온다.
3) 곡삭(告朔): 주(周)나라 때 제후들이 매월 초하루 선조의 사당(祠堂)에 고하고 역(曆)을 얻던 일. 매년 섣달에 천자가 다음해에 사용할 12개월의 역을 제후에게 반포하면, 제후는 이를 받아 각기 선조의 사당에 두고 매달 초하루에 양을 삶아 바치고 고하면서 그달의 역을 가져다 반포했다. 춘추시대에 이르러 유명무실해졌다.

을 칭송하는 내용을 새긴 옥을 단 아래에 묻고, 수레를 돌려 중봉中峰에 이르러 임금과 신하가 돌아보니, 흰구름이 단 위에 일어나고 하늘에서 만세 부르는 소리가 뚜렷이 들리더라. 이에 명당[4]에 이르러 왼쪽 청양[5]을 여시니, 노균이 모든 신하를 거느려 술잔을 받들고 두 번 절해 장수를 기원하더라. 천자가 이 밤에 명당에서 주무시는데, 한밤중에 갑자기 상서로운 기운이 명당 정실正室 뒤에서 일어나 하늘가에 닿거늘, 태청진인이 아뢰길,

"이는 하늘의 기운이라. 그 아래에서 분명 천서天書를 얻으리니 땅을 파서 보소서."

노균이 좌우에 명해 땅을 몇 장丈 파서 들어가니, 과연 석함石函 하나가 있고 그 위에 글자가 새겨져 있는데, 용의 문장과 봉황의 전서篆書가 구불구불하게 쓰여 있어 해석할 수 없더라. 석함을 열어보니 그 안에 책 한 권이 들어 있는데, 역시 문자가 기괴해 세속의 안목으로 해석할 수 없더라. 태청진인이 아뢰길,

"이는 태고의 과두문자蝌蚪文字라. 박식한 선비는 뜻을 깨쳐 알 수 있으리이다."

노균이 그 단서丹書를 받들고 한참 보다가 아뢰길,

"신이 다 알 수는 없으나, 그 가운데 '성수무강聖壽無疆' 네 글자는 뚜렷하옵니다."

이튿날 천자가 동쪽으로 향해 동해에 이르러 해돋이를 보시고 방사들을 돌아보며,

---

4) 명당(明堂): 고대 중국에서 왕이 정령(政令)을 펴던 집. 위는 둥글고 밑은 네모난 모양의 건축으로, 선조(先祖)와 상제(上帝)에게 제사지내고 제후의 조회(朝會)를 받은 장소다. 존현(尊賢)·양로(養老)하는 국가의 큰 의식을 모두 여기에서 했다.
5) 왼쪽 청양(靑陽): '좌개청양(左个靑陽)'. 천자가 정월에 거처하는 집을 말한다. 청(靑)은 동쪽과 봄을 의미하며, 청양(靑陽)은 명당 동쪽에 있는 방인 청양전(靑陽殿)을 가리킨다.

"듣건대 바다 가운데 삼신산三神山이 있다 하니, 예로부터 혹 통행한 자가 있는가?"

태청진인이 대답하길,

"이로부터 수만여 리를 지나 섬라暹羅·날랍剌臘·부상扶桑 세 나라를 건너면 큰 바다 한가운데 큰 섬이 있어 첫번째가 봉래산蓬萊山, 두번째가 방장산方丈山, 세번째가 영주산瀛洲山이니, 이것을 삼신산이라 하나이다. 진秦·한漢 이후로 통행한 사람이 없으나, 폐하께서 참으로 유람하고자 하시면 제가 마땅히 폐하를 위해 길을 안내하리이다."

날이 저물기를 기다려 태청진인이 천자를 모시고 바닷가에 이르니, 때는 마침 그믐날 밤이라. 바다와 하늘이 어둡고 수많은 별이 반짝여 광채가 수면에 드리웠거늘, 태청진인이 웃으며,

"제가 마땅히 먼저 밝은 달을 불러내어 바다 위를 비추게 하고 푸른 하늘에 무지개다리를 놓아 폐하로 하여금 삼신산을 굽어보게 하리이다."

문득 소매를 떨치며 진언을 외우니, 과연 밝은 달이 구름 사이로 솟아나와 바다와 하늘 만리에 비추지 않는 사물이 없더라. 태청진인이 다시 소매를 떨치며 진언을 외우니, 무지개가 하늘에 나타나 오색영롱하거늘, 천자에게 아뢰길,

"무지개다리가 이미 만들어졌으니 다리를 밟고 하늘에 오르소서."

천자가 두려운 기색으로 주저하시거늘, 태청진인이 미소하고 다시 소매를 떨치며 진언을 외우니, 붉은 구름이 갑자기 일어나 천자와 태청진인을 받들어 무지개다리에 올려 하늘로 솟구치더라. 태청진인이 손을 들어 동쪽을 가리키며,

"폐하께서는 저곳이 보이시나이까?"

천자가 이에 정신을 차리고 자세히 바라보시니, 망망대해에 구름과 안개는 은은하고 그 가운데 세 봉우리의 푸른 산이 세발솥처럼 늘어서

있더라. 누각이 영롱한데 상서로운 기운이 가득 서리고, 기이한 화초가 만발해 향기를 뿜으며 난새와 학과 봉황이 쌍쌍이 오가고, 선녀와 선관이 우의예상羽衣霓裳을 입고 왔다갔다하는 것을 가까이에서 보는 듯하더라. 천자가 태청진인을 돌아보며,

"불가佛家에서 '천상극락天上極樂'이 저것을 일컫는 것 아닌가?"

태청진인이 웃으며,

"저것은 하계下界 선경이라. 만약 옥경청도玉京淸道의 상선上仙이 계시는 곳을 본다면, 어찌 저곳에 비하리이까?"

천자가 한참 망연자실해 있다가,

"내가 저곳에 가서 노닐다가 적송자와 안기생을 다시 만날 수 있으리오?"

태청진인이 웃으며,

"지금 바라보면 비록 가까이 있는 듯하나 여기서 팔만여 리 떨어진 곳이요, 모진 바람과 거센 물결은 날아다니는 새라도 통과할 수 없나니, 만약 도를 닦아 정근情根이 깨끗해지고 환골탈태하면 자연히 두루 구경하시는 날이 오리이다."

말을 마치매 태청진인이 다시 손을 들어 서북쪽을 가리키며,

"폐하께서는 저곳이 보이시나이까?"

천자가 고개를 들어 멀리 바라보시니, 또 망망대해에 손바닥만한 작은 섬이 있거늘 연기와 티끌이 가득해 어둑어둑하더라. 천자가 웃고 묻기를,

"저곳은 어디인가?"

태청진인이 대답하길,

"바로 중국이니, 곧 폐하께서 계시는 곳이로소이다."

천자가 머리를 숙여 돌아보시고 얼굴이 붉어지시거늘, 태청진인이 다시 소매를 떨치니 순식간에 천자가 태청진인과 더불어 이미 무지개

다리를 건너 내려와 있으매, 선술仙術을 더욱 믿어 바닷가에 머무르면서 신선을 다시 보고 싶어하시더라. 아아! 천자가 일월같이 밝은 총명과 천지같이 넓은 아량으로 어찌 요사스러운 도사 한 명에게 미혹되리오마는, 이 또한 나라의 운명이라. 한 번 어지럽다 한 번 태평해지는 운명을 어찌하리오?

이때 천자가 바닷가에 행궁을 지어 장차 신선들을 만나고, 주나라 목왕과 진시황처럼 천하를 두루 돌아다니고 바다에 다리를 놓으려는 뜻을 품고 있다가, 하루는 피곤해 행궁에서 잠이 들었는데, 꿈속에서 상계에 올라 옥황상제를 모시고 균천광악匀天廣樂을 듣다가 우연히 발을 헛디뎌 공중에 떨어지더라. 한 소년이 천자를 받들어 구하거늘, 돌아보니 그 소년이 분을 바른 얼굴에 붉게 화장을 한 여자의 기상이 있고, 손에 악기를 들고 있으니 완연히 악공과 흡사하더라. 꿈에서 깨어 상서롭지 않다고 생각해 노균에게 꿈의 징조를 말하시니, 노균이 대답하길,

"옛적에 진秦나라 목공穆公이 꿈에서 균천광악을 듣고 나라를 중흥시켰으니, 어찌 길몽이 아니리이까? 이제 폐하께서 동홍을 얻어 예악을 정비하시고 성스러운 덕을 보좌하니, 꿈속에서 보신 소년은 분명 동홍일까 하나이다."

천자 역시 그가 동홍이라고 생각해, 동홍의 벼슬을 더 높여 의봉정 태학사 겸 균천협률도위匀天協律都尉로 삼고, 이원제자梨園弟子를 바꾸어 균천제자匀天弟子로 삼게 하고, 민간에서 음률을 아는 소년을 뽑아 좌우에서 모시게 하여 꿈의 징조에 응하게 하시더라. 이에 동홍이 천자의 명을 받들어 균천제자를 모집할 새 급하게 수효를 채우고자 하여, 사방으로 심복을 파견해 합당한 사람이 있거든 누구인지 묻지 말고 잡아오라 하니, 민간의 나이 어리고 아름다운 소년들은 감히 길가에 모습을 보이려 하지 않더라.

한편 선랑이 점화관點花觀에서 쓸쓸하게 지내는데 하루가 삼 년 같은

지라. 날마다 북쪽 하늘을 바라보며 연왕이 다시 방문하길 기다리더니, 뜻밖에 하늘가 유배객이 되어 소식이 아득하더라. 스스로 처지를 돌아보니 갈수록 괴이한지라 식음을 전폐하고 밤낮으로 울다가 갑자기 탄식하며,

"우리 상공께서 이제 소인의 참소를 입어 집으로 돌아갈 기약이 없어졌고, 내가 오래도록 도관에 거처하니 처지가 위태로울 뿐 아니라 어떠한 재앙이 있을지 알지 못하니, 차라리 자취를 감추고 남방을 두루 다니며 산천을 유람하고, 운남 유배지에서 가까운 도관을 찾아가 때를 기다림이 좋으리라."

이에 남복으로 갈아입고 푸른 나귀 한 마리를 마련해 모든 도사와 작별하고 남쪽으로 가더라. 주인과 여종이 서생書生과 서동書童의 모습으로 꾸며 출발한 지 여러 날 만에 충주忠州에 이르니, 황성에서 구백 리, 산동성山東城에서 백여 리 떨어진 곳이라. 하루는 객점에 들어가니, 소년 여러 명이 눈길을 보내 선랑의 얼굴을 자세히 보며 묻기를,

"그대는 어디로 가는고?"

선랑이 대답하길,

"정해진 곳 없이 산수를 유람하노라."

소년들이 서로 돌아보며 미소하고 다시 묻기를,

"그대의 용모를 보매 풍류남자의 기상이 있는데, 혹 음률을 배운 적이 있는가? 우리도 유람하는 나그네라. 마침 소매 속에 단소가 있으니, 오늘밤 나그네의 회포를 풀고자 하노라."

선랑이 듣기를 마치매 생각하되,

'저들이 내 모습을 보고 혹 여자인가 의심해 이렇게 따져 묻는 것이라. 내가 본모습을 드러낼 수 없도다.'

하고 대답하길,

"나는 한낱 서생이라. 어찌 음률을 알리오마는, 여러 선생께서 회포를

풀고자 하니, 초동樵童의 피리 소리 흉내내기를 사양하지 않으리라."

소년이 먼저 한 곡을 불고 즉시 단소를 주거늘, 선랑이 사양하지 않고 몇 곡을 간략히 불어 화답하고 단소를 돌려주며,

"본디 숙련된 솜씨가 아니거늘 다만 모든 선생의 후의를 감히 괄시할 수 없었던 것이니, 바라건대 비웃지 마소서."

소년들이 희색을 감추지 못하더니, 이윽고 문밖에서 요란한 소리가 나고 사내 대여섯 명이 문밖에 작은 수레를 가져오더라. 그 소년이 외쳐,

"우리는 황상의 명을 받들어 그대 같은 사람을 구하러 모든 고을을 두루 다니니 놀라지 말라."

하고 선랑과 소청을 붙잡아 수레에 태우고 폭풍우처럼 몰아가더라. 선랑이 뜻밖의 변고를 당해 그 까닭을 알지 못한 채 수레에 앉아 소청을 돌아보며,

"우리 두 사람이 끝내 이런 재앙을 면하지 못하니, 이처럼 평지풍파를 측량하기 어렵도다."

소청이 울면서 아뢰길,

"일이 이미 이렇게 되었으니, 낭자께서는 마음을 가라앉히고 다만 일의 낌새를 살피소서."

선랑이 죽기로써 각오하고 수레 안에 단정히 앉아 있는데, 종일 가다가 한 곳에 이르러 수레를 멈추고 내리기를 청하더라. 선랑과 소청이 태연히 내려 좌우를 돌아보니, 건물이 크고 화려하며 무수히 많은 소년이 모여 앉아 서로 얼굴만 물끄러미 바라보고 있더라. 선랑도 자리를 같이하는데, 한 관리가 저녁밥을 가져와 권하며 위로하길,

"그대들은 근심하지 말라. 이곳은 곧 산동성山東城이요, 우리는 곧 참지정사 노균 어르신의 집안사람이라. 천자께서 지금 바닷가 행궁에 머물러 계시면서 균천제자를 모집하실 새, 오늘 협률도위 동홍과 참지정사

노균께서 그대들의 재능을 먼저 시험하신다 하니, 그대들이 재능을 다하여 천자를 가까이에서 모시게 된다면 어찌 영광스럽지 않겠는가?"

선랑이 듣기를 마치매 생각하되,

'이는 분명 동홍과 노균 두 간신이 하는 일이로다. 노균은 우리 상공의 원수라. 만약 내 본모습을 드러낸다면 어찌 모욕을 면할 수 있으리오? 마땅히 자취를 감추고 재능을 시험하는 자리에 나아가 재능을 숨기고 음률을 모른다 하면 자연히 놓아 보내주리라.'

계책을 세우고서 다음 일을 기다리는데, 과연 관리가 다시 수레 수십 대를 몰아와 소년을 모두 거느리고 가더라. 선랑이 수레 안에서 바라보니, 여러 층의 대궐이 은은히 바다에 비치거늘 묻지 않아도 행궁임을 알겠더라.

이때 동홍이 노균을 보고,

"제가 황상의 명을 받들어 음률을 아는 소년 수십 명을 사방에서 널리 구해 이끌어왔으니, 오늘밤 황상을 모시고 그 재능을 시험하리이다."

노균이 한참 생각하다가 손을 저으며,

"안 될 일이로다. 세상에서 헤아리기 어려운 것이 사람 마음이라. 그대의 권력으로 평소 잘 알지 못하는 소년들을 모아 천자께 바치려 하는데, 이것이 어찌 우리의 복이 되리오? 우리 두 사람의 심복이 아니거든 이제부터 황상 가까이에서 모시게 하지 말라."

동홍이 사과하며,

"각하의 가르침이 매우 타당하오니, 제가 미칠 바가 아니로소이다."

노균이 말하길,

"비록 그러하나 균천제자를 모집하는 것은 그대의 임무라. 오늘 잠시 우리 처소에서 재능을 시험하되 그 사람됨이 어떠한지 살펴, 우리의 심복으로 삼고 나서 황상께 들어가 모시게 하라."

즉시 모든 소년을 자기 처소로 데려오라 하니, 선랑도 소년들을 따라 노균의 처소에 이르더라. 새로 지은 집 수십 칸이 매우 깨끗하고, 처마 끝마다 둥근 등불이 별처럼 벌여 있고, 산호 갈고리에 수정 주렴이 겹겹이 높이 걸려 있으니, 참으로 신선의 누각이더라. 여러 사람이 모인 자리에서 한 재상이 자주색 비단과 옥대 차림에, 안색은 깎은 오이처럼 창백해 살기를 가득 띠고 동쪽을 향해 앉아 있으니 이는 곧 노균이라. 한 소년이 붉은 도포와 야대也帶 차림에 얼굴이 관옥같이 아름답고 서쪽을 향해 앉아 있으니 이는 곧 동홍이라. 사방에 악기를 늘어놓고 여러 소년에게 차례로 자리를 정해주고 노균이 미소하며,

"그대들을 오늘 처음 보나 한결같이 황상의 백성이라. 이제 황상께서 상서祥瑞를 얻고 예악을 정비해 태산에 봉선하시니, 이는 천고에 성대한 일이라. 이제 이원 교방의 속악을 고쳐 균천제자의 새로운 음악을 이루고자 하노니, 그대들은 배운 바를 숨기지 말고 천자의 성스러운 덕을 보필하라."

선랑이 대답하길,

"소생은 한낱 서생이라. 음률에 어두우니 감히 가르침을 받들기 어려울까 하나이다."

노균이 미소하며,

"소년은 지나치게 겸양하지 말라. 이 또한 임금을 섬기는 도리이니 모름지기 악공을 부끄럽게 여기지 말라."

말을 마치고 각각 악기를 주어 능력에 따라 재능을 시험하더라. 이때 천자가 행궁에 계시다가 가까운 신하 여러 명을 데리고 달빛 아래를 배회하시더니, 바람결에 갑자기 음악소리가 은은히 들리매 좌우에 물으시더라. 신하가 대답하길,

"참지정사 노균과 협률도위 동홍이 새로 균천제자를 모집해 사습私習하고 있나이다."

천자가 흔쾌히 웃으며,

"내가 몰래 가서 보고자 하니, 미리 좌중을 단속해 누설하지 않도록
하라."

이때 모든 소년이 차례로 음악을 연주해 그 소리가 질탕한데, 갑자기
한 귀인이 장막 안에서 신하 대여섯 명을 데리고 오거늘, 선랑이 우러러
보니 기상이 출중하고 풍채가 준수해, 높은 코와 반듯한 이마에 용과 봉
황 같은 모습이요, 광채가 휘황해 분명 평범한 귀인이 아니라고 생각되
더라. 귀인이 웃으며 노균에게 이르길,

"주인에게 좋은 손님이 있어 오늘밤 음악을 듣는다는 소문을 듣고 불
청객이 감상하러 왔는데, 혹 흥취가 깨진 것은 아닌가?"

말을 마치매 옥 같은 목소리가 율려에 맞으니, 천자가 몸소 이르신 것
으로 분명하게 생각되나, 그 옷차림과 곁에서 모시는 이들로는 증거를
삼기 어렵더라. 귀인이 웃으며,

"동홍 학사가 주인이니, 먼저 한 곡조를 듣고자 하노라."

동홍이 즉시 몸을 일으켜 비파를 가지고 몇 곡조를 연주하거늘, 선랑
이 귀를 기울여 자세히 듣는데, 수법이 거칠고 잡되며 음률이 어지럽고,
소리가 자못 불길해 제비가 장막 위에 집을 짓고 물고기가 솥 안에서
뛰노는 듯이 위태롭더라. 선랑이 마음속으로 의아해하더니, 그 귀인이
웃으며,

"학사의 비파는 너무 지루해 새롭지 않으니, 이삼랑李三郎의 갈고羯鼓를
빨리 가져오라. 내가 마땅히 가슴속 티끌을 한번 씻으리라."

그리고 옥 같은 손을 들어 갈고를 한번 연주하니, 비록 솜씨가 서툴고
음조가 성글으나 광대한 도량은 천지가 끝이 없고 호탕한 기상은 비바
람이 뒤집는 듯해, 마치 푸른 바다의 변화무쌍한 신룡이 높은 하늘로 날
아오르려 하되 구름을 얻지 못한 것 같더라. 선랑이 그제야 크게 놀라
천자가 몰래 행차하신 것을 알되 감히 기색을 드러내지 않고 다만 생각
하되,

'내가 사람 보는 안목은 없으나, 잠시 그 음악소리와 목소리를 들은즉 그 기상과 수복을 환히 알 수 있겠도다. 우리 황상의 광대한 덕과 도량, 신성한 문무의 자태가 저와 같으시거늘, 소인들이 천자의 총명을 가려 한 조각 뜬구름을 씻어낼 길이 없으니, 내가 비록 여자이나 오히려 충의를 품은지라. 어찌 음률로 한번 넌지시 간언하지 않으리오?'

계책을 세우고 때를 기다리더니, 천자가 갈고 연주를 그치고 소년들의 재능을 시험해 선랑의 차례에 이르거늘, 선랑이 사양하지 않고 대나무 피리를 들어 맑고 은은하게 한 곡조를 연주하니, 천자가 미소하고 동홍을 보며,

"이는 평범한 솜씨가 아니로다. 봉황이 동쪽 산등성이에서 우니[6] 맑은 소리가 높은 하늘에 닿아, 듣는 사람으로 하여금 꿈에서 깨어나게 하도다. 인간 세상의 온갖 새의 평범한 소리를 훨씬 벗어났으니, 어찌 이른바 〈봉명곡鳳鳴曲〉이 아니겠는가?"

선랑이 바야흐로 천자가 총명하시어 넌지시 간언하기에 족함을 알고, 이에 대나무 피리를 내려놓고 요금瑤琴을 끌어당겨 옥 같은 손으로 줄을 고르고 한 곡조를 연주하니, 천자가 흔쾌히 웃으며,

"맑고 아름답도다, 이 곡조여! 흐르는 물이 아득하고 떨어지는 꽃이 나부껴, 여유로운 마음과 드넓은 생각이 세상의 시비를 잊게 하니, 이는 이른바 〈낙화유수곡落花流水曲〉이라. 단아한 솜씨와 맑은 음조가 근래 듣지 못한 바로다."

선랑이 다시 율려를 변화시켜 한 곡조를 연주하니 그 소리가 강개하

---

6) 봉황이 동쪽 산등성이에서 우니: 『시경』「대아大雅」「생민지집生民之什」「권아卷阿」에서 유래해, 충직한 신하가 때를 만나 다른 사람이 감히 하지 못하는 말을 직간하는 것을 일컫는다. "봉황이 저 높은 산봉우리에서 울고, 오동나무가 동쪽 산등성이에 나서 자라네(鳳凰鳴矣, 于彼高岡. 梧桐生兮, 于彼朝陽)." 봉황은 태평시대에만 출현하고, 봉황이 깃드는 오동나무는 보통 산등성이에 나지 않는데 태평시대에만 그곳에서 난다고 한다.

고 격렬해 쓸쓸하고 처절하더라. 천자가 무릎을 치며 감탄하길,

"속뜻이 있도다. 이 곡조여! 흰 눈이 분분히 천지에 가득한데, 따뜻한 봄을 어느 때 다시 만나겠는가? 이는 영문郢門에서 불린 〈백설곡白雪曲〉이라. 오랜 옛날의 곡조에 화답할 수 있는 사람이 드무니, 어찌 때를 만나지 못한 탄식이 없으리오?"

선랑이 이에 율려를 변화시켜 정성正聲을 낮추고 신성新聲을 높여 한 곡조를 연주하니, 천자가 기뻐하다가 슬퍼하다가 손으로 책상을 치며,

"아아, 이 곡조여! 변수7)의 버드나무가 푸르고 궁중의 아름다운 버드나무가 이미 시들었으니, 풍류에 젖은 천자의 한때 행락이 일장춘몽이라. 이것이 이른바 수隋나라 양제8)의 〈제류곡堤柳曲〉 아닌가? 화려하면서 슬프고 청신하면서 깨끗해, 아무 이유 없이 사람의 서글픈 마음을 돕는도다."

선랑이 이에 거문고를 놓고 비파를 이끌어 스물다섯 현을 고르더니 소현小絃을 누르고 대현大絃을 울려 다시 한 곡조를 연주하더라. 천자가 갑자기 얼굴빛을 고쳐,

"이 곡조가 어찌 그리 장엄하고 구슬픈가? '큰바람이 일어나니 구름이 흩날리도다. 나라 안에 위엄을 떨치고 고향으로 돌아왔도다' 했으니, 이는 이른바 한漢나라 고조高祖의 〈대풍가〉9)로다. 영웅 천자가 선비의 신

---

7) 변수(汴水): 수나라 양제(煬帝)가 일찍이 변수 가에 웅장하고 화려한 궁전을 짓고는, 신선이 여기에서 놀더라도 헤매게 될 것이라 하여 이를 미루(迷樓)라 명명하고서 즐겁게 놀기만 하다가 나라를 망치고 말았다.

8) 양제(煬帝, 569~618): 수나라 제2대 황제. 문제(文帝)의 둘째 아들. 600년에 권신 양소(楊素)와 결탁해 형을 모함하여 태자의 자리를 빼앗고, 604년에 문제를 살해하고 제위에 올랐다. 즉위 후 양자강에 대운하를 완성하고 운하 양쪽 제방(堤防)에 버드나무를 심어 풍류를 즐겼다고 한다. 사치스러운 생활이 극에 달해 백성의 원망이 높아지고, 전국에서 군웅(群雄)이 봉기했다. 강도(江都)를 남순(南巡)하다가 신하 우문화급(宇文化及)에게 살해되었다.

9) 〈대풍가大風歌〉: 유방이 제위에 오른 뒤 회남왕(淮南王) 경포(黥布)를 물리치고 돌아올 때 고향인 패(沛)를 지나다가, 잔치를 베풀어 아동 120명에게 부르게 하고 자신도 술에 취해 축(筑)을 두드리며 함께 불렀다는 노래. 『사기』 「고조본기高祖本紀」와 『문선文選』에 "큰바람이

분으로 나라를 세워 천고에 뜻을 얻었거늘, 어찌하여 그 가운데 처량한 뜻이 있는가?"

선랑이 대답하길,

"한나라 태조인 고황제[10]는 본래 패沛 땅의 정장[11]으로, 삼척검을 잡고 팔 년 동안 바람 먼지 속에서 위험을 무릅쓰고 천하를 얻으셨으니, 그 고생과 수고로움이 과연 어떠했겠나이까? 후세의 자손들이 혹 이 뜻을 모르고 종묘사직을 맡긴 것을 저버릴까 하여, 용맹스러운 군사 얻기를 생각하고 천하를 염려하시어 이 곡조를 지으셨으니, 어찌 처량한 뜻이 없으리이까?"

천자가 묵묵히 대답하지 않으시더라. 선랑이 또 비파 줄을 당겨 대현과 소현을 거두고 중성中聲을 울려 다시 한 곡조를 연주하니, 그 소리가 시원하고 뚜렷해 마치 한 무제가 만든 승로반承露盤에 이슬이 방울지고 그가 묻힌 무릉茂陵의 가을바람에 가랑비가 쓸쓸한 듯하더라. 천자가 눈길을 보내 선랑을 자주 보시며 묻기를,

"이는 무슨 곡조인가?"

선랑이 대답하길,

"이는 당나라 이하[12]가 지은 〈금동선인사한가〉[13]라. 무제는 웅대한

---

일어나니 구름이 흩날리도다. 나라 안에 위엄을 떨치고 고향에 돌아왔도다. 어떻게 하면 용맹스러운 군사를 얻어 사방을 지킬 수 있을까?(大風起兮雲飛揚, 威加海內兮歸故鄕, 安得猛士兮守四方)"라는 가사가 전한다.

10) 한(漢)나라 태조(太祖)인 고황제(高皇帝): 한나라 제1대 황제인 유방(劉邦, BC 256~BC 195). 묘호(廟號)는 원래 태조인데 사마천이 『사기』에서 고조(高祖)라 칭한 뒤로 이것이 통칭이 되었다.

11) 정장(亭長): 10리(里)를 1정(亭)으로 하는 정(亭)의 우두머리. 유방이 장성하여 임시적 이(吏)로 사상(泗上)의 정장(亭長)이 된 바 있다.

12) 이하(李賀, 790~816): 당나라 시인. 자(字)는 장길(長吉). 당나라 황실의 후예이며, 두보의 먼 친척이기도 하다. 시작(詩作)에 몰두해 15세에 이름이 알려졌으며, 풍부한 상상력으로 화려한 환상적 세계를 창조해 귀재(鬼才)라는 명칭이 붙었다. 대표작으로 〈장진주將進酒〉 〈금동선인사한가金銅仙人辭漢歌〉 등이 있다.

재주와 지략으로  즉위 초에 어질고 직언하는 선비를 등용하려 했으나,
공손홍公孫弘과 장탕張湯의 무리가 천자께 아첨해 상서祥瑞를 말하며 봉선
을 칭송했나이다. 무제는 승화전에 날아온 파랑새 같은 괴이한 이야기[14]
를 믿고, 구성에서 학을 타고 붉은 가죽신赤舃으로 오리를 만들어 탔다는
허황된 말[15]을 믿어, 마침내 나라를 좀먹고 백성을 병들게 했기에, 후세
사람이 이 곡조를 지어 무제의 실덕失德을 애석하게 여겼나이다."

　천자가 묵묵히 말이 없으시거늘, 선랑이 즉시 철발鐵撥을 들어 치성徵
聲과 각성角聲으로 시원스럽게 또 한 곡조를 연주하니, 그 소리가 처음에
는 방탕하더니 나중에는 희미해, 뭉게뭉게 흰구름이 하늘가에 일어나고
소슬한 찬바람이 대나무 숲에서 울리는 듯하더라. 천자가 측은히 얼굴
빛을 고치고,

　"이는 무슨 곡조인가?"

　선랑이 대답하길,

---

13) 〈금동선인사한가金銅仙人辭漢歌〉: 당나라 시인 이하가 지은, 금동선인(金銅仙人)이 한(漢)
나라를 떠나가는 것을 노래한 작품. 금동선인은 한 무제가 장생(長生)하기 위해, 장안의 건장
궁(建章宮) 안에 금동으로 선인을 만들어 세운 것으로, 그 손바닥에 승로반을 놓아 감로(甘露)
를 받아 마셨다 한다.
14) 승화전(承華殿)에 날아온~괴이한 이야기: 후한(後漢)의 반고(班固)가 지은 것으로 알려진
『한무고사漢武故事』에 전하길, 7월 7일 한 무제가 승화전에서 목욕재계하고 있는데, 갑자기 파
랑새가 한 마리 서쪽에서 날아와 전각 앞에서 쉬었다. 무제가 동방삭(東方朔)에게 어찌된 일인
지 물어보자, 동방삭은 '이는 서왕모께서 오시려는 징조입니다'라고 대답했다. 과연 얼마 뒤에
서왕모가 왔는데, 파랑새 두 마리가 서왕모 옆에서 시중을 들고 있었다 한다.
15) 구성(緱城)에서 학을~허황된 말: 주(周)나라 영왕(靈王)의 태자로, 직간하다가 서인(庶人)
으로 강등된 왕자진(王子晉)은 왕자교(王子喬) 혹은 왕교(王喬)로도 불리는데, 이수(伊水)와 낙
수(洛水) 일대를 떠돌다가 부구공(浮丘公)을 만나 숭산(嵩山)에 올라 선학(仙學)을 배웠고, 30년
후 구씨산(緱氏山)에서 흰 학을 타고 신선이 되어 사라졌다고 한다. 후한(後漢) 명제(明帝) 때
섭현(葉縣) 현령(縣令)인 왕교는 방술에 능해, 매월 초하룻날과 보름날 오리 두 마리를 타고 조
정에 날아와 명제를 뵈었다. 왕교가 수레나 말을 타고 대궐에 오는 것을 보지 못해 명제가 이
를 살펴보게 하니, 그가 올 때 날아오는 오리 두 마리를 큰 그물을 쳐서 잡았는데, 신발만 걸려
있고 오리는 보이지 않았다. 그 신발은 벼슬아치에게 내려준 붉은 가죽신(赤舃)이었다 한다.
이로부터 고을 수령으로 나가 있는 동안을 '비부석(飛鳧舃)'으로 일컫는 성어가 생겨났다. 어떤
이는 후한의 왕교는 옛 선인 왕자교가 변한 모습을 드러낸 것이라고도 했다.

94 |

"이는 주나라 목왕의 〈황죽가〉[16]라. 옛적에 목왕이 팔준마를 타고 요지에서 서왕모를 만나 즐거워 주나라로 돌아오는 것을 잊으매, 모든 신하가 고국을 생각하고 목왕을 원망해 이 노래를 지었는데, 마침 서자[17]의 반란이 일어나 나라가 거의 위태로웠나이다. 그러나 또 한 곡조가 있으니, 바라건대 마저 연주하고자 하나이다."

그리고 다시 줄을 골라 한 곡조를 연주하니, 초장은 호탕해 마치 용맹한 기병이 질주하는 듯하고, 중장은 광대해 마치 큰 바다가 흘러넘치는 듯하거늘, 변화가 무궁하니 모든 사람이 놀라 어수선하더라. 선랑이 갑자기 철발을 바로 잡고 옥 같은 손을 맹렬히 휘둘러 스물다섯 줄을 한꺼번에 끊어버리니, 모두 크게 놀라 얼굴빛이 하얗게 질리더라. 천자도 아연실색해 선랑을 자세히 바라보며 한참 있다가 묻기를,

"이 곡조의 제목은 무엇인가?"

선랑이 대답하길,

"이것은 〈충천곡衝天曲〉이라. 옛적에 초楚나라 장왕[18]이 즉위한 지 삼

---

16) 〈황죽가黃竹歌〉: 주나라 목왕이 겨울에 황대(黃坮)의 평택(苹澤)에서 사냥할 때 날씨가 몹시 춥고 눈과 비가 퍼부어 얼어죽은 사람이 있음을 듣고 가엾게 여기며 그 애절한 뜻을 노래한 3장의 황죽시(黃竹詩)를 가리킨다. 그러나 당나라 시인 백거이의 〈팔준도八駿圖〉에는 "백운과 황죽의 노랫소리 울려퍼지니, 임금 혼자 즐거울 뿐 만백성은 시름겹네(白雲黃竹歌聲動, 一人荒樂萬人愁)"라 했다. 백운(白雲)은 목왕이 곤륜산(崑崙山)에서 서왕모와 잔치할 때 서왕모가 부른 〈백운요〉를 가리킨다.
17) 서자(徐子): 주(周)나라 시대 서국(徐國)의 임금 서언왕(徐偃王)을 가리킨다. BC 30세기경 양자강 북방 강소성(江蘇省) 근방 넓은 지역에 서국을 세우고 국력을 길러 주나라를 공격해 조세와 공물을 받았다. 주나라 목왕은 동쪽 넓은 땅을 나눠주고 항복의 맹세까지 했으며, 그외에도 서국에 조공하러 오는 나라가 50여 국이나 되었다 한다.
18) 장왕(莊王, ?~BC 591): 중국 춘추시대 초나라 왕. 장왕은 즉위한 뒤 삼 년 동안 정무를 돌보지 않고 밤낮으로 놀기만 하며 나라에 영을 내렸다. "감히 간언하는 자가 있거든 죽일 것이다." 어느 날 잔치를 벌여 즐기는 장왕에게 오거(伍擧)가 넌지시 간언했다. "언덕 위에 새 한 마리가 있는데 삼 년 동안 울지 않고 삼 년 동안 날지 않으니, 이것이 무슨 새입니까?" 장왕이 대답했다. "삼 년 울지 않았으니 울면 사람을 놀라게 할 것이요, 삼 년 날지 않았으니 날면 하늘을 뚫을 것이다." 여러 달이 지나고 장왕은 더욱 방탕해졌다. 이에 대부 소종(蘇從)이 간언하니, 장왕이 말했다. "내 영을 듣지 못했는가?" 소종이 대답했다. "이 한몸 죽어 임금의 잘못을

년에 정무를 돌보지 않고 날마다 음악을 일삼으니, 대부<sup>大夫</sup> 소종<sup>蘇從</sup>이 이렇게 간언했나이다. '숲속 언덕에 새 한 마리가 있는데 삼 년 동안 울지 않고 삼 년 동안 날지 않으니, 이것이 무슨 새이옵니까?' 장왕이 말하길, '삼 년 울지 않았으니 울면 사람을 놀라게 할 것이요, 삼 년 날지 않았으니 날면 하늘을 뚫을 것이라' 하고, 왼손으로 소종의 손을 잡고 오른손으로 악기 줄을 끊었나이다. 이에 덕을 닦아 정사를 돌보니 초나라가 잘 다스려져 오패<sup>五覇</sup>의 으뜸이 되었나이다."

천자가 묵묵히 말이 없으시더라. 노균이 선랑이 넌지시 간언함을 알고 불쾌해 말로 기를 꺾고자 즉시 자리에 나아가,

"내가 이미 그대의 음률을 들었노라. 다시 훌륭한 의론을 듣고자 하노니, 그대는 음악이 어느 시대로부터 나왔다고 생각하는가?"

선랑이 웃으며,

"제가 견문이 좁아 무슨 지식이 있으리오마는, 일찍이 여러 스승님께 들으니 음악은 천지와 더불어 생겨났다고 하더이다."

노균이 웃으며,

"그렇다면 처음으로 생겨난 음악의 이름이 무엇인가?"

선랑이 웃으며,

"공께서는 이름이 있는 음악만 아시고 이름이 없는 음악은 모르시며, 소리가 있는 음악만 아시고 소리가 없는 음악은 모르시나이다. 효제충신은 소리가 없는 음악이요, 희노애락은 이름이 없는 음악이라. 희노애락을 지나치게 하지 않는다면 기상이 화평하고, 효제충신의 돈독한 행실을 닦는다면 마음이 즐거우리니, 마음이 즐겁고 기상이 화평하면 외진 곳에 고요히 앉아 있더라도 소리가 없는 음악이 자연히 귀에 들리리

---

깨우쳐주는 것이 신이 바라는 바입니다." 그러자 장왕은 놀이를 그만두고 정무를 살펴 간신 수백 명을 주살하고 오거와 소종에게 정무를 맡기고 내정(內政)을 다져 부국강병을 이루었으며, 춘추오패(春秋五覇)의 한 사람으로 꼽히게 되었다.

니, 어찌 이름으로써 음악을 논하리이까?"

노균이 비웃으며,

"그대의 말이 매우 어리석도다. 천지의 운수와 사람의 총명에는 옛날과 오늘날의 차이가 있거늘, 어찌 옛날과 오늘날의 음악이 같으리오?"

선랑이 웃으며,

"인간사는 옛날과 오늘날이 다르나, 천지는 어찌 옛날과 오늘날의 다름이 있으며, 총명은 옛날과 오늘날의 다름이 있을지언정, 음률이 어찌 옛날과 오늘날이 다르리이까? 돌石 소리는 맑고 높으며, 쇠金 소리는 쟁쟁 울리며, 대나무竹 소리는 정묘하고 한결같으며, 실絲 소리는 맑고 낭랑하여, 그것을 불면 응하고, 그것을 두드리면 울리니, 옛날과 오늘날이 한가지라. 또 듣건대 황제黃帝의 음악인 〈함지咸池〉와 〈운문雲門〉, 요·순의 음악인 〈대장大章〉과 〈소소簫韶〉, 상商나라의 〈대호大濩〉와 주周나라의 〈상무象武〉, 이들은 이른바 옛날의 음악이라. 정鄭나라와 위衛나라의 음란한 음악인 상간복상桑間濮上, 남만南蠻의 음란한 음악인 기모검극旗旄劍戟, 한漢나라의 당하악堂下樂와 당唐나라의 이원梨園은 이른바 오늘날의 음악이라. 가령 요·순이 오늘날 세상에 다시 살아나시어 덕화를 향해 바른 음악을 만드신다면, 한나라의 당하악을 변화시켜 〈대장〉이 될 것이고, 당나라의 이원을 변화시켜 〈소소〉가 되리이다. 어찌 큰 거리에서康衢 흙덩이를 두드리며擊壤 요임금의 덕을 노래하고 포판19)의 들에서 백발로 춤출 따름이리이까?"

이에 노균이 말이 막히매, 다시 시무時務를 논해 선랑이 천자의 뜻에 어긋나는 말을 하도록 만들어 선랑의 입을 막고자 얼굴빛을 고쳐 정색하며,

---

19) 포판(蒲坂): 중국 고대에 순임금이 수도로 정한 곳으로, 지금의 산서성(山西省) 영제현(永濟縣) 동남쪽에 옛 성터가 있다.

"옛적의 성인<sup>聖人</sup>께서 음악을 만들어 사람을 가르침은, 성스러운 덕을 표현해 천지에 아뢰고 후세에 전하고자 함이로다. 이제 성스러운 천자께서 위에 계시어 요·순의 덕, 문왕·무왕의 교화가 만방에 미쳐 상서<sup>祥瑞</sup>가 날마다 일어나고 백성이 복을 누리고 있으니, 이는 당우삼대<sup>唐虞三代</sup>에 부끄러움이 없음이라. 내가 이제 황상의 명을 받들어 명나라의 새로운 음악을 만들어 성스러운 덕을 칭송하고 교화를 드러내어 요임금의 〈대장〉과 순임금의 〈소소〉를 본받고자 하노니, 그대는 어떻게 생각하는가?"

선랑이 어떻게 대답하리오? 다음 회를 보라.

# 오랑캐 기병이 광령성으로 몰려들고
# 오랑캐 병사가 산화암을 소란스럽게 하더라

제31회

선랑이 신성한 문무의 덕을 갖춘 천자의 모습을 우러러보고, 간사한 노균과 동홍이 천자의 총명을 가리는 것을 통분히 여겨, 충성의 마음이 저절로 일어나 거문고 연주 여러 곡으로 이미 간언했으나 울분을 금할 수 없더라. 노균의 말을 듣고는 눈썹을 쓸고 옷깃을 여미며,

"선하도다. 나라를 위한 그대의 충성이여! 선술仙術을 말해 성스러운 임금의 예우를 바라니, 이는 그대의 지혜가 남보다 뛰어남이라. 어진 신하를 쫓아내 당론을 세우고 언관을 억눌러 권력을 마음대로 하니, 이는 그대의 수단이 출중함이라. 봉선을 청해 나라 예산을 탕진하고 민심을 흉흉하게 하여 원망과 비방을 일으키되 조금도 요동하지 않으니, 이는 그대의 담력과 지략이 확고함이라. 천하 사람은 불인不仁에 빠져도 스스로 알지 못하는 자가 많되 지금 그대는 알고도 짐짓 범하니, 이는 그대의 총명이 다른 사람보다 뛰어남이라. 이제 또 음악을 고쳐 균천제자를 모집하되 드높은 가문의 처첩을 빼앗아오며 길 가는 나그네를 겁박해 소문이 낭자하고 거동이 해괴해, 백성은 길가에서 원망하고 군자는 방

안에서 탄식해, '성스러운 천자의 총명으로 어찌 이에 이르셨는가?' 하여, 위로 태후께 근심을 끼치고 종묘사직을 위태롭게 하되, 그대의 부귀는 나날이 증가해 감히 그 잘못을 고쳐줄 자가 없으니 이 또한 기묘한 경륜이라. 어찌 나에게 물을 것이 있으리오? 비록 그러하나 듣건대 나무는 뿌리가 없으면 시들고, 물은 샘이 없으면 마르니, 나라는 백성의 샘이요 임금은 신하의 뿌리라. 그대가 눈앞의 부귀만 알고 임금과 나라가 있음을 알지 못하니, 샘이 없는 물과 뿌리 없는 나무가 며칠이나 지탱하리오?"

말을 마치매 복숭아꽃 같은 두 뺨에 늠름한 기상이 서려 있고, 봄 구름 같은 귀밑머리에 강개한 빛이 있으니, 노균이 기가 막혀 감히 한 마디도 못 하고 고개를 숙이고 앉아 있거늘, 천자가 놀라 선랑의 자취를 알고자 하시어 묻기를,

"임금과 신하가 한자리에 있으매 어찌 끝까지 행동거지를 숨기리오? 나는 대명국의 천자라. 알지 못하겠도다. 너는 어떠한 사람인가?"

선랑이 허둥지둥 섬돌 아래로 내려가 땅에 엎드려 아뢰길,

"신첩이 천자의 위엄을 모르고 당돌함이 이에 이르오니, 죄송하기 그지없어 죽을 곳을 알지 못하겠나이다."

천자가 크게 놀라 묻기를,

"네가 남자가 아니라 여자라면 어느 집안 여자인가?"

선랑이 대답하길,

"신첩은 여남汝南 죄인 양창곡의 천첩 벽성선이옵니다."

천자가 멍하니 한참 있다가 묻기를,

"네가 지난번 집안의 풍파를 만나 강남으로 쫓겨난 벽성선이 아닌가?"

선랑이 황공해하며 대답하길,

"그러하옵니다."

천자가 즉시 일어나 대청을 내려가 선랑을 보시며,

"너는 나를 따라오라."

선랑이 소청과 더불어 천자를 모시고 행궁에 이르니, 밤은 이미 오경이더라. 천자가 내시에게 촛불을 밝히라 명하시고, 선랑을 가까이 불러 우러러보도록 명해 자세히 그 용모를 보고 크게 놀라시며,

"이것이 어찌 기이한 일이 아니리오? 하늘이 너로 하여금 나를 돕도록 했도다. 내가 이미 꿈속에서 네 모습을 자세히 보았거늘, 분을 바르고 붉게 화장한 얼굴로 악기를 옆에 끼고 내 몸을 붙들어준 사람이 어찌 네가 아니겠는가?"

이에 행궁에서 꾼 꿈에 대해 말하고서 두세 번 굽어보고 더욱 사랑하시어 묻기를,

"네가 글자를 아는가?"

선랑이 대답하길,

"조금 아나이다."

천자가 종이와 붓을 내려주어 선랑으로 하여금 조서詔書를 쓰라 하시고 몸소 불러주시니 그 조서는 이러하더라.

"내가 어리석어 충언을 멀리하고 허황된 것을 믿어 진시황과 한 무제의 허물을 스스로 깨닫지 못하였는데, 연왕 양창곡의 소실 벽성선이 열협의 풍모와 충의의 뜻으로 만리 바닷가에서 삼 척 길이의 거문고를 안고 섬섬옥수로 줄을 한번 튕기니, 맑고 시원한 소리의 일곱 줄에 찬바람이 갑자기 일어나 뜬구름을 쓸어버리고 일월이 옛 빛을 회복하거늘, 이는 옛 기록에 없는 일이요 예전에 듣지 못한 일이라. 내가 이즈음 한 꿈을 꾸었는데, 이 몸이 공중에서 떨어져 자못 위태로울 때에 한 소년이 붙잡아 구해주었거늘, 이제 벽성선의 용모를 보매 꿈속에서 본 모습과 터럭만큼도 어긋남이 없으니, 이것이 어찌 상제上帝께서 내려주신 것이 아니리오? 내가 지난 일을 돌이켜 생각해보니 깨닫지 못하는 사이에 모

골이 송연하도다. 나라의 위태로움이 어찌 꿈에 천상에서 떨어짐 같은 데에서 그치리오? 벽성선이 넌지시 간언을 하지 않았다면 어찌 오늘의 깨달음이 있으리오? 연왕의 소실 벽성선이 비록 천기賤妓이나, 특별히 그 충성을 표창해 어사대부에 제수하고, 연왕은 좌승상에 제수해 부르도록 하고, 윤형문과 소유경 등 여러 사람은 한꺼번에 사면해 돌아오게 하고, 내일 궁으로 돌아갈 절차를 마련해 들이라."

선랑이 조서를 다 쓰매, 천자가 좌우를 돌아보아 선랑의 필법을 칭찬하시더라.

"내가 너로 하여금 조서를 쓰게 함은 천하에 그 직간하는 충성을 반포하고자 함이라."

다시 친필로 '여어사女御史 벽성선碧城仙' 여섯 글자를 붉은 종이에 써서 선랑에게 내려주시니, 선랑이 머리를 조아리고 아뢰길,

"신첩이 본디 남편을 따라 유배지로 가고자 함이요, 진실로 나라를 위해 충성을 본받고자 함은 아니오니, 엎드려 바라건대 폐하께서는 분에 넘치는 관직을 거두어 고향으로 돌아감을 허락해주시면, 천은이 더욱 망극할까 하나이다."

천자가 웃으며,

"내일 마땅히 궁으로 돌아가리니, 너 또한 행차의 뒤쪽 수레를 따라 집으로 돌아가 연왕이 돌아오기를 기다리라."

선랑이 또 아뢰길,

"신첩이 남복 차림을 하고 문을 나서 산수를 두루 다님도 오히려 부끄러운 일이거든, 이제 어찌 폐하의 행차를 뒤따라 행동거지의 불안함을 겪으리이까? 신첩에게 푸른 나귀 한 마리와 몸종 한 명이 있으니, 산수 사이에 자취를 감추고 조금씩 앞으로 나아가 집으로 돌아가는 것이 간절한 소원이로소이다."

천자가 그 뜻을 더욱 기특히 여기시어 흔쾌히 허락하며 노잣돈을 후

하게 주시고 황성으로 빨리 돌아오라 하시더라. 선랑이 명을 받들어 하직 인사를 드리고 소청과 더불어 나귀를 몰아 바람에 나부끼듯 가더라.

이때 천자가 지난 일을 후회하시어 돌아갈 마음이 급해 행차를 재촉하시는데, 노균과 동홍이 간악한 행위가 이미 드러나 손쓸 길이 없더라. 곤궁한 처지의 짐승이나 도적이 도리어 악한 마음을 품고 사람을 해치는 것 또한 일반적인 이치라. 이 지경에 이르러 반역의 뜻을 품고 두 사람이 모반을 의논하나 기회를 얻지 못하고 있는데, 뜻밖에 산동山東 태수의 급한 표문이 이르니 그 표문은 이러하더라.

"북쪽의 선우單于가 오랑캐 병사 십만 명을 거느려 안문雁門에서부터 태원太原을 거쳐 이미 연주兗州 지경을 범했거늘, 세력이 매우 강성해 폭풍우같이 빠른지라. 오래지 않아 분명 산동을 범하리니, 청컨대 빨리 대군을 징발하소서."

천자가 표문을 보시고 크게 놀라 좌우를 돌아보시며 탄식하길,

"북쪽의 흉노匈奴가 황도皇都가 비어 있는 것을 알고 이처럼 빨리 쳐들어온 것이라. 내가 이제 돌아갈 길은 매우 멀고 황성의 소식이 아득하거늘, 이곳에 고립되어 누구와 더불어 의논하리오?"

좌우에서 아뢰길,

"일이 매우 위급하오니 노균을 불러 의논하소서."

이때 노균이 천자가 자신에게 불편한 뜻이 있음을 알고 병들었다 핑계하고 누워 있다가 이 소식을 듣고 크게 기뻐해 벌떡 일어나 앉아 생각하되,

'이는 하늘이 나를 도와 다시 살아날 기회를 주신 것이라. 오랑캐 병사들의 세력이 위급하니, 출전을 자원해 공을 이루면 속죄할 수 있을 뿐 아니라 위업이 다시 천하에 나타날 것이요, 만약 불행하게 된다면 차라리 오랑캐의 풍습을 따르고 선우를 좇아 북쪽으로 돌아가 오랑캐 왕의 부귀를 편안히 누리리라.'

계교가 이미 정해지자, 즉시 행궁으로 가서 땅에 엎드려 죄를 청하며,

"신이 불충해 폐하로 하여금 이러한 변고를 당하게 했사오니 도끼로 죽임당하는 것을 면하기 어려우나, 이제 일의 형세가 위급하고 좌우에 훌륭한 장수가 한 명도 없고 오랑캐 병사들은 폐하의 앞길을 막고 있거늘 진실로 묘한 계책이 없는지라. 신은 바라건대 절월節鉞을 빌려 폐하를 모시는 우림군羽林軍을 즉시 징발하고 가까운 지역의 병사들을 징발해, 태청진인과 더불어 앞으로 나아가 선우의 머리를 베어 불충한 죄를 씻을까 하나이다."

천자가 한참 생각하다가 다른 계책이 없는지라. 이에 노균의 손을 잡고 탄식하길,

"지나간 일들은 내가 사리에 어두워 그런 것이라. 어찌 다만 그대의 허물 뿐이리오? 오늘에 이르러 후회하는 마음은 임금과 신하가 마찬가지라. 어찌 서로 언짢은 일을 마음에 두리오? 그대는 지나치게 자책하지 말고 다시 충성스러운 마음을 내어 나의 부족함을 보필하라."

노균이 천자의 손을 받들고 흰 수염에 눈물을 떨어뜨리며 엎드려 아뢰길,

"성스러운 말씀이 이에 이르시니, 신이 감히 견마의 힘을 다하지 않으리이까?"

천자가 위로하시고 즉시 노균을 정로대도독征虜大都督에 제수해 우림군 칠천 기와 청주靑州 병사 오천 기를 이끌고 가라 하시더라. 노균이 태청진인과 의논하길,

"나라의 운수가 불행해 이제 오랑캐 병사들이 산동을 침범했다 하거늘, 내가 황상의 명을 받들었으나 그들을 방어할 계책을 알지 못하니, 바라건대 선생께서는 가르쳐주소서."

태청진인이 웃으며,

"저는 뜬구름 같은 신세요, 속세 밖 한가한 사람이라. 옥경청도로 가

는 길을 묻고, 십주┼洲 삼산≡山에 소식을 전할 수 있으나, 나라의 흥망이나 화살과 돌, 바람과 먼지 날리는 전쟁에 관해서는 제가 알지 못하나이다."

노균이 눈물을 흘리며 무릎 꿇고 아뢰길,

"선생의 말씀이 이에 이르니, 내 목숨이 다한 때라. 오늘 선생을 맞이한 것도 내가 한 일이요, 천자께 봉선을 권한 것도 내가 한 일이라. 일찍이 듣건대 결자해지라 하오니, 바라건대 선생은 제 얼굴을 보아 다시 생각해주소서."

태청진인이 웃으며,

"참정께서 아무 관계 없는 사람을 너무 수고롭게 함이로다. 일이 이왕 이렇게 되었으니 제가 마땅히 작은 힘이라도 보태리라."

노균이 크게 기뻐해 즉시 태청진인과 더불어 천자에게 하직 인사를 드리고 군사를 이끌어 산동성으로 가더라.

한편 흉노 모돈[1]은 북쪽 오랑캐 중에서 가장 강한 종족이라. 한漢나라 고조高祖가 백등[2]에서 이레 동안 곤경을 겪었으며, 무제武帝의 웅대한 지략으로도 평성[3]의 치욕을 씻지 못했으니, 그 강성함을 알지라. 당·송 이래로 점차 더욱 번성하더니, 명나라 말기에 이르러 야율선우耶律單于가 힘이 남보다 뛰어나 쇠갈고리를 끊을 수 있으며 성품도 흉악해 아버지의

---

1) 모돈(冒頓, ?~BC 174): 흉노의 군주. 흉노의 족장 두만(頭曼)이 몽골고원의 여러 부족을 연합하고 나서 후궁 소생의 아들에게 왕위를 계승하려 하자, 두만의 맏아들 모돈이 반발해 두만을 살해하고 흉노의 군주인 선우(單于)가 되었다. 모돈은 제도를 정비하고 주변 부족을 지배해 갔으며, 산서성(山西省) 북부에 침입했다. 한 고조 유방이 북진해 이를 공격했으나 오히려 포위되었다가 간신히 탈출하고서 공주를 선우에게 주어 아내로 삼게 하고, 매년 많은 공물을 흉노에게 보내는 조건으로 화의를 맺었다.
2) 백등(白登): 중국 산서성(山西省)에 있는 산 이름. 유방이 흉노의 모돈을 공격하다가 이곳에서 7일간 포위되어 곤욕을 치렀다.
3) 평성(平城): 현재의 산서성 대동시(大同市)에 해당한다. 유방이 흉노에게 포위되었다가 탈출한 곳이 평성 동쪽 백등산이었다.

왕위를 찬탈하고 병사를 길러 늘 중원을 엿보더니, 간신이 조정을 어지럽게 하여 어진 신하가 먼 곳으로 유배되었다는 소식을 듣고 야율선우가 크게 기뻐하며,

"하늘이 중원을 나에게 내리심이로다. 이제 양창곡이 조정에 있지 않으니, 내가 무엇을 두려워하리오?"

즉시 군사를 일으켜 중국을 침범하려는데, 또 노균이 천자에게 동쪽으로 순행하여 봉선하라고 권하니 민심이 흩어지고 원망과 비방이 사방에서 일어나더라. 선우가 창을 들고 일어서며,

"이때가 곧 중국을 빼앗을 때로다."

이에 병사들을 두 길로 나누어 진군할 새, 오랑캐 장수 척발랄拓跋剌은 이만 기를 거느려 음산陰山·한양漢陽으로부터 몽고퇴蒙古堆를 거쳐, 요동遼東·광령廣寧을 지나 갈석磝石을 넘어 곧바로 황성으로 향하라 하고, 선우는 몸소 삼만 대군을 거느리고 몽고 병사와 합해 마읍馬邑·삭방朔方으로부터 곧바로 산동성을 취해, 천자가 돌아가는 길을 막고 우열을 겨루고자 하더라. 오랑캐 장수 척발랄이 대군을 거느려 광령과 요동으로부터 갈석을 넘어 곧바로 황성을 향해 호호탕탕하게 거센 파도처럼 몰아오니 방어할 자가 없더라. 나라를 지키던 대신들이 바야흐로 알게 되어 성문을 닫고 군마를 징발하려 하나, 오영五營의 군사들은 모두 이미 달아났고, 문무백관은 처자식을 보호해 피란하는 자들이 길을 메워 통곡 소리가 진동하더라. 태후가 엄히 명령을 내리시어 나라를 지키던 대신들을 꾸짖으나 무슨 방략이 있으리오?

오랑캐 병사들이 밤을 타서 입에 나무막대기를 물고 행군해 황성 북문을 부수거늘, 태후가 비빈과 궁녀들을 데리고 가마도 갖추지 못한 채 남문으로 나가 피란하실 때 환관과 하인 중에 따르는 자가 수십 명에 불과하더라. 몇 리를 가다가 돌아보니, 성안에 불빛이 하늘에 닿을 듯하고 오랑캐 병사들이 이미 성 안팎으로 가득해 백성을 노략하더라. 한 오

랑캐 장수가 오랑캐 병사 한 무리를 거느려 길을 막고 마구 죽이거늘, 하인들이 비록 힘을 다해 싸우나 어찌 그들을 당해내리오? 태후와 황후가 말을 채찍질해 피란민 가운데 뒤섞여 겨우 길을 찾아 재앙을 면하시고, 다시 돌아보니 하인 몇 사람과 궁녀 대여섯 명만 뒤를 따르더라. 궁인 가씨賈氏가 태후에게 아뢰길,

"오랑캐 병사들이 이처럼 가득하니, 평지를 버리고 산길로 향하다가 날이 밝기를 기다려 몸을 안돈할 곳을 구하소서."

태후가 그 말에 따라 길을 버리고 산을 오르시니, 이때 새벽달이 희미해 다행히 산길을 분별할 수 있는지라. 피란하는 백성이 산 위에 가득해 당황한 기색으로 근심스럽게 통곡하는 소리가 천지를 진동시키더라. 겨우 수십 리를 나아가매 태후와 황후가 말안장 위에서 피로를 이기지 못해 몸이 매우 불편하더라. 이에 말고삐를 잡고 천천히 말을 몰아 좌우를 돌아보며,

"이곳이 어디인가? 물 한 그릇을 얻어 마실 수 있겠는가?"

가궁인이 이 말씀을 듣고 눈물을 흘리며 말에서 내려 산속에 흐르는 샘을 찾으나 손에 표주박이 없는지라. 나뭇잎을 따서 물을 움켜 담아 올리니, 태후가 겨우 갈증을 해소하시고 탄식하길,

"이 몸이 늙고도 죽지 않아 이 뜻밖의 고초를 당하니 도리어 죽어 아무것도 모르는 것만 못하도다. 이제 갈 곳이 없는데 장차 어디로 가리오? 만약 오랑캐 병사를 만나면 어찌하리오?"

가궁인이 대답하길,

"제가 산속 길을 자세히 기억할 수는 없으나 이곳 산세를 보니 분명 도관이나 사찰이 있으리니, 엎드려 바라건대 태후마마께서는 옥체를 보중하시어 한때의 액운에 괘념치 마소서."

말을 마치기 전에 갑자기 풍경 소리가 들리거늘, 가궁인이 말을 몰아 먼저 가다가 말고삐를 돌려 태후에게 아뢰길,

"이는 분명 암자로소이다."

이에 길을 찾아 골짜기 입구에 이르러 가궁인이 갑자기 다시 놀라고 기뻐하며,

"이곳은 다른 곳이 아니라 황상을 위해 사시사철 기도하던 산화암이 로소이다."

태후도 다행스럽게 여기시어 암자 문에 가까이 가서 보시니, 문이 닫혀 있고 여승 서너 명만 있거늘, 그 까닭을 물으니 여승이 말하길,

"모든 여승은 오랑캐 병사들이 들이닥친다는 소식을 듣고, 이 암자가 큰길가에서 멀지 않은 까닭에 재앙을 피하기 위해 달아났고, 저희는 늙고 병든 몸이라 죽기로 자처하고 암자를 지키며 있나이다."

여승들이 가궁인을 보고 얼굴에 기쁜 빛을 띠며 맞이해, 태후와 황후가 이르렀음을 알고 자리를 잡고 바로 앉은 뒤에 공손히 차를 올리더라. 태후가 바야흐로 마음을 진정하시어,

"세상일을 헤아릴 수 없도다. 어찌 이 늙은 몸이 산화암에 올 줄 알았으리오? 일찍이 황상을 위해 해마다 이 암자에서 기도를 드렸는데, 이제 황상은 천리 밖에 계시고 이런 환난을 당하니 안위와 길흉을 어찌 헤아리리오? 이 몸이 마땅히 부처님 앞에 축원해 만수무강을 기도하리라."

즉시 향을 가지고 예불하여 축원하시고 쓸쓸히 눈물을 머금으시더라. 가궁인이 태후를 위로하고자 곁에서 모시고 암자를 구경하는데 행각에 이르니 고요히 인기척이 없고 다만 신음 소리가 들리거늘, 문을 열고 보니 한 소년이 동자 한 사람과 더불어 방안에 누워 있더라. 가궁인이 그 소년을 보고 크게 놀라니, 알지 못하겠도다. 그는 누구인가? 다음 회를 보라.

# 선랑이 기이한 계책을 써 오랑캐를 속이고
# 양태야가 대의를 떨쳐 군사를 일으키더라

제32회

한편 선랑이 천자에게 하직 인사를 드리고 소청과 더불어 다시 나귀를 몰아갈 때 생각하되,

'천자께서 이미 죄를 용서하시고 상공을 부르셨으니, 상공께서 이제 영화롭게 돌아오시리니, 내가 이제 남쪽으로 가서 무엇 하리오? 마땅히 여기서 곧바로 황성으로 가리라.'

하고 북쪽으로 가다가 산동 경계에 이르니, 바삐 달아나는 백성들이 길을 메우고 오면서 모두 말하길 선우의 대군이 곧 도달하리라 하더라. 선랑이 크게 놀라 밤낮으로 길을 가 황성에서 백여 리 밖에 이르러 점화관点花觀에 몸을 의탁하려 하나, 도관이 이미 비어 있고 한 명의 도사도 없더라. 어디로 가야 할지 몰라 하다가 다시 산화암을 찾아가니, 암자 역시 소란스럽고 지난날 친하게 지낸 여승은 한 명도 없더라. 객실 하나를 빌려 밤을 보낼 새, 바람과 이슬을 맞으며 다닌 수고로 병이 들어 밤새 괴로워하더니, 갑자기 문밖에 요란한 소리가 들리매 피란민이라 생각해 문을 단단히 닫고 누워 있는데, 뜻밖에 가궁인이 문 여는 것을 보

앉으나 시야가 흐릿해 알아차리지 못하다가 다시 보니 곧 그분이더라. 놀랍고 기뻐 손을 잡고 말하려는 차에 가궁인이 선랑의 귀에 대고 태후와 황후가 이르렀음을 은밀히 알리니, 선랑이 허둥지둥 몸을 일으켜 대청에 내려가 땅에 엎드리더라. 태후가 묻기를,

"너는 어떠한 소년인고?"

가궁인이 대답하길,

"저와 같은 성씨의 친척 가씨賈氏로소이다."

하고 아뢰길,

"지난날 암자에서 만났는데 여러 해 소식을 모르다가 오늘 다시 만나니 참으로 희한한 일이로소이다."

태후가 기이하게 여기며,

"남자의 용모가 너무 아름다운 것이 의심스러웠는데, 여자일 뿐 아니라 가궁인과 같은 성씨라 하니, 오늘 궁지에서 서로 만남이 더욱 다정하도다."

선랑으로 하여금 대청에 오르게 하여 다과를 내리시고 가궁인을 돌아보며,

"이는 참으로 절대가인이로다. 저 유순한 자태로 무슨 까닭에 이러한 환난을 당해 남복으로 갈아입고 산속을 떠돌아다니는고?"

선랑이 대답하길,

"제가 본디 배운 것이 없고 평소 산수를 좋아해 사방을 두루 다니오니, 어찌 다만 환난을 피함이리이까?"

태후가 한참 보다가 그녀의 손을 어루만지며 더욱 아끼시더라. 이튿날 암자에서 쉴 새, 도성에서 피란해온 백성이 산화암 전후좌우의 산과 들에 가득하더라. 궁궐 하인들이 몽둥이를 들고 모두 쫓아내며,

"너희가 이처럼 모이면 도리어 오랑캐 병사들을 끌어들이게 되니 빨리 다른 곳으로 가라."

백성들이 울며 아뢰길,

"우리 태후와 황후께서 이곳에 이르셨으니 분명 오랑캐 병사들을 물리칠 계책이 있으리이다. 우리가 여기를 버리고 어디로 가리이까?"

태후가 측은하게 여기시어 쫓아내지 말라 하시니, 백성이 모두 산 위에서 밤을 지내는데 자연히 곳곳에서 불을 피워 연기와 불빛이 하늘에 가득하더라. 오랑캐 병사들이 멀리서 불빛을 보고 이르러, 이 밤 삼경에 암자를 에워싸고 땅이 흔들릴 정도로 함성을 지르더라. 태후와 황후, 비빈과 궁녀들이 서로 붙잡고 울며 어찌할 바 모르는데, 한 오랑캐 장수가 외쳐,

"명나라 태후가 여기 있으니, 우리가 마땅히 맞이해 데려가서 장군께 바치고 상을 청하리라."

하고 암자를 철통같이 에워싸거늘, 태후가 가궁인을 돌아보며,

"속담에 '살아서 욕을 당하는 것이 깨끗이 죽는 것만 못하다' 하니, 내가 비록 변변치 못하나 당당한 만승천자의 어미로, 어찌 북쪽 오랑캐에게 목숨을 구걸하리오? 차라리 이곳에서 죽으리니, 너희는 모름지기 황후를 보호하고 황상께서 머무는 곳을 찾아가 내 유언을 아뢰어라."

하시고 유서를 쓰게 하시니 그 유서는 이러하더라.

"사람의 생사가 천명에 달려 있고 나라의 운수가 하늘에 달려 있으니, 사람의 힘으로 할 수 있는 바가 아니다. 어미와 아들 사이의 정은 귀하거나 천하거나 마찬가지이거늘, 황상을 다시 뵙지 못하고 아득한 저승으로 돌아가는 혼이 되어 우리 황상에게 끝없는 애통함을 안기게 되니 지하에서도 눈을 감지 못할지라. 바라건대 폐하께서는 너무 슬퍼하지 마시고 옥체를 보중해, 노균의 머리를 베고 연왕을 하루빨리 사면해 오랑캐 병사들을 섬멸하고 평성平城의 치욕을 씻으소서."

태후가 말을 마치고 스스로 목을 찌르려 하시니, 황후와 비빈이 붙들고 통곡하더라. 가궁인이 울며 아뢰길,

"우리 태후의 지극한 인자하심으로 어찌 차마 이런 거동을 하시나이까? 비록 한때의 치욕을 참지 못해, 죽어 아무것도 모르고자 하시나, 천리 밖에서 아득히 알지 못하시는 황상의 처지를 어찌 생각하지 않으시나이까? 태조께서 어진 덕을 쌓으셨으니, 수백 년 종묘사직이 반드시 갑자기 폐허가 되지 않으리이다. 만약 훗날 오랑캐 병사들을 섬멸하고 천자께서 돌아오셔서 이 변고를 듣게 되면 효성스러운 마음으로 장차 어찌하시리이까?"

태후가 눈물을 흘리며 탄식하길,

"내가 어찌 이런 생각을 하지 않으리오마는 정세가 이처럼 위급하고 휘하에 군사가 한 명도 없으니, 살길을 찾고자 하나 어찌 얻을 수 있으리오?"

말을 마치기도 전에 갑자기 자리에서 한 소년이 일어나 태후에게 아뢰길,

"사태가 위급한지라. 제가 비록 한漢나라 기신[1]의 충성은 없으나 마땅히 오랑캐 병사들을 한번 속이리니, 태후께서는 제 옷으로 바꿔 입고 재앙을 피해 옥체를 보중하소서. 제가 마땅히 태후를 대신해 오랑캐 병사들을 대적하리이다."

그리고 자신이 입고 있는 옷을 벗어 태후에게 바치거늘, 모두가 그 사람을 보니 곧 객실에 누워 있던 가씨라. 태후가 웃으며,

"낭자의 충성이 극진하나, 나는 앞으로 남은 인생이 많지 않은 사람이라. 어찌 구차한 일을 행하리오?"

---

1) 기신(紀信, ?~BC 204): 한(漢)나라 초기의 장수. 한나라 고조 유방이 형양(榮陽)에서 초나라 항우의 군사에게 수개월째 포위되었을 때, 자청하여 유방으로 가장한 채 수레를 타고 붙잡히는 방법으로 유방을 탈출시켰다. 분노한 항우가 기신을 불태워 죽였으며, 이를 계기로 전세는 역전되고 오히려 항우는 궁지에 몰리게 되었다. 훗날 유방은 기신의 가족들을 잘 보살폈다고 한다.

소년이 분연히 말하길,

"태후마마의 뜻이 이 같으시니 어찌 황상의 처지를 생각하지 않으시 나이까? 한줄기 살길을 구차하게 여기고, 한때의 불행을 깨끗하게 여기 는 것은 민간의 천한 사람의 비좁은 소견이라. 옛적 한나라 고조께서는 백등白登에서 이레 동안 곤욕을 당하셨으나 오히려 치욕을 참고 권도權道 를 행해 재앙을 면하셨으니, 어찌 한때의 액운 때문에 천년 세월에 우리 황상으로 하여금 불효자의 이름을 얻게 하려 하시나이까?"

말을 마치매 태후에게 자기 옷을 입혀드리고 다시 아뢰길,

"사태가 점점 위급하니, 태후께서 더는 주저하지 마소서."

또 소청의 옷을 벗겨 황후에게 드려 입으시길 재촉하니, 가궁인과 모 든 비빈이 태후와 황후를 받들어 옷을 바꿔 입히고, 선랑과 소청은 태후 와 황후의 옷을 입더라. 선랑이 가궁인에게 이르길,

"빨리 태후와 황후를 모시고 암자 뒤쪽으로 피신해 몸을 보중하고 보 중하소서. 만약 죽지 않는다면 다시 서로 만날 수 있으리이다."

가궁인과 좌우의 시녀들이 눈물을 뿌리며 이별하고 태후와 황후를 모시고 암자 뒤쪽으로 가서 산을 넘어 몰래 달아나더라. 선랑과 소청이 예전처럼 암자 문을 닫고 앉아 있는데, 얼마 있다가 오랑캐 병사들이 문 을 부수고 뛰어들거늘, 선랑이 짐짓 수건으로 얼굴을 가리고 호되게 꾸 짖어,

"내가 비록 곤경에 빠졌으나, 너희는 어찌 감히 이처럼 무례한가?"

오랑캐 장수가 아뢰길,

"우리가 태후를 해치지 않으리니, 다만 빨리 같이 가소서."

하고 작은 수레를 몰아 선랑과 소청을 겁박해 태우고 오랑캐 진영으 로 가더라. 이때 오랑캐 장수 척발랄이 황성을 함락시키고 태후와 궁궐 사람들을 찾되 이미 간 곳을 알 수 없어 사방으로 찾는데, 오랑캐 병사 가 작은 수레에 선랑과 소청을 사로잡아 오거늘, 척발랄이 크게 기뻐해

군중에 인질로 잡아두라 하더라. 선랑이 소청을 보며,

"우리 두 사람이 죽을 고비를 넘기고 살아 있으니, 오늘 나라를 위해 충성스러운 혼백이 되더라도 여한은 없으나, 천한 몸으로 태후와 황후를 대신해 오래 신분을 드러내지 않으면 치욕을 많이 입으리니, 마땅히 깨끗이 적장을 엄히 꾸짖고 생사를 결정하리라."

즉시 수레 휘장을 올리고 낭랑히 꾸짖기를,

"무도한 개 같은 오랑캐가 하늘 높은 줄 모르도다. 우리 태후께서는 당당한 만승천자의 모친이라. 어찌 너의 진영 안에 이르리오? 나는 태후궁의 시녀 가씨라. 네가 감히 죽이려거든 빨리 죽여라."

오랑캐 장수들이 듣고 그제야 속은 줄 알고 크게 노하여 해치려 하는데, 척발랄이 말리더라.

"듣건대 중국은 예의를 잘 지키는 나라라 하더니, 과연 거짓말이 아니로다. 이는 의리를 아는 여자라."

그리하여 군중에 두고, 군중에 명령해 극진히 공경하게 하더라.

한편 태후 일행이 선랑의 기발한 계책으로 다행히 재앙을 면했으나, 선랑의 생사를 모르고 또 차마 잊지 못해 가궁인 이하 눈물을 흘리지 않는 사람이 없더라. 갑자기 또 함성이 크게 일어나더니 오랑캐 병사 한 무리가 길을 막고 사람들을 마구 죽이는데, 바람과 먼지가 하늘에 가득하고 창과 칼이 햇빛에 번쩍이며 달아나는 백성을 쫓아가 죽이니, 남녀노소가 엎어지며 통곡하는 모습에 천지가 참담하고 태양이 빛을 잃은 듯하더라. 태후가 하늘을 우러러 길게 탄식하길,

"천지신명이 돕지 않으시니 늙은 이 몸은 죽어도 아깝지 않으나, 황후와 비빈은 젊은 나이라. 장차 어찌하리오?"

가궁인을 돌아보며,

"이제 기력이 없어 말 위에 몸을 의지할 수 없으니, 너희는 모름지기 황후를 보호하고 이 몸을 염려하지 말라."

하시며 말 위에서 떨어지려 하시니, 모든 사람이 울며 붙들고 어찌할 바 모르더라. 갑자기 오랑캐 진영이 요란하매 한 소년 장군이 쌍창을 휘두르며 무인지경에 들어온 것처럼 좌충우돌하니, 알지 못하겠도다. 이는 누구인가?

한편 양태야가 연왕이 운남으로 유배 간 뒤로 윤형문 각로의 시골 별장을 빌려 머물더니, 뜻밖에 오랑캐 병사들이 궁궐을 침범했다는 소식을 듣고 눈물을 흘리며 윤각로와 상의하길,

"황상께서는 동쪽으로 순행하시고 적의 형세는 이처럼 위급하니, 우리가 어찌 관직이 없다고 하여 가만히 앉아서 태후와 황후의 위태로움을 보고만 있으며 구하지 않으리오? 고을 장정들을 징발해 한 목숨을 희생해 천자의 은혜를 만분의 일이라도 갚고자 하오."

윤각로가 벌떡 일어나며,

"양형楊兄! 나도 바야흐로 이 일을 생각했으니 어찌 시각을 지체하리오?"

말을 마치기 전에, 황성에서 온 사람이 있어 말하길,

"지난밤 삼경에 오랑캐 병사들이 이미 황성을 함락시키고, 태후와 황후께서 필마단기로 성을 빠져나가 피란하시어 가신 곳을 모른다 하나이다."

윤각로가 발을 구르고 가슴을 두드리며 북쪽을 향해 통곡하고 울분을 이기지 못하니, 양태야가 위로하길,

"국운이 불행해 이미 이 지경에 이르니, 오늘 우리 황상의 신하들이 마땅히 힘을 다해 태후와 황후께서 계신 곳을 찾아 죽음을 무릅쓰고 보호해야 하리라. 각하께서는 정신을 가다듬어 빨리 고을 병사들을 징발해 일으키소서."

그리고 두 집안의 남종들과 고을 병사들을 모집하니 오륙백 명이 모였더라. 양태야가 일지련과 손야차를 불러 의병을 일으킨 뜻을 말하고

동행하길 요청하니, 두 사람이 분연히 명을 받들어 즉시 지난날 전쟁터에서 쓰던 전포와 말, 활과 화살로 무장하고 황성을 향해 나아가는데, 태후와 황후가 계시는 곳을 물어볼 데가 없더라. 다만 동남쪽을 향해 가면서 주둔해 있는 오랑캐 병사들을 죽이더니, 한 곳을 바라보매 오랑캐 병사 한 무리가 행인을 에워싸 엄습하거늘, 여자 대여섯 명이 궁녀의 복색으로 그 속에 뒤섞여 당황해 울고 있더라. 일지련이 손야차에게 이르길,

"이것이 어찌 태후와 황후의 행차가 아니리오?"

하고 쌍창을 휘둘러 맞서 싸우며 들어가니, 한 오랑캐 장수가 맞이해 몇 합을 싸우나 어찌 일지련을 대적할 수 있으리오? 문득 말을 몰아 달아나거늘, 일지련이 창을 들고 추격하는데 갑자기 멀리서 외치길,

"저 소년 장군은 어떠한 사람인가? 태후와 황후께서 여기 계시니 궁지에 몰린 도적을 추격하지 말고 두 분을 호위하라."

일지련이 바로 말을 돌려 양태야의 병사들을 맞이해 일제히 태후에게 알현하고 죄를 청하니, 태후가 묻기를,

"그대는 어떠한 사람인가?"

윤각로가 아뢰길,

"저는 지난날의 각로 윤형문이요, 이분은 연왕의 부친 양현이로소이다. 저희가 불충해 두 분께서 피란하시니, 차라리 죽어 모르고자 하나이다."

태후가 말하길,

"늙은 이 몸이 덕이 없고 국운이 불행해 그대들을 이렇게 보게 되니 어찌 부끄럽지 않으리오? 이는 모두 그대들이 조정에 없고 간신이 권력을 잡았기 때문이라. 천리 바닷가에 계시는 황상의 안부를 물을 곳이 없으니, 세상에 어찌 이처럼 망극한 일이 있으리오?"

그리고 묻기를,

"조금 전의 소년 장군은 누구인가?"

윤각로가 대답하길,

"남쪽 오랑캐 축융왕의 딸 일지련이니, 지난날 양창곡이 남방을 정벌하러 갔을 때 이 여자를 사로잡았는데, 그 재능을 아껴 데려왔나이다."

태후가 크게 놀라시어 즉시 말 앞으로 오라 하여 손을 잡고 좌우를 돌아보며,

"이는 참으로 아름다운 미인이자 믿음직한 인재로다."

그 나이를 물으시고 쌍창을 들어보며 사랑해 마지않아 말씀하길,

"이 몸이 불행해 나라를 버리고 몸을 의탁할 곳이 없었는데, 하늘이 나에게 너를 내려주시니, 이후로는 오랑캐 병사 백만 명이 들이닥치더라도 겁낼 바 없으리로다."

윤각로가 아뢰길,

"오랑캐 병사들이 동북 지방에 가득하니, 남쪽 진남성鎭南城으로 가서 계시는 것이 좋을까 하나이다."

태후가 그 말을 좇아 진남성으로 가실 새, 이 성은 황성 남쪽 몇 리 밖에 있으니, 성첩城堞이 견고해 스스로 지키기에 충분하더라. 손야차를 선봉으로 삼고, 태후와 황후와 비빈들이 일지련과 말을 나란히 하여 중군이 되고, 윤각로와 양태야가 후군이 되어 가지런히 앞으로 나아갈 새, 태후가 자주 일지련을 보시며 잠시도 곁에서 떨어지지 말라 하시고 즐겁게 담소하니, 일행이 아무 일도 없었던 것 같더라. 이튿날 진남성으로 들어가 무기를 수습하고 근처 고을 병사들을 모집하니 육칠천 명이 모였더라. 태후가 이에 윤각로를 삼군도제독三軍都提督으로 삼고, 양태야를 제독提督으로 삼고, 일지련을 표기장군驃騎將軍 겸 장신궁중랑장長信宮中郎將으로 삼고, 손야차를 선봉장군으로 삼으시니, 일지련이 손야차와 더불어 날마다 병사와 말을 훈련시켜 오랑캐 병사들을 방어하더라.

한편 천자가 노균을 보내고 홀로 행궁에 누워 마음이 즐겁지 않아 내

시와 더불어 누각에 올라 바다를 굽어보시는데, 하늘에 닿는 파도가 산처럼 크게 일어나 끝이 보이지 않고, 고래 같은 파도와 악어 같은 풍랑이 바다를 뒤집고 땅을 흔들어 가득한 물기운이 허공에서 내려와 안개를 만들더라. 이윽고 둥글고 붉은 해가 서쪽 하늘에 비스듬히 걸리고 석양이 수면에 비추니, 갑자기 층층 누각이 물위로 솟아나 오색이 영롱하고 상서로운 기운이 황홀해, 기이한 형상이 수없이 변하더니, 서녘 바람이 갑자기 일어나매 풍랑이 잠시 걷히면서 이미 간 곳이 없고, 다만 아득하고 넓은 물결이 동쪽으로 흐를 따름이더라. 천자가 아득히 보다가 묻기를,

"이것이 무슨 일인가?"

좌우에서 대답하길,

"이것은 바다 위 신기루蜃氣樓로소이다."

천자가 묵묵히 한참 있다가 탄식하길,

"인생 백년의 천만 가지 일이 저 신기루와 마찬가지라. 어찌 허무맹랑하지 않으리오? 내가 소년의 마음으로 방사들의 요사스러운 말을 믿고 이 지경에 이르니, 어찌 바람을 잡고 그림자를 붙드는 것과 다르리오? 만약 연왕으로 하여금 조정에 있게 했던들 내가 어찌 이 지경에 이르렀으리오?"

동쪽 하늘을 바라보며 답답해 즐겁지 않으시거늘, 갑자기 두 소년이 말을 몰아 행궁을 향해 오니, 알지 못하겠도다. 어떠한 사람인가? 다음 회를 보라.

# 노균이 항복 문서를 바쳐 나라를 배반하고
# 흉노가 철기를 몰아 변경을 침범하더라

제33회

연왕이 유배지에 온 뒤로 만리 밖 하늘가에서 고국이 아득하고, 세월이 훌쩍 지나 계절이 바뀌는 것을 보고, 날마다 북쪽 하늘을 바라보며 임금과 어버이를 사모하매 창자가 끊어지는 듯하고 살이 빠져 허리띠가 느슨해지더라. 전에 황성에 갔던 남종이 돌아와 집안의 편지와 황성의 소식을 전하니, 비로소 천자가 바닷가에서 신선을 구한다는 소식을 듣고 아연실색해 책상을 치며,

"노균의 간사함을 내가 깊이 근심했으나, 어찌 황상의 총명으로 이 지경에 이를 줄 알았으리오?"

하늘을 우러러 한숨을 쉬고 분노를 참지 못해 식음을 전폐하고 북쪽을 향해 통곡하거늘, 난성후가 위로하여,

"예로부터 이미 신선을 구하고 봉선封禪을 한 임금이 많았고, 소인이 조정의 권세를 잡아 풍파를 일으킨 것이 비단 오늘의 일만이 아니라. 상공께서 어찌 이처럼 깊이 염려하시나이까?"

연왕이 탄식하길,

"이는 낭자가 모르는 바라. 옛적에 봉선을 한 임금은 반드시 나라의 부국강병을 이루어 안으로는 기강을 세우고 밖으로는 정벌을 멀리했기에, 비록 국고를 탕진했으되 위급한 변란은 오히려 드물었도다. 그런데 오늘날의 조정을 보라. 기강이 무너져 권위가 천자께 있지 않고, 민심이 떠들썩해 나라를 원망하거늘, 허황된 말을 따라 황상의 행차가 천리 밖을 순행하시니, 민심의 소동을 어떻게 돌아보실 것이며, 또 두렵건대 도성이 비어 있는 틈을 타 외적이 쳐들어오는 변고를 초래할지라. 만약 외적이 쳐들어오면, 비록 천자께서 조정에 계시더라도 줏대 없는 소인들이 분명 나라를 돌아보지 아니하겠거든, 하물며 천자의 행차가 밖에 계심이리오? 오늘의 사태가 자못 위태해 종묘사직의 흥망이 달렸는지라. 내가 일곱 살에 글을 배우고, 열 살에 어버이의 가르침을 받고, 열여섯 살에 우리 황상을 만났으니, 요·순의 덕과 탕왕·무왕의 재능을 갖추시어, 바람과 구름이 함께하듯 하고, 물고기와 물이 함께하듯 하여, 서로 잘 맞아 가슴속에 품고 있던 경륜을 이루었는데, 이제 소인이 가로막아 만리 하늘가에 임금과 신하가 멀어져 환난과 위기 속에서 도울 길이 없으니, 어찌 애통하지 않으리오?"

갑자기 두 소년이 들어오거늘, 보니 곧 동초와 마달이라. 연왕이 말하길,

"지난날 초료점에서 서로 이별한 뒤에 장군들이 이미 고향으로 돌아간 줄로 알았는데, 지금 어디에서 오는고?"

두 사람이 말하길,

"저희가 각하를 좇아 이곳 만리 밖에 왔다가 어찌 감히 먼저 돌아가리이까? 그사이에 동방 산천을 유람하고 토끼와 꿩을 사냥하며 상공의 귀환을 기다렸는데, 근래 바람결에 들으니 천자께서 태산에 봉선하시고 신선을 구하신다 하더이다. 예로부터 천자께서 봉선하시면 천하에 크게 사면을 했으니, 간절히 소망하는 바는 이때가 반드시 상공께서 귀

환하실 기회라고 생각했기에 자세히 알고자 하여 왔나이다."

연왕이 말하길,

"내가 비록 이곳에서 죽어 집에 돌아갈 수 없더라도, 나라에 이러한 일이 있다는 소식을 듣기 원하지 않노라. 우리 황상의 일월같이 밝은 총명이 잠시 뜬구름에 가리어 나라의 흥망이 경각에 달려 있는데, 어찌 이 몸이 죄인이라 하여, 한마디 말로 속마음을 아뢰지 않으리오? 이제 마땅히 죄를 무릅써 망령됨을 돌아보지 않고 표문 한 장을 올리려 하니, 장군들은 천자께서 머무시는 곳으로 가서 표문을 받들어 올릴 수 있겠는가?"

두 장수가 응낙하거늘, 연왕이 즉시 표문을 지어 몸소 봉해 두 장수에게 주며,

"이는 나라의 큰일이라. 장군들은 매우 조심할지어다."

두 장수가 하직하고 표문을 품에 넣고서 말을 채찍질해 북쪽을 향하더라. 동쪽 바닷가를 따라가 천자가 머무시는 곳을 물으니, 천자가 아직 바닷가에 머무시며 노균을 대원수에 제수해 오랑캐 병사들을 막으라 하셨다 하거늘, 두 장수가 즉시 말을 몰아 행궁을 바라보며 가는데, 이때는 곧 천자가 신기루를 구경하시던 때라. 천자가 물으시길,

"저기 오는 사람이 누구인고? 그 행색이 몹시 바빠 보통 행인의 모습이 아니니, 빨리 불러오라."

갑옷 입은 병사 여러 명이 명을 받들고 가서 외쳐,

"저기 오는 사람은 즉시 말에서 내려 성명을 아뢰어라."

두 장수가 이미 알아채고 허둥지둥 말에서 내려,

"병사들은 지난날의 좌장군과 우장군을 모르는가?"

병사들이 기뻐하면서 천자의 명을 전하여,

"장군들께서 어디로부터 오시나이까?"

두 장수가 오게 된 내력을 대략 말하고 즉시 천자에게 아뢰게 하니,

병사들이 눈물을 흘리며,

"우리 천자께서 잠시 소인의 참소를 들어 나라가 위태로운 지경에 이르게 하셨는데, 연왕의 상소가 올라왔다는 소식을 들으니, 이제 명나라의 태평성대가 이르리로다."

그리하여 앞다투어 먼저 아뢰니, 천자가 놀랍기도 하고 기쁘기도 하여 즉시 불러 보시더라. 두 장수가 품속에서 연왕의 상소를 꺼내어 올리거늘, 천자가 보시니 그 상소는 이러하더라.

"운남의 죄인 양창곡은 황제 폐하께 상소를 올리나이다. 신이 불충하기 그지없어, 지나치고 망령된 말씀으로 외람되이 존엄을 건드려 감히 위엄을 거슬렀사오니, 그 죄상을 논한다면 만 번 죽어도 오히려 가볍거늘, 성스러운 은혜가 드넓으시어 다른 뜻이 없음을 헤아리시고 그 우직함을 용서하시어 이 목숨을 오늘날까지 보존하오니, 신은 보답할 바를 알지 못하나이다.

신이 일찍이 듣건대 임금과 신하, 어버이와 자식의 관계는 오륜의 으뜸이라. 낳아주신 은혜와 길러주신 은택이 다름이 없으니, 자식이 비록 어버이의 엄한 질책을 받아 눈앞에 다시 나타나지 말라 하시더라도, 어버이가 만일 위급한 상황에 처하면 어찌 자식이 어버이의 명을 거슬렀다고 노하실까 두려워 구하지 않으리이까? 신이 이제 죄에 죄가 더해지는 것을 각오하고 간절한 마음을 다하지 않는다면, 이는 어버이의 엄한 질책에 노해 위급한 상황에서 구하지 않음이라. 이것이 어찌 천지 사이에 살며 본성을 지키는 자가 행할 바이리오?

신이 성스러운 은혜를 입어 한 가닥 목숨이 끊어지지 않았고, 정당의 귀[1]가 있어 일찍이 조정의 일을 들을 수 있었사오니, 그 가운데 모골이 송연하고 간담이 서늘한 것은, 오늘날 폐하께서 동쪽으로 순행하신 일이라. 황당한 선술과 헛된 봉선에 대하여는 신이 논할 겨를이 없사오나, 분수汾水의 가을바람에 한漢나라 무제武帝가 후회했던 일을 우리 천자의 일월같이 밝은 총명으로 어찌 일찍 깨달으시지 못하리오마는, 다만 눈앞의 염려와 두려운 일은 주周나라 왕실이 공허한 때를 틈타 서자徐子가 반란을 일으킨 일이 다시 있을까 함이라.

무릇 나라는 기강과 인심에 따라 지탱되거늘, 근래 법이 오래되어 폐단이 생겨나 기강이 해이해지고, 세상이 그릇되어 풍속이 어지러워 인심이 각박해졌나이다. 폐하께서 정신을 가다듬어 정치에 힘쓰시어 문무백관을 단속하시며 만백성을 어루만지시나, 오히려 불만을 품은 자들은 눈에 불을 켜고 귀를 기울여 기회를 관망하겠거든, 하물며 허황한 일로 국고를 탕진하고 백성의 원망을 불러일으켜 오랑캐의 엿보는 마음을 일깨우는 자는 어떠하리오? 비록 민간의 백성이라도 집안 재산 지키는 자가 방탕하게 노닐며 집을 버리고 돌아오지 않는다면, 처첩은 원망을 품고 종들은 게을러져 집안이 어지러워지고, 가문에 주인이 없어 때때로 담을 뚫는 도적을 피하기 어려울 터인데, 폐하께서는 천하의 부귀와 만승의 존귀함으로 그 일거일동의 중대함이 어떠하리이까? 하루아침에 여러 방사의 요사스러운 말을 믿으시어 천리 바닷가에서 즐기다 돌아오는 것을 잊으시니, 혹 무심하게 바라보는 자라도 도성과 대궐이 텅 비어 있다 하겠거든, 하물며 도적의 마음을 가지고 보는 자이리오?

삼대 이래로 중원의 큰 근심은 오직 남쪽 오랑캐와 북쪽 오랑캐라. 지금의 도성이 남경南京과 달라 북방에 가까우니, 비록 만리장성이 막고 있으나 요동遼東과 광령廣寧으로부터 검각劍閣의 옛길은 북쪽 오랑캐의 침략의 통로임을 신은 걱정하나이다. 가령 신의 말씀이 실상에서 지나치다면 이는 나라의 다행이요, 그렇지 않다면 환난이 경각에 달려 있으니,

---

1) 정당(鼎鐺)의 귀: 정(鼎)은 발이 셋 달리고 귀가 둘 달린 솥이고, 당(鐺)은 발이 셋 달리고 귀가 둘 달린 냄비로서, 종묘(宗廟)에 갖춰두던 것이다. 송나라 뇌덕양(雷德驤)이 조보(趙普)를 탄핵해 그가 강제로 남의 집을 점유하고 재물을 긁어모았다고 하자, 태조(太祖)가 노하여 "정당에도 오히려 귀가 있거늘, 너는 조보가 사직(社稷)의 신하라는 말을 듣지 못했는가?" 했다 한다.

엎드려 바라건대 폐하께서는 요지의 팔준마를 돌리시어 종묘사직이 위태롭지 않게 하소서. 임금과 신하가 남과 북으로 간과 쓸개가 멀리 떨어져 있어, 안위와 흥망을 진楚나라와 월越나라가 서로 보듯 하니, 신은 오늘 죄에 죄가 더해지는 것을 돌아보지 아니하고, 원통함과 당돌함을 이기지 못하나이다."

천자가 보시기를 마치매 손으로 어탑을 치시며,

"내가 사리에 어두워 이렇게 어진 신하를 쫓아냈으니 어찌 나라의 큰 위업을 보전하리오?"

두 장수를 불러 보시고,

"너희는 어찌 만리 밖 운남에서 연왕을 따랐는가?"

두 장수가 대답하길,

"신들의 정수리부터 발뒤꿈치까지 온갖 터럭과 머리칼도 폐하와 연왕께서 이루어주시지 않음이 없으니, 죽고 사는 환난에 고락을 함께하고자 함이로소이다."

천자가 한숨 쉬며 하교하시길,

"연왕의 충성과 경륜은 천지신명이 비추어주시니, 내가 지난 일을 후회하나 이미 돌이킬 수 없는지라. 이제 오랑캐 병사들이 가까이에 있고 노균의 승패를 헤아릴 수 없으매, 너희에게 각각 본래의 직책을 주노니 이곳에 있으며 나를 호위하라."

즉시 사신을 정해 밤낮으로 운남에 달려가 연왕을 불러들이라 하시고 다시 두 장수에게 묻기를,

"지금 홍혼탈은 어디에 있는가?"

두 장수가 엎드려 아뢰길,

"홍혼탈이 하인으로 변장하고 연왕을 좇아 운남 유배지에 있나이다."

천자가 더욱 크게 놀라,

"이는 모두 내 허물이로다. 홍혼탈이 황성에 있는 줄 알았는데, 이제

또한 만리 밖에 있으니 도성이 텅 비었으리로다."

친필로 연왕에게 조서를 내리시니 그 조서는 이러하더라.

"그대의 상소를 보니, 나도 모르는 사이에 얼굴이 붉어지도다. 밝고 환한 태양이 그대의 충성을 비추니, 지난 일을 후회하나 어찌 돌이킬 수 있으리오? 아아! 오랑캐 병사들이 황성을 침범하되 아득한 바닷가에서 돌아갈 길이 막혔으니, 비로소 그대의 선견지명을 깨달았도다. 그대는 홍혼탈과 더불어 빨리 돌아와 내 몸을 구하라."

천자가 쓰기를 마치매 우림군 병사 가운데 말 잘 달리는 자를 뽑아 조서를 주고 밤낮으로 달려가라 하시니, 병사가 명을 받들어 하직하고 필마단기로 그날 밤 남쪽을 향해 가더라.

한편 노균이 대군을 거느려 산동성으로 호탕하게 행군하는데, 갑자기 한바탕 광풍이 불어와 황기黃旗를 꺾으니, 노균이 즐겁지 않아 태청진인을 보며 길흉을 묻더라. 태청진인이 한참 생각하다가,

"황기는 중앙방中央方의 깃발이라. 중앙방은 곧 마음이니, 참정께 흔들리는 마음이 있음이로다."

노균이 또 말하길,

"깃대가 꺾어짐은 어떠한 길흉을 뜻하는고?"

진인이 웃으며,

"꺾어지면 둘로 나뉘는 것이니, 참정께서 혹 두 마음을 품으신 것인가?"

노균이 이 말을 듣고 얼굴이 흙빛이 되어 감히 다시 묻지 못하더라. 노균이 산동성에 이르러 성 아래에 진을 펼치니, 이때 야율선우가 이미 성안에 들어가 있다가 대군이 이른 것을 보고 몸소 오랑캐 병사를 지휘해 크게 싸우기 십여 합에 노균이 어찌 감당하리오? 태청진인이 그 위급함을 보고 진 위에 나와 주문을 외우며 술법을 펴니, 갑자기 큰바람이 모래와 돌을 날리며 신장과 귀졸이 오랑캐 진영을 향해 사방에서 에워

싸거늘, 야율선우가 크게 놀라 군대를 거두어 성으로 들어가 급히 척발랄을 부르더라. 척발랄이 오랑캐 장수 여러 명으로 하여금 황성을 굳게 지키게 하고, 정예병 오천 기를 뽑아 거느리고 산동성에 이르러 야율선우가 싸움에서 패한 까닭을 듣고 크게 놀라더라.

"이는 분명 명나라 진영에 이인異人이 있어 군대를 돕는 것이니, 계교로 유인해 항복을 받음이 좋으리이다."

야율선우가 말하길,

"장차 어떠한 계교가 있는가?"

척발랄이 대답하길,

"제가 황성을 함락하고 나서 높은 벼슬아치의 집안사람들을 사로잡아 군중에 두었으니, 이제 이해득실로써 노균의 처첩을 유인하면, 노균은 본디 이랬다저랬다 하는 소인인지라, 반드시 와서 항복하리이다."

야율선우가 크게 기뻐하여, 사로잡은 높은 벼슬아치의 처첩을 황성으로부터 옮겨오라 하더라.

이때 진왕秦王 화진花珍이 본국에 있어 오래 조정에 들어오지 못하더니, 오랑캐 병사들이 황성을 침범했다는 소식을 듣고 울분을 이기지 못해 공주를 보고 탄식하며,

"간신 노균이 나라를 그르쳐 천자께서 천리 밖에 머무시고, 흉노가 도성을 침범해 태후와 황후께서 피란하신 곳을 모른다 하니, 신하 된 자가 어찌 가만히 앉아서 보고만 있으리오? 이제 본국 병사들을 거느리고 가서 태후와 황후를 보호하고자 하노라."

공주가 발을 구르고 울며,

"어머님께서 노년에 이러한 곤욕을 당하시니, 아득한 하늘이시여! 이것이 어찌된 일이니이까? 제가 비록 아녀자이나, 어머님과 자식 간의 정은 남녀가 마찬가지라. 마땅히 대왕을 좇아 생사를 같이할까 하나이다."

진왕이 위로하여,

"공주는 마음을 너그럽게 가지소서. 화진이 마땅히 힘을 다하고 훗날 돌아와 공주에게 그 공로를 자랑하리이다."

즉시 철기鐵騎 칠천을 징발해 밤낮으로 가는데, 도중에 오랑캐 병사 한 무리가 수많은 수레를 몰아가거늘, 중국 부녀자들이 사로잡혀가는 것임을 알아채, 철기로 길을 막고 구하고자 하더라. 멀리 바라보니 그 가운데 여자 여러 명이 분을 바른 얼굴에 붉게 화장한 채 휘장에 의지해 앉아 오랑캐 장수와 농지거리가 난만하거늘, 진왕이 놀라 탄식하며,

"이는 개돼지 같은 무리로다. 내가 어찌 저들을 구하리오?"

다만 수레 몇 대만 빼앗아 돌아오니, 오랑캐 병사들이 남은 여자들을 재빨리 몰아가더라. 진왕이 진영 안으로 돌아와 구해온 여자들에게 사는 곳을 물으니, 그 가운데 두 여자의 옷차림이 수상해 민간의 부녀자와 매우 다른지라. 내력을 캐물으니 그 여자가 대답하길,

"저는 태후궁의 시녀 가씨요, 저 여종은 제게 딸린 몸종이로소이다."

이는 원래 선랑과 소청으로, 끝내 본색을 드러내지 않으려 함이더라. 진왕이 크게 놀라 태후와 황후께서 가신 곳을 먼저 묻고, 또 묻기를,

"조금 전에 오랑캐 진영에서 농지거리하던 여자들은 누구인고?"

소청이 말하길,

"노균 참정의 집안사람들이라 하더이다."

진왕이 듣고 화가 머리끝까지 치밀어오르더라. 진왕이 선랑을 향하여,

"내가 군대를 거느려 밤낮으로 행군하니, 낭자는 따라오기 어려운지라. 잠시 진국秦國으로 먼저 가 공주를 모시고 있다가 난이 평정되길 기다려 황성으로 돌아오라."

선랑 역시 곤궁한 처지에 갈 곳이 없는지라. 그 말을 좇아 진국으로 갈 새, 진왕이 철기 여럿으로 하여금 호송하게 하고 자신은 즉시 황성으

로 진군하더라.

한편 오랑캐 병사들이 도중에 진국 군대에 수레를 빼앗긴 일을 선우에게 아뢰니, 선우가 오히려 노균의 집안사람들을 데려온 것을 다행히 여기더라. 즉시 그들을 성 위에 세우게 하고 외쳐,

"노균은 빨리 항복하라. 그대의 집안사람들이 여기 있으니, 항복하면 살 것이요, 아니면 죽이리라."

노균이 우러러보니, 과연 자기의 처첩과 집안사람들이 나와 서서 한없이 울거늘, 노균이 차마 그 모습을 보지 못해 기가 꺾여 즉시 징을 쳐서 퇴군하고 진영으로 돌아와 생각하되,

'옛적에 오기吳起는 아내를 죽여 장수가 되길 구했으니, 내가 이제 처첩을 돌아보지 않고 적을 격파해 큰 공을 이루면, 연왕의 권세를 빼앗을 것이요 부귀가 지극하리니, 천하의 허다한 미인이 내 집안사람이 되지 않음이 없을지라. 내가 어찌 공명을 버리고 집안사람들을 구하리오?'

하더니 갑자기 또 탄식하여,

"내가 큰 공을 세우더라도 총명한 황상께서 지난 일을 후회하시면 그 공으로 속죄할 수 없으리니, 이는 다만 죄 없는 처첩을 죽일 따름이로다."

조급한 마음에 좌불안석하다가 정신이 혼미해 침상에 기대어 잠깐 잠드니, 비몽사몽간에 한 선관이 머리에 통천관通天冠을 쓰고 몸에 강사포絳紗袍를 입고서 한 손으로 하늘을 받들고 한 손으로 칠성검七星劍을 들어 자기를 맹렬히 치거늘, 갑자기 놀라 깨니 꿈이라. 땀이 흘러 등이 젖고 촛불 그림자가 희미한데 갑자기 군막 앞에 기침 소리가 나더니 군문도위軍門都尉가 아뢰길,

"오랑캐 진영에서 한 조각 비단에 싸인 편지가 화살에 매달려 날아왔기에 감히 집어 왔나이다."

노균이 의아해 촛불 아래 펴보니 그 편지는 이러하더라.

"대선우大單于 휘하 장수 척발랄은 명나라 도독 군막 앞으로 편지를 부치노라. 듣건대 지혜가 있는 자는 이해득실에 밝으며, 경륜이 있는 자는 전화위복을 알 수 있다 하니, 이제 도독이 십만 대군을 거느려 백모와 황월로 호호탕탕하게 이르렀으나, 도독의 총명함으로 어찌 스스로 헤아리지 않으리오? 어진 신하를 참소해 조정을 어지럽힌 자가 누구며, 임금을 농락해 신선을 구하고 봉선하게 한 자가 누구며, 순행을 강권해 황성을 텅 비게 한 자가 누구며, 민심을 소란하게 하여 전쟁을 일으킨 자가 누구인가? 만약 조정에 어진 신하가 있고 천자가 황성에 있어 민심이 소란스럽지 않았다면, 우리가 아무리 억만 강병이 있어도 하루아침에 어찌 이에 이르렀으리오? 이로 보건대 오늘의 전쟁은 곧 도독이 자초한 것이라. 스스로 전쟁을 일으키고서 도리어 스스로 막으려 하니, 군자는 코웃음치고 백성은 원망하리라. 가령 도독이 장수로서 지략이 남보다 뛰어나 큰 공로를 이루더라도 그 공로가 속죄하기에 부족하고, 불행히도 한 번 패하면 반드시 멸족의 재앙을 면하지 못하리니, 도독을 생각하면 한심하도다. 또 듣건대 중국에 입 있는 자는 한결같이 '천자께서 연왕을 등용해야 나라가 망하지 않으리라' 하니, 뭇사람의 마음을 하늘도 좇는데, 명나라 천자가 어찌 알지 못하리오? 내가 북방에 살아 중국의 정황을 자세히 듣지 못했으나, 연왕의 등용은 도독의 복이 아니라. 이제 도독이 나아가든 물러나든 살길이 없거늘 아직 그 생각과 경륜을 돌이키지 못하니, 내가 개탄하는 바라. 옛적에 한漢나라의 이릉李陵은 농서隴西의 명문거족이요 한나라 조정에서 대대로 벼슬한 신하라. 북방에 투항해 좌현왕2)에 봉해져 편안히 부귀를 누렸으니, 대장부가 어찌 자질구레한 절개에 주저해 가만히 앉아 멸족의 환난을 기다리리오? 하물

---

2) 좌현왕(左賢王): 흉노 귀족 가운데 가장 높은 지위로, 태자에게 혹은 선우(單于)의 후계자에게 내려주는 봉호(封號)다.

며 명망과 재능과 문벌과 학식으로 한번 선우를 좇으면 벼슬이 어찌 참지정사에 그치리오? 다행히 힘을 함께하여 중원을 얻으면 땅을 떼어 제후가 될 것이요, 불행히 낭패하더라도 북쪽으로 돌아가 좌현왕의 부귀가 자연히 있으리니, 처자식이 한자리에 모여 평생 안락하게 지내는 것이 목이 잘려 멸족의 환난을 당하는 것과 어찌 비교할 수 있으리오? 이것이 이른바 이해득실을 살펴 전화위복이 되는 것이라. 또 들으니, 큰일을 경영하는 자가 머뭇거려 결정하지 못한다면 후회가 반드시 따르고, 주저해 관망한다면 때를 놓치기 쉬우니, 때라는 것은 다시 오지 않음이라."

노균이 읽기를 마치매 머리를 숙이고 반나절을 생각하다가 다시 편지를 펴보고 망연자실하더라. 촛불을 바라보며 책상에 기대어 앉아 눈을 감고 자는 듯하다가 갑자기 손으로 책상을 치고 벌떡 일어나 앉아,

"조금 전 꿈의 징조가 불길하니, 살아 영화로움이 죽어 욕됨보다 낫지 않으리오?"

붓을 들어 답장을 쓰려고 하더니 다시 생각하여,

"내가 이제 항복하고자 하나 태청진인이 분명 기꺼워하지 않으리니, 어찌하면 좋으리오?"

반나절을 생각하다가 갑자기 또 무릎을 치고 웃으며,

"세상 모든 일이 어찌 내 경륜에서 벗어나리오?"

즉시 태청진인에게 가서 말하길,

"선생께서는 근래 낭자하게 불리는 동요를 들으셨나이까?"

태청진인이 말하길,

"동요가 무엇이오?"

노균이 말하길,

"연비고청운소燕飛高靑雲消, 천장효천장효天將曉天將曉."

태청진인이 듣고 웃으며,

"이것이 무슨 뜻이오?"

노균이 탄식하며,

"연비고는 연왕을 일컬음이요, 청운소는 선생을 일컬음이라. 천장효는 하늘이 장차 밝아짐을 일컬으니, 명나라가 중흥한다는 말이라 하더이다."

태청진인이 웃으며,

"제가 본디 뜬구름 같은 자취로 홀쩍 왔다가 홀쩍 가거늘, 어찌 나라의 흥망에 간섭해 세상 사람들의 구설수에 오르내리리오?"

노균이 탄식하며,

"이는 모두 무단히 선생을 청해 온 나의 죄라. 선생의 도술이 높음을 보고 청당이 울분으로 이 동요를 지어내니, 그 뜻은 연왕이 조정에 돌아오면 선생이 자연히 쫓겨나고 명나라가 다시 흥한다는 것이라. 만약 그러하면 선생은 산수 사이에 노닐어 구애될 바 없거니와, 아아! 노균의 신세는 장차 어느 곳에서 죽을지 모르도다."

태청진인이 미소하며,

"이 청운도사가 오고 가는 것은 청운도사에게 달렸으니, 어찌 연왕에게 쫓겨나리오?"

노균이 다시 얼굴빛을 고치고 무릎을 꿇어 사죄하며,

"내가 감히 선생을 속일 수 없으리니, 연왕은 참으로 평범한 사람이 아니라. 위로 천문에 통달하고 아래로 지리에 통달해 육도삼략과 호풍환우呼風喚雨하는 재능을 갖추고 있거늘, 만약 선생과 다투면 누가 승리할지 모를까 하나이다."

태청진인이 듣기를 마치매 드높이 눈썹을 쓸며,

"내가 십 년간 산속에서 도를 닦는 데 성공하고 장차 천하를 두루 다녀 뛰어난 재능을 가진 자와 만나 우열을 정하길 바랐는데, 연왕의 재능이 과연 이러하면 내가 한번 겨루어보리라."

노균이 이에 항복을 권유하는 척발랄의 편지를 손안에서 내어 태청진인에게 보이며,

"내가 중국에서 태어나 중국에서 자랐으니 어찌 어버이의 나라를 버리고 흉노에게 무릎을 꿇으리오마는, 예로부터 중국은 규모가 작아 당론과 시비를 위주로 하고 인재를 등용하지 않으니, 나의 오늘날 처지가 나아가기도 물러나기도 어려운지라. 옛사람이 이르되, '말이 참되고 미더우며 행실이 돈독하고 공손하면, 비록 오랑캐 나라이더라도 살 수 있으리라' 하시니, 대장부가 마땅히 천지를 집으로 삼고 사해四海를 형제로 삼아 도학을 드러내고 재능을 드날리리니, 어찌 자질구레하게 하나의 하늘만 지키고 다른 사람의 절제를 받아 죽어 묻힐 곳 없는 신세가 되리오? 오늘 내 뜻이 이미 정해졌으니, 바라건대 선생께서 나를 좇아 북쪽에서 노닐어 재능을 다하고 연왕의 예기鋭氣를 꺾는다면, 선생의 도술이 천하에 홀로 우뚝할 뿐 아니라 내 분한 마음도 씻을까 하나이다."

태청진인은 본디 재능이 뛰어나지만 덕이 박한 자라. 이에 기꺼이 승낙하니, 노균이 크게 기뻐해 즉시 척발랄에게 답서를 보내어 투항할 뜻을 아뢰더라. 척발랄이 크게 기뻐해 마침내 선우와 의논하길,

"노균이 벼슬은 높으나 식견이 얕으니, 손님의 예로써 대우하고 좌현왕에 봉해 그 마음을 위로하소서."

선우가 허락하고 다시 척발랄의 편지를 보내어 몰래 서로 약속을 정하더라. 이튿날 삼경에 노균이 군대를 성밖에 머물게 하고 태청진인과 더불어 심복 장수 몇 명을 데리고 몰래 성 아래에 이르러 문을 두드리니, 척발랄이 이미 문을 열고 맞이할 새, 오히려 좌우에 병사를 매복시켜 뜻밖의 일에 대비하더니, 그 초라하게 오는 모습을 보고 웃으며 손을 잡고,

"참정의 높은 식견을 제가 태산과 북두처럼 우러르더니, 오늘의 일을 보니 경륜과 지략이 남보다 뛰어남을 알리로다."

노균이 멍하니 대답하길,

"나는 명예와 절의에 죄를 얻은 사람이라. 오늘 장군의 말씀이 이에 이르시니, 어찌 부끄럽지 않으리오?"

척발랄이 좋은 말로 위로하고 손을 잡아 선우에게 보일 새, 선우가 웃으며,

"참정은 귀인이라. 내가 어찌 항복한 장수의 예로써 만나리오? 마땅히 손님과 주인의 예로써 맞이해, 훗날 일이 뜻대로 이루어지면 땅을 떼어 부귀를 함께하리라."

노균이 사례하며,

"노균은 궁박한 처지라. 고국에서 몸이 받아들여지기 어려워 휘하에 투항하니 어찌 부끄럽지 않으리오?"

선우가 노균을 위로하고 즉시 좌현왕에 봉하고 집안사람들을 불러 막사를 정해 안돈시키고 노균의 처는 좌현왕의 연지[3]에 봉하더라. 노균이 마음속으로 크게 기뻐하여 이에 태청진인을 가리키며,

"이 선생은 청운도사라. 구름처럼 노니는 자취로, 노균을 좇아 이르러 대왕의 군중을 보고자 하나이다."

선우가 크게 기뻐하며,

"어찌 천하를 두루 다니며 도술이 뛰어난 청운도사가 아니시리오?"

노균이 말하길,

"그러하외다."

선우가 공경하여 예를 마치고,

"선생이 일찍이 북방에 노닐어 명성이 우레가 귀를 때리듯 자자하매 내가 한번 뵙기를 원하더니, 오늘 이처럼 이르실 줄 어찌 알았으리오? 이는 내 복이로소이다."

---

3) 연지(關氏): 흉노의 후비(后妃)의 칭호. 한자어로는 '알씨(關氏)'로 표기하고, '연지'로 발음한다.

청운도사가 웃으며,

"저는 본디 정처 없이 돌아다니는 사람이라. 하늘에 떠다니는 구름이 바람 따라 일어나 무심히 가고 무심히 오니 동서남북으로 거리낄 바 없으나, 오늘 대왕의 용병술을 잠깐 보고자 왔나이다."

선우와 척발랄이 평소 청운도사의 이름을 들었는지라 기쁨을 이기지 못해 자못 공경하고 스승의 예로써 대우하니, 청운도사도 의기양양하더라. 이때 흉노 좌현왕 노균이 선우에게 아뢰길,

"명나라 병사들이 아직 성밖에 있으니, 만약 스스로 흩어지게 한다면 이는 적국을 돕는 것이라. 이제 용맹한 장수로 하여금 정예병 한 무리를 거느리고 가서 북소리 한 번에 그들을 사로잡아 묻어버린다면, 이는 지휘하는 장수 없는 병졸인지라. 분명 장평에서 구덩이에 파묻히는 병졸[4] 신세를 면하지 못하리니, 그 뒤를 이어 철기를 몰아 명나라 천자의 행궁을 엄습하면 큰 공을 이루리이다."

척발랄이 간언하여,

"우리가 바야흐로 중국을 다스리려 하거늘, 먼저 속임수로 죄 없는 백성을 구덩이에 묻어 죽인다면, 어찌 위신에 해가 되지 않으리오?"

노균이 웃으며,

"장군의 말씀은 삼대三代의 용병用兵하는 방법이라. 옛날과 지금이 같지 않아 용병함에 속임수를 꺼리지 않거늘, 명나라 천자가 홀로 행궁에 있고 대군이 모두 나를 좇아왔으니 기회를 놓칠 수 없나이다."

선우가 노균의 말을 믿고 즉시 정예병을 징발해 군문軍門을 활짝 열고

---

4) 장평(長平)에서 구덩이에 파묻히는 병졸: 장평은 중국 전국시대 조(趙)나라의 읍으로, 지금의 산서성(山西省) 고평시(高平市) 서북쪽에 있었다. BC 260년 진(秦)나라 군대가 이곳에서 조나라 군대와 대치하고 있을 때 조나라의 명장 염파(廉頗)가 성벽을 굳게 지키며 싸우려 하지 않자, 진나라가 이간책을 써서 싸움에 서투른 조괄(趙括)을 염파 대신 장수로 삼게 했다. 그 결과 진나라 장수 백기(白起)가 조나라 군대를 대파하고 병사 40여만 명을 사로잡았는데, 얼마 후 난을 일으킬까 염려해 어린이 240명만 돌려보내고 나머지는 모두 구덩이에 파묻어 죽였다.

일시에 돌격하니, 명나라 진영의 모든 장수가 이미 도독을 잃은지라 자연히 요란해 어찌할 바 모르더라. 갑자기 오랑캐 병사들이 정예 철기를 몰아 뜻밖에 나타나니, 명나라 군대가 크게 어지러워져 무기를 모두 버리고 각기 살고자 하여 서로 밟아 죽는 자들이 산처럼 쌓이더라. 선우가 이에 대군을 몰아 동쪽으로 행궁을 엄습하고자 하니, 이는 모두 노균의 간계더라. 아아! 하늘이 사람을 내시매 오장육부는 다름이 없거늘, 노균은 권력을 탐하고 권세를 즐기며 연왕을 시기하다가 마침내 반역하여 신하로서 섬기던 임금의 은혜와 의리를 헌신짝처럼 버리니, 소인의 간장肝腸은 보통 사람과 다름이로다. 만약 임금이 오장육부를 비춰볼 수 있다면, 마땅히 평소의 언행을 살펴 알아야 하리니, 무릇 언행은 간장에서 나옴이라. 노균이 천자에게 신선을 구하고 봉선을 하도록 권할 때 그 말이 달콤하였는데 오늘 쓰디쓴 것으로 변했거늘, 천자가 깨닫지 못하시니 이것이 어찌 후세의 임금이 마땅히 경계할 바 아니리오?

이때 천자가 노균의 농락으로 황성의 참소식을 듣지 못하다가, 노균이 출전하고 나서야 황성의 사신이 이르러, 황성은 함락되고 태후와 황후가 진남성으로 피란했다 전하니, 천자가 듣고는 발을 구르시고 북쪽을 향해 통곡하며,

"수백 년 종묘사직이 내 손에서 망할 줄 어찌 알았으리오?"

다시 사신에게 진남성의 안위를 자세히 물으시고 탄식하며,

"윤형문 각로의 충성은 내가 이미 아는 바이거니와, 양태야와 일지련은 백의白衣로서 의병을 일으켜 태후와 황후를 호위하니, 이는 내 은인이라. 연왕 부자의 나라를 향한 충성을 장차 어떻게 갚으리오?"

갑자기 패잔병들이 산동성에서 도망하여 돌아와 노균이 반역한 소식을 비로소 아뢰니, 천자가 낙담해 오래도록 말이 없다가 이윽고 동홍을 찾으시니, 동홍은 이미 간 곳이 없고 좌우에서 모시던 노균의 무리가 모두 도망해 한 사람도 보이지 않더라. 천자가 하늘을 우러러 탄식하며,

"내가 현명하지 못해 곁에 둔 신하가 반역의 뜻을 품은 줄 몰랐으니, 나라가 어찌 망하지 않으리오?"

하시고 동초와 마달 두 장수를 돌아보며 눈물을 머금으시니, 두 장수가 또한 울분을 이기지 못해 머리카락이 위로 솟구치매 무릎을 꿇어 아뢰길,

"신등이 비록 불충하기 그지없으나 마땅히 견마의 힘을 다하리니, 엎드려 바라건대 폐하께서는 급히 동해의 병사를 징발하소서."

천자가 그 말을 따르시어 미처 병사들을 소집하기 전에, 갑자기 함성이 북쪽에서 크게 일어나고, 휘날리는 티끌이 바다와 하늘을 덮어 오랑캐 병사들이 폭풍우처럼 몰려드니, 알지 못하겠도다. 천자가 장차 어떻게 피하시리오? 다음 회를 보라.

# 명나라 천자가 몸을 빼어 서주로 들어가고
# 동초 장군이 의리를 떨쳐 선우와 싸우더라

제34회

천자가 오랑캐 병사들이 행궁을 침범하는 것을 보시고 하늘을 우러러 탄식하며,

"내게 주나라 목왕의 팔준마가 있더라도 하늘이 황성에 돌아갈 길을 내어주지 않으시고, 용맹한 오랑캐 기병이 이처럼 가득하니 이를 장차 어찌하리오?"

동초가 마달에게 이르길,

"사태가 이미 급하니, 장군이 천자를 모시고 가면, 내가 마땅히 이곳에 머물러 있으면서 오랑캐 병사들을 대적하리라."

이에 호위병사를 점검해보니 아직 이천여 기가 있으매, 이에 몸소 일천 기를 거느려 선우를 대적하고, 일천 기를 마달에게 주어 천자의 행차를 호위하게 하더라. 동초가 손으로 말을 끌어 급히 천자에게 말에 오르실 것을 청하여,

"사태가 위급해 의식儀式을 갖추지 못하오니, 바라건대 폐하께서는 마달을 거느려 남쪽으로 행차하소서. 천지신명이 반드시 도우시어 수백

년 종묘사직을 장차 며칠 안에 회복하리니 옥체를 보중하소서. 신등이 불충해 폐하로 하여금 이런 망측한 변고를 당하시게 하니 어떠한 면목으로 오랑캐를 대적할지 모르겠으나, 마땅히 힘을 다해 토벌하여 선우가 이 땅을 지나갈 수 없게 하리이다."

동초가 다시 마달에게 이르길,

"우리가 이미 망극한 은혜를 입었으니, 오늘이 곧 보답할 때라. 장군은 삼갈지어다. 만약 오랑캐 병사들이 이곳을 지나가 천자의 행차를 핍박하거든, 이 동초가 죽은 줄 알라."

천자가 어찌할 수 없어 말에 오르시어 마달과 일천 기를 거느려 남쪽으로 가시더라. 동초가 눈물을 뿌려 하직하고 행궁으로 돌아와 휘하의 일천 기를 불러 약속하기를,

"너희도 천자의 은혜를 입어 국록을 먹은 신하라. 이러한 뜻밖의 변고를 당해 어찌 충성심과 적개심이 없으리오? 내가 너희와 더불어 망극한 은혜에 보답하길 꾀하다가, 만약 힘이 다하면 마땅히 한번 죽어 나라에 보답하리니, 너희 가운데 죽기를 두려워하는 자가 있거든 빨리 물러나라. 내가 마땅히 이 한몸으로 오랑캐 병사들을 대적하리라."

군사가 모두 눈물을 뿌리며,

"저희가 비록 어리석으나 아직 심장이 있는데 어찌 장군의 충의에 감동하지 않으리이까? 끓는 물과 타는 불속으로 들어가라 해도, 진실로 사양하지 않으리이다."

그 가운데 우림군 병사 한 사람이 병을 핑계하여 물러가길 아뢰니, 이는 곧 노균의 하인으로 특별히 천자의 은혜를 입어 우림군이 된 자이더라. 동초가 즉시 칼을 뽑아 그의 머리를 베어 군중을 호령하더라. 이때 선우의 대군이 행궁에서 수백 걸음 밖에 이르러, 아직 허실虛實을 알지 못해 감히 들어오지 못하고 진을 펼치고 주저하거늘, 동초가 이에 천자의 의장儀仗으로 행궁 앞에 예전처럼 늘어세우고 일천 기로 하여금 좌우

에서 호위해 북을 치며 군령을 전하니, 위의가 엄숙하고 기상이 단정해 조금도 요동이 없더라. 선우가 매우 의심하여,

"듣건대 중국 사람이 속임수가 매우 많다 하니, 이는 분명 정예병을 매복시키고 몰래 우리를 유인하는 계교라."

반나절 동안 관망해 끝내 감히 쳐들어오지 못하거늘, 원래 이때 노균과 척발랄은 이미 중국의 허실을 알고 있으나 산동성山東城에 있어 선우를 따라오지 못했더라. 이윽고 해가 저물매 동초가 행궁의 병기와 화구火具를 꺼내어 깃발과 창검을 앞뒤에 늘어놓고 그 위에 등을 매달아 일일이 불을 밝히니, 밤빛이 몽롱하고 불빛이 비쳐 깃발과 창검이 별처럼 늘어서 있고 바둑판처럼 펼쳐져 있으니, 멀리서 바라보는 자들이 눈이 부셔 그 수를 헤아리기 어렵더라. 동초가 이에 일천 기를 열 무리로 나누어 각각 짧은 병기와 등불을 지니고 행궁을 빙 둘러 열 개의 방면에서 매복하게 하고, '행궁 뒤 높은 언덕 위에서 외치는 소리가 들리거든 일제히 뛰어나와 포砲를 쏘며 고함을 지르라' 하니, 원래 행궁 북쪽에 작은 언덕이 있더라.

이때 동초가 지휘를 마치고서 궁전에 깃발을 거짓으로 펼쳐 세우고, 창을 들고 말에 올라타 몰래 높은 언덕에 올라 오랑캐 진영의 움직임을 살펴보더라. 밤이 깊은 뒤 선우가 오랑캐 장수와 상의하여,

"명나라 천자가 어찌 이처럼 담대한가? 깃발과 의장이 위엄 있고 질서가 정연해 허실을 끝내 알기 어려우나, 내가 십만 철기를 거느리고 있으니 무슨 겁낼 바 있으리오?"

바로 고함을 지르며 행궁으로 쳐들어가니, 병사가 한 명도 없고 다만 적막한 궁전에 깃발이 거짓으로 펼쳐 세워져 있고 등불이 깜빡이더라. 선우가 비로소 속임수에 빠진 줄 알고 크게 놀라 군사를 물리려 하는데, 갑자기 북쪽 높은 언덕에서 외치는 소리가 있어 "야율선우는 빨리 항복하라" 하더니 사방의 함성과 대포 소리에 천지가 요란하고 산악이 진동

해 동서남북이 한꺼번에 서로 응하여 그 수를 알 수 없더라. 오랑캐 병사들이 크게 어지러워져 대오隊伍를 잃고 달아나더라. 동초가 매복한 병사들을 몰아 몇 리를 추격해 죽이니, 선우가 가쁜 숨을 진정시키지 못해 좌우를 돌아보며,

"명나라 천자는 어디 갔으며, 우리를 쫓아오던 장수는 어떤 사람인가? 이제 고함소리와 대포 소리를 들으니 명나라 천자 휘하의 병사가 아직 많거늘, 노균 참정이 말하길 천자가 홀로 행궁에 있다 하더니, 이것이 어찌된 곡절인가?"

이에 오랑캐 장수 한 사람을 산동성으로 파견해 좌현왕 노균을 불러 중국의 움직임을 자세히 듣고자 하더라. 이때 동초가 선우의 대군을 물리치고 일천 기를 거두어 돌아와 웃으며,

"우리 병사는 적고 오랑캐 병사는 많으니, 멀리 추격함은 병법에 어긋남이라."

하고 행궁으로 돌아와 다시 약속을 정하더라.

"오랑캐 병사가 아직 중국을 두려워해 허실을 모르기에 이제 한번 속였으나, 만약 다시 쳐들어오면 방어할 계책이 없도다. 또 선우의 대군이 이곳을 지나간다면 천자의 안위를 헤아리기 매우 어렵거늘, 내 손으로 적병을 그대로 지나가게 하여 천자께서 치욕을 겪게 할 수 없는지라. 내가 이제 죽음을 무릅쓰고 방어하리니, 너희가 나와 생사를 같이할 수 있겠는가?"

모든 병사가 한꺼번에 고개를 끄덕여 응낙하니, 동초가 즉시 북쪽 언덕과 동쪽·서쪽의 버드나무 사이에 깃발을 많이 펼쳐 세우고, 각기 병사 백 명을 매복하게 하여 그들로 하여금 나무를 끌고 다녀 티끌을 일으키게 하여 병사들이 있는 것처럼 만들고, 칠백 기로 하여금 행궁 앞에 진을 펼쳐 기다리게 하더라. 동초가 말채찍을 휘두르며 필마단기로 선우의 진영 앞에 나아가 싸움을 거니, 오랑캐 장수가 응하여 나와 싸우기

여러 합에, 동초가 거짓으로 패해 달아나더라. 오랑캐 장수가 추격하려 하매, 선우가 징을 쳐 병사들을 거둬들이며,

"이는 분명 우리 병사들을 유인하고자 함이라."

하여 끝내 멀리 추격하지 않거늘, 동초 또한 싸울 뜻이 없는지라. 다만 창을 휘두르며 말을 몰아 혹 꾸짖다가 혹 욕하다가 혹 싸우다가 혹 달아나곤 하니, 선우가 더욱 의심하여 추격하지 않더라. 이튿날 좌현왕 노균이 산동성에서 오니, 선우가 그동안의 승패를 일일이 설명하고 방략을 물으니, 노균이 웃으며,

"대왕이 속임수에 넘어간 것이라. 명나라 천자가 분명 대군이 오는 것을 알고 몸소 행궁을 떠나 재앙을 피하고, 한 명의 장수로 하여금 뒤에 남아 속임수로 대왕을 속인 것이라. 이제 대왕이 대군을 몰아 엄습하면, 반드시 완전한 승리를 얻으리이다."

선우가 반신반의해 이 밤에 모든 병사에게 입에 나무막대기를 물고 다시 행궁을 엄습하게 할 새, 선우가 갑자기 진영에 머물러 나아가지 않고 북쪽 언덕과 좌우를 가리키며,

"좌현왕은 저곳을 보라. 어찌 명나라 병사들이 매복한 것이 아니리오?"

노균이 웃으며,

"이는 병사들처럼 보이게 한 것이라. 깃발은 움직이지 않고 까닭 없이 티끌이 일어나니, 이는 분명 속임수라. 급히 공격해 기회를 놓치지 마소서."

선우가 그 말을 좇아 대군으로 하여금 행궁을 에워싸게 하니, 동초가 사태의 위급함을 보고 병사를 한곳에 합해 방진方陣을 만들어 오랑캐 병사들이 움직이기를 기다리더라. 오랑캐 병사들이 사방에서 엄습해 공격하거늘, 동초가 창을 들고 말에 올라 병사들에게 명령하여,

"너희는 죽기를 두려워하지 말라. 생사가 하늘에 달려 있으니, 마땅히

나라를 위해 충의의 귀신이 될지어다."

하고 동쪽을 공격해 오랑캐 장수 한 명을 베고, 서쪽을 방어해 오랑캐 장수 여러 명을 베니, 창끝에 차가운 바람이 몰아치고 말발굽에 벼락이 번쩍여 향하는 곳마다 대적할 자가 없더라. 선우가 크게 놀라,

"이는 명나라의 막강한 군대요, 둘도 없는 명장이라."

하고 노균에게 묻기를,

"저 장수는 어떠한 장수인고?"

노균이 멀리 바라보고 크게 놀라,

"동초와 마달 두 장수가 일찍이 연왕을 따라 운남 유배지에 갔다 하더니 언제 돌아왔는고? 만약 연왕이 같이 왔다면, 어찌 깊이 근심하지 않으리오?"

노균이 말하길,

"이는 전전장군殿前將軍 동초라. 한갓 필부匹夫의 용맹에 불과하니, 무슨 겁낼 것이 있으리오?"

선우가 이 말을 듣고 모든 병사에게 호령해 더욱 급히 공격하니, 일천 기가 이미 절반이나 죽고, 동초도 날아온 화살에 맞아 창 쓰는 법이 어지럽더라. 노균이 선우와 더불어 진영 위에 나와 멀리 바라보다가 노균이 외쳐,

"동초 장군은 서로 이별한 후에 별 탈 없는가? 국운이 불행하니, 사람 힘으로 할 수 있는 것이 아니라. 예로부터 망하지 않은 나라가 없거늘, 장군이 홀로 이처럼 수고하니 어찌 무익하지 않으리오? 지금 항복하면 마땅히 부귀공명이 좌장군에 그치지 아니하리라."

동초가 이 말을 듣고 바라보니 곧 노균이라. 가슴속에 불길이 십만 장丈이나 솟아올라 칼을 들어 가리키며 호되게 꾸짖어,

"역적 노균아! 네가 흰머리의 늙은 나이에 벼슬이 참지정사에 이르렀는데, 무엇이 부족해 어버이의 나라를 배반하고 흉노에게 무릎을 꿇는

가? 이제 너를 개에게 비유할진대 개는 오히려 주인을 아나니, 천지신명이 명백히 위에 계시거늘, 어찌 적병을 도와 신하로서 섬기던 임금을 겁박하는가? 너의 무리와는 같은 하늘 아래에 살 뜻이 없으니, 차라리 나라를 위해 깨끗이 죽어, 더러운 말을 이랬다저랬다 하는 역적을 보지 않으리라."

노균이 얼굴이 붉어져 고개를 돌리고 오랑캐 병사들을 호령해 더욱 급히 공격하니, 동초가 분노의 기운이 하늘을 찔러 이를 갈며 창을 휘두르매 날카로운 기운이 다시 생겨나거늘, 좌충우돌하여 오랑캐 장수 세 명과 오랑캐 병사 오십여 명의 목을 삽시간에 베더라. 선우가 크게 놀라,

"이 장수가 비단 용맹이 뛰어날 뿐 아니라 나라를 위해 생사를 돌아보지 않으니, 만약 급히 공격하면 우리 장수와 병사들이 분명 많이 다치리라."

즉시 싸움을 멈추고 다만 겹겹이 에워싸라 하니, 동초도 남은 병사 오백여 명으로 한곳에 방진方陣을 이루고 잠깐 쉬게 하더라. 이튿날 선우가 오랑캐 장수들과 상의하여,

"내가 명나라 장수의 기색을 보건대 죽을힘을 다해 싸우는지라. 쉽게 사로잡을 수 없으리니, 모든 장수가 마땅히 힘을 합해 중심을 에워싸고서 힘을 모아 구덩이에 파묻으라."

오랑캐 장수들이 명령을 듣고 외쳐,

"명나라 장수는 들으라. 네 목숨이 오늘뿐이니, 살고자 하거든 말에서 내려 항복하고, 죽고자 하거든 목을 늘여 칼을 받으라."

오랑캐 장수 십여 명이 사방에서 에워싸 공격하니, 동초가 이에 병사 오백 명에게 이르길,

"내가 너희와 더불어 죽어 충성스러운 혼령이 되리니, 너희는 두 마음을 품지 말라."

말을 마치기도 전에 창을 들고 말에 올라 소리를 지르고 오랑캐 장수 열 명을 대적하니, 오랑캐 진영에서 북소리가 끊이지 않고 창검이 서릿발처럼 오가며 동초의 몸이 여러 군데 창을 맞은지라. 피가 흘러 말안장에 흥건하되 오히려 오랑캐 장수 여러 명을 베고 기세가 꺾이지 않더라. 갑자기 오랑캐 진영 서남쪽이 요란하더니, 한 장수가 칼을 휘두르며 화살처럼 쳐들어오며 호되게 꾸짖기를,

"오랑캐 병사는 명나라의 뛰어난 장수를 핍박하지 말라."

알지 못하겠도다. 이는 과연 어떠한 사람이고? 다음 회를 보라.

# 연왕이 격문을 보내어 남쪽 병사들을 모으고
# 선우가 군대를 후퇴하여 진인을 격동시키더라

## 제35회

천자가 마달과 더불어 일천 기를 거느려 남쪽으로 가실 새, 마달을 보고 눈물을 머금으며,

"동초가 분명 죽으리로다. 어찌 일천 기로 흉노 십만 대군을 대적하리오?"

자주 말고삐를 잡고 북쪽을 향해 측은한 기색이 얼굴에 나타나시더니, 멀리 바라보매 티끌이 하늘에 가득하고 군마 한 무리가 앞에 이르거늘, 천자가 놀라 묻기를,

"이것이 어떠한 병사인고?"

마달이 아뢰길,

"복색을 보니 오랑캐 장수가 아니라 구원병인가 하나이다."

말이 끝나기 전에 장수가 말에서 내려 땅에 엎드려 죄를 청하거늘, 천자가 말을 멈추고 묻기를,

"장군은 누구인고?"

대답하길,

"신은 남해南海의 죄인 소유경이로소이다. 시대의 운수가 불행해 나라가 위급하다는 소식을 듣고서 죄를 무릅쓰고 남해 지역의 병사들을 일으켜 폐하를 호위하려 하나이다. 신이 천자의 은혜를 입어 용서받는 특전을 얻었으나 감히 스스로 병사를 일으킴은 당돌하기 그지없으니, 바라건대 폐하께서는 먼저 신의 죄를 다스리시어 기강을 세우소서."

천자가 좌우에 명하여 부축해 일으키게 하시고 말 앞에서 손을 잡고 탄식하시며,

"내가 오늘 이 변란을 당함은 그대의 직언을 듣지 아니한 까닭이라. 이제 그대가 현명하지 못한 임금을 버리지 않고 의병을 일으켜 구하러 왔으니, 그대의 참된 충성심은 하늘이 비추시려니와 내가 어찌 부끄럽지 않으리오?"

즉시 말 앞에서 소유경을 병부상서兵部尚書 겸 익성분의정로장군翊聖奮義征虜將軍으로 제수하시니, 소유경이 황공해 머리를 조아리고 죄를 청해 마지않되 천자가 허락하지 않으시더라. 부득이 은혜에 사례하고 명을 받으니 천자가 묻기를,

"남해의 병사가 얼마인가?"

대답하길,

"갑자기 징발해 오천 기에 불과하나이다."

천자가 탄식하여,

"환난을 당한 나를 구하려는 자가 왔거늘, 내가 동초를 구하지 않으면 의리가 아니라. 내가 이미 소유경 상서를 얻어 위기에서 벗어났으니, 마달은 남해 병사 이천 기를 거느려 돌아가 동초를 구하라."

마달이 명을 받들어 즉시 이천 기를 거느려 행궁을 향해 올 새, 바람결에 함성이 크게 일어나는 것을 듣고 말을 채찍질하여 앞으로 나아가 오랑캐 진영 서남쪽 모퉁이를 쳐들어가더라. 남해 병사 이천 기가 한꺼번에 고함지르고 기세를 보태어 오랑캐 병사들을 엄습해 죽이니, 이때

동초가 힘이 다 빠져 포위된 가운데 꼼짝할 수 없더니, 마침 마달이 온 것을 보고 정신을 차려 두 장수가 힘을 다해 한바탕 크게 싸우니, 오랑캐 진영이 어찌 대적하리오? 동초와 마달 두 장군이 마침내 포위망을 무너뜨리고 나온지라. 마달이 동초를 돌아보며,

"우리가 이제부터 빨리 달려, 천자의 행차를 따르는 것이 좋으리라."

하고 즉시 말을 채찍질하여 동쪽으로 향하더라. 이때 천자가 소유경 상서와 더불어 서주徐州의 성城 위로 오르시니, 성첩城堞은 비록 견고하지 않으나 병기와 군량미는 충분하더라. 다시 가까운 지역의 병사들을 징발해 성을 수리하게 하는데, 동초와 마달 장군이 또한 이르거늘, 천자가 동초를 불러 보시고 손을 잡아 위로하더라.

"내가 오늘 이곳에 무사히 이른 것은 장군의 공이로다."

그 전포에 낭자한 핏자국을 보고 크게 놀라 물으시니, 동초가 황공하여 대답하길,

"신이 용맹이 없어 적진에 포위되어 여러 곳에 창을 맞았으나, 이는 장수가 화살과 돌, 바람과 먼지 날리는 전쟁터에서 흔히 겪는 일이라. 염려하지 마소서."

천자가 안타까워하며 약을 내려주어 몸소 상처에 발라주시고 벼슬을 올려 표기장군驃騎將軍에 제수하시더라. 이때 병사가 팔천여 명이요, 소유경·동초·마달이 좌우에서 호위하니, 천자가 외롭고 위태로운 근심은 없으나 진남성 소식을 알지 못해 날마다 북쪽 하늘을 바라보며 초조해하시더라. 갑자기 좌우에서 아뢰길,

"진왕이 철기 삼천 기를 보내어 폐하의 어가御駕를 호위하게 하면서 올린 표문이 이르렀나이다."

원래 진왕이 그날 철기를 몰아 바로 황성 수십 리 밖에 이르러, 태후와 황후가 진남성에 계시다는 소식을 듣고 군사를 돌려 진남성에 이르니, 태후가 기뻐하며 진왕의 손을 잡으시고 탄식하길,

"내가 이승에서 다시 그대를 만날 줄 몰랐는데, 오늘이 있게 됨은 어찌 하늘이 내린 행운이 아니리오? 다만 우리 황상께서 천리 밖 바닷가에서 충성스럽게 보필하는 신하 없이 외로우시니, 이를 장차 어찌하리오?"

진왕이 아뢰길,

"신이 이제 철기 삼천 기를 보내고자 하나이다."

그리고 즉시 철기 삼천 기와 표문을 보내니, 천자가 크게 기뻐하며 열어 보시니 그 표문은 이러하더라.

"진왕 신토 화진花珍이 아뢰나이다. 북쪽 오랑캐가 창궐해 도성이 함락되었으니, 이는 모두 신들이 불충한 죄라. 신은 봉토가 멀리 바깥에 있고 변고가 갑자기 일어나 아득히 모르고 있다가 태후께서 남쪽으로 가셨다는 소식을 들었으니, 이런 망극한 변고는 천고에 없는 일이라. 신이 외람되이 폐하의 처남 항렬에 있으니, 군신의 의리가 있을 뿐만이 아니거늘, 이처럼 멀리 있어 소식 듣는 것이 늦어져 환난을 일찍 소멸시키기 어려웠으니 죽을 죄를 지었나이다. 신이 이제 철기 삼천을 거느리고 진남성으로 가서 태후를 호위하고, 삼천 기는 폐하의 호위병에 충원시키고자 하여 밤낮으로 달려가게 하나, 신이 입조入朝하지 못하오니 황공해 머리를 조아리나이다. 신이 듣건대, 연왕 양창곡은 문무를 겸비한 인재요 나라의 기둥이 되는 신하라. 신이 오랫동안 조정에 들어가지 못하고 연왕은 밖에 있어 서로 만나지는 못했으나, 오늘날 말하는 자들이 모두 '연왕을 등용하시면 선우의 머리를 북쪽 대궐 아래에 매다는 일은 자기 주머니 안의 물건을 꺼내듯 손쉬운 일이라' 하오니, 엎드려 바라건대 폐하께서는 그 죄를 용서하고 빨리 불러들이시어 군대의 일을 맡기소서."

천자가 보시고 크게 기뻐하여 모든 신하에게 말하길,

"진왕은 문무를 겸비했고 태후께서 총애하시는 사위라. 이제 태후 옆에서 호위하게 되었으니 외롭고 위태로운 마음을 위로할 수 있을지라."

하시고 삼천 철기에 명해 특별히 호위하라 하시더라.

한편 선우가 동초와 마달 장군이 포위를 뚫고 달아난 것을 보고 크게 노하여,

"십만 대군으로 장수 한 명을 사로잡지 못하니 중원을 차지하는 일을 어찌 도모하리오?"

즉시 대군을 몰아 쫓으려 하니, 좌현왕 노균이 간언하여,

"큰일을 경영하는 사람은 작은 이익을 생각하지 않나니, 이제 즉시 산동성에 가서 척발랄과 태청진인을 오도록 청해 명나라 천자를 습격하소서."

선우가 말하길,

"산동성은 중요한 땅이니, 어찌 지키지 않을 수 있으리오?"

노균이 웃으며,

"황성이 이미 함락되었고, 산동 이북에 한 명의 장수도 없으니, 용맹한 장수 여러 명과 병사 수천 명으로 하여금 산동성을 지키게 하면 근심할 바 없나이다."

선우가 그 말을 좇아 오랑캐 장수 세 명을 보내어 산동성을 굳게 지키라 하고 척발랄과 태청진인을 청하니, 척발랄이 태청진인과 더불어 명을 받들어 오거늘, 선우가 장차 명나라 군대를 습격할 계책을 말하고 남쪽을 향해 행군하더라.

한편 천자가 동초·마달 장군과 더불어 서주성을 두루 다니시며 지형을 살피니, 성첩이 매우 낮고 성문이 허술해 수비하기에 적합하지 않더라. 동쪽에 높은 산이 있고 산 위에 작은 성이 있어 그 모습이 제비집 같기에 이름을 연소성燕巢城이라 하니, 지세가 험준하고 성첩이 견고하나 저장된 군량미가 없고 주위가 비좁아 대군을 수용하기 어렵더라. 천자와 신하가 마주하여 이것을 근심하는데, 밤이 깊어지자 갑자기 한바탕 북풍이 서늘하게 불어오더니 바람결에 함성이 크게 일어나거늘, 소유경

상서가 크게 놀라 동초·마달 장군과 더불어 성에 올라 바라보니, 밤빛이 푸르고 아득한데 무수한 오랑캐 병사가 들판을 덮어 몰려오매 그 수를 알 수 없더라. 비로소 선우의 대군이 습격해온 것을 깨달아 즉시 성문을 닫고 요해처를 지키는데, 오랑캐 병사들이 한꺼번에 고함지르며 성을 에워싸고 급히 공격하더라. 소상서가 몸소 성 위에 올라 병사들을 독려해 온 힘을 다해 방어하나 오랑캐 병사들의 세력이 급한 파도와 같아, 대포 소리가 울리는 곳에 바위 같은 쇠 탄환이 성첩을 요란하게 쳐서 여러 칸이 무너지더라. 소상서가 두 장수에게 말하길,

"사태가 이처럼 위급하니, 우선 폐하의 어가를 연소성으로 옮기시도록 권하고 다시 방략을 생각하리라."

천자가 소상서와 더불어 수천 기를 거느리고 동문을 열고 성밖으로 나가자마자 오랑캐 병사들이 성을 함락시키고 돌입하거늘, 동초·마달 장군이 모든 병사를 거느리고 천자를 호위해 연소성에 올라 문을 닫고 굳게 수비할 새, 오랑캐 병사들이 군대를 나누어 연소성을 철통같이 에워싸더라.

한편 연왕이 동초와 마달 장군을 천자가 계신 곳으로 보내고 회보를 고대하는데 나라를 근심하는 마음이 점점 깊어져 밤마다 잠을 이루지 못하더라. 하루는 밤에 난성후와 더불어 달빛을 띠어 섬돌을 내려가 배회하다가 천문을 우러러보니 제원주성[1]을 검은 구름이 에워싸 광채가 밝지 않거늘, 놀랍고 근심스러워 마음을 다해 그 까닭을 생각하더라. 마침 북쪽에서 오는 사람이 있어 오랑캐 병사가 황성을 함락시킨 일을 말하니, 연왕이 고개를 들고 발을 구르며 북쪽을 향해 통곡하고 반나절 동안 혼절하다가 깨어나더라. 난성후가 어찌할 바를 몰라 좋은 말로 위

---

1) 제원주성(帝垣主星): 자미원(紫微垣)을 말하며, 자미제원(紫微帝垣)으로도 일컬어진다. 큰곰자리를 중심으로 별 170개로 이루어진 별자리로, 천자의 자리를 상징한다. 태미원(太微垣)·천시원(天市垣)과 더불어 삼원(三垣)이라 한다.

로하나, 식음을 전폐하고 뜨락 아래에 거적자리를 깔고 북쪽을 향해 통곡해 마지않으니, 난성후가 앞으로 나아가 간언하여,

"상공께서 마땅히 나라를 위해 귀한 몸을 보중해야 하거늘, 바람과 이슬을 무릅쓰고 식음을 전폐하시니, 만약 객지에서 질병에 걸리면 연로한 어버이의 자식 기다리시는 초조한 마음을 장차 어찌 위로하실 것이며, 또 나라의 어려움을 어찌 나누어 짊어지시리이까?"

연왕이 분개해 오열하며,

"황성이 함락되어 천자와 어버이의 안위를 모르니, 내가 어찌 홀로 침식이 편안하리오? 죄인의 몸으로 마음대로 할 수 없으니, 세상에 어찌 이런 망극한 일이 있으리오?"

갑자기 문밖에서 시끄러운 소리가 들리며 천자의 명을 전하거늘, 연왕이 천자의 조서를 받들어 읽으매 눈물이 비 오듯 흐르더라. 사신을 향해 소식을 자세히 묻고는 분연히 몸을 일으켜,

"창곡이 비록 불충하기 그지없으나 황상께서 위급하시다는 소식을 듣고 어찌 천천히 가리오?"

난성후를 불러 말하길,

"내가 이제 운남 지부知府를 만나 지역 병사를 징발하려 하니, 난성후는 남종을 거느리고 뒤를 따르라."

말을 마치매 필마단기로 달려 본 고을에 이르니, 지부가 허둥지둥 맞이하여,

"각하께서 어찌하여 여기까지 오셨나이까?"

연왕이 눈물을 흘리며,

"오랑캐 병사들이 황성을 침범해 종묘사직의 흥망이 경각에 달려 있거늘, 지부는 아직 모르고 있는가?"

지부가 또한 놀라며,

"여기서 황성이 매우 멀어, 천자께서 동쪽으로 순행하셨다는 것만 알

고, 참으로 오랑캐 병사들이 난을 일으킨 줄 몰랐으니, 각하께서는 장차 어찌 조치하려 하시나이까?"

연왕이 말하길,

"내가 이제 폐하의 은혜를 입고, 또 급히 부르시는 명령을 받았으니 잠시도 지체할 수 없는지라. 지부는 즉시 본 고을의 병사를 징발하라."

이에 격문檄文 한 통을 지어 남방 여러 고을에 발송하니 그 격문은 이러하더라.

"연왕 양창곡은 남방 여러 고을에 격문을 전하노라. 시대의 운수가 불행하여 오랑캐 병사들이 대궐을 침범해 도성이 함락되고 어가御駕가 피란하였도다. 아아! 우리 중원은 예로부터 예의와 문물의 중심지라. 임금께 위급함이 있으니, 마땅히 의로운 기상과 충성된 분노가 있어야 하리로다. 아아! 남방 여러 고을은 이 격문을 보고서 위로 방백과 수령으로부터 아래로 하인과 백성에 이르기까지, 충의의 마음을 내지 않는다면 이는 우리나라의 관리와 백성이 아니라. 금년 금월 모일 모시에 각 지역의 병사를 징발해 천자께서 머무시는 곳에서 모일 것을 기약하되, 만약 시각을 넘긴다면 마땅히 기약을 지키지 않은 데 따른 군율을 시행하리라."

연왕이 손에서 붓을 멈추지 않고 가필 없이 순식간에 글을 지어, 밤낮으로 말을 달리게 하여 모든 고을에 보내고, 난성후와 더불어 말에 올라 하인을 거느리고 천자의 사신을 동반하여 아득히 북쪽으로 향해 가더라. 이때 남방의 모든 고을이 연왕의 격문을 보고 허둥지둥하여 백성이 모두 말하길,

"연왕은 충신이라. 천자께서 이제 불러 등용하시니, 어찌 오랑캐 군대를 근심하리오? 우리가 마땅히 이때에 공훈을 세우리라."

하고, 수령은 말하길,

"연왕은 명장이라. 군령이 엄숙하니 만약 군령을 어기면 죽으리라."

하여 위아래가 물 끓듯 떠들썩하여 앞다투어 군마를 거느리고 시각을 어길까 두려워하며 일제히 출발하더라.

한편 천자가 연소성에서 포위된 지 이레가 되었더라. 소유경 상서가 말하길,

"선우의 군대는 그 수를 알기 어려운데다 영채營寨가 견고해 격파할 계책이 없으니, 마땅히 성문을 굳게 닫고 지키어 연왕을 기다림이 좋을까 하나이다."

천자가 그 말을 따라 출전하지 않게 하니, 선우가 날마다 성 아래에 이르러 욕하되 마침내 요동하지 않으니, 선우가 어찌할 수 없어 다시 좌현왕 노균으로 하여금 싸움을 돋우더라. 마달이 분노를 참지 못해 필마단기로 창을 거누어 들고 성을 내려가 노균을 호되게 꾸짖고 곧바로 잡고자 하니, 노균이 미소하고 문득 말을 돌려 달아나더라. 마달이 더욱 크게 노해 말을 채찍질하여 추격하고자 하매, 오랑캐 진영에서 북소리가 둥둥 울리는 가운데 척발랄이 군대 한 무리를 몰아 포위하려 하거늘, 소유경 상서가 급히 징을 울려 마달을 부르고 더는 출전하지 않더라. 성 안에 식량이 바닥나 병사들이 굶주리는데다 말먹이가 없어 말들이 서로 꼬리를 뜯어먹으니, 천자에게 올릴 음식도 떨어진지라. 천자의 안색이 초췌한데 좌우의 신하가 솔잎을 먹는 것을 보시고 가져오라 하여 몇 잎을 잡수시며,

"옛적에 오릉중자[2]가 벌레 먹은 자두를 먹고서 비로소 눈에 보이는 것이 있고 귀에 들리는 것이 있었다 하더니 과연 헛된 말이 아니로다.

---

2) 오릉중자(於陵仲子): 중국 전국시대 제(齊)나라의 청렴한 선비인 진중자(陳仲子). 형 진대(陳戴)가 제나라의 높은 벼슬아치로 많은 봉록을 받았는데, 이를 의롭지 못하다고 여겨 처자식과 함께 초(楚)나라로 옮겨와 오릉에서 살며 '오릉중자'로 자칭했다. 초나라 왕이 그를 정승으로 삼으려 하자 도망쳐, 자신은 짚신을 만들어 팔고 아내는 길쌈하며 청빈한 생활을 했다. 몹시 가난해 사흘을 굶다가 샘 가에 떨어진 벌레 먹은 자두를 먹고 기운을 차렸다는 고사가 전한다.

내가 아까 정신을 차릴 수 없었는데 솔잎을 씹어 침을 삼키고 나니 완연히 배고픔이 사라지는 것을 깨닫겠도다."

좌우에서 듣고 황공함을 이기지 못해 혹 눈물 흘리는 자가 있고, 동초와 마달 장군은 소리 내어 통곡하고 천자도 서글퍼하시더라. 좌우에서 갑자기 아뢰길,

"군마 한 무리가 남쪽으로부터 와 오랑캐 군대와 맞서 진을 펼치나이다."

천자가 소유경 상서와 동초·마달 장군과 더불어 성에 올라 바라보시니, 과연 군대 한 무리가 쏜살같이 달려와 오랑캐 진영 남쪽에 일자로 진을 펼치고 두 장수가 완연히 진영 앞에 나와 섰더라. 천자가 좌우를 돌아보시며,

"이는 어떠한 장수인고?"

동초와 마달 장군이 바라보고 아뢰길,

"이는 분명 구원병으로 온 연왕이로소이다. 왼쪽에 오사모와 붉은 도포 차림으로 말고삐를 잡고 서 있는 사람은 연왕이요, 오른쪽에 전포 차림으로 쌍검을 들고 군대를 지휘하는 사람은 홍혼탈이로소이다."

천자가 얼굴에 기쁜 빛이 가득해, 신하와 더불어 살길을 얻은 듯 서로 치하하더라.

한편 연왕이 운남에서 오다가 구강九江 경계에 이르러 천자의 사신에게 말하길,

"우리가 이제 필마단기로 간들 갑자기 무슨 방략이 있으리오? 구강은 예로부터 강한 군대가 주둔하는 곳이라. 내가 마땅히 본 고을에 가서 구원병을 청하여 가리라."

즉시 구강으로 가서 태수를 만나 휘하의 군대를 청하니, 구강태수는 본디 노균의 집안사람인지라 기꺼워하지 않더라.

"아직 황명이 없으니 어찌 군대를 움직이리오?"

연왕이 크게 노하여,

"그대가 나라의 녹을 먹고 있으면서 천자께서 위급하시다는 말을 듣고도 조금도 괘념치 않으니 이것이 어찌 신하의 도리이며, 또 천자의 사신이 여기 있거늘 어찌 황명이 없다 말하리오? 그대가 나에게 병권을 주기 싫다면 그대가 스스로 군대를 거느려 나를 좇으라."

구강태수가 웃으며,

"오랑캐 군대 백만 명이 갑자기 이르러 중원을 이미 절반이나 잃었는데, 구강의 군대는 고사하고 십강十江의 군대가 있더라도 어찌하리오?"

연왕이 크게 노하여,

"내가 일찍이 황명을 받들어 지난날 정남도독으로 벼슬이 아직 있으니 어찌 용병用兵하지 못하리오?"

즉시 천자의 사신이 허리에 차고 있는 보검을 뽑아 그 자리에서 태수의 머리를 베어 좌우를 호령하고, 병부兵符를 빼앗아 병사와 말을 급히 징발하니, 이날 삼천여 기를 얻었더라. 무기고를 열고 무기를 꺼내어 연왕이 몸소 거느리고 밤낮으로 행군해 서주성 십 리 밖에 이르니, 남방 여러 고을에서 병사를 징발해 이른 자가 칠팔천 기더라. 비로소 각 부서를 정하고 행군할 새, 천자가 연소성에 포위되어 있다는 소식을 전해듣고 연왕이 놀라,

"연소성은 지형이 높고 군량미가 없으니, 만약 오래 머무르면 낭패라. 우리가 먼저 선우의 대군을 격퇴하고 나서 다시 계획을 세우리라."

오랑캐 진영 남쪽에 진을 치고, 남방의 병사 사천 기를 네 무리로 나누어 약속하길,

"너희는 오랑캐 진영의 사면에 매복해 있다가 오늘밤 삼경에 우리 진영 안에서 대포 소리가 울리거든, 첫번째 무리 일천 기는 고함지르며 오랑캐 진영 서쪽 첫번째 모서리를 겁박하되 기세를 크게 드러내어 오랑캐 군대를 어지럽히고 나서 즉시 뒤로 물러나라. 두번째 대포 소리가 울

리거든 두번째 무리 일천 기는 고함지르며 오랑캐 진영 동쪽 두번째 모서리를 겁박하되 역시 기세를 크게 드러내어 오랑캐 진영을 어지럽히고 나서 즉시 뒤로 물러나라. 세번째 대포 소리가 울리거든 세번째 무리 일천 기는 오랑캐 진영 서쪽 세번째 모서리를 겁박하며, 네번째 대포 소리가 울리거든 네번째 무리 일천 기는 오랑캐 진영 동쪽 네번째 모서리를 겁박하되, 모두 기세를 크게 드러내어 적진에 소동을 일으키고 그곳에 들어가지는 말라."

비밀히 약속을 마친 뒤에, 연왕과 난성후가 남은 병사 사천 기를 거느리고 장사진長蛇陣을 이루어 중간을 쳐들어가고자 할 새, 창을 가진 병사는 앞에 세우고 활과 대포를 가진 병사들은 뒤에 세워, 북소리가 한번 울리면 세 걸음 나아가되 뒤를 돌아보는 자는 목을 베리라 하더라. 거듭 명령하고 나서 밤을 기다릴 새, 병사들을 단속해 고요히 움직이지 않고 깃발을 뉘어놓고 북 치는 것을 쉬더라.

이때 선우가 오랫동안 연소성을 포위하고 모든 장수와 상의하여,

"외딴 성에 분명 양식이 없으리니, 만약 열흘 동안 포위를 풀지 않으면, 명나라 천자가 수레바퀴 자국에 고인 물의 붕어 신세가 되어 물 한 잔을 구하려고 몸소 항복을 알리는 깃발을 꽂지 않으리오?"

하더니 뜻밖에 구원병이 남쪽에서 와 진의 형세를 펼치고 느긋한 기색에 모두 창검을 뉘어놓고 자못 싸우려는 뜻이 없거늘, 선우가 웃으며,

"이 또한 유명무실한 구원병이로다. 분명 성패를 관망하는 것이니, 오늘밤 삼경 북소리 한 번에 그들을 땅에 묻으리라."

군중의 물시계가 삼경을 알리자마자, 명나라 진영에서 대포 소리가 한 번 울리매 함성이 크게 일어나고 군마 한 무리가 선우의 진영을 겁박해 서쪽 첫번째 모서리를 쳐들어오더라. 선우가 크게 놀라 몸소 군대를 지휘해 와서 구하는데, 두번째 대포 소리에 함성이 크게 일어나고 군마 한 무리가 동쪽 두번째 모서리를 쳐들어오더라. 선우가 허둥지둥해

몸소 군대를 지휘할 때 대포 소리가 연달아 어어지매 군마 한 무리가 서쪽 세번째 모서리를 겁박하고, 네번째 대포 소리에 군마 한 무리가 동쪽 네번째 모서리를 겁박하더라. 동쪽을 방비하면 서쪽이 어지럽고, 서쪽을 진정시키면 동쪽이 시끄러우니, 선우가 당황해 군대의 대오를 정돈시킬 수 없더라. 창검은 눈발처럼 날리고 북소리는 벼락처럼 울려 뱀이 골짜기를 달리는 것보다 더 빠르거늘, 선우의 군대 중간이 끊어져 머리와 꼬리가 서로 응하기 어렵더라. 좌현왕 노균이 선우에게 아뢰길,

"왕께서는 잠시 군대를 후퇴시키소서. 이는 평범한 구원병이 아니라. 노균이 불빛 가운데 잠깐 보매, 명나라 진영 가운데 지나가는 자는 분명 연왕이로소이다."

말을 마치기 전에 연소성 위에서 대포 소리가 또 울리더니, 두 장수가 철기를 거느려 성을 내려와 외치더라.

"야율선우는 놀라 달아나지 말라. 우리는 연왕 휘하의 장수 동초와 마달이라."

하고 좌충우돌해 호랑이처럼 공격하니, 원래 동초와 마달이 연왕의 군대가 오랑캐 진영으로 쳐들어감을 보고 날카로운 기운이 두 배로 생겨나, 진왕이 보낸 철기 삼천을 거느리고 오랑캐 진영을 쳐들어가 연왕을 맞이함이더라. 두 군대가 합력해 오랑캐 병사들을 공격하니, 선우가 어찌 감당하리오? 군대를 거두어 몇 리를 물러나니, 시체가 산처럼 쌓이고 유혈이 시냇물을 이루더라. 천자가 성 위에서 바라보시다가 소유경 상서를 돌아보며,

"나의 연왕은 하늘이 내려주신 바니, 그 충의와 지략이 한나라의 제갈량이라도 넘지 못하리라. 오늘 임금과 신하의 기가 꺾였다가 연왕의 북소리에 힘입어 단번에 살아나 목마른 용이 물을 얻음 같으니, 이는 곧 나라의 복이요 신명의 도우심이라. 이제 내가 성밖으로 나가 몸소 연왕을 맞이하리라."

하시고 성밖으로 나가시니, 연왕이 군대를 거느리고 이미 성 아래에 이른지라. 허둥지둥 말에서 내려 땅에 엎드려 죄를 청할 새 눈물이 샘솟 거늘, 천자가 좌우에 명하여 부축해 일으켜 몸소 그 손을 잡으시고 곤룡 포 소매로 얼굴을 가리어 임금과 신하가 서로 울음을 그치지 않으니, 좌 우의 신하가 모두 감동해 눈물을 흘리지 않을 수 없더라. 천자가 오랫동 안 말이 없다가 비로소 연왕의 손을 놓으시고,

"나의 끝없는 마음은 갑자기 말하기 어려운지라. 바라건대 함께 성안 으로 들어가 임금과 신하가 한자리에서 지난날의 정을 펼지어다."

드디어 함께 성으로 들어가 군마를 안돈하고서 연왕을 가까이 불러 보실 때 소유경 상서와 동초·마달 두 장수가 좌우에 모시고 섰더라. 천 자가 다시 연왕의 손을 잡으시며,

"예로부터 어리석은 임금이 많으나, 어찌 오늘의 나 같은 자가 있으리 오? 그대의 충성과 노균의 간악함은 옥과 돌이 현저히 다르고 흑과 백 이 분명하거늘, 하늘이 어찌 내 총명을 가리고 조물주가 나라를 희롱해 이 지경에 이르렀는고? 지난 일을 생각하매 무슨 면목으로 그대를 대하 며 무슨 말로 그대를 위로하리오?"

연왕이 머리를 조아려 아뢰길,

"이는 모두 신이 불충한 죄라. 폐하의 일월같이 밝은 총명이 아니면 어찌 다시 은총을 입어 오늘이 있으리이까?"

천자가 웃으시며,

"내가 어찌 노균의 간악함을 모르리오마는, 그 꾸미는 말과 아첨하는 얼굴빛을 좋아해 스스로 꿈에 취한 사람이 되었으니, 천년만년 그 어리 석음에 대한 조롱을 면하기 어려울지라. 나라를 향한 그대의 참된 충성 심은 천하의 백성, 아이와 병졸까지도 알지 못하는 자가 없으니, 임금과 신하 사이에 내가 어찌 알지 못하리오? 다만 병이 깊으면 약이 효과가 없도다. 아아! 우리 두 사람의 참된 마음은 신명이 비추나니, 그대는 지

난 일에 마음을 두지 말고 이제부터 더욱 직간하여 나의 부족함을 보필하라."

연왕이 눈물을 흘리며,

"성스러운 말씀이 이에 이르시니 더는 아뢸 것이 없거니와, 이는 신들이 불충한 죄라. 요·순의 덕으로도 고요·후직·설의 보필이 있었으니, 폐하의 일월같이 밝은 총명으로 전례없는 환난을 당하심은 조정에 어진 신하가 없는 까닭이라. 엎드려 바라건대 폐하께서는 지난 일을 후회하지 마시고 앞으로 다가올 일을 살펴 삼가신다면 오늘의 낭패가 도리어 훗날의 교훈이 되리니, 어찌 나라의 큰 복이 아니리이까?"

천자가 안색이 바뀌어 탄식하시고 소유경 상서를 돌아보시며,

"내가 오래도록 꿈속에 있더니, 오늘 다시 연왕의 간언을 들으니 아침 햇살에 봉황의 울음소리를 듣는 듯해, 문득 정신이 맑아짐을 느끼도다."

연왕이 또 아뢰길,

"신이 급한 소식을 전해듣고 필마단기로 출발했다가 구강에 이르러 군마를 징발할 것을 얘기했으나, 구강태수가 받아들이지 않는 까닭에 형세가 급해 군율에 따라 그 머리를 베고 휘하 병사들을 빼앗아 위급한 나라를 구하러 왔나이다. 이 또한 폐하의 명령을 빙자해 경솔히 행한 죄라. 황공함을 이기지 못하겠나이다."

천자가 말하길,

"그대가 지난날 정남도독으로 벼슬이 아직 있거늘, 무릇 한번 장수가 된즉 군령을 평생토록 시행하는 것은 나라의 오랜 전통이라. 하물며 그대는 벼슬이 대신의 지위에 있는데, 내가 비록 부족하나 구강태수가 임금의 위급함을 무시하니, 그 선참후계先斬後啓 또한 나라를 위한 충성심에서 나온 것이라. 어찌 사죄할 필요가 있으리오?"

좌우를 돌아보시며,

"구강태수는 어떠한 사람인고?"

좌우에서 대답하길,

"노균의 집안사람이로소이다."

천자가 탄식하시며,

"옛사람이 말하길 '충신은 효자의 가문에서 찾으라' 했으니, 간신의 집안사람이 또한 어찌 두 마음을 품지 않으리오?"

연왕이 또 아뢰길,

"도성이 이미 함락되고 태후와 황후께서 진남성으로 피란해 계시니, 진남성은 성이 견고하고 군량미가 풍족한 곳이라. 비록 다른 염려는 없으나 나랏일의 망극함이 이 지경에 이르렀으니, 이 또한 신의 죄로소이다."

천자가 눈물을 머금고,

"태후께서 일찍이 나에게 그대를 불러들이도록 권하셨으니, 태후께서 그대를 믿으심이 반석 같고 태산 같거늘, 내가 불효해 그 가르침을 받들지 못하고, 이제 외딴 성에서 이런 고초를 겪으시니, 이는 곧 나의 죄라. 다만 그대의 아버님과 윤형문 각로와 일지련이 충의로써 태후의 행차를 호위했으니, 그대 부자의 산과 바다 같은 은덕을 어찌 갚으리오?"

연왕이 말씀을 듣고 크게 놀라 오랫동안 말이 없으니, 원래 양태야가 의병을 일으켜 진남성으로 간 것을 연왕이 아직 알지 못함이더라. 천자가 그 기색을 보시고 다시 위로하여,

"그대의 아버님께서 연로하시나, 전에 사신의 말을 들으니 기력이 강건하시다 하니, 그대는 지나치게 염려하지 말라."

연왕이 머리를 조아리며,

"신의 아버지가 평소 질병이 많고 성품이 맑고 연약해, 한적한 곳에서 요양하더라도 평안하지 못한 날이 많았는데, 화살과 돌, 바람과 먼지 날리는 전쟁터에서 이처럼 수고하시니, 비록 평소 마음속에 품은 충성심

이 있다 하나, 신이 위로는 불충해 폐하께서 피란하시게 하고, 아래로는 불효해 연로하신 아버지로 하여금 한가로이 요양하시지 못하게 한 것이라. 생각이 이에 미치니 가슴이 막혀, 죽어 아무것도 모르고자 하나이다."

천자가 얼굴빛을 고치고,

"이는 내 잘못이라. 장차 무슨 말로 그대를 위로하리오?"

하시고 다시 난성후를 부르시거늘, 난성후가 탑전에 엎드리니 천자가 위로하여,

"그대의 열협의 풍모는 내가 들은 지 오래이나, 만리 외딴 곳에 하인으로 변장하고 남쪽과 북쪽의 바람 먼지 속에서 이처럼 수고하니, 이는 모두 어리석은 임금을 만났기 때문이라. 내가 어찌 얼굴을 들리오?"

난성후가 말하길,

"신첩은 아녀자라. 변장한 채 운남에 간 것도 지아비를 위함이요, 바람 먼지 속에서 수고한 것도 지아비를 따름이라. 시대의 운수가 불행하고 나라에 일이 많아, 여자의 행실이 규방을 지키지 못하고 가까이에서 폐하를 이처럼 자주 뵈오니, 참으로 부끄럽고 당돌한 일이로소이다."

천자가 미소하시며 다시 연왕에게 묻기를,

"세상에 난성후 한 사람이 있는 것도 기이한 일이거늘, 다시 일지련과 벽성선의 탁월한 충성이 있으니, 이는 천년만년에 희귀한 일이로다."

하시고 벽성선이 음악으로 풍간하던 일과 일지련이 태후와 황후를 호위하던 일에 일일이 사례하시더라. 연왕이 놀라고 기뻐하며 머리를 조아리고 아뢰길,

"벽성선은 신의 첩이라. 천성이 유약하니 어찌 충렬忠烈로서 칭찬할 만한 일이 있으리이까? 이는 모두 폐하의 일월같이 밝은 총명으로 자연히 후회하시는 기회를 맞으심이라. 다만 일지련은 난성후가 데려온 자이니 같은 여자로서 지기로 서로 따르며 지내는데, 정묘한 무예와 기민한 사

람됨이 난성후와 비슷해 거의 우열을 가리기 어려운지라. 이 어지러운 때를 당해 태후와 황후를 보호하니, 참으로 평범한 장수로서 미칠 바가 아니로소이다.”

천자가 거듭 칭찬하시고 나서 군무를 상의하실 새 연왕을 평로대원수平虜大元帥에 제수하시고, 난성후를 부원수副元帥에 제수하시더라. 난성후가 땅에 엎드려 아뢰길,

“신첩이 지난날 남방을 정벌함에 폐하의 명령을 감히 사양하지 못함은 자취를 감추어 남자로 처신했기 때문이나, 오늘날은 복장이 비록 이러하나 한낱 여자임을 폐하께서 이미 아시고 세상 사람 중 알지 못하는 이가 없는데, 성스러운 조정에 어찌 어진 신하가 없겠으며 중국에도 인재가 없지 않거늘, 어찌 여자로서 장단將壇에 올라 삼군을 호령하리이까? 이는 비단 모든 장수와 군졸의 수치가 될 뿐 아니라 북쪽 오랑캐에게도 수모를 당하리이다.”

천자가 웃으시며,

“내가 연왕을 급히 부름은 그 뜻이 온전히 그대에게 있음이라. 이때를 당해 한번 수고함을 굳이 사양하지 말라.”

난성후가 머리를 조아리며 아뢰길,

“신첩은 본디 천한 출신이라. 청루의 천한 기생으로 은총을 입어 백모와 황월을 좌우에 세우고 여러 장수와 삼군을 휘하에 굴복시킴은 극진한 영광이요 모든 사람의 소원이라. 제가 어찌 감히 사양하리오마는, 옛글에 이르길 ‘암탉이 새벽에 울면, 집안 운수가 막힌다’ 했으니, 암탉이 새벽에 우는 것도 불길하거든 하물며 군대는 중요한 곳이요 원수는 무거운 책임이라. 이제 붉은 치마를 벗고 갑옷을 입으며, 몸단장을 그만두고 깃발과 북을 잡으며, 가느다란 눈썹에 살기를 띠고 공교한 웃음으로 적군을 꾸짖으면, 그 기상이 장차 어떠하리이까? 신첩이 또 듣건대 전쟁은 움직임이라. 오로지 양기陽氣를 위주로 하나니, 만약 여자로서 장수

가 되면 이는 음기陰氣로 양기를 제어함이니, 어찌 전쟁에서 꺼리는 바가 아니리이까? 폐하께서 신첩을 아끼시어 그 재능을 다시 시험하려 하신다면, 바라건대 남편을 좇아 부장副將이 되어 견마의 노력을 본받고자 하나이다."

천자가 한참 생각하다가 허락하시고, 소유경을 부원수에 제수하시고 난성후를 표요장군嫖姚將軍에 제수하시더라.

한편 선우가 대군을 거두어 몇 리 밖으로 진영을 후퇴시키고 오랑캐 장수 척발랄과 좌현왕 노균을 불러,

"연왕의 용병술을 보니 과연 그 명성이 헛되이 얻어진 것이 아니라. 장차 어찌 대적하리오?"

노균이 웃으며,

"태청진인이 아니면 연왕을 당할 수 없으나, 만약 태청진인을 격동시키지 않으면 어찌 있는 힘을 다해 서로 도우리이까?"

선우가 이에 태청진인을 보고 꿇어앉아 아뢰길,

"내가 이제 백만 대군을 일으켜 이미 중원의 절반을 얻었으나, 뜻밖에 강적을 만나 공을 이룰 길이 없으니, 바라건대 선생께서는 우리를 위해 계책을 가르쳐주소서."

태청진인이 말하길,

"강적은 누구니이까?"

선우가 말하길,

"내가 이미 북방에 있을 때 들으니, 연왕 양창곡은 당대 최고의 인물이라. 천문지리와 풍운조화의 오묘함을 두루 알지 못하는 것이 없고, 육도삼략과 둔갑변화의 술법을 평소 자부해 스스로 천하무적이라 하더니, 이제 그의 용병술을 잠깐 보니 신출귀몰해 감당할 자가 없을까 하나이다."

태청진인이 웃으며,

"왕께서 저를 격동시키려 함이로다."

선우가 하늘을 우러러 탄식하며,

"좌현왕의 말이 과연 옳도다."

태청진인이 말하길,

"무슨 말이니이까?"

선우가 말하길,

"좌현왕이 일찍이 말하길, '선생은 한낱 도사에 불과함이라. 하늘에 통하는 연왕의 재능을 당할 수 없어, 스스로 돌아갈 것을 생각함이라' 하더이다."

태청진인이 비웃으며,

"제가 십 년 동안 산속에서 용병술을 연마한 지 이미 오래되었으니, 왕께서는 다만 먼저 연왕과 더불어 접전하되 혹시 위급한 일이 있거든 제가 스스로 구원할 방략이 있으리이다."

선우가 크게 기뻐하며 일어나 두 번 절하고, 군대 절반을 나누어 태청 진인으로 하여금 본진에 머물게 하고, 자기 자신은 정예병을 거느려 연 소성 아래 이르러 진을 펼치더라. 마침내 승부가 어찌되리오? 다음 회 를 보라.

홍표요가 몰래 굉천포를 묻고
양원수는 좌현왕의 죄를 들추어 세더라

제36회

양원수가 천자의 명을 받들어 남방의 병사들을 모집하니 일만 칠천 기가 모였더라. 연소성 아래 진을 펼치니, 선우도 대군을 거느리고 맞서 진을 펼치거늘, 양원수가 홍표요紅嫖姚와 더불어 진영 위에 나와 오랑캐 진영을 멀리 바라보며,

"장군은 보건대 적의 형세가 남만南蠻과 비교해 어떠하오?"

홍표요가 말하길,

"북쪽 오랑캐의 사나운 모습과 웅장한 기상은 참으로 남만보다 앞서 나, 북쪽 오랑캐는 진법이 어지럽고 항오가 어색하니 남만보다 쉬울까 하나이다."

양원수가 머리를 끄덕이며,

"이것이 진실로 내가 생각하는 바라. 북쪽 오랑캐가 본디 산짐승이나 들짐승과 다름없어 모이고 흩어짐이 일정하지 않으니 병법으로 헤아리기 어려운지라. 마땅히 형세를 보아 용병하리라."

이에 병사로 하여금 진영 앞에서 외치게 하여,

"명나라 원수께서 선우와 대면하여 말하고자 하니, 빨리 진영 앞으로 나오라."

이윽고 선우가 창을 겨누고 말을 타고 나오니, 왼쪽에 좌현왕 노균이 있고 오른쪽에 오랑캐 장수 척발랄이 있더라. 선우는 신장이 팔 척이요 위풍이 늠름해 오른손으로 긴 창을 잡고 왼손으로 말고삐를 잡아 기상이 웅장하더라. 양원수가 호되게 꾸짖어,

"네가 비록 천명을 알지 못한다 하나 까닭 없이 중국을 침범해 백성을 죽이니, 네가 네 죄를 아느냐?"

선우가 크게 웃으며,

"내가 북방에 있으매, 중국에 보물이 매우 많다는 소식을 듣고 그것을 탈취하러 왔노라."

양원수가 말하길,

"신성하신 우리 황제 폐하께서 문무를 겸비해 백성을 사랑하시니, 만약 보물로 환난 가운데서 백성을 구할 수 있다면 어찌 아끼시리오?"

선우가 고개를 젓고 다시 웃으며,

"내가 어찌 평범한 보물을 구하리오? 명나라 천자가 만약 옥새玉璽를 나에게 준다면 내가 이제 즉시 회군하리라."

양원수가 크게 노해 동초와 마달로 하여금 철기 삼천을 거느리고 한꺼번에 쳐들어가게 하니, 선우가 웃으며 말을 몰아 달아나는데 대포 소리가 뒤에서 일어나더니, 오랑캐 병사 만여 기가 한꺼번에 사방으로 흩어져 산과 들에 가득한데 그 빠르기가 폭풍우 같거늘 일정하게 추격할 곳이 없는지라. 양원수가 이 형상을 보고 징을 쳐 군대를 거두니, 또 대포 소리가 울리매 흩어졌던 오랑캐 병사들이 다시 모여 예전처럼 진을 펼치더라. 선우가 진영 앞에 나와 웃으며,

"양원수가 지략이 있으나 오늘은 쓸모가 없으니, 다만 나의 말 달리는 재주를 구경하라."

그리고 손에 든 쌍검으로 자기 말을 채찍질하니, 그 용맹함이 호랑이 같고 그 빠르기가 번개 같아, 산골짜기를 평지에서보다 쉽게 달리더라. 선우가 말 위에서 춤을 추어 눕기도 하고 일어나기도 하며 좌우로 마음 대로 움직이더니, 또다른 오랑캐 장수가 말을 달려나와 선우를 추격하 듯이 뒤쫓아가더라. 선우도 쫓기는 듯이 두어 바퀴를 달리다가 갑자기 공중제비 하여 몸을 솟구쳐 오랑캐 장수를 안고 떨어지며, 말을 나란히 하여 또 여러 바퀴 달리다가 다시 몸을 공중제비 하여 수십 걸음 밖에 서 달리는 말에 뛰어올라 오랑캐 장수를 추격하더라. 또 오랑캐 장수 두 명이 한꺼번에 말을 타고 달려나와, 말 네 마리가 함께 한 무리를 이루 어 달리면서 말을 바꾸어 타되 폭풍우같이 빠르더라. 이윽고 뭇 오랑캐 가 일제히 말을 몰아 나오되, 혹 말 위에 가로누워 달리며, 혹 말을 채찍 질해 달리면서 앞다투어 몸을 솟구쳐 타며, 혹 공중제비하여 말 다리 사 이에 숨으며, 혹 옆의 말을 가로채 두 말을 타고 달리되, 천만 가지 형상 으로 한바탕 요란하더라. 양원수가 오래도록 바라보다가 홍표요에게 말 하길,

"이는 북쪽 오랑캐의 뛰어난 기술이라. 강한 병사 아닌 자가 없으니, 매우 큰 근심이로다."

홍표요가 웃으며,

"제가 보건대 아이들 장난에 불과할 따름이라. 이를 어디에 쓰리오? 여우를 쫓고 토끼를 잡는 데는 여유작작하겠으나, 적국에 맞서 병법으 로 싸울진대 도리어 흩어지기 쉬울지라. 제게 한 묘책이 있으니 적국의 계교를 알아채 역이용하리이다."

양원수가 크게 기뻐해 계책을 물으니, 홍표요가 몰래 아뢰길,

"제가 일찍이 백운도사를 좇아 진영을 깨뜨리는 한 가지 방법을 배웠 으니, 이름은 굉천포轟天砲라. 땅을 파 열두 방위에 응하여 큰 솥을 묻고, 솥 안에 화약을 가득 채우고, 뚜껑을 덮어 좌우에 구멍을 뚫고, 해자垓字

를 파 그 속에 화약심지를 이어놓고, 십여 걸음마다 그릇에 물을 담아 묻나니, 불기운이 물기운을 얻으면 꺼지지 않고, 또 물기운이 불기운을 이끌 수 있음이라. 다시 백여 걸음 밖에 토굴을 파고 화약심지 끝으로 해자를 둘러 토굴로 통하게 하고, 토굴에 병사 여러 명을 매복시켰다가 기회를 틈타 불을 붙이게 함이라. 비록 이 방법을 쓸 일이 적으나, 오늘 적병이 진영을 비운다면, 제가 즉시 군대를 옮겨 오랑캐 군대가 진을 쳤던 곳에 진을 치고 계책을 행할 것이나, 다만 화약이 풍족해야 이 계책을 행할 수 있나이다."

양원수가 즉시 무기고를 점검하니 탄환 수십 섬과 화약 수천 근이 있더라. 양원수가 크게 기뻐해 동초와 마달을 불러 각자에게 삼천 기를 내려주고 분부하길,

"이리이리하라."

하더라. 양원수가 홍표요와 더불어 또다시 대군을 몰아 오랑캐 진영을 습격하니, 오랑캐 군대가 더는 맞서 싸우지 않고 한꺼번에 사방으로 흩어져 달아나거늘, 양원수가 오랑캐 군대가 진을 쳤던 곳에 진을 치니, 선우가 바라보고 웃으며,

"양원수에게 계책이 없음을 알지라. 양원수가 우리의 진영을 빼앗음은 장차 우리를 멀리 쫓아내어 다시 돌아올 수 없게 하고자 함이니, 내가 마땅히 영채로 들어갔다가 밤을 틈타 몰래 공격하리라."

하고 사방으로 흩어진 오랑캐 병사들을 모아 즉시 영채로 들어가더라. 양원수가 홍표요와 더불어 진영 안의 여러 곳에 굉천포를 묻고 병사들과 약속해 깃발을 뉘어놓고 북소리를 쉬고 진영을 멋대로 떠나, 나태한 군용의 모습을 보이니, 선우가 크게 기뻐하며,

"우리 군대가 매일 맞서 싸우지 않아 명나라 군대가 자연히 방심함이라. 이때를 틈타 북소리 한 번에 그들을 묻어버리리라."

이 밤 삼경에 정예병 삼천 기를 거느리고 두 길로 나누어, 병사는 입

에 나무막대기를 물게 하고 말에게서 방울을 떼어내 명나라 진영에 이르거늘, 양원수가 맞서 싸워 여러 합에 짐짓 패하는 척 달아나더라. 척발랄이 군대를 몰아 쫓으려 하니, 선우가 듣지 아니하고,

"중국 사람의 계교를 헤아리기 어려우니, 내가 마땅히 다시 영채를 베풀고 형세를 보아 도모하리라."

선우가 오랑캐 군대를 지휘해 예전처럼 진영을 이루고 명나라 군대의 움직임을 몰래 살피는데, 이날 한밤중에 갑자기 대포 소리가 땅에서 솟아나오더니, 불덩어리가 진영 안에 흩어져 날고, 또 계속하여 대포 소리가 사면팔방에서 꽝꽝 끊이지 않아, 하늘이 무너지고 땅이 갈라지는 듯하더라. 여기저기 흩어진 불덩어리와 어지러이 떨어지는 탄환이 닿는 곳마다 사람과 말이 차례로 엎어져 흡사 가을바람에 떨어지는 낙엽 같거늘, 오랑캐 병사 칠천 명이 도피할 겨를이 없어 생존자를 헤아려보니 천여 기 뿐이더라. 선우가 허둥지둥 진영을 빠져나가는데 날아온 탄환이 말 머리에 떨어져 말이 거꾸러지거늘, 선우가 즉시 몸을 솟구쳐 오랑캐 병사의 말을 빼앗아 타고 필마단기로 달아나더니, 갑자기 산모퉁이에서 대포 소리가 일어나고 군마 한 무리가 돌연 길을 막고 한 대장이 호되게 꾸짖어,

"명나라 표기장군 동초가 여기서 기다리고 있으니, 선우는 어디로 달아나려는가?"

선우가 싸울 마음이 없어 길을 돌아 달아날 새, 또 왼쪽에서 함성이 일어나는 곳에 군마 한 무리가 길을 막고 한 대장이 호되게 꾸짖더라.

"명나라 전전장군 마달이 여기 있으니, 야율선우는 달아나지 말라."

선우가 어찌할 바 모르는데, 척발랄이 수백 기를 거느리고 이르러 선우를 구하거늘, 동초와 마달이 좌우에서 협공해 한바탕 무찔러 시체가 산처럼 쌓였더라. 선우가 겨우 몸을 빼내어 돌아가 태청진인을 보고 낭패한 사실을 일일이 말하니, 태청진인이 웃으며,

"이는 이른바 굉천포라. 이를 알지 못해 명나라 장수의 술법에 빠지면 전군이 어찌 전멸을 면할 수 있으리이까? 다만 대포를 묻는 방법이 비밀스러워, 방위를 흐트러뜨리면 불이 꺼져 공을 이룰 수 없거늘, 명나라 원수가 어찌 해득했는고?"

선우가 태청진인에게 무릎을 꿇고,

"오늘의 패배도 선생께서 돕지 아니한 때문이라. 명나라 원수의 지략이 이처럼 신통하니, 선생께서 돌아보시지 않는다면 차라리 군대를 거두어 일찍 돌아가 어육魚肉을 면함이 상책일까 하나이다."

태청진인이 웃으며,

"내일은 제가 마땅히 대왕을 좇아 명나라 진영의 움직임을 살펴본 뒤에 힘써 도우리니, 바라건대 대왕께서는 근심하지 마소서."

선우가 크게 기뻐해 이튿날 태청진인과 더불어 대군을 몰아 연소성 아래에 진을 치고 싸움을 돋우더라.

한편 홍표요가 굉천포로 오랑캐 병사들을 묻어 죽이고 나서 선우의 움직임을 기다릴 새, 이때는 새벽 물시계의 물이 다한 때라. 정신이 피곤해 책상에 기대어 조는데, 비몽사몽간에 한 노인이 갈건과 야복野服 차림에 손에 백우선을 들고 길게 읍하거늘, 놀라 바라보니 곧 백운도사라. 홍표요가 기뻐하며 두 번 절하여,

"사부님께서 어디서 오시나이까?"

백운도사가 묵묵히 대답하지 않고 홍표요의 손을 잡고 눈물을 흘리며 경계하여,

"산속에서 세 해 동안의 옛정을 생각할지어다."

하고 갑자기 보이지 않거늘, 홍표요가 서운해 사부님을 부르다가 놀라 깨니 동방이 이미 밝았고 심신이 처량하더라. 양원수를 만나 꿈의 징조를 말하고 깊이 생각하며 기쁘지 않아,

"사부님께서 일찍이 제 꿈에 여러 번 보이셨으되 기쁜 얼굴로 서로

대하더니, 이제 처량하게 눈물 머금은 모습을 뵈오니 분명 길조가 아니라. 오늘은 진영 문을 굳게 닫고 선우와 접전하지 않음이 좋을까 하나이다."

양원수가 웃고 위로하더니, 이윽고 모든 장수가 아뢰길,

"선우가 다시 와서 싸움을 돋우나이다."

양원수가 진영 문을 굳게 닫고 무곡진武曲陣을 펼쳐 고요히 움직이지 않거늘, 동초와 마달 두 장수가 또 아뢰길,

"선우가 여러 차례 오랑캐 병사를 보내어 싸움을 돋우다가 끝내 응하지 않음을 보고 이제 노균을 보내어 싸움을 돋우나이다."

양원수가 듣고는 분연히 일어나,

"내가 마땅히 역적의 머리를 먼저 베고 나서, 무도한 흉노를 없애리라."

그리고 몸소 진영 위에 올라 바라보니, 노균이 오랑캐 병사 십여 기를 거느리고 와서 말고삐를 잡고 외치더라.

"연왕은 내 말을 들으라. 옛글에 이르길 '날아다니는 새가 없어지면 좋은 활을 활집에 넣어두고, 날랜 토끼가 죽으면 사냥개를 삶아 먹는다' 하니, 예로부터 중국은 규모가 좁은 나라인지라 인재를 용납하지 못하거늘, 다만 소년의 날카로운 기운으로 남쪽과 북쪽을 정벌함에 천자의 은총을 탐내어 오자서伍子胥의 머리에 촉루검1)이 떨어지는 것을 알지 못하니, 어찌 한심하지 않으리오? 내가 비록 선견지명이 없으나 전한前漢의 이릉李陵을 본받아 오랑캐 나라의 부귀를 편안히 누리려 하노라. 아아! 그대가 훗날 함양 저잣거리에서 누런 개를 생각하며 탄식하는2) 그

---

1) 촉루검(鐲鏤劍): 중국 춘추시대 오(吳)나라 왕 부차(夫差)가 오자서(伍子胥)에게 자결을 명하며 하사한 검.
2) 함양(咸陽) 저잣거리에서~생각하며 탄식하는: 진(秦)나라 제2대 황제인 이세(二世) 말기에 승상 이사(李斯)가 간신 조고(趙高)의 모함을 받아, 함양 저잣거리에서 가족 모두가 사형에 처해지

러한 때를 만났을 때, 마땅히 오랜 친구의 말이 참된 충고였음을 알게 되리라."

양원수가 크게 노하여 진영 앞에 엄숙히 서서 호되게 꾸짖기를,

"역적 노균아! 네가 흉악한 마음으로 얼굴이 매우 두꺼우나, 하늘의 해가 비추시니 어찌 너의 죄를 네가 모르는가? 너의 조상 노기盧杞는 당나라 때 소인이라. 자자손손 종자種子가 떨어져 전해오다가 너에게 이르니, 군자가 배척하고 나라가 버린 바이거늘, 우리 황제 폐하께서 요·순의 성스러움으로 너를 거두시어 벼슬이 참정에 이르니, 마땅히 마음과 충성을 다해 천자의 은혜를 갚고 명예와 절개를 닦아 더러운 가풍을 씻어야 할 것이거늘, 이제 또 임금을 저버리고 흉노에게 무릎을 꿇어 가풍을 더욱 더럽히니, 이것이 네 첫번째 죄라.

하늘이 사람을 내심에 짐승과 다른 것은 오륜이 있음이라. 군신과 부자는 오륜의 으뜸이거늘, 네가 간사한 말과 이랬다저랬다 하는 태도로 임금을 농락해 수천 리 바닷가에 외로이 버리고 적진에 투항해 창을 거꾸로 하여 핍박하니, 이것이 어찌 차마 할 짓이리오? 이것이 네 두번째 죄라.

네 부모의 무덤이 중국에 있거늘, 네가 이를 돌아보지 않고 오랑캐 땅에서 구차히 살기를 꾀하니, 우거진 잡초와 쓸쓸한 백양나무를 보며 나무꾼과 목동이 서로 손가락질하며 꾸짖어 욕하길, '이것은 역적 노균의 선영先塋이라' 하고 도끼를 들고 나무를 찍으며 소와 양을 풀어놓아 무덤을 짓밟아 없애리니, 한식寒食과 청명淸明에 굶주린 혼령이 슬피 울며 자손을 생각해 의탁할 곳 없음을 슬퍼해 마지않으리니, 네가 어찌 오랑캐 땅에서 부귀를 오래도록 누리겠는가? 이것이 네 세번째 죄라.

---

기 직전에 아들에게 말하길, "내가 너와 함께 다시 누런 개(黃犬)를 데리고 동문(東門) 밖으로 나가 토끼를 사냥하고 싶지만, 어찌 다시 그럴 수 있겠느냐?"고 탄식했던 고사가 전한다.

부귀공명은 가문을 빛나게 하고 자기 자신을 영화롭게 하고자 함이라. 네가 남의 재능을 시기하고 권세를 탐해 옳고 그름에 대한 공론을 억누르니, 중국에서는 소인이라는 지목을 피하기 어렵고, 오랑캐 땅에서는 누가 나라를 배반한 신하를 공경하리오? 아득히 이것을 모르고 양양자득하니, 이것이 네 네번째 죄라.

예로부터 소인이 죄를 지음에, 모르고 죄를 범한 자는 오히려 용서할 수 있거니와 알면서도 일부러 범한 자는 용서할 수 없는 것이라. 네가 일찍이 성인聖人의 글을 읽고 성인의 가르침을 들어 선비의 관을 쓰고 선비의 옷을 입은지라. 어떻게 하면 충신이 되고 어떻게 하면 간신이 되며, 이렇게 하면 나라가 편안하고 저렇게 하면 나라가 위태로운지 분명히 알거늘, 도리어 모르는 척하고 일부러 나라를 그르치니, 이것이 네 다섯번째 죄라.

네가 스스로 폐하를 모시어 예약을 말하는데, 네가 동홍의 생황이 과연 선왕의 음악과 같으며, 갑작스러운 봉선이 과연 선왕의 예법에 합당한 줄 알았는가? 속으로 비웃으며 겉으로 농락하니, 이것이 네 여섯번째 죄라.

의봉정 위에서 음악을 들을 때 간관에게 벌을 주고 대신을 내쫓으니, 나라의 흥망이 경각에 달려 있거늘, 네가 임금을 격동시켜 잘못된 거동을 도우니, 이것이 네 일곱번째 죄라.

동홍은 경박한 자에 불과하거늘, 네가 음흉한 경륜으로 유인하고 충동하였으며, 이를 계기로 조정을 어지럽히니, 이것이 네 여덟번째 죄라.

황성이 함락되자 천자를 속여 태후와 황후의 안위를 아득히 모르시게 하니, 이것이 네 아홉번째 죄라.

계략이 다하매 반역의 뜻을 품고 자원해 출전하니, 이것이 네 열번째 죄라.

목숨을 구하고자 도망해 투항한즉 마땅히 자취를 감추어, 속마음은 즐겁더라도 마땅히 부끄러운 마음이 조금이라도 있어야 하거늘, 흰머리를 휘날리며 선우의 신하가 되어 오랑캐 병사를 거느리고 진영 앞에서 싸움을 돋우니, 어찌 모든 장수와 군졸에게 부끄럽지 않은가? 이것이 네 열한번째 죄라.

사사로운 원한으로 논함이 보잘것없다 하겠으나, 내가 과거에 급제했을 때 네가 탑전에서 내 죄를 논한 것이 과연 공의로운 마음에서 나의 그릇됨을 본 것인가? 재능을 시기하고 은총을 다툰 것에 불과하니, 이것이 네 열두번째 죄라.

유가遊街하는 날에 몰래 잡된 마음을 품고, 네 누이를 나와 결혼시키려 하다가 뜻대로 되지 않으니 마침내 원한을 품고, 동홍은 천한 사람이거늘 다만 벼슬을 탐해 처남·매부의 관계를 맺으니, 이것이 네 열세번째 죄라.

내가 엄한 견책을 당해 운남으로 유배 가니, 만리 험악한 땅에서 살아 돌아올 기약이 없는지라. 이러하면 네 마음이 후련하겠거든 다시 자객을 보내어 그릇된 수단으로 살해하려 하니, 이것이 네 열네번째 죄라.

내가 비록 불충하나 너의 말에 요동하지 않을 것이거늘, 간악한 주둥이로 말을 꾸며 충동하고자 하니, 이것이 네 열다섯번째 죄라.

하늘이 위에 계시고 신명이 곁에 계시니, 무지한 소년이 한 가지 죄를 지어도 벌벌 떨며 그 죽을 곳을 알지 못하거든, 네가 이제 하늘에 닿을 큰 죄 열다섯 가지를 무릅쓰고 장차 어디로 가려는가? 아아! 창곡이 여남의 선비로 자신전에서 대책문對策文을 쓸 때, 네가 이미 대신의 반열에 있어 천자께서 예우하심과 후배들이 우러른 것이 과연 어떠했던가? 그런데 오늘 진영 앞에서 오랑캐 왕의 명령을 받으니 이것이 무슨 면목인가? 빨리 돌아가 선우에게 이렇게 전하라. 벌레 같은 오랑캐가 예법을 멸시하나, 북방에도 하늘과 땅이 있으며, 임금과 신하가 있으며, 부모와 자식이 있으리니, 노균 같은 자는 난신적자亂臣賊子라. 시간을 지체하지 말고 빨리 목을 베어 북방의 풍속을 징계하라 할지어다."

양원수가 꾸짖기를 마치매, 노균이 얼굴이 벌게지고 기운이 꺾여 외마디소리를 지르며 말에서 떨어지거늘, 오랑캐 병사가 구해 본진으로 돌아가니, 반나절 아득히 넋이 나가 있다가 비로소 정신을 차리고 하늘을 가리켜 맹세하길,

"내가 연왕을 죽이지 않으면, 이 세상에 살아 있지 않으리라."

하고 선우와 태청진인에게 아뢰길,

"양창곡이 무례하게 왕과 태청진인을 지푸라기처럼 보더이다. 그 모욕하는 말에 '무도한 오랑캐 추장과 요망한 도사를 한칼에 베어 죽이리라' 하니, 왕께서는 장차 어떻게 설욕하려 하시나이까?"

태청진인이 웃으며,

"좌현왕은 근심하지 마소서. 제가 비록 재능이 없으나 마땅히 양창곡과 더불어 맹세코 우열을 가릴지라."

그리고 몸소 진영 위에 올라, 북을 쳐 방진方陣을 펼치고 중앙 방위에 검은 깃발을 꽂고 몰래 술법을 펴더라. 이때 홍표요가 멀리 바라보고 크게 놀라 양원수에게 아뢰길,

"오랑캐 병사들이 갑자기 깃발을 바꾸어 병법에 자못 부합하니, 이는 분명 가르치는 자가 있음이라. 또 진영 안에 검은 깃발을 꽂으니, 장차 도술을 부려 우리 진영을 겁박하고자 함이로소이다."

동초가 말하길,

"제가 들으니, 노균이 한 도사를 청해 천자께 천거했으니, 그 호는 청운도사라. 도술이 비범해 신선으로 하여금 바닷가 행궁에 강림하게 하고, 신장귀졸로 하여금 백성 가운데 비방하는 자를 일일이 제압하게 하더니, 오늘 반드시 노균을 좇아 선우를 도움이로소이다."

홍표요가 이 말을 듣고 크게 놀라,

"이것이 어찌 도동 청운이 아니리오? 청운의 천성이 요망해 사부님

께서 늘 그 불량함을 근심하시었는데, 오늘 이처럼 장난하니 그 죄가 몹시 큰지라. 어찌 처리하리오?"

갑자기 오랑캐 진영에서 북소리가 크게 울리고, 무수한 오랑캐 병사가 푸른 깃발을 잡고 푸른 옷을 입고 쌍쌍이 나오는데, 손에 각각 호리병을 들어 한꺼번에 공중을 향해 흔드니, 천만 줄기의 푸른 기운이 병에서 나와 공중에 가득하더니, 갑자기 미친바람이 몹시 불매 천만 줄기의 푸른 기운이 창검으로 변해 하늘을 뒤덮어 명나라 진영을 치더라. 홍표요가 한번 웃고 북을 울려 진을 바꾸어 원진圓陣을 펼치고, 진영 안에 붉은 깃발을 꽂고 손에 쌍검을 들어 공중을 가리키니, 서릿발 같은 기운이 칼끝에서 일어나 미친바람과 창검을 몰아 진영 안에 떨어져 하나하나 푸른 나뭇잎으로 변하는지라. 홍표요가 미소하고 모든 장수로 하여금 푸른 나뭇잎을 집어오게 하여 자세히 보니 낱낱이 칼자국이 있더라. 즉시 봉투에 넣어 오랑캐 진영으로 보내니, 이때 태청진인이 도술을 행하려다가 이루어지지 못함을 보고 놀라면서도 의심하여,

"내가 십 년 동안 산속에서 사부님을 좇아 도술을 배웠고 천하에 횡행하여 나를 당할 자가 없었거늘, 오늘은 반드시 곡절이 있음이라."

갑자기 명나라 진영으로부터 오랑캐 진영 앞에 물건이 든 봉투가 떨어지거늘, 집어 보니 곧 무수한 푸른 나뭇잎이요, 칼자국이 낱낱이 있는지라. 태청진인이 크게 놀라 남몰래 생각하되,

'이는 평범한 장수의 행위가 아니라. 우리 사부님께서 분명 명나라 진영에 강림하시어 명나라 천자를 도우심이니, 내가 오늘밤에 마땅히 명나라 진영에 들어가 그 움직임을 살펴보고서 다시 좋은 방책을 생각하리라.'

그리고 선우에게 아뢰길,

"오늘은 천존天尊께서 재계齋戒에 들어가시는 날이라. 이날의 용병用兵은 도가道家에서 꺼리는 바이니, 내일 제가 다시 경륜을 펴리이다."

176

태청진인이 밤에 명나라 진영에 들어가 장차 어찌하리오? 다음 회를
보라.

# 청운도사가 옛 골짜기로 돌아가고 야율선우가 동쪽 성으로 달아나더라

제37회

이 밤 삼경에 태청진인이 한줄기 푸른 기운으로 변해 명나라 진영에 이르니, 홍표요가 촛불을 밝히고 책상에 기대어 홀로 앉아 있다가, 갑자기 맑은 바람이 휘장을 말아올리며 실 같은 푸른 기운이 촛불 아래 들어오거늘, 홍표요가 책상을 치며 호되게 꾸짖기를,

"청운아! 네가 어찌 나를 속이느냐?"

태청진인이 크게 놀라 이에 본모습을 드러내 도동이 되어 홍랑 앞에 나아가 손을 잡고 눈물을 머금더라.

"사형께서 어찌 이곳에 계시나이까? 청운이 사형과 이별한 지 어언 아홉 해라. 밤낮으로 한결같이 사형을 잊지 못하더니, 하늘가 남북에 소식이 아득했거늘, 어찌 오늘 이곳에 계실 줄 알았으리오?"

홍랑이 얼굴빛을 엄정히 하여,

"사부님께서 서천으로 가실 때, 너를 경계하시어 인간 세상에 나아가지 말라 하심은 다름아니라, 너의 천성이 경솔해 다만 잡술을 좋아함 때문이라. 네가 이제 잡술로 천지신명께 죄를 짓고, 사부님의 청정하신 공

덕에 누를 끼치니, 어찌 지난날 형제의 정을 돌아보아 용서하리오? 나에게 부용검 한 쌍이 있으니, 마땅히 네 머리를 베어 사부님께 사죄하리라."

청운이 몸을 일으켜 울며 아뢰길,

"사형아! 청운이 어찌 악업을 저지르고자 하리오? 엎드려 바라건대 분노를 진정시키고 잠깐 청운의 말을 들으소서. 지난날에 사형은 남만왕을 따라 하산하시고 사부님은 서천으로 가시니, 적막한 백운동에서 누구에게 마음을 붙이리오? 청산에 꽃이 지고 향로에 연기가 사라지니, 인생 백년에 무료함을 견디지 못해 잠시 천하를 구경하고자 하여 동쪽으로 부상扶桑을 보고 서쪽으로 약목若木을 찾고 북방을 두루 밟아보다가 중원에 이르니, 모두 꿈에 취한 세계요 가소로운 덧없는 인생이라. 우리 사형같이 출중한 인물과 탁월한 재능을 지닌 자가 없으니, 청운이 진실로 어린 소견으로 한번 도술을 드러내어 인간 세상을 놀라게 하고 돌아가고자 하였는데, 뜻밖에 사형을 이곳에서 우연히 만나니 이 또한 인연이고 운수라. 하늘의 뜻이 아닌 바 없으니, 엎드려 빌건대 사형은 한번 용서하소서."

홍랑은 본디 다정하고 인자한 여자라. 비로소 청운의 손을 잡고 눈물을 머금으며,

"내 평생에 어버이와 형제의 정을 모르고 산속에 의탁해 사부님을 어버이로 여기고 청운을 동기처럼 여겨, 비록 바람 먼지 날리는 세상에서 남과 북으로 헤어짐에 만날 것을 기약하지 못하나, 훗날 서천에서 인연을 다시 이어 즐기고자 하였는데, 네가 어찌 사부님의 가르침을 생각하지 않고 이처럼 세상을 어지럽게 하는가? 내가 어젯밤 꿈에 사부님을 뵈오니, 한마디 말씀도 없이 다만 슬퍼하시며 '산속에서의 옛정을 조금이라도 생각할지어다' 하시니, 이는 너를 나에게 부탁하심이라. 내가 어찌 너를 저버리리오? 너는 마땅히 산속으로 곧바로 돌아가 부지런히 도

를 닦고 망령된 생각을 끊어버려야 공부를 이룰 수 있으리라.”

청운이 웃으며,

“사형께서는 누구를 좇아 여기 오셨나이까?”

홍랑이 웃으며,

“네 사형도 공부를 다 이루지 못하고 잠시 속세의 인연을 맺어 남편을 좇아 왔노라.”

청운이 말하길,

“남편은 누구시니이까?”

홍랑이 미소하며,

“명나라 원수인 연왕이니라.”

청운이 다시 웃으며,

“듣건대 연왕은 지략이 출중해 천하제일이라 하기에, 청운이 한번 재능을 겨루고자 왔나이다. 이제 사형께서 남편으로 섬기시니 그 경륜과 재능이 분명 사형보다 나을지라. 청운이 잠시 뵙고자 하나이다.”

말을 마치매 홍랑이 미처 대답하기 전에, 청운이 바람에 나부끼듯 몸을 일으켜 작은 파리로 변해 날아가 양원수의 군막 안으로 들어가더니, 이윽고 돌아와 감탄하며,

“사형아! 양원수는 비범한 사람이니, 곧 하늘의 문창성군이라. 양원수께서 책상에 기대어 무곡병서를 보시다가, 작은 파리가 날아 책상머리에 앉는 것을 보고 노려보시매 두 눈에 일월의 빛이 비추거늘, 청운이 저절로 두려워 감히 오래 머물지 못하고 돌아왔나이다.”

홍랑이 웃으며,

“네가 외모만 보고 어찌 그 만분의 일이라도 헤아릴 수 있으리오? 사람됨에 있어서 태산같이 높고 큰 강과 바다 같이 깊으며, 문장을 논할진대 이십팔수二十八宿가 가슴속에 벌려 있는 듯하고, 지략을 논할진대 백만 대군이 뱃속에서 진퇴하는 듯하니, 어찌 네 사형이 우러러볼 수 있는 인

물이리오?"

청운이 감탄하고 다시 아뢰길,

"청운이 이제 사형을 위해 선우의 머리를 베어 속죄하리이다."

홍랑이 웃으며,

"이 또한 안 될 일이라. 양원수께서 황제의 명을 받들어 몸소 백만 대군을 거느렸거늘, 어찌 이처럼 구차한 일을 행하리오? 선우를 죽이고자 할진댄, 네 사형의 쌍검으로 족하리니 어찌 네 손을 빌리리오? 다만 자취를 감추어 빨리 돌아가라."

청운이 말하길,

"청운이 이제 돌아가리니, 언제 다시 뵈올 수 있으리이까?"

홍랑이 다시 청운의 손을 잡고서 서운해 눈물을 흘리며,

"네가 이제 도를 깨달으면, 훗날 옥경청도에서 사부님을 함께 모시고 하늘나라의 지극한 즐거움을 영원히 누리리라."

청운이 울며 거듭 돌아보다가 문득 보이지 않거늘, 홍랑이 촛불 아래 홀로 앉아 반나절을 슬퍼하더라. 청운이 오랑캐 진영으로 돌아와 생각하되,

'내가 이제 노균과 선우와 작별하고자 하나, 이 또한 어려우니 차라리 아뢰지 않고 가리라.'

즉시 풀잎을 뜯어 던지며 입으로 진언을 외우니 가짜 청운이 되어 용모와 거동이 터럭만큼도 차이가 없거늘, 청운이 한번 웃고 곧 몸을 솟구쳐 한줄기 맑은 바람이 되어 백운동을 향해 가더라. 홍랑이 양원수에게 와서 청운의 일을 일일이 아뢰니, 양원수가 얼굴빛을 엄정히 하여,

"내가 백운도사를 세속 밖의 드높은 분으로 생각했는데, 어찌 요망한 제자를 문하에 용납하셨는고? 이러한 줄 일찍 알았던들 한칼에 머리를 베어 선우를 호령했으리라."

홍랑이 말하길,

"청운의 천성이 비록 요망하다 하겠으나 술법에 정통하니, 마땅히 다시 그 마음을 바르게 하여 상승上乘의 도를 깨치려니와, 이는 모두 나라의 운수이니 어찌 다만 청운의 죄이리오?"

양원수가 웃으며,

"청운을 위해 지나치게 변명하지 말라."

한편 이튿날 맑은 첫새벽에 선우가 태청진인을 방문하니 장막을 닫고 움직임이 없더라. 선우가 장막을 열고 보니 태청진인이 오뚝하게 홀로 앉아 말도 하지 않고 웃지도 않으니, 선우가 앞으로 나아가 아뢰길,

"선생께서는 밤새 존귀한 몸을 잘 보중하셨나이까?"

태청진인이 또 고요히 대답하지 않거늘, 선우가 또 아뢰길,

"오늘의 싸움에 선생께서 장차 어떻게 지도하고자 하시나이까?"

태청진인이 또 대답하지 않거늘, 선우가 의아해 오랫동안 앉아 있다가 나와 노균에게 말하길,

"진인께서 이러이러함이라."

노균이 한참 생각하다가,

"이는 반드시 까닭이 있음이라."

즉시 장막 안으로 들어와 두 번 절하고 묻기를,

"선생께서 무슨 불편한 기색이 있으시나이까?"

태청진인이 묵묵히 대답하지 않으니, 노균이 반나절 앉아 있다가 다시 아뢰길,

"선생께서 노균을 좇아 이곳에 이르러주셨으니, 마음속에 불편한 일이 있을진대 어찌 충고를 아끼시나이까?"

태청진인이 또 대답하지 않으니, 노균이 그 까닭을 알지 못해 장막 밖으로 나가 선우와 상의하여,

"진인께서 자못 분노한 기색이 있어 끝내 요동하지 않으시니, 나와 함께 들어가 사과함이 좋으리이다."

하니 오랑캐 장수 척발랄이 크게 노하여,

"변변치 못한 도사가 어찌 감히 이처럼 거만하리오? 내가 마땅히 들어가보리라."

칼을 들고 장막 안으로 들어가,

"듣건대 도술이 있는 자는 목을 베어도 요동하지 않는다 하니, 내가 마땅히 시험하리라."

하고 칼을 들어 진인을 베니, 칼소리가 쨍그랑 나매 태청진인은 간 곳이 없고, 다만 한 조각 풀잎이 잘리어 두 조각이 되었더라. 선우가 보고 크게 노하여 좌우를 호령해 노균을 붙잡아 들여 장막 아래 무릎 꿇게 하고 소리 높여 꾸짖기를,

"나라를 배반한 늙은 역적아! 어찌 풀잎으로 나를 속이는가?"

무사를 꾸짖어,

"끌어내어 목을 베라."

하니 노균이 애걸하여,

"이는 도사가 노균을 속임이요, 노균이 왕을 속임이 아니로소이다."

척발랄이 간언하길,

"만약 노균을 죽이면, 이는 항복해 오는 길을 막는 것이니, 잠시 그 죄를 용서하소서."

선우가 한참 생각하다가,

"그러한즉 내게 한 계략이 있는데, 좌현왕이 나를 도와 공로를 세워 속죄하겠는가?"

노균이 응낙하니, 선우가 장막 안으로 노균을 불러 몰래 말하길,

"이제 명나라 원수의 지략을 보니 서로 대적하기 어려운지라. 과인이 듣건대 명나라 천자가 태후에게 효성이 지극하다 하니, 내가 장차 초나라 항우의 계교를 본받아, 높은 도마에 그 아버지를 앉혀놓고[1] 한나라 고조 유방에게 호령한 일을 본받고자 하거늘, 이 계교가 어떠한가?"

노균이 칭찬하여,

"이 계교가 비록 절묘하나, 명나라 태후가 진남성에 있으니 어찌 계교를 행하리이까?"

선우가 웃으며,

"장수에게 속임수가 없다면 쓸모가 없나니, 어찌 가짜 태후를 만들지 못하리오?"

노균이 크게 기뻐하며,

"대왕의 신묘한 계교와 세상에 다시없는 꾀는 평범한 사람이 미칠 바가 아니로소이다."

즉시 태후의 복색과 의장儀仗을 만들어 노균의 처첩과 포로로 사로잡은 여자들을 치장해 한곳에 모아 진영 안에 세우고, 선우가 격서檄書를 지어 화살에 매달아 연소성으로 쏘니 그 격서는 이러하더라.

"내가 이미 진남성을 함락시키고 태후와 비빈을 사로잡아 군중에 이르렀도다. 명나라 천자가 항복하면 즉시 돌려보내려니와, 그렇지 않으면 반드시 후회할 일이 있으리라."

천자가 보시고 대경실색하여 양원수를 불러 보시니, 양원수가 아뢰길,

"이는 흉노의 속임수로소이다. 진남성은 견고한 성인데 어찌 이처럼 쉽게 함락되리이까? 하물며 진왕의 지략과 일지련의 용맹과 윤형문 각로의 충성으로 태후와 황후를 호위하여 분명 조금도 소홀함이 없으리

---

1) 높은 도마에 그 아버지를 앉혀놓고: 한나라 유방이 진(秦)나라를 평정한 뒤 대군을 이끌고 초나라 항우를 공격했으나 패배하여 형양성(滎陽城)에 포위되고, 아버지와 아내도 초나라에 붙잡혔다. 유방은 한신(韓信)의 도움으로 항우와 장기간 대치하게 되었으나, 항우는 군중에 크고 높은 도마를 준비하고 그 위에 유방의 아버지를 앉혀놓고는 유방이 항복하지 않으면 아버지를 삶아 죽이겠다고 협박했다. 이에 유방은 항우에게 "나는 그대와 함께 신하로서 회왕(懷王)의 명을 받고 형제가 되기로 약속했다. 그러니 내 아버지는 곧 그대의 아버지다. 만약 그대의 아버지를 죽인다면, 나에게도 국물 한 그릇을 나누어주기 바란다(分一杯羹)"라고 했다. 결국 항우는 유방의 아버지를 죽이지 못했다.

니, 이는 선우의 음모요 비밀스러운 계책이로소이다. 바라건대 폐하께서는 대군을 독려해 선우의 머리를 베어 대막대기 끝에 매달아 이 수치를 설욕하소서."

천자가 눈물을 흘리며 탄식하여,

"내가 불효해 어머니와 자식이 각기 남북으로 갈라져 적막한 진영 안에 소식이 아득한데, 이러한 흉한 소식을 들으니 간과 쓸개가 끊어지는지라. 그대의 말이 자못 일리가 있으나 어찌 확신하리오?"

몸소 양원수와 좌우 신하를 거느리고 성문에 올라 오랑캐 진영을 바라보시니, 오랑캐 군대가 철통같이 포위한 가운데 중국 여자들이 무수히 모여 앉아 있으니, 곧 사로잡혀온 것을 알겠더라. 그 가운데 옷차림새가 햇빛에 비치매 완연히 궁중의 물색이라. 천자가 낙담한 얼굴빛으로 좌우를 돌아보며 말을 잇지 못하시며 발을 구르고 연왕의 손을 잡으시는데 눈물이 용포를 적시더라.

"나는 이미 종묘사직에 죄를 지은 몸이라. 어찌 천하로써 어머니와 자식의 정을 바꾸리오?"

하시고 성 아래에서의 맹약[2]을 청하고자 하시니, 양원수가 간언하길,

"신이 비록 불충하고 불효하오나, 어찌 조금이라도 의심스러운 일로 폐하의 지극하신 효성을 손상시키리이까? 옛적에 한 고조 유방은 아버님의 위급함을 보면서 조금도 요동하지 않았거늘 이것이 비록 본받을 일은 아니나, 오늘의 이 일은 분명한 간계라. 이미 그 간계를 알고서도 이처럼 마음이 흔들리시면, 도리어 선우에게 얕음과 깊음을 보이는 것

---

2) 성(城) 아래에서의 맹약(盟約): 중국 춘추시대 초나라 무왕(武王)이 호북성(湖北省)의 교(絞)나라를 쳐들어가 성(城) 남문에 진을 치니, 막오(莫敖)라는 벼슬에 있는 굴하(屈瑕)가 계책을 내어 땔나무하는 인부들을 호위병을 딸리지 않은 채 내보냈다. 교나라 군사들이 성문을 열고 인부들을 쫓기에 바쁜 틈을 타, 초나라 군사들이 성을 습격해 큰 승리를 거두었다. 교나라는 굴욕적인 강화(講和)의 맹약을 성 아래에서 맺게 되었다. 『춘추좌씨전春秋左氏傳』 환공(桓公) 13년 기록에 나오는 고사다.

이라. 신이 헤아리는 바가 있어 선우의 흉악한 속마음을 분명히 아나니, 바라건대 폐하께서는 염려하지 마시고 다만 치욕을 설욕할 방책을 도모하소서."

천자가 믿지 않으시고 목소리가 잠길 만큼 흐느끼며,

"한 고조는 뛰어난 임금이나, 내가 『사기』를 볼 때마다 고조의 아버님 일에 이르러서는 책을 덮고 차마 읽지 못한지라. 어버이를 모르는 자가 어찌 조상을 알며, 조상을 모른다면 어찌 종묘사직을 알리오?"

어가御駕를 재촉해 오랑캐 진영으로 가려 하시는데, 갑자기 한 소년 장군이 분연히 반열에서 나아와 아뢰길,

"신이 보건대 오랑캐 진영의 옷차림새가 모두 새로 준비한 것으로, 참으로 태후와 황후를 평소 호위하는 차림새가 아니라. 폐하의 지극한 효성으로 양원수의 말을 따르지 않으실진대, 저에게 잠깐의 시간을 허락해주신다면, 필마단기로 오랑캐 진영에 들어가 진실인지 거짓인지 탐지하리이다. 태후와 황후께서 오랑캐 진영에 계시다면, 신이 힘을 다해 죽음을 무릅쓰고 싸워 본진으로 모시고 돌아올 것이요, 만약 선우의 속임수로 확인된다면, 바라건대 선우의 머리를 베어 오늘 임금과 신하의 망극한 치욕을 깨끗이 설욕하리이다."

천자가 보시니 곧 홍혼탈이라. 천자가 눈물을 머금고 홍혼탈의 손을 잡으시며,

"그대가 비록 충성이 지극하나 한낱 여자에 불과한지라. 어찌 홀로 가리오?"

홍혼탈이 분연히 대답하길,

"신첩이 듣건대 옛글에 이르길 '임금이 치욕을 당하면, 신하는 그 치욕을 씻기 위하여 죽는다' 했으니, 임금이 치욕을 당하면 신하가 그 치욕을 씻기 위하여 죽는 것은 인륜의 떳떳한 일이라. 신첩의 남편 연왕의 태양을 꿰뚫는 듯한 충성은 폐하께서 아시는 바라. 폐하께서 이제 성 아

래에서의 맹약을 결정하시어 어가가 오랑캐 진영으로 향한다면, 연왕의 충성심으로 분명 조금도 살고자 하는 마음이 없으리니, 신첩이 위로 임금의 치욕을 보고, 아래로 남편의 생사가 불명함을 당해, 몸이 위태로운 땅에 들어감을 어찌 사양하리이까? 신첩은 본디 창기일 따름이라. 생사가 지푸라기와 같이 하찮으니, 엎드려 바라건대 폐하께서는 어가를 멈추시고 잠깐의 시각을 허락하는 군령을 내려주소서."

말을 마치매 기색이 열렬하여 바람에 나부끼듯 몸을 일으켜 천자에게 두 번 절하고 물러나와 진영으로 돌아오니, 양원수도 가슴이 막혀 함께 진영으로 돌아와 묻기를,

"그대는 장차 어찌하고자 하는고?"

홍혼탈이 분연히 말하길,

"저의 천성은 상공께서 아시는 바라. 임금과 신하, 남편과 아내 사이에 어찌 다른 말이 있으리오? 다만 상공께서는 대군을 준비해, 위급함을 보시거든 구해주소서."

연왕이 만류할 수 없음을 알고 그 손을 잡으며,

"그대는 수천 기를 거느리고 가라."

홍랑이 웃으며,

"가을 매가 높은 언덕에 내려옴에 그 깃을 더하지 않음이라. 상공께서는 염려하지 마소서."

쌍검을 들고 말에 올라 바람에 나부끼듯 가더라. 이때 선우가 명나라 진영에 격서를 보내고 오랑캐 군대를 지휘해 겹겹이 진을 펼치고 움직임을 관망하는데, 갑자기 한 소년 장군이 필마단기로 오랑캐 진영에 이르러 말을 세우고 외치더라.

"나는 명나라 진영의 장수라. 황제의 명을 받들어 태후와 황후의 안부를 알고자 왔으니 선우에게 아뢰어라."

오랑캐 병사가 창을 들어 막으려 하거늘, 장수가 웃으며,

"두 나라가 진영을 마주하매 이처럼 필마단기로 왕래하는 사신을 막는 것은 법에 어긋나니, 즉시 길을 열어라."

선우가 이 말을 듣고 직접 진영 앞에 나와 바라보니, 장수가 머리에 칠성관을 쓰고 몸에 전포를 입고, 몸이 오 척에 불과하고 가는 허리와 낭랑한 목소리가 용맹이 없는 듯하나, 별 같은 눈에 정기가 우뚝하고 눈썹 사이에 살기가 숙연하더라. 선우가 노균을 돌아보며 묻기를,

"이 장수는 누구인고?"

노균이 몰래 아뢰길,

"이는 지난날 정남부원수 홍혼탈이니, 명나라 진영의 일등 장수요, 양원수가 평소 총애하는 여인이라. 만약 이 장수를 베면, 명나라 천자의 손발을 빼앗고 양원수의 날개를 자르는 것과 같음이라. 양원수가 정대하다 해도 그에게 홍혼탈이 없다면 한때라도 밥맛이 없고 잠자리가 편하지 않아 목숨을 보전하지 못하리이다."

선우가 크게 기뻐해 역사力士 십여 명을 매복시키고 모든 오랑캐 장수가 각각 창검을 잡아 전후좌우로 겹겹이 호위하고 나서 진영 문을 열고 홍혼탈을 인도하니, 홍혼탈이 터럭만큼도 겁내는 마음 없이 좌우를 돌아보지 않고 당당히 달려들어가 태후의 거처를 묻더라. 선우가 웃으며,

"명나라 태후가 어찌 내 군중에 있으리오? 내가 잠시 명나라 천자를 희롱함이거늘, 장군은 속임을 당해 위험한 땅으로 들어왔도다."

홍혼탈이 비웃으며,

"나 또한 선우를 농락함이라. 참으로 황제의 명을 받들어 선우의 머리를 베러 왔으니 어찌 속임을 당했다 하리오?"

선우가 크게 노해 좌우를 돌아보며 한번 외치니, 매복시킨 역사들이 한꺼번에 창을 들고 뛰쳐나오매 전후좌우에 창검이 마麻처럼 빽빽하더라. 홍혼탈이 살짝 미소 지으며 의연히 움직이지 않고 두 손에 든 쌍검을 번개처럼 휘둘러 동쪽과 서쪽을 방비하니, 푸른 기운이 칼끝에서 일

어나며 서늘한 바람이 좌우에서 사람을 엄습하는지라. 오랑캐 장수와 역사들이 힘을 다해 방어하나 쇠와 돌을 찌르는 듯 조금도 상함이 없고 병기만 부러지거늘, 선우가 크게 노해 철기를 동원해 포위하고 일제히 활을 쏘니, 홍혼탈이 한번 웃고 쌍검을 뒤집어 간 곳을 모르는데, 이윽고 진영 안이 요란해 허둥지둥 넘어지더라. 수많은 홍혼탈이 동쪽에서 치고 서쪽에서 나타나며 북쪽에서 번쩍하고 남쪽에서 번쩍해 사방이 모두 홍혼탈이요, 문득 왔다가 문득 사라져 쌍검이 무수하더라. 십만 오랑캐 병사가 눈이 어지럽고 정신이 아득해 사방으로 흩어지거늘, 선우가 크게 놀라,

"이 어찌 평범한 장수이리오? 참으로 괴이하도다. 내가 백만 대군을 거느려 중국에 왔다가, 한 명의 나약한 어린 장수를 대적하지 못하고 패하여 돌아간다면, 무슨 면목으로 북방 사람들을 대하리오? 내가 한번 싸워 우열을 가리리라."

좌우를 호령하여,

"즉시 내 창과 말을 가져오라."

하여 창을 들고 말에 오르니, 원래 선우가 철창 하나를 쓰는데 그 무게가 일천오백 근이라. 창 쓰는 법이 흉악하고 사나워, 한번 던지면 백 걸음 밖의 사람을 찌를 수 있고, 한번 창을 쓰면 수십 명을 찌를 수 있으니, 평소 그 용맹을 믿어 작은 위험을 당해도 조금도 요동하지 않았는데, 이날 홍혼탈의 검술을 보고 분연히 진영 앞으로 나아가 외쳐,

"명나라 장수는 죄 없는 병졸을 죽이지 말고 빨리 우열을 가릴지어다."

홍혼탈이 즉시 쌍검을 거두고 말을 멈추니, 선우가 횃불 같은 눈을 부릅뜨고 우레같이 고함지르며 창을 들어 홍혼탈을 향해 창을 맹렬히 던지거늘 산이 무너지고 땅이 흔들리는 듯하더라. 홍혼탈의 머리 위로 창이 떨어져 삼사 척 거리의 땅에 박히되, 홍혼탈은 간 곳이 없고 쨍그랑 칼

소리만 공중에서 들리더라. 선우가 더욱 크게 노하여 말을 달리며 창을 들어 뒤를 돌아보니, 홍혼탈이 웃고 뒤를 쫓으며 낭랑히 외쳐,

"선우는 달아나지 말고 목을 늘이어 내 칼을 받으라! 천라지망天羅地網에 겹겹이 포위되어 있으니, 어찌 벗어날 수 있으리오?"

선우가 분노의 기운이 하늘을 찔러 창을 던지고 돌아서니, 홍혼탈이 이미 간 곳이 없고 쨍그랑 칼소리가 또 공중에서 들리더라. 선우가 한 번 크게 소리지르며 다시 철창을 드는데, 뒤를 돌아보면 홍혼탈이 뒤에 있고 앞을 바라보면 홍혼탈이 앞에 있어, 왼쪽을 돌아보고 오른쪽을 돌아보매 모두 홍혼탈이더라. 선우가 창을 들고 던질 곳을 몰라, 동쪽으로 던지매 동쪽 홍혼탈이 이미 간 곳이 없고, 서쪽으로 던지매 서쪽 홍혼탈이 또 간 곳이 없고, 다만 흰 눈이 날리고 구름안개가 어둑어둑해, 쨍그랑 칼소리가 사방에 가득하니, 이는 홍혼탈의 검술이 참으로 기기묘묘함이니, 지난날 남만 진영 안에서 소유경을 구하던 검법이라. 선우가 대성통곡하고 창을 말 앞에 던지며,

"내 창법이 일찍이 소홀함이 없더니, 이는 분명 요물이 과인을 희롱함이로다."

말을 마치기도 전에, 공중에서 낭랑히 외쳐,

"선우는 이제 항복하지 않겠는가?"

선우가 홍혼탈의 목소리인 줄 알고 다시 철창을 잡고 외쳐,

"내가 요술에 속은 것이요, 창법이 부족한 게 아니라. 어찌 항복하리오?"

홍혼탈이 크게 웃으며,

"무지한 오랑캐 종자가 도리어 창법을 자랑하니, 내가 칼 쓰는 법으로 대적하리라."

즉시 쌍검을 거두고 외쳐,

"내가 너와 더불어 삼 합을 싸워, 내 칼이 네 머리에 세 번 닿으면 이

는 네가 나를 당하지 못함이요, 네 창이 내 몸에 한 번 닿으면 내가 너를 당하지 못함이라."

약속을 정하고 칼과 창이 서로 부딪쳐 삼 합을 크게 싸우매, 선우의 흉악함은 호랑이가 철망을 박차는 듯하고, 홍혼탈의 신묘함은 봉황이 대나무 열매를 따는 듯하더라. 한 번 나아가고 한 번 물러나다가 삼 합에 이르러 선우가 갑자기 말을 몰아 달아나거늘, 홍혼탈의 칼이 선우의 머리를 이미 서너 번 지나갔더라. 홍혼탈이 말을 달려 추격하려는데, 갑자기 함성이 크게 일어나며 양원수가 대군을 거느리고 급히 몰아오며 외쳐,

"홍장군은 곤궁한 도적을 추격하지 말라."

홍혼탈이 바로 쌍검을 거두고 양원수의 대군과 더불어 한바탕 무찌르니, 죽은 오랑캐 병사가 무수하더라. 십여 리를 추격하다가 회군하니, 천자가 성밖으로 나와 홍혼탈의 손을 잡고 위로하시며,

"그대의 검술을 익히 들어 알고 있으나, 선우의 십만 대군을 어찌 이처럼 격파할 수 있으리오? 이는 충성과 의리가 남보다 뛰어나 생사를 돌아보지 않음이니, 오늘 중원이 오랑캐의 풍속을 면하게 됨은 그대의 공로로다."

홍혼탈이 아뢰길,

"신첩이 용맹이 없어 선우의 머리를 베어 휘하에 바치지 못하니 군령을 피하기 어려울까 하나이다."

천자가 웃으시며,

"오늘의 싸움에서 선우가 목숨을 보전했으나 이미 넋이 나갔으니, 그 공로가 어찌 머리를 베는 것보다 못하리오?"

홍혼탈이 물러나와 양원수를 보고,

"상공께서 어찌 대군을 급히 움직이셨나이까?"

양원수가 웃으며,

"그대의 연약한 기질로 오래 싸우면 분명 피곤할까 염려함이라. 내가 멀리서 바라보니 쌍검이 선우의 머리에 여러 차례 닿았거늘, 그대가 어찌하여 그 머리를 베어 군중에 바치지 않았는고?"

홍혼탈이 탄식하며,

"이는 이른바 천명이 다하지 않음이라. 무릇 검술이 사람을 쉽게 죽인즉 이롭지 않나니, 반드시 그 힘을 다하다가 기회를 보아 베어야 할지라. 상공의 대군이 한 시각 늦었던들, 선우가 거의 칼 아래 놀란 넋이 되었으리이다."

한편 선우가 십여 리를 달아나다가 함성이 비로소 그치거늘 말에서 내려 길가에서 쉬는데, 오랑캐 장수 척발랄과 노균이 차례로 와서 모여 남은 군사를 점검해보니 겨우 육칠천 기에 불과하더라. 선우가 탄식하며,

"내가 담대함을 자부했는데, 홍혼탈의 검술은 간담이 서늘해 다시 방어할 계책이 없으니, 즉시 산동성으로 가서 성지城池를 굳게 지키고 다시 깊이 생각해봄이 좋으리라."

그리고 칠천여 기를 수습해 북쪽으로 향하더라. 이때 양원수가 달아나는 선우를 보고 천자에게 아뢰길,

"적병이 중국을 침략해왔다가 날카로운 기운이 이제 꺾인즉 만회하기 어려우리니, 이 틈을 타 북쪽으로 추격해 급습함이 좋을까 하나이다."

천자가 그 말을 좇아, 동초와 마달을 선봉으로 삼고 양원수와 홍표요를 중군으로 삼고, 천자가 소유경을 거느려 몸소 후군이 되어 대군을 거느려 출발할 새, 양원수가 산동의 모든 고을에 격서를 보내어 군사를 일으켜 맞이하게 하더라.

이때 선우가 군대를 재촉해 산동성으로 갈 때 지나는 곳마다 공격하며 군량미와 무기를 약탈하니, 민심이 더욱 흉흉하고 짐승까지도 피해

를 입지 않음이 없더라. 이윽고 산동성에 이르러 성 위를 바라보니 중국 깃발이 두루 꽂혀 있는데, 한 귀인이 깃발 아래 앉아 호되게 꾸짖어,

"나는 진왕이라. 태후의 명을 받들어 이 성을 지킨 지 오래이니, 쥐 같은 도적은 장차 어디를 가려는가?"

선우가 크게 놀라 허둥지둥하더니, 갑자기 등뒤에서 함성이 크게 일어나매 양원수의 대군이 천자를 호위하고 오는지라. 선우가 노균과 척발랄을 돌아보며,

"천지신명이 나를 돕지 않고 또 산동성마저 잃었는데, 앞에는 진왕이요 뒤에는 연왕이라. 장차 어디로 가리오?"

척발랄이 말하길,

"사태가 이미 위급하니, 급히 북쪽으로 달아나 양원수의 날카로운 칼끝을 피함이 좋을까 하나이다."

선우가 그 말을 좇아 산동성을 버리고 북쪽을 향해 몇 리를 가는데, 갑자기 대포 소리가 울리며 군마 한 무리가 길을 막고 한 장군이 호되게 꾸짖어,

"내가 여기 있은 지 이미 오래되었으니, 선우는 달아나지 말라."

이때 벌써 황혼이 된지라, 선우가 그 장수를 자세히 보더니 한마디 소리질러,

"아아! 내가 어찌 이곳에서 죽을 줄 알았으리오?"

몸이 뒤집히며 말에서 떨어지니, 알지 못하겠도다. 어떠한 까닭이며, 그 장수는 누구인고? 다음 회를 보라.

# 진왕이 몰래 산동성을 빼앗고
# 천자가 몸소 북흉노를 정벌하더라
### 제38회

선우가 명나라 장수를 보고 크게 놀라 말에서 떨어지니, 척발랄이 급히 붙들어,

"왕께서 용맹하신데 어찌 이처럼 놀라시나이까?"

선우가 탄식하며,

"내가 이곳에 와서 다시 저 장수를 만나니 어찌 대적하리오? 이는 홍혼탈이라."

척발랄이 말하길,

"왕께서 다시 보소서. 이는 홍혼탈이 아니로소이다."

원래 이는 일지련이라. 태후의 명으로 진왕을 좇아 산동성을 되찾고 선우가 달아나는 길을 막음이더라. 선우가 당황하는 가운데 일지련의 모습이 홍혼탈과 자못 비슷하고 쌍창을 쌍검으로 안 것이더라. 다시 보고는 분하고 부끄러워 창을 들어 마주해 몇 합을 싸우는데 어찌 일지련을 대적하리오? 일지련이 창을 들어 한 번 찌르니 선우가 부상을 입고 말을 몰아 달아나고, 척발랄도 싸울 뜻이 없어 대군을 거느려 달아나거

늘, 일지련이 군대를 몰아 공격해 또다시 오랑캐 병사 백여 기를 베더라. 이때 천자가 산동성에 이르시니, 진왕이 성문 밖에서 맞이해 대군을 안돈시키더라. 천자가 태후와 황후의 안부를 물으시고 나서 묻기를,

"그대가 어찌 이 성을 지키는가?"

진왕이 말하길,

"오랑캐 군대가 모두 남쪽으로 향하고 산동 이북에는 근심이 없기에, 신이 태후께 아뢰고 일지련을 데리고 먼저 산동성을 공격해 되찾았나이다. 장차 산동 군사를 합해 남쪽으로 향해 폐하를 호위하고자 함이로소이다."

천자가 탄식하며,

"내가 현명하지 못해 그대들을 수고롭게 하니 부끄럽기 그지없도다."

연왕을 돌아보시고 진왕을 가리키며,

"이는 내 매부인 진왕이라. 그대들이 문무의 재능과 나라를 위하는 충성이 똑같고 나이도 비슷하니 서로 인사하는 예를 베풀라."

연왕이 고개를 들어 진왕을 보니, 옥 같은 용모와 발그레한 얼굴에 봄바람 같은 온화한 기운을 띠어 풍류의 번화한 기상이 있고, 빼어난 눈썹과 봉황의 눈에 정기가 서리어, 총명하고 준수한 인물이라 일컬을 만하더라. 진왕이 먼저 몸을 굽혀 예를 베풀며,

"각하의 경륜과 문장을 과거에 급제하셨던 때 이미 들어 알고 있으나, 진국이 멀리 떨어져 있고 성의가 부족해, 조정에 들어오신 지 십 년이 지나도록 미처 인사드리지 못했으니 부끄럽기 그지없나이다."

연왕이 공경해 답례하며,

"창곡은 남방의 보잘것없는 선비라. 천자의 은혜가 망극해 벼슬이 대신의 반열에 있으나, 재능이 둔하고 지식이 얕아 오늘 나라가 이 지경에 이르니, 이곳에서 진왕을 뵙는 것이 어찌 겸연쩍지 않으리오?"

서로 나이를 물으니 동갑이더라.[1] 진왕은 탁월한 풍채를 가진 연왕

을 공경하고, 연왕은 풍류와 재능 많은 진왕을 아껴, 한번 얼굴을 대하매 오래된 친구처럼 친밀하더라. 천자가 연왕에게 말하길,

"일지련은 내 은인이라. 이제 몸소 만나 치하하려 하니 급히 불러 오게 하라."

일지련이 즉시 탑전에 엎드리거늘, 천자가 불러 보시고,

"네가 조정에서 벼슬이 없는 혈혈단신 아녀자의 몸으로, 충성과 의리로써 태후와 황후를 보호하였으니, 오늘 나로 하여금 천하 후세에 불효자의 이름을 면하게 함은 모두 네 공로라. 장차 어찌 갚으리오?"

일지련이 부끄럽고 황공해 감히 대답하지 못하는데, 진왕이 미소하며 아뢰길,

"신이 표기장군 일지련의 나이를 생각해보니, 비록 창을 들고 말을 달려 남자 만 명도 감당하지 못할 기상이 있으나, 창 앞에 매화가 떨어지고 강 언덕에 버들이 시드니, 어찌 은밀한 봄날의 근심이 없으리이까? 폐하께서 월하노인의 붉은 끈으로 중매를 주관하시어 높은 가문의 부귀를 누리게 하시면, 이것 또한 공로에 보답하는 것일까 하나이다."

천자가 크게 웃으시며 눈길을 보내 자주 연왕을 보시더니, 천자가 다시 홍표요를 불러 진왕에게 보이시며 칭찬해 마지않으시더라.

"이는 내가 새로 얻은 장수라. 필마단기로 오랑캐 군대 십만 명을 격파해 종묘사직을 편안하게 한 자이니, 그대는 서로 인사하는 예를 베풀라."

진왕이 눈길을 보내 홍표요를 보고 아뢰길,

"신은 듣건대, 연왕이 남방을 정벌하고 회군할 때 총애하는 여인을 얻었는데 무예가 절륜하다 하거늘, 이분이 그 사람이 아니옵니까?"

---

1) 서로 나이를 물으니 동갑이더라: 7회에서는 진왕 화진(花珍)이 스무 살, 양창곡이 열여섯 살로 되어 있다. 작품 내에서의 이러한 불일치는 작가의 구성상 착오로 보인다.

천자가 미소하며,

"그대가 어찌 당당한 대장부를 아녀자로 보는가? 연왕이 총애하는 여인이 아니라 곧 나의 충신이라. 화장한 여인 가운데 어찌 이러한 인물이 있으리오?"

진왕이 눈길을 보내 거듭 보고 대답하길,

"반악潘岳의 분을 바른 것 같은 얼굴과 장자방張子房의 여자 같은 외모는 옛말에 있거니와, 분명 하늘이 조화造化로 뛰어난 인재를 내어 폐하께 내리심이로소이다."

천자가 미소하시더라. 양원수가 아뢰길,

"오랑캐 군대가 패해 돌아갔으나 아직 국경을 넘어가지 않았고, 태후와 황후께서 밖에 오래 계시니, 폐하께서 진왕을 거느리고 태후와 황후를 모시고 며칠 안에 궁으로 돌아가신즉, 신이 마땅히 대군을 거느려 오랑캐 군대를 평정하고 회군하리이다."

진왕이 아뢰길,

"신의 나라가 오랑캐 땅과 이웃해 있어 근래 움직임을 보건대, 몽고蒙古·토번土蕃·여진女眞이 머리와 꼬리가 서로 응해 임금의 덕화를 알지 못하고 늘 중원을 엿보는 뜻을 갖고 있으니, 이는 나라의 큰 근심이라. 폐하께서 궁으로 돌아가시어 황성을 정돈하신 뒤에 군대를 징발하고 연왕의 대군과 합해 북방 여러 나라를 몸소 정벌하시어 오랑캐 소굴을 소탕하소서."

천자가 허락하시고 진왕을 거느려 진남성으로 향하시니, 양원수가 홍표요·소원수·일지련·동초·마달과 더불어 대군을 거느리고 선우를 쫓아 북쪽으로 향하더라.

한편 태후가 진남성에 계시어 진왕과 일지련을 보내어 산동성을 빼앗게 하시고 천자의 안부를 몰라 날마다 고대하시더니, 하루는 북과 나팔 소리가 하늘을 흔들고 깃발이 하늘을 뒤덮으며 천자가 진왕과 더불어 성밖에 이르시더라. 윤각로가 양태야와 더불어 성안의 군대를 거느려 어가를 맞이할 새, 천자가 일일이 위로하시고 양태야의 손을 잡으시며,

"그대는 공명을 멀리하고 부귀를 사양해 속세의 티끌을 면한 맑고 한가로운 선비인데, 불행히 사리에 어두운 임금을 만나 시서詩書를 던지고 화살과 돌을 무릅쓰며 구름과 학을 이별하고 바람 먼지 속으로 들어오니, 어찌 부끄럽지 않으리오? 하물며 집안이 재앙을 입어 허둥지둥 분주하고 연왕은 출전해 북쪽으로 향했으니, 그대 부자의 나라를 위한 지극한 충성은 역사책에 이름을 드날리려니와, 나의 어리석음은 진실로 그대를 대할 낯이 없도다."

양태야가 황공해 아뢰길,

"신이 재능이 부족하고 정성이 얕아, 한칼에 북쪽 오랑캐를 베는 것으로 망극한 은혜를 우러러 보답하지 못하고, 성안에서 편안히 지내면서 천리 떨어진 위험한 곳에서 폐하께서 홀로 큰 치욕을 겪게 했으니, 신이 죽을 바를 알지 못하겠나이다."

천자가 위로하시고 성안으로 들어가 태후를 뵐 때 흐르는 눈물이 용포를 적시거늘 땅에 엎드려 죄를 청하길,

"제가 불충불효하여 어머님께서 노년에 온갖 진미를 드시는 봉양을 편안히 누리지 못하고 이 고초를 겪으셨으니, 제가 무슨 면목으로 온유한 낯빛을 띠어 평소 뱃속에서부터 가르쳐주신 성스러운 덕을 위로하리이까?"

태후가 허둥지둥 침상에서 내려와 천자의 손을 잡으시고 목소리가 잠길 만큼 흐느끼며,

"이 몸이 죽지 못하고 오래 살아 이 지경을 당해 남북으로 아득하여 다시는 천자의 얼굴을 뵙지 못할까 하더니, 천지신명이 도우시고 종묘사직에 복이 많아, 오늘 멀리 떨어져 있었던 얼굴을 대하니 오늘 죽어도 더는 여한이 없나이다."

천자가 이에 태후를 모시고, 자식이 어버이를 그리는 마음과 어버이가 자식을 그리는 정을 자세히 나누거늘 여느 집안의 어버이와 자식과 다름없더라.

이튿날 천자가 태후를 모시고 비빈과 여러 신하를 거느리고 환궁하실 새, 양태야가 하직 인사를 드리더라.

"신이 전쟁 중에 집안 소식을 알지 못하니 감히 물러나 돌아가길 청하나이다."

천자가 슬퍼하며 허락하시니, 양태야가 다시 윤각로의 고향 별장으로 돌아가더라.

한편 천자가 궁궐로 돌아오시니 궁궐은 예전과 같으나 민간 마을은 텅 비어 인적이 드물고 닭과 개 짖는 소리를 듣기 어렵더라. 우선 방문<sup>榜</sup><sup>文</sup>을 써 붙여 백성들이 돌아오게 하고 노고를 위로하며 성문을 활짝 여니, 흩어졌던 백성들이 점점 구름처럼 모여들어 각각 옛집을 찾아 처자식을 안돈시킬 새, 남녀노소가 성문을 가득 메운 날이 이렇게 십여 일 이어지더라. 진왕이 이에 천자에게 아뢰길,

"오랑캐 군대가 예로부터 난을 일으켰으나, 오늘날처럼 창궐함은 과거에 없던 바요 예전에 듣지 못한 바라. 그 치욕이 종묘사직에 미쳤으니, 폐하께서 몸소 정벌하시어 북쪽 오랑캐로 하여금 감히 다시는 왕의 덕화를 거스르지 못하게 하소서. 이제 황성이 안정되고 민심이 예전과 다름없으니, 마땅히 대군을 징발해 지체하지 마소서."

천자가 말씀하길,

"내가 어찌 한나라 고조가 흉노에게 포위되었던 백등산<sup>白登山</sup>의 치욕을 잊으리오마는, 남은 백성이 이제 겨우 안돈했거늘, 다시 백성을 피로하게 하고 군사를 동원하는 것은 차마 하기 어려운 까닭에 아직 결정하지 못했는데, 이제 그대의 말을 들으니 바른 말이라고 일컬을 만한지라. 그대를 정로제독<sup>征虜提督</sup>으로 삼으니, 군대의 크고 작은 일을 각별히 경계

하여 빨리 행군하라. 내가 장차 몸소 정벌하리라."

진왕이 즉시 각 병영의 병사와 변경의 병사를 징발하니 십만여 기에 이르더라. 천자가 택일하시어 종묘에 아뢰고 사직에 제사지낸 뒤에 군복을 갖춰 입으시고 진왕과 더불어 대군을 거느려 행군하실 새, 깃발이 드날리고 북과 나팔 소리가 요란해, 엄숙한 군령과 정제된 위의는 천지를 진동시키고 일월과 빛을 다투더라. 천자가 대군을 거느려 지나는 곳마다 백성을 위로하며 고초를 자세히 살피시니, 백성들이 놀라고 탄식하며,

"나라가 불행해 오랑캐 군대가 창궐하매, 우리가 전쟁 가운데 죽을 줄 알았는데 이제 다시 천자의 위의를 뵈오니 어찌 기쁘지 않으리오?"

하고 도시락밥과 병에 담은 음료수로 천자의 군대를 맞이하더라. 태원太原 땅에 이르러 다시 산서성山西省 병사를 징발하시니 모두 삼만 기이더라. 천자가 사신을 보내어 연왕에게 조서를 내려 안문雁門 땅에서 기다리라 하시고 마읍馬邑과 삭방朔方을 지나시는데, 곳곳이 전쟁터요 시체가 산처럼 쌓여 울부짖는 여우와 까마귀가 들판에 가득하더라. 지방관을 불러 그 까닭을 물으시니 지방관이 대답하길,

"선우가 이곳에 이르러 구원병을 청해, 양원수와 더불어 사흘 밤낮을 싸워 십만여 오랑캐 병사가 양원수 칼끝에 다 죽고 수백 기만 남아 밤을 타서 달아났나이다."

진왕이 이 말을 듣고 질려[2] 깔린 전쟁터를 배회하며 탄식하길,

"연왕은 참으로 온 세상을 다스릴 만한 인재로다."

안문 땅에 이르니 양원수가 대군을 주둔시키고 천자의 어가를 맞이하거늘, 천자가 두 군대를 합해 몸소 거느리시고 연왕을 우원수로 삼고

---

2) 질려(蒺藜): 나무나 금속으로 제작한 가시가 달린 장애물로, 땅바닥에 깔아놓아 적군의 전진을 막았다. 그 모양이 질려(남가새풀)의 열매와 비슷하므로 그렇게 명명한 것이다.

진왕을 좌원수로 삼고, 홍표요를 우사마로 삼고 소상서를 좌사마로 삼고, 동초와 마달을 좌장군과 우장군으로 삼고, 다시 삭방 위 지역의 병사들을 징발하니 모두 오십만 기이더라. 수레와 말과 군수품이 이백여 리에 이어지고, 깃발과 창검이 해와 달을 가리니, 호탕한 기세와 엄숙한 위용이 고금에 드물더라.

돈황敦煌의 성城을 지나실 새, 갑자기 바람결에 통곡 소리가 은은하여 풍수 효자의 가슴을 치며 슬퍼하는 통곡[3]도 아니요, 기량 아내의 성을 무너뜨리는 통곡[4]도 아니라. 비분강개하고 원통하고 억울해 그 소리가 자못 크거늘, 천자가 어가를 멈추고 지방관을 불러 물으시니, 돈황 태수가 엎드려 아뢰길,

"앞길에 깊은 감옥이 멀지 않은지라. 옥중에 한 죄수가 있어 이처럼 통곡하나이다."

천자가 측은히 여겨 감옥 문에 몸소 나아가 어가를 멈추시고 급히 감옥 문을 부수어 죄인을 이끌어내어 보시니, 과연 한 죄수가 포승에 묶이고 목에 칼이 씌워지고 발에 쇠사슬이 채워지고, 흰 머리카락과 추한 얼굴에 눈물자국이 흥건해 남루한 옷과 원통한 기색이 전혀 사람 형상 같지 않고 온전히 귀신의 형상이더라. 오히려 한 손으로 도끼를 잡고 어가 앞에 엎드려 통곡하니 눈물이 비 오듯 흐르더라. 천자가 놀라고 측은한 생각이 들어 그 성명을 물으시니 죄인이 말하길,

"지난날의 상장군 뇌천풍이로소이다."

---

3) 풍수(風樹) 효자의 ~ 슬퍼하는 통곡: 중국 춘추시대 때 공자가 길을 가는데 고어(皐魚)라는 사람이 길에서 칼을 안고 슬피 울고 있기에 까닭을 물었더니, "나무는 고요하게 있으려 해도 바람이 그치지 않고, 자식이 봉양하고 싶어도 어버이는 기다려주지 않는다(樹欲靜而風不止, 子欲養而親不待)"하고는 서서 울다가 말라 죽었다 한다. 『한시외전韓詩外傳』권9에 나오는 고사다.
4) 기량(杞梁) 아내의 ~ 무너뜨리는 통곡: 중국 춘추시대 제(齊)나라의 대부(大夫)인 기량이 제나라 임금을 따라 거(莒)를 공격하다가 죽었는데, 일가친척 하나 없는 기량의 아내가 남편의 시체 옆에 엎드려 성 아래에서 열흘 동안 서럽게 우니 성이 무너졌다 한다. 기량의 아내는 남편을 장사지내고 나서 치수(淄水)에 몸을 던져 죽었다. 『열녀전』「정순貞順」에 나오는 고사다.

천자가 크게 놀라 좌우를 돌아보시며,

"예로부터 유배 간 사람이 모두 이러한가?"

태수가 황공해 아뢰길,

"전 참지정사 노균이 특별히 황제의 명령이라고 지시해, 이 죄인을 이처럼 뇌옥￣獄에 가두었나이다."

천자가 크게 놀라,

"간신이 권력을 함부로 써 형법을 남용함이 어찌 이 지경에 이르렀으리오?"

하시고 고을의 태수를 베려 하시니, 연왕이 간언하길,

"태수는 지위가 낮은 관리라. 다만 조정의 명령을 따름이니, 바라건대 폐하께서는 그 정황을 살펴주소서."

천자가 즉시 노여움을 거두어 뇌천풍의 포승을 풀어주시고 의관을 내려주어 대청으로 오르라 하시고 탄식하며,

"노장이 이 고초를 당함은 나의 허물이라. 내가 장군을 대할 면목이 없으나, 장군의 죄명이 무겁지 않거늘 어찌 이 지경에 이르렀으리오?"

뇌천풍이 눈물을 거두고 아뢰길,

"신이 나이 일흔에 이 고초를 겪으니, 어찌 다시 하늘에 떠 있는 해를 구경할 줄 알았으리이까? 다만 분하고 원통한 마음에 죽어 악귀가 되어 노균의 머리를 베어 우리 성스러운 천자의 일월같이 밝으신 총명을 깨우치고자 한 까닭에, 이 도끼를 잠시도 놓지 않았나이다. 이제 망극한 천자의 은혜를 입으니, 신이 오늘 죽더라도 더는 여한이 없을까 하나이다."

천자가 위로하시며,

"노균은 나를 배반하고 흉노에 항복했기에, 내가 이제 대군을 거느려 몸소 선우를 정벌하려는데, 장군을 등용하고 싶으나 장군이 이처럼 초췌하니 남은 용맹이 없을지라."

뇌천풍이 눈물을 머금고,

"신이 오랑캐 군대가 대궐을 침범했다는 소식을 듣고 분노를 이기지 못해, 죽음을 무릅쓰고 필마단창으로 황성을 향해 생사를 같이하고자 하나, 그물에 갇힌 호랑이가 어찌 벗어날 수 있으리이까? 다만 밤낮으로 통곡하고 식음을 전폐했거늘, 노균이 본 고을에 명령해 매일 죽 한 그릇으로 남은 명을 겨우 보존하게 하니, 신의 이 형상은 참으로 굶주림 때문이라. 다시 밥 세 말을 배불리 먹는다면, 만 명의 남자가 당하지 못할 뇌천풍의 용맹은 하늘이 내려주신 바라. 어찌 바뀔 수 있으리이까?"

말을 마치매 벽력부를 들어 한 바퀴 휘두르고 좌우를 돌아보며,

"노장의 용맹이 이러할진대, 어찌 흉노와 노균의 머리를 베지 못하리이까?"

천자가 웃으시고 칭찬하시며 술 한 말과 돼지 다리 하나를 내려주시니, 뇌천풍이 도끼로 찍어 순식간에 다 먹더라. 천자가 웃으시며,

"노장이 더 마실 수 있는가?"

뇌천풍이 말하길,

"신이 비록 늙은 몸이나 번쾌의 한 말의 술[5]과 염파 장군의 열 근의 고기[6]를 감히 사양하지 않으리이다."

천자가 미소하시고 좌우에 명해 술과 고기를 더 내리시고, 말 한 필과 갑옷과 활과 화살을 내려주시고, 전부선봉前部先鋒으로 삼으시더라.

연왕이 천자에게 아뢰길,

---

5) 번쾌(樊噲)의 한 말의 술: 전한(前漢)의 개국공신 번쾌는 유방과 함께 초한(楚漢) 전쟁에 참가해 공을 세우고, '홍문(鴻門)의 모임'에서 유방이 항우에게 모살될 위기에 처했을 때 극적으로 유방을 구해냈다. '홍문의 모임'에서 항우가 번쾌의 용맹을 칭찬하며 한 말의 술을 내리니 한 번에 다 마셨다고 한다.

6) 염파(廉頗) 장군의 열 근의 고기: 염파는 중국 전국시대 조(趙)나라 명장으로, 용맹하여 싸움을 잘하기로 제후들 사이에 이름이 나 있었다. 만년에 조나라 왕이 사신을 보내 그가 싸움터에 나아갈 수 있는지 알아보게 했다. 사신은 그가 한 말의 쌀밥과 열 근의 고기를 먹어치운 뒤 갑옷을 입고 말을 타는 것을 보았는데, 그 위풍이 젊었을 때보다 조금도 덜하지 않았다 한다.

"신이 이제 듣사오니, 선우가 하란산賀蘭山에 웅거하고 있다 하니, 하란산은 험준한 높은 산이라. 동쪽으로 몽고퇴蒙古堆를 이웃하고, 남쪽으로 토번吐蕃과 서역西域에 통해 오랑캐 땅의 요충지라. 우리 군대를 이곳에 오래 머물게 하기 어려우니, 급히 농서隴西·노관蘆關·돈황·금성金城 등의 군사를 징발해 하란산을 포위하고 선우를 사로잡음이 좋을까 하나이다."

진왕이 또 아뢰길,

"천자께서 몸소 대군을 거느리시어 이곳에 이르니, 만약 선우를 베지 않는다면 사방의 오랑캐를 어찌 호령하리이까? 엎드려 바라건대 폐하께서는 연왕의 말대로 급히 공격해 기회를 잃지 마소서."

천자가 연왕의 말대로 군사를 소집하시니 모두 수백만여 기이더라. 하란산 아래에 이르러 연왕이 홍사마와 더불어 진을 칠 새, 대군을 삼백육십 무리로 나누어 열두 방위에 매복시키고, 한 방위의 군사를 삼십 무리로 나누어 각각 진을 치되 좌우 날개를 이루어, 펼치면 조익진鳥翼陣이 되고 합하면 어린진魚鱗陣이 되더라. 군중에 다시 약속하길,

"진영 위에서 북을 울리거든 한꺼번에 좌우 날개를 벌려 열두 방위를 이어 머리와 꼬리가 서로 합하게 하고, 진영 위에서 징을 울리거든 좌우 날개를 거두어 각각 자기의 방위를 지키라."

하니 이는 이른바 혼천진混天陣이라. 다시 남은 군사로 하란산 아래의 중앙 방위에 무곡진武曲陣을 펼쳐 천자를 호위하니, 멀리서 바라보매 진영의 형세가 자못 어색하나 실은 철통같이 견고하더라.

한편 선우가 하란산에 올라 명나라 진영을 보고 웃으며,

"아득한 벌판 가운데 군사를 나누어 진을 저처럼 넓고 크게 펼쳤으니 어찌 패하지 않으리오?"

그리고 몰래 몽고 군대를 청해 이날 밤 삼경에 산에서 내려와 명나라 진영을 공격하거늘, 명나라 진영이 자못 방비함이 없더니 갑자기 진영

위에서 북소리가 진동하며 열두 방위 삼백육십 무리의 군사가 한꺼번에 날개를 벌려 다시 조익진을 이루어 머리와 꼬리가 합하니, 오랑캐 군대가 이미 진영 가운데 들어왔는데, 명나라 군대가 겹겹이 포위했더라. 선우가 포위된 것을 깨닫지 못하고 오랑캐 군대를 지휘해 중앙에 있는 천자의 진영을 공격하려 하나, 어찌 쉽게 할 수 있으리오? 마침내 어찌 되려는가? 다음 회를 보라.

# 양원수가 하란산에서 승전을 아뢰고
## 오랑캐 왕들이 선우대에서 천자를 뵙더라
### 제39회

선우가 토번과 몽고의 군대를 합해 밤새도록 천자의 진영을 깨뜨리고자 하나, 이 진법은 천상무곡진天上武曲陣이라. 축융의 도술로도 깨뜨릴 수 없었거든, 선우와 오랑캐 군대가 어찌 침범할 수 있으리오? 창검이 서릿발 같고 수레와 말이 높이 둘러싸고 있으니 도저히 손쓸 곳이 없더라. 이윽고 날이 밝으매 선우가 바야흐로 포위된 것을 알고 크게 놀라, 이에 몽고의 타호군打虎軍 일천 기를 뽑아 겹겹의 포위를 벗어나고자 하니, 타호군은 몽고군 가운데 가장 막강한 군대라. 맨손으로 호랑이를 잡을 수 있는 까닭에 이름을 타호군이라 하더라. 홍사마가 양원수에게 아뢰길,

"몽고는 천하의 강한 군대라. 먼저 날카로운 기운을 꺾어야 선우를 쫓아 사로잡으리니, 진을 변화시켜 팔문진八門陣을 만드소서."

양원수가 그 말을 옳게 여겨 즉시 무곡진을 변화시켜 기정팔문진奇正八門陣을 펼치고 네 문을 활짝 여니, 몽고 군대가 어찌 진법을 알 수 있으리오? 그 허술한 곳을 보고 타호군이 한꺼번에 돌입하는데, 갑자기 문이

닫히며 길이 하나도 없고 전후좌우에 칼과 창이 서릿발 같더라. 대포 소리가 진동하고 동문이 저절로 열리거늘, 그곳으로 쳐들어간즉 문이 다시 닫히고 서문이 열리매, 그곳으로 쳐들어간즉 또 문이 닫히고 북문이 또 열리거늘, 반나절을 출입하되 도무지 갈 곳이 없고 정신이 혼미해 구름안개 속에 싸인 것 같은지라. 크게 놀라 서로 말하길,

"우리가 일찍이 첩첩산중에서 맹호를 쫓아갈 길이 아득하되 조금도 겁이 없더니, 이는 분명 요술이로다."

하고 어찌할 줄 모르는데, 갑자기 진영 위에서 외치더라.

"몽고 군대는 들으라! 이미 천라지망에 들었으니 두 날개가 있더라도 벗어날 수 없으리라. 명나라 천자께서 사람 목숨을 아끼시어 살길을 내어주시니, 빨리 오랑캐 진영으로 돌아가 선우의 머리를 베어 바치라."

말을 마치매 남쪽 문이 열리니, 타호군 일천 기가 일제히 그 문을 나서 겨우 포위를 벗어나더라. 돌아가 선우에게 아뢰길,

"명나라 원수의 지략에 맞서 싸우기 어려우니, 왕께서는 빨리 항복하소서."

말을 마치기도 전에 명나라 진영에서 대포 소리가 울리매, 열 방위에서 포위한 군대가 점점 단합해 사면에서 협공하니, 선우가 노균과 척발랄에게 말하길,

"내가 허술하여 이제 또 곤경에 빠지니 마땅히 평생 힘을 다해 죽음을 무릅쓰고 싸우리라."

창을 들고 오랑캐 군대에 약속하여,

"오로지 힘을 다해 내 뒤를 따르라!"

하고 바로 명나라 군대를 공격하려는데, 갑자기 등뒤에서 한 늙은 장수가 벽력부를 휘두르며 우레같이 큰 소리로 외치더라.

"명나라 선봉장군 뇌천풍이 여기 있거늘, 선우는 장차 어디를 가려는가?"

선우가 크게 노하여 말을 채찍질해 크게 싸운 지 여러 합에, 갑자기 한 오랑캐 장수가 말을 달려 앞을 지나가며 외쳐,

"왕께서는 필부와 더불어 다투지 마소서. 이 뒤에 홍혼탈이 오나이다."

뇌천풍이 돌아보니, 곧 좌현왕 노균이라. 뜻밖에 원수를 만나니 분노가 하늘을 찔러 선우를 버리고 노균을 쫓으며 호되게 꾸짖기를,

"역적 노균아! 내가 도끼를 갈아 네 피를 묻히고자 한 지 오래이니, 네 가슴을 쪼개어 소인의 오장육부를 한번 보리라."

노균이 말하길,

"필부가 어찌 감히 이같이 무례한가?"

뇌천풍이 눈을 부릅뜨고 도끼를 들어 한번 찍으매, 노균이 찍혀 두 조각이 되더라. 아아! 뱃속에 가득한 잡된 생각이 문득 도끼 아래 외로운 혼이 되어 아득한 저승에서도 하소연할 곳이 없으리니, 하늘이 어찌 무심하다 하리오? 뇌천풍이 다시 말을 돌려 선우와 더불어 싸우려는데, 명나라 진영에서 북소리가 요란하고 홍사마가 대군을 몰아 급습하거늘, 선우가 허둥지둥 말을 몰아 서북쪽을 치려 하나 겹겹이 포위되었으니 어찌 벗어날 수 있으리오? 몹시 당황하더니 동초·마달·소유경이 또한 대군을 세 무리로 나누어 공격하니, 선우가 척발랄을 보며 탄식하길,

"일이 이미 급한지라. 내가 뒤를 돌볼 겨를이 없어 마땅히 맨몸으로 도망해 훗날 원수 갚기를 꾀할지니, 장군은 책망하지 말지어다."

척발랄이 간언하길,

"듣건대 '하늘을 거스르는 자는 망하고, 하늘을 따르는 자는 흥한다' 했으니, 우리가 중국을 침범한 것은 명분 없는 전쟁이라. 이제 이렇게 낭패를 당하되, 마침내 항복하지 아니한즉 이는 하늘을 거스름이라. 왕께서는 무익한 계책을 생각하지 마시고 일찍 투항해 백성들의 목숨을 구하소서."

선우가 크게 노해 철창을 들어 척발랄을 찌르려 하니, 척발랄이 피해 달아나거늘, 선우가 크게 소리지르고 철창을 잡아 몸을 솟구쳐 포위를 헤치고 진영 밖으로 나가 곧바로 하란산을 향해 가더라. 이때 척발랄이 하늘을 우러러 탄식하고 명나라 진영에 투항하니, 천자가 잡아들여 호되게 꾸짖으시길,

"네가 하늘의 때를 모르고 선우를 도와 대국에 항거하다가, 이제 무슨 간계로 두 마음을 품어 거짓 항복하는가?"

척발랄이 머리를 조아리고 울며 아뢰길,

"신이 비록 어리석은 오랑캐이나 또한 중국인의 혈통이니, 한漢나라 채태사蔡太師의 딸 채문희[1]의 후예라. 혈통이 면면히 끊어지지 않아 비록 오랑캐 땅에서 태어나 자랐으나, 어찌 중국을 저버릴 수 있으리이까? 신이 일찍이 선우에게 군사를 일으키지 말 것을 간했으나, 선우가 듣지 않고 마침내 군사를 일으켜 하늘에 큰 죄를 지었나이다. 신이 이미 중국을 침범해 의리 없는 사람이 되고, 이제 또 선우를 배반해 불충한 신하가 되었으니, 어찌 감히 하늘과 땅 사이에서 용납되기를 바라리이까?"

천자가 그 말을 들으시고 측은히 여겨,

"네가 진심으로 투항한다면 그 죄를 용서하리라."

척발랄이 하늘을 가리켜 맹세하고 손가락을 깨물어 피를 흘려 항복의 글을 써서 바치니, 천자가 양원수를 돌아보고 웃으시며,

"무릇 사람이 그 근본을 속이기 어렵도다. 척발랄의 말과 기색이 자못 유순해 오랑캐의 기풍이 전혀 없으니, 어찌 기특하지 않으리오?"

---

1) 채문희(蔡文姬): 후한(後漢) 채옹(蔡邕, 132~192)의 딸. 처음 위중도(衛仲道)에게 시집갔으나, 남편이 죽자 친정으로 왔다가 나중에 흉노에 포로로 잡혀가 좌현왕에게 바쳐져 아들 둘을 낳았다. 12년 뒤에 조조(曹操)가 북방을 통일하자, 돈을 주고 그녀를 데려와 동사(董祀)에게 시집보냈다. 문학과 음률에 정통했으며, 「비분시悲憤詩」 2수와, 몸소 겪은 사실을 운문으로 써서 호가(胡笳)로 노래 부른 〈호가십팔박胡笳十八拍〉이 전해진다.

하시고 결박을 풀어주고 휘하에 두시더라. 양원수가 아뢰길,

"선우가 이제 혈혈단신으로 하란산으로 들어갔으니, 이는 그물에 든 물고기요 새장에 갇힌 새라. 대군을 지휘해 중요한 곳을 포위하고 사로잡으면 며칠 안에 성공하리이다."

천자가 허락하시니, 양원수가 열두 방위의 군대를 돌려 하란산 전후좌우 요해처에 매복시키고 대군을 호령해 불로 급히 공격하니, 고함소리에 천지가 뒤집히고 대포 소리에 산천이 진동해 하란산 십여 리에 날짐승과 길짐승의 그림자도 볼 수 없더라. 가운데 봉우리에 이르러 갑자기 광풍이 일어나, 나무가 꺾이고 집이 뽑히며 모래가 날리고 돌이 구르며, 독한 기운과 거센 바람에 모든 장수와 군졸이 눈을 뜰 수 없거늘, 양원수가 크게 놀라 홍사마를 돌아보며,

"분명 귀신의 장난이라. 어찌하면 좋으리오?"

홍사마가 말하길,

"척발랄에게 물으리라."

하고 즉시 불러 물으니, 척발랄이 말하길,

"저 또한 분명히 알지는 못하나, 이 산은 하란산으로, 산속에 흉노 하란왕賀蘭王의 묘당廟堂이 있은 지 오래되었나이다. 팔구 년 전부터 갑자기 요귀 수십 마리가 묘당 안에 머무르는데, 그 가운데 한 요귀는 용모가 빼어나 스스로 소보살이라 하더이다. 야율선우가 한번 보고 크게 반하여 연지閼氏를 죽이고 소보살을 연지로 삼아 그녀의 말을 듣고 계교를 사용하나, 요귀가 끝내 산을 내려오지 않고 묘당에서 온갖 수단으로 선우를 유혹하니, 이것이 북방 재앙의 뿌리라. 선우가 중국으로 향할 때 소보살에게 같이 가길 청하되 한결같이 산속을 떠나지 않았으니, 이는 분명 그 요귀의 짓이로소이다."

양원수가 홍사마를 보며,

"이것이 어찌 홍도국을 어지럽히던 그 요귀가 아니리오? 장군이 그

때 놓아준 데 대한 탄식이 없지 않으리로다."

홍사마가 의아해하며,

"불법佛法이 광대해 겁진劫陣이 있어, 초목과 짐승은 물론 불법을 듣는 자는 한번 겁진을 깨뜨린즉 더는 악업을 짓지 않나이다. 소보살이 백운 동 초당 앞에서 일찍이 불법을 듣고 홍도국 전쟁터에서 겁진을 깨뜨릴 수 있었거든, 어찌 다시 이런 악업을 지을 수 있으리오? 제가 백운도사 께서 내려주신 보리주菩提珠를 아직 갖고 있으니, 마땅히 묘당의 요물을 사로잡아 다시 용서하지 않으리이다."

부용검을 들고 동초·마달·척발랄을 거느리고 하란산 가운데 봉우리 에 이르니, 과연 광풍이 일어나고 괴이한 기운이 사람을 엄습하는지라. 홍사마가 부용검을 휘두르며 공중을 향해 호되게 꾸짖으니, 광풍이 더 욱 크게 일어나 모래와 돌을 날려 지척을 분간하기 어렵더라. 홍사마가 더욱 크게 노해 부용검을 들어 공중을 가리키며 두 번 휘두르고 몰래 진언을 외우니, 광풍이 비로소 그치더라. 요귀 몇 마리가 산 위에서 나 와 각각 무기를 잡거늘, 그 가운데 한 요귀가 오색옷을 입고 분을 바른 얼굴에 붉게 화장을 했으니 틀림없이 소보살이더라. 홍사마가 크게 노 해 몇 합을 싸우다가 쌍검을 들어 공격하니, 소보살이 변해 무수한 소보 살이 되거늘, 홍사마가 크게 노하여,

"요물이 어찌 감히 이처럼 무례한가?"

쌍검을 한번 휘두르니 순식간에 무수한 부용검으로 변해 소보살을 공격하려는데, 갑자기 공중에서 외치길,

"홍장군은 칼을 거두고 수고하지 마소서. 제자가 사부의 명을 받아 요 물을 사로잡으러 왔나이다."

동초·마달과 홍사마가 공중을 우러러보니, 한 여자가 손안에 호리병 을 가지고 공중에서 내려와 홍사마에게 두 번 절하더라.

"장군께서는 헤어진 뒤로 평안하셨나이까?"

홍사마가 눈을 씻고 자세히 보니 곧 소보살이라. 홍사마가 주머니 속에서 보리주를 꺼내 손안에 들고 호되게 꾸짖기를,

"요물이 어찌 감히 농락하는가?"

소보살이 말하길,

"총명하신 장군께서 어찌 진짜와 가짜를 구별하지 못하시나이까? 제자가 마땅히 요물을 사로잡아 장군의 분노를 풀어드리리다."

그리고 여우로 변해 바위 위에 앉아 한번 휘파람을 부니, 한줄기 광풍이 모래와 티끌을 날리며 요귀 수십 마리가 한꺼번에 바위 아래에 모여 머리를 조아리며 죄를 청하더라. 소보살이 말하길,

"업축業畜들은 빨리 본래 모습을 드러내라."

수십 명의 요귀가 일제히 공중제비하여 여우 수십 마리로 변해 다리를 끌고 꼬리를 흔들며 목숨을 살려주길 애걸하니, 소보살이 이에 호리병을 기울이고 호되게 꾸짖기를,

"업축들은 빨리 이 안으로 들어가라."

모든 요귀가 슬피 울며 호리병 안으로 들어가니, 소보살이 바로 호리병을 거두고 홍사마 앞에 이르러 무릎 꿇어 사죄하더라.

"제자가 지난날 홍도국 전투에서 장군의 자비로운 은덕을 입어 망령된 생각을 깨뜨리고 공덕을 닦아 서천으로 돌아가 짐승의 모습을 벗고 영원한 극락을 누리니, 이는 모두 장군의 은덕이라. 어찌 감히 인간 세상에 모습을 드러내어 다시 악업을 지으리오? 이 업축 수십 마리는 지난날 제자의 동료들이라. 제자가 서천으로 갈 때 신신당부해 골짜기를 지키고 장난을 일으키지 말라 했는데, 저들이 도리어 제자의 이름을 빙자해 이곳에서 소란을 일으키니, 이는 제자의 수치라. 제자가 사부의 명을 받들어 붙잡아가니, 장군께서는 큰 공을 이루시어 인간의 공덕을 닦고서 서천으로 돌아오시면 반드시 다시 뵐까 하나이다."

하고는 간 곳이 없거늘, 동초와 마달은 당황해 서 있고 홍사마는 미소

212

하더라. 홍사마가 대군을 독려해 하란산을 포위하고 급히 공격하는데, 양원수가 크게 노하여,

"한낱 곤궁한 도적이 산속에 있거늘, 백만 대군이 그 머리를 취하지 못하니, 이는 군령이 엄하지 못함이라."

진왕과 더불어 모든 군대를 거느리고 산 아래에 이르러 북을 치며 싸움을 돋울 새, 대군이 일제히 고함지르며 나무를 베고 돌을 굴려, 화살과 창검은 폭풍우 같고 북과 나팔과 고함 소리는 벼락 같아, 엄숙하고 웅장한 형상이 하란산을 뽑을 듯하더라.

이때 선우가 계교도 기력도 다해 분격한 기운과 흉악한 용맹도 쓸 곳이 없어, 손에 철창을 들고 고함지르며 호랑이처럼 뛰어올라 외치더라.

"내 용맹과 힘이 부족함이 아니라. 하늘이 돕지 않으심이니, 바라건대 명나라 원수와 한번 싸워 승부를 가리고자 하노라."

뇌천풍이 호되게 꾸짖어,

"원수께서 어찌 오랑캐와 싸우리오? 늙고 병든 이 몸의 도끼를 받으라."

곧바로 선우에게 달려드니, 선우가 크게 노해 철창을 들어 던지거늘, 뇌천풍이 선우의 창법을 모르고 도끼를 휘둘러 막으려다가, 일천 근 무게의 철창이 화살같이 날아와 도낏자루를 부러뜨리고 말 머리를 쳐 땅에 엎어지니, 뇌천풍이 몸이 뒤집혀 말에서 떨어지더라. 선우가 몸을 솟구쳐 달려들어 주먹으로 서로 싸우니, 선우의 흉악함은 배고픈 호랑이가 고기를 다투는 듯하고 뇌천풍의 용맹함은 사자가 코끼리를 쫓는 듯하여, 한번 나아가고 한번 물러나매 분노가 하늘을 찌를 듯하여, 한바탕 사나운 싸움에 서로 우열을 가리기 어렵더라. 이때 연왕이 진왕과 모든 장수와 더불어 진영 위에서 바라보다가 말하길,

"뇌천풍이 맞서 싸우기 힘들어하거든, 급히 가서 구해야 하리라."

홍사마가 일지련을 보며,

"장군은 젊은 사람이라 분명 눈이 밝으리니, 이 두 사람이 싸우는 모습이 보이는가? 뇌천풍 장군은 늙은지라 손에 남은 힘이 없어 선우를 자주 놓치고, 선우는 흉악해 뇌장군을 잡으면 놓지 않거늘, 내가 마땅히 선우의 손을 쏘아 뇌장군을 도우리라."

진왕이 크게 놀라 만류하며,

"내가 비록 홍장군의 활솜씨를 모르나, 바야흐로 이제 이처럼 뒤얽혀 싸워 손 네 개가 어지러이 뒤섞인 터에, 어찌 정확한 곳을 쏠 수 있으리오? 만약 잘못 맞추면 어찌 낭패가 아니리오?"

홍사마가 미소하고 몰래 허리에 찬 화살을 빼어 옥 같은 손을 한번 퉁기니, 화살이 유성처럼 날아가 선우의 손을 바로 맞히니, 선우가 크게 놀라 왼손으로 오른손의 화살을 빼려는데, 홍사마가 다시 활을 당겨 활시위 소리 나는 곳에 또 선우의 손을 맞히더라. 진왕과 모든 장수가 칭찬해 마지않고, 선우는 분노가 하늘을 찌를 듯해 생사를 돌아보지 않거늘, 뇌천풍이 이때를 틈타 도끼를 들어 선우의 머리를 치니, 선우가 철창을 들려 하나 이미 손이 부상당한지라. 비명을 지르고 땅에 엎어지니, 양원수가 대군을 습격해 선우의 머리를 베고 돌아와 천자께 아뢰더라. 천자가 이에 붉은 전포와 금빛 갑옷에 대우전을 차고 선우대單于臺에 오르시어, 선우의 머리를 선우대 위에 매달고서 북방 모든 나라에 조서를 내리시니 그 내용은 이러하더라.

"아아! 흉노·토번·몽고·여진의 왕들이여! 그대들이 하늘의 때를 알지 못하고 대국을 업신여기거늘, 내가 아직 백만 대군이 있어 곰과 같고 비휴貔貅와 같은지라. 천자의 군대가 지나는 곳마다 진동하지 않음이 없어, 흙이 무너지고 기와가 깨지며 우레가 사납고 바람이 휘날리도다. 야율선우의 머리를 베어 선우대 위에 매달았으니, 아아! 모든 왕 가운데 두 마음을 두어 천자의 군대에 항거할 자 있거든 군대를 이끌어 출전해 승부를 겨루고, 그렇지 아니한즉 서로 이끌어 입조入朝하라. 찾아오는 자는 죄를 사면해 오랑캐 왕의 부귀를 누릴 것이요, 항거하는 자는 천자의 군대를 몰아 토벌해 선우와 같은 죄로 다스리리라."

천자가 조서를 내리시니, 토번 등 세 나라가 몹시 두려워해 머리를 조아리고 죄를 청하되, 몽고 왕이 홀로 병들었다 핑계하고 오지 않거늘, 진왕이 반열에서 나아와 아뢰길,

"몽고는 북방에서 가장 강한 적이라. 이처럼 무례한데 지금 그대로 둔즉 사방의 오랑캐를 어찌 호령할 수 있으리이까? 엎드려 바라건대 폐하께서 신에게 정예병 일만 기를 내려주시면, 마땅히 몽고퇴蒙古堆를 깨뜨리고 북해北海까지 이르러 오랑캐 소굴을 소탕하고 돌아오리이다."

연왕이 아뢰길,

"진왕의 말씀이 당연하나, 하늘 아래 왕의 땅 아닌 곳이 없으며, 땅 위의 그 누구도 왕의 신하 아닌 사람이 없는지라. 북방 백성도 폐하의 백성이거늘, 연달아 전쟁을 일으켜 그들이 어육이 되는 것을 돌아보지 않으신다면, 온 세상에 죄인을 특별히 살려주시는 제왕의 덕에 어찌 흠이 되지 않으리이까? 또 몽고 왕이 선우의 이웃나라로서 일찍이 군대를 빌려주어 명나라에 죄를 지었으니, 이제 엄한 조서를 받고도 어찌 겁이 없으리이까? 옛적의 어진 임금은 덕으로 어루만지고 군대로 토벌하지 않으셨으니, 봄이 만물을 살리고 가을이 만물을 죽이듯 때에 따라 사랑하기도 하고 벌을 주기도 하며, 한 번 당기고 한 번 늦추는 것이 먼 지역을 교화하는 도리인지라. 이미 위엄으로 선우를 베셨으니 마땅히 은덕으로 몽고를 감화시켜 은덕과 위엄을 아울러 행하는 것이 좋으리이다. 엎드려 바라건대 폐하께서는 다시 몽고 왕에게 조서를 내리어 그 죄를 용서하고 달래시되, 만약 한결같이 항거하거든 군대로 토벌하심이 늦지 않을까 하나이다."

천자가 연왕의 말을 좇아 즉시 조서를 내려 부르시니, 몽고 왕이 이에 부하 수천 기를 거느리고 진영 앞에 이르러 인수印綬를 목에 매고 항복

하는 예로써 죄를 청하거늘, 천자가 위의를 베풀고 몽고 왕을 군막 아래에 무릎 꿇린 뒤 양원수가 천자의 명으로 죄를 논하길,

"네가 북방에 있어 중국이 부족함 없이 예로써 대우했거늘, 무단히 군대를 빌려주어 선우를 도와 천하를 소란스럽게 하니, 이것이 첫번째 죄라. 천자께서 죄인을 특별히 살려주시는 덕으로 대군을 더 보내지 않고 은혜와 위엄으로 부르시거늘, 감히 병을 핑계하고 입조하지 않으니, 이것이 두번째 죄라. 야율선우를 베던 칼이 아직 무디지 않거늘, 네가 장차 어찌 죄를 피하려는가?"

양원수가 죄를 논하기를 마치매, 몽고 왕이 세 번 절하고 머리를 조아리며 사죄하길,

"신 몽고 왕은 북방의 오랑캐 추장이라. 어찌 감히 대국에 항거하리이까? 다만 이웃나라의 의리를 괄시할 수 없고, 선우의 기세를 겁내어 부득이 군대를 빌려주었으니, 어찌 그 죄를 모르리이까? 공손히 도끼로 죽임당할 것을 기다리는데, 뜻밖의 조서로 따뜻한 말로 불러주시니, 처음에는 의심과 두려움을 품어 감히 입조하지 못했으나, 이제 다시 은혜로운 조서를 내려 진심으로 불러주시니, 신이 비록 오랑캐이나 어찌 감동하지 않으리이까? 큰 죄를 용서하시어 북방을 진정시키라 명하신다면, 신이 마땅히 대대로 전해 다시는 감히 두 마음을 품지 않으리이다."

연왕이 다시 천자의 명으로 몽고 왕의 죄를 용서하고, 본인의 처소로 물러나 명을 기다리라 하더라. 이때 천자가 친히 정벌하러 나아가 선우의 목을 베시고, 몽고·토번·여진 세 나라가 입조하니, 북방의 작은 오랑캐들이 모두 두려워해 밤을 새우며 찾아와 입조하는 나라가 무수하니, 그 가운데 이름이 알려진 나라는 대붕국大鵬國·적경국赤境國·대유국大猶國·구사국俱沙國·섭리국攝理國·광야국廣野國이더라. 십여 나라가 각기 소·양·낙타 따위를 갖고 입조하니, 천자가 다시 군복을 갖추고 선우대에 올라 군례로써 모든 왕을 만나실 새, 구름 같은 군막은 하늘에 닿고, 깃발과 창

은 해를 가리고, 의장과 문물은 어탑을 호위하고, 백모와 황월은 좌우에 벌려 있더라.

　높은 코와 반듯한 이마에 뛰어난 자태로 엄숙하게 앉아 있는 이는 곧 명나라 천자라. 옥 같은 얼굴과 발그레한 기운에 기상이 준수하고 풍채가 빼어나, 구름 사이의 밝은 달이 광채를 드러내며 넓은 바다의 신룡이 구름과 비를 일으키는 듯, 한번 노하매 눈서리가 공중에 가득하고, 한 번 웃으매 봄바람이 사람을 움직여, 손에 깃발을 들고 산악같이 씩씩하게 앉아 천자의 오른쪽에 모셔 앉은 이는 우원수 연왕이라. 옥 같은 용모가 당당하고 풍채가 번화해, 상서로운 기운으로 천자의 왼쪽에 모셔 앉은 이는 좌원수 진왕이라. 고운 눈썹에 빼어난 기운을 띠었으며, 복사꽃 같은 두 뺨에 봄빛이 서리고, 눈은 새벽별 같아 자못 아름답고 사뭇 맹렬하며, 칠성관과 도포 차림에 쌍검을 차고 자연스럽게 서 있는 이는 난성후 홍혼탈이라. 흰 치아와 붉은 입술에 어여쁜 고개를 숙이고 수줍은 태도와 당돌한 기색으로 손에 쌍창을 잡고 서 있는 이는 표기장군 일지련이라. 용모가 맑고 빼어나며 풍모가 온화해 방천극을 들고 엄숙하게 서 있는 이는 좌사마 병부상서 소유경이라. 팔 척의 큰 키에 용모와 체격이 늠름하고, 세상 풍파를 겪은 흰머리에 날로 더욱 건장해 호랑이같이 도끼를 들고 서 있는 이는 전부선봉前部先鋒 뇌천풍이요, 위풍이 당당하고 행동이 용맹해 창검을 잡고 좌우에 서 있는 이는 전전좌장군殿前左將軍 동초와 전전우장군 마달이라. 나머지 모든 장수가 각각 활과 화살을 차고 군복을 갖춰 입고서 좌우로 나뉘어 차례로 서 있으니, 황금 갑옷과 투구는 햇빛에 비치어 눈이 부시고, 온갖 깃발은 바람에 휘날려 상서로운 기운이 영롱하더라.

　양원수가 북을 치며 깃발을 휘둘러 진을 바꾸어 오방진五方陣을 이루니, 남주작南朱雀 붉은 깃발은 남방 군사를 거느려 정남방에 진을 치고, 북현무北玄武 검은 깃발은 북방 군사를 거느려 정북방에 진을 치고, 좌청

룡左靑龍 푸른 깃발은 산동 군사를 거느려 정동방에 진을 치고, 우백호右白 虎 흰 깃발은 산서 군사를 거느려 정서방에 진을 치고, 중앙의 누런 깃발 은 황성 군사를 거느려 천자를 호위하더라. 진 앞에 황룡기를 세우고 선 우의 머리를 깃발 위에 매달았으니 군령이 엄숙하고 위의가 정연해, 가 까운 진영 문이 바다처럼 깊고 멀더라. 이윽고 대포 소리가 울리매, 진 영 문을 활짝 열고 십여 나라의 오랑캐 왕을 차례로 불러들일 새, 그 들 어오는 모습이 어떠한가? 다음 회를 보라.

|원문|

# 옥루몽 3

# 說禮樂盧均誤國 激忠憤燕王上疏
## 第二十六回

却說. 天子ㅣ 聞叅政盧均之言ᄒᆞ시고 心中不悅이러시니 翌日罷朝에
從容引見燕王而問曰

"朕聞近日朝廷에 有淸濁黨論이라 ᄒᆞ니 是何言也오?"

燕王이 奏曰

"洪範에 云 '王道蕩蕩ᄒᆞ야 無偏無黨이라.'[1] ᄒᆞ니 黨論은 人主之所不可
論者也ㅣ라. 臣雖不忠이오ᄂ 何可作朋黨爭權乎잇가? 此不過私論之相成
而指稱이오니 願陛下ᄂᆞᆫ 但務善者則登而用之ᄒᆞ시고 不忠者則斥而遠之
ᄒᆞ샤 勿更留念於分析是非ᄒᆞ소셔."

上이 欣然而笑ᄒᆞ샤 執燕王之手曰

"朕이 已知卿之忠心ᄒᆞ노니 何疑卿之有黨論이리오마ᄂᆞᆫ 偶聞一種峻激
之論이 以朕寵愛之臣으로 指稱一邊濁黨이라 ᄒᆞ니 此豈美言哉리오?"

---

1) 왕도탕탕(王道蕩蕩), 무편무당(無偏無黨): '왕도는 평탄해 치우치지 않고 당을 짓지 않는다.'
『서경』「주서周書」「홍범洪範」에 나오는 구절.

燕王이 俯伏奏日

"此言之至於陛下ᄂ 非國家之福이라. 激動君父ᄒ야 欲助黨論者之事이
오니 伏願陛下ᄂ 遠斥其人ᄒ소셔."

上이 有憮然之色이러시니 復日

"朕知卿心ᄒ고 卿知朕心ᄒ니 從今以後로ᄂ 君臣之間에 相無間隔ᄒ
라."

燕王이 頓首而還府ᄒ야 尙有憂色이어ᄂ 鷺城이 從容問日

"相公이 連日煩惱ᄒ시니 敢問朝廷에 有何事故乎잇가?"

燕王이 歎日

"昨日皇上이 問朝廷黨論ᄒ시고 因命君臣之間에 勿爲間隔ᄒ라 ᄒ시
니 更無所奏ㅣᄂ 此必讒說이 盛行ᄒ야 以忌我位高權重也ㅣ라. 是豈爲
人臣者之所忍聞이리오? 我若承順天意ᄒ야 不盡忠言則此ᄂ 負君父也오
若直言極諫ᄒ야 不隱所懷則此ᄂ 反助讒者之藉口ᄒ야 起事於不測之中
ᄒ리니 今日處地가 可謂進退維谷이오. 且以董弘之慧黠과 盧均之姦慝으
로 爲濁亂朝廷之本而有餘ᄒ니 我在大臣之列ᄒ야 異於言官이라 隱密之
事를 遽難輕言이오 自然心中煩惱로라."

鷺城日

"朝廷大事를 固非兒女子之所言이오ᄂ 現今相公은 位望이 俱尊ᄒ시니
正爲恭謙自退之時ㅣ라. 伏望컨디 言論風采를 十分韜晦ᄒ소셔."

燕王이 頷可之ᄒ더라.

且說. 天子ㅣ 聰明睿知ᄒ샤 萬機之暇에 猶有閑隙이라 每罷講筵之後
에 與侍講諸臣으로 聽董弘之琴에 盧均이 亦侍立이라 天顔이 大悅ᄒ샤
謂盧均日

"古之聖王은 萬機之暇에 何以消遣고?"

盧均이 對日

"萬機浩煩ᄒ야 以心應接ᄒᄂ니 以心性工夫로 消遣이니이다."

上曰

"何謂心性고?"

對曰

"以四海之廣과 萬民之衆으로 其疾苦休戚이 懸於人君ᄒ니 人君이 如欲以耳目으로 察之ᄒ고 手足으로 拯之則雖堯舜之聖과 湯武之仁으로도 不可行也라. 是故로 古語에 云 '諸侯ᄂᆫ 皇皇ᄒ며 天子ᄂᆫ 穆穆이라.'[2] ᄒ고 又曰 '不聾不癡이면 無以爲之家長이라.'[3] ᄒ니 雖爲一家之長이라도 苟察細務則猶爲不可어던 況乎天子ᄂᆫ 以渺然之身으로 臨於萬民ᄒ샤 以心運化ᄒ시니 夫心者ᄂᆫ 恒爲活潑而無滯鬱之氣然後에야 應接百務ᄒ고 總察萬機故로 古之聖王은 先正其心ᄒ야 以活潑其性이니이다."

上이 又問曰

"朕이 以否德으로 處於寶位ᄒ야 雖在錦衣玉食之中ᄒ야 聽此音樂이ᄂᆫ 每念赤子蒼生之飢寒則心甚瞿然ᄒ야 不知其樂ᄒ노니 何如則好也오?"

均이 對曰

"古今이 相異ᄒ고 風俗이 隨變ᄒ야 土階三等에 茅茨不剪之殿이 變而爲高臺廣室과 九重宮闕이라도 猶嫌其不足ᄒ고 搆木爲巢ᄒ고 食木實ᄒ

---

2) 제후황황(諸侯皇皇), 천자목목(天子穆穆): '제후는 단정하고 천자는 엄숙하다.' 『예기』「곡례하曲禮 下」에 "천자는 엄숙하고 제후는 단정하다(天子穆穆, 諸侯皇皇)"라 했고, 『시경』「대아大雅」「생민지집生民之什」「가락假樂」에 "엄숙하고 단정하니, 임금답고 제후답도다(穆穆皇皇, 宜君宜生)"라 했다.
3) 불롱불치(不聾不癡), 무이위가장(無以爲之家長): '귀머거리가 아니고 바보가 아니면, 집안 가장 노릇 하기 어렵다.' 당나라의 곽자의(郭子儀, 697~781)는 안록산의 난을 평정했고, 대종(代宗) 때 티베트(吐蕃)의 공격을 무찔러 당나라를 구했다. 대종은 그 공을 치하해 딸 승평공주(昇平公主)를 곽자의의 아들 곽애(郭曖)와 결혼시켰다. 그런데 부부싸움이 잦던 어느 날, 화가 난 곽애가 승평공주에게 "네가 네 아버지가 천자라고 기대는 것이냐? 내 아버지는 천자 자리가 하찮아서 하지 않는 것이다"라고 소리쳤다. 승평공주가 아버지 대종에게 이를 일러바치니, 대종은 네 남편의 말이 옳다고 하며 타일러 보냈다. 나중에 곽자의가 이를 전해듣고 대종에게 죄를 청하자, 대종은 "속담에 '바보가 아니고 귀머거리가 아니면, 집안 가장 노릇 하기 어렵다(鄙諺有之, 不癡不聾, 不爲家翁)' 하니, 아녀자가 규방에서 한 말을 어찌 들으리오?" 했다. 『자치통감資治通鑑』 권224에 나오는 이야기다.

야 熙熙皥皥之民이 變之以禮樂刑政과 衣冠文物로 治之ᄒᆞ나 猶且難化ᄒᆞ니 凡治天下之道ㅣ 不在多端이라. 臣은 聞之호니 '勞力者ᄂᆞᆫ 功小ᄒᆞ며 勞心者ᄂᆞᆫ 功大ᄒᆞ고 以德治之ᄂᆞᆫ 易ᄒᆞ고 以法治之ᄂᆞᆫ 難이라.'ᄒᆞ오니 伏願陛下ᄂᆞᆫ 修德而召天地和氣ᄒᆞ시고 廣大其心ᄒᆞ샤 使無壅滯ᄒᆞ소셔."

上이 曰

"然則廣心召和之道ᄂᆞᆫ 何也오?"

均曰

"古昔聖王이 制禮作樂ᄒᆞ샤 以治天下ᄒᆞ시니 禮云者ᄂᆞᆫ 則地ᄒᆞ고 樂云者ᄂᆞᆫ 則天ᄒᆞ야 敎化萬民이니 其感應이 甚速ᄒᆞ야 如影之隨形ᄒᆞ며 如響之應聲이러니 粤自漢唐以後로 禮壞樂崩ᄒᆞ야 不致敎化ᄒᆞ고 但以法令刑政으로 論治道ᄒᆞ니 此ᄂᆞᆫ 不以堯舜之道로 贊襄其君ᄒᆞ고 反以五覇之術로 欺罔其君이니이다. 燕王楊昌曲이 登科之初에 亦稱覇術故로 老臣이 曾有所論駁이오ᄂᆞ 此皆後世之爲人臣者ㅣ 侮慢其君ᄒᆞ야 不期以唐虞三代ᄒᆞ고 惟望齊桓晉文之事業이라. 陛下ㅣ 卽位以來로 睿德이 彰聞ᄒᆞ시며 神聖文武ᄒᆞ샤 今日에 幸無邊方之事ᄒᆞ고 百姓이 安樂ᄒᆞ니 老者ᄂᆞᆫ 含哺鼓腹ᄒᆞ야 唱擊壤之歌ᄒᆞ고 少者ᄂᆞᆫ 手舞足蹈ᄒᆞ야 和康衢之謠ㅣ라. 陛下ᄂᆞᆫ 獨處深宮ᄒᆞ샤 以有限之精神으로 無限用之ᄒᆞ시니 左右諸臣은 但言其難ᄒᆞ고 爲法令節次之所拘ᄒᆞ야 不能廣大心性ᄒᆞ시니 和氣를 豈可召哉잇가? 臣은 以爲乘此時而興禮作樂ᄒᆞ샤 上則天地ᄒᆞ고 下應人心ᄒᆞ야 以頌泰平之治則自然召致和氣ᄒᆞ야 祥瑞福祿이 日益昌盛ᄒᆞ야 國祚ᄂᆞᆫ 不期緜遠而自緜遠ᄒᆞ고 叔季[4]에 復見堯舜三代之治矣리이다."

嗟乎ㅣ라! 小人之說君이 必甘其言辭ᄒᆞ고 察色承意ᄒᆞᄂᆞ니 此時天子春秋鼎盛ᄒᆞ샤 有好樂之癖ᄒᆞ시니 均이 已窺知其幾ᄒᆞ고 故稱泰平而言禮樂

---

4) 숙계(叔季): 말세(末世). 숙(叔)과 계(季)는 끝(末)이라는 뜻이다. 쇠란(衰亂)한 세상을 숙세(叔世)라 하고, 망하게 된 세상을 계세(季世)라 한다.

호니 豈不嘉納이리오? 上이 笑曰

"朕이 無德호니 豈可猝言禮樂哉리오? 然이ᄂ 聞卿之言호니 有所悟也ㅣ로다. 朕이 近日身氣無故昏困호야 當萬機則精神이 自然懈怠호고 臨講筵則意思ㅣ 自然支離호야 聰明을 不能收拾이라 試以音樂으로 欲每每暢懷호노니 孰能爲朕典樂之官고?"

盧均이 對曰

"董弘은 音律之才ㅣ 非常호야 足以任梨園之職이니 不必別求他人이로소이다."

上이 大悅호사 翌日에 以弘으로 爲紫宸殿學士兼協律都尉호시고 日於後苑에 以音樂消暢호시나 此ᄂ 自內爲之라 朝廷에 無一人知者ㅣ러라. 一日은 盧均이 從容謂董弘曰

"天子ㅣ 以君爲典樂之官호시니 當勉其職이어다. 近日梨園之樂이 別無可聽者호니 君은 何不重修樂器호며 廣求樂工호야 思所以不負天意乎아?"

弘이 曰

"聖上이 欲自內爲之호사 外朝에 無知之者어늘 若如是張大則必有諫者矣리니 恐非皇上之本意也ㅣ로이다."

均이 正色曰

"帝王之政은 必須光明이니 豈可以人言而畏首畏尾호야 反生怯心이리오? 重修禮樂도 亦是聖君之政이라 孰敢諫也ㅣ리오? 君은 但思盡職호야 以爲報答之思호라."

董協律이 唯唯호고 卽下令民間호야 廣求律師홀시 薦一等者ᄂ 賜爵一等호고 薦二等者ᄂ 賜爵二等이라 호니 所聞이 自然狼藉호야 貪於求官者ᄂ 雖子婿弟姪이라도 若有聰明才慧ㅣ면 必敎以音樂호야 懃懃薦進호니 天子ㅣ 憂其處所之狹窄호야 乃新建數百間亭於後苑호고 名曰儀鳳亭이라 호다. 盧董兩奸이 侍天子호고 每夜習樂於儀鳳亭호야 以備悅上心

之資亨니 御史大夫蘇裕卿이 聞知此事亨고 上疏極諫亨되 上이 不聽이어시늘 裕卿이 乃與二三諫官으로 再三上表亨니 言甚峻激이라. 上이 大怒亨샤 卽命遞職亨고 以韓應文으로 爲御史大夫亨니 應文은 濁黨이오 盧均之狎客이라 乃卽陳疏亨야 彈劾蘇裕卿亨니 自此로 濁黨이 乘時幷起亨야 齊聲合力亨야 攻駁裕卿이라. 燕王이 見尹閣老曰

"朝廷之事ㅣ 如此駭然亨오니 爲人臣者ㅣ 豈可泛然看過리오? 岳丈이 若不直諫則小婿ㅣ 欲諫亨ᄂ이다."

閣老ㅣ 歎曰

"老夫ㅣ 豈不知此리오마ᄂᆞᆫ 以皇上聰明睿智로 蘇御史之忠言이 庶幾感回天意而不能格이라 賢婿之論이 如此亨니 吾當上疏極諫이라."

亨고 卽日上疏亨니 曰

"臣은 聞古之聖王이 治成制定然後에 方始作樂亨ᄂ니 堯之大章5)과 舜之簫韶6)ㅣ 是也ㅣ라. 陛下ㅣ 卽位數年에 敎化ㅣ 不及於萬方亨고 刑政이 未布於百姓이어늘 鍾鼓之聲과 絲竹之音으로 娛樂度日亨시니 以陛下之神聖睿知로 不至沉惑於聲技ᄂᆞᆫ 臣雖明知이오ᄂᆞ 天下之民이 以爲新天子卽位之後로 不施濟民之善政亨고 但事蕩心之音樂이라 亨야 擧疾首蹙頞而相告亨오리니 履端之初에 失望之歎이 不少홀지라. 臣이 官在大臣之列亨야 旣不能盡輔導之職則當以治王法亨시고 卽斷鍾鼓管簫之絃亨사 使天下見聞者로 知聖人之所爲ㅣ 出於尋常萬萬亨소셔."

此時天子ㅣ 聽樂於儀鳳亭이러시니 覽此疏亨시고 不悅曰

"朕이 不過一時消暢이어늘 大臣之論駁이 無乃已甚가?"

---

5) 대장(大章): 요임금이 만든 음악의 이름으로, 천(天)·지(地)·인(人)의 도리를 널리 밝힌 것이다.
6) 소소(簫韶): 순임금이 만든 음악의 이름으로, 아름답고 묘한 선악(仙樂)을 가리킨다. 『서경』 「우서虞書」「익직益稷」에서 "소소 아홉 장이 끝까지 연주되자, 봉황이 와서 춤을 추었다(簫韶九成, 鳳凰來儀)"라 했다.

盧均이 在傍奏曰

"昔에 齊王이 好樂이러니 孟子ㅣ 曰 '王之好樂이 甚則齊國은 其庶幾라.[7]' ᄒᆞ고 又曰 '今之樂이 猶古之樂이라.[8]' ᄒᆞ시니 孟子ᄂᆞᆫ 齒德이 俱尊ᄒᆞ사 兼賓師之位ᄒᆞ시ᄃᆡ 告於人君이 如是忠厚欵曲이어늘 尹衡文은 元老大臣으로 手執一國重權ᄒᆞ고 輕視陛下春秋不高ᄒᆞ야 告君之辭에 一無敬畏之心ᄒᆞ오니 豈所望於大臣乎잇가? 御史大夫蘇裕卿은 尹衡文之妻姪이라 埋怨於削職ᄒᆞ야 疏辭ㅣ 如是忿激ᄒᆞ오니 此其主意ㅣ 專在於援助淸黨이로소이다."

上이 忿怒ᄒᆞ샤 批答曰

"以朕一時消暢으로 致卿心慮之太過ᄒᆞ니 此莫非朕이 年少德薄ᄒᆞ야 未能見孚[9]之致ㅣ로라."

尹閣老ㅣ 承未安之批ᄒᆞ고 待命於金吾府ㅣ러니 盧均이 煽動韓應文等諫官ᄒᆞ야 彈駁이 幷起ᄒᆞ니 其略에 曰

"陛下ㅣ 萬機之暇에 崇尙禮樂ᄒᆞ시니 雖使天下之民聞之라도 苟非包藏禍心者ㅣ면 必無他言이어던 況深宮之中에 一時消暢이 無聞於外間이어늘 左丞相尹衡文이 張皇臚列ᄒᆞ야 有若宗社興亡이 迫在朝夕ᄒᆞ야 惟恐不聞於天下ᄒᆞ오니 臣等은 不知其意로소이다. 若曰出於忠愛인딘 豈不從容諷諫ᄒᆞ야 以盡和平辭氣ᄒᆞ고 乃敢以威脅恐動之辭로 有挾制君父之意思乎잇고? 此ᄂᆞᆫ 無他라 計出於左袒[10]黨論ᄒᆞ야 不有朝廷之體面이오니 伏願

---

7) 왕지호악(王之好樂), 심즉제국(甚則齊國), 기서기(其庶幾): '왕께서 음악을 매우 좋아하니, 제나라는 거의 다스려진 것이라.'『맹자』「양혜왕 하梁惠王 下」에 나오는 구절.

8) 금지악(今之樂) 유고지악(猶古之樂): '오늘의 음악이 옛날의 음악과 같다.'『맹자』「양혜왕 하梁惠王 下」에 나오는 구절.『맹자』에는 '금지악(今之樂) 유고지악야(由古之樂也)'로 되어 있다.

9) 견부(見孚): 남에게 신용을 얻음.

10) 좌단(左袒): 웃옷의 왼쪽 어깨를 드러낸다는 뜻으로, 한쪽을 편든다는 말. 한나라 고조 유방의 황후인 여후(呂后)가 죽은 뒤 권력을 휘둘러온 여씨(呂氏)들을 죽일 목적으로 태위(太尉) 주발(周勃)이 군중(軍中)에 명령을 내리길, "여씨 편드는 자는 오른쪽 어깨를 드러내고, 유씨(劉氏) 편드는 자는 왼쪽 어깨를 드러내라" 하자, 모두 왼쪽 어깨를 드러냈다는 고사가 전한다.

陛下는 右丞相尹衡文을 原情定罪ᄒᆞ샤 以懲護黨之風ᄒᆞ고 以改無君之習
하소셔."

上이 覽畢에 答曰

"卿等之諫이 太過ᄒᆞ니 此非大臣之本意也ㅣ니라."

盧均이 連激諫官韓應文·于世忠ᄒᆞ야 論駁尹閣老·蘇御史之疏ㅣ 繼續不
絶ᄒᆞ니 是時濁黨이 布列臺閣ᄒᆞ야 氣焰이 騰騰호ᄃᆡ 上이 終不下答이러
시니 盧均이 從容告曰

"臺諫은 朝廷耳目이라 公議ㅣ 如此紛紜ᄒᆞ오니 暫削衡文之官ᄒᆞ시고
竄配裕卿ᄒᆞᄉ 以慰公議ㅣ 何如ᄒᆞ니잇고?"

上이 沈吟良久에 依允ᄒᆞ시니 朝廷百官이 膽落氣喪ᄒᆞ야 無敢有更陳諫
疏者러라. 燕王이 時有微疾ᄒᆞ야 數日不朝ㅣ러니 是日에 百官이 齊會待
漏院ᄒᆞ야 以待閣門之開러니 參政盧均이 晚到ᄒᆞ야 亦定一座於院中ᄒᆞ니
滿朝百官이 一時起身問安ᄒᆞᄃᆡ 均이 恃勢驕傲ᄒᆞ야 一不應答이러니 黃閣
老ㅣ 進前曰

"以參政之老成으로 今日朝廷이 是何爻象[11]乎아? 晚生이 厚蒙天恩ᄒᆞ
야 官在大臣之列ᄒᆞ니 宜當盡力ᄒᆞ야 與國同休戚이니 起朋黨決不作風波
之事ᄒᆞ리라. 晚生이 雖不似ᄂ 當鎮壓淸黨矣리니 參政은 操制濁黨ᄒᆞ야
使無相擊之端ᄒᆞ라."

均이 冷笑曰

"今日朝廷이 莫非皇上之臣子라 有何異同之名目이리오마ᄂᆞᆫ 晚生은 旣
不知濁黨之爲何物이어니 豈可操制리오? 但欲彰君之惡而要己之美者ᄂᆞᆫ
所謂亂臣賊子ㅣ라 先除此輩然後에 黨論이 自然消除矣리라."

因顧韓應文·于世忠ᄒᆞ고 正色厲聲曰

"公等은 處於臺諫ᄒᆞ야 聲討逆臣이 如恐不及이어늘 今乃觀望氣色을

11) 효상(爻象): 좋지 못한 몰골.

如作穴鼠之行ᄒ니 是豈道理乎아?"

ᄒ딕 左右ㅣ 見盧均之氣色ᄒ고 無敢言者ㅣ러라. 禮部侍郞黃汝玉이
不勝忿恨ᄒ야 欲出班直諫ᄒ니 黃閣老ㅣ 大驚曰

"汝見盧均之行動ᄒ라 若觸其怒則汝父之骨을 難埋於鄕山이리니 須勿
妄言ᄒ라."

汝玉이 無可奈何ᄒ야 忍氣聲而還家ᄒ야 問病於燕王ᄒᄉ 備述盧均之
事ᄒ니 燕王이 起身曰

"盧均은 奸惡之輩ㅣ라 豈待見其容儀而後에 知之리오? 以皇上之聖明
으로 暫爲浮雲所蔽ᄒ야 晦塞日月之明이시니 吾欲疏諫爭호리다."

ᄒ고 命左右而進朝服이어늘 黃侍郞이 挽止曰

"閣下之患候ㅣ 未得平復ᄒ니 姑勿詣闕ᄒ고 在家上表ㅣ 無妨일ᄉ ᄒ
노이다."

燕王이 歎曰

"今日之事ㅣ 雖是似小ᄂ 國家興亡이 亶在於此ᄒ니 爲人臣子者ㅣ 何
忍在家而上疏ㅣ리오?"

ᄒ고 卽着朝衣而跪告兩親曰

"小子ㅣ 不孝ᄒ야 不得於玉蓮峰下에 身耕數畝薄田ᄒ야 以供菽水ᄒ고
少年登科ᄒ야 許身於國故로 先謫江南ᄒ고 後征南方ᄒ야 未得一日弄雛
舞斑12)於膝下矣러니 今又見皇上之過擧ᄒ옵고 不得不諫이오 若一諫而
不聽ᄒ시면 至再至三ᄒ야 不避嶺海斧鉞之誅ᄒ오리니 此皆小子不孝之
罪로소이다."

太爺ㅣ 答曰

"大臣地位ㅣ 豈或無異於言官乎아?"

12) 농추무반(弄雛舞斑): 중국 춘추시대 말기 초나라의 효자인 노래자(老萊子)는 일흔이 되어
서도 어버이를 즐겁게 해드리고자 어린아이처럼 색동옷 입고 병아리를 가지고 장난하며 춤을
추었다고 한다.

燕王曰

"以今朝廷之駭然으로 曾無一個諫官ᄒ오니 若論大臣之處地컨딘 一諫
而不能回天意則解官而去가 人所當行之事이오나 至若小子ᄒ야는 偏蒙
天恩ᄒ와 不可以尋常文具로 一言而止也ㅣ로소이다."

太爺ㅣ 歎曰

"晚年生汝ᄒ야 愛重養育ᄒᆯᄉᆡ 七歲入學ᄒ고 十歲에 敎以事君之道ᄒ니
區區所望이 惟願際遇聖君ᄒ야 立身揚名이오 不求口體之養이러니 今汝
執心이 無愧於古人則此誠莫大之孝ㅣ라. 老父ㅣ 庶無餘憾矣로다."

太孃ㅣ 含淚曰

"兒子ㅣ 南征而還에 四方이 無事ᄒ야 欲享膝下百年之榮이러니 今又
朝廷有事ᄒ니 吾甚不樂이로다."

燕王이 下氣怡色ᄒ야 柔聲以告曰

"小子ㅣ 雖不肖ᄒ오나 遵奉明訓ᄒ와 不犯大罪ᄒ올지니 伏望十分寬
心ᄒ소셔."

ᄒ고 仍起身而出寢門ᄒᆯᄉᆡ 尹夫人·紅鸞城·孫夜叉ㅣ 氣色이 沮喪ᄒ야
立於門外어늘 燕王이 頓不顧見ᄒ고 以嚴正顔色으로 直入待漏院ᄒ니 日
已午矣라. 卽命院吏ᄒ야 寫疏而進ᄒ니 疏에 曰

"右丞相臣楊昌曲은 謹齋沐上疏于聖神文武皇帝陛下黈纊[13]之下ᄒ노이
다. 伏以人君之治天下에 一言一動을 不可輕忽은 誠以宗廟社稷之重大와
四海蒼生之苦樂이 在此故也ㅣ라. 是故로 古之明君은 立進善之旌과 誹謗
之木ᄒ야 廣採言論하고 擇用賢者ᄒ며 置藝御[14]之箴과 左右之史ᄒ야 以

---

13) 주광(黈纊): 면류관(冕旒冠) 양쪽 귓가 좌우에 늘어뜨린, 누런빛 솜을 둥글게 뭉쳐서 귀를
막는 귀막이 솜을 말한다. 옛날 임금은 허튼소리나 무익한 말을 듣지 않으려 이것으로 귀를 막
았다고 한다. 전(轉)하여 '임금의 귀(天聽)'라는 뜻으로 사용된다. [교감] 적문서관본 영인본 284
쪽에는 '경광(經纊)'으로 되어 있으나, 의미상 오식으로 여겨져 바로잡는다.
14) 설어(藝御): 임금을 가까이에서 모심. 또는 임금을 가까이에서 모셔 사랑을 받는 신하.

之愼起居而斥非僻ᄒᆞᄂᆞ니 美色珍需를 孰不好之리오마ᄂᆞᆫ 聖人이 言布帛 之文ᄒᆞ시고 稱大羹之味ᄂᆞᆫ 誠不可以從耳目之所好ᄒᆞ고 窮心志之所樂이 라. 雖閭巷小民이 藏千金財産ᄒᆞ고 有數三子孫이라도 猶當謹愼其一生ᄒᆞ 야 不盡其所欲이어던 況萬乘之君이 富有四海ᄒᆞ시고 子有萬民이리오? 忠言이 逆耳ᄒᆞ고 諂言이 合意ᄒᆞᄂᆞ 快言은 有危ᄒᆞ고 毒藥은 利病ᄒᆞ나니 豈可取一時之樂ᄒᆞ야 不顧千秋之汚青史ㅣ리오?

伏惟皇帝陛下ㅣ 神聖文武ᄒᆞ샤 卽位之初에 睿德이 巍巍ᄒᆞ샤 太平之治 를 朝野ㅣ 顒望이라 一動一靜에 百姓이 側耳ᄒᆞ고 一言一黙에 四海ㅣ 延 頸ᄒᆞ야 曰 '吾天子ㅣ 新臨帝位ᄒᆞ샤 將有惠澤이라.'ᄒᆞ야 如渴者之思水 ᄒᆞ고 似赤子之思母ᄒᆞ니 此ᄂᆞᆫ 人情之常이라. 今陛下ㅣ 雖不能翕然副其 望이나 豈可使落膽失望ᄒᆞ야 負其區區之望이리오?

陛下ㅣ 好樂ᄒᆞ실ᄉᆡ 臣이 請言樂호리이다. 樂記[15]에 曰 '大樂은 與天 地同和라.'[16] ᄒᆞ고 又曰 '無聲之樂이 日聞四方이라.'[17] ᄒᆞ니 人君이 修德 務政ᄒᆞ시고 廣宣敎化ᄒᆞ야 百姓이 安樂ᄒᆞ고 天下ㅣ 太平則老者ᄂᆞᆫ 和擊 壤歌ᄒᆞ고 少者ᄂᆞᆫ 唱康衢謠ᄒᆞ야 閭巷和氣가 充滿天地ᄒᆞ면 此莫非與人樂 樂之風流요 金石絲竹匏土革木[18]은 不過應其聲而已라. 此所謂聖王之樂

---

15) 악기(樂記): 유가 경전인 『예기』의 한 부분으로, 음악에 관한 사항을 기록한 것이다. 49권 으로 이루어진 『예기』에서 「악기」는 18권에 들어 있다.

16) 대악(大樂), 여천지동화(與天地同和): 『예기』 「악기」에 나오는 구절. "큰 음악은 천지와 더 불어 조화로움을 함께하고, 큰 예(禮)는 천지와 더불어 절도(節度)를 함께하니, 조화로움이 있 으므로 만물이 본성을 잃지 않고, 절도가 있으므로 천지를 제사한다(大樂, 與天地同和, 大禮, 與 天地同節, 和故, 百物不失, 節故, 祀天祭地)."

17) 무성지악(無聲之樂), 일문사방(日聞四方): "소리 없는 음악이 날마다 사방에서 들림이라." 『예기』 「공자한거孔子閒居」에 나오는 구절.

18) 금석사죽포토혁목(金石絲竹匏土革木): 악기 제작에 쓰이는 여덟 가지 재료. 금은 편종(編 鍾)·특종(特鍾) 등의 재료가 되는 쇠, 석은 편경(編磬)·특경(特磬) 등의 재료가 되는 돌, 사는 금 (琴)·현금(玄琴) 등 현악기의 재료가 되는 실, 죽은 소(簫)·대금(大芩)·피리 등 관악기의 재료 가 되는 대나무, 포는 화(和)·우(芋) 등의 재료가 되는 박, 토는 훈(壎)·부(缶) 등의 재료가 되는 흙, 혁은 장구·북·건고(建鼓) 등의 재료가 되는 가죽, 목은 축(柷)·어(敔)·박(拍) 등의 재료가 되 는 나무.

이어늘 後世人君은 不修其德ᄒ고 怠於政事ᄒ야 閭巷蠱頗之聲이 無處不狼藉어늘 宮中淫佚之樂이 無日不擾亂ᄒ야 唐明皇梨園之樂과 陳後主玉樹之曲이 非不娛意悅耳나 不得終其娛悅生新ᄒ야 兵塵이 繼起에 國隨而亡ᄒ니 臣之所慨惜者ᄂ 陳唐兩君이 方其聽樂也에 左右之臣이 必贊襄其聖德ᄒ며 逢迎其娛悅ᄒ야 或曰 '天下ㅣ 無事라.' ᄒ며 或曰 '一時消暢이 無害於大德이라.' ᄒ며 或曰 '古之聖君도 猶好樂이라.' ᄒ며 愚者ᄂ 手舞足蹈ᄒ야 期其永樂ᄒ고 奸者ᄂ 口是心非ᄒ야 迎君之意라가 當馬嵬之變과 景陽之禍ᄒ야 歸咎於其君之自取ᄒ고 渠則匿形而思保其妻子ᄒ니 嗚呼ㅣ라! 明皇後主ㅣ 到此地頭ᄒ야 雖悔往事而思直言이나 已無可及이라.

故로 進善之旌과 誹謗之木은 欲預聽其直言이오 藝御之箴과 左右之史ᄂ 使無其追悔라. 臣은 伏而思之호니 以陛下之睿智로 豈至於此리오마ᄂ 以堯舜之治로도 皐夔稷契之忠言嘉謨ㅣ 不止ᄒ고 湯武之聖으로도 伊傅[19]周召[20]之協贊明戒ㅣ 不已ᄒ야 恒若國家存亡이 在於朝夕之間者然ᄒ니 此ᄂ 防於未然ᄒ고 制於未發이라 所以能長久歷年而不替ᄒ니이다.

臣은 側聞호니 陛下ㅣ 今於後苑에 起土木之役ᄒ시고 民間에 擇入歌舞之才ᄒ샤 不顧萬幾叢脞ᄒ시고 憑藉一時之消暢而日事音樂ᄒ시니 臣

---

19) 이부(伊傅): 이윤(伊尹)과 부열(傅說). 이윤은 상(商)나라 탕왕(湯王)을 도운 신하. 상나라 개국 과정에 적진의 전략을 정탐하는 '용간(用間)'의 임무를 훌륭히 수행해 탁월한 정치적·군사적 재능을 발휘했다. 부열은 상나라 고종(高宗) 때 어진 재상. 고종이 어느 날 꿈에서 본 사람의 얼굴을 그리게 하여 이를 찾다가 마침내 부암(傅巖)의 들에서 부열을 찾았다 한다. 천한 신분으로 담 쌓는 일을 하고 있었는데, 재상으로 등용되어 중흥의 큰 업을 이룩했다.
20) 주소(周召): 주공(周公)과 소공(召公). 주공은 주(周)나라를 세운 문왕의 아들이며 무왕의 동생. 무왕과 그 아들 성왕(成王)을 보필해 주나라 기초를 확립했다. 예악과 법도를 제정하는 등 중국 고대의 정치·사상·문화에 두루 공헌해 유학자들에게 성인(聖人)으로 존숭되었다. 저서로 『주례周禮』가 있다. 소공은 주나라 왕실의 일족(一族)으로, 소(召) 지역을 식읍(食邑)으로 했기에 소공(召公)으로 불린다. 무왕을 도와 상나라를 멸망시키는 데 큰 공을 세워 연(燕)을 분봉받아 그 시조가 되었다. 문왕부터 강왕(康王)까지 4대에 걸쳐 정사를 돌보았는데, 특히 무왕이 죽고 그 아들 성왕이 어린 나이로 즉위하자 주공과 함께 훌륭히 보필해 주나라 기초를 확립했다.

은 不識커이다. 孰爲陛下而獻此計者잇고? 善人이 惡淫聲亂色而遠之者
는 其心志가 陷於放蕩이라. 夫心之被誘於外物이 譬如物之浸潤ᄒᆞᄂᆞ니
陛下ㅣ 今日에 以爲消暢則明日은 以爲前例오 明日에 爲前例則又明日은
惟日是事ᄒᆞ리니 推此以往이면 今日之樂이 明日無聊則不得不思新樂이
오 明日에 思新樂則又明日은 淫聲亂色이 次第以臻矣리니 臣은 以爲梨
園羯鼓와 後庭玉樹가 將不日至於陛下之前이라 ᄒᆞ노이다. 思之到此에
不覺毛骨이 竦然ᄒᆞ고 肝膽이 冷落ᄒᆞ야 寧欲碎首於九重天陛ᄒᆞ여 溘然無
知로소이다.

陛下若欲一時消暢則其於改過不吝之道에 何於持難之有ᄒᆞ샤 罪言官而
黜大臣ᄒᆞ샤 使朝廷으로 緘口喪氣니잇고? 雖朋友之間이라도 直言責善
을 人皆難之ᄒᆞᄂᆞ니 今日爲陛下之臣子者ㅣ 死生苦樂이 懸於陛下ᄒᆞ고 禍
福榮辱이 亦在於陛下ᄒᆞ니 豈可以陛下不欲聞之言으로 逆天聽ᄒᆞ야 自取
嚴責이리잇고? 此ᄂᆞᆫ 無他ㅣ라 國安則身安ᄒᆞ고 國危則身危故로 各盡區
區之見이어늘 以陛下日月之明으로 豈不審此시리오마ᄂᆞᆫ 但見目前之娛
悅ᄒᆞ고 不思來頭之利害하야 有此誤燭이로소이다. 狂夫之言을 聖人이
擇焉ᄒᆞᄂᆞ니 陛下ㅣ 塞朝廷之言路ᄒᆞ시니 將何以謝天下後世시니잇고?

臣本汝南窮儒로 蒙陛下罔極之恩ᄒᆞ와 官至大臣之列ᄒᆞ고 富貴ㅣ 極於
布衣ᄒᆞ니 以犬馬之賤으로도 猶愛主人ᄒᆞ고 豚魚之愚로도 能知信義어든
臣雖不肖無狀이ᄂᆞ 非有犬馬豚魚之心腸이라 食君之祿而衣君之衣ᄒᆞ고
特蒙恩愛ᄒᆞ와 忍見今日之失德擧措와 亡國幾微ᄒᆞ고 畏嶺海斧鉞ᄒᆞ야 袖
手傍觀이면 還有愧於犬馬豚魚ㅣ로소이다. 伏願陛下ᄂᆞᆫ 付獻計者於攸司
而斬首ᄒᆞ야 懲一勵百ᄒᆞ시고 撤罷梨園樂工與後苑新亭ᄒᆞ쇼셔."

天子ㅣ 覽疏ᄒᆞ시고 何以批答고? 且看下回ᄒᆞ라.

## 儀鳳亭天子聽樂　荒郊店鶯城中毒
### 第二十七回

却說. 此時天子ㅣ　聽樂於儀鳳亭이러시니　見燕王之疏ㅎ시고　玉顔이　不悅ㅎ샤　顧謂盧均曰

"朕雖德薄이나　豈有明皇後主亡國之過ㅣ리오?"

盧均이　昂然對曰

"此所謂黨論이니　蘇裕卿之妄率과　尹衡文之威脅과　楊昌曲之語逼이　腸肚相連ㅎ야　一唱一和라. 陛下ㅣ　雖有加此之過ㅣ라도　彼何敢如是張大乎잇가? 其氣勢之威脅이　將迫吾君父ㅎ야　欲擠之於抗塹이로소이다. 臣以白首之年으로　猥蒙分外天寵ㅎ와　甘受濁黨之指目ㅎ오니　今日之言이　似非公心이오ㄴ　楊昌曲은　年少大臣으로　手握兵權ㅎ고　出將入相ㅎ야　放恣無忌ㅎ고　且尹衡文은　其妻父오　蘇裕卿은　其舊日從事ㅣ라　今見其削官ㅎ고　以護黨之心으로　恐喝君父ㅎ니　若不懲此習이면　朝廷之上에　必無君臣之分矣리이다."

上이　不答ㅎ시고　命翰林學士ㅎ샤　更進燕王之疏ㅎ라　ㅎ시고　天顔이　嚴厲ㅎ며　玉音이　壯烈ㅎ샤　拍案曰

"彼則自處於臯虁伊周ㅎ고 比朕於明皇後主ㅎ니 是豈臣子之口氣乎아?"

ㅎ시고 仍復厲聲曰

"梨園弟子ᄂᆞᆫ 近前而奏樂하라. 朕이 將欲長夜之樂이라."

ㅎ신딕 董弘이 抱檀板而進前이어늘 盧均이 諫曰

"陛下ㅣ 何欲殺無罪董弘乎잇가? 今日朝廷은 非陛下之朝廷이라 楊昌曲之權이 能傾一國ㅎ야 下視人主어늘 其所諫之樂을 使弘奏之則此ᄂᆞᆫ 逆昌曲之意라. 陛下ㅣ 豈不念漢賊曹操之殺董承乎잇가? 臣이 且聞陛下ㅣ 向命董弘而往見燕王ㅎ실식 燕王이 大怒曰 '汝將不保首領이라.'ㅎ니 此ᄂᆞᆫ 無他라 近日朝廷之用人이 未有燕王之所不知者어늘 弘이 獨被天恩ㅎ야 不出於彼之手中ㅎ니 已有痛憤而殺害之心이라. 今又拂逆其意ㅎ야 唐突奏樂則董弘이 難保殘命而出閤門[1]矣리이다."

上이 益怒ㅎ샤 促令奏樂ㅎ시니 梨園弟子ㅣ 一時迭宕奏樂ㅎ더라.

此時燕王이 呈疏ㅎ고 待命於待漏院이러니 批答은 寂然不下ㅎ고 樂聲은 掀動宮殿이어늘 自知誠意淺薄ㅎ야 不回天意ㅎ고 再上表ㅣ러니 上이 不覽而却下ㅎ시고 下敎曰

"若更有捧入楊昌曲之疏者ㅣ면 斬ㅎ리라."

ㅎ시니 院吏ㅣ 奉疏還出ㅎ야 告其由ㅎ딕 燕王이 慨然起身曰

"我若空還則聖上之明德을 孰能提醒이리오?"

ㅎ고 直人閤門ㅎ니 此時盧均이 已令殿前軍으로 守後苑門ㅎ야 使燕王不得入이어늘 燕王이 不顧直入曰

"吾ㅣ 雖無樊噲之忠이나 豈不排闥直入ㅎ야 以諫聖主之失德乎아?"

ㅎ고 遂至儀鳳亭下ㅎ니 左右侍衛與掖隸等이 還有歡喜之色ㅎ야 欠身避路ㅎ더니 燕王이 陞殿陞ㅎ니 忽然御史大夫韓應文이 遮路曰

"皇上之命에 丞相은 勿入ㅎ라 ㅎᄂᆞ이다."

---

1) 합문(閤門): 임금이 항상 거처하면서 정사를 보는 궁전인 편전(便殿)의 앞문.

燕王이 正色日

"君은 獨非聖主之臣子乎아?"

ㅎ고 一雙鳳眼에 光采赫赫ㅎ야 氣色이 十分峻截ㅎ니 應文이 氣縮而
退어늘 燕王이 因伏於庭前ㅎ야 奏日

"陛下之過擧ㅣ 何以至此잇고? 臣以數年前一個秀才로 猥蒙天恩ㅎ와
見陛下於紫宸殿ㅎ니 天顏이 溫和ㅎ시며 玉音이 丁寧ㅎ샤 下敎日 '朕今
新卽大位ㅎ야 不知治道ㅎ니 汝ᄂᆞᆫ 朕之柱石棟樑이라 補我不逮ㅎ라.' ㅎ
시니 諄諄之命이 如在昨日이어늘 豈知今日儀鳳亭에 君臣意志疎隔ㅎ야
難於謁見乎잇가?"

說罷에 淚沾紅袍之袖ㅎ니 左右觀者ㅣ 莫不感嘆其忠而含淚러라. 上이
震怒日

"卿이 雖有稷契周召之忠이나 其於陳後主·唐明皇亡國之主에 何오?"

燕王이 復奏日

"陛下ㅣ 豈以一時之憤으로 欲抑制臣子乎잇가? 且以帝舜之聖으로 皐
陶ㅣ 告戒日 '無若丹朱傲ㅣ라.' ㅎ고 漢祖[2]之英傑로도 周昌[3]이 面折日
'桀紂之君이라.' ㅎ니 臣雖無皐陶·周昌之忠直이ᄂᆞ 陛下ㅣ 豈不思帝舜·
漢祖의 從諫如流之盛德乎잇가?"

上이 尤爲大怒日

"朕이 有何明皇後主之事乎아?"

2) 한조(漢祖, BC 256~BC 195): 한(漢)나라 제1대 황제인 고조(高祖) 유방(劉邦). 묘호(廟號)는
원래 태조(太祖)인데 사마천이 『사기』에서 고조라 칭한 뒤로 이것이 통칭이 되었다. 진(秦)나
라 말기에 진승(陳勝)·오광(吳廣)이 반란을 일으키자, 유방도 군사를 일으켜 패공(沛公)이라 칭
했다. 4년간에 걸친 항우와의 쟁패 끝에 마침내 해하(垓下)의 결전에서 항우를 대파하고 중국
통일을 이루었다. BC 202년 제위(帝位)에 오르고 수도를 장안(長安)으로 정했다.
3) [교감] 주창(周昌): 적문서관본 영인본 289쪽에는 '송창(宋昌)'으로 되어 있으나, 의미상 오식
이므로 바로잡는다. 송창은 전한(前漢) 문제(文帝)의 즉위에 기여한 공신으로, 위장군(衛將軍)
이 되어 군졸을 통솔하고 장무후(壯武侯)에 봉해졌다. 고조 유방에게 직언한 것으로 유명한 주
창(周昌)과는 다른 인물이다.

燕王이 對曰

"陛下ㅣ 修德則可以爲堯舜禹湯이오 不修德則爲明皇後主니 在於用心而已라. 臣雖不忠ᄒ야 比陛下於明皇後主ᄂ 陛下ㅣ 若有堯舜禹湯之德則聞者ㅣ 皆以爲堯舜禹湯이오 臣雖以諂言으로 比陛下於堯舜禹湯이라도 陛下ㅣ 若有明皇後主之過則聞者ㅣ 皆以爲明皇後主矣리니 願陛下ᄂ 但以修德爲主ᄒ시고 勿喜臣子之譽ᄒ소셔."

上이 聽罷에 坐不安席ᄒ샤 仍推書案ᄒ고 移坐於御榻ᄒ샤 曰

"近日朝廷에 無君臣之分ᄒ고 各分偏黨ᄒ야 以朕爲濁黨而如是排斥乎아?"

燕王이 頓首曰

"陛下ㅣ 每以未安之敎로 欲壓臣子이오ᄂ 天下之爲人臣者ㅣ 豈有與君分黨而爭權者乎잇가? 此必信聽奸臣之讒言이라 願借尙方斬馬劍[4]ᄒ야 斬奸臣之頭ᄒ야 以明天地之大倫ᄒ노이다."

上이 手擊龍榻而大怒曰

"奸臣은 誰也오?"

燕王이 起伏奏曰

"臣雖不肖ᄒ오ᄂ 官從大臣之後ᄒ오니 陛下ㅣ 禮使之地에 何若是强迫乎잇가? 參知政事盧均은 陛下之奸臣이라 蒙兩朝擢用之恩ᄒ야 位高髮白이어늘 有何希覬ᄒ야 惟以諂諛之言으로 憑藉禮樂ᄒ야 籠絡君父ᄒ며 倡言黨論ᄒ야 敢以陛下로 隱然爲濁黨之領首ᄒ야 欲一網而打盡朝廷ᄒ니 陛下ㅣ 若不斬盧均則天下士君子ㅣ 羞立於陛下之朝ᄒ리이다."

言畢에 燕王之氣色이 堂堂ᄒ야 睨視盧均ᄒ니 此時盧均이 侍於殿上이라가 當此光景ᄒ니 小人之膽이 雖大如斗ㅣᄂ 豈不悚懍이리오? 汗出沾

---

4) [교감] 상방참마검(尙方斬馬劍): 적문서관본 영인본 289쪽에는 '상방참마검(尙方斬魔劍)'으로 되어 있으나, 의미상 오식이므로 바로잡는다.

背호야 下堂而頓首請罪어늘 上이 大怒曰

"卿이 如是脅迫호니 將欲何爲오?"

호신디 玉音이 如雷호야 震動儀鳳亭호니 侍衛之臣이 莫不戰慄相顧호야 恐燕王이 將有大禍호되 燕王은 辭氣雍容호고 風儀藹然호야 更伏奏曰

"臣이 安敢逼迫君父哉리잇고? 此所謂父母ㅣ 有過어시든 號泣而隨之로소이다. 臣은 聞父有爭子則身不陷於不義호고 士有爭友則身不失於令名호느니 匹夫도 猶然커던 況今陛下는 以萬乘之君으로 無一爭臣而孤坐於儀鳳亭上호시니 臣不忍退也ㅣ로소이다. 臣亦稟受恒性者ㅣ라 豈不好生惡死哉잇고마는 若不得回天意호고 自顧私情而空出禁門則門卒이 必笑曰 '不忠哉라 燕王이여! 頂踵毛髮이 無非聖恩이어늘 自愛其身호야 今視君上之過를 如越人之視秦瘠5)이로다.' 호며 過路則路人이 皆指之曰 '吾聖天子ㅣ 有小過어늘 朝廷百官이 無人一直言而悟之者호니 若有大事則吾君이 將恃何人고?' 호며 歸家則父母ㅣ 必責事君之不忠호야 歎家聲之墜落호고 登朝班則君子ㅣ 恥之호야 唾罵其患得患失호리니 臣은 將爲天地間難容之罪人이라 陛下ㅣ 何忍使臣으로 一朝에 爲窮迫無歸之人이닛가? 今若回日月之明호샤 毁儀鳳亭호고 罷梨園호야 更爲勵精圖治호시고 黜斥奸臣則天下萬民이 皆悅曰 '賢哉라 吾君이여! 日月이 披浮雲에 光采益明이로다. 賢哉라 燕王이여! 荷天寵而不負聖君이라.' 호리니 此는 陛下ㅣ 暫回天意호사 聖德이 雷動四海호시고 如臣不忠者도 得蒙天恩而爲賢宰相이라. 臣이 不以此로 望於陛下則望於何處乎잇고?"

호고 涕淚ㅣ 隨言而零이어늘 上이 忿然不答호고 自儀鳳亭後門으로 徒步還宮호시니 侍衛ㅣ 蒼黃隨後러라. 燕王이 無奈起身호야 出于待漏

---

5) 월인지시진척(越人之視秦瘠): 월(越)나라 사람이 척박한 진(秦)나라 땅을 예사로 보듯 한다는 뜻으로, 남의 환난을 예사로 보아 넘김을 일컫는 말.

院이러니 親筆傳旨曰

"朕은 亡國之君이라. 朕之過失이 增加然後에 益顯燕王之忠矣리니 右丞相楊昌曲을 竄配雲南ᄒ라."

ᄒ시니 左右告曰

"大臣竄配之法이 削官後放逐이니이다."

上이 震怒曰

"亡國之君이 豈知國法이리오? 今日發配ᄒ되 使御史大夫韓應文으로 領去ᄒ라."

ᄒ시니 忽於殿下에 有一人이 厲聲曰

"燕王은 忠臣이라. 陛下ㅣ 何不容忠臣乎잇가?"

衆이 視之ᄒ니 乃上將軍雷天風이라. 上이 大怒曰

"么麽武夫가 安敢無禮오? 卽速逐出門外ᄒ라."

殿前御史ㅣ 欲引出天風홀식 天風이 遂攀紫宸殿檻而疾呼曰

"燕王은 國之棟樑이라. 陛下ㅣ 欲治天下而反逐棟樑之臣ᄒ시니 豈不罔極乎잇가?"

上이 益加震怒ᄒ샤 乃親執御前鐵如意而投之曰

"老將之頭를 速斬以獻ᄒ라."

ᄒ시니 鐵如意ㅣ 落於天風之額ᄒ야 流血이 滿面이라. 天風이 大呼曰

"臣雖粉骨碎身이라도 爲陛下救燕王而死ᄒ리다. 燕王之忠國愛君은 天地神明이 照臨이어늘 以若靑春少年으로 氣質이 淸弱ᄒ니 如逐於雲南惡地ㅣ면 難保性命이오니 願換其謫所於近地ᄒ쇼셔. 陛下ㅣ 以一時之忿으로 殺賢臣ᄒ시면 不久에 必有追悔ᄒ시리다."

上이 益怒ᄒ샤 命左右速斬ᄒ시니 殿前御史ㅣ 見天威震怒ᄒ고 衆人이 曳出天風ᄒ니 檻乃折이라. 天風이 大聲痛哭曰

"臣이 以矢石風塵中保存之首領으로 爲燕王而死ᄂ 固無餘恨이오ᄂ 陛下ㅣ 赦燕王而斬臣則雖地下孤魂이라도 實所甘心이로소이다."

此時에 御史ㅣ 推出天風於門外홀시 天威少霽ᄒ샤 仍赦天風ᄒ고 催促
燕王發配ᄒ시니 日已黃昏이라. 燕王이 身被重譴ᄒ고 暫還府中ᄒ야 拜
辭雙親홀시 慘淡氣色과 蒼黃舉動을 豈可盡言ᄒ리오? 强以和顏으로 跪
告父母曰

"以聖上日月之明으로 必不久追悔ᄒ시리니 請姑先出于郊外ᄒ야 率眷
而閑養ᄒ소셔."

太爺ㅣ 曰

"此正吾意ᄂ 現無可合之處ㅣ로다."

燕王이 對曰

"尹閣老ㅣ 方在郊外鄉庄ᄒ야 山水ㅣ 頗佳ᄒ고 第宅이 不狹ᄒ오니 伏
望商議ᄒ소셔."

太爺ㅣ 點頭어늘 燕王이 退與尹夫人作別ᄒ니 又訪鸞城ᄒ니 鸞城이
已面洗紅粧ᄒ고 身着靑衣ᄒ야 亢然出立이어늘 燕王이 知其意ᄒ고 曰

"今日은 娘亦官廢於身이어늘 豈欲如此而從謫客乎아?"

鸞城이 慨然對曰

"雲南은 惡地요 且奸人之含毒을 難測ᄒ니 妾이 聞호니 三從義重身輕
이라 ᄒ니 豈忍安坐ᄒ야 見相公之獨入危地乎잇가? 今雖以被嚴譴而行次
ᄒ시나 必率一個家僮跟隨之ᄒ시리니 願許賤妾의 區區之情하소셔. 若以
此事로 得罪於朝廷이면 妾亦無愧로소이다."

燕王이 知其不可止ᄒ고 因促治行ᄒ야 家僮一人과 蒼頭五名으로 驅一
輛小車而登程홀시 韓御史ㅣ 曾與鸞城으로 曾無面分이라 頻頻孰視에 反
疑家僮之容貌非凡이러라.

此時盧均이 含憾於燕王이 入于骨髓ㅣ러니 旣放逐萬里之外ᄒ니 雖減
目前之憂ㅣ나 此人이 若在於世間이면 吾豈得高枕安寢이리오 ᄒ고 以心
腹蒼頭一人으로 隨往韓御史行中ᄒ되 如此如此ᄒ라 ᄒ고 復遣家人五六
名과 刺客一人ᄒ야 使於中路에 觀勢圖之ᄒ라 ᄒ니 其凶謀秘計를 誠所

難測이러라.

且說. 左翼將軍董超와 右翼將軍馬達이 見燕王遠竄ᄒᆞ고 慨然嘆曰

"吾兩人이 俱被燕王厚恩ᄒᆞ야 共享富貴어ᄂᆞᆯ 今有患難而負之면 非義ㅣ라. 今燕王이 萬里遠地에 無一人心腹而行ᄒᆞ니 吾等이 當解左右將軍印綬ᄒᆞ고 從燕王ᄒᆞ야 與同死生호리라."

ᄒᆞ고 一時에 稱病辭職ᄒᆞᆫ듸 盧均이 曾已欽慕兩將之風采人物ᄒᆞ야 欲使親近於門下러니 因卽召見ᄒᆞ고 以好言慰之曰

"將軍之爲燕王門人은 我已知之ᄒᆞ노니 今若以依仰燕王之誠으로 從遊老夫ㅣ면 官豈止於左右將軍이리오?"

馬達이 對曰

"小將은 武夫ㅣ라 雖不曾讀書ᄒᆞ나 頗知信義ᄒᆞ니 豈忍背失勢之舊主人ᄒᆞ고 苟從得勢之新主人이리잇가?"

ᄒᆞ고 說罷에 氣色이 不平이어ᄂᆞᆯ 盧均이 心甚未妥ᄒᆞ야 悄然不答ᄒᆞ니 董超ㅣ 更言曰

"小將은 本蘇州人이라 不歸故鄕이 已爲數年ᄒᆞ니 暫辭爵祿ᄒᆞ고 省掃父母之墓ᄒᆞ야 古墓白楊에 表有子孫ᄒᆞ야 以敍情理ᄒᆞ고 復進於門下ᄒᆞ야 不忘今日之欸待ᄒᆞ리이다."

盧均이 微笑에 知兩人之不從ᄒᆞ고 收其官職ᄒᆞ니 董馬兩人이 十分快活ᄒᆞ야 卽以匹馬單鎗으로 向南而隨燕王之後ᄒᆞ야 聯鑣而行ᄒᆞᆯ식 董超ㅣ 責馬達曰

"營事者ㅣ 當抱羞忍恥어ᄂᆞᆯ 乃反欲使俺拳ᄒᆞ니 以若盧均之奸慝으로 一怒則吾儕ㅣ 亦爲他鄕謫客이리니 豈可從燕王而患難相救ㅣ리오?"

馬達이 笑曰

"大丈夫ㅣ 若聞不快之言이면 死且不避ㅣ라. 何可以甘言으로 說奸人이리오?"

ᄒᆞ고 兩人이 拍掌大笑而行이러니 董超ㅣ 又曰

"今從燕王ᄒ야 參於一行이면 燕王이 必不樂ᄒ시리니 遠遠隨行ᄒ야 察其不虞之變이 爲妙ㅣ라."

ᄒ고 或過林野則獵取雉兎ᄒ며 馳馬而扮作田獵之少年ᄒ야 或先或後 ᄒ더라.

且說. 韓御史ㅣ 甘聽盧均之利誘ᄒ고 數日頃總察行色이러니 五六日後 에 自然心志懈怠ᄒ더라. 燕王行次所到에 店人이驚問曰

"此相公이 往年에 以都元帥出征之時에 紀律이 嚴明ᄒ야 沿途無弊故 로 到今頌德ᄒ야 以爲古今罕有ㅣ러니 今以何罪로 作此行고?"

ᄒ야 爭獻酒饌ᄒ며 贈賄儀어늘 王이 一一却之ᄒᄃ 復獻于韓御史ᄒ 고 或流涕曰

"小的等이 生涯於路傍ᄒ니 自古傳來之言이 一經出師則道路에 荊棘이 叢生이라 ᄒ더니 惟我楊元帥行軍時ᄂ 店民輩ㅣ 但聞馬蹄聲이오 不費盃 酒ᄒ니 路邊之人이 皆曰 '朝廷이 用如此相公則百姓이 安業ᄒ리라.' ᄒ 더니 今以何罪로 作此行乎잇가?"

韓御史ㅣ 語塞耳聒ᄒ야 心中自思ᄒᄃ

'吾ㅣ 曾聞燕王은 一個少年大臣으로 文武雙全而已러니 豈知有如此名 望德化리오?'

ᄒ고 自然感服ᄒ야 每入店中에 頻往燕王之所而談話ᄒ식 燕王이 欣然 欸接ᄒ야 或論心談文ᄒ니 其繁華氣像은 春風이 滿座ᄒ고 富瞻學問은 滄海ㅣ 無涯라. 韓御史ㅣ 言言覺非ᄒ고 事事自服ᄒ야 乃嘆曰

"虛送半生ᄒ야 不見君子러니 今日始見이라."

ᄒ고 燕王行李를 反加保護ᄒ더라.

且說. 鸞城이 以烈俠之風과 忠義之心으로 不顧行色之苟且ᄒ고 扮作家 僮ᄒ야 自從家夫之後로 晝則親奉起居飮食ᄒ며 夜則躬執袵席衣服ᄒ야 燕王之一匙水와 一移步에 如影隨形ᄒ야 須臾不離러니 此時에 燕王之離 家ㅣ 已過一朔이라. 金風이 颯起ᄒ야 天涯歸雁은 哀怨而叫ᄒ며 馬首黃

葉이 紛紛飛來어늘 以狄公望雲之思와 杜老倚斗之誠으로 自朝至暮에 感悵悲傷ᄒ야 不能定情ᄒ더니 日暮에 尋入客店ᄒ니 此距皇城이 已四千餘里오 店名은 荒郊라 西南은 交趾方面이오 東南은 雲南地界러라. 燕王이 安頓行李ᄒ고 經其夜홀시 耿耿殘燈에 轉輾不寐어늘 鸞城이 進前問曰

"相公이 不能就寢ᄒ시니 貴體ㅣ 靡寧乎잇가?"

燕王曰

"不然ᄒ다. 辭別君親之後에 身作孤客ᄒ고 節序가 居然換易ᄒ니 心事ㅣ 自然不平이로다."

鸞城이 取出行中斗酒ᄒ야 以繁華辭說로 慰藉客懷ᄒ니 燕王이 飮數盃ᄒ고 因曰

"此頃皇城魚蟹ㅣ 可以做看이로다."

鸞城이 對曰

"妾이 俄見店外에 有賣魚者ㅣ러니 探問ᄒ리라."

ᄒ고 使店人出視ᄒ니 果買來數尾生魚어늘 鸞城이 大喜ᄒ야 入廚作羹홀시 手折薪口炊火ᄒ고 且奔忙洗鼎이어늘 燕王이 見之ᄒ고 心中自歎曰

'我ᄂᆞᆫ 不孝不忠ᄒ야 身爲謫客이나 彼ᄂᆞᆫ 無罪而苦楚ㅣ 非常이로다.'

ᄒ며 使之任於蒼頭而入室ᄒ라 ᄒ니 鸞城이 曰

"今已夜深人靜ᄒ니 似無他慮ㅣ라."

ᄒ고 使蒼頭爇火ᄒ고 鸞城은 暫入室中ᄒ야 陪燕王談笑이라가 旋入廚下ᄒ야 奉羹而歸ᄒ야 以待退熱이러니 燕王이 乘醉ᄒ야 擧著欲嘗ᄒᆫ딘 鸞城이 挽止ᄒ야 曰

"耕當問奴오 織當問婢라. 嘗烹飪之醎淡은 女子之事라 妾當先嘗이라."

ᄒ고 引器一飮이러니 忽擲器於地ᄒ고 疾呼曰

"相公은 勿飮此羹ᄒ소셔."

ᄒ고 渾身靑氣로 口吐鮮血而昏絶ᄒ니 不知何故오. 且看下回ᄒ라.

却說. 燕王이 遽當不意之變ᄒ야 急出行中解毒丹藥ᄒ야 使之呑下ᄒ고 觀其動靜ᄒᆯ식 韓御史ㅣ 聞而大驚ᄒ야 蒼黃來言曰

"家僮이 中毒이라 ᄒ니 此何事也잇고?"

燕王曰

"吾亦難解ㅣ라. 然이나 必欲害我ㅣ라가 家僮이 橫罹로다."

御史ㅣ 曰

"閣下ᄂᆫ 德望이 如雷어늘 此處에 豈有謀害之人이리오? 此必有苗脈이라."

ᄒ고 自己所率蒼頭를 ㅡㅡ招來ㅣ러니 其中一人이 杳無踪跡이라 御史ㅣ 大怒ᄒ야 號令左右ᄒ되 與燕府蒼頭로 一齊合力ᄒ야 跟捕以來ᄒ라 ᄒ며 仍告燕王曰

"下官이 從今以後로ᄂᆫ 爲閣下之門人이라 豈隱心曲ᄒ리잇고? 下官登程之時에 盧參政이 送其蒼頭一人ᄒ며 申託於下官ᄒ야 使之率往故로 不得已許之이오나 不知其故ㅣ러니 今日之事ㅣ 極爲殊常이라. 蒼頭ㅣ 豈

有無端逃走之理리오? 從速譏捕ㅣ 爲可ㅣ라."

ᄒᆞ더라.

却說. 董超·馬達이 隨燕王一行ᄒᆞ야 遠遠隨後而行ᄒᆞᆯ시 或覽山川風物
ᄒᆞ며 或獵山禽獸ㅣ러니 一日은 有鹿一首ㅣ 橫走前路라 兩將이 橫鎗馳
馬而逐之ᄒᆞ니 其鹿이 踰嶺而去어늘 因走馬越嶺ᄒᆞ니 谷深林茂ᄒᆞ야 十里
餘渺茫山谿에 未知鹿走何處오 有一老翁이 坐於巖上而閉睡ㅣ어늘 兩將
이 大呼曰

"彼老翁은 不見走鹿乎아?"

老翁이 顧視ᄒᆞ고 微笑而不答이어늘 馬達이 大怒ᄒᆞ야 揮鎗前進而責之
ᄒᆞ야曰

"何物老者ㅣ 衰如充耳로 問而不答은 何也오?"

老翁이 笑曰

"君等은 姑勿逐鹿ᄒᆞ고 急救人命ᄒᆞ라."

兩將이 始知其非常之人ᄒᆞ고 一齊投鎗而向前施禮ᄒᆞ고 請敎曰

"俄者所言이 果指誰乎잇가?"

老翁이 因出丹藥一個而授之曰

"君等은 持此藥ᄒᆞ고 踰此嶺ᄒᆞ야 向南而行數里ㅣ면 自然邂逅垂死之人
而救活ᄒᆞ리라."

ᄒᆞ고 言訖에 因忽不見이어늘 兩將이 相顧愕錯이라가 良久에 持其丹
藥ᄒᆞ고 依其指示ᄒᆞ야 踰山而南行이러니 夜已深矣ㅣ라. 從大路而行數里
ᄒᆞ니 有一個漢子ㅣ 茫茫然來라가 忽見兩將ᄒᆞ고 驚而掩面ᄒᆞ고 迂路而走
어늘 兩將이 相顧曰

"彼漢子氣色이 殊常ᄒᆞ니 吾等이 追執ᄒᆞ야 盤詰去處ᄒᆞ리라."

ᄒᆞ고 策馬追捕ᄒᆞ니 乃蒼頭服色이라. 問曰

"汝는 何人이완ᄃᆡ 夜深後獨行이며 見吾而驚走는 何故오?"

漢子ㅣ 慌忙對曰

"小的는 本以皇城蒼頭로 因急事而往南方이라가 今於還歸之路에 忽逢
將軍於無人之境하니 自然惶惻而走로소이다."

又問曰

"然則汝是誰家蒼頭ㅣ며 以何事로 往南方何處乎아?"

漢子ㅣ 驀地趑趄하야 言不知所出이어늘 兩將이 自思,

'吾等이 爲燕王하야 譏察奸人이라. 此漢子之擧措가 十分疑訝하니 不
可疎忽放送이라.'

하고 因下馬하야 詰問半晌에 故爲爭辨하니 其漢子ㅣ 愈爲着急하야曰

"小的는 果是走路紛忙하오니 兩位大人은 莫使路上行人으로 無端遲滯
하소셔."

하며 拂手欲走어늘 馬達이 莞爾而笑하고 益加堅執하야 曰

"吾等은 田獵少年이라. 聞此山中에 近有狐精하야 夜則下山而侵行人
이라 하더니 必變形爲蒼頭ㅣ니 當綁縛而往客店하야 使獵狗로 驗汝之眞
假하리라."

하고 斷轡而縛漢子하더니 忽自南方으로 火光이 衝天하며 六七個蒼
頭ㅣ 蔽路而來딕 漢子ㅣ 哀乞曰

"伏望將軍은 活此殘命하소셔. 小的ㅣ 與彼來者等으로 曾有讐怨하야
若被捉則死하리니 速放速放하소셔."

口不絶聲而言未已에 五六蒼頭ㅣ 已當前이어늘 兩將이 火光中에 見而
大驚曰

"爾等이 非陪燕王而往雲南之蒼頭乎아?"

蒼頭ㅣ 亦驚曰

"兩位將軍이 奚爲到此乎잇가?"

하고 因言荒郊店之狼狽하니 董馬兩將이 大驚하야 指其綁縛漢子하고
使視其形貌하니 諸蒼頭ㅣ 擧火照之하고 大呼曰

"果是奸人이니 幸勿疎虞하라."

ᄒ고 益加堅縛ᄒ야 與兩將으로 同向荒郊店而來ᄒᆯ시 燕府蒼頭ㅣ 密付
兩將之耳而言曰

"鸞城이 扮作家僮而來라가 中毒于店中ᄒ야 無回生之望이라."

ᄒ니 兩將이 愕然失色而相顧曰

"俄者老翁은 果是異人이라. 吾等이 旣持丹藥ᄒ니 當先行急救ᄒ리라."

ᄒ고 策馬至荒郊店ᄒ니 此時燕王이 萬里客地에 平生寵愛志氣相合之
紅娘이 今代自己而橫死ᄒ니 以大丈夫鐵石肝腸으로도 不禁抑塞慘毒之
心ᄒ야 抑天嘆曰

"怪哉라 造物之猜人也여! 我ㅣ 偶然相逢ᄒ야 閱盡無限風波와 無窮患
難ᄒ고 已斷之緣을 湊巧復續ᄒ야 數年風塵에 同其苦楚ᄒ고 窃擬與同富
貴ᄒ야 以期葱根白髮이러니 豈意未及中身[1]而有此窮慘ᄒ야 作非命寃魂
이리오?"

ᄒ고 復啓其衾而撫其身ᄒ니 玉貌花容이 已如冷灰ᄒ고 英發氣像과 聰
慧姿質이 頓然而消ᄒ야 溫氣之絶이 已久矣라. 復嘆曰

"已矣惜哉라! 我ㅣ 忍棄汝於此而去乎아! 埋玉靑山ᄒ고 遺珠綠水ᄂᆫ 自
古所惜이라. 皇天이 割我手足ᄒ고 奪我知己ᄒ시니 其不知者ᄂᆫ 謂我戀
戀情根이 思雲雨風情이라 ᄒ려니와 其知者ᄂᆫ 必曰 '雖有伯牙之山水琴
이나 恨世無鍾子期ㅣ라.' ᄒ리라."

兩行之淚ㅣ 潸然沾衿이러니 忽有慌忙數聲에 剝啄兩個少年이 茫茫然
入이어늘 視之ᄒ니 乃董馬兩人이라 前進問候歇에 燕王이 驚問曰

"將軍이 胡爲到此오?"

兩人이 觀其左右無人ᄒ고 對曰

"小將等이 欲效犬馬之誠이오나 敢問ᄒ노니 紅元帥患候何如잇고?"

燕王이 淚凝鳳眼ᄒ야 曰

---

1) 중신(中身): 마흔이 지난 나이.

"君等이 亦是數年風塵同苦之故人이라 豈不悵缺이리오? 一夜之霜이 忽然落花를 已無可言이나 公等은 但護其治喪ㅎ야 毋負舊日之誼ㅎ라."

董超ㅣ 卽自袖中으로 奉呈丹藥ㅎ고 因告老人의 所授之由ㅎ니 燕王이 半信半疑ㅎ야 卽調水而納口ㅣ러니 未及半晌에 鸞城이 口吐紅水ㅎ고 長息而旋臥어늘 燕王이 大喜ㅎ야 顧謂兩將曰

"鸞城之今日回甦는 兩將之所賜ㅣ라. 雖然이느 我는 今日罪人行色이오 將軍等은 舊日從事ㅣ라. 若爲同行則反添讒人之口舌이니 非徒有禍於將軍이라 且違謫客謹愼之道ㅣ로다."

兩將이 鞠躬對曰

"小將이 豈不知閣下之盛意乎잇가? 今紅元帥ㅣ 幸得回春ㅎ니 小將等이 當拜辭於此席ㅎ고 遍踏南方山川ㅎ야 欲消不平之懷ㅎ노이다."

燕王이 沉吟笑曰

"我知將軍之意어니와 死生은 天數ㅣ라. 將軍은 須勿過慮ㅎ고 卽速還歸ㅎ라."

兩將이 領命而去ㅎ니라. 已而오 諸蒼頭ㅣ 捉其漢子而至ㅎ니 燕王이 正色問曰

"汝ㅣ 與我無怨이어늘 無端置毒謀害는 何故오?"

漢子ㅣ 初則發明이러니 終乃吐實曰

"小的은 盧棥政宅心服下人으로 承主公之命而持毒藥ㅎ고 隨韓御史之行ㅎ야 欲害相公ㅎ야 百方周旋ㅎ오나 家僮이 須臾不離ㅎ고 食飮을 親執故로 不敢下手러니 適因家僮이 入房ㅎ고 炊火蒼頭ㅣ 困睡故로 敢試毒藥ㅎ얏스오니 萬死無惜이로소이다."

燕王이 微笑ㅎ고 漢子를 卽送于韓御史ㅎ야 使之處置ㅎ니 御史ㅣ 押送本縣ㅎ야 使牢囚而待朝令ㅎ니라.

此時鸞城이 服丹藥之後에 精神이 漸淸ㅎ고 身氣如常이라. 燕王이 向鸞城ㅎ야 備說董馬兩將의 偶逢老人ㅎ야 授丹藥之事ㅎ니 鸞城이 一喜一

悲ᄒᆞ야 嘆曰

"此必吾師白雲道士ㅣ라."

ᄒᆞ고 向西天再拜而謝ᄒᆞ고 悲悵含淚ᄒᆞ더라. 翌日燕王이 發行前進ᄒᆞ야 十餘日에 至桂林地界ᄒᆞ니 此距皇城이 六千里라. 山川이 童濯ᄒᆞ고 人家ㅣ 稀少ᄒᆞ야 或百餘里에 無旅店이라 尋一座客店而歇宿ᄒᆞ니 名曰草料店이라. 前後左右에 積柴如山이어늘 招店主而問其故ᄒᆞᆫ딕 對曰

"此地ᄂᆞᆫ 柴草ㅣ 極貴ᄒᆞ고 又與南蠻接界라 猝有兵革이면 店民與村人等이 憂大軍之草料ᄒᆞ야 每於秋冬之交에 豫爲準備ᄒᆞ야 處處如此ᄂᆞ이다."

此夜에 鸞城이 從容告于燕王曰

"此處에 似或有奸人衝火之變ᄒᆞ니 不可放心이라."

申飭蒼頭一行ᄒᆞ야 勿卸行李與車仗ᄒᆞ고 團束而待ᄒᆞ라 ᄒᆞ고 鸞城이 親自周行於客店前後ᄒᆞ야 察其地形ᄒᆞ니 店後에 有一座土山ᄒᆞ야 山雖不高ㅣ나 童濯亦立이어늘 鸞城이 心中大喜ᄒᆞ야 還到客室ᄒᆞ야 陪燕王ᄒᆞ고 不解衣帶而坐ㅣ러니 夜至四五更에 店人은 各自歸宿ᄒᆞ고 萬籟俱寂이어늘 鸞城이 告燕王曰

"此正危殆之時오니 暫上店後土山而避禍ᄒᆞ소셔."

燕王이 笑曰

"此非鸞城이 自劫乎아?"

對曰

"雖虛實을 難測이나 不可不念이니이다."

ᄒᆞ고 使數個蒼頭로 密移行具ᄒᆞ야 登其土山ᄒᆞ니라.

且說. 紅娘이 陪燕王ᄒᆞ고 徒步上山ᄒᆞ니 店人은 尙未覺知ᄒᆞ더라. 已而오 火起於店東柴草堆ᄒᆞ야 頃刻之間에 四面火光이 衝天ᄒᆞ야 疾如流星이라. 店民等이 方始大驚ᄒᆞ야 欲救而不得이오 韓御史ㅣ 亦嘆息이 未定ᄒᆞ야 衣冠을 未及整齊ᄒᆞ고 冒火焰而顚倒上山ᄒᆞ니 此時에 東南風이 大作ᄒᆞ야 火烈風猛ᄒᆞ니 上下客店이 燎如一髮이라. 燕王一行은 旣已上山而

免禍ㅣㄴ 韓御史之車仗馬匹과 數個蒼頭를 不得救出이라. 御史ㅣ 方知燕王所在處ᄒ고 訪至而問曰

"閣下ㅣ 何以預知잇고?"

燕王이 笑曰

"晚生이 豈能預度이리오마ᄂ 但死生이 在天이라 非人力之所强이라."

ᄒ더니 言未畢에 吶喊之聲이 擾亂於山下ᄒ면셔 十餘名漢子ㅣ 各持短兵ᄒ고 大呼曰

"吾儕ᄂ 綠林客이라. 若有禦畏之人이어든 行中財物을 斯速搜出ᄒ라."

ᄒ고 大呼而上山이라. 鸞城이 急舞雙劍而欲取漢子ᄒ더니 適有兩個少年이 挺鎗縱馬ᄒ야 衝突火光而入ᄒ야 大罵曰

"奸人은 莫敢唐突ᄒ고 廷頸受鎗ᄒ라! 汝ㅣ 旣爲衝火於大軍草料堆ᄒ야 作彌天大罪ᄒ고 又無故而欲害過客耶아?"

刺倒數個漢子ᄒ니 諸漢子ㅣ 一時逃走어ᄂ 其少年이 因東衝西突ᄒ야 厮殺一場ᄒ고 大呼曰

"吾等은 田獵少年이라. 適見賊漢之衝火作變ᄒ고 欲求而來라가 因卽歸去ᄒ노라."

ᄒ며 向南馳馬而去ᄒ니 此非別人이오 卽董超·馬達이니 此時兩人이 復從燕王而來라가 遠見草料堆之火起ᄒ고 急救而還이라. 燕王及鸞城은 雖已預料나 韓御史ᄂ 且驚且喜ᄒ야 半晌後에 始鎭精神ᄒ고 點檢自己蒼頭ᄒ며 收拾行裝ᄒ니 兩個蒼頭與馬匹車仗은 已入於灰燼中이라 衆皆嗟愕不已ᄒ고 欲歸於客店이ㄴ 火焰이 猶不熄ᄒ고 店民死者ㅣ 亦無數ᄒ더라. 御史ㅣ 方號令諸蒼頭ᄒ야 曳來中鎗賊漢ᄒ니 兩個漢子ㅣ 雖中傷而尙不死ㅣ라.[2] 御史ㅣ 大怒曰

---

2) [교감] 御史ㅣ 方號令諸蒼頭ᄒ야~雖中傷而尙不死ㅣ라: 적문서관본 영인본 299쪽에는 이 부분이 인쇄상 누락으로 빠져 있으나, 의미상 필요한 부분이기에 덕흥서림본 제2권 78쪽의 내용으로 보충한다.

“汝以何許强盜로 昇平世界에 無故衝火ᄒ며 劫迫過客乎아?”

其漢子ㅣ 垂頭不答이라. 御史ㅣ 益怒ᄒ야 令左右로 拷問ᄒᆫᄃᆡ 始供曰

“小的ᄂᆫ 乃盧參政之所送이라. 參政이 派送三隊人ᄒ야 欲害燕王ᄒ니 第一隊ᄂᆫ 隨行韓御史之蒼頭ㅣ오 第二隊ᄂᆫ 小的等十餘人이라. 觀勢而衝火ᄒ되 事若不成이어든 變作綠林客ᄒ야 殺害燕王而來ㅣ면 重賞千金云故로 小的等이 貪財而犯死罪이오니 惟願速死ᄒ노이다.”

御史ㅣ 默然良久에 復問曰

“旣然如此則第三隊奸人은 向何處而往고?”

對曰

“第三隊人은 刺客이라 路殊而頗秘故로 但聞其派送이오 不知其所在處로소이다.”

御史ㅣ 曰

“汝輩ᄂᆫ 非但劫我一行之罪ㅣ라 燒火大軍草料場ᄒ니 不可得生ᄒ리라.”

ᄒ고 分付於本縣ᄒ야 使之押囚ᄒ야 以待朝令ᄒ고 馬匹車仗을 托本縣準備ᄒ니라.

此時에 上下客店이 盡入回祿3)中ᄒ야 頗無住接處ㅣ라. 燕王與御史ㅣ 經夜於山上ᄒ고 翌日에 發行前進ᄒ야 六七日後에 始至雲南地方ᄒ야 定一座客店ᄒ야 經夜ᄒᆯᄉᆡ 月色은 明朗ᄒ고 天氣ᄂᆫ 蕭瑟ᄒ니 南方八月이 如中國六七月氣候ㅣ러라. 燕王이 開牕而見月色ᄒ고 無聊而坐ᄒ니 竹林에 鵑啼不如歸ᄒ고 石壁에 猿嘯斷腸聲이로다. 寢不能成ᄒ야 與鸞城으로 携手而徘徊月下러니 自墻頭로 寒風이 忽起而枯葉이 飛下어ᄂᆞᆯ 鸞城이 大驚ᄒ야 拔芙蓉劍而陪立燕王이러니 須臾에 一個漢子ㅣ 閃忽踰墻ᄒ야 飛也似來犯燕王이어ᄂᆞᆯ 鸞城이 慌忙揮雙劍而防敵ᄒ니 漢子ㅣ 便擧霜

---
3) 회록(回祿): 화재를 맡은 신. 불이 나는 재앙.

刃ᄒ야 捨燕王而赴鸞城ᄒ야 月下劍光이 紛紛若飛雪ᄒ며 鬪至半晌에 漢子ㅣ 竟倒地而歎曰:

"我ㅣ 曾以劍術橫行에 天下無敵이러니 如此劍術은 今者初見이니 此ᄂ 天必殺我ㅣ로다."

燕王이 怒叱曰

"汝以何許漢子로 爲誰而欲害行旅乎아?"

此時韓御史一行與燕府蒼頭ㅣ 一齊咸集ᄒ야 燈燭이 輝煌ᄒ더니 其漢子ㅣ 從火光中ᄒ야 乍看燕王ᄒ고 問曰

"相公이 六七年前赴擧之時에 非路過蘇州乎잇가?"

燕王曰

"汝ㅣ 何以知之오?"

漢子ㅣ 歎曰

"小的이 有眼而不識英雄君子ᄒ고 再犯死罪ᄒ오니 相公이 或記蘇州路上之綠林客乎잇가?"

燕王이 始覺而驚曰

"汝以十年賊漢으로 尙不改舊習ᄒ고 復以刺客으로 爲其能事ᄒ니 雖有昔日顔面이ᄂ 罪不可赦로다."

漢子ㅣ 喟然長嘆曰

"縱蒙相公洪度之赦ㅣ라도 今旣重傷於劍ᄒ야 更不可爲完人이어니와 但所恨은 貪氽政之千金ᄒ야 幾殺君子ᄒ니 生爲無眼之賊漢이오 死爲無義之刺客이라 更誰怨尤乎잇가?"

ᄒ고 言訖에 擧劍自刎이어늘 燕王이 反爲惻然ᄒ야 出給數兩銀子於主人ᄒ야 使之掩土ᄒ고 向韓御史ᄒ야 語前日蘇州逢賊之事ᄒ니 御史與左右ㅣ 皆嘆服이러라. 更過五六日後에 抵致雲南謫所ᄒ니 知府ㅣ 出見燕王ᄒ고 欲定館所於官府어늘 燕王이 辭曰

"晩生이 以罪人으로 安敢處官府ㅣ리오?"

ᄒ고 出城外ᄒ야 得數間民家而居之ᄒ니라. 數日後韓御史ㅣ 告歸ᄒᆯᄉᆞᆯ 不勝悵然曰

　"下官이 他日에 拜謁於門下ᄒ야 今日未盡學之文章道德을 更學於後日 ᄒ려니와 今歸復命ᄒ고 隨卽上表ᄒ야 略陳歷路所見ᄒ고 還爲彈劾盧均 誤國之罪ᄒ리이다."

　燕王이 大驚曰

　"不可不可ᄒ다! 兄與我ㅣ 數月同行則其言이 不得爲公이오 只恐反爲 小人之口實이로다."

　御史ㅣ 唯唯ᄒ고 流淚而告曰

　"願閣下ᄂᆞᆫ 爲國家ᄒ야 保重尊體ᄒᆞ소셔. 以皇上日月之明과 河海之量 으로 追悔不遠ᄒᆞ시리이다."

　燕王이 亦悵然曰

　"以晩生之不忠으로 貽勞於兄이 如此ᄒ니 惟望保重於遠路이오며 幸得 不死ㅣ면 更有相逢之日ᄒ리이다."

　御史ㅣ 不忍遽起ᄒ야 家僮蒼頭를 面面作別而登程ᄒ니 燕王이 亦遣蒼 頭一人於本第ᄒ야 以報無事到配ᄒ니라.

　且說. 盧均이 放逐燕王之後에 威權이 日盛ᄒ야 門客家人이 盤據朝廷 ᄒ고 姻婭親戚이 騰揚宦路ᄒ야 外巧飾而鉗抑朝廷ᄒ고 內阿諛而欺罔君 父ᄒ니 天子ㅣ 愈益信用ᄒᆞ사 朝廷大小事ㅣ 悉入掌握이라 心滿意足에 揚揚自得ᄒ야 少無忌憚이나 惟畏燕王之忠直ᄒ야 苦待雲南回報이러니 一日은 第二派奸人等이 逃還ᄒ야 悉告狼狽消息ᄒ니 叅政이 大怒ᄒ야 重治家人ᄒ고 更思ᄒᄃᆡ

　'我ㅣ 不失上寵ᄒ고 專執朝權ᄒ니 燕王이 雖有皐夔稷契과 龍逢[4]·比

---

4) 용방(龍逢): 하(夏)나라의 충신 관용방(關龍逢). 걸왕(桀王)의 폭정에 대해 '무거운 돌(危石)을 머리에 이고, 봄 얼음(春氷)을 밟는 격'이라고 간언하다가 죽임을 당했다.

干[5]之忠이라도 終不免南方客鬼ᄒᆞ리라.'

ᄒᆞ고 乃思一計ᄒᆞ야 請董協律ᄒᆞ니 盧均이 更生何計오? 且看下回ᄒᆞ라.

<hr/>

5) 비간(比干): 상(商)나라의 충신. 성은 자(子)이고, 이름은 비(比). 간(干)이라는 땅에 봉해져 비간(比干)이라고 불린다. 상나라의 28대 태정제(太丁帝)의 둘째 아들로, 주왕(紂王)의 숙부다. 사람됨이 곧고 강직해 주왕의 폭정을 바로잡으려 간언하다 잔인하게 살해되었다. 주왕은 "성인(聖人)의 심장에는 구멍이 일곱 개 있다고 들었다"면서 비간의 충심(忠心)이 진짜인지 확인하겠다며 그의 심장을 꺼내도록 했다.

## 望仙臺盧均迎道士 太淸宮天子會王母
### 第二十九回

却說. 自古小人之誤國이 推究其原則不過以患得患失之心으로 迷惑君父ᄒ야 駸駸然遂至亡國ᄒ니 旣誤國家ㅣ면 豈能長享富貴리오? 此時盧均이 請董弘ᄒ야 辟左右而執董弘之手ᄒ고 乃長嘆曰

"老夫ㅣ 與學士로 從容相對之日이 不久ᄒ리니 豈不寒心乎아?"

弘이 驚問曰

"是何言也잇가?"

盧均이 更嘆曰

"老夫ㅣ 與燕王으로 勢不兩立은 學士之所知라. 今皇上이 欲復用燕王이라 ᄒ니 老夫ㅣ 豈可坐受滅族之禍리오? 寧辭職而歸鄕ᄒ야 埋骨於先塋之下ᄒ리라."

弘이 慰之曰

"弘이 近頃에 晝夜近侍ᄒ야 寵愛를 如家人父子ᄒ니 豈不知天意乎잇가? 向閣下而際遇ㅣ 隆崇ᄒ시고 尙無召還燕王之意ᄒ시니 閣下ᄂᆫ 勿憂ᄒ소셔."

均이 笑曰

"學士는 少年이라 曾未經歷世故ᄒ니 豈知如許幾微리오? 諺에 云 '老馬ㅣ 識路ㅣ라.'ᄒ니 老夫ㅣ 立朝四十餘年에 已經無限宦海風波ᄒ야 目睹吉凶禍福之得失ᄒ고 白髮이 星星ᄒ니 豈不料前程休戚이리오? 夫人君之寵愛其臣이 譬如男子之寵愛其妾ᄒ야 厭舊而好新ᄒ나니 君亦本以微賤踪跡으로 以音樂事君ᄒ니 是何異於紅顏佳人이 以歌舞姿色으로 承寵於丈夫乎아? 聖上이 雖以仁愛로 擢君ᄒ야 數月之間에 官爵이 如彼其爀爀이나 朝廷之猜疑와 君子之排斥이 方待其時ᄒ니 若一朝에 新人이 衰ᄒ야 紅顏이 渝色하고 歌舞ㅣ 支離則猜疑之讒과 排斥之言이 豈有容貸之理리오? 老夫ㅣ 與君으로 結男妹之義ᄒ야 痛痒休戚에 同功一體라 君安則我安ᄒ고 君危則我危ᄒ리니 豈不爲君深慮리오?"

弘이 起而再拜曰

"閣下之愛弘이 至此ᄒ시니 弘當結草以報어니와 從今以後로는 千萬操心ᄒ야 不得罪於朝廷이면 以聖上日月之明으로 豈至於此리오?"

均이 笑曰

"君言이 雖忠直이나 反不識時勢로다. 猛虎ㅣ 出阱에 愈益傷人ᄒ나니 燕王은 人中猛虎ㅣ라. 今日遠謫은 實出於君與老夫之所爲니 君雖千萬謹愼ᄒ야 無得罪於朝廷이나 已得罪於燕王에 何오?"

弘이 垂頭而黙然良久에 對曰

"弘이 不敏ᄒ야 未知生路ᄒ오니 閣下는 明以敎之ᄒ소셔. 雖赴湯蹈火ㅣ라도 唯命是從호리이다."

均이 大喜ᄒ야 是夜에 與弘으로 共入後園暗室ᄒ야 秘密酬酌ᄒ니 嗟乎ㅣ라 小人之用心이여! 安於磐泰之數百年宗社를 一朝翻覆ᄒ야 危於一髮ᄒ니 豈非人君之所省戒乎ㅣ리오? 此時天子ㅣ 每與盧參政·董協律로 夜則聽樂於儀鳳亭ᄒ더니 當皇上誕辰ᄒ야 皇太后ㅣ 放生於放生池ᄒ고 放釋獄囚ᄒ고 語于皇上曰

"燕王楊昌曲이 面折廷爭ᄒ야 雖有辭氣之過激이나 論其本心ᄒ면 出於丹忠이라. 今旣竄配於絶域則足贖其罪니 今日亦赦而召還이 似好ㅣ로다."

上이 笑曰

"小子ㅣ 豈不知昌曲之丹忠이리잇고마ᄂ 但出將入相ᄒ야 少年大臣으로 名望威權이 太重故로 欲折其銳氣ㅣ나 其到配之報ㅣ 尙未來抵ᄒ고 且數月之間에 如此赦典은 不可ᄒ오니 當從速收用ᄒ리이다."

太后ㅣ 不悅曰

"陛下之眷顧昌曲이 雖曰盡矣ㅣ나 豈不爲聖德之瑕累乎아?"

ᄒ시더라. 上이 自朝至暮히 受羣臣之賀ᄒ고 便服而坐러니 已而오 一輪明月이 出於東天ᄒ며 耿耿星漢이 淸朗蕭瑟ᄒ야 雖仲冬天氣나 恰如淸秋ㅣ라. 乃召盧參政·董恊律ᄒ사 設夜宴於儀鳳亭ᄒᆯᄉᆡ 命宗親近侍與妃嬪宮妾ᄒ야 使之參宴ᄒ시고 使梨園弟子로 先爲奏樂ᄒ고 數三宮女로 舞霓衣舞ᄒ라 ᄒ시니 鳳笙龍管은 達於雲霄ᄒ고 翠袖紅衫은 拂於月下라. 酒行數巡에 龍顔이 帶韶光ᄒ사 親引寶瑟ᄒ야 彈數曲ᄒ시니 左右ㅣ 齊呼萬歲ㅣ어날 上이 欣然而笑ᄒ사 顧董弘ᄒ시고 下賜御前笙簧ᄒ샤 曰

"卿其吹王子晉之舊調ᄒ야 以滌人間塵累ᄒ라."

ᄒ신ᄃᆡ 弘이 俯伏祗受ᄒ야 憂然奏一曲ᄒ니 上이 微笑曰

"此聲이 嘹亮哀怨ᄒ고 斷續凄切ᄒ야 古詩에 云 '羌笛이 何須怨楊柳오?'ᄒ니 此ᄂ 楊柳曲이라. 但其音調ㅣ 凡常ᄒ야 近於時俗ᄒ니 更吹他曲ᄒ라."

董弘이 卽變律呂ᄒ야 更奏一聲ᄒ니 上이 讚之曰

"此聲이 淸和嘹亮ᄒ고 淡蕩蜿蜒ᄒ야 古詩에 云 '李謨擪笛傍宮墻이라.'[1]"

---

1) [교감] 이모엽적방궁장(李謨擪笛傍宮墻): 적문서관본 영인본 303쪽에는 '만성명월하양주(滿城明月下楊州)로 되어 있으나, 이는 『옥루몽』 원본이 전승되는 과정에서 변이가 생긴 것으로 여겨져 바로잡는다. 이 시구는 조선의 김상헌(金尙憲, 1570~1652)이 중국에 사신으로 갔을 때

ᄒ니 此ᄂ 梁州曲[2]이라. 此曲이 蕭條ᄒ야 不得和暢ᄒ니 又吹他曲ᄒ라.”

董弘이 乃調律呂ᄒ야 低正聲ᄒ고 高新聲ᄒ야 更奏一聲ᄒ니 上이 聽之良久에 怡然而笑ᄒ시고 玉手로 擊案ᄒ시며 曰

“風流之樂이 豈至於斯ㅣ리오? 朕이 心醉神濃ᄒ야 不知置身於何處ᄒ노니 此豈非玉樹後庭花乎아?”

董弘이 微笑ᄒ고 變中聲ᄒ야 又吹一曲ᄒ니 上이 和悅ᄒ사 顧左右曰

“快哉快哉라 此曲이여! 携楊太眞ᄒ고 登沈香亭ᄒ야 華奴之琵琶와 閣奴之淸歌로 佚蕩豪放ᄒ니 此ᄂ 李三郞之風流ㅣ 過人ᄒ야 梨園羯鼓로 催百花之羯鼓催花曲이라. 後人이 雖歸罪三郞而責其放蕩이나 以四海之富와 萬乘之尊으로 豈可拘束一生ᄒ야 心志之欲과 耳目之樂을 不能任意리오? 朕이 今日에 率妃嬪宮妾ᄒ고 上儀鳳亭ᄒ야 得聞董協律之奏樂하니 何可讓頭於李三郞之豪放이리오? 少年天子之風流過失을 卿等은 容恕ᄒ라.”

言訖에 命宮娥進酒ᄒ야 三四盃後에 玉顔醉暈이 帶九重仙桃之春色ᄒ니 羣臣上下와 妃嬪宮妾이 次第奉觴ᄒ야 連呼萬歲러니 董弘이 復擧笙簧ᄒ야 變律呂而奏一曲ᄒ니 其聲이 凄愴飛揚하고 蕭瑟慷慨ᄒ야 習習之風이 起於座上ᄒ고 點點玉漏가 漸催曉色ᄒ야 星月이 慘淡ᄒ고 風露ㅣ 凄凉이어날 滿座ㅣ 不覺愀然이라. 上이 急搖玉手而止之ᄒ고 黙黙向月ᄒ사 憫然自失ᄒ더니 顧謂盧均曰

---

지는 「초지등주初至登州」의 결구(結句)에서 가져온 것으로, 명나라를 배경으로 하는 『옥루몽』의 내용에 부합하지 않는다. "남쪽 상인 북쪽 길손 모래밭에 모여들고, 익조를 그린 푸른 구슬발 어디서 온 배인가? 죽지가를 부르며 나란히 지나가니, 성 가득 밝은 달 비쳐 양주와 비슷하네(南商北客簇沙頭, 畫鷁靑簾幾處舟, 齊唱竹枝聯袂過, 滿城明月似楊州)." 이 부분이 신문관본 제3권 4쪽에는 '이모엽멱방궁쟝'으로 되어 있다. 이는 당나라 시인 원진(元稹, 779~831)의 장시 「연창궁사連昌宮辭」의 한 부분인 "어느덧 대편 양주곡(梁州曲)이 다 연주되고, 여러 가지 구자악(龜玆樂)이 연이어 울리네. 이모는 피리를 들고 궁전 담 곁에서, 새로 작곡한 몇 가지 곡조를 훔쳐 베끼네(逡巡大徧梁州徹 色色龜玆轟綠續. 李謨攲笛傍宮墻, 偸得新翻數般曲)"에 있는 시구로, 양주곡이 연주되는 문맥이 나오므로, 신문관본의 내용이 『옥루몽』 원본에 부합한다.
2) [교감] 양주곡(梁州曲): 적문서관본 영인본 303쪽에는 '양주곡(楊州曲)'으로 되어 있으나, 문맥상 오류이므로 바로잡는다.

"卿知此曲乎아? 白日은 西歸ᄒᆞ고 流水는 東去ᄒᆞ니 富貴行樂이 一片浮雲이라 豈非漢武帝之北山調乎아? 古人이 云 '興盡悲來ᄒᆞ고 榮極哀生이라.'ᄒᆞ니 正謂今夜之懷로다. 嗟乎ㅣ라! 朝如靑絲暮成雪ᄒᆞ니 靑春紅顔이 都是一場春夢이라. 四海之富와 萬乘之貴를 將何爲哉오? 卿은 博覽古書ᄒᆞ야 多識前代興亡ᄒᆞ니 以何道力으로 化天下ᄒᆞ야 躋彼春臺[3]壽域ᄒᆞ야 有樂無哀ᄒᆞ고 有生無死ᄒᆞ야 與天地同老ᄒᆞ리오?"

盧均이 奏曰

"臣은 聞之ᄒᆞ오니 三皇은 無爲ᄒᆞ야 享國一萬八千歲요 五帝는 制禮作樂ᄒᆞ야 上而感天地神祇ᄒᆞ고 下而受祥瑞福祿ᄒᆞ야 黃帝는 在位百年에 壽ㅣ 百十歲요 少昊는 在位九十年에 壽ㅣ 百四十歲요 顓頊은 在位八十年에 壽ㅣ 九十八歲요 帝嚳은 在位七十年에 壽ㅣ 百五十歲요 帝堯는 在位九十八年에 壽ㅣ 百十八歲요 帝舜은 在位五十年에 壽ㅣ 百十歲요 周穆王은 在位百年에 壽ㅣ 百七十歲라. 臣이 曚昧於古蹟ᄒᆞ야 不得明白이오나 豈不知春臺壽域에 有樂無哀ᄒᆞ야 與天地同老乎잇가?"

上이 笑曰

"朕意喬山[4]에 有黃帝塚ᄒᆞ고 以秦皇[5]·漢武之英傑로도 驪山[6]·茂陵[7]에 秋草蕭蕭ᄒᆞ니 自古以來로 必無長生之術이로다."

---

3) 춘대(春臺): '봄의 전망 좋은 고층 전각'이라는 뜻으로, '성(盛)한 세상'을 비유하는 말.

4) 교산(喬山): 중국 섬서성(陝西省) 중부현(中部縣) 서북방에 있는 산으로, 고대 전설상의 임금인 황제(黃帝)가 묻혔다는 산. 황제가 형산(荊山)의 정호(鼎湖)에서 정(鼎)을 주조하고는 득도(得道)해 신선이 되어 용을 타고 하늘로 올라가자, 신하와 후궁 가운데 황제를 따라 올라간 자가 70여 명이었다. 미처 용의 몸에 올라타지 못한 자들은 용의 수염을 잡고 올라갔는데, 수염이 끊어져 황제가 가지고 있던 활과 함께 떨어졌다. 이에 사람들이 활과 용의 수염을 잡고 통곡하고는, 이를 가지고 교산에서 장사지내고 능을 만들었다고 한다.

5) 진황(秦皇, BC 259~BC 210): 중국 최초의 중앙집권적 통일 제국인 진(秦)나라를 건설한 시황(始皇). 법령을 정비하고 군현제를 실시했으며 문자·도량형·화폐를 통일했다. 북으로 흉노족을 격파해 황하 이남 땅을 되찾고 만리장성을 건설했다. 그러나 사상 통일을 꾀한다고 분서갱유(焚書坑儒)를 감행하고, 아방궁(阿房宮)과 여산(驪山) 기슭의 수릉(壽陵)을 비롯한 토목공사에 국력을 낭비했으며, 만년에는 불로장생의 선약을 구하는 등 인민의 고통을 가중시켰다.

均이 對曰

"秦皇·漢武는 唯事征伐ᄒ고 專務刑政ᄒ야 平生에 不脫物欲ᄒ니 何得長生之術이리잇고? 黃帝軒轅氏는 治成制定之後에 崆峒山[8]에 七日齋戒ᄒ고 逢廣成子[9]而白日飛昇ᄒ니 喬山에 虛葬弓劍이라. 今陛下ㅣ 卽位以來로 德政敎化ㅣ 上合天道ᄒ시고 下得人心ᄒ사 雨順風調ᄒ고 民生이 安樂ᄒ니 當頌德而告天地ᄒ고 封禪[10]泰山[11]ᄒ야 以求長生之術則可駕鼎湖[12]之飛龍이오 可御瑤池[13]之八駿이니 羨門[14]·安期生[15]之術과 蓬萊瀛洲之不死藥을 何難坐而致之리잇고?"

上이 大悅ᄒ사 卽拜盧均ᄒ야 爲紫宸殿太學士兼欽天舘知禮官ᄒ고 封

---

6) 여산(驪山): 중국 섬서성(陝西省) 임동현(臨潼縣) 동남의 지명. 이곳에 진시황의 능이 있다.

7) 무릉(茂陵): 중국 섬서성(陝西省) 홍평현(興平縣) 동북쪽에 있는, 전한(前漢)의 무제(武帝)의 능. 한나라 제릉(帝陵) 중 최대 규모다.

8) 공동산(崆峒山): 중국 감숙성(甘肅省) 평량(平涼)에 있는, 도교 제일의 명산.『장자』「재유편在宥篇」에 따르면, 황제헌원씨(黃帝軒轅氏)가 일찍이 몸소 공동산에 올라, 이곳에 은거하던 도교의 신선인 광성자(廣成子)를 찾아가 지도(至道)와 치신(治身)의 가르침을 청했다고 한다.

9) 광성자(廣成子): 중국 고대의 선인(仙人). 공동산(崆峒山)의 석실(石室)에서 진리와 도를 닦으면서 살았다. 나이가 1200살이 되었는데도 늙지 않았다고 하며, 황제(黃帝)가 그의 소문을 듣고 두 번이나 찾아가 가르침을 청했다고 한다.

10) 봉선(封禪): 중국 제왕이 정치상의 성공을 천지에 보고하고자 산동성(山東省) 태산(泰山)에서 행한 국가적 제전. 원래 산정(山頂)에서 하늘에 지내는 제사를 '봉(封)', 산록(山麓)에서 땅에 지내는 제사를 '선(禪)'이라고 하며, 이 둘을 합쳐 봉선의 제전(祭典)이 성립되었다. 최초의 봉선은 진시황 때 행해졌고, 그뒤 한 무제 때 행해졌다.

11) 태산(泰山): 중국 산동성(山東省) 태안현(泰安縣)에 있는 산. 5대 명산인 오악(五嶽) 중 동쪽에 있으므로 '동악'으로도 불린다. 오악 중 으뜸으로 꼽히는 곳으로, 예로부터 중국인이 가장 성스럽게 여겨 역대 제왕은 이곳에서 하늘에 제사지내는 봉선 의식을 거행했다.

12) 정호(鼎湖): 중국 고대 임금인 황제(黃帝)가 형산(荊山)의 정호에서 정(鼎)을 주조하고는 득도해 신선이 되어 용을 타고 하늘로 올라갔다고 한다.

13) 요지(瑤池): 곤륜산(崑崙山)에 있으며, 주(周)나라 목왕(穆王)이 팔준마를 타고 요지에 가서, 불사약을 가진 선녀인 서왕모(西王母)를 만났다고 전한다.

14) 연문(羨門): 진(秦)나라 때의 선인. 이름은 자고(子高). 진시황이 사람을 시켜 그를 동해에서 찾으려 했다고 한다.

15) 안기생(安期生): 진(秦)나라 때의 선인. 진시황이 동해에서 그와 사흘 밤낮에 걸쳐 이야기를 나누었는데, 안기생은 그 당시 이미 1000살이었다고 한다. 한 무제 때 이소군(李少君)이 안기생을 동해에서 봤다고 전한다.

禪節次及求仙擧措를 講論以入ᄒ라 ᄒ신ᄃᆡ 均이 乃召知禮之士와 方術之
士ᄒ니 燕齊之間의 迂怪荒誕之輩ㅣ 雲集於盧均門下러라. 均이 乃作千餘
間大廈於紫禁城內ᄒ고 名曰太淸宮이라 ᄒ야 天子ㅣ 下賜親筆扁額ᄒ시
고 復以均으로 爲太淸宮太學士ᄒ시니 制度之宏傑과 樓觀之壯麗가 愈加
於漢之蜚廉桂觀16)이러라. 會中一個方士ㅣ 謂均曰

"聖上이 方三皇五帝之古禮ᄒ고 欲追羨門·安期之遺跡ᄒ시니 此ᄂᆞᆫ 千古
盛事ㅣ라 當請物外之道士ᄒ야 先祭於皇天ᄒ고 祈其壽福이 爲可ㅣ라."

ᄒ거날 均이 大喜曰

"吾亦有此意나 現無道術高士ᄒ니 君或遊於方外而有聞이어든 薦而請
之ᄒ라."

方士ㅣ 大喜曰

"廣大世界에 豈無一個高士리오? 南方에 有一道士ᄒ니 道號ᄂᆞᆫ 靑雲道
士ㅣ라. 道術이 精通ᄒ고 才藝ㅣ 特高ᄒ야 雲遊四方ᄒ나니 若欲請之인
ᄃᆡ 盡誠而尋其所在ᄒ야 禮以迎之則庶幾其來ᄒ리이다."

均이 曰

"吾奉聖旨ᄒ야 爲國家ᄒ야 祈壽福祥瑞어날 豈可怠慢이리오?"

於是에 七日齋戒ᄒ고 具禮幣하야 送數個方士홀ᄉᆡ 方士等이 復告曰

"靑雲道士ㅣ 有十分神通ᄒ야 俯視十方ᄒ니 閤下ᄂᆞᆫ 一段誠心으로 沐
浴齋戒ᄒ고 以待之ᄒ소셔."

均이 喜而許之ᄒ니라.

且說. 靑雲이 侍白雲道士ᄒ고 在於叢簧嶺白雲洞之時에 紅娘은 下山ᄒ
고 白雲道士ㅣ 將歸西天홀ᄉᆡ 謂靑雲曰

"顧汝工夫ㅣ 未成ᄒ여 不得與老夫同歸라. 姑留於此處而修道ᄒ라."

ᄒ고 又曰

---

16) 비렴계관(蜚廉桂觀): 한 무제가 장안에 건립한 도교 사원(道觀)인 비렴관과 계관.

"汝本心狹ᄒᆞ고 頗有小才ᄒᆞ니 實爲老夫之所憂ㅣ라. 愼勿恃雜術而出脚人間ᄒᆞ라."

靑雲이 再拜受命ᄒᆞ고 奉別師父後에 仍居白雲洞이러니 一日은 忽自思曰

'我ㅣ 一生에 不出山門外ᄒᆞ고 所學道術을 試之無處ᄒᆞ니 暫遊四方ᄒᆞ야 以廣見聞호리라.'

ᄒᆞ고 遂遠遊西域國ᄒᆞ고 東攀若木[17]而上觀桑山ᄒᆞ야 望見扶桑[18]ᄒᆞ고 北上玄象門[19]ᄒᆞ야 俯視盤木하고 乃喟然長嘆曰

"天地ㅣ 雖曰廣大나 不過爲手掌이어날 豈可以拘束平生ᄒᆞ야 有所恐怵이리오?"

ᄒᆞ고 遍踏北方諸國에 自稱靑雲道士ㅣ라 하고 或說禍福ᄒᆞ야 以占吉凶ᄒᆞ며 或試道術ᄒᆞ야 以誇才藝ᄒᆞ니 北方諸國에 聲名이 震動ᄒᆞ더라. 靑雲이 笑曰

"北狄은 無可與言者ㅣ라."

ᄒᆞ고 更望中原而笑曰

"最得天地文明之氣ᄒᆞ니 必才士ㅣ 輩出於其間이라."

ᄒᆞ고 暗變其身ᄒᆞ야 化爲乞人ᄒᆞ고 入皇城ᄒᆞ야 觀風察俗ᄒᆞ며 欲遇非常之人이러니 此時에 盧均이 適當路ᄒᆞ야 放逐燕王ᄒᆞ고 小人이 滿朝ㅣ라 靑雲이 一笑ᄒᆞ고 心中에 自思ᄒᆞ되

'吾曾聞之ᄒᆞ니 天下九州에 中原이 爲首ㅣ라 ᄒᆞ더니 擾亂如此ᄒᆞ야 有

---

17) 약목(若木): 고대 신화 속에 나오는 나무의 이름. 서방의 해가 지는 곳에서 자라는 큰 나무라 한다. 『산해경山海經』「대황북경大荒北經」에 "대황(大荒)의 가운데 형석산(衡石山)·구음산(九陰山)·형야산(洞野山)이 있고, 그 위에 적색 줄기와 청색 잎과 적색 꽃이 핀 나무가 있는데, 그 이름이 약목이다"라 했다.
18) 부상(扶桑): 해가 뜨는 동쪽 바다 속에 있다는 신령스러운 나무. 두 그루가 서로 부축하고 있다고 해서 '부상(扶桑)'이라 한다. 또는 그 나무가 있는 곳을 가리키며, 중국에서 일본을 달리 일컫는 말로 쓰이기도 했다.
19) 현상문(玄象門): 현상(玄象)에 통하는 문. 현상은 일월성신이 변화하는 모양.

智者ㅣ少ㅎ니 吾ㅣ 當顯術ㅎ야 一次破寂ㅎ리라.'

ㅎ고 復幻其身ㅎ야 爲一個方士ㅎ고 渾入於諸方士之中ㅎ야 入太淸宮이러니 此時에 盧均이 方齋沐ㅎ고 與方士等으로 商議往迎靑雲之事어날 靑雲이 笑而出城外ㅎ야 彷徨而待方士等之往請이러니 數日後에 果然 數個方士ㅣ 具車馬禮幣而向南이어날 靑雲이 數日은 暗隨其後而行이러니 一日은 數個方士ㅣ 相議曰

"吾等이 嘗聞靑雲之名이나 未識其面ㅎ니 將何以尋其居住ㅣ리오?"

一個方士ㅣ 曰

"曾聞靑雲이 但好雜術ㅎ고 無十分高明道術이라 ㅎ니 何必謂靑雲이리오? 當搜覓於沿路道觀ㅎ야 若遇一個道士어든 假稱靑雲道士ㅎ고 因以率來ㅎ리라."

一個方士ㅣ 聽罷에 拍掌大笑曰

"妙哉라 此計여! 旣如此인딕 禮幣等物은 吾等이 當半分이라."

ㅎ고 意氣揚揚而行이어날 靑雲이 微笑ㅎ고 復幻身而爲乞人ㅎ야 暗隨其後ㅎ며 口念眞言ㅎ니 此時에 數個方士ㅣ 雖疾驅車馬ㅎ야 前行半日이나 寸步不進ㅎ고 依然立在其處ㅣ라. 乃大驚而顧其後ㅎ니 一個乞人이 蹇一脚而追來라가 笑曰

"君等이 尙未曉驅車之法이로다. 吾當爲之驅去ㅎ리라."

ㅎ고 策馬前進이어날 數個方士ㅣ 隨行이러니 漸漸落後ㅎ야 未得隨行이라. 雖欲策馬同行이나 其乞人이 不顧ㅎ고 哂笑緩緩而行ㅎ되 已先數里터니 漸無去處라 方士等이 大驚ㅎ야 搯胸而大呼曰

"彼乞人은 姑爲停車ㅎ라! 吾等이 奉天子之命ㅎ야 今往邀靑雲道士ㅎ니 豈不忙急가?"

言訖에 忽從背後而笑曰

"君等之車仗이 在此ㅎ니 持去ㅎ라."

ㅎ거날 方士等이 大驚而顧ㅎ니 乞人이 自後驅車而來어날 方士等이

始知其非常之人ᄒ고 伏地而告曰

"先生은 必非俗人이라 願聞尊號ᄒ노이다."

乞人이 莞爾而笑ᄒ고 忽然化爲一陣淸風ᄒ야 坐空中而笑曰

"汝等은 莫謾往南方ᄒ고 且歸去而待ᄒ라. 某日某時에 靑雲道士ㅣ 當自至於太淸宮ᄒ리라."

ᄒ고 言訖에 因忽不見이어날 方士等이 尤爲大驚ᄒ야 始知其乞人之爲靑雲ᄒ고 還歸於太淸宮ᄒ야 見盧均ᄒ고 具告路逢靑雲道士之事ᄒ니 均이 大喜ᄒ야 築數層高臺於太淸宮之北ᄒ고 名曰望仙臺라 ᄒ다. 至某日에 準備香花茶湯ᄒ고 天子ㅣ 親臨太淸宮而待道士ᄒ실ᄉᆡ 是夜三更에 天色은 明朗ᄒ고 星月은 皎潔ᄒᄃᆡ 一道靑雲이 從南方而亘於望仙臺어날 諸方士ㅣ 告曰

"此ᄂᆞᆫ 道士ㅣ 將欲降臨ᄒ야 成虹橋於碧空이니이다."

俄而오 一陣淸風이 吹送香烟터니 果然一位道士ㅣ 乘彩雲ᄒ고 從空而下於望仙臺ᄒ니 眉靑顔白ᄒ고 飄逸氣像과 淸秀姿質이 果非塵世人物이라. 以道冠道衣로 手執長塵ᄒ고 以賓主之禮로 見於天子ᄒ니 天子ㅣ 恭答曰

"朕이 處於塵世ᄒ고 先生은 遨遊於物外ᄒ니 豈期如此相逢이리오?"

道士ㅣ 笑曰

"貧道ᄂᆞᆫ 浮雲踪跡이라 今感陛下之誠心禮招而來어니와 陛下ㅣ 以天子之富와 萬乘之貴로 求淸淨淡泊之道ᄂᆞᆫ 何也잇고?"

上이 喟然曰

"草露人生의 浮雲富貴를 何足道哉ㅣ리오? 願借先生神術ᄒ야 求十洲[20]三山之靈藥ᄒ고 尋玉京淸道之光輝ᄒ야 欲效軒轅·周穆之古事ᄒ노

20) 십주(十洲): 바다 가운데 있어 신선이 산다고 하는 선경 열 곳. 곧 조주(祖洲)·영주(瀛洲)·현주(玄洲)·염주(炎洲)·장주(長洲)·원주(元洲)·유주(流洲)·생주(生洲)·봉린주(鳳麟洲)·취굴주(聚窟洲)를 말한다.

라.”

道士ㅣ 流目而縱觀天顔ᄒᆞ고 笑曰

“陛下ᄂᆞᆫ 固非人間凡骨이라. 以上界大仙으로 暫爲謫降이오니 如欲聞
至道ㅣ시면 貧道ㅣ 當擇日說法ᄒᆞ고 請數三仙官ᄒᆞ야 得傳延年益壽之方
ᄒᆞ리이다.”

上이 大悅ᄒᆞ사 使供養道士於太淸宮ᄒᆞ고 因卽還宮ᄒᆞ시니 道士ㅣ 謂盧
均曰

“聖天子ㅣ 求萬歲之計ᄒᆞ사 欲效周穆王西王母之古事ᄒᆞ시니 上界仙人
이 不肯下降於塵世ㅣ라. 太淸宮建築이 頗狹窄ᄒᆞ야 不堪接待ᄒᆞ니 當須
益搆數百尺飛樓彩閣ᄒᆞ야 使一點紅塵으로 不得飛到ㅣ라야 眞仙이 下降
ᄒᆞ리이다.”

均이 善其言ᄒᆞ야 復造樓閣홀ᄉᆡ 白玉之欄과 琉璃之瓦와 水晶之簾에
掛以珊瑚之鉤ᄒᆞ고 交窓複道에 朱翠玲瓏ᄒᆞ며 琦花瑤草를 刻以錦繡ᄒᆞ야
雖深冬이라도 宛如三月春風之百花爛發이러라. 靑雲道士ㅣ 乃擇日而設
道場홀ᄉᆡ 天子ㅣ 臨御太淸宮ᄒᆞ시니 靑雲이 與諸方士로ㅣ 尊號於天子曰
‘太淸宮敎主道君皇帝라.’ᄒᆞ고 宮中三日齋戒[21]畢에 上이 親臨道場ᄒᆞ실
ᄉᆡ 頭戴通天冠[22]ᄒᆞ시고 身被絳紗袍[23]ᄒᆞ시고 手執玉笏ᄒᆞ샤 東向而坐第
一位ᄒᆞ시고 靑雲道士ᄂᆞᆫ 道冠荷衣[24]로 執塵而東向ᄒᆞ야 坐第二位ᄒᆞ니 諸
方士ᄂᆞᆫ 皆着羽衣ᄒᆞ고 盧參政·董協律이 與數個宦者로 侍於左右ㅣ러라.
是日黃昏에 道士ㅣ 起身北向而祝天ᄒᆞ고 與諸方士로 俯伏良久라가 更爲

---

21) [교감] 재계(齋戒): 적문서관본 영인본 308쪽에는 ‘초재(醮齋)’로 되어 있으나, 의미상 오식
으로 여겨져 바로잡는다. 덕흥서림본 제2권 88쪽에는 ‘재계(齋戒)’로 바르게 되어 있다.
22) 통천관(通天冠): 황제가 정무(政務)를 보거나 조칙(詔勅)을 내릴 때 쓰던 관(冠). 검은 깁으
로 만들었는데, 앞뒤에 각각 열두 솔기가 있고, 옥잠(玉簪)과 홍영(紅纓)을 갖추었다.
23) 강사포(絳紗袍): 임금이 조하(朝賀) 때 입던 붉은 빛깔의 예복(禮服). 모양은 관복(官服)과
같으나, 깃·도련·소맷부리와 폐슬(蔽膝)의 가에 검은 선을 두른다.
24) 하의(荷衣): 연잎으로 만든 옷으로, 은자(隱者)의 차림.

就座ᄒᆞ야 告于天子曰

"今夜玉皇이 設宴於靈霄寶殿ᄒᆞ실ᄉᆡ 仙官仙君이 皆赴宴ᄒᆞ고 但有瑤池王母와 赤松子[25)·安期生이 四更三點에 降臨이라가 五點에 還歸矣리니 燒降眞香[26)於博山爐[27)而待之ᄒᆞ소셔."

上이 顧謂盧均ᄒᆞ샤 排置大香爐於樓之上下八方ᄒᆞ고 使之燒香ᄒᆞ니 朦朧香烟이 凝於太淸宮ᄒᆞ야 如雲霧之滿空이러라. 已而오 北斗ㅣ 東轉ᄒᆞ고 耿耿玉漏가 已報四更이러니 忽然一雙靑鳥가 從西而翩翩飛來ᄒᆞ야 坐太淸宮欄頭어늘 道士ㅣ 告于上曰

"西王母ㅣ 下來ᄒᆞᄂᆡ이다."

言未畢에 仙樂聲이 隱隱於空中터니 一雙仙女ㅣ 乘靑鸞ᄒᆞ고 七寶雲鬟에 衣霓裳ᄒᆞ고 鏘鏘環珮聲이 嘹喨於綠雲間이라가 徑到樓下ᄒᆞ야 停鸞而上樓어늘 天子ㅣ 起身欲迎ᄒᆞ신ᄃᆡ 仙女ㅣ 琅然笑曰

"妾等은 王母娘娘之侍女雙成[28)·飛瓊이 先來로소이다. 大明天子ᄂᆞᆫ 自重玉體ᄒᆞ소셔. 娘娘이 此後來臨이니이다."

天子ㅣ 遙望ᄒᆞ시니 瑞氣玲瓏ᄒᆞ고 彩雲藹然之中에 一位仙女ㅣ 鳳冠月珮로 駕五雲車ᄒᆞ고 前後左右에 寶扇雲幢이 雙雙擁衛ᄒᆞ고 十餘侍女ㅣ 驂鸞駕鳳ᄒᆞ야 蔽空而至ᄒᆞ니 光彩ㅣ 輝煌ᄒᆞ고 異香이 觸鼻ᄒᆞ더라. 道士ㅣ

---

25) 적송자(赤松子): 고대 신선(神仙)의 이름. 적송자(赤誦子)라고도 부른다. 『열선전列仙傳』에 따르면, 적송자는 신농씨(神農氏) 시대의 우사(雨師)였으며, 수정(水晶) 복용하는 법을 신농씨에게 가르쳐주었고, 불속에 들어가서 스스로를 태울 수도 있었다 한다. 때로 곤륜산(崑崙山) 위에 내려와 서왕모(西王母)의 석실 안에 머물렀는데, 바람과 비를 따라 오르내릴 수도 있었다 한다.

26) 강진향(降眞香): 향(香)의 이름. 소방목(蘇枋木)으로 만든 향으로, 이를 태워 신(神)을 강림(降臨)하게 했다고 한다.

27) 박산로(博山爐): 박산향로(博山香爐). 중국 산동성(山東省)에 있는 박산(博山)의 모양을 본떠 만든 향로. 한(漢)나라 시대에 만들어졌고, 육조(六朝)시대부터 당(唐)나라 때까지 많이 사용되었다.

28) [교감] 쌍성(雙成): 적문서관본 영인본 309쪽에는 '쌍성(雙星)'으로 되어 있으나, 서왕모(西王母)의 시녀(侍女)인 동쌍성(董雙成)을 가리키는 오식이므로 바로잡는다. 이하 '쌍성(雙星)'은 모두 '쌍성(雙成)'으로 바로잡는다.

引諸方士ᄒᆞ고 慌忙下迎ᄒᆞ야 前導而上樓ᄒᆞ니 天子ㅣ 長揖ᄒᆞ샤 西向而坐
第二位ᄒᆞ신ᄃᆡ 十餘侍女ㅣ 以次侍立이어늘 天子ㅣ 擧眼視王母ᄒᆞ시니
儼然之態와 嬋妍之容이 如花如月ᄒᆞ고 綠髮은 春雲이 初濃ᄒᆞ며 星眸ᄂᆞᆫ
秋水ㅣ 暫凝ᄒᆞ야 十分美麗어늘 天子ㅣ 欣然問曰

"娘娘이 曾與周穆王으로 和白雲謠가 已經一千餘年이어늘 月態花容이
尙不衰ᄒᆞ니 始識玉京瑤臺之樂이로소이다."

王母가 琅然笑曰

"妾家蟠桃樹下에 八駿馬所囓之草ㅣ 萌芽ㅣ 不長이어늘 人間光陰이
已過一千餘年이라 ᄒᆞ오니 豈不寒心乎잇가?"

天子ㅣ 聞而尤驚ᄒᆞ시더니 忽然一個少年은 乘鹿ᄒᆞ고 一個老翁은 携藥
筐ᄒᆞ고 飄然上樓라. 王母ㅣ 微笑ᄒᆞ고 告于天子曰

"彼少年은 妾家鄰兒安期生이오 老翁은 泰山下採藥之赤松子ㅣ라. 因
今夜之請而來니이다."

上이 恭敬禮畢에 使坐於第三位ᄒᆞ시니 王母ㅣ 顧謂安期生·赤松子曰

"君等이 旣感大明天子之盛意而來ᄒᆞ니 將欲以何物로 表區區之情乎
아?"

安期生은 微笑ᄒᆞ고 自袖中으로 出丹果而獻于天子曰

"此ᄂᆞᆫ 火棗라. 試一嘗之則平生無飢하고 可以享壽五百年이니 人間稀
貴之果ㅣ로소이다."

赤松子ᄂᆞᆫ 笑曰

"老夫ᄂᆞᆫ 山中老物로 但枕松而眠ᄒᆞ고 食松而飽ᄒᆞ야 平生無病ᄒᆞ고 一
身强健ᄒᆞ오니 賤年이 今一萬五千歲라 餘葉이 在筐이라."

ᄒᆞ고 拜獻靑松葉이어날 王母笑曰

"妾은 手植蟠桃十餘株於後園이러니 近日輕妄之兒東方朔이 竊去一顆
ᄒᆞ고 只餘五顆故로 持來어니와 雖非眞品蟠桃ㅣ나 苟使世人一嘗則可享
五千年이라."

ᄒᆞ고 命雙成ᄒᆞ야 持來ᄒᆞ라 ᄒᆞ니 雙成이 以瑪瑙盤으로 奉獻五顆蟠桃
어늘 天子ㅣ 親受而置於前ᄒᆞ시고 欠身而問曰

"自古以來로 雖多信仙術之人이나 果能長生不死者ㅣ 能有幾人고?"

西王母ㅣ 笑曰

"仙品이 有三等ᄒᆞ니 上仙은 非求之而可得이오 中仙은 或有仙分이면
可得爲之오 下仙은 往往學而成之ᄒᆞᄂᆞ니이다."

天子ㅣ 又問曰

"漢武帝·秦始皇은 一生求仙ᄒᆞ되 何以不成乎잇가?"

西王母ㅣ 顧安期生曰

"秦始皇·漢武帝ᄂᆞᆫ 何人也오?"

安期生이 對曰

"秦始皇은 呂政이오 漢武帝ᄂᆞᆫ 劉徹이니이다."

王母ㅣ 微笑曰

"此皆凡骨이라 何足與語仙道리오? 聚燕齊迂怪之士ᄒᆞ고 作金銅仙人之
承露盤而望仙이라가 汾水[29]秋風에 追悔往事ᄒᆞ니 劉徹은 猶可謂之英傑
이어니와 無罪童女五百人을 漂沒海中ᄒᆞ고 築驪山之塚ᄒᆞ야 虛費民力ᄒᆞ
고 自思萬年之計ᄒᆞ니 萬古愚者ᄂᆞᆫ 秦皇呂政이로소이다."

天子ㅣ 疑訝ᄒᆞ샤 曰

"朕嘗聞之ᄒᆞ니 王母ㅣ 從漢武帝ᄒᆞ야 降臨承華殿ᄒᆞ야 獻蟠桃七顆ㅣ라
ᄒᆞ니 然乎잇가?"

王母ㅣ 大笑曰

"此皆方士等之所欺라. 若誠得蟠桃ㅣ면 豈有茂陵之秋風이리오?"

天子笑曰

---

29) [교감] 분수(汾水): 적문서관본 영인본 310쪽에는 '변수(汴水)'로 되어 있으나, 오식이므로
바로잡는다. 덕흥서림본 제2권 90쪽에는 '분수(汾水)'로 바르게 되어 있다.

"然則如朕者도 可得仙術乎잇가?"

王母ㅣ 欠身對曰

"陛下는 非塵世人物이라. 以上界仙官으로 謫降人間ᄒᆞ시니 他日에 必爲玉京淸道之仙ᄒᆞ리이다."

天子ㅣ 欣然而笑ᄒᆞ시고 命左右進茶ᄒᆞ시니 衆仙이 一不接口ᄒᆞ고 乃使侍女奏樂ᄒᆞ니 諸仙女ㅣ 奏雲門之瑟·紫雲之簫·子晉之笙ᄒᆞ며 歌霓裳之曲ᄒᆞ고 舞羽衣之舞ᄒᆞ니 翠袖는 聯翩ᄒᆞ야 飄揚淸風ᄒᆞ고 絲竹은 佚宕ᄒᆞ야 嘹喨碧空이어늘 天子ㅣ 飄然如羽化而不勝其樂ᄒᆞ시더니 已而오 瑞氣騰騰ᄒᆞ고 報五更三點ᄒᆞᆫ듸 西王母ㅣ 顧赤松子·安期生曰

"明日早朝ᄂᆞᆫ 上帝ㅣ 親開玉霞殿ᄒᆞ시고 受羣仙朝賀之日也라 不可久留라."

ᄒᆞ고 催駕還歸어늘 天子ㅣ 再三挽留ᄒᆞ시되 竟不聽從ᄒᆞ고 飄然下樓에 淸風起而彩雲收ᄒᆞ야 仍無去處ᄒᆞ고 但聞空中에 仙樂之音과 萬歲之聲而已라. 天子ㅣ 向空而謝ᄒᆞ고 茫然自失ᄒᆞ시더니 自是로 益信仙術ᄒᆞ샤 不復聽政ᄒᆞ시고 每日臨御於太淸宮ᄒᆞ야 與方士等으로 講論仙術ᄒᆞ실새 拜靑雲爲皇師太淸眞人ᄒᆞ고 三公六卿之拜를 使坐而受之ᄒᆞ니 此時朝綱이 解弛ᄒᆞ야 有識者ᄂᆞᆫ 隱憂長歎而思燕王ᄒᆞ고 無識者ᄂᆞᆫ 望風而惑ᄒᆞ야 各自以爲得仙道ᄒᆞ니 自然民情이 嗷嗷하고 國用이 蕩竭ᄒᆞ야 鬻官增稅라도 猶日不足하야 太淸宮日用之費를 繼供無路ㅣ라. 盧均이 暗思ᄒᆞ되,

'我ㅣ 患得失而貪威權ᄒᆞ야 創出此事ᄒᆞ야 天子ㅣ 十分信任ᄒᆞ시ᄂᆞ 民心이 不服ᄒᆞ니 是非怨尤를 何以處之오?'

ᄒᆞ야 更思一計而見太淸眞人하고 曰

"天下에 難曉者ᄂᆞᆫ 百姓이라. 今皇上이 欲聞高尙之道ᄒᆞ샤 禮迎先生이어늘 無知之輩ㅣ 不識先生之法術ᄒᆞ고 皆不信仰而誹議曰 '吾皇帝ㅣ 信虛荒之道士ㅣ라.' ᄒᆞ니 此ᄂᆞᆫ 國家之憂也오 先生之恥也니 望先生은 以神明道術로 判斷人間之吉凶禍福ᄒᆞ야 使疑之者로 緘口而心悅誠服케 ᄒᆞ소

셔."

　眞人이 笑曰

　"此는 不難ᄒ니 貧道ㅣ 當以天文地理와 醫藥卜筮로 昭示判明ᄒ야 使
天下百姓으로 避凶就吉ᄒ고 轉禍爲福케 ᄒ리이다."

　均이 大悅ᄒ야 紫禁城內外에 一齊揭榜ᄒ니 其榜이 何如오? 且看下回
ᄒ라.

登泰山天子封禪 入行宮仙娘彈琴

第三十回

却說. 盧均이 紫禁城內外에 各處揭榜ᄒ니 曰

"天佑國家ᄒ시고 爲四海蒼生ᄒ샤 使太淸眞人으로 降臨於人間ᄒ시니 民人等은 有欲求壽福避災厄ᄒ야 判吉凶禍福者ㅣ어던 可詣太淸宮ᄒ야 致誠供養於眞人이라."

此時城內外人民等이 見其榜文ᄒ고 各懷疑訝ᄒ야 了無來者어늘 均이 先送其妻妾ᄒ야 祈福祿ᄒ니 滿朝百官이 隨卽遣其妻妾ᄒ야 詣太淸宮ᄒ야 厚其禮幣ᄒ야 祈福發願ᄒ니 聽聞이 駭怪ᄒ더라. 是時蘇裕卿은 竄配於南海ᄒ고 尹閣老ᄂᆞᆫ 削官職ᄒ야 率渾家ᄒ고 歸於鄕園ᄒ니 在朝者ㅣ 莫非盧均之門人이라. 上將軍雷天風이 鬱鬱不樂ᄒ야 亦欲辭職退歸호ᄃᆡ 天子ㅣ 不許ᄒ시니 不得已黽勉從宦이라가 見此光景ᄒ고 仰天歎曰

"悠悠蒼天아! 不佑我明國이로다. 忠臣은 被逐ᄒ고 奸人이 滿朝ᄒ니 吾ㅣ 七十之年에 厚蒙國恩ᄒ고 豈忍坐視國亡乎아?"

ᄒ고 乃持斧詣闕ᄒ야 伏地痛哭曰

"我太祖皇帝ㅣ 創業ᄒ사 享國數百年이라가 今日滅亡於奸臣之手어늘

陛下ㅣ 頓然不覺ᄒᆞ시니 臣은 願以此斧로 斬妖道士奸臣之頭ᄒᆞ야 以謝天
下ᄒᆞ리이다.”

上이 大怒曰

“么麽武夫ㅣ 如是無禮ᄒᆞ니 當施以軍律이라.”

ᄒᆞ신딩 時에 盧均이 侍於殿上이라가 怒叱曰

“老將이 爲燕王乎아? 爲國家乎아? 焉敢放恣無禮如是耶아?”

天風이 大怒ᄒᆞ야 霜髮이 上指ᄒᆞ고 怒眼이 欲裂ᄒᆞ야 曰

“盧均아! 汝貪恩寵ᄒᆞ야 謀害賢人ᄒᆞ고 以妖誕之術과 凶惡之計로 濁亂
朝廷ᄒᆞ니 宗社危而國家亡이면 汝將何歸오?”

均이 面如土色ᄒᆞ야 伏奏曰

“雷天風은 燕王之心腹이라 但知燕王ᄒᆞ고 不知君父ᄒᆞ야 無禮ㅣ 至此
ᄒᆞ니 不可容貸ㅣ라. 請削官遠竄ᄒᆞ소셔.”

上이 依允ᄒᆞ샤 卽貶雷天風ᄒᆞ야 充軍於北方敦煌[1]地ᄒᆞ라 ᄒᆞ시니 天風
이 揮淚而辭陛曰

“老臣이 不忠ᄒᆞ와 不得快斬佞臣ᄒᆞ고 遺君父於奸臣之手ᄒᆞ야 不知安危
而遠行ᄒᆞ오니 他日地下에 以何面目으로 見先帝乎잇가?”

上이 益怒ᄒᆞ샤 促其發配ᄒᆞ시니 天風이 退出ᄒᆞᆯᄉᆡ 悵然向南天而歎曰

“小將은 老矣라 不得斬佞臣之頭而見燕王之還朝ᄒᆞ고 將爲北方之孤魂
則豈無遺恨이리오?”

ᄒᆞ고 匹馬單騎로 向敦煌而去ᄒᆞ니라.

且說. 盧均이 放逐天風以後로 氣焰이 益盛ᄒᆞ야 掀動朝廷이나 但憂民

---

1) 돈황(敦煌): 중국 감숙성(甘肅省)에 있는 도시. 타림 분지 동쪽 변두리를 북쪽으로 흐르는 당
하(黨河) 하류 사막지대에 발달한 도시로, 중국과 중앙아시아를 잇는 실크로드의 관문 역할을
해 동서 교역과 문화교류의 거점이 되었던 곳이다. [교감] 적문서관 영인본 312쪽에는 ‘돈황(燉
煌)’으로 되어 있으나, ‘돈황(敦煌)’이 바른 표기이므로 바로잡는다. 이하 ‘돈황(燉煌)’은 모두
‘돈황(敦煌)’으로 바로잡는다.

心之不服ᄒ야 說太淸眞人曰

"近日愚民이 誹謗先生ᄒ야 是非ㅣ 紛紜이라 ᄒ니 請先生은 顯此神通廣大之道術ᄒ야 鉗制其誹謗者ᄒ소셔."

眞人이 笑曰

"此事不難이니라."

卽念眞言ᄒ고 摘取草葉ᄒ야 向空亂投ᄒ니 一一化爲無數鬼卒ᄒ야 飛行於城內城外之家家戶戶ᄒ야 誹議朝廷者를 一一捉來ᄒ니 人皆大懼而緘口ᄒ고 莫敢復言이라. 均이 大喜ᄒ야 乃使門客家人으로 遍求奇物異瑞以來ᄒ라 ᄒ니 刺史守令이 擧皆知其幾微ᄒ고 爭言祥瑞ᄒ야 鳳儀麟遊河淸之表가 日臻一束이라. 均이 率百官進賀而因上表曰

"皇天이 降瑞而彰聖德ᄒ시니 陛下當封禪於名山ᄒ샤 埋玉而祭天地神祇ᄒ시고 因齋戒於明堂ᄒ시고 巡於海上ᄒ샤 迎仙人而求壽福ᄒ샤 以報答玉皇之恩ᄒ소셔."

上이 大喜ᄒ샤 擇吉日而封禪泰山ᄒ실ᄉᆡ 使宗室大臣文武百官으로 留都監國ᄒ고 上이 率盧均·董弘과 宦寺²⁾十餘人과 文武官百餘員과 殿前甲士二千名과 羽林軍³⁾一萬騎ᄒ고 與太淸眞人과 諸方士로 發行ᄒᆯᄉᆡ 車騎輜重이 絡繹百餘里ᄒ고 且所到郡縣에 使調發軍馬而奉迎ᄒ니 時維三春이라 百姓이 投耒耟而荷貫鍤ᄒ야 廢田畝而修道路ᄒ며 殺鷄犬而餉軍士ᄒ고 奪牛馬而運車仗ᄒ니 自然民心이 囂囂ᄒ야 怨謗이 四起ᄒ더라. 過魯ᄒᆯᄉᆡ 以太牢로 親祭孔子廟⁴⁾ᄒ시고 過闕里⁵⁾라가 聞絃誦之聲而歎ᄒ

---

2) 환시(宦寺): 환관(宦官). 임금의 시중을 들거나 숙직 따위의 일을 맡아 보던 남자. 모두 거세된 사람이었다.
3) 우림군(羽林軍): 중국에서 천자(天子)의 숙위(宿衛)를 담당하던 금군(禁軍).
4) 공자묘(孔子廟): 중국 산동성(山東省)에 있는 공자를 받드는 사당(祠堂). 공자가 사망한 이듬해인 BC 478년, 노(魯)나라 애공(哀公)이 공자의 구거(舊居)를 묘(廟)로 개축하고 정기적으로 제사를 지내기 시작했다.
5) 궐리(闕里): 중국 산동성 서남부의 곡부현(曲阜縣)에 있는 공자의 출생지.

샤 顧謂盧均曰

"朕은 聞聖人은 百世之師ㅣ라. 若有精靈ᄒ야 觀朕之此行ᄒ시면 謂之何哉리오?"

盧均이 對曰

"封禪은 先王所行이라 黃帝堯舜이 亦有所行ᄒ시니 聖人이 猶愛告朔之存羊이어시든 豈不悅今日封禪乎잇가?"

上이 微笑ᄒ시더라. 登泰山ᄒ야 築壇祭天ᄒ시고 刻玉頌德ᄒ야 埋於壇下ᄒ시고 車駕ㅣ 還至中峰ᄒ샤 君臣이 顧視ᄒ니 白雲이 起於壇上ᄒ고 自空中으로 宛有呼萬歲之聲하더라. 乃臨御明堂ᄒ샤 開左个靑陽ᄒ시니 盧均이 率群臣ᄒ야 奉觴而再拜獻壽ᄒ고 是夜에 宿於明堂ᄒ실시 夜將半에 忽有一道瑞氣ㅣ 起於明堂正室之後ᄒ야 接於天際이어늘 太淸眞人이 奏曰

"此ᄂᆫ 明氣라. 其下에 必獲天書ᄒ리니 掘地而見ᄒ소셔."

盧均이 命左右ᄒ야 掘地數丈ᄒ니 果有一個石函ᄒ고 石函上에 有刻字ᄒᆫ데 龍章鳳篆이 蜿蜒屈曲ᄒ야 未能解釋이러라. 開見石函ᄒ야 得書一卷이 在其中ᄒ니 亦是文字奇怪ᄒ야 非俗眼之所可解러라. 太淸眞人이 奏曰

"先天蝌蚪文字[6]ㅣ라. 博識之士ᄂᆫ 可以解得이리이다."

盧均이 奉其丹書ᄒ고 良久視之라가 奏曰

"臣이 雖未能盡識이오ᄂᆞ 其中聖壽無疆四字ᄂᆫ 宛然ᄒ니이다."

翌日東巡至海上ᄒ야 觀日出ᄒ시고 顧方士等曰

"聞海中에 有三神山이라 ᄒ니 自古或有通行者乎아?"

---

6) 과두문자(蝌蚪文字): 고대 중국의 황제(黃帝) 때, 창힐(蒼頡)이 만들었다는 문자. 서사(書寫) 도구가 아직 발달하기 전이어서 죽간(竹簡)에 옻을 묻혀서 글을 썼는데, 대나무는 딱딱하고 옻은 끈적끈적하기 때문에, 글자의 획이 머리는 굵고 끝은 가늘게 되어 마치 과두(蝌蚪, 올챙이) 모양으로 보였기 때문에 이런 이름이 붙었다.

眞人이 對曰

"自此로 過數萬餘里ᄒ야 渡暹羅[7]·刺臘·扶桑等三國ᄒ야 大海中에 有大島ᄒ니 一曰蓬萊山이오 二曰方丈山이오 三曰瀛洲山이니 此所謂三神山이라. 秦漢以後로 雖無通行者ㅣㄴ 陛下ㅣ 誠欲遊覽이신된 貧道ㅣ 當爲陛下引路ᄒ리이다."

待日暮ᄒ야 眞人이 陪天子而到海岸ᄒ니 時適晦夜ㅣ라 海天이 昏黑ᄒ고 衆星이 耿耿ᄒ야 光彩ㅣ 垂於水面이어늘 眞人이 笑曰

"貧道ㅣ 當先召明月ᄒ야 照海上ᄒ고 又成虹橋於碧空ᄒ야 使陛下로 俯視三山ᄒ리이다."

ᄒ고 忽拂袖而念眞言ᄒ니 果有一輪明月이 聳出雲間ᄒ야 海天萬里에 無物不照ㅣ라. 眞人이 再拂袖而念眞言ᄒ니 一道虹霓ㅣ 起於半空ᄒ야 五彩玲瓏이어늘 告于上曰

"虹橋ㅣ 已成ᄒ니 踏橋而昇空ᄒ소셔."

上이 有竦然之色而趑趄ᄒ시니 眞人이 微笑ᄒ고 更拂袖而念眞言ᄒ니 紅雲이 忽起ᄒ야 已奉天子與眞人而上虹橋ᄒ야 聳於半空이라. 眞人이 擧手指東曰

"陛下ㅣ 視那邊乎잇가?"

上이 乃收拾精神ᄒ야 詳視之ᄒ시니 茫茫大洋에 雲霧ᄂ 隱隱ᄒ고 其中에 三峰靑山이 如鼎足而列立ᄒ야 樓閣이 玲瓏ᄒᆫ데 瑞氣ㅣ 葱鬱ᄒ고 奇花異草가 馥郁爛熳ᄒ며 鸞鶴鳳凰이 雙雙來往ᄒ고 仙女仙官이 以羽衣霓裳으로 忽往忽來ᄒ야 如臨咫尺이라. 上이 顧謂眞人曰

"佛家所謂天上極樂이 非此之謂歟아?"

眞人이 笑曰

---

7) 섬라(暹羅): 태국(泰國, Thailand)의 예전 이름. 두 나라로 분리되었던 'Siam(暹)'과 'Lopburi(羅斛)'의 앞 글자가 합쳐진 한자음 표기. 1376년 중국 명(明)나라 홍무제(洪武帝)로부터 태국 국왕이 새인(璽印)과 의대(衣帶)를 사여(賜與)받고 '섬라'라 호칭되었다.

“此는 下界仙境이라. 若見玉京淸道의 上仙所在處ㅣ면 安可以此比之ㅣ리
잇고?”

上이 茫然自失이라가 良久에 曰

“朕願往遊那邊ᄒ노니 赤松子·安期生을 可得更逢乎아?”

眞人이 笑曰

“今望見에 雖咫尺이ᄂ 此距八萬餘里오 惡風凶浪을 雖飛鳥ㅣ라도 不
能通涉ᄒᄂ니 若能修道ᄒ야 情根이 淸淨ᄒ고 換骨脫胎ᄒ면 自然有歷覽
之日ᄒ시리이다.”

言訖에 眞人이 復擧手而指西北曰

“陛下ᄂ 見那邊乎잇가?”

上이 擧鳳眼而遙望ᄒ시니 又是茫茫大海에 有如掌小島ᄒ니 烟塵이 漲
滿ᄒ야 昏昏憫憫이어늘 上이 笑而問曰

“彼ᄂ 何處也오?”

眞人이 對曰

“卽中國이니 乃陛下之所都로소이다.”

上이 俯首而顧ᄒ시고 有㦪然之色이어늘 眞人이 因復拂袖ᄒ니 頃
刻之間에 天子ㅣ 與眞人으로 已下虹橋ㅣ라 益信仙術ᄒ야 逗遛海上ᄒ샤
更欲見神仙ᄒ시니 嗟乎ㅣ라! 天子ㅣ 以日月之明과 天地之大로 豈爲一
個妖道士之所迷惑이리오마ᄂ 此亦國運所關이라 其於一亂一治之機에
何리오?

且說. 此時에 天子ㅣ 作行宮於海上ᄒ샤 將會群仙ᄒ고 因有周穆王·秦
始皇의 周流八方海上成橋之意라가 一日은 困睡於行宮이러니 夢中에 因
登上界ᄒ야 陪玉帝而聽鈞天廣樂이라가 偶然失足而墜於空中ᄒ시니 一
個少年이 奉而救之어늘 顧視之ᄒ니 其少年이 以粉面紅粧으로 有女子氣
像ᄒ고 手執樂器ᄒ야 絶似伶人이라. 夢罷에 知其爲不祥ᄒ고 對盧均而
說夢兆ᄒ신딕 均이 對曰

276

"昔日秦穆公이 夢鈞天廣樂而中興其國ᄒ니 豈非吉夢乎잇가? 今陛下ㅣ 得董弘而修禮樂ᄒ샤 贊襄聖德ᄒ니 夢中所見少年이 必是董弘이로소이 다."

天子ㅣ 亦意其爲弘ᄒ샤 加弘爵ᄒ야 爲儀鳳亭太學士鈞天協律都尉ᄒ 고 改梨園弟子ᄒ야 爲鈞天弟子ㅣ라 ᄒ고 擇民間之知音少年ᄒ야 使之侍 從於左右ᄒ야 以應夢兆ᄒ시니 於是에 董弘이 奉聖旨ᄒ야 募集鈞天弟子 홀시 急欲充數ᄒ야 派遣心腹於遠近ᄒ야 若有可合者어든 不問誰某而捉 來ᄒ라 ᄒ니 閭巷之年少貌美者ᄂ 不敢見形於沿路ᄒ더라.

且說. 仙娘이 在點花觀ᄒ야 踽凉踪跡이 一日如三秋ㅣ라 日望北天ᄒ 야 待燕王之更訪ᄒ더니 不意에 作天涯謫客ᄒ야 音信이 杳然이라. 自顧 身勢ᄒ니 愈往愈怵ᄒ야 全廢食飲ᄒ고 晝夜呼泣ᄒ다가 忽然嘆曰

"我相公이 今逢小人之讒ᄒ야 猝無還駕之期ᄒ고 我ㅣ 久處道觀ᄒ니 非徒踪跡이 詭詭이라. 不知又有何等禍敗ᄒ니 寧潛跡而遍踏南方ᄒ야 游 覽山川ᄒ고 尋一道觀於雲南謫所近地ᄒ야 待時ㅣ 可也ㅣ라."

ᄒ고 於是에 換着男服ᄒ고 辦一匹靑驢ᄒ야 與諸道士作別ᄒ고 向南而 行홀시 奴主兩人이 扮作一個書生書童ᄒ야 登程後數日에 抵到忠州ᄒ니 距皇城이 九百里오 山東城이 百餘里라. 一日은 入於旅店ᄒ니 數個少年 이 縱目熟視而問曰

"君은 往何處오?"

仙娘이 答曰

"浪遊山水ᄒ야 無定處ㅣ로라."

少年이 相顧微笑ᄒ고 復問曰

"視君之容貌에 有風流男子氣像ᄒ니 或者學得音律乎아? 吾等이 亦是 浪遊之客이라 今適有袖中短簫ᄒ야 欲消今夜客懷ᄒ노라."

仙娘이 聽罷에 自思ᄒ되

'彼輩ㅣ 見我之形容ᄒ고 或疑女子ᄒ야 如此相詰이니 我ㅣ 不可露拙

이라.'

ᄒᆞ고 因答曰

"我ᄂᆞᆫ 一個書生이라 豈知音律이리오마ᄂᆞᆫ 諸位先生이 旣欲叙懷면 不辭樵唱牧笛之效嚬ᄒᆞ리라."

少年이 先吹一曲ᄒᆞ고 卽授短簫어ᄂᆞᆯ 仙娘이 不辭ᄒᆞ고 以數曲으로 草草和之하고 還其短簫曰

"本無熟工이어ᄂᆞᆯ 但不敢恝待諸位之厚意이오니 望勿哂之ᄒᆞ쇼셔."

少年等이 不勝喜色而出去ㅣ러니 俄而오 門外에 有擾亂聲ᄒᆞ고 五六個漢子ㅣ 持來小車於門外ㅣ라. 其少年이 大呼曰

"吾等은 奉皇命而廣求如君之人ᄒᆞ야 遍行州郡ᄒᆞ니 勿驚ᄒᆞ라."

ᄒᆞ고 攎仙娘奴主ᄒᆞ야 納于車中ᄒᆞ고 勢如風雨而驅去ㅣ라. 仙娘이 猝當不意之變ᄒᆞ야 不知其故ᄒᆞ고 在車中ᄒᆞ야 顧謂小蜻曰

"吾奴主ㅣ 竟不免此厄會로다. 平地風波ㅣ 如此難測乎아?"

小蜻이 泣告曰

"事已至此ᄒᆞ니 娘子ᄂᆞᆫ 寬心ᄒᆞ야 第觀事機ᄒᆞ쇼셔."

仙娘이 以死自處ᄒᆞ고 端坐車中이러니 盡日而行ᄒᆞ다가 抵於一處ᄒᆞ야 停車而請下車어ᄂᆞᆯ 仙娘奴主ㅣ 泰然而下ᄒᆞ야 顧眄左右ᄒᆞ니 屋宇ㅣ 宏傑ᄒᆞ고 無數少年이 屯聚而坐ᄒᆞ야 面面相顧어ᄂᆞᆯ 仙娘이 亦同坐러니 有一個官人이 來進夕飯而勸慰曰

"君等은 勿憂ᄒᆞ라. 此處ᄂᆞᆫ 卽山東城이오 吾等은 卽盧參政老爺家人이라. 天子ㅣ 現今駐蹕於海上行宮ᄒᆞ사 募鈞天弟子ᄒᆞ실ᄉᆡ 今日董協律與盧參政이 先試君等之才라 ᄒᆞ니 君等은 盡其所學ᄒᆞ야 近侍天子則豈不光榮乎아?"

ᄒᆞ거ᄂᆞᆯ 仙娘이 聽罷에 心中自思ᄒᆞ되

'此必董盧兩奸之所爲로다. 若露出我之本色則均은 我相公之讎人이라 豈得免辱이리오? 當潛踪而詣試場ᄒᆞ야 隱其才藝而不知音律이라 ᄒᆞ면

自然放送ᄒ리라.'

ᄒ고 定計後待其下回ㅣ러니 果有官人이 更驅數十車仗而來ᄒ야 領率
諸少年而去어늘 仙娘이 自車中望見則層層城闕이 隱暎臨海ᄒ니 不問可
知爲行宮이러라.

且說. 此時董弘이 見盧均曰

"弘이 今奉皇命ᄒ와 廣求四方ᄒ야 引來知音律少年十數人ᄒ니 今夜御
前에 試其才호리이다."

盧均이 沉吟良久에 揮手曰

"不可不可ᄒ다! 世所難測者ᄂᆫ 人心이라 以君之權力으로 聚合平生素
昧之少年ᄒ야 欲獻于天子ᄒ니 是豈吾等之福이리오? 若非我兩人心腹이
어든 從今以後로ᄂᆫ 勿使近侍於禁中ᄒ라."

弘이 謝曰

"閤下之敎ㅣ 甚當ᄒ오니 非弘之所及이로소이다."

均이 曰

"雖然如此ㅣ나 募鈞天弟子ᄂᆫ 君之職任이니 今姑試才於私室ᄒ되 第觀
其人之如何ᄒ야 爲我心腹然後에 使之入侍ᄒ라."

ᄒ고 卽使率來諸少年於自己私室ᄒ라 ᄒ니 仙娘이 亦隨衆而至參政之
所ᄒ야 見新造數十間屋宇ㅣ 極其淨灑ᄒ고 每一簷端에 球燈이 星列ᄒ고
珊瑚之鉤와 水晶之簾을 重重高掛ᄒ니 眞神仙樓閣이라. 座上一位宰相은
紫緋玉帶로 面如削苽[8]ᄒ야 滿帶殺氣ᄒ고 東向坐ᄒ니 此ᄂᆫ 盧均이오 一
個少年은 紅袍也帶로 美如冠玉ᄒ야 西向坐ᄒ니 此ᄂᆫ 董弘이라. 列樂器
於四方하고 衆少年을 以次賜坐ᄒ고 均이 微笑曰

"君等이 雖今日初見이나 同是皇上之赤子ㅣ라. 方今聖上이 得祥瑞而

---

8) 면여삭고(面如削苽): 안색(顏色)이 깎은 오이와 같이 창백함을 일컫는 말. '고(苽)'는 본디 '줄
풀'이라는 뜻이나, '오이 과(瓜)'와 통용해 쓰인다.

制禮樂ᄒ사 封禪於泰山ᄒ시니 此ᄂᆫ 千古盛事ㅣ라. 今欲改梨園敎坊之俗樂ᄒ야 以成鈞天弟子之新樂ᄒ노니 君等은 毋隱所學ᄒ야 贊襄聖德ᄒ라."

仙娘이 對曰

"小生은 一個書生이라 素昧於音律ᄒ오니 恐不敢奉承敎意로이다."

盧均이 微笑曰

"少年은 勿過謙ᄒ라. 此亦是事君之道ㅣ니 不須以伶人爲恥ᄒ라."

ᄒ고 言畢에 各授樂器ᄒ야 隨其所長而試才ᄒᆯᄉᆡ 此時天子ㅣ 在行宮ᄒ야 率數三近侍ᄒ고 徘徊於月下ᄒ시더니 一陣風便에 忽聞隱隱之絲竹聲ᄒ고 問於左右ᄒ신ᄃᆡ 對曰

"盧參政與董協律이 新募鈞天弟子ᄒ야 方今私習이니이다."

上이 欣然笑曰

"朕欲微行而往觀ᄒ노니 預爲約束於座中ᄒ야 使勿漏洩ᄒ라."

此時諸少年이 以次奏樂ᄒ야 管絃이 佚宕ᄒ더니 忽有一位貴人이 自帳中으로 率五六個侍者而來어ᄂᆯ 仙娘이 仰視之ᄒ니 氣像이 出衆ᄒ고 風采ㅣ 俊秀ᄒ야 隆準日角이오 龍章鳳表ㅣ라 光采輝煌ᄒ야 意以爲必非尋常貴人이러라. 貴人이 笑而謂盧均曰

"聞主人이 有佳客ᄒ야 今夜聽樂云故로 不速之客이 玩賞而自至ᄒ얏스니 或無敗興乎아?"

ᄒ고 言畢에 玉音이 合於律呂ᄒ니 心知天子之親臨이 丁寧ᄒ되 服色與侍衛ㅣ 無所可據ㅣ러니 其貴人이 笑曰

"董學士ᄂᆫ 主人이라 欲先聽一曲ᄒ노라."

弘이 卽起身ᄒ야 引琵琶而彈數曲이어ᄂᆯ 仙娘이 側耳細聽ᄒ니 手法이 荒雜ᄒ고 音律이 錯亂ᄒ고 且其聲이 十分不吉ᄒ야 如鶯巢於幕上ᄒ고 魚躍于鼎中이라 心內疑訝ᄒ더니 貴人이 復笑曰

"學士之琵琶ᄂᆫ 太爲支離ᄒ야 不得生新ᄒ니 李三郎의 羯鼓ᄅᆯ 斯速持

來ᄒ라. 吾當一洗胸中塵累ᄒ리라."

ᄒ고 擧玉手而一擊ᄒ니 雖手段이 生疎ᄒ고 音調ㅣ 疎漏ᄒ나 廣大度量은 天地ㅣ 無涯하고 豪蕩氣像은 風雨ㅣ 翻覆ᄒ야 譬如滄海神龍이 變化不測ᄒ야 欲飛昇于九霄而不得雲이라. 仙娘이 方始大驚ᄒ야 知天子之微行ᄒ고 不敢露出氣色ᄒ며 但自思於心中ᄒ되

'我ㅣ 雖無藻鑑이나 暫聞其樂聲及語音則其氣像與壽福을 昭然可知니 惟我皇上의 廣大德量과 神聖文武之姿ㅣ 如彼어시ᄂᆞᆯ 小人輩ㅣ 壅蔽天聰ᄒ야 一片浮雲을 掃除無路ᄒ니 吾雖女子ㅣ나 猶懷忠義ㅣ라 今乘此機會ᄒ야 豈不可以音律로 一試諷諫이리오?'

ᄒ고 定計而待動靜이러니 天子ㅣ 止其羯鼓ᄒ고 試才少年ᄒ야 至於仙娘이어ᄂᆞᆯ 仙娘이 不辭ᄒ고 引竹笛而憂然一奏ᄒ니 天子ㅣ 微笑而見董弘曰

"此非尋常手段이로다. 鳳凰이 鳴于朝陽에 清音이 達於雲宵ᄒ니 使聽者로 能覺其醉夢ᄒ야 高出人間百鳥의 凡常之聲ᄒ니 豈非所謂鳳鳴曲乎아?"

ᄒ시거ᄂᆞᆯ 仙娘이 方知天子ㅣ 聰明ᄒ사 足以諷諫ᄒ고 乃捨竹笛而引瑤琴ᄒ야 玉手로 調絃ᄒ야 彈一曲ᄒ니 天子ㅣ 欣然笑曰

"清閑哉라 此曲이여! 流水ㅣ 渺然ᄒ고 落花ㅣ 飄蕩ᄒ야 悠悠胸衿과 茫茫懷想이 忘世間之是非ᄒ니 此所謂落花流水曲이라. 手法之端雅와 音調之淡蕩이 非近日之所聞이로다."

仙娘이 更變律呂ᄒ야 載彈一曲ᄒ니 其聲이 慷慨激烈ᄒ야 踽凉凄愴이어ᄂᆞᆯ 天子ㅣ 擊節嗟歎曰

"有心哉라 此曲이여! 白雪이 紛紛滿天地ᄒ니 陽春世界를 何時更逢고? 此ᄂᆞᆫ 郢門客의 白雪調ㅣ라. 蒼古之調를 能和之者ㅣ 幾稀ᄒ니 豈無不遇之歎이리오?"

仙娘이 乃變律呂ᄒ야 低正聲而高新聲ᄒ고 奏一曲ᄒ니 天子ㅣ 一喜一

悲ᄒ사 玉手로 擊案曰

"嗟呼ㅣ라 此曲이여! 汴水之柳ㅣ 靑靑ᄒ고 宮中綺柳ㅣ 已萎ᄒ니 風流天子之片時行樂이 一場春夢이라. 此非所謂隋煬帝之堤柳曲乎아? 繁華而哀怨ᄒ고 淸新而瀟灑ᄒ야 無端助人之怊悵不樂이로다."

仙娘이 乃捨琴而引琵琶ᄒ야 調二十五絃ᄒ고 壓小絃而鳴大絃ᄒ야 復彈一曲ᄒ니 天子ㅣ 忽然改容曰

"此曲이 何其壯厲悲愴乎아? '大風起兮雲飛揚이로다 威加四海兮歸故鄕이라.'ᄒ니 此所謂漢高祖之大風歌ㅣ로다. 英雄天子가 布衣創業ᄒ야 得意於千古어늘 其中에 何以有凄凉之意乎아?"

仙娘이 對曰

"漢太祖高皇帝ᄂᆞᆫ 本以沛上亭長으로 提三尺劍ᄒ고 冒危於八年風塵而得天下ᄒ시니 其辛苦勞碌이 果何如哉잇가? 惟恐後世子孫이 或不知此意ᄒ고 負宗社之托일가 ᄒ야 思得猛士ᄒ고 憂慮四方ᄒ사 乃作此曲ᄒ시니 豈無悽凉底意乎잇가?"

天子ㅣ 黙然不答이러라. 仙娘이 又拂珠絃ᄒ야 收大小絃而鳴中聲ᄒ야 更奏一曲ᄒ니 其聲이 泠泠丁丁ᄒ야 若露滴於承露盤이고 茂陵秋風에 疎雨ㅣ 蕭蕭ᄒ니 天子ㅣ 流鳳眼而頻視仙娘ᄒ샤 問曰

"此ᄂᆞᆫ 何曲也오?"

仙娘이 對曰

"此ᄂᆞᆫ 唐之李長吉所作金銅仙人辭漢歌[9]ㅣ라. 以漢武帝之雄才大略으로 卽位之初에 欲用賢良直言之士ᄒ시더니 公孫弘[10]·張湯[11]輩ㅣ 阿諛天聰

<hr>

9) [교감] 금동선인사한가(金銅仙人辭漢歌): 적문서관본 영인본 320쪽에는 '금동선인사한가(金銅仙人思漢歌)'로 되어 있으나, 오식이므로 바로잡는다.
10) 공손홍(公孫弘, BC 200~BC 121): 전한 무제 때의 재상. 현량대책(賢良對策)에 으뜸으로 뽑혀 박사가 되고 어사대부(御史大夫)를 역임했다. 간언(諫言)하기보다는 무제의 뜻을 살피고 유술(儒術)을 알맞게 응용해 무제의 신임을 받아, 승상이 되고 평진후(平津侯)에 봉해졌다. 성격이 겉으로는 관대했지만 속으로는 시기가 많아, 틈이 벌어진 사람이 있으면 몰래 보복을 했다 한다.

ᄒ야 說祥瑞而稱封禪ᄒ니 信聽承華靑鳥之怪說ᄒ며 專信緱城赤舄之虛
誕ᄒ다가 終至於蠹國病民故로 後人이 作此曲ᄒ야 嗟惜武帝之失德ᄒ니
이다."

天子ㅣ 默默無言이어시늘 仙娘이 卽擧鐵撥ᄒ야 徵聲角聲으로 颯颯
然又奏一曲ᄒ니 其聲이 初則放蕩ᄒ고 終乃靄然ᄒ야 靉靉白雲이 起於天
際ᄒ고 瑟瑟寒風이 鳴於竹叢이어늘 天子ㅣ 惻然改容曰

"此ᄂ 何曲也오?"

仙娘이 對曰

"此ᄂ 周穆王之黃竹歌ㅣ라. 昔에 周穆王이 御八駿馬ᄒ시고 逢西王母
於瑤池ᄒ사 樂而忘返ᄒ시니 侍從諸臣이 思故國而怨穆王ᄒ야 作此歌ᄒ
니 適因徐子之亂ᄒ야 國幾殆矣니이다. 然而又有一曲ᄒ니 惟願畢奏ᄒ나
이다."

ᄒ고 更調珠絃ᄒ야 奏一曲ᄒ니 初章은 豪蕩ᄒ야 若馳驟鐵騎ᄒ고 中
章은 廣大ᄒ야 若瀉大海ᄒ야 變化無窮ᄒ고 牢籠難測ᄒ니 一座ㅣ 驚動
ᄒ더라. 仙娘이 忽又正執鐵撥ᄒ고 猛揮玉手ᄒ야 二十五絃을 一時畫斷
하니 左右ㅣ 大驚失色ᄒ고 天子ㅣ 愕然變色ᄒ사 熟視仙娘ᄒ시고 良久
에 問曰

"此曲은 何也오?"

仙娘이 對曰

"此所謂衝天曲이라. 昔者에 楚莊王이 卽位三年에 不聽政ᄒ고 日事音
樂ᄒ니 大夫蘇從[12]이 諫曰 '林之皐에 有一鳥ᄒ되 三年不鳴ᄒ고 三年不

---

11) 장탕(張湯): 전한 무제 때의 대신. 조우(趙禹)와 함께 모든 법령을 제정했고, 뒤에 형옥(刑
獄)을 맡은 관원이 되어 진황후(陳皇后)의 무고옥(巫蠱獄)과 회남왕(淮南王)의 모반 사건 등을 처
리하면서 법을 각박하게 적용해 혹리(酷吏)의 대명사가 되었다. 당시 승상과 관료들이 무능한 탓
에 사실상 조정의 모든 대사를 좌우했고 황제의 신임 역시 대단했다. 후에 상인들과 짜고 부정이
득을 취했다는 소문으로 기소되어 재판을 받게 되었으나, 이를 불명예로 여겨 자결했다.

飛ᄒ니 是何鳥也잇고?' 莊王이 曰 '三年不鳴ᄒ나 鳴將驚人이오 三年不
飛ᄒ나 飛將衝天이라.'ᄒ고 以左手로 執蘇從之手ᄒ고 右手로 絶鍾鼓之
絃ᄒ고 乃修德政ᄒ시니 楚國이 大治ᄒ야 爲五霸之首ᄒ니이다.”

天子ㅣ 默默無言ᄒ시니 盧均이 知仙娘之諷諫ᄒ고 心中不快ᄒ야 欲以
言折之ᄒ야 卽就座而言曰

“我旣聽君之音律이라. 更願聞高論ᄒ노니 君은 以爲音樂이 自何代而
出고?”

仙娘이 笑曰

“生은 孤陋寡聞ᄒ야 有何知識이리오마ᄂ 嘗聞諸師ᄒ니 樂은 與天地
同生이라 ᄒ더이다.”

均이 笑曰

“然則其所生之樂名은 何也오?”

仙娘이 笑曰

“公은 但知有名之樂이오 不識無名之樂ᄒ며 但知有聲之樂이오 不識無
聲之樂이로다. 孝悌忠信은 無聲之樂이오 喜怒哀樂은 無名之樂이라 夫
人이 無喜怒哀樂之過節則氣像이 和平ᄒ고 修孝悌忠信之敦行則心志快樂
ᄒ리니 心志ㅣ 快樂ᄒ며 氣像이 平和이면 雖靜坐僻處ㅣ라도 無聲大樂
이 自在於其耳ᄒ리니 豈可以名而論樂哉리오?”

均이 冷笑曰

“君之言이 甚迂濶이로다. 天地運數와 人之聰明이 自有古今之異ᄒ니
豈其音樂이 古今相同이리오?”

仙娘이 笑曰

“古今에 人事ᄂ 雖殊ᄒ나 天地ᄂ 豈有古今之異며 聰明은 寧有古今之

---

12) [교감] 소종(蘇從): 적문서관본 영인본 320쪽에는 '소종(蘇種)'으로 되어 있으나, 초(楚)나라
장왕(莊王)의 황음(荒淫)에 대해 간언한 충신 '소종(蘇從)'의 오식이므로 바로잡는다.

異언뎡 音律이 豈有古今之異리오? 石聲은 淸越ᄒᆞ며 金聲은 鏗鏘ᄒᆞ고 竹聲은 精一ᄒᆞ고 絲聲은 嘹喨ᄒᆞ야 吹之則應ᄒᆞ고 扣之則響ᄒᆞ니 古今이 一般이라. 又聞咸池[13]·雲門은 黃帝之樂이오 大章·簫韶ᄂᆞᆫ 堯舜之樂이오 殷之大濩[14]와 周[15]之象武[16]ᄂᆞᆫ 此所謂古樂이며 桑間濮上[17]은 鄭衛之淫樂이오 旗旄劍戟은 南蠻之淫樂이오 漢之堂下[18]와 唐之梨園은 此所謂今樂이라. 假令堯舜으로 復起於今世ᄒᆞ사 德化行而制正樂則漢之堂下를 可變爲大章이오 唐之梨園을 可變爲簫韶ㅣ니 豈獨歌帝力於康衢之壤而舞白髮於蒲坂之野乎아?"

於是에 盧均이 語塞ᄒᆞ야 欲復論時務ᄒᆞ야 試其觸諱而箝制之ᄒᆞ야 乃改容正色ᄒᆞ고 曰

"古之聖人이 作樂敎人은 欲象其聖德ᄒᆞ야 告于天地ᄒᆞ고 遺傳於後世어

---

13) 함지(咸池): 황제(黃帝)의 음악. 『예기』「악기樂記」에 "함지는 덕이 갖추어져 있다(咸池, 備矣)"라 했고, 그 주(註)에 "함(咸)은 모두의 뜻이고, 지(池)는 베푼다는 뜻이다. 황제(黃帝)의 음악 이름이다. 함지는 덕이 모두 천하에 베풀어져 두루 미치지 않음이 없으니, 이러므로 갖추어져 있다고 한 것이다(咸皆也, 池施也, 黃帝樂名, 咸池言, 德皆施於天下, 無不周徧, 是爲具備矣)"라 했다.

14) 대호(大濩): 중국 고대 상(商)나라 탕왕(湯王)의 음악. 탕왕이 천하를 구하고 만민을 편히 살게 한 것을 찬양한 노래다. [교감] 적문서관본 영인본 321쪽에는 '대호(大護)'로 되어 있으나, 오식이므로 바로잡는다. 덕흥서림본 제2권 102쪽에는 '대호(大濩)'로 바르게 되어 있다.

15) 주(周): 중국 고대의 나라. BC 1046∼BC 771. 무왕(武王)이 상(商)나라의 주왕(紂王)을 물리치고 세웠으며, 왕실의 일족과 공신을 요지에 두어 다스리도록 하는 봉건제도로 유명하다. 이전의 하(夏)·상(商)과 더불어 삼대(三代)라 한다.

16) 상무(象武): 상무(象舞). 주(周)나라 무왕(武王)이 지었다고 하는 무무(武舞)다. 『시경』「주송周頌」「유청維淸」의 주(注)에 "상무(象舞)는 군대를 쓸 때, 무기로 찌르거나 치는 것을 상징하는 춤으로, 무왕(武王)이 만들었다(象舞, 象用兵時刺伐之舞, 武王制焉)"라 했다.

17) 상간복상(桑間濮上): 음탕한 음악을 일컫는 말. 복수(濮水)는 옛날 위(衛)나라 땅에 있는, 남녀가 밀회하던 문란한 장소였다고 하며, 상간(桑間)은 '뽕나무 사이'라는 뜻에서 취한 지명으로 복수 가에 있다. 상(商)나라의 주왕(紂王)이 사연(師延)에게 음탕한 음악인 '미미지악(靡靡之樂)'을 짓도록 했는데, 상나라가 망하자 사연이 도망쳐 복수에 와서 몸을 던져 죽었다. 후에 사연(師涓)이 밤중에 그곳을 지나다 그 음악을 듣고 이를 그대로 옮겨 진(晉)나라의 평공(平公)을 위해 연주했는데, 이를 '상간복상'이라 했다.

18) 당하(堂下): 당하악(堂下樂). 대청(大廳) 아래에서 아뢰는 헌가악(軒架樂)의 다른 이름. 헌가악은 대례(大禮)나 대제(大祭) 때 대청 뜰에서 아뢰는 풍악으로, 종고(鐘鼓)를 시렁에 걸어놓고 관현(管絃)을 갖추어서 울렸다.

늘 方今聖天子ㅣ 在上ᄒᆞ샤 堯舜之德과 文武之化ㅣ 及於萬方ᄒᆞ야 祥瑞
日臻而民躋壽域ᄒᆞ니 不愧於唐虞三代ㅣ라. 老夫ㅣ 今奉承皇旨ᄒᆞ야 作大
明新樂而稱頌盛德ᄒᆞ고 形容敎化ᄒᆞ야 欲倣堯之大章과 舜之簫韶ᄒᆞ노니
君은 以爲何如오?"

仙娘이 何以答之오? 且看下回ᄒᆞ라.

## 虜騎長驅廣寧城　胡兵大鬧散花庵
### 第三十一回

却說. 仙娘이 仰瞻天子의 神聖文武之德容ᄒ고 彼憸邪之盧均·董弘의 壅蔽天聰이 不勝痛恨ᄒ야 一片忠心이 油然而生ᄒ니 彈琴數曲이 雖已諷諫이나 憤鬱之懷를 未能禁이러니 聞盧均之言ᄒ고 乃掃眉斂袵ᄒ고 曰

"善哉라 公之爲國盡忠이여! 說仙術ᄒ야 以要聖主之際遇ᄒ니 此ᄂ 公之智慧ㅣ 過人이오 放逐賢臣ᄒ야 樹立黨論ᄒ고 鉗制言官ᄒ야 擅斷威權ᄒ니 此ᄂ 公之手段이 出衆이오 請行封禪ᄒ야 蕩竭國用ᄒ고 騷動民心ᄒ야 惹起怨謗ᄒ되 少不撓動ᄒ니 此ᄂ 公之膽略이 牢確이오 天下之人이 陷於不仁而不自知者ㅣ 多矣로되 今公은 知而故犯ᄒ니 此ᄂ 公之聰明이 絶人이라. 今又改音樂ᄒ야 募鈞天弟子ᄒ되 奪取高門大家之妻妾ᄒ며 劫迫行旅過客之踪跡ᄒ야 聽聞이 狼藉ᄒ고 擧措ㅣ 駭然ᄒ야 百姓은 怨於路傍ᄒ고 君子ᄂ 歎於室中ᄒ야 曰 '以聖天子之聰明으로 胡至於斯오?'ᄒ야 上而助皇后之憂ᄒ고 貽宗社之危ᄒ되 公之富貴ᄂ 依然增加ᄒ야 無敢有矯其非者ᄒ니 亦奇妙經綸이라 何足問於小生이리오? 雖然이나 生은 聞之호니 木無根則枯ᄒ고 水無源則涸ᄒᄂ니 國家ᄂ 百姓之源

이오 人君은 臣子之本이라. 公이 但知目前之富貴ᄒ고 不知有君有國ᄒ니 無源之水와 無根之木이 能支幾日이리오?"

言畢에 桃花兩頰에 凝凜然之氣ᄒ고 春雲顆鬢에 有慷慨之色ᄒ니 盧均이 氣塞ᄒ야 不敢一言ᄒ고 俯首而坐어늘 天子ㅣ 驚動ᄒ사 欲知仙娘之踪跡而問曰

"君臣一席에 安可竟隱行止리오? 朕은 大明天子ㅣ라. 不知汝是何人고?"

仙娘이 慌忙下階ᄒ야 伏地奏曰

"臣妾이 不知天威ᄒ옵고 唐突至此ᄒ오니 罪悚莫甚ᄒ와 不知死所ㅣ로소이다."

天子ㅣ 大驚而問曰

"汝ㅣ 旣非男子而是女子ㅣ면 誰家女子乎아?"

仙娘이 對曰

"臣妾은 汝南罪人楊昌曲之賤妾碧城仙이로소이다."

天子ㅣ 憮然良久에 問曰

"汝豈非向因家中風波ᄒ야 逐送於江南之碧城仙乎아?"

仙娘이 惶恐對曰

"然ᄒ이다."

天子ㅣ 卽起而下堂ᄒ샤 見仙娘曰

"汝其隨朕ᄒ라."

仙娘이 與小蜻으로 侍天子而至行宮ᄒ니 夜已五更이라. 天子ㅣ 命宦寺明燭ᄒ시고 召仙娘於榻前ᄒ사 命仰瞻ᄒ야 詳視其容貌ᄒ시고 乃大驚曰

"此豈非奇異之事乎아? 天以汝로 佑朕躬이로다. 朕旣熟視汝形於夢中ᄒ니 嚮以粉面紅粧으로 挾樂而扶朕躬者ㅣ 豈非汝乎아?"

因語行宮夢中之事而再三俯視ᄒ시고 益加眷愛ᄒ사 問曰

"汝能解文字乎아?"

仙娘이 對曰

"稍知糟粕ᄒᆞ노이다."

天子ㅣ 下賜紙筆ᄒᆞ사 使仙娘으로 草詔ᄒᆞ라 ᄒᆞ시고 親號之ᄒᆞ시니 詔에 曰

"朕이 昏暗ᄒᆞ야 遠忠言而信荒誕ᄒᆞ야 自不覺秦皇·漢武之過ㅣ러니 燕王楊昌曲小室碧城仙이 以烈俠之風과 忠義之心으로 萬里海上에 抱三尺之琴ᄒᆞ야 以纖纖玉手로 一拂珠絃ᄒᆞ니 泠泠七絃에 寒風이 忽起ᄒᆞ야 掃盡浮雲ᄒᆞ고 日月이 復其舊光ᄒᆞ니 此ᄂᆞᆫ 往牒所無오 前古未聞이라. 朕이 近得一夢ᄒᆞ니 此身이 落於空中ᄒᆞ야 十分危殆ᄒᆞ다가 見一個少年之扶救ㅣ러니 今見碧城仙之容貌則與夢中所見으로 毫髮無違ᄒᆞ니 此豈非上帝所賚乎아? 朕이 追憶往事ᄒᆞ니 不覺毛骨이 竦然이라. 其危ㅣ 奚啻如落自天上이리오? 若非碧城仙之諷諫이면 豈有今日乎아? 燕王小室碧城仙이 雖是賤妓나 特褒其忠ᄒᆞ야 拜御史大夫ᄒᆞ고 燕王은 拜左丞相而命召ᄒᆞ고 尹衡文·蘇裕卿諸人은 一幷赦還ᄒᆞ고 明日還宮節次를 磨鍊以入ᄒᆞ라."

仙娘이 草詔畢에 天子ㅣ 顧左右而讚仙娘之筆法ᄒᆞ샤 曰

"朕이 使汝草詔ᄂᆞᆫ 卽欲頒布其直諫之忠於天下也ㅣ라."

ᄒᆞ시고 復以親筆로 書女御史碧城仙六字於紅紙ᄒᆞ야 下賜仙娘ᄒᆞ시니 仙娘이 頓首奏曰

"臣妾이 本欲從家夫於謫所오 苟非爲國效忠이오니 伏乞陛下ᄂᆞᆫ 還收濫職ᄒᆞ읍고 特許歸去ᄒᆞ시면 天恩이 尤極罔極이로소이다."

天子ㅣ 笑曰

"明日에 當還駕ᄒᆞ리니 汝亦從後車而還府ᄒᆞ야 以待燕王之還ᄒᆞ라."

仙娘이 又奏曰

"臣妾이 變服出門ᄒᆞ야 遍行山水之間도 猶所慙愧어든 今何以從千乘萬騎ᄒᆞ야 不顧行止之詭脆乎잇가? 臣妾이 有一匹靑驢與一個童子ᄒᆞ오니 藏

踪於綠水靑山ᄒ고 寸寸前進而歸가 實區區之願也ㅣ로소이다.”

天子ㅣ 尤奇其志ᄒ사 快許而厚贐ᄒ시고 從速還歸于皇城ᄒ라 ᄒ시거
날 仙娘이 承命拜辭ᄒ고 奴主兩人이 驅驢飄然而行ᄒ니라. 此時에 天子
ㅣ 追悔往事ᄒ샤 如矢歸心이 催促法駕ᄒ시니 盧均·董弘이 奸狀이 今已
綻露ᄒ야 無計可施ㅣ라 困獸窮寇之反生惡心而傷人은 亦常理ㅣ라 到此
地頭ᄒ야 包藏凶逆之心하고 兩人이 相對謀反이나 未得機會ㅣ러니 意外
에 山東[1]太守急表ㅣ 至ᄒ니 表에 曰

“北單于ㅣ 率胡兵十萬ᄒ고 自雁門[2]으로 經太原[3]ᄒ야 已犯兗州[4]地境
ᄒ오니 勢甚强盛ᄒ야 疾如風雨ㅣ라 未久必犯山東ᄒ오리니 請速發大兵
ᄒ소셔.”

天子ㅣ 覽表大驚ᄒ사 顧左右而歎曰

“必北匈奴[5]ㅣ 知皇都ㅣ 空虛ᄒ고 如是疾驅而來니 朕今歸路甚遠ᄒ
고 且皇城消息이 杳然이어날 孤立於此ᄒ야 其誰與議오?”

左右ㅣ 奏曰

“事甚危急ᄒ오니 召盧均而議之ᄒ소셔.”

此時盧均이 知天子ㅣ 有未妥之意ᄒ고 稱病而臥ㅣ러니 聞此消息而大
喜ᄒ야 蹶然起坐而自思ᄒ되

‘此ᄂᆫ 天助老夫ᄒ야 借與再生之機로다. 胡兵이 勢急ᄒ니 自願出戰ᄒ
야 若成功則非但贖罪ㅣ라 事業이 更顯於四海요 若不幸則寧被髮左袵而
從單于北歸ᄒ야 安享胡王富貴ᄒ리라.’

---

1) 산동(山東): 중국 화북(華北) 지방에 있는 성(省). 황하의 하류, 태항산(太行山) 동쪽의 황해
(黃海)와 발해(渤海)의 연안에 있다.
2) 안문(雁門): 중국 산서성(山西省) 북부 지역의 관(關) 이름.
3) 태원(太原): 중국 산서성(山西省)의 성도(省都). 분하(汾河) 상류의 동쪽과 서쪽이 태항산맥
(太行山脈)·여량산맥(呂梁山脈)에 둘러싸인 분지에 위치한다.
4) 연주(兗州): 중국 산동성(山東省) 남서부에 있는 도시.
5) 흉노(匈奴): BC 3세기 말부터 AD 1세기 말까지 몽골고원과 만리장성 지대를 중심으로 활약
한 유목민족 및 그들이 형성한 북몽고와 중앙아시아 일대의 국가를 일컫는 말.

計已定에 卽詣行宮ᄒ야 伏地請罪曰

"臣이 不忠ᄒ야 使陛下로 遭此變ᄒ오니 難逃斧鉞之誅이오나 目今事勢ㅣ 甚急ᄒ고 左右에 無一人良將ᄒ고 胡兵이 遮還御之路ᄒ오니 實無妙策이라 臣은 願借節鉞ᄒ야 卽發侍衛羽林軍ᄒ고 調發近地土兵ᄒ야 與太淸眞人으로 前往ᄒ야 斬單于之首ᄒ야 以贖不忠之罪ᄒ노이다."

天子ㅣ 沉吟良久에 亦無他策이라 乃執盧均之手ᄒ시고 歎曰

"旣往之事ᄂ 由朕之不明이라 豈特卿之過而已리오? 及今追悔ᄂ 君臣이 一般이라 豈可相與介懷리오? 須勿過度自引ᄒ고 更出忠憤ᄒ야 補朕不逮ᄒ라."

盧均이 奉玉手而淚下白鬚ᄒ고 伏奏曰

"聖敎ㅣ 至此ᄒ시니 臣이 敢不盡犬馬之力乎잇가?"

天子ㅣ 慰諭ᄒ시고 卽拜盧均爲征虜大都督ᄒ야 領羽林軍七千騎與靑州[6]兵五千騎而往ᄒ라 ᄒ시니 盧均이 與太淸眞人으로 議曰

"國運이 不幸ᄒ야 今胡兵이 犯於山東이라. 晩生이 雖奉承皇命이나 不知其防禦之策이오니 願先生은 明以敎之ᄒ소셔."

眞人이 笑曰

"貧道ᄂ 浮雲踪跡이오 物外閑人이라. 問路於玉京淸道하고 傳信於十洲三山은 或有所能이나 國家興亡과 矢石風塵은 非眞人之所知로소이다."

盧均이 垂淚跪告曰

"先生之言이 及此ᄒ시니 晩生命盡之秋也ㅣ라. 今日請邀先生도 晩生之所爲요 勸上封禪도 晩生之所爲ㅣ라. 晩生은 曾聞結者解之라 ᄒ오니 望先生은 看晩生之面皮ᄒ야 更思之ᄒ소셔."

---

6) 청주(靑州): 옛날 중국을 아홉 지역으로 나눈 '구주(九州)' 가운데 하나. 대체로 태산(泰山) 동쪽에서 발해(渤海)에 이르는 지역을 가리킨다.

眞人이 笑曰

"參政은 無故之人을 貽勞太甚이로다. 事旣如此ᄒ니 貧道ㅣ 當助一臂之力ᄒ리이다."

盧均이 大喜ᄒ야 卽與太淸眞人으로 拜辭天陛ᄒ고 領軍而往山東城ᄒ니라.

且說. 匈奴冒頓은 北胡中最强種落이라. 漢高祖困於白登七日ᄒ고 以漢武帝之雄才大略으로 不得雪平城之恥ᄒ니 其强盛을 可知라. 唐宋以來로 漸益繁盛ᄒ더니 至于明末ᄒ야 耶律單于ㅣ 膂力이 過人ᄒ야 能斷鐵鉤索ᄒ며 性又凶獰ᄒ야 篡奪其父ᄒ고 敎養士卒ᄒ야 每窺中原이러니 聞奸臣이 濁亂朝廷ᄒ며 賢臣이 被竄遠方ᄒ고 耶律이 大喜曰

"天以中原賜我ㅣ로다. 今楊昌曲이 不在朝廷ᄒ니 吾何懼乎ㅣ리오?"

ᄒ고 卽日起兵하야 欲侵中國ᄒ더니 又盧均이 勸帝ᄒ야 東巡封禪ᄒ니 民心이 離散ᄒ야 怨謗이 四起라 單于ㅣ 擧鎗而起曰

"此正奪取中國之時ㅣ라."

ᄒ야 乃分兵二路而進ᄒ실ᄉᆡ 胡將拓跋刺은 率二萬騎ᄒ고 自陰山[7]漢陽[8]으로 歷蒙古堆ᄒ야 自遼東[9]廣寧[10]으로 踰碣石[11]ᄒ야 直向皇城ᄒ고 單于는 親率三萬大軍ᄒ고 合蒙古兵ᄒ야 自馬邑[12]朔方[13]으로 直取山東城ᄒ야 塞天子歸路ᄒ야 欲決雌雄이러라.

---

7) 음산(陰山): 중국 내몽고자치구의 몽골고원 남쪽에 있는 산맥. 예로부터 중국의 북변 방어에서 가장 중시되었으며, 이 산맥을 따라 만리장성이 구축되었다.
8) 한양(漢陽): 중국 호북성(湖北省) 무한(武漢)시 남서부 지구. 양자강(揚子江)과 한수(漢水) 합류 지점에 위치하며, 건너편에 무창(武昌)과 한구(漢口)가 있다. 예로부터 군사상 요충지로, 무창(武昌)·한구(漢口)와 함께 무한삼진(武漢三鎭)으로 불렸다.
9) 요동(遼東): 중국 요하(遼河)의 동쪽 지방. 지금의 요령성(遼寧省) 동남부 일대를 일컫는다.
10) 광령(廣寧): 지금의 중국 요령성(遼寧省) 서부에 위치한 북진시(北鎭市)의 옛 이름. 명나라 때 광령은 북쪽의 여진(女眞)을 관리하는 중요한 군정기지(軍政基地)였다.
11) 갈석(碣石): 중국 열하성(熱河省) 도원현渡源縣)에 있는 산 이름.
12) 마읍(馬邑): 중국 산서성(山西省) 삭현(朔縣)에 위치한 지명.
13) 삭방(朔方): 중국 내몽고 지역 하투(河套) 남쪽에 설치된 군(郡) 이름.

且說. 胡兵拓跋剌이 率大軍ᄒᆞ고 已自廣寧遼東으로 蹂礪石ᄒᆞ야 直向皇城ᄒᆞ야 浩浩蕩蕩이 如驚波狂瀾來ᄒᆞ니 無能防禦者ㅣ라. 監國大臣이 方乃聞知ᄒᆞ고 欲閉城門ᄒᆞ고 調發軍馬나 五營軍卒이 皆已逃亡ᄒᆞ고 文武百官은 保妻子而避亂者ㅣ 塞路ᄒᆞ야 哭聲이 震動이어늘 皇太后ㅣ 雖下嚴敎而責監國大臣ᄒᆞ시나 有何方略이리오? 胡兵이 乘夜啣枚ᄒᆞ고 破皇城北門이어늘 皇太后ㅣ 率妃嬪宮人ᄒᆞ시고 未具鳳輦ᄒᆞ고 出南門而蒙塵ᄒᆞ실ᄉᆡ 宦寺掖隷之從者ㅣ 不過數十人이라. 行數里而顧視之ᄒᆞ시니 城中에 火光이 衝天ᄒᆞ고 胡兵이 已遍滿城內城外ᄒᆞ야 擄掠民間이러라. 一個胡將이 率一隊胡兵ᄒᆞ고 遮路厮殺이어늘 掖隷輩ㅣ 雖盡力赴鬪ㅣ나 豈能抵當이리오? 太后兩殿이 策馬而渾雜於亂民之中ᄒᆞ샤 僅得一條路而免禍ᄒᆞ시고 復顧視之ᄒᆞ시니 但掖隷數人과 宮女五六人이 隨後ᄒᆞ더라. 宮人賈氏ㅣ 告皇太后曰

"胡兵이 如是彌滿ᄒᆞ오니 捨平地而向山路ᄒᆞ야 待天明而求安身之處ᄒᆞ소셔."

太后ㅣ 從之ᄒᆞ샤 棄路而登山ᄒᆞ시니 是時曉月이 依俙ᄒᆞ야 幸得分別山路ㅣ라 避亂之民이 遍滿山上ᄒᆞ야 蒼黃氣色으로 愁亂哭聲이 驚天動地ㅣ라 僅進數十里ᄒᆞ야 太后兩殿이 不勝鞍馬之勞ᄒᆞ야 玉體ㅣ 甚不平이라 乃按轡徐行ᄒᆞ샤 回顧左右曰

"此地가 何處오? 一掬之水를 可得以飮乎아?"

賈宮人이 聞此敎ᄒᆞ고 流涕下馬ᄒᆞ야 覓得山中流泉이나 手無一瓢ㅣ라 摘得木葉而掬水以進ᄒᆞ니 太后ㅣ 僅爲解渴ᄒᆞ시고 歎曰

"此身이 老而不死ᄒᆞ야 當此意外苦楚ᄒᆞ니 反不如溘然而無知로다. 今所向無處ᄒᆞ니 去將安之오? 若遇胡兵이면 奈何오?"

賈宮人이 對曰

"臣妾이 雖未能詳記山中之里ㅣ나 第觀此處之山勢ᄒᆞ니 必有道觀古刹이오니 伏願娘娘은 保重玉體ᄒᆞ샤 一時厄會를 勿爲掛念ᄒᆞ소셔."

言未畢에 忽聞風磬聲이어늘 賈宮人이 縱馬先行이라가 回轡而告太后
曰

"此必庵子ㅣ로소이다."

仍尋路而至洞口ᄒᆞ야 賈宮人이 忽復驚喜曰

"此非別處라. 爲皇上而四時祈禱之散花庵이로소이다."

太后ㅣ 亦是喜幸ᄒᆞ사 近庵門而視之ᄒᆞ시니 庵門이 牢閉ᄒᆞ고 但有三四
尼姑어늘 問其故ᄒᆞ신딕 尼姑ㅣ 曰

"諸女僧은 聞胡兵之來ᄒᆞ고 以此庵之距大路不遠故로 恐其身嬰鋒鏑ᄒᆞ
야 爲避禍而各自逃走ᄒᆞ고 貧道等은 以老病으로 以死自處ᄒᆞ와 守庵而在
此로소이다."

尼姑ㅣ 見賈宮人ᄒᆞ고 帶喜色而迎之ᄒᆞ야 知太后兩殿下之臨御ᄒᆞ고 正
席坐定後에 恭敬進茶어늘 太后ㅣ 方始鎭定精神ᄒᆞ사 曰

"世事를 難測이로다. 豈意老身이 到此散花庵이리오? 曾爲皇上ᄒᆞ야
年年祈禱於此庵이러니 今皇上은 在於千里之外ᄒᆞ시고 當此患難ᄒᆞ니 安
危吉凶을 何以測量이리오? 老身이 當祝願於佛前ᄒᆞ야 祈禱萬歲無恙ᄒᆞ
리라."

ᄒᆞ시고 卽持一炷香而禮佛心祝ᄒᆞ시고 愀然[14]含淚ᄒᆞ시더라. 賈宮人이
欲慰太后ᄒᆞ야 陪觀庵中홀식 轉到行閣ᄒᆞ니 寂無人跡ᄒᆞ고 但聞呻吟聲이
어날 開門視之ᄒᆞ니 一個少年이 與一個童子로 臥於房中이라. 賈宮人이
見其少年而大驚ᄒᆞ니 此未知何人고. 且看下回ᄒᆞ라.

---

14) [교감] 초연(愀然): 적문서관본 영인본 327쪽에는 '산연(潸然)'으로 되어 있으나, 의미상 오
식으로 여겨져 바로잡는다. 덕흥서림본 제2권 109쪽에는 '초연(愀然)'으로 바르게 되어 있다.

## 用奇計仙娘詑胡 奮大義太爺起兵
### 第三十二回

却說. 仙娘이 拜辭天子ᄒ고 奴主兩人이 復驅驢前行홀ᄉᆡ 心中自思曰

'天子ㅣ 旣下赦典而召還相公ᄒ시니 相公이 今且榮歸ᄒ시리니 我今南行而何爲리오? 當由此而直往皇城호리라.'

ᄒ고 因北行至山東地界ᄒ니 奔竄之民이 塞路而來ᄒ야 皆言單于之大兵이 將至라 하거늘 仙娘이 大驚ᄒ야 晝夜幷行ᄒ야 至皇城百餘里之外ᄒ야 欲托身於點花觀이러니 觀已空虛ᄒ고 無一個道士어늘 不知方向ᄒ야 乃重尋散花庵ᄒ니 庵中이 亦騷亂ᄒ고 一無前日所親女僧이어늘 借一客室而經夜홀ᄉᆡ 觸傷於行役風露ᄒ야 終夜苦痛이러니 忽聞門外擾亂之聲ᄒ고 意謂避亂之民이라 ᄒ야 閉門益堅而臥러니 意外에 見賈宮人之開戶ᄒ고 依俙未覺이라가 更視之ᄒ니 乃故人이라. 驚喜握手ᄒ고 未及開口에 賈宮人이 付仙娘之耳ᄒ고 密通太后兩殿之下臨ᄒ니 仙娘이 慌忙起身ᄒ야 下堂伏地ᄒᆞᆫ딕 太后ㅣ 問曰

"爾ᄂᆞᆫ 何許少年고?"

賈宮人이 對曰

"臣妾의 同姓之親賈氏로소이다."

因奏達曰

"前日에 庵中相逢ᄒ고 數年隔阻이라가 今日更逢ᄒ오니 事甚稀罕이로소이다."

太后ㅣ 奇之曰

"老身이 疑其男子之容貌甚美러니 旣是女子오 又賈宮人之同姓이라 ᄒ니 今日窮途相逢이 尤爲多情이라."

ᄒ시고 使之陞堂ᄒ야 下賜茶果ᄒ시고 顧謂賈宮人曰

"此誠絶代佳人이로다. 以彼柔順姿質로 何故로 當此患難ᄒ야 換着衣服ᄒ고 漂泊山中乎아?"

仙娘이 對曰

"臣妾이 本無學識ᄒ옵고 素好山水ᄒᄋ와 周流四方이오니 豈獨爲避患難乎잇가?"

太后ㅣ 良久視之ᄒ샤 撫其手而愛之益篤ᄒ시더라. 翌日休於庵中ᄒᆯ시 都民避亂者ㅣ 散花庵前後左右에 滿山遍野ㅣ라. 掖隸ㅣ 持杖而一幷驅逐曰

"汝等의 如此會集은 反是招引胡兵이니 速往他處ᄒ라."

ᄒ니 衆이 泣告曰

"我太后兩殿이 臨御此地ᄒ시니 必有退胡兵之策이라. 吾等이 棄此而何歸리오?"

ᄒ거늘 太后ㅣ 惻然ᄒ사 使勿驅逐ᄒ시니 衆民이 經夜於山上ᄒᆯ시 自然處處放火ᄒ야 烟氣與火光이 彌滿中天ᄒ더라.

且說. 胡兵이 遙望火光而來ᄒ야 是夜三更에 圍庵子ᄒ고 喊聲이 震地ᄒ니 太后兩殿과 妃嬪宮人이 相扶而哭ᄒ야 罔知所措ᄒ더니 一個胡將이 大呼曰

"明太后ㅣ 在此ᄒ니 吾們이 當奉迎而去ᄒ야 獻於將軍而請賞이라."

ᄒ고 鐵桶也似而圍之어늘 太后ㅣ 顧賈宮人曰

"諺에 云'生而辱이 不如死而快라.'ᄒ니 我雖不似ㅣ나 以堂堂萬乘天
子之母后로 豈可向北胡而求生이리오? 寧死於此地ᄒ리니 汝輩ᄂᆞᆫ 須保護
皇后ᄒ고 訪皇上駐蹕處ᄒ야 奏達老身之遺言ᄒ라."

ᄒ시고 寫遺書曰

"死生이 有命ᄒ고 國運이 在天ᄒ니 非人力之所能爲오 母子之情은 貴
賤이 一般이라. 天顏을 不得復見ᄒ고 冥冥夜臺에 作歸去之魂ᄒ야 使我
皇上으로 抱無窮之慟ᄒ니 不能瞑目於地下ㅣ라. 望陛下ᄂᆞᆫ 勿爲過度悲傷
ᄒ시고 保重玉體ᄒ야 亟斬盧均ᄒ시고 急赦燕王ᄒ야 勦滅胡兵ᄒ야 以
雪平城之恥ᄒ소셔."

太后ㅣ 言畢에 欲自刎ᄒ신딕 皇后妃嬪이 扶持痛哭ᄒ니 賈宮人이 泣
告曰

"以我皇太后之至仁至慈로 豈忍作此擧措乎잇가? 雖不忍一時之辱ᄒ사
欲溘然無知ᄒ시나 獨不念千里之外에 茫然不知皇上之情地乎잇가? 以太
祖高皇帝積德累仁으로 數百年宗社ㅣ 必不遽爾邱墟이오니 若他日에 討
滅胡兵ᄒ고 天子ㅣ 還御ᄒ사 得聞此變ᄒ시면 孝子之心에 將何如哉잇
가?"

太后ㅣ 垂淚而歎曰

"老身이 豈不念此ㅣ리오마ᄂᆞᆫ 情勢ㅣ 如此危急ᄒ고 手下에 無一士卒
ᄒ니 雖欲求生路ㅣ나 何可得也ㅣ리오?"

言未畢에 忽然座中에 一個少年이 起而告太后曰

"事ㅣ 急矣라 臣妾이 雖無漢紀信之忠이오나 當一誑胡兵ᄒ리니 太后
ᄂᆞᆫ 換着臣妾之服而避禍ᄒ야 保重玉體ᄒ소셔. 臣妾이 當代陛下之身ᄒ야
以敵胡兵ᄒ리이다."

ᄒ고 因脫其所着衣服而獻上이어늘 衆이 視其人ᄒ니 乃臥於客室之少
年賈氏라. 太后ㅣ 笑曰

"娘之忠은 至矣로되 老身이 今以餘年不多之人으로 豈可苟且行事ㅣ리오?"

少年이 慨然曰

"聖意ㅣ 如是ᄒ시니 獨不念皇上之情地乎잇가? 一條生路를 諉之以苟且ᄒ시고 欲快一時之不幸은 閭巷賤人의 狹窄之見이라. 昔日漢太祖高皇帝는 雖遭白登七日之辱이나 猶忍恥用權ᄒ야 因以免禍ᄒ니 豈以一時厄會로 千秋萬歲에 使我皇上으로 得不孝之名乎잇가?"

言畢에 以衣服으로 加於太后身上ᄒ고 更從告曰

"事機ㅣ 漸急ᄒ오니 太后는 勿復趑趄ᄒ소셔."

ᄒ고 又脫小蜻之服ᄒ야 進於皇后而催促ᄒ니 賈宮人與諸妃嬪이 奉兩殿ᄒ야 改着衣服ᄒ고 仙娘奴主ㅣ 乃着兩殿之衣服ᄒ고 仙娘이 謂賈宮人曰

"君等은 速陪兩殿ᄒ고 從庵後避身ᄒ야 保重保重이어다. 倘或不死ㅣ면 庶更相逢ᄒ리라."

賈宮人與左右侍女ㅣ 揮淚別ᄒ고 陪兩殿而從庵後ᄒ야 度山而暗行ᄒ니라. 仙娘奴主ㅣ 依舊閉庵門而坐ㅣ러니 居無何에 胡兵이 碎門突入이어늘 仙娘이 故以巾掩面ᄒ고 大罵曰

"吾ㅣ 雖陷於困境이나 爾安敢如此無禮리오?"

胡將이 告曰

"俺們이 不欲强害太后이오니 但可速行ᄒ소셔."

ᄒ고 驅小車而劫仙娘奴主ᄒ야 向胡陣而去ᄒ니 此時胡將拓跋刺이 陷沒皇城ᄒ고 搜索太后及宮屬ᄒ되 已無去處ㅣ라 求之四方ᄒ더니 胡兵이 以一輛小車로 携仙娘奴主而來어늘 拓跋刺이 大喜ᄒ야 質置軍中ᄒ라 ᄒ딕 仙娘이 見小蜻曰

"吾奴主ㅣ 以萬死餘生으로 尙不得死所ㅣ러니 今日에 爲國家作忠魂이 雖無餘恨이나 以賤身으로 代兩殿ᄒ야 久不露出眞狀이면 貽辱이 不鮮이

리니 當快罵賊將ᄒ야 以決死生이라.”

ᄒ고 卽捲車帷ᄒ고 琅琅然叱之曰

“無道犬戎이 不知天高ㅣ로다. 我皇太后ᄂᆞᆫ 堂堂萬乘天子之母后ㅣ라 何可臨御於汝之陣中이리오? 我ᄂᆞᆫ 太后宮侍女賈氏ㅣ라. 汝敢殺之어든 速殺ᄒ라.”

ᄒ니 胡將이 聞之ᄒ야 始覺見欺ᄒ고 大怒ᄒ야 欲害之흔딕 拓跋剌이 止之曰

“吾聞中華ᄂᆞᆫ 禮義之邦이라 ᄒ더니 果非虛言이로다. 此ᄂᆞᆫ 知義之女子라.”

ᄒ야 因置軍中ᄒ고 令軍中ᄒ야 極盡恭敬케 ᄒ니라.

且說. 太后一行이 因仙娘之奇謀ᄒ야 幸得免禍ㅣ나 不知仙娘之死生ᄒ고 且不忍忘ᄒ야 賈宮人以下ㅣ 無不含淚ᄒ더니 忽又喊聲이 大作에 一隊胡兵이 遮路掩殺ᄒ니 風塵이 漲天ᄒ고 鎗劍이 耀日ᄒ야 追殺奔竄之民ᄒ니 男女老幼의 顚倒號哭之狀은 天地ㅣ 慘淡ᄒ고 白日이 無光ᄒ더라. 太后ㅣ 仰天歎曰

“神明이 不佑ᄒ시니 老身은 雖死無惜이나 皇后妃嬪은 靑春之年이라 將奈之何오?”

ᄒ시고 顧賈宮人曰

“今無氣力ᄒ야 不得寄身於馬上이로다. 汝等은 須保護皇后ᄒ고 勿慮老身ᄒ라.”

ᄒ시며 墜於馬上ᄒ신딕 衆人이 號泣扶護ᄒ야 不知所爲ᄒ더니 忽然胡陣이 擾亂에 一員少年將軍이 手舞雙鎗ᄒ고 如入無人之境而左右衝突ᄒ니 未知此何人也오.

且說. 楊太爺ㅣ 自燕王雲南竄配之後로 借居尹閣老鄕庄이러니 不意에 聞胡兵之犯闕ᄒ고 潸然流涕ᄒ야 與尹閣老商議曰

“今皇上은 東巡ᄒ시고 賊勢ㅣ 如是危急ᄒ니 吾等이 何可以無官職으

로 坐視太后兩殿之危而不救ㅣ리오? 欲調發洞中壯丁ᄒᆞ야 以一死로 圖報
天恩之萬一ᄒᆞ노라."

尹閣老ㅣ 蹶然起曰

"楊兄이여! 老夫도 方思此事ᄒᆞ니 豈可遲延時刻이리오?"

言未畢에 有自皇城來者ㅣ 曰

"去夜三更에 胡兵이 已陷都城ᄒᆞ고 太后兩殿이 匹馬出城蒙塵ᄒᆞ샤 不
知去處ㅣ라."

ᄒᆞ딕 尹閣老ㅣ 頓足搥胸ᄒᆞ야 北向痛哭ᄒᆞ고 不勝憂忿ᄒᆞ니 楊太爺ㅣ
慨然慰之曰

"國運이 不幸ᄒᆞ야 旣至此境ᄒᆞ니 今日爲我皇上之臣子者ㅣ 當盡力ᄒᆞ야
追尋兩殿之所在ᄒᆞ야 以死保護ㅣ 可也ㅣ니 閣下ᄂᆞᆫ 勵精ᄒᆞ야 速發洞軍而
起ᄒᆞ소셔."

ᄒᆞ고 募兩府蒼頭與洞軍ᄒᆞ니 衆이 五六百人이라. 楊太爺ㅣ 召一枝蓮·
孫夜叉ᄒᆞ야 語倡義之意ᄒᆞ고 要與同往ᄒᆞ니 兩人이 慨然領命ᄒᆞ고 卽以昔
日戰場所用戰袍與馬匹弓矢로 裝束而進向皇城ᄒᆞᆯᄉᆡ 兩殿所在處를 問津無
處ㅣ라. 但向東南而行ᄒᆞ야 殺胡兵之住屯者ㅣ러니 遙望一處에 一隊胡兵
이 圍行人而掩殺ᄒᆞ고 五六個女子ㅣ 以宮女服色으로 混雜其中ᄒᆞ야 蒼黃
號泣이어늘 一枝蓮이 謂孫夜叉曰

"此豈非太后兩殿駐駕之處乎아?"

ᄒᆞ고 揮雙鎗ᄒᆞ야 衝突而入ᄒᆞ니 一個胡將이 迎戰數合에 豈能敵蓮娘이
리오? 便撥馬而走어늘 蓮娘이 擧鎗而追ᄒᆞ더니 忽自遠而大呼曰

"彼少年將軍은 何許人也오? 太后兩殿이 在此ᄒᆞ시니 莫追窮寇ᄒᆞ고 護
衛兩殿ᄒᆞ라."

ᄒᆞ거늘 蓮娘이 方回馬而迎太爺之兵ᄒᆞ야 一齊來謁太后而請罪ᄒᆞᆫ딕 太
后ㅣ 問曰

"卿은 何人고?"

300

尹閣老ㅣ 奏曰

"臣은 前任閣老尹衡文이오 此는 燕王太爺楊賢이로소이다. 臣等이 不忠ᄒᆞ와 兩殿이 蒙塵ᄒᆞ시니 欲死而無知ᄒᆞ나이다."

太后ㅣ 曰

"老身이 無德ᄒᆞ고 國運이 不幸ᄒᆞ야 卿等을 如此相見ᄒᆞ니 豈不慚愧리오? 此皆卿等이 不在朝廷ᄒᆞ고 奸臣이 用權之故ㅣ라. 千里海上에 皇上安否를 問之無處ᄒᆞ니 世豈有如此罔措之事ㅣ리오?"

因問曰

"俄者少年將軍은 誰也오?"

對曰

"南蠻祝融王之女一枝蓮이오니 昔日昌曲이 出征南方之時에 生擒此女ᄒᆞ와 愛其才而率來ᄒᆞ니이다."

太后ㅣ 大驚ᄒᆞ사 卽召致馬前而執手ᄒᆞ시고 顧左右曰

"此眞傾國之色이오 干城之才로다."

問其年ᄒᆞ시고 擧視雙鎗ᄒᆞ시고 愛惜不已曰

"老身이 不幸棄國而托身無處ᄒᆞ더니 天이 以汝賜我ᄒᆞ시니 從今以後는 雖百萬胡兵이 當前이라도 無所懼也ㅣ로다."

尹閣老ㅣ 奏曰

"胡兵이 遍滿於東北ᄒᆞ니 南往鎭南城而守之ㅣ 可也니이다."

太后ㅣ 從之ᄒᆞ사 向鎭南而往ᄒᆞ실시 此城은 在皇城南數里之外ᄒᆞ니 城堞이 堅固ᄒᆞ야 足以自守ㅣ라. 孫夜叉로 爲先鋒ᄒᆞ고 兩殿妃嬪이 與一枝蓮으로 聯馬而爲中軍ᄒᆞ고 閣老與太爺로 爲後軍ᄒᆞ야 整齊前進ᄒᆞᆯ시 太后ㅣ 頻尋蓮娘ᄒᆞ사 暫不離側ᄒᆞ라 ᄒᆞ시고 談笑娓娓ᄒᆞ야 一行이 如無一事러라. 翌日入城ᄒᆞ사 收合軍器ᄒᆞ고 招集附近諸州之兵ᄒᆞ니 衆至六七千人이라. 皇太后ㅣ 乃以尹閣老로 爲三軍都提督ᄒᆞ고 楊太爺로 爲提督ᄒᆞ고 以一枝蓮으로 爲驃騎將軍兼長信宮中郎將ᄒᆞ고 孫夜叉로 爲先鋒將軍ᄒᆞ시

니 蓮驃騎ㅣ 與孫先鋒으로 逐日操練軍馬ㅎ야 以禦胡兵ㅎ더라.

且說. 天子ㅣ 送盧均ㅎ고 獨臥於行宮ㅎ샤 心懷不樂ㅎ야 與宦寺로 登樓而俯視海上ㅎ시니 接天波濤ㅣ 如山而起ㅎ야 不見其涯涘ㅎ고 鯨波鰐浪이 飜海動地ㅎ야 瀰漫水氣ㅣ 下於半空而作霧ㅎ더니 俄而오 一輪紅日이 橫於西天ㅎ고 夕陽이 照於水面ㅎ니 忽有層層樓閣이 起於水上ㅎ야 五色이 玲瓏ㅎ고 瑞氣ㅣ 怳惚하야 奇形怪狀이 變幻百千ㅎ더니 西風이 忽起에 風浪이 暫收ㅎ니 已無去處ㅎ고 但悠悠茫茫之波浪이 向東而流而已라. 天子ㅣ 茫然而視ㅣ라가 問曰

"此何事也오?"

左右ㅣ 對曰

"此는 海上蜃樓로소이다."

上이 默然良久에 嘆曰

"人生百年에 千萬經營이 與彼蜃樓一般이라 豈不虛無孟浪이리오? 朕이 以少年之心으로 信聽方士之妖言ㅎ고 至於此境ㅎ니 何異捕風捉影이리오? 若使燕王으로 在朝런들 朕豈至此ㅣ리오?"

ㅎ시고 瞻望東天而怏怏不樂ㅎ시더니 忽有兩個少年이 馳馬ㅎ야 向行宮而來ㅎ니 未知何人고. 且看下回ㅎ라.

投降書盧均叛國　驅鐵騎匈奴犯蹕
第三十三回

却說. 燕王이 自赴謫所之後로 天涯萬里에 故國이 蒼茫ᄒ고 光陰이 悠
忽ᄒ야 見節序之代謝ᄒ고 北天을 日日瞻望ᄒ야 思慕君親에 不覺斷腸ᄒ
고 衣帶自緩ᄒ더니 前往皇城之蒼頭ㅣ 回傳家書與京中消息ᄒ니 始知天
子之求仙於海上하고 愕然失色ᄒ야 拍案長嘆曰

“盧均之奸은 吾雖深憂ㅣ나 豈意以聖上之明으로 至於此境乎ㅣ리오?”

ᄒ야 仰天獻欷ᄒ고 不勝忿恨ᄒ야 全廢食飲ᄒ고 北向號泣이어늘 鸞
城이 慰之曰

“自古로 已多求仙封禪之君ᄒ고 小人之秉朝權而起風波者ㅣ 非徒今日
이라. 相公이 何如是深慮乎잇가?”

燕王이 嘆曰

“此非娘之所知ㅣ라. 昔日封禪之君은 必國富兵强ᄒ야 內而立紀綱ᄒ고
外而遠征伐故로 雖國用이 蕩竭이나 危急之亂이 尙少어니와 娘은 試觀今
日朝廷ᄒ라. 紀綱이 壞而威權이 不在於君ᄒ고 民心이 嗷嗷而怨國이어늘
因荒誕之言ᄒ야 法駕ㅣ 遠巡千里之外ᄒ시니 民心騷動이 顧何如ㅣ며 且

恐乘此都城之虛ᄒ야 引致入寇之變이라. 若盜賊이 一至면 雖天子ㅣ 在朝
ㅣ라도 反覆小人之輩ㅣ 必不顧國家어든 何況玉輦이 在外시리오? 今日
事機ㅣ 十分危殆ᄒ야 宗社興亡이 如一髮이라. 吾七歲入學ᄒ고 十歲에
受父母之訓ᄒ야 十六歲에 遇我聖主ᄒ니 堯舜之德과 湯武之才로 風雲魚
水에 際遇ㅣ 相合ᄒ야 得遂蘊抱之經綸이러니 今爲小人之所沮ᄒ야 天涯
萬里에 君臣이 落落ᄒ야 患難危亡에 無路扶持ᄒ니 豈不痛傷가?"

ᄒ더니 忽有兩個少年이 入來어늘 視之ᄒ니 乃董超·馬達이라. 燕王曰
"向日草料店相別後에 意謂將軍等이 已還故鄕矣러니 今從何而來오?"

兩人이 曰

"小將等이 從閤下ᄒ야 來此萬里之外라가 安敢先歸乎잇가? 其間遊覽
於東方山川ᄒ고 獵兎逐雉ᄒ야 以待相公之還駕ㅣ러니 近日聞於風便ᄒ
니 天子ㅣ 封禪於泰山而求仙이라 ᄒ오니 自古로 天子ㅣ 封禪則大赦天
下ᄒ나니 區區所望이 想於此時에 必有還駕之機故로 欲詳知而來로이
다."

燕王曰

"昌曲이 雖死於此地而不得還家ㅣ라도 不願聞國家之有此事ᄒ노라. 以
我聖上日月之明으로 暫爲浮雲之所蔽ᄒ사 國家興亡이 在於朝夕ᄒ니 豈
以身帶罪名으로 黙然而不奏一言衷曲乎아? 今當冒罪而不顧妄行ᄒ고 欲
上一表ᄒ노니 將軍等은 能往天子駐蹕處ᄒ야 奉呈表文乎아?"

兩將이 應諾이어늘 燕王이 卽修表文ᄒ야 親封而付兩將曰

"此는 國家大事ㅣ라. 將軍等은 十分審愼ᄒ라."

兩將이 拜別ᄒ고 懷表策馬ᄒ야 北向而來ᄒ다가 遼東海邊而問駐蹕處
ᄒ니 天子ㅣ 尙在海上ᄒ샤 拜盧均爲大元帥ᄒ야 以禦胡兵이라 ᄒ거늘
兩將이 卽策馬望行宮而來ᄒ더니 此時는 正是皇上觀覽蜃樓之時라 下問
曰

"來者ㅣ 何人고? 其行色이 忽忽ᄒ야 殊非尋常行人之狀이니 卽速招來

ᄒ라.”

ᄒ신ᄃᆡ 殿前甲士數人이 應命而往ᄒ야 大呼曰

“來者ᄂᆞᆫ 卽爲下馬ᄒ고 奏聞姓名ᄒ라.”

ᄒᄃᆡ 兩將이 旣有所度ᄒ고 慌忙下馬曰

“甲士ᄂᆞᆫ 不知前日殿前左右將軍乎아?”

甲士ㅣ 一邊歡喜ᄒ고 一邊傳旨ᄒ야 曰

“將軍이 從何處而來乎잇가?”

兩將이 略語所從來ᄒ고 使卽奏達ᄒ니 甲士ㅣ 揮淚曰

“我聖天子ㅣ 暫聽小人之讒ᄒ시고 使國家로 至此危境이러니 聞有燕王老爺之疏ㅣ라 ᄒ니 今乃大明延祚[1]之秋ㅣ라.”

ᄒ야 爭先奏達ᄒ니 天子ㅣ 且驚且喜ᄒ야 因卽引見ᄒ실ᄉᆡ 兩將이 自懷中으로 出燕王上疏而呈이어ᄂᆞᆯ 天子ㅣ 覽之ᄒ시니 曰

“雲南罪臣楊昌曲은 上疏于皇帝陛下ᄒ노이다. 伏以臣이 不忠無狀ᄒᆞ와 以狂妄之言으로 猥觸尊嚴ᄒ야 敢逆天威ᄒ오니 論其罪狀이면 萬死猶輕이어ᄂᆞᆯ 聖恩이 洪大ᄒᆞ사 察其無他ᄒ시고 恕其愚直ᄒᆞ사 保存性命ᄒ야 式至今日ᄒ오니 臣은 不知其所圖報ᄒᄂᆞ이다. 臣이 曾聞之호니 君臣父子ᄂᆞᆫ 五倫之首ㅣ라 生育之恩과 生成之澤이 無異ᄒᄂᆞ니 爲子者ㅣ 雖蒙父母之嚴責ᄒ야 使勿復見於目前이라도 父母ㅣ 如當急禍ㅣ면 豈以逆其命畏其怒而不救乎잇가? 臣今自處以罪上添罪ᄒᆞ와 不盡區區之所懷면 此ᄂᆞᆫ 怒父母之嚴責ᄒ야 不救其急也ㅣ라. 豈頂天履地ᄒ야 有秉彝之心者의 所可爲리오? 臣蒙聖恩ᄒᆞ와 一縷殘命이 不絶ᄒ야 鼎鑊之耳가 尙能得聞朝廷之事ᄒ오니 其中毛骨이 竦然ᄒ고 肝膽이 寒冷者ᄂᆞᆫ 卽今日陛下東巡之事ㅣ라. 至於仙術之荒誕과 封禪之無實ᄒᆞ와ᄂᆞᆫ 臣未暇論이오ᄂᆞ 汾水秋風에 漢武帝之所悔를 以聖天子日月之明으로 豈不早卽悔悟시리오만

---

1) 연조(延祚): 오랫동안 계속되는 태평성대를 일컫는 말.

은 但目前時急之虞와 悚懼之事는 唯恐乘周室之空虛ᄒ야 有徐子之作亂일ᄭ ᄒ노니 大抵國家之所扶持者는 以有紀綱與人心也ㅣ라. 挽近以來로 法久弊生ᄒ고 紀綱이 解弛ᄒ고 世降俗末ᄒ야 人心이 澆薄ᄒ니 陛下ㅣ 雖勵精圖治ᄒ사 操束百官ᄒ시며 撫摩萬民ᄒ시ᄂ 猶有包藏禍心者ㅣ 明目側耳ᄒ야 觀望機會어든 況因緣虛荒之事ᄒ야 蕩竭國用ᄒ고 惹起民怨ᄒ야 以啓戎狄覬覦之心者乎잇가? 雖閭巷小民이라도 保持家産者ㅣ 放蕩遨遊ᄒ야 棄家不返則妻妾은 怨望ᄒ고 婢僕은 惰怠ᄒ야 家中이 愁亂ᄒ고 門戶ㅣ 無主人ᄒ야 往往不免穿窬之盜ᄒᄂ니 陛下ㅣ 今以四海之富와 萬乘之尊으로 其一動一靜之重大ㅣ 顧何如哉잇가? 乃者一朝에 信數個方士妖誕之言ᄒ사 千里海上에 樂而忘返ᄒ시니 雖或無心而觀者라도 城闕이 虛疎ᄒ려든 何況以賊心으로 有意觀之者乎잇가? 三代以來로 中原之大患은 惟南蠻北狄이라. 方今都城이 與南京殊異ᄒ와 近於北邊ᄒ니 雖隔一帶長城이오ᄂ 自遼東廣寧으로 有劍閣²⁾古道를 臣竊憂之ᄒ노이다. 假令臣言이 稍有過實則是爲國家之幸이오 若不然則其患이 在於朝夕이오니 伏願陛下ᄂ 返瑤池之八駿ᄒ사 使無宗廟社稷之危ᄒ소셔. 君臣南北에 肝膽이 阻隔ᄒ야 安危興亡에 視如秦越ᄒ오니 臣은 不顧今日罪上添罪ᄒ옵고 不勝寃迫唐突之至ᄒ노이다."

天子ㅣ 覽畢에 玉手로 拍御榻ᄒ사 曰

"朕이 不明ᄒ야 放逐如此賢臣ᄒ니 安能保國家艱大之業이리오?"

ᄒ시고 引見兩將ᄒ사 曰

"汝等이 何以從燕王於雲南萬里乎아?"

兩將이 對曰

"臣等의 頂踵毛髮이 無非陛下及燕王之成就ㅣ라 死生患難에 欲同甘苦ㅣ로

---

2) 검각(劍閣): 중국 삼국시대 이래 요해지(要害地). 장안(長安)에서 촉(蜀)으로 가는 대검산(大劍山)·소검산(小劍山) 사이에 있으며, 현재 지명으로 사천성(四川省) 검각현(劍閣縣)에 있다. 산벼랑에 판자 따위를 엮어서 선반을 걸듯이 길을 낸 각도(閣道)가 통해 있어 이렇게 부른 것이다.

소이다."

上이 歔欷歎息ᄒ시고 下敎曰

"燕王之忠誠經綸은 天地神明이 照臨ᄒ시니 朕雖追悔往事ㄴ 已無可及이라. 目今賊兵이 在於咫尺ᄒ고 盧均之勝敗를 難可預料ㅣ라. 汝等은 各授本職ᄒ노니 在於此地而侍衛ᄒ라."

ᄒ시고 卽定天使ᄒ야 星夜往雲南ᄒ야 召還燕王ᄒ라 ᄒ시고 復問於兩將曰

"今紅渾脫이 在於何處오?"

兩將이 伏奏曰

"渾脫이 變作家僮하고 從家夫ᄒ야 在於雲南謫所ᄒ니이다."

上이 尤大驚曰

"此皆朕之過也ㅣ로다. 意謂渾脫이 在於皇城이러니 今亦在萬里之外ᄒ니 都城이 尤爲虛疎로다."

ᄒ시고 親筆로 下詔於燕王ᄒ시니 曰

"省卿之疏ᄒ니 朕이 不覺顔厚矣로다. 昭昭白日이 照卿之丹忠ᄒ니 追悔往事ㅣ나 何可及也ㅣ리오? 嗟乎ㅣ라! 胡兵이 犯京ᄒ야 蒼茫海上에 歸路阻絶ᄒ니 始覺卿의 先見之明이로다. 與紅渾脫로 斯速歸來ᄒ야 以救朕躬ᄒ라."

天子ㅣ 寫畢에 募羽林甲士之善騎馬者ᄒ야 賫詔而往ᄒ되 晝夜陪道兼行ᄒ라 ᄒ시니 甲士ㅣ 領命ᄒ고 單騎로 當夜向南而往ᄒ니라.

且說. 盧均이 領大軍而向山東城ᄒ야 浩蕩行軍이러니 忽一陣狂風이 吹折黃旗어늘 均이 心中不樂ᄒ야 見太淸眞人而問吉凶ᄒ되 眞人이 沉吟良久曰

"黃旗ᄂ 中央方旗라 中央方은 卽心也ㅣ니 僉政이 有何撓撓底心事ㅣ로다."

均이 又曰

"旗竿之折은 主何吉凶고?"

眞人이 笑曰

"折則爲二호니 叅政이 其或懷二心乎아?"

均이 聞此言호고 面如土色호야 不敢復問호더라. 盧均이 至山東城호야 陣於城下호니 此時耶律單于ㅣ 已入城中이러니 見大軍之來호고 親自指揮胡兵호야 大戰十餘合에 盧均이 何以抵敵이리오? 太淸眞人이 見其危急호고 出陣上호야 念呪作法호니 忽然大風이 揚沙石호며 神將鬼卒이 前向胡陣호야 四面圍繞호니 單于ㅣ 大驚호야 收軍入城호고 急召拓跋剌호니 拓跋剌이 使數個胡將으로 堅守皇城호고 選率精騎五千而至山東城호야 聞單于戰敗之由호고 大驚曰

"此必明陣에 有異人이 助兵勢호니 可以計誘降호리이다."

單于ㅣ 曰

"計將安出고?"

拓跋剌이 對曰

"小將이 陷沒皇城之後에 擒公卿大臣之家人호야 置於軍中이러니 今以利害로 誘盧均之妻妾則盧均은 本是反覆小人이라 彼必來降호리이다."

單于ㅣ 大喜호야 所擒公卿大臣之妻妾을 自皇城移來호라 호다.

此時秦王花珍이 在本國호야 久未入朝러니 聞胡兵之犯京호고 不勝憤鬱호야 見公主而歎曰

"奸臣盧均이 誤國호야 天子ㅣ 駐蹕於千里之外호시고 匈奴ㅣ 犯入都城호야 太后兩殿이 不知蒙塵之處ㅣ라 호니 爲人臣子者ㅣ 豈忍坐視리오? 今欲率本國之兵호고 往護兩殿호노라."

公主ㅣ 頓足號泣曰

"母后ㅣ 衰境에 當此困辱호시니 悠悠蒼天아! 此何事也오? 妾雖女子ㅣ나 母子之情은 男女一般이라. 當從大王호야 與同生死호리이다."

秦王이 慰之曰

"公主는 寬心호소셔. 珍當盡力호야 他日回還호야 對公主而自矜其功호리라."

호고 卽時調發鐵騎七千호야 晝夜兼行호더니 中路에 一隊胡兵이 驅無數車仗而去어늘 秦王이 知其擒往中國婦女호고 欲以鐵騎로 遮道而救러니 遙望之호니 其中數個女子ㅣ 粉面紅粧으로 倚幃而坐호야 與胡將으로 戲謔이 爛熳이어늘 秦王이 駭然歎曰

"此는 豚犬之類ㅣ로다. 吾豈救彼리오?"

호고 但奪取數隻車仗而歸호니 胡兵이 疾驅其餘女子而去러라. 秦王이 還到陣中호야 問其取來女子之居住호딕 其中兩個女子는 服色이 殊常호야 與閭巷女子로 逈異라 詰其顚末호딕 其女子ㅣ 答曰

"妾은 太后宮侍女賈氏요 彼丫鬟은 妾之手下賤婢니이다."

此는 原來仙娘奴主로 終不肯露出本色이라. 秦王이 大驚호야 先問太后兩殿之去處호고 且問:

"俄者胡陣中談笑戲謔之女子는 誰也오?"

小蜻曰

"此는 盧棪政之家眷이라 호더이다."

秦王이 聞之호고 愈不勝怒髮이 衝天이러라. 秦王이 向仙娘曰

"吾ㅣ 領兵而晝夜兼行호니 娘不可隨行이라. 姑爲前往秦國호야 侍公主而留在라가 待平亂而還京호라."

호니 仙娘이 亦是窮途에 無可往之處ㅣ라 從其言而往秦國홀싀 秦王이 使鐵騎數名으로 護送호고 秦王은 卽向皇城而進兵호니라.

却說. 胡兵이 以中路秦兵이 奪去車仗之事로 告單于호딕 單于ㅣ 猶幸盧均家屬之率來호야 卽使立於城上호고 大呼曰

"盧都督은 速降호라! 都督之家眷이 在此호니 降則生이오 否則死호리라."

호거늘 盧均이 仰視之호니 果自己之妻妾家人이 宛然出立호야 無數號

泣이어늘 盧均이 不忍見其狀ㅎ야 氣色이 沮喪ㅎ야 隨卽鳴金退軍ㅎ고 回陣而思ㅎ되

'昔日吳起는 殺妻求將ㅎ니 吾今不顧妻妾而擊破ㅎ야 以成大功이면 可奪燕王之權이오 富貴ㅣ 極矣리니 天下多少美人이 莫非家率이라 吾豈棄功名而救家率이리오?'

ㅎ더니 忽又歎曰

"我ㅣ 雖成大功이나 以皇上之明으로 若一悔往事則不得將功贖罪ㅎ리니 此는 徒殺無罪妻妾而已로다."

ㅎ야 意思着急ㅎ야 坐不安席ㅎ더니 精神이 自醉ㅎ야 倚床暫睡ㅎ니 似夢非夢間에 一位仙官이 頭戴通天冠ㅎ고 身着絳紗袍ㅎ고 一手로 奉天ㅎ고 一手로 擧七星劍ㅎ야 猛擊自己어늘 忽然驚覺ㅎ니 乃南柯一夢이라. 汗出沾背ㅎ고 燭影이 熹迷ㅎ데 忽聞帳前에 有咳唾聲이러니 軍門都尉ㅣ 告曰

"自胡陣으로 射送一片帛書故로 敢玆拾來라."

ㅎ거늘 盧均이 疑訝ㅎ야 展讀於燭下ㅎ니 書에 曰

"大單于麾下偏將拓跋刺은 寄書於明都督帳前ㅎ노라. 僕은 聞有智謀者는 明於利害得失ㅎ며 有經綸者는 能知禍福轉移이라 ㅎ니 今都督이 雖擁十萬大軍ㅎ고 白旄黃鉞로 浩浩蕩蕩而來나 以都督之明으로 豈不自料ㅣ리오? 讒愬賢臣ㅎ야 濁亂朝廷者는 誰也ㅣ며 籠絡君父ㅎ야 求仙封禪者ㅣ 誰也ㅣ며 强勸巡行ㅎ야 空虛皇城者ㅣ 誰也ㅣ며 騷動民心ㅎ야 自取兵火者ㅣ 誰也ㅣ오? 若朝廷에 有賢臣ㅎ고 天子ㅣ 在皇城ㅎ야 不使民心騷動이면 吾雖有億萬强兵이나 一朝一夕에 豈能至此리오? 由此觀之컨댄 今日兵火는 乃都督之所召ㅣ라. 自起兵火ㅎ고 反欲自禦ㅎ니 君子는 鼻笑ㅎ고 百姓은 怨望이라. 假令都督將略이 過人ㅎ야 能成大功이라도 功不足以贖罪ㅣ오 若不幸而一敗면 必不逃滅族之禍ㅎ리니 竊爲都督而寒心이로라. 且聞中國에 有口者는 萬口一談이 皆曰 '天子ㅣ 用燕王然後에

國不亡이라.' ᄒ니 衆人之心을 天亦從之ᄒ나니 明天子ㅣ 豈可不知ㅣ리오? 僕이 雖處北方ᄒ야 中國情形을 不得詳聞이ᄂ 燕王之用은 非都督之福이라. 今都督이 進退左右에 終無生路어늘 尙不能回轉其思慮經綸ᄒ니 僕之所慨歎者也ㅣ라. 昔者漢之李少卿은 隴西華族이오 漢廷世臣이라. 投降北方ᄒ야 封左賢王ᄒ야 安享富貴ᄒ니 大丈夫ㅣ 豈可趑趄於區區細節ᄒ야 坐待滅族之患ㅣ리오? 況以名望才局과 地閥文學으로 一從單于ㅣ면 官爵이 奚止於叅知政事ㅣ리오? 幸共力而得中原則割地而爲諸侯요 不幸狼狽라도 北歸則左賢王之富ᄂ 自在ᄒ리니 妻子團聚ᄒ야 安樂平生이 其與身首異處ᄒ야 遭滅族之患으로 豈可同日而語哉아? 此所謂觀其利害ᄒ야 轉禍爲福이라. 僕은 又聞之ᄒ니 經營大事者ㅣ 猶豫未決則追悔ㅣ 必至ᄒ고 趑趄觀望則時機를 易失ᄒ나니 時乎時乎不再來니라."

盧均이 覽畢에 俯首而沉吟半晌에 復展來書ᄒ고 茫然若失ᄒ야 望燭倚案而坐ᄒ야 閉眼如睡ᄒ다가 忽以手擊案ᄒ고 蹶然起坐ᄒ야 曰

"俄者夢兆ㅣ 不吉ᄒ니 死而辱이 何如生而榮이리오?"

ᄒ고 抽筆而欲寫答書ᄒ더니 更思曰

"吾今欲降이ᄂ 太淸眞人이 必不肯矣리니 何如則好오?"

ᄒ야 沉吟半晌이라가 忽又擊膝而笑曰

"世間萬事ㅣ 豈出於老夫經綸이리오?"

ᄒ고 卽往見眞人曰

"先生은 聞近日狼藉之童謠乎잇가?"

眞人曰

"童謠ᄂ 何也오?"

盧均이 曰

"燕飛高靑雲消 天將曉天將曉"

眞人이 聞而笑曰

"此何意也오?"

盧均이 歎曰

"燕飛高는 燕王之謂也요 靑雲消는 先生之謂也요 天將曉는 天將明之謂也ㅣ니 明復中興之謂也ㅣ라 ᄒᆞ더이다."

眞人이 笑曰

"貧道ㅣ 本以浮雲踪跡으로 悠往悠來ᄒᆞ니 豈可叅涉於國家興亡ᄒᆞ야 昇降於世人之口舌이리오?"

均이 歎曰

"此皆晚生之罪也ㅣ라. 無端而請先生ᄒᆞ야 見道術之高明ᄒᆞ고 淸黨이 心懷沸鬱ᄒᆞ야 造此童謠ᄒᆞ니 其意는 燕王이 若還朝則先生은 自然見逐ᄒᆞ고 明國이 復興이라. 若然則先生은 綠水靑山에 無所製碍어니와 嗟乎ㅣ라! 盧均之身世는 將不知死於何處로이다."

眞人이 微笑曰

"靑雲之去來는 懸於靑雲ᄒᆞ니 安可見逐於燕王이리오?"

盧均이 復改容跪謝曰

"晚生이 實不敢欺罔先生ᄒᆞ리니 燕王은 誠非凡人이라. 上通天文ᄒᆞ고 下達地理ᄒᆞ며 六韜三略과 呼風喚雨之才ㅣ 具備ᄒᆞ니 若與先生爭衡이면 不知其勝利가 在於何處일ᄭᅵ ᄒᆞ노이다."

眞人이 聽罷에 昂然掃眉ᄒᆞ야 曰

"我ㅣ 十年山中에 修道成功ᄒᆞ고 將周流天下ᄒᆞ야 願一逢高才ᄒᆞ야 以定優劣이러니 燕王之才ㅣ 果如是ㅣ면 貧道ㅣ 當一次比較ᄒᆞ리라."

盧均이 乃自手中으로 出拓跋刺之誘降書ᄒᆞ야 以示眞人曰

"晚生이 生於中國ᄒᆞ야 長於中國ᄒᆞ니 豈可背父母之國ᄒᆞ고 屈膝於匈奴ㅣ리오마는 自古로 中國이 規模ㅣ 迫隘ᄒᆞ야 主其黨論與是非ᄒᆞ고 不用人才ᄒᆞ니 晚生之今日處地는 進退無策이라. 古人이 云ᄒᆞ되 '言忠信行篤敬이면 雖蠻貊之邦이라도 可居ㅣ라.'[3] ᄒᆞ니 大丈夫ㅣ 當以天地로 爲家ᄒᆞ고 四海로 爲兄弟ᄒᆞ야 顯達道學而闡揚才藝ᄒᆞ리니 豈可區區而固守一天ᄒᆞ

312

야 以受他人之節制ᄒ야 死而無埋身之處ㅣ리오? 今日晚生之意ㅣ 已定
ᄒ니 望先生은 從晚生而北遊ᄒ야 以盡其才藝ᄒ고 一折燕王之銳氣則非
但先生之道術이 獨步於天下ㅣ라 亦可雪晚生之憤이로이다."

靑雲은 本是才勝德薄者ㅣ라 於是快諾ᄒᄃᆡ 盧均이 大喜ᄒ야 卽送答書
於拓跋刺ᄒ야 以告投降之意ᄒ니 拓跋刺이 大喜ᄒ야 遂與單于議論曰

"均이 官爵은 雖高ㅣ나 知見이 淺短ᄒ고 以客禮로 待之ᄒ고 封爲左賢
王하야 以慰其心ᄒ소셔."

單于ㅣ 許之ᄒ고 更送拓跋刺之書ᄒ야 暗相定約이러니 翌夜三更에 盧
均이 住軍於城外ᄒ고 與太淸眞人으로 率心腹將數人ᄒ고 暗到城下而叩
門ᄒ니 拓跋刺이 旣開門相迎홀ᄉᆡ 猶伏兵於左右ᄒ야 以備不虞ㅣ러니 見
其草草而來ᄒ고 笑而執手曰

"叅政之高明을 僕이 仰之如山斗ㅣ러니 觀今日之事ᄒ니 可知經綸與智
略之過人이로다."

盧均이 憮然答曰

"老身은 得罪於名節之人이라. 今將軍之言이 及此ᄒ시니 豈不愧赧이
리오?"

拓跋刺이 善言慰之ᄒ고 携手而見於單于홀ᄉᆡ 單于ㅣ 笑曰

"叅政은 貴人이라. 寡人이 豈可以降將之禮로 見이리오? 當以賓主之禮
로 迎之ᄒ야 他日得意則割地而與同富貴ᄒ리라."

盧均이 謝曰

"盧均은 窮迫踪跡이라 不得容身於故國ᄒ고 投降於麾下ᄒ니 豈不慙愧

---

3) 언충신행독경(言忠信行篤敬), 수만맥지방(雖蠻貊之邦), 가거(可居): '말이 참되고 미더우며 행
실이 돈독하고 공손하면, 비록 오랑캐 나라이더라도 살 수 있으리라.' 『논어論語』 「위령공衛
靈公」에 나오는 구절. 『논어』에는 "공자께서 말씀하시길, '말이 참되고 미더우며 행실이 돈독
하고 공손하면, 비록 오랑캐 나라이더라도 갈 수 있으리라'(子曰, '言忠信行篤敬, 雖蠻貊之邦, 行
矣')"로 되어 있다.

리잇고?"

單于ㅣ 慰之ᄒ고 卽封爲左賢王ᄒ고 招其家率ᄒ야 定幕次而安頓ᄒ고 盧均之妻ᄂᆫ 封爲左賢王閼氏ᄒ니 盧均이 心中大悅ᄒ야 乃指太淸眞人曰

"此先生은 靑雲道士ㅣ라. 雲遊踪跡으로 從均而來ᄒ야 欲觀大王之軍中이로이다."

單于ㅣ 大喜曰

"豈非周流天下而道術高明之靑雲道士乎아?"

盧均이 曰

"然ᄒ이다."

單于ㅣ 恭敬禮畢에 曰

"先生이 曾遊北方ᄒᆞᆺ 盛名이 如雷灌耳故로 寡人이 唯願一拜러니 豈料今日에 如斯降臨이리오? 此ᄂᆫ 寡人之福이로소이다."

靑雲이 笑曰

"貧道ᄂᆫ 本無定處之人이라. 靑天浮雲이 隨風而起ᄒ야 無心而去ᄒ고 無心而來ᄒ야 東西南北에 無所拘碍나 今日에 欲暫觀大王之用兵而來로소이다."

單于與拓跋刺이 素聞靑雲之名이러니 喜不自勝ᄒ야 十分恭敬ᄒ고 以師禮待之ᄒ니 靑雲이 亦揚揚自得ᄒ더라.

此時匈奴左賢王盧均이 告單于曰

"明兵이 尙在城外ᄒ니 若使自散則此ᄂᆫ 資於敵國이라. 今使猛將으로 率一隊精兵而往ᄒ야 一鼓而擒坑之則此ᄂᆫ 無將之卒이라 必不免長平坑卒이리니 因繼其後ᄒ야 驅鐵騎而襲明天子之行宮이면 可成大功이리이다."

拓跋刺이 諫曰

"吾方經營中國이어늘 先以詭術로 坑殺無罪百姓則豈不害於威信乎ㅣ리오?"

盧均이 笑曰

"將軍之言은 三代用兵之道ㅣ라. 古今이 不同ᄒᆞ야 兵不厭詐ᄒᆞᄂᆞ니 明天子ㅣ 獨在於行宮ᄒᆞ고 大軍이 皆從我而來此ᄒᆞ니 機會를 不可失이니이다."

單于ㅣ 信聽盧均之言ᄒᆞ고 卽發精兵ᄒᆞ야 洞開軍門ᄒᆞ고 一時突擊ᄒᆞ니 明陣諸將이 已失都督이라 自然擾亂ᄒᆞ야 罔知所爲ㅣ러니 忽然胡兵이 長驅精騎ᄒᆞ야 出其不意ᄒᆞ니 明兵이 大亂ᄒᆞ야 盡棄兵仗ᄒᆞ고 各圖生命ᄒᆞ야 相踐踏而死者ㅣ 積如丘山이라. 單于ㅣ 仍驅大軍ᄒᆞ야 欲東襲行宮ᄒᆞ니 此皆盧均之奸計러라. 嗟乎ㅣ라! 天生斯人에 五臟六腑ᄂᆞᆫ 人無不同이어늘 盧均은 不過貪權樂勢ᄒᆞ야 猜忌燕王이라가 竟生叛心ᄒᆞ야 父母之國에 臣事之君을 背恩亡義而棄如弊屢ᄒᆞ니 小人之肝腸은 與凡人有異로다. 若人君이 能照見臟腑則當察其平日而知之니 夫言行은 出於肝腸이라. 盧均이 勸天子求仙封禪之時에 其言이 甚甘터니 變爲今日之太苦이어늘 天子ㅣ 不悟ᄒᆞ시니 此豈非後世人主之所當鑑戒乎ㅣ리오?

且說. 此時天子ㅣ 因盧均之幻弄ᄒᆞ야 未得聞眞的之皇城消息이러니 盧均出戰之後에 方接皇城使臣之來到ᄒᆞ니 皇城은 陷沒ᄒᆞ고 太后兩殿이 播遷於鎭南城云矣라. 天子ㅣ 聞奏頓足ᄒᆞ시고 北向痛哭曰

"數百年宗社를 豈知亡於朕之手乎ㅣ리오?"

ᄒᆞ시고 乃更見使臣ᄒᆞ야 詳問鎭南之安危ᄒᆞ시고 歎曰

"尹閣老之忠은 朕所已知어니와 太爺·一枝蓮은 白衣起義ᄒᆞ야 以衛兩殿ᄒᆞ니 此ᄂᆞᆫ 朕之恩人이라. 燕王父子向國之忠을 將何以報之리오?"

ᄒᆞ시더니 忽然敗兵이 自山東城逃還ᄒᆞ야 始告盧均之叛ᄒᆞᆫ딕 天顔이 沮喪ᄒᆞ사 良久無言이러시니 已而오 尋董弘ᄒᆞ신딕 弘이 已無去處ᄒᆞ고 侍從左右之盧均親黨이 擧皆逃亡ᄒᆞ야 一人不見이어늘 天子ㅣ 仰天歎曰

"朕이 不明ᄒᆞ야 不知左右之臣의 包藏禍心ᄒᆞ니 國安得不亡이리오?"

ᄒᆞ시고 顧董馬兩將而含淚ᄒᆞ시니 兩將이 亦不勝慷慨沸鬱ᄒᆞ야 頭髮이

上指ᄒᆞ야 跪奏曰

"臣等이 雖不忠無狀ᄒᆞ오나 當盡犬馬之力ᄒᆞ오리니 伏願陛下ᄂᆞᆫ 急發東
海之兵ᄒᆞ소셔."

上이 從之ᄒᆞ시고 未及召集士卒ᄒᆞ야 忽有喊聲이 從北方而大作ᄒᆞ고 飛
塵이 蔽於海天ᄒᆞ야 胡兵이 疾如風雨而驅來ᄒᆞ니 未知天子ㅣ 將何以避之
오. 且看下回ᄒᆞ라.

明天子脫身入徐州　董將軍伸義鬪單于
第三十四回

却說. 天子ㅣ 見胡兵之犯行宮ᄒ시고 仰天歎曰

"朕이 雖有周穆王之八駿馬ㅣ나 皇天이 不假歸都之路ᄒ시고 勇騎가 如此遍踏ᄒ니 此將奈何오?"

ᄒ신ᄃᆡ 董超ㅣ 謂馬達曰

"事已急矣라. 將軍은 奉天子而行이면 吾當在此ᄒ야 以敵胡兵ᄒ리라."

乃點考侍衛之軍ᄒ니 尙有二千餘騎ㅣ라 乃自率一千騎ᄒ야 抵敵單于ᄒ고 授一千騎於馬達ᄒ야 使之護衛法駕ᄒ고 董超ㅣ 手牽馬匹ᄒ야 急請天子上馬曰

"事勢蒼黃ᄒ와 未能具儀仗ᄒ오니 願陛下ᄂᆞᆫ 率馬達而南行ᄒ소셔. 天地鬼神이 必爲眷佑ᄒ야 數百年宗社를 將不日恢復ᄒ오리니 保重玉體ᄒ옵소셔. 臣等이 不忠ᄒ와 使陛下로 當此罔測之變ᄒ오니 未知以何面目으로 對胡兵이나 當戮力討滅ᄒ와 使單于로 不得過此地ᄒ리이다."

復謂馬達曰

"吾等이 已蒙罔極之恩ᄒ니 今日이 正是圖報之秋也ㅣ라. 將軍은 愼之

어다. 若胡兵이 過此逼駕ㅣ면 可以知超之死ㅣ라."

호디 天子ㅣ 無奈上馬ㅎ수 率馬達及一千騎而南行ㅎ실시 董超ㅣ 揮淚
拜辭ㅎ고 還入行宮ㅎ야 召麾下一千騎而約束曰

"汝等이 亦是蒙天恩食國祿之臣子ㅣ라. 今當如此不意之變ㅎ야 豈無忠
憤敵愾之心이리오? 吾與汝等으로 圖報罔極之恩ㅎ다가 若力盡則當以一
死報國ㅎ리니 汝等에 若有畏死者어든 斯速退去ㅎ라. 吾當以一身으로
敵胡兵ㅎ리라."

호디 衆이 揮淚曰

"小的等이 雖愚ㅣ나 尙有心腸ㅎ오니 豈不感動於將軍之忠義리잇고?
雖赴湯蹈火ㅣ라도 固所不辭ㅣ로소이다."

其中羽林甲士一人이 稱病告退ㅎ니 此乃盧均之家僮으로 特被天恩ㅎ
야 爲羽林軍者ㅣ라. 董超ㅣ 卽拔劍斬首ㅎ야 號令軍中ㅎ니라. 此時單于
大兵이 到於行宮數百步外ㅎ야 尙未知虛實ㅎ야 不敢卽入ㅎ고 留陣趑趄
어늘 董超ㅣ 乃以天子儀仗으로 依舊羅列於行宮之前ㅎ고 使一千騎로 侍
衛左右ㅎ야 擊鼓而傳軍令ㅎ니 威儀ㅣ 嚴肅ㅎ고 氣像이 閑雅ㅎ야 少不
撓動이라. 單于ㅣ 甚疑之曰

"寡人은 聞之ㅎ니 中國之人이 詭術이 甚多ㅣ라 ㅎ니 此必埋伏精兵ㅎ
고 暗行誘兵之計ㅣ라."

ㅎ고 半日觀望에 終不敢衝突ㅎ니 原來此時盧均與拓跋刺이 已知中國
虛實이나 落在於山東城ㅎ야 不隨單于而來也ㅣ러라. 已而오 日暮ㅎ니
董超ㅣ 出行宮軍器火具ㅎ야 旗幟鎗劍을 列於前後ㅎ고 懸燈於其上ㅎ고
一一明燭ㅎ니 夜色은 曚曨ㅎ고 火光은 照耀ㅎ디 旗幟鎗劍이 星羅棋布
ㅎ니 望見者ㅣ 眼目이 眩亂ㅎ야 難測其數러라. 董超ㅣ 乃發一千騎ㅎ야
分作十隊ㅎ고 各持短兵與燭籠ㅎ고 周繞行宮而十面埋伏이라가 若聞行
宮後高阜上大呼之聲이어든 一齊奔出ㅎ야 放砲吶喊ㅎ라 ㅎ니 元來行宮
之北에 有小阜ㅣ러라.

此時董超ㅣ 分撥已定에 但虛張旗幟於宮殿ᄒᆞ고 挺鎗上馬ᄒᆞ야 暗上高阜ᄒᆞ야 以觀胡陣之動靜이러니 夜深後에 單于ㅣ 與胡將商議曰

"明天子ㅣ 何如是膽大오? 旗幟儀仗이 濟濟蹌蹌ᄒᆞ야 虛實을 終難知得이나 吾擁十萬鐵騎ᄒᆞ고 有何所恸이리오?"

ᄒᆞ고 方吶喊而赴入行宮ᄒᆞ니 無一兵士ᄒᆞ고 但寂寞宮殿에 虛張旗幟ᄒᆞ고 燈燭이 明滅이라. 單于ㅣ 始知中計ᄒᆞ고 大驚退軍이러니 忽自北邊高阜로 大呼曰

"耶律單于ᄂᆞᆫ 亟出投降ᄒᆞ라!"

ᄒᆞᄂᆞᆫ데 四面喊聲砲響이 天地ㅣ 擾亂ᄒᆞ고 山嶽이 掀動ᄒᆞ야 東西南北이 一時相應ᄒᆞ야 其數를 莫知라 胡兵이 大亂ᄒᆞ야 失伍奔竄이라 董超ㅣ 驅伏兵而追殺數里ᄒᆞ니 單于ㅣ 喘息이 未定ᄒᆞ야 顧左右曰

"明帝ᄂᆞᆫ 何往이며 追我之將은 何人고? 今聞其吶喊之聲及砲響ᄒᆞ니 明天子麾下之兵이 尙多어늘 盧衆政之言은 天子ㅣ 獨在行宮이라 ᄒᆞ니 是何故也오?"

仍遣胡將一人於山東城ᄒᆞ야 欲召左賢王盧均ᄒᆞ야 詳聞中國動靜ᄒᆞ더라. 此時董超ㅣ 擊退單于大兵ᄒᆞ고 收一千騎而還ᄒᆞ야 笑曰

"吾兵은 少而胡兵은 多ᄒᆞ니 遠追ᄂᆞᆫ 非兵法이라."

ᄒᆞ고 還到行宮ᄒᆞ야 更定約束曰

"胡兵이 尙畏中國ᄒᆞ야 未知虛實故로 今瞞過一次ㅣ나 若更來劫則防禦無策이오 且單于大軍이 若過此處ㅣ면 天子安危를 十分難測ᄒᆞ리니 不可以吾手로 放過賊兵ᄒᆞ야 辱君父ㅣ라. 吾今以死防禦ᄒᆞ리니 汝等이 可與同死生乎아?"

諸軍이 一時叩頭應諾ᄒᆞ니 董超ㅣ 卽時於北岸及東西兩傍柳木之間에 多張旗幟ᄒᆞ고 各埋伏一百軍ᄒᆞ야 使之曳木起塵ᄒᆞ야 爲疑兵ᄒᆞ고 以七百騎로 出陣於行宮之前而待之ᄒᆞ라 ᄒᆞ고 董超ㅣ 揮鞭ᄒᆞ고 匹馬單騎로 詣單于之陣前而挑戰ᄒᆞ니 胡將이 應聲而出ᄒᆞ야 鬪至數合에 董超ㅣ 佯敗而

走ㅎ디 胡將이 欲追之ㅎ니 單于 ㅣ 鳴金收軍曰

"此必欲誘引我兵이라."

ㅎ고 終不遠追어늘 董超 ㅣ 亦無心戀戰이라 但舞鎗馳馬에 或叱或辱ㅎ고 或戰或走ㅎ니 單于 ㅣ 益疑而不追ㅎ더라. 翌日左賢王盧均이 從山東而來ㅎ니 單于 ㅣ 其間勝敗를 一一詳述ㅎ고 且問方略ㅎ디 盧均이 笑曰

"此는 大王이 見欺也 ㅣ라. 明天子 ㅣ 必知大軍之來ㅎ고 自離行宮避禍ㅎ고 一個將帥로 在後ㅎ야 以詭術로 瞞大王이니 今大王은 驅大軍而襲之면 必獲全勝ㅎ리이다. 若有狼狽 ㅣ면 甘受軍令ㅎ리이다."

單于 ㅣ 半信半疑ㅎ야 是夜에 令諸軍啣枚ㅎ고 更襲行宮홀시 單于 ㅣ 忽然留陣不進ㅎ고 指北岸與左右曰

"左賢王은 第觀那處ㅎ라. 豈非明兵之所埋伏이리오?"

盧均이 笑曰

"此는 疑兵이라. 旗幟는 不動ㅎ고 無故塵起ㅎ오니 此必詭計 ㅣ라 急擊勿失ㅎ소셔."

單于 ㅣ 從之ㅎ야 令大軍으로 圍行宮ㅎ니 董超 ㅣ 見事勢危急ㅎ고 合兵一處而爲方陣ㅎ야 以待胡兵之動靜ㅎ더니 胡兵이 從四面掩殺ㅎ거늘 董超 ㅣ 挺鎗上馬ㅎ야 令軍中曰

"汝等은 須勿畏死ㅎ라. 死生이 在天ㅎ니 當爲國家而作忠義之鬼 ㅣ라."

ㅎ고 衝突東方ㅎ야 斬一個胡將ㅎ고 防禦西方ㅎ야 斬數個胡將ㅎ니 鎗頭에 寒風이 颯颯ㅎ며 馬蹄에 霹靂이 閃閃ㅎ야 所向無敵이어날 單于 ㅣ 大驚曰

"此는 明國莫强之兵이오 無雙名將이라."

ㅎ고 問於盧均曰

"彼何將也오?"

均이 望見大驚曰

"董馬兩將이 嘗隨燕王ㅎ야 往於雲南謫所라 ㅎ더니 何時還歸乎아? 若

燕王이 同來면 豈不爲深憂리오?"

盧均이 曰

"此는 殿前將軍董超ㅣ라 不過匹夫之勇이니 有何所懼이리오?"

單于ㅣ 聞此言ᄒᆞ고 號令衆軍ᄒᆞ야 進擊益急ᄒᆞ니 一千騎는 已折其半ᄒᆞ고 董超亦中流矢ᄒᆞ야 鎗法이 乍亂ᄒᆞ거늘 盧均이 與單于로 出陣上遙望ᄒᆞ다가 盧均이 大呼曰

"董將軍은 別來無恙가? 國運이 不幸ᄒᆞ니 非人力之所可爲라. 自古無不亡之國이어늘 將軍이 獨自如彼勞苦ᄒᆞ니 豈非無益이리오? 今若一降이면 富貴功名이 當不止於左將軍矣리라."

董超ㅣ 聞言流視ᄒᆞ니 乃盧均이라. 心中에 無明業火ㅣ 湧出十萬丈ᄒᆞ야 擧劍指而大責曰

"叛賊盧均아! 爾白首之年에 官至叅知政事ᄒᆞ니 有何不足ᄒᆞ야 背父母之國ᄒᆞ고 屈膝於匈奴乎아? 今比汝於犬인딕 犬猶知主ᄒᆞ니 天地神明이 昭昭在上이어늘 忍助敵兵ᄒᆞ야 欲劫臣事之君父乎아? 與爾輩로 無共戴一天之意ᄒᆞ니 寧欲爲國快死ᄒᆞ야 不見反覆醜言之逆賊ᄒᆞ노라."

盧均이 面赧ᄒᆞ야 回首而號令胡兵ᄒᆞ야 斯殺이 益急이라. 董超ㅣ 忿氣衝天ᄒᆞ야 切齒揮鎗ᄒᆞ니 銳氣更生이어늘 左衝右突ᄒᆞ야 胡將三人과 胡兵五十餘名을 霎時斬首ᄒᆞ니 單于ㅣ 大驚曰

"此將이 非徒勇力이 絶人이라 爲國而不顧死生ᄒᆞ니 若急擊則將卒之傷害ㅣ 必多ㅣ라."

ᄒᆞ고 因卽停戰ᄒᆞ고 但令重重圍之ᄒᆞᆫ딕 董超ㅣ 亦以餘兵五百으로 成方陣於一處ᄒᆞ고 暫使息肩ᄒᆞ니라. 翌日單于ㅣ 與胡將商議曰

"吾觀明將之氣色ᄒᆞ니 以死力戰이라 不可容易擒之니 諸將은 當合力ᄒᆞ야 圍在垓心ᄒᆞ고 幷力坑之ᄒᆞ라."

ᄒᆞ니 胡將이 聽令ᄒᆞ고 大呼曰

"明將은 聽之ᄒᆞ라. 汝之殘命이 只在今日ᄒᆞ니 欲生이어든 下馬投降ᄒᆞ

고 欲死어든 延頸受劍ᄒᆞ라."

ᄒᆞ고 十餘胡將이 四面圍擊ᄒᆞ니 董超ㅣ 乃謂五百軍曰

"吾與汝等으로 死而爲忠魂이니 汝等은 勿懷二心ᄒᆞ라."

言未畢에 挺鎗上馬ᄒᆞ야 大喝一聲에 抵敵胡將十人ᄒᆞ니 胡陣에 鼓聲이 不絶ᄒᆞ며 鎗劍이 往來如霜ᄒᆞ야 超ㅣ 身被數鎗이라 流血이 淋漓於馬鞍ᄒᆞ되 猶斬數個胡將ᄒᆞ고 氣勢不減ᄒᆞ더니 忽然胡陣西南角이 擾亂ᄒᆞ더니 一員明將이 舞劍而衝突如矢ᄒᆞ야 大罵曰

"胡兵은 勿迫天朝名將ᄒᆞ라."

ᄒᆞ니 未知此果何人고. 且看下回ᄒᆞ라.

却說. 天子ㅣ 與馬達로 領一千騎而南行ᄒ실ᄉㅣ 見馬達而含淚曰

"董超ㅣ 必死ㅣ로다. 豈以一千騎로 獨抵匈奴之十萬大兵이리오?"

數按轡北向ᄒ사 惻然之色이 見於天顔ᄒ시더니 遙望之ᄒ니 塵土ㅣ

漲天에 一隊軍馬ㅣ 前至어ᄂᆞᆯ 天子ㅣ 驚問曰

"此何兵也오?"

馬達이 奏曰

"觀其服裝ᄒ오니 非胡兵이오 乃救兵이로이다."

言未畢에 其將이 下馬伏地而請罪어ᄂᆞᆯ 上이 駐馬而問曰

"將軍은 誰오?"

對曰

"臣은 南海罪人蘇裕卿이로소이다. 時運이 不幸ᄒ야 今聞國家之危急
ᄒ읍고 冒罪而起南海之土兵ᄒ야 欲前來護駕ᄒ오니 臣雖蒙天恩ᄒ와 得
參赦典이오나 敢自起兵은 唐突太甚ᄒ오니 願陛下ᄂᆞᆫ 先治臣罪ᄒ사 以立
紀綱ᄒ소셔."

上이 命左右扶起ᄒ시고 從馬前執手而歎曰

"朕之當今日之變亂은 卽不聽卿直言之故ㅣ라. 卿이 不棄不明之君ᄒ고 倡義而來救ᄒ니 卿之丹忠은 天日照臨이어니와 朕豈不愧리오?"

ᄒ시고 卽於馬前에 拜蘇裕卿爲兵部尙書兼翊聖奮義征虜將軍ᄒ시니 裕卿이 惶恐頓首ᄒ야 請罪不已호ᄃᆡ 上이 不允ᄒ시니 不得已謝恩受命흔ᄃᆡ 上이 問曰

"南海兵이 幾何오?"

對曰

"倉卒調發ᄒ야 不過五千騎니이다."

上이 歎曰

"有當患難而救我者어늘 我ㅣ 不救其人이면 非義也ㅣ라. 朕이 旣得蘇尙書ᄒ야 得脫危地ᄒ니 馬達은 率南海兵二千騎ᄒ야 往救董超ᄒ라."

馬達이 領命ᄒ고 卽以二千騎로 向行宮而來홀ᄉᆡ 風便에 聽喊聲之大作ᄒ고 策馬直前ᄒ야 衝突胡陣之西南角홀ᄉᆡ 南海兵二千騎ㅣ 一時吶喊ᄒ고 聲勢相助ᄒ야 掩殺胡兵ᄒ니 此時董超ㅣ 勢窮力盡ᄒ야 困在垓心이러니 適見馬達之來ᄒ고 抖擻[1]精神ᄒ야 兩將이 盡力ᄒ야 大戰一場ᄒ니 胡陣이 豈能抵敵이리오? 董馬兩將이 遂潰圍而出이라. 馬達이 顧謂董超曰

"吾等이 自此로 疾行而從法駕ㅣ 爲好ㅣ라."

ᄒ고 卽策馬而東ᄒ니라.

此時天子ㅣ 與蘇尙書로 登徐州[2]城上ᄒ시니 城堞은 雖不堅固나 兵器軍粮은 尙足이라. 復調發近界土兵ᄒ야 使之修城이러니 董馬兩將이 亦至어늘 上이 引見董超ᄒ시고 執手慰諭曰

---

1) 두수(抖擻): 정신을 차려 일어남.
2) 서주(徐州): 중국 강소성(江蘇省) 북서부에 있는 도시. 산동성(山東省)과의 경계 부근에 위치하며, 산동·하남(河南)·안휘(安徽)·강소 네 성의 교통 중추 역할을 한다. 일찍이 초나라 항우가 군사를 일으켜 서초패왕(西楚霸王)으로 자처하며 도읍으로 삼은 곳이다.

"朕之今日無恙到此는 將軍之功이로다."

見其戰袍之血痕狼藉호고 大驚而問호신디 超ㅣ 惶恐對曰

"臣이 無勇호와 被圍於敵陣호야 身被數鎗이오나 此는 爲將者矢石風
塵之常事ㅣ라 勿掛聖慮호소셔."

上이 悵然改容호사 下賜金瘡藥호샤 親付傷處호시고 陞拜爲驃騎將軍
호시다. 此時兵士ㅣ 八千餘人이오 蘇裕卿·董超·馬達이 扈衛左右호니
天子ㅣ 稍無孤危之憂ㅣ나 不知鎭南城消息호야 日望北天而焦燥호시더
라. 忽然左右ㅣ 報호되

"秦王이 送鐵騎三千名호야 扈衛聖駕호고 上表ㅣ 在此ㅣ니이다."

元來秦王이 當日에 驅鐵騎而至皇城數十里外호야 聞太后兩殿이 行在
鎭南城호고 因回軍而至鎭南호니 太后ㅣ 欣然執秦王之手호시고 歎曰

"老身이 不意此生에 更對卿面矣러니 得有今日은 豈非天幸이리오마
는 但我皇上이 千里海上에 無忠良輔弼之臣而孤호시니 此將奈何오?"

秦王이 奏曰

"臣이 今欲送鐵騎三千호노이다."

호고 卽送三千鐵騎與一章表文이라. 天子ㅣ 大喜호사 開覽호시니 表
에 曰

"秦王臣花珍은 上言호노이다. 北胡ㅣ 猖獗호야 都城이 失守호니 此
皆臣等不忠之罪ㅣ라. 臣은 受封이 在遠外호고 變出倉卒호와 茫然不知
이옵더니 聞太后ㅣ 南行호시다 호니 如此罔極之變은 千古所無ㅣ라. 臣
이 猥處甥舘之列호와 不徒君臣之義어늘 如是遠在호야 以其得聞之遲緩
으로 不得早卽消弭其患難호오니 死罪死罪로소이다. 臣이 今率鐵騎三千
호고 往鎭南城호야 扈衛太后호읍고 三千騎는 欲充侍衛호와 星夜馳送
호오나 臣이 未能入朝호오니 誠惶誠恐호와 頓首頓首호나이다. 臣은 聞
燕王楊昌曲은 文武之才요 棟樑之臣이라. 臣은 久未入朝호고 燕王은 在
外호야 雖不得相面이오나 今言之者ㅣ 皆曰 '收用燕王이면 懸單于之頭

於北闕下는 如探囊取物이라 ᄒ오니 伏願陛下는 赦其罪而卽速召還ᄒ야
任軍中事ᄒ소셔."

天子ㅣ 覽而大喜ᄒ사 謂諸臣曰

"秦王은 文武兼全ᄒ고 太后之寵婿ㅣ라. 今扈衛於左右ᄒ니 足以慰孤
危之心이라."

ᄒ시고 命三千鐵騎ᄒ야 特別侍衛ᄒ니라.

且說. 單于ㅣ 見董馬兩將이 潰圍而走ᄒ고 大怒曰

"以十萬之軍으로 不能擒一個偏將ᄒ니 中原을 何可圖也ㅣ리오?"

ᄒ고 卽欲驅大軍逐之ᄒᆞᆫᄃᆡ 左賢王盧均이 諫曰

"營大事者는 不思小利ᄒᆞᄂᆞ니 今卽往山東城ᄒ야 請來拓跋刺與太淸眞
人ᄒ야 以襲明帝ᄒ소셔."

單于ㅣ 曰

"山東城은 重地ㅣ라 豈可不守ㅣ리오?"

盧均이 笑曰

"皇城이 今已陷落ᄒ고 山東以北에 無一個將帥ᄒ니 使猛將數人과 軍
士數千으로 守山東城則無足可憂ㅣ로소이다."

單于ㅣ 從之ᄒ야 遣胡將三人ᄒ야 堅守山東城ᄒ라 ᄒ고 請拓跋刺及太
淸眞人ᄒ니 拓跋刺이 與眞人으로 領命而來어늘 單于ㅣ 備說將襲明兵之
計ᄒ고 行軍而南ᄒ니라.

且說. 此時天子ㅣ 與董馬兩將으로 周行於徐州城ᄒ야 察其地形ᄒ니
城堞이 甚低ᄒ고 城門이 虛疎ᄒ야 不適於守備ᄒ고 東邊에 有高山ᄒ고
山上에 有小城ᄒ니 其形이 如鷰巢故로 名曰鷰巢城이라 ᄒ니 雖地勢ㅣ
險峻ᄒ고 城堞이 堅固ㅣ나 軍粮이 無儲ᄒ고 周回狹窄ᄒ야 難容大軍이
어늘 君臣이 相對ᄒ야 以此爲憂ᄒ더니 夜深後에 忽一陣北風이 習習吹
來러니 風便에 喊聲이 大作이어늘 蘇尙書ㅣ 大驚ᄒ야 與董馬兩將으로
登城視之ᄒ니 夜色蒼茫之中에 無數胡兵이 蔽野而來ᄒ야 其衆寡를 不可

知라. 始覺單于之大兵이 來襲ᄒ고 卽閉城門ᄒ고 守要害之處ᄒ더니 胡兵이 一齊吶喊ᄒ고 圍城而急擊이어늘 蘇尙書ㅣ 親登城上ᄒ야 董督士卒ᄒ야 極力防備ᄒ나 胡兵이 勢如急潮ᄒ야 砲響이 動處에 如岩鐵丸이 轟擊城堞ᄒ야 數間이 崩壞어늘 蘇尙書ㅣ 謂兩將曰

"事勢ㅣ 如此危急ᄒ니 爲先勸移法駕於鷲巢城ᄒ고 更作商量이라."

ᄒ딕 天子ㅣ 與蘇尙書로 領數千騎ᄒ고 開東門ᄒ야 纔出城外ᄒ시니 胡兵이 已陷城突入이어늘 董馬兩將이 亦領諸軍ᄒ고 扈衛車駕而上鷲巢城ᄒ야 閉門堅守홀식 胡兵이 亦分軍ᄒ야 已圍鷲巢城ᄒ야 鐵桶相似러라.

且說. 燕王이 送董馬兩將於行在所ᄒ고 苦待回報홀식 憂國之心이 轉深ᄒ야 每夜에 不能成寐터니 一夜는 與鸞城으로 乘月下階而徘徊라가 仰觀天象ᄒ니 帝垣主星에 黑雲이 包圍ᄒ야 光彩ㅣ 不明이어늘 且驚且憂ᄒ야 潛心以究其故러니 適有從北方來者ㅣ 備說胡兵이 陷落皇城之事ᄒ딕 燕王이 矯首頓足에 北向痛哭ᄒ고 昏絶半晌而甦ᄒ니 鸞城이 罔措ᄒ야 雖以好言慰之나 全廢食飮ᄒ며 席藁於庭下ᄒ고 北望而號泣不已ᄒ니 鸞城이 進前諫曰

"相公이 當爲國家ᄒ야 保重貴體어늘 觸冒風露ᄒ시고 全廢食飮ᄒ시니 萬一客地에 疾病이 來侵則鶴髮兩親倚閭之望을 將何以慰之며 且國事艱虞를 何以擔分哉잇가?"

燕王이 慷慨嗚咽曰

"皇城이 陷沒ᄒ야 不知君親之安危ᄒ니 予豈獨安寢食乎아? 罪名이 在身ᄒ야 不得自專ᄒ니 世間에 豈有如許罔極之事ㅣ리오?"

ᄒ더니 忽聞門外에 喧譁聲ᄒ고 傳喩皇命이어날 燕王이 奉讀恩詔에 淚下如雨ᄒ고 向天使而詳問消息ᄒ고 慨然起身曰

"昌曲이 雖不忠無狀ᄒ나 聞君父之危急ᄒ고 豈可緩緩而行이리오?"

召謂鸞城曰

"吾ㅣ 今欲往見雲南知府ᄒ고 調發土兵ᄒ니 鸞城은 率蒼頭而從ᄒ라."

言畢에 以單騎로 馳至本縣ᄒᆞ니 知府ㅣ 慌忙迎坐ᄒᆞ고 曰

"閣下ㅣ 緣何下臨乎잇가?"

燕王이 流淚曰

"胡兵이 犯皇城ᄒᆞ야 宗社興亡이 在於朝夕이어늘 知府ᄂᆞᆫ 尙今不知乎아?"

知府ㅣ 亦驚曰

"此距皇城이 絕遠ᄒᆞ야 但知天子之東巡이오 實不知胡兵之作亂이오니 閣下ᄂᆞᆫ 將何以措處乎ㅣ잇가?"

燕王이 曰

"吾ㅣ 今蒙恩宥ᄒᆞ고 又承急召之命ᄒᆞ니 不可暫時遲滯라. 知府ᄂᆞᆫ 卽速調發本縣兵馬ᄒᆞ라."

ᄒᆞ고 乃作檄文一通ᄒᆞ야 發送南方諸郡ᄒᆞ니 曰

"燕王楊昌曲은 傳檄于南方諸郡ᄒᆞ노니 時運이 不幸ᄒᆞ야 胡兵이 犯闕ᄒᆞ야 都城이 失守ᄒᆞ고 法駕ㅣ 播遷ᄒᆞ니 嗟乎ㅣ라! 唯我中原은 自古禮義文物之中心地라. 君親이 有急이시면 當有義氣忠憤이니 嗟爾南方諸郡은 見此檄書ᄒᆞ고 上自方伯守令으로 下至輿儓百姓히 若不出忠義之心이면 此ᄂᆞᆫ 非我國之臣民이라. 今年今月某日某時에 各各調發土兵ᄒᆞ야 期會于天子駐蹕處ᄒᆞ되 若踰時刻이면 當用期會不進之軍律ᄒᆞ리라."

燕王이 手不停筆ᄒᆞ고 文不加點ᄒᆞ야 頃刻間書之ᄒᆞ고 星夜로 馳送諸郡ᄒᆞ고 與鸞城上馬ᄒᆞ야 領率家僮ᄒᆞ고 共伴天使ᄒᆞ야 茫茫北行ᄒᆞ니라.

此時南方諸郡이 見燕王之檄ᄒᆞ고 方始忙忙慌慌ᄒᆞ야 百姓이 皆曰

"燕王은 忠臣이라. 天子ㅣ 今召用ᄒᆞ시니 豈憂胡兵이리오? 吾等이 當乘此時ᄒᆞ야 以立功勳이라."

ᄒᆞ며 守令은 曰

"燕王은 名將이라 軍令이 嚴肅ᄒᆞ니 如或違令이면 死ᄒᆞ리라."

ᄒᆞ야 上下ㅣ 沸騰ᄒᆞ야 爭率軍馬ᄒᆞ고 恐違時刻ᄒᆞ야 一齊發行ᄒᆞ니라.

且說. 此時天子ㅣ 御鷲巢城ㅎ샤 被圍가 已至七日이라. 蘇尙書ㅣ 曰

"單于之兵은 難知其數요 且營寨堅固ㅎ야 攻破無策ㅎ니 當堅閉城門而
固守ㅎ야 以待燕王之來ㅣ 可也로소이다."

上이 從其言ㅎ샤 使不出戰ㅎ니 單于ㅣ 每日至城下而叱辱ㅎ되 竟不搖
動ㅎ니 單于ㅣ 無可奈何ㅎ야 復使左賢王盧均으로 挑戰이어날 馬達이
不勝忿怒ㅎ야 匹馬單騎로 挺鎗下城ㅎ야 大責盧均而直取ㅎ더니 均이 微
笑ㅎ고 便撥馬回走어늘 達이 愈益大怒ㅎ야 欲策馬追之흔딕 自胡陣으
로 鼓聲이 塡塡之中에 拓跋剌이 驅一枝軍而欲圍之ㅣ라. 蘇尙書ㅣ 急鳴
金而召馬達ㅎ고 不復出戰이러니 城中에 粮盡ㅎ야 士卒이 飢餓ㅎ고 又
無馬草ㅎ야 馬相噬尾ㅎ며 御供이 乏絶ㅎ야 天顔이 憔悴ㅎ야 見左右之
食松葉ㅎ시고 命取來ㅎ샤 進御數葉ㅎ샤 曰

"昔에 於陵仲子ㅣ 取嚙虫食之李ㅎ고 方始目有見而耳有聞이라 ㅎ더니
果非虛言이로다. 朕이 俄者에 不能收拾精神이러니 咀嚼松葉ㅎ야 呑涎
之後에 自覺宛然療飢라."

ㅎ시니 左右ㅣ 聽罷에 不勝惶恐ㅎ야 或有流涕者ㅎ며 董馬兩將은 放
聲大哭ㅎ고 上이 亦愀然不樂ㅎ시더니 左右忽報ㅎ되

"一隊軍馬ㅣ 從南而來ㅎ야 與胡兵對陣ㅎㄴ이다."

天子ㅣ 與蘇尙書及董馬兩將으로 登城而望見ㅎ시니 果有一枝軍이 疾
如流矢而來ㅎ야 一字兒擺列陣勢於胡陣之南ㅎ고 有兩將이 宛然出立於陣
前이어늘 上이 顧左右而問曰

"此何將也오?"

董馬兩將이 望見而奏曰

"此必燕王救兵也ㅣ로소이다. 左邊에 烏紗紅袍로 按轡而立者는 燕王
이오 右邊에 戰袍雙劍으로 指揮士卒者는 紅渾脫이로소이다."

上이 喜動顔色ㅎ샤 君臣이 相賀ㅎ야 如得生路ㅣ러라.

且說. 燕王이 從雲南而來라가 至九江界ㅎ야 謂天使曰

"吾等이 今以單騎前赴ᄒ야 蒼卒에 有何方略이리오? 九江은 自古強兵
之處ㅣ라. 吾當往本郡ᄒ야 請兵而往이라."

ᄒ고 卽往九江而見郡守ᄒ고 請麾下兵ᄒ니 九江太守ᄂ 本是盧均之家
人이라 不肯曰

"旣無皇命ᄒ오니 何以動兵이리잇고?"

燕王이 大怒曰

"君食國祿而聞君父危急ᄒ고 少不動念ᄒ니 此豈臣子之道理며 且天使ㅣ
在此여ᄂ 豈曰無皇命이리오? 君若不以兵權으로 付昌曲則君이 自領而從
昌曲ᄒ라."

ᄒ니 太守ㅣ 笑曰

"百萬胡兵이 猝至ᄒ야 中原을 已失其半ᄒ니 九江兵은 姑舍ᄒ고 雖有
十江兵이나 何爲哉리오?"

ᄒ거ᄂ 燕王이 大怒曰

"吾ㅣ 嘗奉皇命ᄒ야 以舊日征南都督으로 官職이 尙在於身ᄒ니 豈可
不用兵이리오?"

ᄒ고 卽取天使之腰下寶劍ᄒ야 當席에 斬太守之首ᄒ야 號令左右ᄒ고
奪其兵符ᄒ야 急急調發人馬ᄒ니 當日號召가 得三千餘騎라. 開兵庫而取
出軍器ᄒ야 燕王이 親率ᄒ고 倍日幷行ᄒ야 至於徐州城十里之外ᄒ니 自南
方諸郡으로 徵兵已到者ㅣ 七八千騎러라. 始定部署而行ᄒᆯ식 轉聞天子ㅣ 被
圍於鷰巢城ᄒ고 燕王이 驚曰

"鷰巢城은 地形이 高而無軍粮ᄒ니 若久住則狼狽ㅣ라. 吾先擊退單于
大軍ᄒ고 再有計畫ᄒ리라."

ᄒ야 對陣於胡陣南邊ᄒ고 以南軍四千으로 分作四隊ᄒ야 約束曰

"汝等은 埋伏於胡陣之四面이라가 今夜三更에 有我陣中砲響이어ᄃᆫ 第
一隊一千騎ᄂ 吶喊而劫胡陣西方第一角ᄒ되 但大張氣勢ᄒ야 擾胡兵ᄒ
고 因卽退後ᄒ고 有第二番砲響이어ᄃᆫ 第二隊一千騎ᄂ 吶喊而劫胡陣東

方第二角ᄒᆞ되 亦大張氣勢ᄒᆞ야 擾亂胡兵ᄒᆞ고 因卽退後ᄒᆞ고 有第三番砲響이어든 第三隊一千騎ᄂᆞᆫ 劫胡陣西方第三角ᄒᆞ며 有第四番砲響이어든 第四隊一千騎ᄂᆞᆫ 劫胡陣東方第四角ᄒᆞ되 皆大張氣勢ᄒᆞ야 騷動敵陣ᄒᆞ고 勿入敵陣ᄒᆞ라."

ᄒᆞ야 秘密約束畢에 燕王與鷲城이 率餘兵四千ᄒᆞ고 布成長蛇陣ᄒᆞ야 欲衝突中間ᄒᆞᆯᄉᆡ 持戈戟之兵은 在前ᄒᆞ고 持弓砲之兵은 在後ᄒᆞ야 鼓一聲에 進三步ᄒᆞ되 若顧後者ᄂᆞᆫ 斬ᄒᆞ리라 ᄒᆞ고 三令五申而待夜ᄒᆞᆯᄉᆡ 操束軍中ᄒᆞ야 寂然不動ᄒᆞ고 偃旗息鼓ᄒᆞ더라.

此時單于ㅣ 久圍鷲巢城ᄒᆞ고 與諸將商議曰

"一片孤城에 必無粮食ᄒᆞ리니 若十日不解圍則明帝ㅣ 豈不以涸轍之命으로 求一勺水ᄒᆞ야 自揷降幡乎아?"

ᄒᆞ더니 意外에 救兵이 從南而來ᄒᆞ야 排列陣勢ᄒᆞ고 氣色이 緩緩ᄒᆞ야 皆偃鎗劍ᄒᆞ고 無十分相戰之意어늘 單于ㅣ 笑曰

"此亦有名無實之救兵이로다. 此必觀望成敗니 今夜三更에 一鼓坑之ᄒᆞ리라."

軍中之漏ㅣ 纔報三更에 自明陣中으로 一聲砲響에 喊聲이 大作터니 一枝軍馬ㅣ 劫寨ᄒᆞ야 衝殺西方第一角ᄒᆞ니 單于ㅣ 大驚ᄒᆞ야 親自指揮軍士而來救ᄒᆞ더니 第二番砲響에 喊聲이 大作에 一枝軍馬ㅣ 又衝殺東方第二角ᄒᆞ니 單于ㅣ 慌忙ᄒᆞ야 又自指揮軍士ᄒᆞᆯᄉᆡ 砲響이 連次繼起에 又有一枝軍馬ㅣ 劫西方第三角ᄒᆞ고 第四番砲響에 一枝軍馬ᄂᆞᆫ 又劫東方第四角ᄒᆞ야 備東則西亂ᄒᆞ고 鎭西則東擾ᄒᆞ니 單于ㅣ 蒼黃ᄒᆞ야 不能定頓軍伍러니 鎗劍은 飛如雪片ᄒᆞ고 鼓響은 轟若霹靂ᄒᆞ야 其疾이 甚於飛蛇之走壑ᄒᆞ니 此時單于之軍이 斷絶中間ᄒᆞ야 不得首尾相應이라. 左賢王盧均이 告於單于曰

"大王은 暫且退軍ᄒᆞ소서. 此非尋常救兵이로소이다. 均이 暫見於火光中ᄒᆞ니 明陣中에 過去者ㅣ 必是燕王이라."

ᄒ더니 言未畢에 自燕巢城上으로 砲聲이 又起터니 兩將이 領鐵騎而下城ᄒ야 大呼曰

"耶律單于는 且勿驚走ᄒ라. 我는 燕王麾下將董超·馬達이라."

ᄒ고 左衝右突ᄒ야 厮殺如虎ᄒ니 元來董馬兩將이 見燕王軍之衝突胡陣ᄒ고 銳氣倍生이라. 領秦王所送鐵騎三千ᄒ고 衝殺胡陣ᄒ야 以迎燕王이러라. 兩軍이 合力ᄒ야 掩殺胡兵ᄒ니 單于ㅣ 安能抵當이리오? 收軍而退走數里ᄒ니 積尸如山ᄒ고 流血成渠ㅣ라. 此時天子ㅣ 自城上望之ᄒ시다가 顧謂蘇尙書曰

"朕之燕王은 天之所賜ㅣ니 其忠義將略이 雖漢之武侯ㅣ라도 不能過也ㅣ리니 今日君臣의 沮喪之心氣ㅣ 幸賴燕王之一鼓聲ᄒ야 一時活動ᄒ야 譬如渴龍之得水ᄒ니 此卽國家之福力이오 神明之所佑라. 今朕이 卽出城外ᄒ야 親迎燕王이라."

ᄒ시고 乃出城外ᄒ시니 燕王이 領軍ᄒ고 已至城下ㅣ라 慌忙下馬ᄒ야 伏地請罪홀ᄉᆡ 淚如泉湧이어늘 上이 命左右扶起ᄒ샤 親執其手ᄒ시고 以龍袍之袖로 掩面ᄒ사 君臣이 相泣不已ᄒ니 左右諸臣이 莫不感動流涕러라. 上이 良久無語ㅣ라가 始放燕王之手ᄒ시고 曰

"朕之無窮心事는 非倉卒可言이라. 願偕入城中ᄒ야 君臣一席에 以叙舊日之情이라."

ᄒ시고 遂共與入城ᄒ야 安頓軍馬後에 引見燕王於榻前홀ᄉᆡ 蘇尙書與董馬兩將이 侍立於左右ㅣ러라. 上이 復執燕王之手曰

"自古로 昏暗之君이 雖多ㅣ나 豈有如今日之朕者乎아? 卿之精忠과 盧均之奸惡은 玉石이 懸殊ᄒ고 黑白이 分明이어늘 天何蔽朕之聰明ᄒ고 造物이 戱弄國家ᄒ야 以至此境고? 追憶往事에 何面對卿이며 何言慰卿이리오?"

燕王이 頓首奏曰

"此皆臣의 不忠之罪라. 若非陛下日月之明이면 安得更承恩寵ᄒ야 以

有今日乎잇가?"

上이 笑曰

"朕이 豈不知盧均之奸이리오마는 惟好其言之巧와 其色之令ᄒᆞ야 自作醉夢之人ᄒᆞ니 千秋萬歲에 難免昏暗之譏요 至若卿之向國丹忠ᄒᆞ야는 天下百姓과 街童走卒이 莫不知之커든 君臣之間에 朕豈不知리오? 但病痼則藥餌無效ᄒᆞ나니 嗟乎라! 惟我兩人의 一片之心은 神明이 照臨ᄒᆞ니 卿其勿以往事로 介意ᄒᆞ고 從今以後로는 日益直諫ᄒᆞ야 以補朕之不逮ᄒᆞ라."

燕王이 垂淚對曰

"聖教至此ᄒᆞ시니 無所更達이어니와 此는 臣等의 不忠無狀之罪라. 以堯舜之德으로도 尙有皐陶稷契之贊襄이오니 以陛下日月之明으로 今當無前之患難은 徒以朝廷에 無賢臣之故ㅣ라. 伏願陛下는 勿悔往事ᄒᆞ시고 更加審愼於來頭則今日之狼狽ㅣ 反爲他日之鑑戒리니 豈非國家之洪福乎잇가?"

上이 改容歎息ᄒᆞ시고 顧謂蘇尙書曰

"朕이 久在夢境이러니 今日에 更聞燕王之諫言ᄒᆞ니 如朝陽之鳴鳳ᄒᆞ야 頓覺精神之快活이로다."

燕王이 又奏曰

"向者臣이 轉聞急報ᄒᆞᆸ고 單騎登程이라가 前至九江ᄒᆞ야 言及調發軍馬則九江太守ㅣ 不肯故로 事勢危急ᄒᆞ야 以軍律로 斬其首ᄒᆞ고 奪其麾下兵ᄒᆞ야 赴救國家之急ᄒᆞ오니 此亦矯旨3)妄率之罪라 不勝惶恐이로소이다."

上曰

"卿以前日征南都督으로 職名이 尙在ᄒᆞ니 蓋一次爲將則軍令을 終身用

---

3) 교지(矯旨): 왕명(王命)이라고 거짓 꾸며 내리던 가짜 명령.

之는 國朝故事라 何況卿은 官居大臣則朕雖不敏이나 九江太守ㅣ 越視君父之危急하니 其先斬後啓ㅣ 亦出於爲國之誠이라 何足謝罪리오?"

하시고 顧左右曰

"九江太守는 何如人고?"

對曰

"此는 盧均之家人이로소이다."

上이 歎曰

"古人이 云 '求忠臣於孝子之門이라.' 하니 奸臣之門人이 亦豈不懷二心이리오?"

燕王이 又奏曰

"都城이 旣爲陷落하고 太后兩殿이 播遷於鎭南城하시니 鎭南城은 城池ㅣ 堅固하고 糧草ㅣ 自足이라 雖無他慮하오나 國事罔極이 到此地頭하오니 此亦臣之罪로소이다."

上이 含淚曰

"太后ㅣ 嘗勸朕召卿하시니 太后之恃卿이 如磐石泰山이어늘 朕以不孝로 不能奉承勉戒하고 太后ㅣ 今於一片孤城에 受此苦楚하시니 此乃朕之罪ㅣ라. 但卿之大人與尹閣老及一枝蓮之忠義로 極力護駕하니 卿의 父子山海之德을 何以報之리오?"

燕王이 聽敎大驚하야 良久無語하니 元來太爺ㅣ 倡義而往鎭南城을 燕王이 尙未聞知也ㅣ러라. 上이 見其氣色하시고 因復慰諭曰

"太爺ㅣ 雖是衰境이나 向聞使臣之言則氣力이 康健이라 하니 卿勿過慮하라."

燕王이 頓首曰

"臣父ㅣ 素多疾病하고 氣稟이 淸脆하야 雖調養於閑寂이라도 不平之日이 常多어늘 今於矢石風塵에 如此勞苦하오니 縱云平日素懷之忠心이오나 臣이 上而不忠하야 使鳳輦蒙塵하옵고 下而不孝하야 使老父로 不

得閑養ᄒ오니 言念及此에 胃膈이 抑塞ᄒ야 卽欲溘然無知로소이다."

上이 改容曰

"此ᄂ 朕之過也ㅣ라. 將以何言慰卿이리오?"

ᄒ시고 更召紅鸞城이어시ᄂᆞᆯ 鸞城이 俯伏於榻前ᄒᆞᆫ대 上이 慰喩曰

"卿의 烈俠之風은 朕이 聞之久矣나 萬里絶域에 扮作家僮之服ᄒ고 南北風塵에 如此馳驅ᄒ니 此皆遭昏君之故也ㅣ라. 朕何以擧顔이리오?"

鸞城曰

"臣妾은 兒女子ㅣ라 變服雲南도 爲家夫요 馳驅風塵도 從家夫ㅣᄂᆞ 時運이 不幸ᄒ고 國家ㅣ 多事ᄒ와 女子有行이 不守閨門ᄒ고 天顔咫尺에 如是頻謁ᄒ오니 實所慚愧唐突이로소이다."

上이 微笑ᄒ샤 復問燕王曰

"世間에 有紅鸞城一人도 奇異之事어ᄂᆞᆯ 復有一枝蓮·碧城仙卓越之忠ᄒ니 此ᄂ 千秋萬歲稀貴之事也ㅣ로다."

ᄒ시고 仙娘의 音樂諷諫之事와 蓮娘의 扈衛太后兩殿之事를 一一致謝ᄒ신대 燕王이 一邊驚喜ᄒ며 頓首奏曰

"碧城仙은 臣之妾이라. 天性이 柔弱ᄒ오니 有何忠烈之所可襃者乎잇가? 此皆陛下日月之明이 自當追悔之機會ㅣ옵고 但一枝蓮은 紅渾脫之率來者라 同是女子로 知己相從ᄒ야 武藝之精妙와 爲人之機警이 與紅渾脫彷彿ᄒ야 庶無優劣之可定이옵더니 當此板蕩[4]之時ᄒ야 保護兩殿鳳駕ᄒ오니 實非凡將之所可及이니이다."

上이 再三稱讚ᄒ시고 因商議軍務ᄒ실ᄉᆡ 拜燕王爲平虜大元帥ᄒ시고 紅渾脫로 爲副元帥ᄒ시니 鸞城이 伏地奏曰

"臣妾이 向日南征에 不敢辭恩命은 尙潛其踪跡ᄒ야 以男子自處이오ᄂ

---

4) 판탕(板蕩): 『시경』 「대아大雅」의 「판板」과 「탕蕩」 두 편이 모두 어지러운 정사(政事)를 읊은 데서, 정치를 잘못해 어지러워진 나라의 형편을 이르는 말.

今日은 服色이 雖如此ㅣ나 一個女子로 陛下ㅣ 已明燭ᄒ시고 世人이 無不知者ᄒ오니 聖朝에 豈無賢臣이며 中國에 亦不無人才이어늘 何必以一個女子로 登將壇而號令三軍乎잇가? 此ㅣ 非徒爲諸將軍卒之羞恥ㅣ라 見侮於北虜ㅣ 亦不少也리이다."

上이 笑曰

"朕之急召燕王은 其意ㅣ 專在於卿이라. 當此時ᄒ야 一番勞苦를 勿固辭ᄒ라."

鸞城이 頓首奏曰

"臣妾은 本是賤踪이라. 靑樓賤妓로 得蒙恩寵ᄒ와 白旄黃鉞을 立於左右ᄒ고 諸將三軍을 屈於麾下ᄂᆫ 榮耀之極이오 人皆所願이라 妾豈敢辭也릿고마ᄂᆫ 古書에 云 '牝鷄司晨은 惟家之索이라.'5) ᄒ니 牝鷄司晨도 猶爲不吉이어든 況軍中은 重地요 元帥ᄂᆫ 重任이라 今脫紅裙而着鐵衣ᄒ고 罷丹粧而執旗鼓ᄒ며 細眉에 帶殺氣ᄒ고 巧笑로 責敵軍則其氣像이 將何如잇가? 臣妾은 又聞兵者ᄂᆫ 動物이라 專以陽氣爲主ᄒ나니 若以女子爲將則此ᄂᆫ 以陰制陽이라 豈非兵家所忌리잇고? 陛下ㅣ 若恩愛臣妾ᄒ야 欲更試其才則臣妾이 願從家夫而爲偏裨ᄒ야 以效犬馬之力ᄒ리이다."

上이 沉吟良久에 允許ᄒ시고 以蘇裕卿으로 爲副元帥ᄒ시고 以紅渾脫로 爲嫖姚將軍ᄒ시니라.

且說. 單于ㅣ 收大軍ᄒ야 退陣於數里之外ᄒ고 召謂胡將拓跋剌與左賢王盧均曰

"燕王之用兵은 果然名不虛得이라 將何以對敵고?"

盧均이 笑曰

---

5) 빈계사신(牝鷄司晨), 유가지색(惟家之索): '암탉이 새벽에 울면, 집안 운수가 막힌다.' 즉 후비(后妃)나 처첩(妻妾)이 마음대로 휘두르면, 나라나 집안이 망하게 된다는 뜻. 『서경書經』 「주서周書」 「목서牧誓」에 나오는 구절. 『서경』에는 "빈계무신(牝鷄無晨), 빈계지신(牝鷄之晨), 유가지색(惟家之索)"으로 나온다.

"非太淸眞人이면 無能當燕王者이오ㄴ 若不激動則何以盡其力而相助乎잇가?"

單于ㅣ 乃見眞人而跪告曰

"寡人이 今起百萬大兵ᄒ야 已得中原之半이러니 不意에 逢强敵ᄒ야 成功無路ᄒ오니 願先生은 爲我畫策ᄒ소셔."

眞人曰

"强敵은 誰也오?"

單于ㅣ 曰

"寡人이 已在北方時에 聞之ᄒ니 燕王楊昌曲은 當世一人이라. 天文地理와 風雲造化之妙를 無不通知ᄒ고 六韜三略과 遁甲變化之法으로 平生自負ᄒ야 自謂天下無敵이라 ᄒ더니 今暫觀其用兵則神出鬼沒ᄒ야 人莫敢當者ㅣ러이다."

眞人이 笑曰

"大王이 欲激動貧道ㅣ로다."

單于ㅣ 仰天歎曰

"左賢王之言이 果然이라."

ᄒ거늘 眞人이 曰

"是何言也오?"

單于ㅣ 曰

"左賢王이 嘗言先生은 不過一個道士ㅣ라 不能當燕王通天之才ᄒ야 自然思歸라 ᄒ더이다."

眞人이 冷笑曰

"貧道ㅣ 十年山中에 用兵之術을 講磨已久ᄒ니 大王은 但先與燕王接戰ᄒ야 倘或有急이어든 貧道가 自有救援之方ᄒ리이다."

單于ㅣ 大喜ᄒ야 起而再拜ᄒ고 分兵一半ᄒ야 使眞人으로 留在本陣ᄒ고 自領精兵而至鷥巢城下ᄒ야 布成陣勢ᄒ니 畢竟勝負何如오? 此看下回ᄒ라.

## 紅嫖姚暗埋轟天砲 楊元帥數罪左賢王

第三十六回

却說. 燕王이 奉承皇旨ᄒ야 召募南兵ᄒ니 衆이 一萬七千騎라. 陣於鷲
巢城下ㅣ러니 單于ㅣ 亦率大軍ᄒ고 相對結陣이어날 元帥ㅣ 與紅渾脫
로 出於陣上ᄒ야 遙望胡陣曰

"將軍은 觀之컨딕 敵勢ㅣ 與南蠻으로 何如오?"

渾脫曰

"人物之慓悍과 氣像之雄壯은 固南蠻之不能當이오. 陣法이 錯亂ᄒ고
行伍가 齟齬ᄒ니 不能當南蠻이니이다."

燕王이 點頭曰

"此ㅣ 固吾之所料也ㅣ라. 北胡ㅣ 素與山禽野獸로 無異ᄒ야 其聚散이
無常ᄒ니 難可以兵法으로 料度이라. 當觀勢而用兵ᄒ리라."

ᄒ고 乃使甲士로 大呼於陣前曰

"大明元帥ㅣ 欲與單于로 面談ᄒ니 速出陣前ᄒ라."

ᄒ딕 俄而오 單于ㅣ 挺鎗出馬ᄒ니 左有左賢王盧均ᄒ고 右有胡將拓跋
剌이라. 單于ㅣ 身長이 八尺이오 威風이 凜凜ᄒ야 右手로 執長鎗ᄒ고

338

左手로 按轡ᄒ야 氣像이 雄壯ᄒ더라. 楊元帥ㅣ 大罵曰

"汝ㅣ 雖不知天命이ᄂ 無故而侵犯中國ᄒ야 殺戮生靈ᄒ니 汝知汝罪乎아?"

單于ㅣ 大笑曰

"寡人이 處於北方ᄒ야 聞中國에 寶藏이 甚多ᄒ고 欲取此物而來로라."

燕王曰

"我皇上陛下ㅣ 神聖文武ᄒ시고 仁愛百姓ᄒ시니 若以金珠寶貝로 拯民於塗炭之中인ᄃᆞᆯ 豈可吝之시리오?"

ᄒ니 單于ㅣ 搖首而復笑曰

"寡人이 豈求尋常之寶ㅣ리오? 明天子ㅣ 若以玉璽로 與我則寡人이 今卽回軍ᄒ리라."

元帥ㅣ 大怒ᄒ야 使董馬兩將으로 領鐵騎三千ᄒ고 一時衝殺ᄒ니 單于ㅣ 笑而撥馬回走ᄒᄂᆞᄃᆡ 一聲砲響이 躍後而起ᄒ야 胡兵萬餘騎가 一時에 四散奔走에 彌滿山野ᄒ야 其疾이 如風雨ᄒ니 莫定追擊處ㅣ라. 元帥ㅣ 見此狀ᄒ고 鳴金收軍ᄒᆞᄃᆡ 又一聲砲響에 所散胡兵이 復合而依舊結陣ᄒ고 單于ㅣ 出於陣前而笑曰

"楊元帥ㅣ 雖有將略이ᄂ 今日은 無可用之處ᄒ니 第觀寡人馳馬之法ᄒ라."

ᄒ고 以手中雙劍으로 一策其馬ᄒ니 其猛이 如虎ᄒ고 其疾이 如電ᄒ야 蹴踏山谷을 易於平地ᄒ고 單于ㅣ 舞於馬上ᄒ야 或臥或立ᄒ며 左右起居를 任意爲之러니 又有一個胡將이 馳馬而出ᄒ야 若追單于之狀ᄒ야 從後趕去ᄒ니 單于는 亦以見逐之狀으로 數回馳騁이라가 忽然觔斗聳身ᄒ야 抱胡將而落ᄒ면서 幷馬而又馳馳數回라가 更以身觔斗ᄒ야 躍上於數十步外疾走之馬ᄒ야 追胡將ᄒᆞᄃᆡ 又有兩個胡將이 一時馳馬而出ᄒ니 四馬ㅣ 幷作一隊ᄒ야 一邊馳走ᄒ며 一邊換馬而乘ᄒ되 疾如風雨러라. 俄而오 衆胡ㅣ 一齊縱馬而出ᄒ되 或於馬上에 橫臥而走ᄒ며 或策馬而疾

走ᄒ고 爭先聳身而乘ᄒ며 或匍斗而隱於馬脚之間ᄒ며 或奪取傍馬ᄒ야 能騎雙馬而走ᄒ되 千態萬狀으로 一場作亂ᄒ니 楊元帥ㅣ 良久望見이라가 謂紅嫖姚曰

"此ᄂ 北方之長技ㅣ라 無非强兵이니 莫大之憂也ㅣ로다."

嫖姚ㅣ 笑曰

"以小將之見으로ᄂ 不過兒戲라 用於何處ㅣ리오? 其於逐狐搏兎ᄂ 綽綽有餘ㅣ나 若敵國이 相對ᄒ야 鬪以兵法인딘 反易離散이라. 小將이 有一妙算ᄒ야 將計就計ᄒ리다."

元帥ㅣ 大喜問計ᄒ되 嫖姚ㅣ 密告曰

"妾이 曾從白雲道士ᄒ야 學一個破陣之法ᄒ니 名曰轟天砲ㅣ라. 掘地而應十二方位ᄒ야 埋大釜ᄒ고 滿盛藥丸於釜中ᄒ고 覆盖而穿穴於左右ᄒ야 掘坎而延置火繩於其中ᄒ고 十餘步式盛水於器而埋之ᄒᄂ니 火氣가 得水氣則不滅ᄒ고 且水氣가 能導火氣라 復於百步之外에 埋土窟ᄒ고 火繩之端을 緣坎而使通於土窟ᄒ고 埋伏數兵於土窟이라가 乘時燒火ᄒᄂ니 此法이 用處ᄂ 雖小ㅣ나 今日敵兵이 若空其寨이어던 我卽移軍而陣於胡兵之陣處ᄒ고 可行此計나 然이나 但藥丸이 豐足然後에야 可行此計也ㅣ니이다."

元帥ㅣ 卽檢軍庫ᄒ니 尙有彈丸數十石과 火藥數千斤이어늘 元帥ㅣ 大喜ᄒ야 召董馬兩將ᄒ야 各賜三千騎ᄒ고 分付曰

"如此如此ᄒ라."

ᄒ다. 元帥ㅣ 與紅嫖姚로 又驅大軍ᄒ야 掩殺胡陣ᄒ되 胡兵이 不復迎戰ᄒ고 一時四散而走어늘 元帥ㅣ 因陣於胡兵之陣處ᄒ니 單于ㅣ 望見而笑曰

"可知楊元帥之無策이로다. 奪我陣地ᄂ 將欲遠逐ᄒ야 使不得復來也ㅣ니 吾ㅣ 當入於營寨ᄒ야 乘夜暗攻ᄒ리라."

ᄒ고 仍聚四散之胡兵ᄒ야 卽入營寨어늘 元帥ㅣ 與紅嫖姚로 埋轟天砲

於陣中各處ᄒᆞ고 約束士卒ᄒᆞ야 偃旗息鼓ᄒᆞ고 擅離陣地ᄒᆞ야 示其軍容之懈怠ᄒᆞ니 單于ᅵ 大喜曰

"吾軍이 連日不戰ᄒᆞ야 明兵이 自然放心이라. 乘此時ᄒᆞ야 可以一鼓而坑之라."

ᄒᆞ고 是夜三更에 領精兵三千騎ᄒᆞ고 分兩路ᄒᆞ야 人啣枚馬摘鈴ᄒᆞ고 赴於明陣이어늘 元帥ᅵ 接戰數合에 佯敗而走ᄒᆞᆫ딕 拓跋剌이 欲驅兵逐之ᄒᆞ니 單于ᅵ 不聽曰

"中國之人은 詭計를 難測이라. 吾當更排營寨ᄒᆞ고 觀其勢而圖之ᄒᆞ리라."

ᄒᆞ고 單于ᅵ 指揮胡兵ᄒᆞ야 依舊成陣ᄒᆞ고 暗察明兵之動靜이러니 是夜將半에 忽然一聲砲響이 從地而湧出터니 一塊火ᅵ 散飛於陣中ᄒᆞ고 又復繼續ᄒᆞ야 無數砲響이 四面八方으로 轟轟不絶ᄒᆞ야 如天崩地坼ᄒᆞ고 遍散之火와 亂落之丸에 隨其所觸ᄒᆞ야 人馬ᅵ 次第顚倒ᄒᆞ야 恰如秋風之落葉ᄒᆞ니 七千胡兵이 未暇逃避ᄒᆞ야 計其生者ᄒᆞ니 但有千餘騎라. 單于ᅵ 慌忙出陣ᄒᆞᆯᄉᆡ 飛丸이 落於馬首ᄒᆞ야 馬隨而顚이어날 單于ᅵ 卽時聳身ᄒᆞ야 奪騎胡兵之馬ᄒᆞ고 以單騎逃走ᅵ러니 忽然山隅에 起一聲砲響ᄒᆞ고 一枝軍馬ᅵ 突然塞路ᄒᆞ고 一員大將이 大喝曰

"大明驃騎將軍董超ᅵ 在此而待ᄒᆞ니 單于ᄂᆞᆫ 將走何處오?"

ᄒᆞ거늘 單于ᅵ 無心戀戰ᄒᆞ야 迂路而走ᄒᆞᆯᄉᆡ 又於左便에 喊聲起處에 一枝軍馬가 塞路ᄒᆞ고 一員大將이 大喝曰

"大明殿前將軍馬達이 在此ᄒᆞ니 耶律은 勿走ᄒᆞ라."

單于ᅵ 罔知所措ᅵ러니 拓跋剌이 率數百騎而至ᄒᆞ야 救單于ᄒᆞ니 董馬兩將이 左右挾攻ᄒᆞ야 厮殺一場에 積尸如山이라. 單于ᅵ 僅得脫身ᄒᆞ야 歸其陣中ᄒᆞ야 見太淸眞人ᄒᆞ고 狼狽事實을 一一細述ᄒᆞ니 眞人이 笑曰

"此所謂轟天砲라. 若不知而犯於明將之術中이면 全軍이 豈免陷沒乎잇가? 但其埋砲之法이 秘密ᄒᆞ야 錯亂方位則火滅而功不得成이어늘 明元帥ᅵ 何

以解得고?"

ᄒ더라. 單于ㅣ 跪告眞人曰

"今日之敗도 先生不助之故ㅣ라. 明元帥之將略이 如是神通ᄒ니 先生이 若不顧念則寧收軍而早歸ᄒ야 以免魚肉이 爲上策이로이다."

眞人이 笑曰

"明日은 貧道ㅣ 當從大王ᄒ야 觀明陣之動靜然後에 竭力輔之ᄒ리니 願大王은 勿憂ᄒ소셔."

單于ㅣ 大喜ᄒ야 翌日與眞人으로 驅大軍ᄒ야 結陣於鷰巢城下而挑戰ᄒ니라.

且說. 紅嫖姚ㅣ 以轟天砲로 坑殺胡兵ᄒ고 以待單于之動靜홀시 此時ᄂ 曉漏滴盡ᄒ고 精神이 困乏ᄒ야 倚案而睡ㅣ러니 似夢非夢間에 一位老人이 葛巾野服으로 手執白羽扇而長揖이어늘 驚而視之ᄒ니 乃白雲道士ㅣ라. 嫖姚ㅣ 欣然再拜曰

"師父ㅣ 從何處來乎잇가?"

道士ㅣ 默然不答ᄒ고 執紅娘之手而流涕戒之曰

"且思山中之三年故情이어다."

ᄒ고 因忽不見이어늘 嫖姚ㅣ 悵然ᄒ야 呼師父而驚覺ᄒ니 東方은 旣白ᄒ고 心神이 悽愴이라. 見元帥而話夢兆ᄒ고 沉吟不樂ᄒ야 曰

"師父ㅣ 嘗數見於妾夢이오나 以歡顔相對러니 今忽見其悽凉含淚則必非吉兆라 今日은 堅閉陣門ᄒ고 不與單于接戰이 似好ㅣ로이다."

元帥ㅣ 笑而慰喩러니 已而오 諸將이 報曰

"單于ㅣ 更來挑戰이라."

ᄒ딕 元帥ㅣ 堅閉陣門ᄒ고 布成武曲之陣ᄒ야 晏然不動이러니 董馬兩將이 又報ᄒ되

"單于ㅣ 數次送兵挑戰이라가 見我終不應戰ᄒ고 今送盧均而挑戰ᄒ나이다."

元帥ㅣ 聽罷에 奮然而起曰

"吾當先斬叛賊之首ᄒ고 次滅無道之匈奴호리라."

ᄒ고 親到陣上而望見ᄒ니 盧均이 領胡兵十餘騎ᄒ고 按轡於陣前而大呼曰

"燕王은 且聽我言ᄒ라. 古書에 云ᄒ되 '飛鳥盡에 良弓이 藏ᄒ고 狡兎死에 走狗ㅣ 烹이라.'[1] ᄒ니 自古로 中國은 規模狹阨之國이라 不容人才어늘 但以少年銳氣로 南征北伐에 尙貪恩寵ᄒ야 不知鐲鏤劍之下落於伍子胥頭上ᄒ니 豈不寒心이리오? 老夫ㅣ 雖無先見之明이나 欲效前漢之李少卿ᄒ야 安享胡中之富貴ᄒ니 嗟乎ㅣ라! 君이 他日咸陽市上歎黃犬之時에 當知故人之言이 眞忠告矣리라."

元帥ㅣ 大怒ᄒ야 儼然立於陣前而大責曰

"叛賊盧均아! 汝雖凶肚逆腸으로 面目이 甚厚ㅣ나 天日이 照臨ᄒ시니 汝罪를 汝豈不知乎아? 汝祖盧杞ᄂ 唐之小人이라. 世世子孫이 種落相傳타가 至於汝身ᄒ니 君子之所斥이오 國家之所棄어늘 惟我皇帝陛下ㅣ 以堯舜之聖으로 收拾汝身ᄒ샤 官至叅政ᄒ니 當盡心竭忠ᄒ야 圖報天恩ᄒ고 修勵名節ᄒ야 以雪家風이어늘 汝ㅣ 前旣誤國ᄒ고 今又背君而屈膝於匈奴ᄒ야 添累於旣累之家風ᄒ니 汝罪ㅣ 一也요 天之生人에 與禽獸異者ᄂ 以其有五倫也라. 君臣父子ᄂ 五倫之首어늘 汝以姦言反覆之情態로 籠絡君父ᄒ야 孤棄數千里海上ᄒ고 投降賊陣ᄒ야 倒戈而逼ᄒ니 此豈所忍爲哉아? 汝罪ㅣ 二也요 汝之父母墳墓ㅣ 在於中國이어늘 汝乃不顧ᄒ고

---

1) 비조진(飛鳥盡), 양궁장(良弓藏), 교토사(狡兎死), 주구팽(走狗烹): '날아다니는 새가 없어지면 좋은 활을 활집에 넣어두고, 날랜 토끼가 죽으면 사냥개를 삶아 먹는다.' 『사기史記』 「월왕구천세가越王句踐世家」에 나오는 고사로, 『사기』에는 '비조진(蜚鳥盡)'으로 나온다. 중국 춘추시대 월(越)나라의 범려(范蠡)는 문종(文種)과 더불어, 월나라 왕 구천(句踐)이 오(吳)나라를 멸하고 춘추오패(春秋五霸)의 한 사람이 될 수 있도록 보좌했다. 그러나 범려는 구천을 믿지 못해 월나라를 탈출해 제(齊)나라에 은거하면서, 문종을 염려해 이런 내용의 편지를 보내 피신하도록 충고했으나, 문종은 월나라를 떠나기를 주저하다 구천에게 반역의 의심을 받은 끝에 자결했다.

偸生於胡地ᄒᆞ니 芊芊荒草와 蕭蕭白楊은 樵童牧竪ㅣ 相指而叱辱曰 '此ᄂᆞᆫ 逆臣盧均之先塋이라.'ᄒᆞ고 荷斧而斫木ᄒᆞ며 放牛羊ᄒᆞ야 踏滅墳墓ᄒᆞ리 니 寒食淸明에 飢餓之魂이 啾啾而泣ᄒᆞ야 以思子孫而無依托ᄒᆞ야 感愴無 已ᄒᆞ리니 汝豈久享胡中富貴乎아? 汝罪ㅣ 三也요 功名富貴ᄂᆞᆫ 欲光輝其 家ᄒᆞ고 榮華其身也라. 汝ㅣ 猜才貪權ᄒᆞ야 抑制是非ᄒᆞ고 奮激公議ᄒᆞ니 在中國而難逃小人之指目이오 在胡地而誰敬叛國之臣이리오? 茫不知此 ᄒᆞ고 揚揚自得ᄒᆞ니 汝罪ㅣ 四也요 自古小人之作罪를 不知而誤犯者ᄂᆞᆫ 尙有可容이어니와 知而故犯者ᄂᆞᆫ 不得容貸ㅣ니 汝嘗讀聖人之書ᄒᆞ고 聞 聖人之訓ᄒᆞ야 冠儒冠而衣儒衣라 何者爲忠臣이오 何者爲奸臣이며 如此 則國安ᄒᆞ고 如彼則國危를 昭然知之어늘 乃反佯若不知而故爲誤國ᄒᆞ니 汝罪ㅣ 五也요 汝ㅣ 自求侍從ᄒᆞ야 能說禮樂ᄒᆞ니 汝知董弘之笙簧이 果 如先王之樂이며 不時之封禪이 果合於先王之禮乎아? 內則冷笑ᄒᆞ고 外以 籠絡ᄒᆞ니 汝罪ㅣ 六也요 儀鳳亭上聽樂之時에 罪諫官而黜大臣ᄒᆞ니 國家 興亡이 在於朝夕이어늘 汝ㅣ 忍激君父ᄒᆞ야 以助過擧ᄒᆞ니 汝罪ㅣ 七也 요 董弘은 不過輕薄者ㅣ라. 汝以老凶經綸으로 誘引聳動ᄒᆞ야 以作奇貨 ᄒᆞ야 濁亂朝廷ᄒᆞ니 汝罪ㅣ 八也요 皇城陷沒之後에 欺罔天子ᄒᆞ야 兩殿 安危를 茫然不知ᄒᆞ시니 汝罪ㅣ 九也요 計較窮盡에 包藏叛心ᄒᆞ고 自願 出戰ᄒᆞ니 汝罪ㅣ 十也요 逃亡性命ᄒᆞ야 旣爲投降則宜藏踪跡ᄒᆞ야 中心은 雖樂이나 宜有一分慚愧之心이어늘 飄揚白首ᄒᆞ고 作單于之臣ᄒᆞ야 引率 胡兵ᄒᆞ고 挑戰於陣前ᄒᆞ니 豈不愧諸將軍卒乎아? 汝罪ㅣ 十一也요 論以 私讎가 雖爲磧磧이나 吾登科之初에 榻前論罪가 果是公心이며 果是眞見 我之非處乎아? 不過猜才爭寵이니 汝罪ㅣ 十二也요 遊街之日에 暗懷雜 心ᄒᆞ고 欲以汝妹結婚이라가 未得如意ᄒᆞ고 遂結嫌怨ᄒᆞ고 董弘은 賤人 이라 徒貪宦福ᄒᆞ야 不知倫氣ᄒᆞ고 以結男妹之誼ᄒᆞ니 汝罪ㅣ 十三也요 吾被嚴譴ᄒᆞ야 竄謫雲南ᄒᆞ니 萬里惡地에 生還이 無期라. 如此則爽快於汝 心이어든 乃復遣刺客ᄒᆞ야 傍蹊曲逕으로 必欲殺害ᄒᆞ니 汝罪ㅣ 十四也

요 吾雖不忠이나 不爲汝言之所動이어늘 以姦惡之喙로 潤色說辭ᄒᆞ야 期欲聳動ᄒᆞ니 汝罪ㅣ 十五也ㅣ라. 蒼天이 在上ᄒᆞ시고 神明이 在傍ᄒᆞ니 雖無知少年이 犯此一罪라도 惴惴慄慄ᄒᆞ야 不知其死所ᄒᆞ던 汝今冒十五條之彌天大罪ᄒᆞ고 將何歸乎아? 嗟乎라! 昌曲은 汝南秀才로 對策于紫宸殿ᄒᆞᆯᄉᆡ 汝旣叅於大臣之列ᄒᆞ야 天子之禮待와 後進之欽仰이 果何如哉오? 今日陣前에 受胡王之命ᄒᆞ야 彼何面目고? 斯速歸傳於單于ᄒᆞ라! 蠢蠢夷狄이 雖蔑禮法이나 北方에도 有天有地ᄒᆞ며 有君有臣ᄒᆞ며 有父有子矣리니 如盧均者는 亂臣賊子라. 不留時刻ᄒᆞ고 卽速斬首ᄒᆞ야 以懲北方之風俗ᄒᆞ라 ᄒᆞᆯ지어다."

元帥ㅣ 罵畢에 盧均이 顔醉而氣喪ᄒᆞ야 疾呼一聲而落馬어늘 胡兵이 救回本陣ᄒᆞ니 半晌에 茫然失魂이라가 方收拾精神ᄒᆞ고 指天而誓曰

"吾ㅣ 不殺燕王이면 不在於此世라."

ᄒᆞ고 告於單于及眞人曰

"楊昌曲之無禮는 大王與眞人을 視如草芥ᄒᆞ야 叱辱之言에 無道之胡酋와 妖誕之道士를 一劍斬殺이라 ᄒᆞ니 大王은 將何以雪恥乎잇가?"

眞人이 笑曰

"左賢王은 勿憂ᄒᆞ소서. 貧道ㅣ 雖無才나 當與楊昌曲으로 誓決雌雄하리라."

하고 親詣陣上ᄒᆞ야 擊鼓而結方陣ᄒᆞ야 揷黑旗於中央方ᄒᆞ고 暗暗作法ᄒᆞ니 此時紅嫖姚ㅣ 遙望而大驚ᄒᆞ야 告於楊元帥曰

"胡兵이 忽變旗幟ᄒᆞ야 十分合於兵法ᄒᆞ니 此는 必有敎之者ㅣ요 又揷黑旗於陣中ᄒᆞ니 將試道術ᄒᆞ야 欲劫吾陣이로소이다."

董超ㅣ 曰

"小將이 曾聞盧均이 請一個道士ᄒᆞ야 薦于天子ᄒᆞ니 號는 靑雲道士ㅣ라. 道術이 非常ᄒᆞ야 能使海上神仙으로 降於海上行宮ᄒᆞ고 使神將鬼卒ᄒᆞ야 百姓之誹謗者를 一一禁制라 ᄒᆞ더니 今日에 必從盧均而助單于也ㅣ로소이

다."

紅嫖姚ㅣ 聞言ᄒᆞ고 大驚曰

"此豈非道童青雲乎아? 青雲之天性이 妖妄ᄒᆞ야 師父ㅣ 每憂其不良이러니 今日如此作亂ᄒᆞ니 其罪甚大라. 何以處置리오?"

ᄒᆞ더니 忽然胡陣에 鼓聲이 大作ᄒᆞ고 無數胡兵이 執青旗着青衣ᄒᆞ고 雙雙出來ᄒᆞᄂᆞᆫ데 手中에 各擧葫蘆瓶ᄒᆞ야 一時向空一搖ᄒᆞ니 千萬道青氣ㅣ 自瓶中而出ᄒᆞ야 充塞於空中이러니 忽然狂風이 大作에 千萬道青氣가 變爲鎗劍ᄒᆞ야 蔽天而打明陣이어늘 紅嫖姚ㅣ 一笑ᄒᆞ고 擊鼓變陣ᄒᆞ야 作一個圓陣ᄒᆞ고 揷紅旗於陣中ᄒᆞ고 手擧雙劍ᄒᆞ야 一指空中ᄒᆞ니 一道如霜之氣ㅣ 起於劍頭ᄒᆞ야 驅狂風與鎗劍ᄒᆞ야 落於陣中ᄒᆞ야 一一變爲青葉이라. 嫖姚ㅣ 微笑ᄒᆞ고 使諸將으로 拾其青葉而來ᄒᆞ야 詳細視之ᄒᆞ니 個個有劍痕이러라. 卽時封緘ᄒᆞ야 送於胡陣ᄒᆞ니 此時眞人이 欲行道術이라가 見其不成ᄒᆞ고 一驚一疑曰

"吾ㅣ 十年山中에 從師父而學道術ᄒᆞ고 橫行天下에 人莫能當이어늘今日은 必有曲折이라."

ᄒᆞ더니 忽然自明陣으로 來投一個物封於陣前이어늘 視之ᄒᆞ니 乃無數青葉이오 個個有劍痕이라. 眞人이 大驚暗思ᄒᆞ되

'此ᄂᆞᆫ 非尋常將帥之所爲라. 吾師父ㅣ 必然降臨於明陣ᄒᆞ사 以助明天子也니 吾於今夜에 當往明陣ᄒᆞ야 觀其動靜後에 更思良策ᄒᆞ리라.'

ᄒᆞ고 告於單于曰

"今日은 天尊의 入齋之日이라. 用兵은 道家之所忌니 明日에 貧道ㅣ更爲經綸이라."

ᄒᆞ더라. 眞人이 夜往明陣ᄒᆞ야 將何如오? 且看下回ᄒᆞ라.

346

## 靑雲道士歸故洞　耶律單于走東城
### 第三十七回

却說. 是夜三更에 眞人이 變身爲一道靑氣ᄒ야 至明陣ᄒ니 嫖姚ㅣ 明燭而倚案獨坐ㅣ라가 忽然一道靑風이 捲起帳幔에 如縷靑氣ㅣ 入於燭下어늘 紅嫖姚ㅣ 拍案大罵曰

"靑雲아! 汝何欺我乎아?"

眞人이 大驚ᄒ야 乃露出本形ᄒ야 爲一個道童ᄒ야 赴於紅娘之前ᄒ야 執手含淚曰

"師兄이 何以在此處잇고? 靑雲이 拜別師兄이 於焉九年이라 晝夜一念이 不忘師兄이나 天涯南北에 消息이 蒼茫터니 豈意今日에 在於此處리오?"

紅娘이 正色曰

"師父ㅣ 往西天之時에 戒汝勿出人間은 非他ㅣ라. 因汝天性이 輕率ᄒ야 但好雜術이니 汝ㅣ 今以雜術로 作罪於天地神明ᄒ고 累我師父淸淨功德ᄒ니 豈顧昔日兄弟之情而容恕矣리오? 我有一雙芙蓉劍ᄒ니 當斬汝首ᄒ야 以謝師父ᄒ리라."

靑雲이 起身泣告曰

"師兄아! 靑雲이 豈欲作惡業이리오? 伏願息怒ᄒᆞ시고 暫聽靑雲之言ᄒᆞ소셔. 前日에 師兄은 隨蠻王而下山ᄒᆞ시고 師父ᄂᆞᆫ 往西天ᄒᆞ시니 寂寞白雲洞에 寄心於誰ㅣ리오? 靑山에 花落ᄒᆞ고 香爐에 烟消ᄒᆞ니 人生百年에 難堪無聊ᄒᆞ야 欲暫觀天下ᄒᆞ야 東見扶桑ᄒᆞ고 西訪若木ᄒᆞ고 遍踏北方ᄒᆞ고 轉到中原ᄒᆞ니 都是醉夢世界요 可笑浮生이라. 彼出衆之人物과 卓越之才局이 無如我師兄ᄒᆞ니 靑雲이 實以幼穉之見으로 欲一顯道術ᄒᆞ야 驚動人間而歸去러니 意外에 偶逢師兄於此處ᄒᆞ니 亦緣法與運數ㅣ라 莫非天之所指ㅣ니 伏乞師兄은 一番容貸ᄒᆞ소셔."

紅娘은 本是多情仁慈之女子ㅣ라 始執靑雲之手ᄒᆞ고 含淚而言曰

"嗟我平生에 不知兄弟父母之情ᄒᆞ고 依托於山中ᄒᆞ야 視師父如父母ᄒᆞ고 視靑雲如同氣ᄒᆞ야 雖是風塵南北에 會合은 無期ᄒᆞ나 西天他日에 欲復續宿緣而相歡이러니 汝何不思師父之遺訓ᄒᆞ고 如此其擾亂世上乎아? 吾於昨夜에 夢見師父則曾無一言ᄒᆞ고 但是悲愴ᄒᆞ샤 惟言少思山中之古情ᄒᆞ라 ᄒᆞ시니 此ᄂᆞᆫ 以汝托我也라. 吾豈負汝ㅣ리오? 汝當直歸山中ᄒᆞ야 恪勤修道ᄒᆞ고 斷去妄念이라야 可成工夫ᄒᆞ리라."

靑雲이 笑曰

"師兄은 從誰而來此乎잇가?"

紅娘이 笑曰

"汝之師兄도 亦是未成全功ᄒᆞ고 暫結塵世因緣ᄒᆞ야 從家君而來也ㅣ로라."

靑雲이 曰

"家君은 謂誰乎잇가?"

紅娘이 微笑曰

"卽明元帥燕王이니라."

靑雲이 復笑曰

"聞燕王은 將略이 出衆호야 天下之一人故로 靑雲이 欲一較才而來ㅣ러니 今師兄이 以家君으로 事之호시니 其經綸才局이 必勝於師兄이라. 靑雲이 竊欲暫見호노이다."

言畢에 紅娘이 未及答호야 靑雲이 飄然起身호야 幻爲小蠅호야 飛向楊元帥帳中호더니 俄而오 還到而歎曰

"師兄아! 楊元帥는 非凡人이라 乃天上文昌星君이러이다. 元帥ㅣ 方倚案而看武曲兵書라가 見小蠅之飛坐於案頭호고 睨視之호니 兩眼에 照日月之光이어늘 靑雲이 心自竦然호야 不敢久留而還이로소이다."

紅娘이 笑曰

"汝ㅣ 但見外貌호고 豈能揣度其萬分之一이리오? 其爲人也ㅣ 高如泰山호고 深如河海호고 論其文章則二十八宿ㅣ 羅列於胷中호고 論其將略則百萬甲兵이 進退於腹中호니 豈爾師兄之所可仰見이리오?"

靑雲이 喟然而復告曰

"靑雲이 今爲師兄호야 斬單于之頭호야 以贖其罪호리이다."

紅娘이 笑曰

"此亦不可호니 楊元帥ㅣ 奉承皇命호야 親率百萬大軍이어늘 豈行如是苟且之事이리오? 若欲如此而殺單于ㄴ딘 爾師兄之雙劍이 足矣리니 豈可借汝之手ㅣ리오? 但可潛踪而速歸호라."

靑雲이 曰

"吾는 從此而逝호리니 何日更得見謁乎잇가?"

紅娘이 復執靑雲之手호고 悵然而不禁流涕曰

"汝今悟道ㅣ면 他日玉京淸道에 共侍師父호고 永享天上之極樂矣리라."

靑雲이 涕泣호고 再三顧視라가 因忽不見이어늘 紅娘이 獨坐於燭下호야 半晌怊悵호더라. 靑雲이 歸胡陣호야 心中暗思호되

'我ㅣ 今欲與盧均及單于로 作別이나 此亦難然이니 寧不告而去라.'

ᄒ고 卽摘草葉而投之ᄒ고 口念眞言ᄒ니 宛成一個假靑雲ᄒ야 容貌擧
動이 不差毫髮이어늘 靑雲이 一笑ᄒ고 乃聳身而化爲一陣淸風ᄒ야 向白
雲洞而往ᄒ니라. 紅娘이 來見元帥ᄒ고 以靑雲之事로 一一告之ᄒ니 元
帥ㅣ 正色曰

"吾以白雲道士로 爲物外高人이러니 何以妖誕弟子로 容於門下乎아?
早知如此런들 一劍斬首ᄒ야 號令單于矣리라."

紅娘曰

"靑雲之天性이 雖云妖妄이나 精通術法ᄒ니 當更正其心ᄒ야 以悟上乘
之道어니와 此莫非國運所致니 豈特靑雲之罪리오?"

元帥ㅣ 笑曰

"莫爲靑雲ᄒ야 過度發明ᄒ라."

ᄒ더라.

且說. 翌日淸晨에 單于ㅣ 訪太淸眞人ᄒ니 閉帳而無動靜이어늘 單于ㅣ
開帳視之ᄒ니 眞人이 兀然獨坐ᄒ야 不言不笑어늘 單于ㅣ 進前告曰

"先生은 夜來尊體保重乎잇가?"

眞人이 又寂然不答이어늘 單于ㅣ 又告曰

"今日之戰에 先生이 將何以指導乎잇가?"

眞人이 亦無答이어늘 單于ㅣ 疑訝ᄒ야 坐之良久라가 出謂盧均曰

"眞人이 如此如此라."

ᄒ니 盧均이 沉吟曰

"此必有故ㅣ라."

ᄒ고 卽入帳中ᄒ야 再拜問曰

"先生이 有何不平之氣乎잇가?"

眞人이 黙黙不答ᄒ듸 盧均이 坐之半晌이라가 更告曰

"先生이 從盧均而枉臨此處ᄒ시니 心中에 若有未妥之事ㄴ듼 何惜忠告
乎잇가?"

眞人이 又不答ᄒ니 盧均이 莫知其故ᄒ야 出於帳外ᄒ야 與單于商議曰

"眞人이 有十分怒色ᄒ야 終不搖動ᄒ니 與我同入而謝過ㅣ 可也ㅣ라."

ᄒ딕 胡將拓跋刺이 大怒曰

"么麽道士ㅣ 何敢若是倨慢乎리오? 吾當入見이라."

ᄒ고 杖劍入帳ᄒ야 曰

"吾聞有道術者ᄂ 斬首不動이라 ᄒ니 吾當試之라."

ᄒ고 擧劍而斬眞人ᄒ딕 劍聲이 鏘然에 眞人은 不知去處요 但一個草
葉이 折爲兩段이러라. 單于ㅣ 見而大怒ᄒ야 號令左右ᄒ야 拿入盧均ᄒ
야 跪於帳下하고 高聲大叱曰

"叛國老賊아! 何以草葉으로 欺罔寡人乎아?"

叱武士ᄒ야

"推出斬之ᄒ라."

ᄒ니 盧均이 哀乞曰

"此ᄂ 道士ㅣ 欺盧均이오 非盧均이 欺大王이로소이다."

拓跋刺이 諫曰

"若殺盧均則此ᄂ 拒來降之路也ㅣ니 姑赦其罪ᄒ소셔."

單于ㅣ 沉吟曰

"然則寡人이 有方略ᄒ니 左賢王이 能助寡人ᄒ야 將功贖罪乎아?"

盧均이 應諾ᄒ딕 單于ㅣ 請盧均於帳中ᄒ야 密謂曰

"今見明元帥之將略ᄒ니 不可以相敵이라. 寡人이 聞之ᄒ니 明天子ㅣ
上有太后ᄒ야 誠孝根天이라 ᄒ니 寡人이 將欲效楚覇王之計ᄒ야 坐太公
於高俎ᄒ고 號令漢王ᄒ노니 其計ㅣ 如何오?"

盧均이 稱讚曰

"此計雖妙나 明太后ㅣ 在於鎭南城ᄒ니 何以行此計잇고?"

單于ㅣ 笑曰

"爲將者ㅣ 無詭術則無用이니 豈不做一個假太公이리오?"

盧均이 大喜日

"大王神妙之計와 絶世之謀는 非凡人之所能及也로소이다."

ᄒᆞ고 即時造作太后服色儀仗ᄒᆞ야 粧束盧均妻妾與生擒女子ᄒᆞ야 會於一處而立於陣中ᄒᆞ고 單于ㅣ 以檄書로 射於鷲巢城ᄒᆞ니 書에 曰

"寡人이 已陷鎭南城ᄒᆞ고 生擒太后妃嬪ᄒᆞ야 至於軍中ᄒᆞ니 明天子ㅣ 來降이면 即爲還送이어니와 不然則必有追悔ᄒᆞ리라."

天子ㅣ 覽畢에 大驚失色ᄒᆞ샤 引見元帥ᄒᆞ신ᄃᆡ 元帥ㅣ 奏曰

"此는 匈奴之詭計로소이다. 鎭南城은 堅固之城이라 豈能若是易破리잇고? 況秦王之將略과 一枝蓮之驍勇과 尹閣老之忠直으로 護衛兩殿ᄒᆞ야 必無一分疏漏矣리니 此는 單于之陰謀秘計로소이다. 願陛下는 董督大軍ᄒᆞ야 斬單于之頭ᄒᆞ야 揚之竿頭하야 雪此羞恥ᄒᆞ소셔."

上이 流涕歎曰

"朕이 不孝ᄒᆞ야 母子ㅣ 各在南北ᄒᆞ야 寂寞陣中에 消息이 茫然ᄒᆞ고 聞此凶報ᄒᆞ니 肝膽이 摧折이라. 卿言이 十分有理나 豈可確信이리오?"

ᄒᆞ시고 親率元帥左右ᄒᆞ시고 登城門ᄒᆞ야 望見胡陣ᄒᆞ시니 胡兵이 圍如鐵箭之中에 中國女子ㅣ 無數屯聚而坐ᄒᆞ니 乃知其生擒而來러라. 其中衣樣服色이 照耀日光ᄒᆞ야 宛然宮中物色이라. 上이 顔色이 沮喪ᄒᆞ샤 顧左右而無言ᄒᆞ시고 頓足而執燕王之手ᄒᆞ사 淚濕龍袍曰

"朕은 已得罪於宗社ㅣ라. 豈可以天下로 易母子之情이리오?"

ᄒᆞ시고 欲請城下之盟ᄒᆞ시니 楊元帥ㅣ 諫曰

"臣雖不忠不孝나 豈以一分疑似之事로 傷陛下靄然之孝ㅣ리잇고? 昔者漢高祖는 目睹太公之危急이나 少不搖動ᄒᆞ시니 此雖非可效之事나 今日之事는 昭然姦計라 已知其姦計ᄒᆞ고 如是動心ᄒᆞ시면 還示淺深於單于ㅣ라. 臣이 竊有所料ᄒᆞ야 單于之凶肚逆腸을 昭然的知ᄒᆞ오니 願陛下는 勿慮ᄒᆞ시고 但圖雪恥之策ᄒᆞ소셔."

天子ㅣ 不信ᄒᆞ시고 失聲嗚咽曰

"漢高祖는 雖曰英傑之主나 朕이 每見史記라가 當太公之事ᄒ야는 掩卷而不忍讀이라. 不知父母者ㅣ 豈知祖先이며 不知祖先이면 豈知宗社리오?"

ᄒ시고 催法駕而欲往胡陣ᄒ시니 忽然一個少年將軍이 慨然出班奏曰

"臣見胡陣의 衣樣服色이 都是新備라 丁寧非兩殿平日侍衛니 以陛下之至孝로 若不從元帥之言인디 賜數刻之由則臣이 當以單騎로 入胡陣하야 探其眞僞ᄒ야 兩殿이 若在胡陣이신디 臣이 盡力死戰ᄒ야 奉還本陣이오 若果單于之詭計則願斬單于之首ᄒ야 快雪今日君臣罔極之辱矣리이다."

天子ㅣ 視之ᄒ시니 乃紅渾脫이라. 天子ㅣ 含淚ᄒ사 執渾脫之手曰

"卿雖至忠이나 不過一個女子라 豈可獨行이리오?"

渾脫이 慨然對曰

"臣妾은 聞之ᄒ니 古書에 云 '主辱臣死라.' 하니 主辱臣死는 人倫之常事라. 臣妾家夫燕王의 貫日之忠은 陛下之所知也라. 陛下ㅣ 今決城下之盟ᄒ사 法駕ㅣ 向于胡陣則以燕王之丹忠으로 必無一分生存之心矣리니 妾이 上見君父之受辱ᄒ고 下當家夫之生死未判ᄒ야 身入危地를 安可辭也ㅣ리잇가? 臣妾은 本是一個娼妓라 死生이 如草芥ᄒ니 伏望陛下는 留法駕ᄒ시고 賜數刻軍令ᄒ소셔."

言畢에 氣色이 烈烈ᄒ야 飄然起身ᄒ야 再拜辭退而還于陣中ᄒ니 楊元帥ㅣ 亦臆塞ᄒ야 同還陣中ᄒ야 問曰

"娘은 將欲何爲오?"

渾脫이 慨然曰

"妾之天性은 相公之所知ㅣ라. 君臣夫婦之間에 有何異言이리오? 但相公은 準備大軍ᄒ야 見急相救ᄒ소셔."

燕王이 知其不能挽留ᄒ고 執其手曰

"娘은 率數千騎兵而往ᄒ라."

紅娘이 笑曰

"秋鷹이 下高陵에 不加其羽 ㅣ 라. 相公은 勿慮 ᄒᆞ소셔."

ᄒᆞ고 擧雙劍上馬 ᄒᆞ야 飄然而去 ᄒᆞ니라.

此時單于 ㅣ 送檄于明陣 ᄒᆞ고 指揮胡兵 ᄒᆞ야 結陣重重 ᄒᆞ고 觀望動靜이러니 忽然一個少將軍이 單騎到陣 ᄒᆞ야 立馬大呼曰

"我ᄂᆞᆫ 明陣之將이라. 奉承皇命 ᄒᆞ야 欲知兩殿安候而來 ᄒᆞ니 告於單于 ᄒᆞ라."

ᄒᆞᆫ딕 胡兵이 擧鎗欲拒어ᄂᆞᆯ 其將이 笑曰

"兩國이 對陣 ᄒᆞ야 拒此單騎往來之使臣은 非法이니 卽爲通路 ᄒᆞ라."

單于 ㅣ 聞此言 ᄒᆞ고 直出陣前而望見 ᄒᆞ니 其將이 首戴星冠 ᄒᆞ고 身着戰袍 ᄒᆞ고 身이 不過五尺이오 細腰琅聲은 似無勇猛이나 星眸에 精氣 ㅣ 突兀 ᄒᆞ고 秀眉에 殺氣가 蕭然이어ᄂᆞᆯ 單于 ㅣ 顧盧均而問曰

"此將은 誰也오?"

盧均이 暗告曰

"此ᄂᆞᆫ 前日征南副元帥紅渾脫이니 明陣中第一名將이오 楊元首之平生寵姬 ㅣ 라. 若斬此將이면 如奪明天子之手足이오 剪楊元帥之羽翼이라. 楊元帥 ㅣ 雖正大나 若無渾脫이면 一時라도 食不甘味 ᄒᆞ고 寢不安席 ᄒᆞ야 不能保其身命矣리이다."

單于 ㅣ 大喜 ᄒᆞ야 埋伏力士十餘人 ᄒᆞ고 諸胡將이 各執鎗劍 ᄒᆞ야 前後左右로 重重擁衛 ᄒᆞ고 開陣門而導紅渾脫 ᄒᆞ니 渾脫이 無一毫怵心 ᄒᆞ고 不顧左右而昻然馳入 ᄒᆞ야 問太后居處 ᄒᆞᆫ딕 單于 ㅣ 笑曰

"明太后 ㅣ 豈在於寡人陣中이리오? 寡人이 暫時戱明天子也어ᄂᆞᆯ 將軍은 見欺而入危地로다."

紅娘이 笑曰

"我亦籠絡單于也 ㅣ 로라. 實奉皇命 ᄒᆞ야 欲斬單于之首而來 ᄒᆞ니 豈云見欺 ㅣ 리오?"

單于ㅣ 大怒ㅎ야 顧左右一呼ㅎ니 埋伏力士ㅣ 一時擧鎗突出에 前後左右에 鎗劍이 如麻ㅎ니 紅娘이 笑口ㅣ 微開에 依然不動ㅎ고 兩手雙劍을 揮之如電ㅎ야 東西防備ㅎ니 一道靑氣ㅣ 起於劍頭ㅎ면셔 習習寒風이 左右襲人이라. 胡將力士ㅣ 雖盡力防禦나 如衝鐵石ㅎ야 無一所傷ㅎ고 但折兵器어늘 單于ㅣ 大怒ㅎ야 發鐵騎圍之ㅎ고 一齊射之ㅎ듸 紅娘이 一笑ㅎ고 飜雙劍而不知去處ㅣ러니 俄而오 陣中이 擾亂ㅎ야 蒼黃顚倒ㅎ면셔 千百紅渾脫이 東衝西突ㅎ고 北閃南忽ㅎ야 四方이 都是紅渾脫이오 悠往倏來ㅎ야 雙劍이 無數라. 十萬胡兵이 眼目이 迷亂ㅎ고 精神이 眩昏ㅎ야 散之四面이어늘 單于ㅣ 大驚曰

"是豈尋常之將이리오? 眞惟哉로다! 寡人이 率百萬大軍而來中國이라가 不能敵屑弱一少將而敗歸ㅣ면 何面目으로 對北方之人이리오? 寡人이 一戰而決雌雄이라."

ㅎ고 號令左右曰

"卽取寡人鎗馬以來ㅎ라."

擧鎗上馬ㅎ니 原來單于ㅣ 使一個鐵鎗ㅎ야 其重이 一千五百斤이라. 鎗法이 凶獰ㅎ야 一投則能刺百步之外ㅎ야 一鎗에 能刺數十名ㅎ니 平生恃其勇力ㅎ고 當其小危則少不撓動이러니 此日見紅娘之劍術ㅎ고 奮然出陣大呼曰

"明將은 勿殺無罪之卒ㅎ고 速決雌雄ㅎ라."

ㅎ듸 渾脫이 卽收劍駐馬ㅎ니 單于ㅣ 瞋如炬之眼하며 吼如雷之聲하고 擧鎗向渾脫하야 猛然一投하니 如山崩地震ㅎ야 落於紅渾脫之頭上하야 揷地三四尺ㅎ니 渾脫은 不知去處요 鏘然劍聲이 聞於空中이어늘 單于ㅣ 尤爲大怒ㅎ야 走馬擧鎗而顧後ㅎ니 紅娘이 笑而追後ㅎ면셔 琅琅大呼曰

"單于는 勿走ㅎ고 延頸受劍ㅎ라! 天羅地網에 疊疊圍之ㅎ니 豈能脫身이리오?"

單于ㅣ 憤氣衝天ᄒᆞ야 投鎗回立ᄒᆞ니 紅娘이 已無去處ᄒᆞ고 鏘然劍聲이 又出於空中이어늘 單于ㅣ 大聲一呼에 更擧鐵鎗而顧後則紅娘이 在後ᄒᆞ고 望前則紅娘이 在前ᄒᆞ야 顧左顧右에 都是紅娘이라. 單于ㅣ 擧鎗而莫知所投ᄒᆞ야 投東에 東便渾脫이 已無去處요 投西에 西便渾脫이 又無去處요 但是白雪이 紛紛ᄒᆞ고 雲霧暗暗ᄒᆞ야 鏘然劍聲이 遍滿四方ᄒᆞ니 此ᄂᆞᆫ 渾脫之劍術이 眞個是奇奇妙妙ㅣ니 前日蠻陣中에 救蘇裕卿之法也ㅣ러라. 單于ㅣ 大聲痛哭ᄒᆞ고 投鎗於馬前曰

"寡人之鎗法이 曾無疎漏러니 此必妖物이 戱弄寡人이로다."

言未畢에 琅琅大呼於空中曰

"單于ᄂᆞᆫ 今亦不服乎아?"

單于ㅣ 知紅娘之聲ᄒᆞ고 更執鐵鎗而大呼曰

"寡人이 見欺於妖術이오 非鎗法之不足이라 豈可降之리오?"

紅娘이 大笑曰

"無知胡種이 反誇鎗法ᄒᆞ니 吾以用劍之法으로 敵之라."

ᄒᆞ고 卽收雙劍而大呼曰

"吾ㅣ 與汝戰三合에 吾劍이 至於汝頭三次則此ᄂᆞᆫ 汝不能當我也요 汝鎗이 一至於我身則此ᄂᆞᆫ 吾不能當汝也ㅣ라."

以定約束ᄒᆞ고 劍戟이 相接ᄒᆞ야 大戰三合에 單于之凶獰은 如虎之搏鐵網이오 紅娘之神妙ᄂᆞᆫ 如鳳凰之取竹實ᄒᆞ야 一進一退라가 至於三合에 單于ㅣ 忽然撥馬而走ᄒᆞ니 此ᄂᆞᆫ 紅娘之劍이 過於單于之首者ㅣ 已三四次러라. 紅娘이 走馬欲追러니 忽然喊聲이 大作ᄒᆞ며 楊元首ㅣ 率大軍ᄒᆞ고 急驅而來ᄒᆞ며 大呼曰

"紅將軍은 莫追窮寇ᄒᆞ라."

紅娘이 方收雙劍ᄒᆞ고 與元帥大軍으로 一場厮殺ᄒᆞ니 胡兵之死者ㅣ 無數러라 追擊十餘里而回軍ᄒᆞ니 天子ㅣ 下城ᄒᆞ사 執渾脫之手而慰之曰

"卿之劍術을 已所聞知나 單于之十萬大兵을 豈能如是擊破乎아? 都是

忠義過人ᄒ야 不顧生死ᄒ니 今日中原이 得免被髮左袵은 卿之功也로다."

渾脫이 奏曰

"臣妾이 無勇ᄒ와 單于之首를 未能斬獻於麾下ᄒ니 難逃軍令이로소이다."

上이 笑曰

"今日之戰은 單于ㅣ 雖保其首나 失其魂魄이 久矣라. 其功이 豈下於斬首리오?"

紅娘이 退而見楊元帥曰

"相公이 何急動大軍乎잇가?"

元帥笑曰

"吾ㅣ 慮軟弱氣質이 久戰必憊라. 吾ㅣ 遠遠望見ᄒ니 雙劍이 累犯於單于之首어늘 娘이 何不斬獻軍中고?"

紅娘이 歎曰

"此所謂天命이 未盡이라. 大抵劍術이 輕易殺人則不利ᄒ나니 必盡其力而見機斬之라. 相公之大軍이 若遲一時런들 單于ㅣ 幾作劍下驚魂이라."

ᄒ더라.

且說. 單于ㅣ 逃走十餘里라가 喊聲이 方止어늘 下馬而休於路邊이러니 胡將拓跋剌及盧均이 次第來會ᄒ야 點考殘軍則不過六七千이라. 單于ㅣ 歎曰

"寡人이 自負膽大러니 紅渾脫之劍術은 肝膽이 冷盡ᄒ야 更無防禦之策ᄒ니 卽至山東城ᄒ야 堅守城池ᄒ고 再作商量이 可也라."

ᄒ고 收拾七千餘騎而向北ᄒ니라.

此時楊元帥ㅣ 見單于之走ᄒ고 告于天子曰

"敵兵이 入中國ᄒ야 銳氣一挫則不能挽回矣리니 乘此追北掩殺이 可也

ㅣ로소이다."

天子ㅣ 從其言ᄒᆞ샤 以董超·馬達로 爲先鋒ᄒᆞ고 楊元帥·紅嫖姚로 爲中軍ᄒᆞ고 天子ㅣ 率蘇裕卿ᄒᆞ야 親爲後軍ᄒᆞ샤 率大軍進發ᄒᆞᆯᄉᆡ 元帥ㅣ 送書于山東諸國ᄒᆞ야 使起兵以迎ᄒᆞ니라.

此時單于ㅣ 催軍向山東而往ᄒᆞᆯᄉᆡ 所過에 無不殘滅ᄒᆞ야 軍糧兵器를 無數掠奪ᄒᆞ니 民心이 尤爲騷動ᄒᆞ고 至於飛禽走獸도 無不被害ㅣ러라. 俄而오 至山東城ᄒᆞ야 望見城上ᄒᆞ니 遍挿中國旗幟ᄒᆞ고 一位貴人이 坐於旗下而大罵曰

"寡人은 秦王이라. 奉太后之命ᄒᆞ야 來守此城이 久矣니 鼠賊은 將欲何往고?"

單于ㅣ 大驚ᄒᆞ야 正在慌忙이러니 忽又背後에 喊聲이 大作에 楊元帥之大軍이 護衛天子而來ㅣ라. 單于ㅣ 顧盧均·拓跋刺曰

"天地神明이 不佑寡人ᄒᆞ샤 又失山東ᄒᆞ니 前有秦王ᄒᆞ고 後有燕王이라 將何往이리오?"

拓跋刺이 曰

"事勢已急ᄒᆞ니 急走北方ᄒᆞ야 以避楊元帥之銳鋒이 可也로소이다."

單于ㅣ 從其言ᄒᆞ야 棄山東城ᄒᆞ고 向北而行數里러니 忽然一聲砲響에 一枝軍馬ㅣ 攔住去路ᄒᆞ고 一員將軍이 大罵曰

"吾ㅣ 在此已久ᄒᆞ니 單于는 勿走ᄒᆞ라!"

此時日已黃昏이라 單于ㅣ 熟視其將이러니 大呼一聲曰

"嗟乎ㅣ라! 寡人이 豈料死於此處리오?"

ᄒᆞ고 翻身落馬ᄒᆞ니 未知何故ㅣ며 其將은 誰也오? 且看下回ᄒᆞ라.

秦王暗取山東城 天子親征北匈奴

第三十八回

却說. 此時單于ㅣ 見明將ᄒ고 大驚落馬ᄒ니 拓跋刺이 急扶曰

"以大王之英勇으로 何如此驚動乎잇가?"

單于ㅣ 歎曰

"寡人이 何以來此ᄒ야 更逢彼將ᄒ니 如何抵敵이리오? 此ᄂ 紅渾脫이
라."

ᄒ거늘 拓跋刺이 曰

"大王은 更視之ᄒ소셔. 此非渾脫이로소이다."

元來此是一枝蓮이라. 以太后之命으로 從秦王ᄒ야 回復山東城ᄒ고 拒
單于之去路也ㅣ러라. 單于ㅣ 蒼黃中에 見蓮娘之狀이 十分彷彿紅娘ᄒ고
雙鎗을 知以雙劍이라 更視而憤愧ᄒ야 擧鎗迎戰數合ᄒ니 豈能敵蓮娘이
리오? 蓮娘이 擧鎗一刺ᄒ니 單于ㅣ 負傷ᄒ야 撥馬逃走ㅣ라. 拓跋刺이
亦無心戀戰ᄒ야 率大軍而逃走어늘 一枝蓮이 驅兵厮殺ᄒ야 又斬胡兵百
餘騎ᄒ니라. 此時天子ㅣ 至山東城ᄒ시니 秦王이 迎於門外ᄒ야 安頓大
軍ᄒ고 天子ㅣ 問兩殿安候ᄒ시고 曰

"卿이 何以守此城乎아?"

秦王이 曰

"胡兵이 皆向南方ᄒᆞ고 山東以北은 無憂故로 臣이 奏於太后ᄒᆞ고 率一枝蓮ᄒᆞ고 先擊山東城而回復ᄒᆞ고 將欲合山東兵ᄒᆞ야 南向而扈駕ㅣ로소이다."

上이 歎曰

"朕이 不明ᄒᆞ야 勞苦卿等ᄒᆞ니 慙愧不已라."

ᄒᆞ시고 因顧燕王ᄒᆞ사 指秦王曰

"此ᄂᆞᆫ 朕之妹夫秦王이라. 卿等文武之才와 爲國之誠이 同功一體요 又年紀相適ᄒᆞ니 敍寒暄之禮ᄒᆞ라."

ᄒᆞ신ᄃᆡ 燕王이 擧眼視秦王ᄒᆞ니 玉貌紅顔에 滿帶春風和氣ᄒᆞ야 有風流繁華之氣像ᄒᆞ고 秀眉鳳眼에 凝集精氣ᄒᆞ야 可謂聰明俊逸이라. 秦王이 先爲欠身施禮曰

"閤下之經綸文章을 聞知於登科之初나 然이나 秦國이 遙遠ᄒᆞ고 誠意淺薄ᄒᆞ야 同朝十年에 未得拜晤ᄒᆞ오니 慚愧無比로소이다."

燕王이 恭敬答禮曰

"昌曲은 南方布衣라. 天恩이 罔極ᄒᆞ야 位在大臣之列이나 才局이 魯鈍ᄒᆞ고 知識이 淺短ᄒᆞ야 今日國家가 至於此境ᄒᆞ니 見大王於此處ㅣ 豈不慊然이리오?"

ᄒᆞ고 相問年紀ᄒᆞ니 亦是同甲이라. 秦王은 敬燕王之風采卓越ᄒᆞ고 燕王은 愛秦王之風流多才ᄒᆞ야 一面如舊ㅣ러라. 天子ㅣ 謂燕王曰

"一枝蓮은 朕之恩人이라. 今欲親見致賀ᄒᆞ노니 急召以來ᄒᆞ라."

ᄒᆞ시니 蓮娘이 卽俯伏於榻前이어늘 天子ㅣ 引見曰

"汝ㅣ 旣無朝廷之官ᄒᆞ고 又子子兒女子ㅣ 徒以忠義로 保護兩殿ᄒᆞ야 今日使朕으로 免天下後世不孝之名은 皆汝之功也ㅣ라. 將何以報之乎아?"

一枝蓮이 羞澁惶恐호야 不敢對러니 秦王이 微笑而奏曰

"臣이 見蓮驃騎之春光호니 雖馳馬執鎗호야 有萬夫不當之氣像이나 窓前에 梅摽호고 堤上에 柳衰호니 豈無暗中春愁ㅣ리잇고? 陛下ㅣ 主其月姥繩[1]호샤 高門甲第로 使享富貴호시면 是亦報功일까 호노이다."

天子ㅣ 大笑호시며 流鳳眼而頻顧燕王이러니 上이 更召紅渾脫而示秦王호시면서 稱讚不已曰

"此는 新得之將이라. 以單騎로 擊破十萬胡兵호야 以安宗社者ㅣ니 卿은 又施寒暄之禮호라."

秦王이 流目視渾脫호고 奏曰

"臣은 聞之호니 燕王이 南征回軍之時에 得寵姬호되 武藝ㅣ 絶倫이라 호더니 此非其人乎잇가?"

上이 微笑曰

"卿이 何以堂堂大丈夫로 視以兒女子乎아? 非燕王之寵姬라 卽朕之忠臣이니 粉黛叢中에 豈有如此人物이리오?"

秦王이 流目而再三視之호고 對曰

"潘岳之傳粉과 張良之女狀은 古語에 有之러니 必是天以造化로 出奇才호샤 賜陛下로소이다."

上이 微笑ㅣ러라. 楊元帥ㅣ 奏曰

"胡兵이 雖敗歸나 尙不越境호고 太后兩殿이 在外日久호시니 陛下ㅣ 率秦王而陪兩殿호시고 不日還御則臣이 當率大軍호야 平定胡兵而班師[2]호리이다."

秦王이 奏曰

"臣國이 隣近胡地호야 近觀動靜則蒙古·吐蕃·女眞이 首尾相合호야 不

---

1) 월모승(月姥繩): 월모는 달에 사는 신선 할미. 결혼 중매를 맡는 월하노인(月下老人). 월모승은 월하노인이 가지고 다니며 남녀의 인연을 맺어준다고 하는 주머니의 붉은 끈.
2) 반사(班師): 군사(軍士)를 거느리고 돌아옴.

知王化ᄒᆞ고 恒有窺視中原之志ᄒᆞ오니 此ᄂᆞᆫ 國家之大患이라. 陛下ㅣ 還宮ᄒᆞ샤 整頓皇城ᄒᆞ시고 更發天兵ᄒᆞ샤 合燕王大軍ᄒᆞ야 北方諸國에 發親征之擧ᄒᆞ샤 掃蕩其巢穴ᄒᆞ소셔."

上이 許之ᄒᆞ시고 率秦王而向鎭南城ᄒᆞ시니 楊元帥ㅣ 與紅嫖姚·蘇元帥·一枝蓮·董超·馬達로 率大軍ᄒᆞ고 逐單于而向北ᄒᆞ니라.

且說. 太后ㅣ 在於鎭南城ᄒᆞ샤 送秦王·一枝蓮ᄒᆞ야 取山東城ᄒᆞ시고 不知天子安候ᄒᆞ샤 日日苦待러시니 一日은 鼓角이 震天ᄒᆞ며 旌旗蔽空ᄒᆞ고 天子ㅣ 與秦王으로 至城外ᄒᆞ시니 尹閣老ㅣ 與楊太爺로 率城中兵ᄒᆞ고 祗迎法駕ᄒᆞᆯᄉᆡ 天子ㅣ 面面慰勞ᄒᆞ시고 執楊太爺之手曰

"卿은 遠功名而辭富貴ᄒᆞ야 免世間塵累ᄒᆞ고 爲淸閑之士러니 不幸逢昏暗之君ᄒᆞ야 投詩書而冒矢石ᄒᆞ며 別雲鶴而入風塵ᄒᆞ니 豈不慚愧리오? 況家室이 被禍ᄒᆞ야 蒼黃奔走ᄒᆞ고 燕王이 出戰向北ᄒᆞ니 卿之父子의 爲國盡忠은 揚名於靑史竹帛이어니와 朕之不敏은 實所無面對卿이로다."

太爺ㅣ 惶恐奏曰

"臣이 才局이 不足ᄒᆞ고 精誠이 淺短ᄒᆞ야 不能以一劍으로 斬北胡ᄒᆞ야 仰報罔極天恩ᄒᆞ고 晏處城中ᄒᆞ야 千里危地에 陛下ㅣ 獨受大辱ᄒᆞ시니 臣은 不知其死所ㅣ로소이다."

天子ㅣ 慰勞ᄒᆞ시고 入于城中ᄒᆞ샤 見於太后ᄒᆞ시고 涕淚ㅣ 濕龍袍ᄒᆞ샤 伏地請罪曰

"小子ㅣ 不忠不孝ᄒᆞ와 母后ㅣ 衰境에 不能安享四海之養ᄒᆞ시고 經此苦楚ᄒᆞ시니 小子ㅣ 何面目으로 作怡柔之色ᄒᆞ야 以慰平日胎敎之聖德乎잇가?"

太后ㅣ 慌忙下床ᄒᆞ샤 執玉手ᄒᆞ시고 失聲嗚咽曰

"此身이 老而不死라가 當如此之境ᄒᆞ야 蒼茫南北에 似不復見天顔이러니 天祐神助ᄒᆞ시고 宗社ㅣ 多福ᄒᆞ샤 今日에 對母子隔阻之面ᄒᆞ니 雖死於今日이라도 更無餘恨이로소이다."

上이 因侍母后ᄒᆞ사 望雲之懷와 倚閭之情을 細細陳達ᄒᆞ시니 無異於尋常家人父子ㅣ러라.

翌日天子ㅣ 奉太后兩殿ᄒᆞ시고 率妃嬪諸臣而還宮ᄒᆞ실ᄉᆡ 楊太爺ㅣ 辭拜曰

"臣이 兵火之餘에 不知家信ᄒᆞ오니 敢乞骸而歸ᄒᆞᄂᆞ이다."

上이 怊悵許之ᄒᆞ신ᄃᆡ 太爺ㅣ 更歸尹閣老鄕庄ᄒᆞ니라.

且說. 天子ㅣ 還宮ᄒᆞ시니 宮闕은 依舊나 閭閻은 空虛ᄒᆞ야 人跡이 稀少ᄒᆞ고 鷄犬이 無聲이러라. 爲先揭榜ᄒᆞ야 勞來[3]而安慰之ᄒᆞ고 洞開城門ᄒᆞ니 流離離散之民이 稍稍如雲會集ᄒᆞ야 各尋故家ᄒᆞ야 安頓妻子홀ᄉᆡ 老少男女ㅣ 塡溢城門ᄒᆞ야 如是者ㅣ 凡十餘日이러라. 秦王이 乃奏於天子曰

"胡兵之作亂이 自古有之오나 如今猖獗은 往輒所無요 前古未聞이라. 其羞辱이 及於宗社ᄒᆞ오니 陛下ㅣ 親征ᄒᆞ사 使北胡로 不敢復逆王化케ᄒᆞ소셔. 今城中이 安頓ᄒᆞ고 民心이 依舊ᄒᆞ니 當調發大軍ᄒᆞ야 不可遲緩이니이다."

上曰

"朕이 豈忘白登之恥리오마는 殘民이 今纔安頓이어늘 更爲疲勞百姓ᄒᆞ야 窮兵瀆武[4]는 有所不忍故로 尙未決之러니 今聞卿言ᄒᆞ니 可謂辭直이라 玆使卿으로 爲征虜提督ᄒᆞ노니 軍中大小事를 別爲申飭ᄒᆞ야 從速行軍ᄒᆞ라. 朕將親征矣라."

ᄒᆞ신ᄃᆡ 秦王이 卽發各營兵ᄒᆞ고 又徵沿境之兵ᄒᆞ니 乃至十萬餘騎라. 天子ㅣ 擇日ᄒᆞ야 告于宗廟ᄒᆞ시고 祭于社稷後에 具戎服ᄒᆞ사 與秦王으

---

3) 노래(勞來): 노지래지(勞之來之). 노고를 위로하고 따라오게 함. 『맹자』 「등문공 상滕文公上」에 나오는 구절.

4) 궁병독무(窮兵瀆武): 궁병독무(窮兵黷武). 군사를 함부로 내서 무공(武功)을 탐하는 것. 함부로 전쟁을 일으켜 무력을 남용하는 것.

로 率大軍行陣ᄒᆞ실ᄉᆡ 旌旗飄揚ᄒᆞ고 鼓角이 喧動ᄒᆞ야 嚴肅之軍令과 整齊之威儀ᄂᆞᆫ 震動天地ᄒᆞ고 爭光日月이라. 天子ㅣ 率大軍ᄒᆞ샤 所過處에 鎭撫百姓ᄒᆞ시며 詳察疾苦ᄒᆞ시니 百姓이 且驚且歎曰

"國家ㅣ 不幸ᄒᆞ야 胡兵이 犯闕에 吾等이 必死於兵火矣러니 今見天子之威儀ᄒᆞ니 豈不喜哉리오?"

ᄒᆞ고 簞食壺醬5)으로 以迎王師ㅣ러라. 至太原ᄒᆞ야 更徵山西6)兵ᄒᆞ시니 合三萬騎라. 遣天使ᄒᆞ야 下詔燕王ᄒᆞ야 待於雁門ᄒᆞ라 ᄒᆞ시고 過馬邑朔方ᄒᆞ실ᄉᆡ 處處戰場이오 積屍如山ᄒᆞ야 鳴狐啼鴉ㅣ 滿于平野어늘 召地方官而問其故ᄒᆞ시니 地方官이 對曰

"單于ㅣ 至此而請救兵ᄒᆞ야 與楊元帥로 戰至三晝夜에 十萬餘兵이 盡死於元帥劍頭ᄒᆞ고 只餘數百騎ᄒᆞ야 乘夜逃走ㅣ니이다."

秦王이 聞此言ᄒᆞ고 徘徊於蒺藜場而歎曰

"燕王은 眞經天緯地之才라."

ᄒᆞ더라. 至雁門ᄒᆞ니 楊元帥ㅣ 住大軍而迎法駕어늘 天子ㅣ 合兩軍而親率ᄒᆞ시고 以燕王으로 爲右元帥ᄒᆞ시고 秦王으로 爲左元帥ᄒᆞ시고 紅嫖姚로 爲右司馬ᄒᆞ시고 蘇尙書로 爲左司馬ᄒᆞ시고 董超·馬達로 爲左右將軍ᄒᆞ고 更發朔方上郡之兵ᄒᆞ시니 總五十萬騎라. 車騎輜重이 延亘二百餘里ᄒᆞ고 旗幟鎗劍이 掩蔽日月ᄒᆞ니 浩浩蕩蕩之氣勢와 嚴肅之軍容이 古今罕有ㅣ러라. 過敦煌城ᄒᆞ실ᄉᆡ 忽有風便에 哭聲이 隱隱ᄒᆞ야 非風樹孝子의 攀擗之痛이오 非杞梁妻의 崩城之哭이라. 慷慨憤激ᄒᆞ고 鬱憤冤抑ᄒᆞ야 其聲이 十分洪大어늘 天子ㅣ 駐駕ᄒᆞ시고 召地方官而下問ᄒᆞ신ᄃᆡ 敦煌太守ㅣ 俯伏奏曰

---

5) 단사호장(簞食壺醬): '대그릇의 밥과 병에 담긴 간장'이라는 뜻으로, 간소한 음식을 마련해 군대를 환영함을 일컫는 말.
6) 산서(山西): 중국 동부에 있는 성(省)으로, 성도(省都)는 태원(太原)이다. 화북(華北) 지구의 태항산맥(太行山脈) 서쪽에 위치하며, 명(明)나라 때 성(省)이 설치되었다.

"前路에 玄獄이 不遠이라. 獄中에 有一個罪囚ᄒᆞ야 如是號哭이로소이다."

天子ㅣ 惻然ᄒᆞ야 親臨獄門ᄒᆞ야 駐法駕ᄒᆞ시고 急破獄門ᄒᆞ야 引出罪人而視之ᄒᆞ시니 果一個罪囚ㅣ 縲絏[7]枷鎖ᄒᆞ고 霜髮醜顔에 淚痕이 淋漓ᄒᆞ야 襤褸衣裳과 寃恨氣色이 無一分人形ᄒᆞ고 乃十分鬼狀이라 猶以一手로 執斧ᄒᆞ고 伏於駕前而痛哭ᄒᆞ니 淚如雨下ㅣ라. 上이 且驚且惻ᄒᆞ야 問其姓名ᄒᆞ시니 罪人曰

"前日上將軍雷天風이로소이다."

天子ㅣ 大驚ᄒᆞ사 顧左右曰

"自古로 竄配之人이 皆如是乎아?"

太守ㅣ 惶恐奏曰

"前叅政盧均이 特以皇命申飭ᄒᆞ야 此罪人을 如是牢囚ㅣ로소이다."

上이 大驚曰

"姦臣이 弄權ᄒᆞ야 濫用刑法이 胡至若是리오?"

ᄒᆞ시고 欲斬本邑太守ᄒᆞ신ᄃᆡ 燕王이 諫曰

"太守ᄂᆞᆫ 微官이라 但從朝令ᄒᆞ나니 伏願陛下ᄂᆞᆫ 察其情形ᄒᆞ소셔."

上이 卽霽天威ᄒᆞ샤 解其所繫ᄒᆞ시고 賜衣冠而陞堂ᄒᆞ라 ᄒᆞ시고 歎曰

"使老將으로 當此苦楚ᄂᆞᆫ 朕之過也ㅣ라. 朕이 無面對將軍이나 將軍之罪名이 不重이어ᄂᆞᆯ 豈至此境이리오?"

天風이 收淚而告曰

"臣이 七十之年에 閱此苦楚ᄒᆞ오니 豈意見天日乎잇가? 但憤寃之心이 欲死爲惡鬼ᄒᆞ야 斬盧均之首ᄒᆞ야 覺我聖天子日月之明故로 此斧를 暫時不釋이러니 今蒙罔極天恩ᄒᆞ오니 臣이 雖死於今日이라도 更無餘恨이로소이다."

---

7) 유설(縲絏): 죄인을 검은 포승으로 묶음.

上이 慰之曰

"盧均은 背朕ᄒ고 投降匈奴故로 朕이 今率大軍ᄒ야 親征單于일시 欲用將軍이나 將軍이 如此憔悴ᄒ니 必無餘勇이라."

ᄒ신ᄃᆡ 天風이 含淚曰

"臣이 聞胡兵之犯闕ᄒ고 不勝憤恨ᄒ야 窃欲冒死ᄒ고 以匹馬單鎗으로 向皇城ᄒ야 以同死生이오나 網中之虎ㅣ 豈能脫身乎잇가? 但晝夜號哭ᄒ고 食飲을 全廢어늘 盧均이 申飭本縣ᄒ야 每日以一器粥으로 僅保殘命ᄒ오니 臣之今日此狀은 實因飢饉이라 若更飽食三斗飯이면 雷天風의 萬夫不當之勇은 天之所賜ㅣ라 豈可變也잇고?"

言畢에 擧霹靂斧ᄒ야 旋轉一回ᄒ고 顧眄左右曰

"老將之勇이 如此ㅣ면 豈不能斬匈奴及盧均之首ㅣ리잇고?"

ᄒ거늘 上이 笑而稱讚ᄒ샤 賜酒一斗麂一脚ᄒ시니 天風이 以斧斫之ᄒ야 頃刻盡食이어늘 上이 笑曰

"老將이 能更飲乎아?"

天風曰

"臣雖老物이나 樊噲之斗酒와 廉將軍之十斤肉은 不敢辭也ㅣ리이다."

上이 微笑ᄒ샤 命左右而更賜酒肉ᄒ시고 賜戰馬一匹甲冑弓矢ᄒ시고 爲前部先鋒ᄒ시니라. 燕王이 奏曰

"臣今聞之ᄒ니 單于ㅣ 據賀蘭山[8]이라 ᄒ니 賀蘭山은 險峻高山이라 東隣蒙古堆ᄒ고 南通吐蕃西域ᄒ야 胡地의 要衝之地라. 天兵을 不可久留於此處ㅣ니 急發隴西[9]·盧關[10]·敦煌·金城[11]等軍ᄒ야 圍賀蘭山而捕單于

---

8) 하란산(賀蘭山): 중국 북서부 영하회족자치구(寧夏回族自治區)의 중심인 은천시(銀川市)를 에워싸고 있는 산. 산기슭의 청백색 풀이 멀리서 바라볼 때 준마(駿馬)처럼 보이는데, 몽고어로 준마를 '하란'이라 하기에 그렇게 이름 붙인 것이라 한다.
9) 농서(隴西): 중국 농산(隴山) 서쪽 지역을 두루 칭하는데, 지금의 감숙성(甘肅省) 서쪽, 황하(黃河) 동쪽 지역에 해당한다.

ㅣ 可也ㅣ로소이다."

秦王이 又奏曰

"天子ㅣ 親率大軍ᄒᆞ사 至於此處ᄒᆞ니 若不斬單于ㅣ면 四夷八蠻을 豈
可號令이리잇고? 伏望陛下ᄂᆞᆫ 從燕王之言ᄒᆞ야 急擊勿失ᄒᆞ소셔."

天子ㅣ 從之ᄒᆞ사 召集軍士ᄒᆞ시니 總數百萬餘騎라. 至賀蘭山下ᄒᆞ야
燕王이 與紅渾脫로 結陣홀ᄉᆡ 大軍을 分作三百六十隊ᄒᆞ야 埋伏於十二方
ᄒᆞ고 一方之軍을 分作三十隊ᄒᆞ야 各自結陣ᄒᆞ되 成左右翼ᄒᆞ야 舒則爲鳥
翼陣ᄒᆞ고 合則爲魚鱗陣이라. 軍中에 更約束曰

"鳴鼓於陣上이어든 一時에 列左右翼而連十二方位ᄒᆞ야 首尾相合ᄒᆞ고
陣上에 鳴金이어든 收左右翼ᄒᆞ야 各守其方ᄒᆞ라."

ᄒᆞ니 此所謂混天陣이라. 復以餘軍으로 結武曲陣於賀蘭山下中央方ᄒᆞ
야 護衛天子ᄒᆞ니 遙望則陣勢ㅣ 十分齟齬ᄒᆞ나 其實은 堅固ㅣ 如鐵筩이
러라.

且說. 單于ㅣ 登賀蘭山ᄒᆞ야 見明陣而笑曰

"茫茫野中에 分軍結陣을 如彼廣大ᄒᆞ니 豈不敗也ㅣ리오?"

ᄒᆞ고 暗請蒙古兵ᄒᆞ야 是夜三更에 下山ᄒᆞ야 劫明陣ᄒᆞ니 明陣이 十分
無備ㅣ러니 忽然陣上에 鼓響이 震動ᄒᆞ면셔 十二方三百六十隊兵이 一時
列羽翼이라가 更成鳥翼ᄒᆞ야 首尾相合ᄒᆞ니 胡兵이 已入陣中ᄒᆞ고 明兵
이 圍之重重疊疊이라 單于ㅣ 不覺被圍ᄒᆞ고 指揮胡兵ᄒᆞ야 欲衝突中央天
子陣이나 豈能容易리오? 畢竟如何오? 且看下回ᄒᆞ라.

---

10) 노관(蘆關): 중국 섬서성(陝西省) 연안시(延安市) 북부의 안새현(安塞縣)에서 북쪽으로 170
리에 있는 관문(關門).
11) 금성(金城): 중국 감숙성(甘肅省) 남부 농서 분지 중앙부의 황하 남쪽 기슭에 위치한 지명.
한(漢)나라 때 금성현(金城縣)이 설치되었고, 수(隋)나라 때 지금의 지명인 난주(蘭州)로 고쳤
다. 예로부터 실크로드의 교역지로 번성했다.

## 賀蘭山元帥奏凱 單于臺胡王入覲
### 第三十九回

　　却說. 單于ㅣ 合吐蕃·蒙古兵ㅎ야 終夜토록 欲破天子陣이나 此陣法은 天上武曲陣이라 以祝融之道術로도 猶不能破어든 單于胡兵이 豈可侵犯이리오? 鎗劍이 如霜ㅎ고 車馬ㅣ 作城ㅎ니 到底無着手處ㅣ러라. 俄而오 日已明ㅎ니 單于ㅣ 方知被圍而大驚ㅎ야 乃選蒙古打虎軍一千騎ㅎ야 欲脫重圍ㅎ니 打虎軍은 蒙古軍中에 第一莫强之兵이라 以赤手空拳으로 能捕虎故로 名稱打虎軍이러라. 紅渾脫이 告於元帥曰

　　"蒙古는 天下强兵이라 先挫其銳氣라야 乃追捕單于矣리니 變陣爲八門ㅎ소셔."

　　元帥ㅣ 善其言ㅎ야 卽變武曲陣ㅎ야 結奇正八門陣ㅎ고 洞開四門ㅎ니 蒙古兵이 豈能知陣法이리오? 見其虛疎處ㅎ고 打虎軍이 一時突入ㅎ되 忽然其門이 閉塞ㅎ면서 無一條路ㅎ고 前後左右에 劍戟이 如霜ㅎ되 砲響이 震動에 東門이 自開어늘 衝突其處則其門이 更閉ㅎ고 西門이 又開어늘 衝突其處則其門이 亦閉ㅎ고 北門이 又開어늘 出入半晌에 都無可往處ㅎ고 精神이 迷亂ㅎ야 如陷雲霧中이라 大驚而相語曰

"吾輩ㅣ 曾於疊疊山中에 逐猛虎而去路茫然호ᄃᆡ 少無悃心이러니 此必妖術이라."

ᄒᆞ고 不知所爲러니 忽然陣上에 大呼曰

"蒙古兵은 聽之ᄒᆞ라! 已入天羅地網ᄒᆞ니 雖有兩翼이라도 難可得脫이라. 明天子ㅣ 愛恤人命ᄒᆞ사 賜一條生路ᄒᆞ시니 速歸胡陣ᄒᆞ야 斬獻單于之首ᄒᆞ라."

言畢에 開南方一門ᄒᆞ니 打虎軍一千이 一齊出其門ᄒᆞ야 纔得脫圍러라. 歸告單于曰

"明元帥之將略은 難可力鬪니 大王은 速降ᄒᆞ소셔."

言未畢에 明陣中一聲砲響에 十方圍住之軍이 稍稍團合ᄒᆞ야 四面挾攻ᄒᆞ니 單于ㅣ 謂盧均·拓跋剌曰

"寡人이 疎漏ᄒᆞ야 今又見困ᄒᆞ니 當盡平生之力ᄒᆞ야 以死決戰ᄒᆞ리라."

ᄒᆞ고 擧鎗而約束胡兵曰

"但盡力隨後ᄒᆞ라."

ᄒᆞ고 方欲衝殺明兵이러니 忽然背後에 一個老將이 揮霹靂斧ᄒᆞ고 大聲如雷曰

"大明先鋒將軍雷天風이 在此ᄒᆞ니 單于ᄂᆞᆫ 將欲何往고?"

單于ㅣ 大怒ᄒᆞ야 策馬大戰數合에 忽然一個胡將이 走馬過前ᄒᆞ면서 大呼曰

"大王은 勿與匹夫爭鋒ᄒᆞ소셔. 此後에 紅渾脫이 來也니이다."

雷天風이 顧視之ᄒᆞ니 乃左賢王盧均이라. 意外逢讐人ᄒᆞ니 憤氣衝天ᄒᆞ야 大呼一聲에 捨單于ᄒᆞ고 追盧均大罵曰

"叛賊盧均아! 吾ㅣ 磨斧而欲染汝血이 久矣라. 剖汝之胷ᄒᆞ야 一見小人之五臟六腑ᄒᆞ리라."

ᄒᆞᆫᄃᆡ 盧均이 曰

"匹夫ㅣ 安敢無禮至此오?"

雷天風이 瞋目ᄒᆞ고 擧斧一刺ᄒᆞ니 盧均이 斫爲兩段이라. 嗟乎ㅣ라! 滿腹雜念이 便作斧下孤魂ᄒᆞ야 悠悠九原夜臺에 亦無訴寃處ᄒᆞ니 天豈無心이리오? 天風이 更回馬ᄒᆞ야 欲與單于戰이러니 自明陣으로 鼓響이 擾亂ᄒᆞ면셔 紅司馬ㅣ 驅大軍掩殺이어늘 單于ㅣ 慌忙撥馬ᄒᆞ야 欲衝突西北이나 圍住重重ᄒᆞ니 豈能脫身이리오? 正在蒼黃터니 董超·馬達·蘇司馬ㅣ 亦以大軍으로 分作三隊而掩殺ᄒᆞ니 單于ㅣ 視拓跋刺而嘆曰

"事已急矣라. 寡人이 不恤我後라 當單身脫走ᄒᆞ야 更圖後日報讎ᄒᆞ리니 將軍은 勿咎어다."

拓跋刺이 諫曰

"小將은 聞之호니 '逆天者ᄂᆞᆫ 亡ᄒᆞ고 順天者ᄂᆞᆫ 昌이라.' ᄒᆞ니 吾之來犯中國이 無名之師ㅣ라. 今狼狽至此호ᄃᆡ 終乃不服則此ᄂᆞᆫ 逆天이니 大王은 莫念無益之計ᄒᆞ시고 早速投降ᄒᆞ야 以救百姓之命ᄒᆞ소셔."

單于ㅣ 大怒ᄒᆞ야 擧鐵杖而欲打拓跋刺흔ᄃᆡ 拓跋刺이 避走어늘 單于ㅣ 大呼一聲에 執鐵杖而聳身ᄒᆞ야 披圍而出陣外ᄒᆞ야 直向賀蘭山而去ᄒᆞ니 此時拓跋刺이 仰天而嘆ᄒᆞ고 投降於明陣흔ᄃᆡ 天子ㅣ 拿入大叱曰

"汝ㅣ 不知天時ᄒᆞ고 助單于ᄒᆞ야 抗拒大國이라가 今以何等詭計로 懷二心而詐降乎아?"

拓跋刺이 稽首泣告曰

"臣雖愚蠢之胡나 亦是中國人血統이니 漢蔡太師之女蔡文姬의 後裔라. 一縷血屬이 縣縣不絶ᄒᆞ야 雖生長於胡地오나 豈負中國乎잇가? 臣이 曾諫單于以勿起兵호ᄃᆡ 單于ㅣ 不聽ᄒᆞ고 終乃起兵ᄒᆞ야 犯彌天大罪ᄒᆞ오니 臣이 旣侵中國而作無義之人ᄒᆞ고 今又背單于而作不忠之臣ᄒᆞ오니 何敢望容身於覆載[1]之間乎잇가?"

---

1) 복재(覆載): 하늘은 만물을 덮어주고(覆) 땅은 만물을 실어준다(載)는 뜻으로, '천지(天地)'를 의미한다.

天子ㅣ 聞其言而慨然曰

"汝若眞心投降이면 可赦其罪ㅎ리라."

拓跋剌이 指天爲誓ㅎ고 嚼指出血ㅎ야 寫獻降書ㅎ니 天子ㅣ 顧楊元帥
而笑曰

"蓋人이 難欺其種落이로다. 拓跋剌之言語氣色이 十分柔順ㅎ야 全無
胡風ㅎ니 可不奇哉리오?"

ㅎ시고 解其縛而置之麾下ㅎ니라. 楊元帥ㅣ 告曰

"單于ㅣ 今以孑孑單身으로 入賀蘭山ㅎ니 此는 網中之魚요 籠中之鳥ㅣ라.
指揮大軍ㅎ야 圍其重要處而捕之면 不日成功호리이다."

天子ㅣ 許之ㅎ시니 元帥ㅣ 回十二方軍ㅎ야 埋伏於賀蘭山前後左右要
害處ㅎ고 號令大軍ㅎ야 以火急攻ㅎ니 喊聲은 天地ㅣ 飜覆ㅎ고 砲響은
山川이 掀動ㅎ야 賀蘭山十餘里에 飛禽走獸ㅣ 不能見影이러라. 忽至中
峰ㅎ야 狂風이 大作ㅎ야 折木拔屋ㅎ며 揚沙走石ㅎ야 毒氣惡風에 諸將
軍卒이 不能開眼이어늘 元帥ㅣ 大驚ㅎ야 顧謂紅司馬曰

"必鬼物之作亂이라. 如之何則可也ㅣ리오?"

司馬ㅣ 曰

"問於拓跋剌ㅎ리라."

ㅎ고 卽請而問之흔디 拓跋剌이 曰

"小將이 亦是十分不明이느 此山이 賀蘭山이니 山中에 有匈奴賀蘭王
之廟ㅣ 久矣러니 八九年以來로 忽有數十妖鬼가 據於廟中ㅎ야 其中一個
妖鬼는 容貌ㅣ 絶代ㅎ야 自號曰小菩薩이라 ㅎ니 耶律이 一見大惑ㅎ야
殺關氏ㅎ고 小菩薩로 爲關氏ㅎ고 言聽計用이느 其妖鬼가 終不下山ㅎ고
居于廟中ㅎ야 單于를 百般誘之ㅎ니 此是北方之禍根이라. 單于ㅣ 向中
國之時에 請小菩薩而要同往ㅎ되 一向不離山中이러니 必是其妖鬼之所
爲로이다."

楊元帥ㅣ 見紅司馬曰

"此豈非擾亂紅桃國之妖鬼乎아? 將軍이 不無放送之歎이로다."

紅司馬ㅣ 疑訝曰

"佛法이 廣大ᄒ야 有劫陣ᄒ야 無論草木禽獸ᄒ고 聽佛法者ᄂ 一破劫陣則更不作惡業ᄒᄂ니 小菩薩이 白雲洞草堂前에 曾聽佛法ᄒ고 紅桃國風塵中에 能破劫陣이어든 豈可更作惡業이리오? 小將이 尙有白雲道士所賜之菩提珠ᄒ니 當捕神廟妖物ᄒ야 更不容貸ᄒ리이다."

ᄒ고 擧芙蓉劍ᄒ고 率董超・馬達・拓跋刺ᄒ고 至賀蘭山中峯ᄒ니 果然狂風이 大起ᄒ고 怪氣襲人이라. 紅司馬ㅣ 揮芙蓉劍ᄒ고 向空中大罵ᄒ니 狂風이 尤爲大作ᄒ야 揚沙走石ᄒ야 難辨咫尺이어늘 紅司馬ㅣ 尤爲大怒ᄒ야 擧芙蓉劍而指空中ᄒ야 二次揮之ᄒ고 暗念眞言이러니 狂風이 方止ᄒ고 數個妖鬼ㅣ 自山上而出ᄒ야 各執兵器ᄒ고 其中一個妖鬼ㅣ 身着五色衣ᄒ고 粉面紅粧이 的實小菩薩이러라. 紅司馬ㅣ 大怒ᄒ야 戰至數合이라가 紅司馬ㅣ 擧雙劍而擊之ᄒ니 小菩薩이 化爲千萬小菩薩이어늘 紅司馬ㅣ 大怒曰

"妖物이 安敢若是無禮乎아?"

ᄒ고 一揮雙劍ᄒ니 頃刻間에 變爲千百芙蓉劍ᄒ야 欲擊菩薩이러니 忽然呼於空中曰

"紅將軍은 收劍而勿勞ᄒ소셔. 弟子ㅣ 受師父之命ᄒ야 欲捕妖物而來로라."

董馬兩將과 紅司馬ㅣ 仰視空中ᄒ니 一個女子ㅣ 手中에 持葫蘆瓶ᄒ고 從空中下來ᄒ야 再拜於紅司馬曰

"將軍은 別來無恙乎잇가?"

紅司馬ㅣ 拭目視之ᄒ니 卽小菩薩이라. 紅司馬ㅣ 取囊中菩提珠ᄒ야 擧於手中ᄒ고 大罵曰

"妖物이 豈敢籠絡고?"

小菩薩曰

"以將軍之聰明으로 豈不辨眞假잇고? 弟子ㅣ 當捕妖物ㅎ야 以解將軍之怒라."

ㅎ고 變身爲狐ㅎ야 坐於巖上而一嘯ㅎ니 一陣狂風이 揚沙飛塵ㅎ며 數十妖鬼ㅣ 一時會於岩下ㅎ야 稽首請罪ㅎ디 小菩薩曰

"業畜은 急現本形ㅎ라."

數十個妖鬼ㅣ 一齊觔斗ㅎ야 變爲數十首狐ㅎ야 曳脚搖尾ㅎ고 哀乞饒命ㅎ니 小菩薩이 乃傾葫蘆瓶而大叱曰

"業畜은 速入此中ㅎ라."

諸妖鬼ㅣ 哀哀涕泣而皆入瓶中ㅎ니 小菩薩이 方收葫蘆瓶ㅎ고 至紅司馬面前而跪謝曰

"弟子ㅣ 前日紅桃之戰에 蒙將軍慈悲之德ㅎ야 破妄念而修功德ㅎ야 歸於西天ㅎ야 脫去獸形ㅎ고 永享極樂ㅎ니 此皆將軍之德이라 何敢現形人間ㅎ야 更作惡業이리오? 此數十個業畜은 前日弟子之同類라. 弟子ㅣ 往西天之時에 十分申托ㅎ야 守洞壑而勿爲作亂이러니 彼反借弟子之名ㅎ야 惹鬧此處ㅎ니 此는 弟子之羞恥라. 弟子ㅣ 奉師父之命而捉去ㅎ니 將軍은 成大功ㅎ샤 修人間功德ㅎ시고 歸于西天ㅎ시면 更當承顔ㅎ리이다."

ㅎ고 因無去處어늘 董馬兩將은 唐荒而立ㅎ고 紅司馬는 微笑러라. 紅司馬ㅣ 董督大軍ㅎ야 圍賀蘭山而急擊홀식 楊元帥ㅣ 大怒曰

"一個窮寇ㅣ 在於山間이어늘 百萬之軍이 不能取其首ㅎ니 此는 軍令之不嚴이라."

ㅎ고 與秦王으로 率諸軍ㅎ고 至山下ㅎ야 擊鼓挑戰홀식 大軍이 一齊吶喊ㅎ며 斫木轉石ㅎ야 弓矢鎗劍은 如風雨ㅎ고 鼓角喊聲은 如霹靂ㅎ야 嚴肅之形과 雄壯之狀이 如拔賀蘭山이라.

此時單于ㅣ 計窮力盡ㅎ야 憤毒之氣와 凶獰之勇도 亦無可用處ㅎ야 手擧鐵鎗ㅎ고 大叫一聲ㅎ고 躍出如虎ㅎ야 大呼曰

"非寡人이 勇力不足이라 乃天之不佑ㅣ니 願與明元帥一戰ᄒ야 以決雌雄ᄒ노라."

雷天風이 大罵曰

"元帥ㅣ 豈可與戎狄으로 接戰이리오? 受老爺老病之斧ᄒ라."

ᄒ고 直向單于而馳入ᄒ니 單于ㅣ 大怒ᄒ야 擧鎗一投어늘 天風이 不知單于鎗法ᄒ고 揮斧欲拒러니 一千斤鐵鎗이 疾如流矢ᄒ야 打折斧柄ᄒ고 又擊馬頭而倒地ᄒᄃᆡ 天風이 翻身落馬라. 單于ㅣ 聳身馳入ᄒ야 以拳相鬪ᄒ니 單于之凶獰은 如飢虎爭肉이오 天風之勇猛은 如獅子追象ᄒ야 一退一進에 憤氣衝天ᄒ야 一場惡戰이 兩不相下ᄒ니 此時燕王이 與秦王及諸將으로 在陣上望見이라가 相謂曰

"若天風이 不敵이어던 急爲往救ᄒ라."

紅司馬ㅣ 視一枝蓮曰

"將軍은 少年이라 必眼明矣니 見此兩人相鬪之狀乎아? 雷將軍은 老矣라 手無餘力ᄒ야 數縱單于ᄒ고 單于는 凶獰ᄒ야 執雷將軍而不捨ᄒ니 吾ㅣ 當射單于之手ᄒ야 以助雷將軍矣라."

秦王이 大驚挽留曰

"寡人이 雖不知紅將軍之才나 方今混戰如此ᄒ야 四手混亂之地에 豈能的知當處而射乎아? 若誤中이면 豈不狼狽리오?"

紅司馬ㅣ 微笑ᄒ고 暗抽腰間弓矢ᄒ야 玉手一翻에 矢如流星ᄒ야 正中單于之手ᄒ니 單于ㅣ 大驚ᄒ야 左手로 欲拔右手之矢러니 紅司馬ㅣ 復挽弓ᄒ야 弓絃響處에 又中單于之手ᄒ니 秦王與諸將은 稱讚不已ᄒ고 單于는 憤氣衝天ᄒ야 不知死生이어늘 天風이 乘此時而擧斧ᄒ야 擊單于之腦門ᄒᄃᆡ 單于ㅣ 欲擧鐵鎗이나 手已傷矣라. 大呼一聲而仆地ᄒ니 楊元帥ㅣ 驅大軍而掩殺ᄒ야 斬單于之首ᄒ고 還告天子ᄒᄃᆡ 天子ㅣ 乃以紅袍金甲으로 佩大羽箭ᄒ고 登單于臺[2]ᄒ샤 懸單于之首級於臺上ᄒ고 下詔北方諸國曰

"嗟爾匈奴·吐蕃·蒙古·女眞王아! 汝ㅣ 不知天時ᄒᆞ고 侮謾大國ᄒᆞ니 朕이 猶有百萬大軍ᄒᆞ야 如熊如羆ᄒᆞ며 如貅如貔라 天兵所過에 莫大震動ᄒᆞ야 土崩瓦解ᄒᆞ고 雷厲風飛라. 斬耶律單于之首ᄒᆞ야 懸於單于臺上ᄒᆞ니 嗟爾諸王은 有能懷二心ᄒᆞ야 抗拒天兵者어든 引軍出陣ᄒᆞ야 以決雌雄ᄒᆞ고 不然則相率入朝ᄒᆞ라. 來者ᄂᆞᆫ 赦之ᄒᆞ야 以享胡王富貴요 抗者ᄂᆞᆫ 驅天兵而討之ᄒᆞ야 與單于同罪ᄒᆞ리라."

天子ㅣ 下詔ᄒᆞ시니 吐蕃等三國이 莫不惶恐ᄒᆞ야 頓首請罪ᄒᆞ되 蒙古王이 獨稱病不來어늘 秦王이 出班奏曰

"蒙古ᄂᆞᆫ 北方第一强賊이라 如此無禮하니 今若仍置則四夷八蠻을 何可號令이리잇고? 伏願陛下ᄂᆞᆫ 賜臣精兵一萬騎則當破蒙古堆而至北海ᄒᆞ야 掃蕩胡窟而還호리이다."

燕王이 奏曰

"秦王之言이 雖當然이나 普天之下ㅣ 莫非王土요 率土之濱이 莫非王臣이라.[3] 北方之民이 亦是陛下赤子蒼生이어늘 連作兵革ᄒᆞ야 不顧生靈之魚肉則豈不有傷於天地好生之德이리오? 且蒙古王이 以單于之隣國으로 嘗有借兵ᄒᆞ야 得罪於天朝ᄒᆞ오니 今奉嚴詔에 安能無自慙之心이리잇고? 先王은 以德撫之ᄒᆞ시고 不以兵討之ᄒᆞ나니 春生秋殺ᄒᆞ고 一張一弛ᄂᆞᆫ 敎化遠方之道ㅣ라. 旣以嚴威로 斬單于ᄒᆞ니 宜以恩德으로 感化蒙古ᄒᆞ사 以示恩威幷行이 可也ㅣ니 伏願陛下ᄂᆞᆫ 更詔蒙古ᄒᆞ사 赦其罪而曉喩ᄒᆞ야 若一向抗拒어든 以天兵討之ㅣ 未晚이로소이다."

---

2) 선우대(單于臺): 중국 내몽고자치구 수원현(綏遠縣) 귀화성(歸化城) 서쪽에 있다. 귀화성은 음산산맥(陰山山脈)의 남쪽 기슭에 있는 비옥한 후허하오터(呼和浩特) 평원에 위치하며, 남동쪽을 황하 지류 대흑하(大黑河)가 흐른다.

3) 보천지하(普天之下), 막비왕토(莫非王土), 솔토지빈(率土之濱), 막비왕신(莫非王臣): '하늘 아래 왕의 땅 아닌 곳이 없으며, 땅 위의 그 누구도 왕의 신하 아닌 사람이 없다.' 『시경』「소아小雅」「북산지집北山之什」「북산北山」에 나오는 구절. 『시경』에는 '부천지하(溥天之下), 막비왕토(莫非王土), 솔토지빈(率土之濱), 막비왕신(莫非王臣)'으로 나온다.

天子ㅣ 從燕王之言ᄒᆞ사 下詔而召之ᄒᆞ시니 蒙古王이 乃率部下數千騎
ᄒᆞ고 至陣前ᄒᆞ야 繫印綬於項ᄒᆞ고 以降禮請罪어ᄂᆞᆯ 天子ㅣ 設威儀ᄒᆞ시
고 跪蒙古王於帳下ᄒᆞ고 楊元帥ㅣ 以天子之命으로 數罪曰

"汝處北方ᄒᆞ야 中國禮待ㅣ 不衰어ᄂᆞᆯ 無端借兵ᄒᆞ야 以助單于ᄒᆞ야 擾
亂天下ᄒᆞ니 其罪ㅣ 一也요 天子ㅣ 以好生之德으로 不加大兵ᄒᆞ고 以恩
威召之어시ᄂᆞᆯ 敢稱病不朝ᄒᆞ니 其罪ㅣ 二也라. 斬耶律單于之劍이 尙未
鈍커ᄂᆞᆯ 汝將何以逃罪乎아?"

楊元帥ㅣ 數罪畢에 蒙古王이 三拜叩頭而謝曰

"臣蒙古王은 北邊胡酋ㅣ라 豈敢抗拒大國乎잇가? 但不能恝視隣國之誼
ᄒᆞ고 且怵單于之氣勢ᄒᆞ야 不得已借兵이오니 豈不知其罪乎잇가? 恭待
斧鉞之誅ㅣ러니 意外詔書가 以溫諭召之ᄒᆞ시니 初次에ᄂᆞᆫ 自懷疑怵ᄒᆞ와
不敢入朝也ㅣ라. 今下兩次恩詔ᄒᆞ야 復以衷曲召之ᄒᆞ시니 臣雖夷狄之人
이오나 豈不感動乎잇가? 若赦大罪ᄒᆞ사 命鎭北方則臣當世世傳之ᄒᆞ야
更不敢懷二心也ㅣ리이다."

燕王이 更以天子之命으로 赦蒙古王之罪ᄒᆞ고 退歸本所而待命ᄒᆞ라 ᄒᆞ
니라. 此時天子ㅣ 親征ᄒᆞ사 斬單于ᄒᆞ시고 蒙古·吐蕃·女眞三國이 入朝ᄒᆞ
디 北方小蠻夷가 皆畏懼ᄒᆞ야 星夜來朝者ㅣ 無數ᄒᆞ니 其中知名之國이
大鵬國·赤境國·大猶國·俱沙國·攝理國·廣野國이라. 十餘國이 各持牛羊
駱駝之屬而朝見ᄒᆞ니 天子ㅣ 更具戎服ᄒᆞ시고 登單于臺ᄒᆞ사 以軍禮로 見
諸王ᄒᆞ실ᄉᆡ 雲幕은 接天ᄒᆞ고 旗戟은 蔽日ᄒᆞ고 儀仗文物은 侍衛寶榻ᄒᆞ
고 白旄黃鉞은 列於左右ㅣ라. 隆準日角에 龍姿鳳表로 儼然而坐ᄒᆞ시니
乃是大明天子ㅣ라. 玉面醉暈에 氣像이 俊秀ᄒᆞ고 秀眉鳳眼에 風采拔越
ᄒᆞ야 雲間明月이 揚光輝ᄒᆞ며 蒼海神龍이 起雲雨ᄒᆞ야 一怒則霜雪이 滿
空ᄒᆞ고 一笑則春風이 動人ᄒᆞ야 手執手旗ᄒᆞ고 如山嶽而坐ᄒᆞ야 侍於天子
右側者ᄂᆞᆫ 右元帥燕王이오 玉貌堂堂ᄒᆞ고 風采繁華ᄒᆞ야 以吉祥之氣로 侍
坐左側者ᄂᆞᆫ 左元帥秦王이오 八字春山에 帶秀氣ᄒᆞ며 桃花兩頰에 凝春光

ᄒᆞ고 眼如曉星ᄒᆞ야 十分媚娜ᄒᆞ고 七分猛烈ᄒᆞ며 星冠道袍로 佩雙劍ᄒᆞ고 天然侍立者ᄂᆞᆫ 鷺城侯紅渾脫이오 皓齒丹唇으로 低垂蛾眉ᄒᆞ고 羞澁之態와 唐突之色으로 手執雙鎗而侍立者ᄂᆞᆫ 驃騎將軍一枝蓮이오 眉目이 清秀ᄒᆞ고 風度ㅣ 雍容ᄒᆞ야 擧方天戟而儼然侍立者ᄂᆞᆫ 左司馬兵部尙書蘇裕卿이오 八尺長身에 狀貌體格이 峻嶒ᄒᆞ고 白首風塵에 老當益壯ᄒᆞ야 擧斧如虎而侍立者ᄂᆞᆫ 前部先鋒雷天風이오 威風이 凜凜ᄒᆞ고 擧止ㅣ 驍勇ᄒᆞ야 執鎗劍而侍立左右者ᄂᆞᆫ 殿前左右將軍董超·馬達이라. 其餘諸將은 各佩弓矢ᄒᆞ고 具戎服ᄒᆞ야 分左右而次第侍立ᄒᆞ니 黃金介胄ᄂᆞᆫ 照輝日光ᄒᆞ야 眼目이 恍惚ᄒᆞ고 旄鉞旌旗ᄂᆞᆫ 飄颻風前ᄒᆞ야 瑞氣玲瓏이러라. 元帥ㅣ 擊鼓而揮手旗ᄒᆞ야 變陣爲五方陣ᄒᆞ니 南朱雀赤旗ᄂᆞᆫ 率南方軍ᄒᆞ야 陣於正南方ᄒᆞ고 北玄武黑旗ᄂᆞᆫ 率北方軍ᄒᆞ야 陣於正北方ᄒᆞ고 左靑龍靑旗ᄂᆞᆫ 率山東軍ᄒᆞ야 陣於正東方ᄒᆞ고 右白虎白旗ᄂᆞᆫ 率山西兵ᄒᆞ야 陣於正西方ᄒᆞ고 中央黃旗ᄂᆞᆫ 率皇城軍ᄒᆞ야 護衛天子ᄒᆞ고 立黃龍旗於陣前ᄒᆞ고 懸單于首級於旗上ᄒᆞ니 軍令이 嚴肅ᄒᆞ고 威儀整齊ᄒᆞ야 咫尺轅門이 深遠如海ㅣ러라. 已而오 一聲砲響에 洞開陣門ᄒᆞ고 十餘胡王을 次第呼入ᄒᆞᆯᄉᆡ 其入來之狀이 如何오? 且看下回ᄒᆞ라.

문학동네 한국고전문학전집을 펴내며

　우리가 고전에 눈을 돌리는 것은 고전으로 회귀하기 위해서가 아니다. 한국의 고전은 고전으로서 계승된 역사가 극히 짧고 지금 이 순간에도 발견되고 있으며 심지어 어떤 작품은 저 구석에서 후대의 눈길을 간절하게 기다리고 있기도 하다. 우리의 목표는 바로 이런 한국의 고전을 귀환시키는 것이다. 그러니까 고전 안에 숨죽이며 웅크리고 있는 진리내용들을 다시 불러들이고 그것으로 이 불투명한 시대의 이정표를 삼는 것, 이것이 우리의 궁극적인 목적이다.

　문학동네 한국고전문학전집은 몇몇 전문가의 연구실에 갇혀 있던 우리의 위대한 유산을 널리 공유하는 것은 물론, 우리 고전의 비판적·창조적 계승을 통해 세계문학사를 또 한번 진화시키고자 하는 강한 열망 속에서 탄생하였다. 그래서 문학동네 한국고전문학전집은 이미 익숙한 불멸의 고전은 말할 것도 없고 각 시대가 새롭게 찾아내어 힘겨운 논의 끝에 고전으로 끌어올린 작품까지를 두루 포함시켰다. 뿐만 아니라 한국 고전의 위대함을 같이 느끼기 위해 자구 하나, 단어 하나에도 세밀한 정성을 들였다. 여러 이본들을 철저히 비교하는 과정을 거쳐 정본을 획정했고, 이제까지의 모든 연구를 포괄한 각주를 달았으며, 각 작품의 품격과 분위기를 충분히 살려 현대어 텍스트를 완성했다. 이 모두가 우리의 고전을 재발명하는 것이야말로 세계문학의 인식론적 지도를 바꾸는 일이라는 소명감 덕분에 가능했음은 물론이다. 부디 한국의 고전 중 그 정수들을 한자리에 모은 문학동네 한국고전문학전집이 그간 한국의 고전을 멀리했던 독자들에게 널리 읽히고 창조적으로 계승되어 세계문학의 진화를 불러오는 우리의, 더 나아가 세계 전체의 소중한 자산으로 자리하기를 기대해본다.

문학동네 한국고전문학전집 편집위원
심경호, 장효현, 정병설, 류보선

옮긴이 **장효현**

고려대학교 국어국문학과를 졸업하고 같은 대학에서 박사학위를 받았다. 고려대학교 국어국문학과 교수로 재직했다. 스토니브룩뉴욕주립대학과 런던대학 SOAS 방문교수, 메이지대학 객원교수를 지냈다. 한국고소설학회장, 민족어문학회장, 동방문학비교연구회장을 역임했으며, 도남국문학상(1991), 성산학술상(2003)을 수상했다. 지은 책으로 『서유영 문학의 연구』 『한국고전소설사연구』 『한국 고전문학의 시각』 『심능숙 문학의 연구』 등이 있고, 『육미당기』 『구운몽』을 역주했다.

한국고전문학전집 028

옥루몽 3

ⓒ 장효현 2022

초판 인쇄 | 2022년 5월 30일
초판 발행 | 2022년 6월 13일

지은이 남영로 | 옮긴이 장효현

책임편집 유지연 | 편집 황수진 구민정 이현미 | 디자인 윤종윤 이주영
마케팅 정민호 이숙재 박치우 한민아 김혜연 박지영 안남영 김수현 정경주
브랜딩 함유지 함근아 김희숙 안나연 박민재 박진희 정승민
제작 강신은 김동욱 임현식 | 제작처 영신사

펴낸곳 (주)문학동네 | 펴낸이 김소영
출판등록 1993년 10월 22일 제2003-000045호
주소 10881 경기도 파주시 회동길 210
전자우편 editor@munhak.com | 대표전화 031)955-8888 | 팩스 031)955-8855
문의전화 031)955-3579(마케팅), 031)955-2690(편집)
문학동네카페 http://cafe.naver.com/mhdn
문학동네인스타그램 http://instagram.com/munhakdongne
문학동네트위터 http://twitter.com/munhakdongne
북클럽문학동네 http://bookclubmunhak.com

ISBN 978-89-546-8675-4 04810
　　　978-89-546-0888-6 04810 (세트)

www.munhak.com